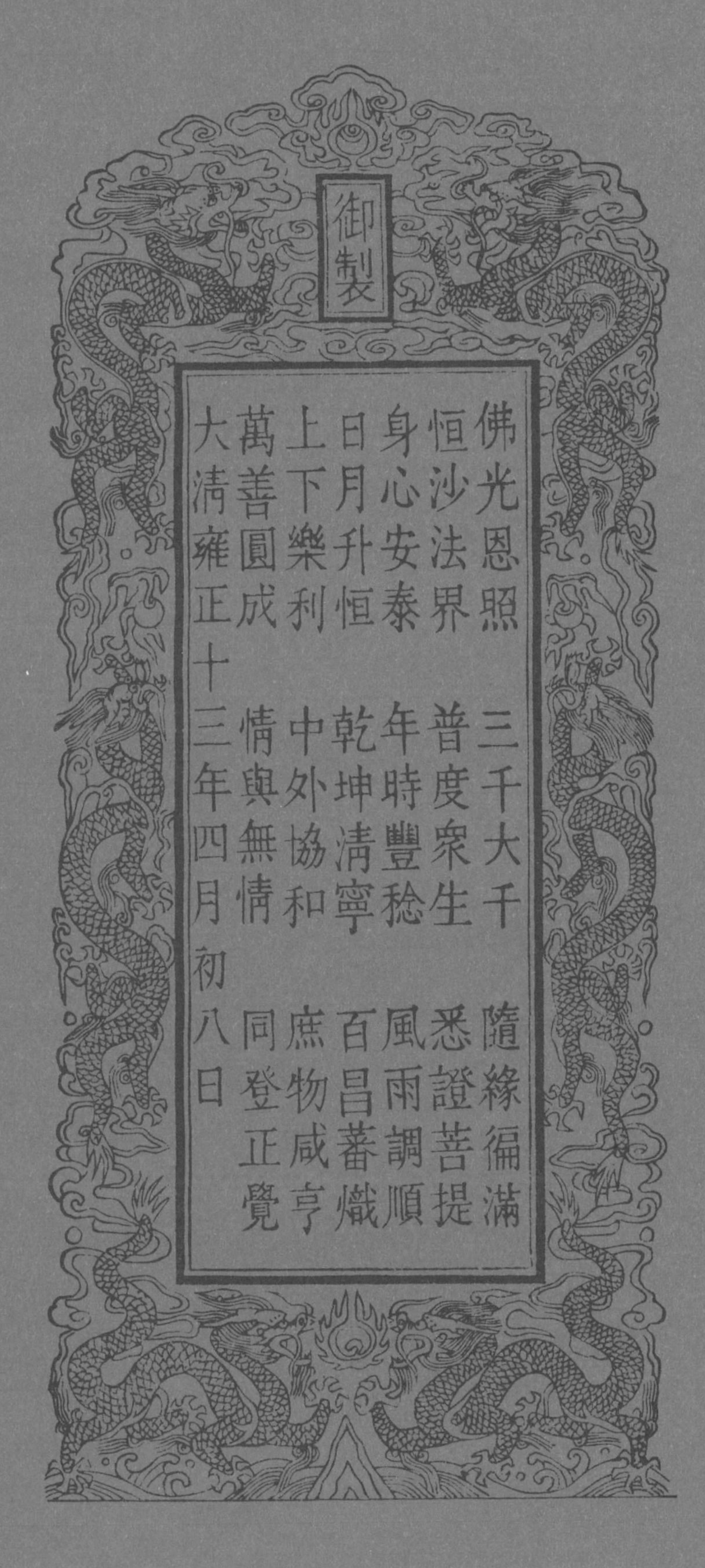

御製

佛光恩照　三千大千　隨緣徧滿
恒沙法界　普度衆生　悉證菩提
身心安泰　年時豐稔　風雨調順
日月升恒　乾坤清寧　百昌蕃熾
上下樂利　中外協和　庶物咸亨
萬善圓成　情與無情　同登正覺
大清雍正十三年四月初八日

第一五三册　此土著述（四三）

大佛頂首楞嚴經正脉疏　四〇卷（卷六至卷四〇）

明京都西湖沙門交光真鑑述……………………………一

大佛頂首楞嚴經正脉疏
明京都西湖沙門交光真鑑述

清刻龍藏佛說法變相圖

大佛頂首楞嚴經正脈疏卷第六

明京都西湖沙門　交光眞鑑　述

經題次釋疏者疏決通釋之令無壅滯此註解之通名也而特標正脉者疏之別號也良以此經滿數萬言文雖長廣而聖言辭義雙妙首尾照應脉絡貫通無有不相照應不相通貫之處舊解多惟就文輙解更不首尾顧眄或未見本意冒昧推原以致前後不相照應語脉互成乖反今疏非敢意外穿鑿但惟曲順聖經本來語脉而疏導之務令前後照應語脉貫通而已緣此名正脉云初分爲三〇一題目

大佛頂如來密因修證了義諸菩薩萬行首楞嚴經

一題該盡全經義固多擠滿二十字句數過於餘題文亦非少義畧釋之安能盡其

（理趣今解稍加委悉務令有所發明幸勿厭繁良以數萬言經而以數業之文攝之何足爲多乎）此之全題即經中佛自所說五種題中畧取十九字（首三字分取第一題首三字也次八字全取第三題名也末八字分取第五題末八字也餘皆不取故云畧取）加一經字擇要（選彼悉切畧其緩延）該廣（上猶一往似有所畧實以要該廣仍無所畧蓋五題文雖似廣而約義則惟境智機益性修要妙因果而已詳後五題分科自見今密因爲境了義爲智菩薩爲機修證爲益性修即第三全題不必更該密因了義爲妙萬行首楞嚴爲要了義之修爲因了義之證爲果此即以此十九字該盡五題之廣曷嘗有缺畧哉）乃結集者善巧所成分爲七段以便解釋謂一大二佛頂三如來密因四修證了義五諸菩薩萬行六首楞嚴七經也按五題皆顯密雙彰（第二題密意雖似不顯前半實秘咒功能）今七段中二三亦應兼表秘咒（以咒元從頂光佛演又此咒出生諸佛故）然從密則無容解釋（不容翻譯豈許解釋咒後明之）且顯密決定不二（經即顯咒咒即密經此以經義比度知咒）故茲並從顯釋而密義即寓於中夫七段雖共成一題而於中有虛有實有通有局首宜分別令無相濫一二七段皆虛而通中四段方是實法若於四段而論通局則上三段各有所局第四段爲通（上三段定之別相首楞嚴定之總體）第一大者稱讚之詞具洪濶包含周徧衆多深奧元始恒常超勝八義尊貴玄妙二義佛頂表之由此諸義故稱大矣哉以此稱詞稱下諸法則知密因爲大因了義爲大義萬行爲大行楞嚴爲大定具此諸大是爲大經也（不敘稱佛頂者縱使稱之亦但稱其所表實法非稱相好故不敘也況彼尊妙亦同大意何勞更稱）又密因是理了義是教萬行是行楞嚴是果以大定具含本覺究竟二果海也首標爲大是欲受持斯經者依大教而解大理稱大

理以起大行滿大行而證大果也既非實法故虛（以單舉大字未定稱何法大故尚虛而未實舊傳直作體大非也以不與方廣並列何定說爲體大）徧稱諸法故通也第二佛頂者佛身三十二相此其第一名無見頂相在青螺紺髮正中周圍紅色如春山吐日而頂不可見初降生時應持以九地爲乳母上歷沙界終不能見今此標之以爲表法作喻亦通但取義親疎不同耳（用相似之物比類發明爲喻終不以喻中物名直稱於法故疎而不親若取最勝名相直稱於法顯其最勝爲表非但相似故最親也）今將至尊無上至妙無見之佛頂直稱下之實法表其即是無相佛頂皆尊皆妙（問行是功勳何爲尊貴識然修行何爲無見答從性起修因該果海故仍尊貴又根於了義修即無修攝於楞嚴動元不動故五眼莫窺）亦非實法故虛（未定所表何法）徧表諸法故通也法華爲佛全身此經爲如來頂顯斯經

爲法華中精要之義（如知見實相佛慧等）而更徹頓圓極旨（如歎即菩提毛端現刹等）蓋終實渾具佛身頓圓義極尊妙同佛頂相令其見題者知其非權漸之教中四段是大之所稱是佛頂所表是經之所詮故爲實法今夫第三如來密因者如來十號之一倣同先德號也隨相釋則諸佛一身一智應用亦然故後佛如先佛之再來若入理釋隨教淺深難盡多種今據終實如爲本覺來爲始覺始本究竟名如來也即是果人亦即下諸菩薩道後之號密因者揀非事相修行顯因可見者此取如來在凡夫時於六根門頭頓悟圓湛不生滅妙明眞心此心爲四科七大根本實性具足三如來藏全體大用本來是佛豈惟但是因性亦乃即是果性

以諸如來無別所證乃至證時更無毫髮增添所謂從初發心即成正覺經中佛自述云我以不滅不生合如來藏而如來藏惟妙覺明圓照法界等意則可見然所以爲最密者以此即是二根本中眞本所謂識精明元菩提涅槃元清淨體佛言一切衆生不成無上菩提乃至別成聲聞緣覺諸天外道魔王皆爲不達此本錯亂修習至後偈中又言常不開演足顯根中所具如來藏性乃是難測難知最深最密之法（問旣即果性何復名因答見此性後方是究竟果因更須修成始復究竟且密因二字遣兩種人過一者密字遣權教著相人過以彼不達密具本有果性塵劫修行終無實果二者因字遣圓教狂慧人過以彼不達此性方是眞因自恃天眞頓捐修證縱得離繫全缺莊嚴終無究竟此意妙甚）經文首從請定至四卷前半身意輕安得未曾有即此密因也

然此一段即是阿難所請三名中妙奢摩他以此三如來藏性即是自性本定而頓悟了達於茲者即微密觀照故也第四修證了義者以前段全彰自性本具天眞現成然旣曰密因豈礙修證是故雖歆藏性之已知更諭華屋之未入由是開決定義門示解結次第蓋必解六結（動靜根覺空滅）而越三空（人空法空俱空）方爲了義之修獲二勝（上同下合）而發三用（三十二應十四無畏四不思議）方爲了義之證然謂之了義者有二意一者用根不用識故蓋用識則以生滅爲本修因如蒸沙作飯沙非飯本畢竟不成常住菩提故非了義用根則以不生滅性爲因地心如依金作器器器皆金決定能成無上菩提故爲了義又用根已爲了義而特選耳根更是

了義中之了義以其超二十四聖而獨妙爲十方三世諸佛一路涅槃之要門安有修證了義能過於是乎二者從性起修因該果海故蓋依客因無修證果海中不妨幻修幻證故修而無修非事相之染修證而無證非新成之實證故爲了義而非不了義也（問道場加行之修是了義否答道場中定慧依舊是耳根圓通但加戒與道場及持呪耳同一了義故不別叙）經文自四卷後半請華屋之門直至七卷前半百靈護呪即此了義也然此一段即是阿難所請三名中妙三摩提以此耳根圓通爲第一如幻三摩提故也第五諸菩薩萬行者菩薩畧梵語具云菩提薩埵此云覺有情蓋覺已分證識情未盡故又上求大覺下化有情故即是因人亦即上如來道前之號而言諸菩薩者即本經分證諸聖五十五位之數也萬行者即諸位中歷修之行如十信中全根力而植佛種十住中生佛家而成佛子十行中廣六度而行佛事十廻向中廻佛事而向佛心四加行泯心佛而滅數量十地契眞如而覆涅槃等覺齊佛際而破生相其行應有無量今言萬明多非局定數也當知此之萬行躡前了義而更進深玄不但修同無修證同無證而且極盡精微至神至妙要之根柢於三如來藏歸極於無障礙法界請詳十行之後五足知諸行皆法界無障礙之大行也經文自七卷後半阿難請位至未結經名以前即此萬行也此一段即阿難所請三名中妙禪那耳以敘阿難悟處既言頓悟禪那修進聖

位而佛又言奢摩他中用諸毘婆舍那顯是住持自性本定雙攝前二定慧圓融中中流入之行故也問了義之證何得不攝後位答無下萬行即應攝之此若攝盡萬行何歸况無上圓通豈容無證二殊勝等非證而何問位應是證行濫於修今以位爲行豈不屈證爲修答諸位正是行位後乃深入眞修故成位次如果修終應是佛位當知菩薩之名因行未滿之號若因已滿即應失菩薩名又經家於修證下重標萬行亦是默示此分屬之意而識者寡矣問若此則圓通不具萬行而諸位不成了義豈非二大過耶答一皆善巧不爲過咎蓋初心貴在精專尚揀別門豈嫌萬行縱使圓融勝解念念具足諸度亦惟理具而非事造故但稱爲了義而不責以萬行者欲其精專而不雜亂也若玩文殊了揀諸門之偈則信此意非虛矣至後諸位了義况顯而知良以初心反聞尚爲了義况入聖位深修則其了義不言可知第以諸位率能分身無量二利繁興故特標萬行亦默勸其圓滿諸度而不可得少爲足若知八地中七勸之旨則信此意必有矣况依此分屬於經於定乎妥穩順甚生次第智者鑒之總括上之三段全是阿難所請三名該盡正說全經歷攷大定別目矣

第六段首楞嚴者大定之總名也圓含上三別目而爲一定全體當知此定迥不同於常途止觀蓋常途止觀全屬功夫而自性立爲諦境與止觀相對其體各別不取自性即爲定體故其爲定初心與境爲二必至純熟方得一如是則止觀全屬功夫不即自性的實論之但是引起定耳非自性定也此則不爾涅槃經佛自釋首楞嚴云一切事究竟堅固而古德即明其徹法底源不動不壞細詳其旨是皆分明取自心本具圓定爲首楞嚴何嘗取起心對境止觀爲定哉更當知全取正因自性畧以兼帶了緣二因爲定全體即所兼帶了緣二因亦是性具非縱非橫不同權乘說爲後得天台宗中亦有此意但彼止觀不即

取正因本不動體爲定而歸功偏推重於了因雖説性具實多修成意爾是故決定與此不同今經奢摩他即全取自性本具不動不滅不失不還四科（五陰六入十二處十八界）常住七大（地水火風空見識）徧周以至十惑（無明與三細六麤）三續（世界衆生業果）之妄本常虛假四義（一爲無量無量爲一小中現大大中現小）三藏（一空二不空三空不空）之真本自現成如是等義全與一切事究竟堅固徹法底源不動不壞若合符節是皆全取自心本具圓定爲奢摩他若當機承教開解朗然照體現前即取此照體名微密觀照不取思惟修習爲觀故加微密檢之此佛親自命名復何疑哉當知乃是全取正因本性畧兼了因（即聞解也以初悟慧多然從性定而發故是即定之慧）而爲奢摩他體又全取正因本性畧兼緣因（即反聞也以初修定多然躡解而起故是即慧之定）爲三摩提體又全取正因本性雙兼緣了二因（即定慧均等中中流入然但深入藏性本定故始終不離性定也）爲禪那體（問既言承教開解顯是後得何言性具若爾何不未教先解答此正權宗所迷彼惟取於正解分別爲了因而不知顛倒分別元與正解同體若元不具此體將何轉爲正解乎以是了義教説無明即明也請以喻明正解分别如水東流顛倒分別如水西流今以顛倒轉爲正解如改西流而作東流先無此流將何改轉緣因準此應知迷位一切妄作皆性具緣因天台謂逆修者是也）諸家不詳此旨而以三止觀強判落落不合無處安插或補於言外或取一二相似之語以強釋之殊無情謂今有三義了揀此定一曰此是妙定正以性本自具天然不動不假修成縱在迷位動中其體本然故稱爲妙不然何以謂徹法底源不動不壞之定哉據此則凡不即性而别取功夫爲止觀者皆不

妙之定也二曰此是圓定正以此定不但獨取自心不動乃統萬法萬事皆悉本來不動爲一定體（經云菩薩自住三摩地中見與見緣并所想相如虛空花本無所有此見及緣元是菩提妙淨明體蓋取心海本湛萬有停凝齊成一定）不然何以爲一切事不動不壞之定耶據此則凡不兼萬有而獨制一心不動者皆不圓之定也三曰此是大定正以此定縱在迷位尚本不曾動搖開解之後豈有出退當知此定自發解起行之後直至歷位成佛終無退出何況有壞不然何以爲究竟堅固之定耶據此則凡有入住出縱經長時皆不爲大定也詳此自知常途止觀了不相類矣經文前自請定後至請名即統包前三段所指全文是也雙攝大定總別以爲一經之名妙莫加焉第七經者是

詮上四實法文故虛徧詮諸法故通且是諸經通題但取能詮不取性離即眞等義以既分虛實那依台宗兼屬所詮乎體則聲名句文假實兼具即修多羅一名四實中正取聖教半同席經又此方聖教稱經今譯爲經顯是西方聖教又此訓常謂天下古今不易彼方釋聖教爲顯示十方三世準則之意同而分量廣也其他貫攝等意避繁莫備欲知殊勝全隨所詮至於文詞之妙本於如來精義巧辯而加以房相潤色之工極爲華藻流麗讀者無不三嘆夫經家既以題而冠經故茲釋惟據經而取義妙含無盡文稍加詳觀者幸研味焉（古式有二一者作對釋畧有六對一能讚所讚對二能表所表對三能詮所詮對可知四性修對即三四兩段也五動靜對即五六兩段也六總別對三四五段爲別六）

段爲總也二者離合釋畧作四釋一者大佛頂爲能讃表但是言相故劣如來密因等是所讃表乃性修等實理故勝佛頂下加之字依士釋也二經爲能詮但聲名句文故劣上皆所詮是性修等妙義故勝經上加之字依主釋也三者經是教之自體上皆因果修證之用經上加即字持業釋也四者總六段是經之所有乃分取他名經上加非字有財釋也餘如滅字曰大佛頂經或首楞嚴經推類上釋皆可作之又

古式人法喻三或單或複或具斯題則全具爲此爲不廢古式畧備叅考更有一意當仲疏中爲泯是非舊解未善者多惟不取而巳不復非之然似是而非人所難識者恐人持疑不決有礙取捨今於最初畧出其一以例其餘即如舊解玆題抑揚發揮似爲言簡理盡不知有二不便礙佛深旨一者疎畧非體蓋釋經者先當尊經本文一一解釋之如密因即一當說出是何等法於本經中何文即是一一釋畢倘有餘

意更加發揮方爲善疏今乃更不解釋密因等只管圓圓反覆拈弄是乃論量文體非解釋文體安能令文義雙暢乎此失猶輕二者昧旨屈經謂彼註如來下用宗門書令把住將密因等一併掃却方是無修無證至極之理若是則是第一義諦全居經外特以下用宗門回途放行將密因等俯就衆生依舊許其有修有證順世權宜皆悉建立若是則斯經宗趣全成第二門頭將佛圓實極旨反出於金剛楞伽之下

斯由全未通曉密因了義爲何等法率爾恭論屈經之甚其失非小今試明之其曰如來果體其體本然何假密因而不知此之密因正是無修無證本然果體其曰菩薩道用其用無作孰爲萬行而不知此之萬行根於了義修即無修攝於楞嚴動元不動正是無作道用如是而言何假孰爲何異當面不識其人而猶稱名非毀者乎當知斯經非但理性爲第一義萬事萬法皆第一義以一切事究竟堅固皆超大小名相之外故也安有第一義出於斯經之外者乎諸註類此者甚多後凡不取者不遑廣辯也

題目巳竟○二譯人分三○一主譯人

天竺沙門般剌密諦譯

天竺者譯主生處也西域國之總名此云月國有聖賢繼化如月照臨地當閻浮中心九萬餘里分畫五區七十餘國東西南北及中皆名天竺此師中天竺人即生佛之地也但此惟具總名未詳何國沙門釋子通稱此云勤息謂勤行善法息滅惡事

又云息心達本源故號爲沙門般剌密諦此云極量譯主別名天竺才智僧也譯者番字番音變梵語爲華言也蓋西梵語字與此全殊若觀梵本非惟不知其語兼亦不識其字須先隨其梵音以此方之字易之名爲番字番字之後方可讀之然但同咒仍不知其爲何等語却須秉通兩國言音者一一變梵語爲華言謂之番音特科爲主譯者以此經未來盛名先至天台西向拜求一十八年終未得見彼國禁爲國寶師潛匿航海賫來於唐中宗初年達廣州適遇房相請於制止寺譯成速回以解責邊之難國王因師潛過罪責守邊官吏故也夫冒禁艱苦志益此方功莫大焉亦且通方智辯總統譯場以至功成身退誠宜首標以重元勲也○二譯語人

烏萇國沙門彌伽釋迦譯語

烏萇國者名義集中烏仗那國訛云烏場與萇同音疑是此國此云苑古大國之苑囿也北天竺國之別名彌伽釋迦此云能降伏譯語者以密諦既總其事而無專司但稱爲譯此則分職員名專司其事也亦云度語備通華梵變梵成華即是番音者耳○三潤文人

菩薩戒弟子前正議大夫同中書門下平章事房融筆受

菩薩戒品繁不能載可通在家者受之經中謂王臣受位應先受此戒則不惟戒神擁護而守德防非終成聖種矣弟子者歸依三寶爲大師也前者舊也以下官名乃其舊職現已謫在廣州但知南詮故云爾也正議者史稱正諫言官之名大夫者可大扶樹人才之尊官也同者僚佐非一與

同協理也中書門下二俱内省左右相府之名然中書省多掌王言門下省多出政事融乃權兼兩省故並書之平章者書云平章百姓平均也章顯也謂均理政務顯彰法度也事即政務法度等也房融即房琯之父父子俱相而融事畧出琯之傳文謂相於武后末年而貶於中宗神龍元年舊紀畨譯時年乃云神龍元年五月二十三日譯此或紀其開筆之時非譯成之時也筆受者亦譯場中分職專司之名秉筆確定文字者也最初畨字須知二合三合渾舌引等當以此方何字代之至於畨音則委問華梵務使相當然後下筆皆爲難事帝王亦有親當此職者至於潤文古皆别立職員若筆受者或成拙俗而潤文者方潤色之房相亦兼此職故科名與經中互顯其功耳夫請譯筆受潤文而又奏入内庭雖未即得頒布後爲神秀入内録出復得家藏原本卒致流通然則融眞大有功於斯經矣乎釋譯人竟

○三經文分三(甲)一序分夫序正流通三分始於道安而證於親光道安秦僧未見西科先科三分人皆非之後親光菩薩論至果然解經通用今初序者頭緒引起之意又分爲二(乙)一六種證信序

此序諸經通有亦名通序阿難於佛涅槃時請問佛令安置諸經之前證其有此方是佛經而生信受否則多僞不足信也六種者六成就也謂一信二聞三時四主五處六衆闕一不可故曰成就今隨文便均於廣畧但分爲三(丙)一標信與聞

如是我聞

如是者畧作指法之詞我聞者畧明授受之本温陵謂如是之法我從佛聞是也此緣

結集時阿難感變相好同佛衆疑阿難成佛釋迦再來諸佛降附唱此四字三疑頓息故必首標然六成就中如是二字第一信成就也乃是信順之詞謂信者言如是不信者言不如是也若依理釋謂聖人說法但顯眞如唯如爲是耳若宗本經一切事堅固爲如離無常見爲是蓋表信教信理之深方成傳持之道故曰信成就矣我聞二字第二聞成就也我即結集經主也然是隨世假我及法身眞我非同凡夫外道所計聞者親說親聽非展轉傳聞所謂此方眞教體清淨在音聞不假音聞教體何立故曰聞成就也達耳入心記持無毫髮之遺文殊大不思議阿難亦能憶持沙劫諸佛清淨法藏今一佛四十年教何有差遺聖人境界非比世間若約中道理釋則以無我之眞我不聞而能聞也(丙)二時主及處

一時佛在室羅筏城祇桓精舍

一時者第三時成就也蓋世事合會尚待昌期大法弘宣豈違嘉運故須良時方能成就取其師資道合始終說聽之時以佛說法殊方紀曆不可對同故總云一時若約理則心境理智凡聖本始一如之時也佛者第四主成就也簡畧梵語具云佛陀耶此云覺者餘教不録惟約當宗則始覺與本覺證齊而成究竟覺又自覺覺他覺行圓滿前三惟約自覺後三兼利他而自覺揀凡覺他揀小圓滿揀因也約人即娑婆教主中天竺迦毘羅國淨飯王太子出家成果十種通號之一別號釋迦牟尼非此大聖孰能演斯大法故曰主成就也在室下第五處成就也孤山曰室羅筏訛云舍衛此云豐德城中財寶五欲多聞解脱

四皆豐足故以名也祇陀波斯匿王太子之名此云戰勝桓即林也園地本屬太子而給孤長者以精舍即給孤金布買之少分未滿太子感動止之并施桓垣故特標之所建華飾工巧純一清淨無諸喧雜也太子喜施感同長者故祇樹給園或並稱或標首即今王像與給孤並坐而世以為土地二郎眞可笑也斯經非此勝地何以說之故曰處成就也凡佛說處各隨所見凡小見處穢土菩薩不離塵寰見處淨界但諸經隨宗文有隱顯而已此經悲接凡小意多故不明淨相也(丙)三廣列聽衆第六衆成就也座無知音說將誰聽令機感盈前不得不說故云然也分二(丁)一兼本迹以詳列二乘嘆德依乘惟迹無本今名列二乘德乃菩薩本迹雙彰也分四(戊)一據迹標數

與大比丘衆千二百五十人俱

據此則惟彰迹大有三義一數多二名重三德隆比丘此翻亦三一乞士二破惡三怖魔長水曰千二百五十者陳那等五人三迦葉兼徒一千舍利目連各兼徒一百耶舍長者五十人經畧五人得果感恩常隨助化之衆也(戊)二彰本嘆德此科全以彰本蓋法華以前未經開迹顯本惟嘆聲聞之迹今已開顯無復餘乘即惟嘆其內秘菩薩之德故下更不詳嘆菩薩畧顯而已又分二(己)一總名似同

皆是無漏大阿羅漢

此是果名二乘久擅斯名今舉之以嘆菩薩秘德故似同而實大不同蓋二乘無漏方超三有菩薩無漏更越三空大者依涅槃作十地大人修大行以證大果不同二乘但取名重德隆為大阿羅漢三義亦別

二乘應供止於天上人間菩薩應供通於世出世間二乘無生分段方脱菩薩無生變易亦離二乘殺賊四住方窮菩薩殺賊五住埀盡㊁二別德逈異上科德之總相實雖異而名猶似同此則德之別相顯然菩薩作畧皆非二乘所可同者故曰逈異

又二㊀一德體超異

佛子住持善超諸有能於國土成就威儀

首二句内心肖佛也佛子者巳付家業真是佛子非滯草菴者也而口生法化是其子義住持者住法王家持如來藏此則明其證真之深諸有者畧言三有廣開二十五有即三界受生之處超者不爲諸有生縁所縛也小乘超之則須出三界外不敢復居非善超也今菩薩常不離三界即於生死無干所謂善超也此則明其脱妄之妙次二句外貌亦肖佛也有中形外自然之理國土同居土也成就威儀者身具相好業攝律儀也能於二字乃有二意一特表意以今示現聲聞之迹似不能具相好盡律儀而内秘實能二承上意以小乘不善超有果成則灰身滅智出三界外不能居土具儀也今由善超不離三界故能居土現儀耳此科爲下諸用張本故曰德體

㊀二德用超異上雖内外充裕但是自利之體向下方顯利他之用又分二㊂一上助佛化

從佛轉輪妙堪遺囑

從佛者非但隨從侍衛而巳乃依而不違其軌轍也轉有流行不滞之相輪有摧碾

運動之功蓋佛之法輪能摧碾衆生麤細煩惱運出衆生生死險道佛能轉之菩薩亦依其軌轍而轉之妙堪遺囑者以聲聞人願行非妙但取速滅如世老人不堪寄囑今實菩薩又已從轉法輪故智悲雙妙堪承遺囑也遺囑謂佛入滅時囑累菩薩弘法度生耳㊃二下度衆生又分三㊄一盡本界

嚴淨毘尼弘範三界

毘尼此云善治亦即云律戒之總名嚴淨作三分別嚴謂止持止諸惡也淨謂作持作諸善也又嚴以禁身口淨以制心意又於事戒則嚴於道戒則淨也弘開擴也範師範也三界者欲界色界無色界也娑婆敝惡戒律宜扶涅槃云戒是汝等大師故此亦嘆其戒德師範人天小乘於戒有缺漏未至嚴淨豈能弘範當知惟菩薩能之

㊄二盡十方

應身無量度脫衆生

緣感則應隨類化身如觀音三十二應無刹不現度脫衆生者說法令其度煩惱河脫淪溺苦如舟師度人也在法華乃普現色身三昧此經即圓通妙用似爲定德所攝㊄三盡未來

拔濟未來越諸塵累

拔者挽之令起濟者接之使過未來者後世無量劫中也越超出也塵累者八萬四千塵勞累墜有情於生死苦域者也言菩薩挽拔接濟未來無量有情使皆超出八萬四千塵勞不使累墜於生死苦域矣此

非遺教結集不能令法久住利益無窮似屬慧德攝彰本嘆德竟(戊)三畧舉上首

其名曰大智舍利弗摩訶目犍連摩訶拘絺羅富樓那彌多羅尼子須菩提優波尼沙陀等而為上首

大智者前示聲聞智慧第一則但盡生空智品冠絕小乘今既開顯應是圓照法界之大智且其深本已證金龍佛位何非一切種智舍利弗此云鶖子鶖乃水鳥是其母名母辯流歷似鶖之目故連母為名云是鶖之子也摩訶此云大同前大意目犍連此云采菽氏姓也名拘律陀此云無節樹世惟省文召姓而已神通第一者也拘絺羅此云大膝鶖子母舅富樓那此云滿願父名也彌多羅尼此云慈女母名也畧云滿慈子連父母彰名說法第一者也須菩提此云善吉亦云空生解空第一者也深本已證青龍佛位優波尼沙陀此云塵性因觀塵空得道此中譯名並宗長水等則該多不能盡列上首者千二百衆之所推讓動靜遵從不敢先越者也(戊)四更盡勝劣

復有無量辟支無學并其初心同來佛所

辟支譯兼二類一云獨覺出無佛世寂居觀化自悟者也一云緣覺出有佛世奉教觀十二緣得道者也上與長水解同今佛在世應惟緣覺或他方獨覺發通能遠赴佛會亦兼有也無學者果滿取證無復前進也初心總該二乘有學未至無學者也同來佛所者以此二衆臨期方來不比常

隨衆也此中辟支迹勝聲聞初心劣前四果故科名盡勝劣矣彰本迹以詳列二乘竟

（丁）二兼時會以畧顯二衆又分二（戊）一標自恣顯有菩薩又二（己）一時會先在衆又曲分三（庚）一時會誠求

屬諸比丘休夏自恣十方菩薩咨決心疑欽奉慈嚴將求密意

首二句雖標比丘但爲表時帶言之耳十方下乃是正叙菩薩以上比丘既詳菩薩未叙故也屬者當也遇也休夏者佛制夏月護生避嫌九旬禁足安居不令乞食自恣者期滿解制即孤山所指七月十四十五十六日也考劾九旬德業自疑已過者自請問佛自不知過者恣任僧舉也十方者不止此界菩薩解見題目中咨請問也決求斷也心疑者細心深疑求佛剖斷也蓋菩薩迹勝道深不待人舉自請而已上皆標時會末二句乃是誠求欽敬奉侍瞻也佛有攝受之慈折伏之嚴並行不背將求者機感初動也密意者秘密深法也

（庚）二如來妙應

即時如來敷坐宴安爲諸會中宣示深奥

敷坐宴安者展坐具而安處也深奥者超過權小終實妙理爲此經類引即應密意之求也（庚）三會衆蒙益

法筵清衆得未曾有

清衆者超塵入理心境湛然意兼合會不止菩薩得未曾有者聞所未聞歡喜踴躍意時會先在衆已竟

(巳)二音感後至衆

迦陵仙音徧十方界恒沙菩薩來聚道場文殊師利而爲上首

迦陵頻伽此云妙聲鳥在縠發聲已踰衆鳥佛音似之仙亦超世神化之名稱美佛音非取道教徧十方界者目連昔曾試佛音聲過無量世界還同座前此經凡聖根塵即性皆周無明覆者自不能聞如日大明瞽不自見恒沙菩薩者以恒河沙記菩薩之數言至多也恒之一字亦訛梵語正云殑伽此云天堂來狀其來處最高耳菩薩心聞無覆故尋佛妙音而來聚聽道場者隨相即說法之處約理乃一乘寂滅場地溫陵曰文殊師利此云妙德楞嚴會上爲擇法眼故居上首也亦云妙吉祥等過去佛號龍種尊王現在北方歡喜實積未來當成名曰普現法華會上是佛祖師華嚴表根本智而爲諸佛之師今在此經作擇法眼蓋不捨因門影響輔化權稱上首而已標自恣顯有菩薩已竟(戊)二標齋供顯有人天天雖不顯而理亦應有旁證諸經皆有而正取流通中顯陳八部故科兼之曲分二(巳)一國王齋供

時波斯匿王爲其父王諱日營齋請佛宮掖自迎如來廣設珍羞無上妙味兼復親延諸大菩薩

孤山曰波斯匿此云勝軍溫陵曰即舍衛國王也○過去龍光佛世位登四地亦大權也諱日者忌諱之日人子於親終之日言之即慟故隱諱而不敢言世教每歲茲辰服食俱變示慟如初而已內教令其作冥福以資之今其父王諱日適當自恣故修齋所以資親也宮掖者內庭左右如人肘掖珍羞者貴重食品也延亦迎請也請

佛以下有六重見敬之至謂其處則內其迎則親其設則廣其羞則珍其味則妙其伴則同伴同者謂敬伴同主非急於主緩於伴者也(巳)二臣民齋供

城中復有長者居士同時飯僧佇佛來應佛勑文殊分領菩薩及阿羅漢應諸齋主

長者齒德爵祿兼隆臣之屬也居士者愛談名言清淨自居似非有位隱者類耳同時飯僧者感佛化儀依教行施也然臣民惟佇於佛者敬先專主主臨而伴必至也佛勑分應者令無分別獲福平等若能等心而施則雖佛滅後福亦無不等矣六種證信序已竟(乙)二示墮發起序此序諸經各別又名別序以諸經各有事緣引起故各不同如大彌陀以色引法華以光引之類是也今經以示墮婬室爲發起之端示墮者以阿難秘德同前上首非實聲聞故誤墮婬室但是示現以引發大教而已且此經欲明恃多聞而不習定者無力以敵欲魔何能超越生死故以多聞之人示墮發起正勸多聞者策力於大定耳然必用阿難者一以多聞第一固見其聞不足恃二以是佛堂弟亦見其他不足恃也【此處既以顯泄阿難爲大權菩薩知之即已至後文中但依所現聲聞見解發揮方能激引眞實凡小良以深位假示淺位必能曲盡淺位情態如執迷謬辯惑悟流滯背所以盡其情態而旁發諸眞實者之心曲令生慶快感悟耳不必又一一明其非眞致多猶豫也】分三(丙)一誤墮因緣因緣有四缺一不墮就分四(丁)一別請遠遊

惟有阿難先受別請遠遊未還不遑僧次

阿難此云慶喜佛成道日淨飯王弟斛飯

王復報生子淨飯賜名慶喜是佛堂弟先受別請者先於自恣以前早受別種事緣所請矣遑暇也次列也夫既遠遊未還故不暇在此自恣赴齋之列也非此遠遊何以致墮故此爲第一緣也㊜二無侶獨歸

既無上座及阿闍黎途中獨歸

上座者佛言上更無人名上座又以歷夏淺深分上中下座歷四十夏者推爲上座阿闍黎此云軌範能糾正弟子行者律制一僧遠出必以二師翌從所以嚴行止也今乃缺二師爲侶所以爲誤墮之第二緣也㊜三無供循乞

其日無供即時阿難執持應器於所遊城次第循乞

其日無供者止宿之處無人獻齋也使其有供食之徑行應無墮事所以爲第三緣也應器即鉢應已食量而爲大小耳㊜四欲行等慈發心平等行乞不擇淨穢也使其但依聲聞常法惟乞淨家亦應無墮故此第四緣更爲誤墮之要也又分二㊝一正行等慈

心中初求最後檀越以爲齋主無問淨穢刹利尊姓及旃陀羅方行等慈不擇微賤發意圓成一切衆生無量功德

初求者阿難前來未發此心今方始求也檀越此云施主言最後者謂從來無善心行施者也梵語刹利即華言尊姓謂王種也上至刹利則貴而淨者無遺也旃陀羅此云屠者殺生之家西域最鄙賤之不得與良家共居行持標幟人亦避之下至旃

陀則賤而穢者無遺也又言不擇微賤者以雖貴賤兼舉而志普賤穢是令平等之新意也末三句又明其志願之普而大也意令無功德者亦成無量功德矣(戊)二表等慈由

阿難已知如來世尊訶須菩提及大迦葉爲阿羅漢心不均平欽仰如來開闡無遮度諸疑謗

已知者淨名會上早已知也世尊者總具十號之德而爲天上人間所尊敬也故上開十號而世尊總之者義爲長也訶斥責也蓋如來不以淨名之訶爲非即知如來亦訶不必更訶況淨名顯泄彼是金粟如來其與釋迦何別乎須菩提捨貧乞富意在與續善根恐將墮落且無減尅之難大迦葉捨富乞貧意在憐其久苦與植樂因且避趨富之議是以無學尊位而爲此不平之行故佛斥責其非也開闡無遮者懲上二人各有遮限令開發闡明無遮限之普心也度諸疑謗者度彼疑謗衆生令免疑謗蓋偏貧多致疑而偏富多致謗也誤墮因緣竟(丙)二正墮淫室又三(丁)一加意嚴戒

經彼城隍徐步郭門嚴整威儀肅恭齋法

隍即城外無水之池郭門城門也齋法者臨齋法則也所以加意嚴戒者蓋由發心既不擇於淨穢須倍加矜持方期無礙矣

(丁)二力不勝邪

爾時阿難因乞食次經歷婬室遭大幻術摩登伽女以娑毘迦羅先梵天咒攝入婬席

次即處也謂次第所經之處也幻術尋常以變化虛僞物像爲術此則但是迷惑令人失其本心不覺隨從而已摩登伽此云本性此女多劫與阿難有婬愛之緣別有登伽經載之頗詳今更遇惑業習使然也娑毘迦羅此云金頭縛指而食半米爲苦行者也所傳咒術稱梵天者妖術僞稱也攝入婬席者由阿難具佛二十相好色美如銀登伽起愛咒巾覆食與之以咒力故阿難不覺隨入婬席也此事菩薩行之方能無礙而阿難示在聲聞初果彰顯力弱故不能勝邪也(丁)三戒體垂危

婬躬撫摩將毁戒體

戒體即護戒心以初果道共戒力故身雖近而心未動然曰將毁亦既險矣故科垂危有以將毁歸屬登伽回護阿難不知示現何所不可安用回護又若不垂危何須救之正墮婬室竟(丙)三如來救脫又三(丁)一速歸衆隨

如來知彼婬術所加齋畢旋歸王及大臣長者居士俱來隨佛願聞法要

知彼術加者以佛眼鑑徹無遠不在目前資中曰如來常儀齋畢說法今既速歸必有所爲故衆隨而來也(丁)二說咒遣救

於時世尊頂放百寶無畏光明光中出生千葉寶蓮有佛化身結跏趺坐宣說神咒勑文殊師利將咒往護

於時者當將毁未毁之時不先不後也頂即肉髻百寶表萬用具含無求不應見攝受之慈無畏表羣邪並伏無惡不摧見折伏之威然從頂放光而又以化佛轉說即

環師所謂無爲心佛無上心法是也且從頂發揮表尊中之尊密中之密也蓮座化佛亦明其爲因果要用跏趺者疊足而坐具詳止觀神咒具四悉檀含精微之妙理有不測之威力也必勑文殊者非根本大智無以濟多聞之實用也(丁)三破邪救歸惡咒銷滅提獎阿難及摩登伽歸來佛所以神咒力邪咒既銷阿難如從夢醒登伽婬心頓歇宿善根發證前三果發心出家故亦同來耳登伽權實未定隨作無不可也序分已竟

大佛頂首楞嚴經正脈疏卷第六

音釋

祇典禮切音邸　謫陟革切音摘責也　劾胡槩切考劾其實也　翊逸職切音弋與翼同

大佛頂首楞嚴經正脈疏卷第七

明京都西湖沙門交光眞鑑述

(甲)二正宗分正宗者序爲始而流通爲終此處於兩楹中間問答發揮經中正所尊尚之全意矣又分二(乙)一經中具示妙定始終此與後科雖俱爲正宗而仍分正助此科爲正後科爲助也正科中惟答當機之問定故全經一定之始終更無別意也又分三(丙)一阿難哀求又分二(丁)一哀求妙定

阿難見佛頂禮悲泣恨無始來一向多聞未全道力殷勤啓請十方如來得成菩提妙奢摩他三摩禪那最初方便

頂禮悲泣感謝救拔恩也無始遠叙多生一向極言偏習道力即指定力特恨此之二過者一以表已墮由不是故起婬愛但是力不勝邪二以起下請定此復有二一者正恨偏聞無大定力二者兼悔小乘摧魔力弱故下請定正所以改偏聞之轍而必求佛定正所以回小乘心也殷勤下正請定也言十方如來者求諸佛通修之法此已檢於小道又言得成菩提者更求徹證極果之因此復檢於權乘以權教雖習大乘終不能成無上菩提菩提此云覺道是佛三智圓滿無上究竟之果此但寄言簡別而下方出其定名妙之一字仍簡不妙而簡意更深即題中首楞嚴内所解性意圓意大意缺一即不爲妙也良以奢摩等三是定之共名諸乘皆有不簡則濫彼諸定故也然更是阿難不達應修之定是何不共之名故舉共名而加以簡別求佛尅定開示故佛下文依彼

所簡尅取首楞嚴王以示之大衆自然知彼首楞嚴定即十方如來得成菩提之定也然則首楞嚴王豈非妙定不共之名耶蓋共名大同不簡則濫不共之名元異不用重簡舊以楞嚴爲總目而以奢摩等爲別名蓋惟約合一爲總開三爲別固無所失而不知此之共與不共更是深意猶不可不知也至於奢摩等三名譯者不翻固隨尊重之例五不翻中尊重爲一然其深意仍以此爲殊勝之定難以常途之義律而齊之常途番奢摩他爲止乃定之別名以寂靜爲義三摩畧一提字或是地字或更加波字或云波底或但云三昧皆梵音楚夏耳然三字皆去聲讀之此云正定或云正受圓覺疏翻爲等至等謂平等任持雙離沉掉也至謂到勝定至勝位也銷幻爲義禪那此云靜慮即定慧雙融而圓覺以寂滅爲義此等諸義多皆取於修定功夫性定義少尚可通於諸乘今此大定義既殊常故應不必沉此常途之義也欲令義學者詳佛答處以定其義則萬無一失也良以佛智鑑機答處必與問處相應若不相應豈爲契理契機之教故我懸示中明會解問答不相應也按佛答處仍有總標別答之二總標即首楞嚴王文云有三摩提名首楞嚴王乃至妙莊嚴路故知首楞嚴王即此三名之總目也固應即取題中性定之義以釋之決定無失若按別答更須有辯詳辯之文已現懸示此惟畧牒有三第一不取天台止觀會釋以彼雖依性諦全取修成爲定故此則全取性定畧兼修成爲義故第二不取三名齊具爲圓惟依佛經三名順序而答以圓義別取三如來藏故第三不盡局於常途譯釋以須順佛下之答文局則不盡相應故了此三義則知下解雖異舊聞不成過咎也今夫奢摩他者按佛下答蓋取本具不動搖不生滅周圓之心開解照了爲義即正因佛性畧兼了因爲奢摩他體乃性具即定之慧也問既取自心便檢功夫何又號爲定慧答圓實了義萬德皆具自性海中不取修得故佛亦呼奢摩他微密觀照是知觀照之名雖同微密之揀自

別斯蓋取開解爲觀照不取修習爲觀照也定慧頻此可知三摩提者按佛下答蓋即躡前開解性定而契入之行起解絕寂定爲義亦即於正因佛性畧兼緣因爲三摩提體乃性具即慧之定也以此中聞性即前文開解見性亦即前三如來藏性實體躡此以成金剛三昧故也禪那者按佛下答蓋即於契入之後深位之中雙躡前之定慧中中流入歷位漸證至於究竟爲義亦即於正因佛性畧兼緣了二因爲禪那體乃性具雙融之定慧也須從乾慧以後方屬禪那以第三漸次方始結言從是漸修隨所發行安立聖位而來叙阿難頓悟禪那修證聖位故也最初方便舊惟據諸圓通中有最初入道方便之語而一往指定耳門爲最初方便古今雖皆遵信不疑今更有說智者裁之若果此處方是定之最初則如來即應於此處方出楞嚴總名方

說奢他等則前之諸文但是談理皆非說定今既從前一半經文皆說大定何至中間方爲最初當知三名下開解處契入處修證處應皆各有最初方便但前後隱而中間獨顯著耳然更知仍有兩重謂初方便與最初方便也如奢摩他中以悟見是心爲初方便至後通彰三藏方爲極顯故此顯見方是初方便也而以了識非心爲最初方便以若不知妄識非心終不能認見爲心故破識爲最初方便也三摩提中以反聞自性爲初方便以聞所聞盡便出耳門至後四不思議方爲極則故此但爲初心以入道場爲最初方便此中有三一持四重戒二入道場三持咒而道場中所生定慧依舊是耳門三昧故此持戒等三事更爲圓通之最初方便也禪那中以十信爲初方便以十心方成初住且佛言以真方便發此十心故知乃是後深位之初方便耳以乾慧地爲最初方便以須二執乾枯純是智慧方可進發十心問何不取三漸次答前二

漸次依舊是道場中戒第三漸次依舊是耳根圓通佛但牒言故非禪那中事也廣在懸示中辯若如是知非惟備達一切初機用心下手功夫前所謂耳根爲最初方便者亦未曾遺且皆備在經之明文實非意外穿鑿幸兼取之三名係前經迷悟之要舊解全殊不得不少加辯別故涉文長幸勿厭繁(丁)二大衆欣聞

於時復有恒沙菩薩及諸十方大阿羅漢辟支佛等俱願樂聞退坐默然承受聖旨

此定初門破識指根固即權教菩薩迷境及其深處雖等覺亦所應聞故與二乘同樂聞也等者所以等人天雜趣也阿難哀求已竟(丙)二如來委示分二(丁)一正說經分三(戊)一說奢摩他令悟妙心本具圓定

此科正答阿難第一妙奢摩他之請妙心即近具根中遠爲一切諸法實體乃至圓具三如來藏本來不動周圓自性定也令於是心開悟分明信解眞正即是奢摩他微密觀照經文自此至四卷半引諸沉冥出於苦海即舊解判爲見道分者也問此既判爲奢摩他而修證二分莫非即三摩禪那耶曰然曰古人立見道而後修道修道而後証道似深有理何必改取定之三名判之有何發明而爲是悖古違今之判耶答有四發明優於舊判故特改之一者顯經惟定蓋經始終惟說一首楞嚴大定今以三名判盡正宗足顯始終惟是一定舊判迳明三分定意湮晦豈不令人忘其爲說定耶二者遵經明言蓋舊判理雖不差其柰但是隨已所見取義別判非經文現有明言今經三處顯然各有單標三名取之分科則是遵佛明言判佛文義有何差忒二者問答相應蓋阿難歷舉三名而佛答須要三名下落舊判只明見修証意而於三名竟不結歸全無下落今判按次以答三名豈不與問甚相應耶四者不遺舊意蓋今判不但只分三名仍帶開悟契入分歷証之語何曾遺於見修証之舊意耶分爲一科(己)一初銷倒想說空如來藏初銷倒想者取阿難謝佛之語也蓋倒想不銷

何能正見分明決擇眞妄如來藏特用本文名言亦即自心本體便當依此分科更不別立諦等外名懸示中已經詳辯然大科下既以具示三如來藏而又含次第圓彰之别今於次第中即應首示空如來藏此空非斷無非滅色非相外等空以此中顯一切法不動不壞純是藏性眞如更無纖毫外法如金獅子不鎔不毀全相皆金更無雜質所謂彌滿清淨中不容他蓋取即相皆性純眞爲空乃第一義空也此依心眞如門會妄歸眞令其知眞本有而已（問此中破妄亦多何非違妄本空答大凡破妄有畢竟破破至全無畢竟不用也此如說鍮石非金有不畢竟破即因顯破也本爲欲顯其眞柰彼有所覆障故須破其覆障方顯其眞此如說鑛中有沙意欲其銷出眞金也今此科中畢竟破意極少而不畢竟破最多大抵全爲顯示一切事究竟堅固本定是其正意而破妄非其正意故他家於顯見中廣立破斷破常破身破境無數頭緒而正意反晦矣曰經文現破爭不發揮曰非禁發揮但勿判爲科目以掩其正意耳）分二(庚)一如來破妄顯眞此中於識全破其妄於根多顯其眞少破其妄於陰入處界一一破妄顯眞於七大全顯其眞蓋惟破識是畢竟破餘皆不畢竟破也又二(辛)一斥破所執妄心以開奢摩他路阿難初雖率諸小乘哀求妙定爭柰實行聲聞徒慕佛乘别有妙定而實不知妙定非是識心所修兼亦不知識心之外别有眞心即是本具奢摩他體豈惟聲聞不知一切凡外權小皆如生盲不能達於妙奢摩邊際者皆由但知此識爲心而更不知别有心也被此識塞斷奢摩他路故佛欲示妙奢摩他必須首破此心以開其路也蓋令其先悟此識非

心方知別尋眞性然後指以眞心方可達於妙奢摩他之邊際矣故此破識乃奢摩他最初方便破至全無修習時畢竟不用也分三(壬)一取心判決又曲分爲二(癸)一

但取能發之心

佛告阿難汝我同氣情均天倫當初發心於我法中見何勝相頓捨世間深重恩愛阿難白佛我見如來三十二相勝妙殊絕形體暎徹猶如琉璃常自思惟此相非是欲愛所生何以故欲氣麤濁腥臊交遘膿血雜亂不能發生勝淨妙明紫金光聚是以渴仰從佛剃落

深重恩愛約捨雖全該於父母妻子約下文自釋則男女欲愛爲重三十二相始於頂肉髻終於足平滿勝者諸天輪王所不能及妙者端嚴美麗燦若芬花殊絕者無比不思議也暎徹者金色而明透也淨者離諸染穢明者一一分明紫金光聚者佛身光明無量含之則融於一體放之則無數妙色無邊利益備在觀佛三昧海經此中思惟二字即是能發之心乃意識計度分別下所破者破此而已然如來索問此心非是責其發心之非彼緣佛相而發心按法華仍是成佛緣種何過之有但認此思惟分別爲已心相而不復知別有眞心乃大差誤故須徵起詳破也問識心分別其用最多而獨取緣佛發心者以破之何也答分別既非眞心則破須破盡若破穢惡則淨善仍留今於淨善之最勝者尚破斥之餘不待言而自盡矣此破識必從發

心者之本意也又復應知懸示中說此識尚有五種勝用佛皆破盡此方破其第一緣佛相好心也(癸)二晋判衆生誤認

佛言善哉阿難汝等當知一切衆生從無始來生死相續皆由不知常住眞心性淨明體用諸妄想此想不眞故有輪轉

凡佛言善哉有三意不定一者讚美意讚其言之善也二者喜幸意喜得其本意而可以施教也三者安慰意將次破斥先以愛語安慰也此取後二意耳一切衆生詳下二根本中則凡外權小皆兼有之常住則非生滅眞心則非妄心性淨者本自無染明體者本自不昏即後文根中指出漸次開顯如來藏妙眞如性此其所迷之眞也故曰不知妄想者識心分別即上文所取思惟下文所破緣塵此其所執之妄也故曰用諸諸字助語詞猶於也莫作多種會之末二句言其本非眞心錯認爲眞遭其賺誤遂致迷淪漩洑浩劫莫出也按圓覺權小亦同輪轉以其未出變易故也(壬)二正與斥破又二(癸)一如來備破三迷然此妄想有二種非眞而衆生因之以成三重迷執一者本非是心而似是心故衆生迷執以爲是心二者本非有體而似有體故衆生迷執以爲有體三者本非有處而似有處故衆生迷執以爲有處今不直破前二非心無體但且奪其後一所執心處令其一一審察顯其了無住處欲彼自覺其妄必待七處情盡終不自悟然後訶其非心明其無體也就分三(子)一密示妄識

無處此中佛徵心處非謂此識果有一定處所阿難不知而佛獨知之也正以此識本無處所衆生迷爲有處故托阿難隨執隨破節節欲其悟此識本無處所而令其疑此識妄乃其密意也阿難示同衆生畢竟不悟此識無處而直待七番情盡猶恨巳之不知真際所詣而求佛説處師資同一密機理應然也分三(丑)一按定徵處又二(寅)一按定又二(卯)一問定又二(辰)一教以直心應徵

汝今欲研無上菩提真發明性應當直心酬我所問十方如來同一道故出離生死皆以直心心言直故如是乃至終始地位中間永無諸委曲相

研細究也真發明性謂真妄分明也又即了因性耳直心者正當徵難之時心中原作何解即照實説出不隱諱展轉心言不一也地位果位也通始終中間所歷位次委曲者紆廻留難也心言皆直即是直因三時地位不委曲即是直果如形影不差異也(辰)二雙徵能見能愛

阿難我今問汝當汝發心緣於如來三十二相將何所見誰爲愛樂

雙徵本意下科總明(卯)二答定

阿難白佛言世尊如是愛樂用我心目由目觀見如來勝相心生愛樂故我發心願捨生死

(寅)二徵處

佛告阿難如汝所説真所愛樂因於心目若不識知心目所在則不能得降伏塵勞譬如

國王爲賊所侵發兵討除是兵要當知賊所在使汝流轉心目爲咎吾今問汝惟心與目今何所在

塵勞者染汚擾亂之意體即根隨煩惱極至八萬四千賊雖心目雙舉而意惟破心非欲心目並破也緣此雙徵徵意難知以致諸家誤謂破心之後次當破目遂將顯見之旨盡成破見之宗千載迷根實基於是懸示辯之未盡今當更與拔之其意有三一者密顯凡迷取捨顛倒故蓋根識不離而眼中見性即是菩提真本亦即奢摩他體衆生日用不知但惟認識爲心隨識輪轉甚可哀憐故佛雙舉以觀阿難取何爲心阿難果但以見爲眼而終取愛樂爲心於是極破非心之後所指妙明之心依舊即此能見之性而已豈有他哉二者媒賊相依責須連帶故蓋阿難既惟認賊爲子佛欲破賊指迷其柰眼實賊媒引識奔色故佛責識流轉語須連帶於眼而言心目爲咎也三者例眼顯然易徵處故佛知衆生迷識爲心決定惑爲色身之內恐阿難逃遁不肯直言故借眼之顯然在面取例而徵心在何處也是雖三意皆徵心帶目之由而最初之意甚深人所難見故舊註不悟此意反因之以成破見之迷甚可惜哉按定徵處已竟(丑)二隨執隨破古謂七處徵心亦是汗漫之言徵者逼索令其說處之意如上科云惟心與目今何所在是也詳下更無如是徵辭何立七徵向下七番但是隨執隨破若云七番破處則不謬矣就分爲七(寅)一破在內又分爲二(卯)一阿難引十生同計在內

阿難白佛言世尊一切世間十種異生同將識心居在身內縱觀如來青蓮華眼亦在佛面我今觀此浮根四塵秖在我面如是識心實居身內

十種異生者十二生中除無色以其空散無身相也除無想以其土木無心相也其餘十生俱有心在身中之計青蓮華眼西域此蓮之蕣極爲纖長佛眼似之浮根肉

眼檢異勝義四塵者色香味觸也秖與只同末二句結答定處乃是天上人間凡未能深達我空之理者任運皆作此計只此一計一切衆生所以囚繫胎獄桎梏肉身乃至三塗苦形自執妄認受無量苦展轉不能自脱者皆由此計以爲障之深根也世間邪師開示於人猶言身爲房舍心是主人甚可痛哉然此在内乃是本計觀後經云昏擾擾相以爲心性一迷爲心决定惑爲色身之内是也其餘六處但是因佛一時破奪逼成轉計於中亦有同外異計者故須盡之(卯)二如來以不見身中爲破又三(辰)一喻定次第定境定見也又三(巳)

一定境内外

佛告阿難汝今現坐如來講堂觀祇陀林今何所在世尊此大重閣清淨講堂在給孤園今祇陀林實在堂外

給孤者即施園建舍檀越之名也本名須達多以此長者常周給孤獨貧病故別立此善名(巳)二定見次第

阿難汝今堂中先何所見世尊我在堂中先見如來次觀大衆如是外望方矚林園

(巳)三遠見之由

阿難汝矚林園因何有見世尊此大講堂戶牖開豁故我在堂得遠瞻見

此科重訂要顯後不知内而見外之謬以身不如堂之戶牖開豁也(辰)二出定總名

爾時世尊在大衆中舒金色臂摩阿難頂告示阿難及諸大衆有三摩提名大佛頂首楞嚴王具足萬行十方如來一門超出妙莊嚴

路汝今諦聽阿難頂禮伏受慈旨

摩頂者慈愍攝受將以大法饒益之也三摩提者此云等持旣是諸定共名復是全定總號不比阿難所請三名中三摩提彼總中之別例如色法十一之色不同六塵之色也大佛頂等方是此定不共之號一經所説全爲此定隨便寄居於此耳佛頂楞嚴義現題中王者諸三昧中最爲尊上又入此三昧一切三昧皆具其中具足萬行者不但只具諸定而萬行無有不具蓋一眞湛寂不妨萬行繁興所謂念念具足六波羅蜜者是也十方如來一門超出者見其爲諸聖共由脫離生死之要也妙莊嚴路者表其爲直趨極果之達道蓋佛之極果號妙莊嚴海約性具本有萬德莊嚴此海須由大定方能趨入故爲彼路（問前言此中純談奢摩他無二名之雜今何此處標三摩提答已申總名陳於別目何得又難日何名寄居答義旣該於全經理合在於阿難哀求之下如來委說之初安之則首冠三名之外方是總目正居之地今佛隨便此處標許乃偏安奢摩破妄科中故言寄居也）

(辰)三正與決破三(巳)一按定所答

佛告阿難如汝所言身在講堂戶牖開豁遠矚林園

(巳)二反難失次又曲分爲二(午)一如來即喻反難

亦有衆生在此堂中不見如來見堂外者

此難明以違前定見次第科中所說而暗以順彼所計身中心相令彼易知其謬也

(午)二阿難於喻知謬

阿難答言世尊在堂不見如來能見林泉無有是處

㊁三就謬難破又曲分爲三㊀一先與合定

阿難汝亦如是

合定者合前即喻反難科也汝亦如是者言汝所計身中之心亦如此在堂不見如來而反能見外者無以異也一句合定向下詳以發明矣㊀二詳申其謬又分二㊉一在內不見謬又曲分二㊊一正難當見

汝之心靈一切明了若汝現前所明了心實在身內爾時先合了知內身頗有衆生先見身中後觀外物

一切明了者言凡心所在之處必能明了不昧也了知內身者言當先見臟腑也頗字詳經乃是多意言依汝所計心在身中即當世間多有衆生先見臟腑後觀外物

今何無有此等一人惟就凡夫任運而論不取聖人及禪定所見縱此二種更別有理亦非心在身中且心在之處即當明了同彼見外仍當更眞何待於聖人及禪定而後見乎㊊二以淺况深

縱不能見心肝脾胃爪生髮長筋轉脈摇誠合明了如何不知

心肝脾胃深處也容許不見爪等最淺何亦不知乎爪髮皆取膚中生處非外相也

㊋二昧內知外謬

必不內知云何知外

設救之云心在臟腑重重包裹如何見內此是必不內知準此即應并外不見良以重重包裹既不同前戶牖開豁云何得遠瞻見今見不知內而反惟知外是與在堂

不見如來而反見林泉者無異豈不謬乎有云眼即戶牖便成心在頭中豈成心在身中(午)三遂與決破

是故應知汝言覺了能知之心住在身內無有是處

言汝知在堂不見如來能見林泉無有是處即應悟知心在身中不見身內反見身外者亦無有是處也只此一破初聞有緣者即當驚悟絕倒非佛妙典何嘗聞於他教有說心不在於身中者乎奇哉眞師子吼也此中執內而疑尚未盡者更合第四釋之餘疑無不盡矣破在內竟(寅)二破在外分二(卯)一阿難引燈在室外爲喻又三(辰)一轉成謬悟

阿難稽首而白佛言我聞如來如是法音悟知我心實居身外

悟知者於不見身內悟知不在身內於了見身外悟知必在身外奪內執外凡情必然(辰)二徵引燈喻

所以者何譬如燈光然於室中是燈必能先照室內從其室門後及庭際一切衆生不見身中獨見身外亦如燈光居在室外不能照室

從譬如至後及庭際是先用異喻以反顯不同所以自番前執之非也一切下至不能照室方用同喻証明心在身外也(辰)三自決同佛

是義必明將無所惑同佛了義得無妄耶

皆決定之辭也無妄者言不同前在內之虛妄矣(卯)二如來以身心相知爲破心在

身外身當無知故以相知斥破其謬矣分
二(辰)一先以喻明分二(巳)一如來喻明外
不相干
佛告阿難是諸比丘適來從我室羅筏城循
乞摶食歸祇陀林我已宿齋汝觀比丘一人
食時諸人飽不
循乞乃提獎次日之事摶食者有形段可
摶取者也四食中摶非觸思識也宿齋者
本日止齋也喻意但取諸人既分彼此便
不相知若心在身外便同兩人亦分彼此
當不相知矣此用異喻反顯決不同此也
(巳)二阿難於喻了知不迷
阿難答言不也世尊何以故是諸比丘雖阿
羅漢軀命不同云何一人能令衆飽
(辰)二正與決破又曲分爲三(巳)一合喻無
干
佛告阿難若汝覺了知見之心實在身外身
心相外自不相干則心所知身不能覺覺在
身際心不能知
順彼執外躡前異喻而反合無干言當同
羅漢互不相飽(巳)二驗非無干
我今示汝兜羅綿手汝眼見時心分別不阿
難答言如是世尊佛告阿難若相知者云何
在外
兜羅此云細香惟西竺有此綿佛手柔軟
似之夫眼見是身之知心分別是心之知
二知同時曾無兩體即此相知何有在外
之相(午)三遂與決破
是故應知汝言覺了能知之心住在身外無
有是處

破在外已竟(寅)三破根裏破心在眼根之執也俗書云晝則神遊於目似此執也分二(卯)一阿難以琉璃合眼爲喻分四(辰)一悟前轉計

阿難白佛言世尊如佛所言不見內故不居身內身心相知不相離故不在身外我今思惟知在一處

知在一處者方明非前內外兩處也(辰)二承徵指處

佛言處今何在阿難言此了知心既不知內而能見外如我思忖潛伏根裏

(辰)三引喻琉璃

猶如有人取琉璃椀合其兩眼雖有物合而不留礙彼根隨見隨即分別

以能合琉璃喻如眼根以所合兩眼喻如心體琉璃不礙眼見如眼根不礙心見隨見隨分別者領前身心相知之旨脫在外過也(辰)四脫前二謬

然我覺了能知之心不見內者爲在根故分明矚外無障礙者潛根內故

惟一在根之義雙脫前在內不見昧內知外二謬之過也如云既惟在根宜其不見於內也既惟在根宜其獨見於外也何謬之有(卯)二如來以法喻不齊爲破分二(辰)一正破又分二(巳)一正辨不齊又三(午)一先以按定法喻

佛告阿難如汝所言潛根內者猶如琉璃

(午)二喻中實見琉璃

彼人當以琉璃籠眼當見山河見琉璃不如是世尊是人當以琉璃籠眼實見琉璃

(午)三法中不能見眼

佛告阿難汝心若同琉璃合者當見山河何不見眼

正辨不齊一科已竟(巳)二雙開兩破

若見眼者眼即同境不得成隨若不能見云何説言此了知心潛在根內如琉璃合

見即眼不隨心不見即不合喻二俱墮矣

(辰)二結破

是故應知汝言覺了能知之心潛伏根裏如琉璃合無有是處

破根裏竟(寅)四破內外又分爲二(卯)一阿難以見明暗分外內又三(辰)一承前轉計

阿難白佛言世尊我今又作如是思惟

(辰)二正分內外又分爲二科(巳)一先伸藏暗竅明

是衆生身腑臟在中竅穴居外有藏則暗有竅則明

(巳)二證成見外見內

今我對佛開眼見明名爲見外閉眼見暗名爲見內

由有竅則明故開眼見明方能見外由有藏則暗故合眼見暗即爲見內何必朗見五臟而後爲見內乎確論此計仍歸最初在內之執但惟脱前二謬爲異今立二難二答即見其意難曰心既在內如何不見臟腑答曰有臟則暗故合眼云云即脱前在內不見之謬矣又難曰既不見內如何反見於外答曰有竅則明故開眼云云意謂不同臟腑之暗何得一例不見乎即脱前昧內知外之謬矣名雖別列實惟救前在內

負墮之失故佛下文惟破見內而已科名破內外者但取七名各別耳(辰)二請決於

佛

是義云何

因上三番負墮故不敢同前決定也(卯)二如來以不成見內爲破分二(辰)一正破又二(巳)一破所見之暗不成在內又二(午)一雙開對與不對

佛告阿難汝當閉眼見暗之時此暗境界爲與眼對爲不對眼

(午)二雙破兩途皆非又二(未)一對眼之非又二(申)一正言不成內

若與眼對暗在眼前云何成內

(申)二反顯不成內

若成內者居暗室中無日月燈此室暗中皆汝焦腑

若成內者言若許眼前之暗即是內之臟腑即當不須合眼但居無光暗室則眼前之暗皆是汝之焦腑然豈有此理哉焦腑者三焦臟腑也(未)二不對之非

若不對者云何成見

(巳)二破能見之眼不得返觀又二(午)一以合能而難開不能

若離外見內對所成合眼見暗名爲身中開眼見明何不見面

離外見者即是合眼之時內對所成蓋縱許所對之暗不是外對身外之暗乃是內對身中臟腑之暗即是眼能返觀矣既能返觀即當合眼開眼二皆能之可也今合眼見暗獨能返觀身中何不開眼見明亦

返觀面乎（午）二雙破不見面與見面又二

（未）一破不見面

若不見面內對不成

躡上番之云開眼既不能返觀於面應知合眼亦不是返觀於身中矣（未）二破見面

此中有四重過就分爲四（申）一心眼在空過

見面若成此了知心及與眼根乃在虛空何成在內

此中本計心仍在內故今結難心并眼根俱不成在內責其自語相違也（申）二他成已身過

若在虛空自非汝體即應如來今見汝面亦是汝身

在空離體又見汝面故非自體此下仍補番詞云汝若執言離體見面不妨仍是自體即當如來亦離汝體亦見汝面亦應是汝之身矣（申）三身成不覺過

汝眼已知身合非覺

能見之眼既離體而有知所見之身離眼而自當無覺矣（申）四轉成兩人過

必汝執言身眼兩覺應有二知即汝一身應成兩佛

（辰）二結破

是故應知汝言見暗名見內者無有是處

單結見內足見此計同在內矣破內外科已竟（寅）五破合處分二（卯）一阿難計隨所合處心則隨有本經謂趨外奔逸昏擾擾相以爲心性古德謂攀緣妄識狀如野燒忽起忽滅豈可謂之眞心今阿難四番被

斥乃認隨所合處即是隨所攀緣認爲心處正是奔逸昏擾何異野燒此光影門頭了無實體豈成心處良由屢被挨拶露出本相然猶不覺其妄亦曲盡迷態而已又三辰一謬引昔教

阿難言我嘗聞佛開示四衆由心生故種種法生由法生故種種心生

首二句見法不自生也次二句見心不自生也正顯二皆互倚妄現俱無生體心法皆空也今阿難失旨反証緣心有體有處在彼心法偶合之處可謂迷之甚矣辰二指體標處

我今思惟即思惟體實我心性隨所合處心則隨有

隨合隨有乃是隨其攀緣何法之時即作心在之處今世人妄謂想千里便到千里想萬里便到萬里即同此見猶作眞心開示於人誠爲可憐觀此宜當知非矣此計雖亦甚妄而比前乃無定處矣辰三總脫前過

亦非内外中間三處

中謂根裏卯二如來以無從來無定體爲破無從來則不能隨合無定體則豈能隨有分二辰一正破又三巳一牒其所計而定有體

佛告阿難汝今說言由法生故種種心生隨所合處心隨有者是心無體則無所合若無有體而能合者則十九界因七塵合是義不然

汝今下牒計中文畧而意具是心下定有

體者詳下破意須成有體而後可施破也首二句反言以決其必有體也下乃防其謬執而已恐彼謬云雖無體而不妨能合即援之云若無體云云十八界外更加一界六塵外更加一塵是皆無體虛名同於龜毛兎角憑何以論合乎此科所以爲下二破張本故下二科皆首標有體以起也(巳)二約無從來以破隨合又二(午)一正審從來

若有體者如汝以手自挃其體汝所知心爲復內出爲從外入若復內出還見身中若從外來先合見面

首句標有體以起也教其以自手挃自身則知覺之體宛然現於所挃之處於是即詰此知覺之心從何而來蓋必因挃始來方成隨合也下難意顯二皆不見則是無所從矣尚無從來之相豈能隨合其處乎(午)二因救轉辯又曲分爲二科(未)一阿難救見爲眼

阿難言見是其眼心知非眼爲見非義

爲見非義者言將心責其令見非心義也(未)二如來辯眼無見

佛言若眼能見汝在室中門能見不則諸已死尚有眼存應皆見物若見物者云何名死

若眼下心眼相俱破也乃是用喻以顯能見唯心以阿難喻心以門喻眼喻中門雖通見須有門內之人而後有見非人而門豈能見乎法中眼雖通見須有俱眼之心而後能見非心而眼豈能見乎則諸下離心獨眼破也乃是即事以驗徒眼不見可

見知見皆屬於心豈可妄分見屬於眼乎

約無從來以破隨合已竟(巳)三約無定體以破隨有又二(午)一先開四相

阿難又汝覺了能知之心若必有體爲復一體爲有多體今在汝身爲復徧體爲不徧體

(午)二一一推破分四(未)一破一體

若一體者則汝以手挃一支時四支應覺若咸覺者挃應無在若挃有所則汝一體自不能成

一體者四支共一心體也四支應覺者言手足咸皆覺也下即難於咸覺矣挃應無在者言當不覺挃在何處方是咸覺而成一體之義矣末三句申正義以破之也若挃有所者若但覺一支有挃也一體不成者不成四支共一心體矣(未)二破多體

若多體者則成多人何體爲汝

一人惟有一心故多心即成多人何體爲汝者以衆體各分一心故也(未)三破徧體

若徧體者同前所挃

前是四支共一體此是一心滿四肢故言同前一體成難也(未)四破不徧體

若不徧者當汝觸頭亦觸其足頭有所覺足應無知今汝不然

當汝二句同時齊觸也頭有二句言當一處覺一處不覺方爲不徧今汝不然者言今齊觸齊覺何爲不徧乎(辰)二結破

是故應知隨所合處心則隨有無有是處

無是處者承上結云來既無從豈有隨合之相體尚無定豈成隨有之義可見悉無是處也破合處竟(寅)六破中間分二(卯)一

阿難計心在根塵之中又二(辰)一阿難泛說中間又二(巳)一謬引昔教

阿難白佛言世尊我亦聞佛與文殊等諸法王子談實相時世尊亦言心不在內亦不在外

實相者性宗空宗所說曲直不同大約說一心萬法不依妄執直談眞實本相而已不在內不在外者眞心實相也鈌不在中間者今欲立心在中間故也論三不在眞妄皆可發明若說妄心是明無體意實不在也若說眞心是明周徧意反顯無所不在不滯在一處也今阿難混濫偏引眞說以附會已之妄意意謂不在內者不在根也不在外者不在塵也可謂謬引矣(巳)二檢前立中

如我思惟內無所見外不相知內無知故在內不成身心相知在外非義今相知故復內無見當在中間

首三句檢定第一第二之謬計領旨知非也長水謂不字是又字極是與下重申中身心相知最相應合次四句重申二義不成皆所以檢去前之內外而不用末三句躡上內外不成之義泛言立中意取根塵兩楹中間特未分明耳(辰)二如來確定中相以彼說中不明故也又分二(辰)一雙徵兩在

佛言汝言中間中必不迷非無所在今汝推中中何爲在爲復在處爲當在身

處者身外境界也(巳)二雙示不成又二(午)一在身不成

若在身者在邊非中在中同内

(午)二在處不成

若在處者爲有所表爲無所表無表同無表則無定何以故如人以表表爲中時東看則西南觀成北表體既混心應雜亂

表中標竿也修房舍者必立之以表中位也首三句雙徵也次二句雙破皆不得成中也何以故下單以徵釋表則無定(辰)三阿難别出已見又分爲二科(巳)一異佛現説

阿難言我所説中非此二種

(巳)二同佛昔説

如世尊言眼色爲緣生於眼識眼有分别色塵無知識生其中則爲心在

阿難所引是佛相宗隨順世間之談不了義也此經於後十八界中一一破其相妄惟顯性眞方是奢摩他今阿難求此而仍引權説以證心處正是多聞人循名昧義之狀耳眼有分别者言眼有知覺也此句但是定眼根在内而已以其既有知則必屬内身故也色塵無知者此句乃定色塵在外而已以其既無知則必屬外境故也末二句言根塵内外相對而識在中間作用分别故即指爲心在之處此方分明説出根塵之中矣(卯)二如來以兼二不兼二爲破分二(辰)一正破又二(巳)一雙開兩途

佛言汝心若在根塵之中此之心體爲復兼二爲不兼二

兼猶連屬也二者根與塵也如言汝心在根塵之中其體與根塵之二相連屬耶不

相連屬耶㊁二雙示俱非分二㊄一兼二

非中

若兼二者物體雜亂物非體知成敵兩立云

何爲中

首二句標定也物即塵也體即根也雜亂

者言混合其心不得成中也後三句釋明

也物非者塵非有知也體知者根是有知

也成敵兩立者言汝心若與根塵連屬爲

體則半有知半無知對敵而立墮成二邊

豈得爲中㊄二不兼更非

兼二不成非知不知即無體性中何爲相

兼二不成者言心體與根塵二法全不連

屬也非知不知者言此心體既非根之有

知又非塵之不知也末二句言體性尚無

憑何立中乎正破竟㊁二結破

是故應知當在中間無有是處

破中間竟㊊七破無著分爲二㊈一阿難

以不著諸物爲心又二㊆一引佛昔教

阿難白佛言世尊我昔見佛與大目連須菩

提富樓那舍利弗四大弟子共轉法輪常言

覺知分別心性既不在内亦不在外不在中

間俱無所在

覺知等正此妄心上文中間被破故此方

取三處都無耳㊆二釋成請決

一切無著名之爲心則我無著名爲心不

首二句是阿難自意釋成非佛本旨佛言

三不在者正前二義中無體義也而阿難

証成無著爲心是謂心有體但無著而已

然詳此語意雖不覺妄心無體而已逼成

無處盖既謂無著何有處乎妄計辭窮自

至此耳此有伏難難曰佛之徵處本顯無處今已無處何得又破答曰佛之徵處固顯無處佛顯無處令悟無體令証無著即爲心體是雖無處而執有體所以破也末二句不敢自決之意(卯)二如來以諸物有無爲破此轉約物體以破心體也分爲二科(辰)一正破又分二(巳)一雙徵有無

佛告阿難汝言覺知分別心性俱無在者世間虛空水陸飛行諸所物象名爲一切汝不著者爲在爲無

惟徵物體有無也世間虛空物在之處也水陸飛行分物之類也諸所二句總結釋成也末二句牒言汝謂不著諸物者則彼物體是有耶是無耶(巳)二雙示不成又二(午)一無尚不成

無則同於龜毛兎角云何不著

龜毛兎角假設明無體也言諸物若本畢竟無體則汝謂心無所著不著於何者乎此是諸物無體不成無著之義矣(午)二有豈能成又二(未)一標定

有不著者不可名無

番上若言諸物有體我但不著次一句即斷定云若此不可名爲無著也(未)二釋成

無相則無非無即相相有則在云何無著

釋此承上當用何以故徵起下方釋之首二句無與有相番也如云無相則畢竟無物非無即當成有相矣第三句言有相與有著相因如云纔言有相早已著矣云何得無著乎在字作著字讀之此是諸物有體不成無著之義正破竟(辰)二結破

是故應知一切無著名覺知心無有是處

夫七處皆非則妄情已盡而世人計心之住處者不出於此至此則平日所恃以爲心者杳無住處可跟究矣若此體察功夫初聞者其亦知珍重乎然詳此七番確定成處者惟四處而已謂一內二外三根裡及第六根塵之中是也第四還在內第五乃無定處第七并處亦無也又一四引衆同計二三已意推度後三引教謬釋有此差別智者辨之密示妄識無處已竟(子)二顯呵妄識非心上科於前三種非眞義中但拈第三有處之執而已今此科中呵爲非心方破第一是心之執矣分三(丑)一阿難責躬請教又三(寅)一責請之儀

爾時阿難在大衆中即從座起偏袒右肩右膝著地合掌恭敬而白佛言

(寅)二責請之辭又分二(卯)一自責不知心處又二(辰)一責未証由恃憍憐

我是如來最小之弟蒙佛慈愛雖今出家猶恃憍憐所以多聞未得無漏

憍憐亦慈愛也如在家子弟多恃父兄之愛不自勤業習氣不忘故出家猶恃也未二句正明未勤修証無漏解現嘆德中矣

(辰)二責隨淫由不知處

不能折伏娑毘羅咒爲彼所轉溺於淫舍當由不知眞際所詣

眞際者旣不悟所執之心爲妄仍呼爲眞心實際詣字尋常訓往字今詳經來意似是在字之意譯人命辭稍未穩也良以上文佛雖破處而未分明說出非心及以無

處故阿難求處之心未了尚自責其不知眞心實際所在也(卯)二求佛别說眞處躡上自責之詞既以不知心處爲恨顯知問意必仍索處然此意亦是與人辯論一定之序佛既七番破其所說之處俱非阿難豈不望佛别說眞處乎又二(辰)一正求說示

惟願世尊大慈哀愍開示我等奢摩他路

奢摩他路者意以不知心處則正觀無路可修願佛分明指出此心的在何處庶可爲眞觀之路此方是阿難眞語意也(辰)二兼除惡見

令諸闡提隳彌戾車

闡提此云斷善根人意該一切外道隳壞也彌戾車此云惡見意謂佛若說出眞處則我七番所說皆成邪見何况一切外道所說惡見豈不盡成隳壞(寅)三懇求同衆

作是語已五體投地及諸大衆傾渴翹佇欽聞示誨

傾渴者如渴思飲也翹佇者如鳥張望也欽敬也責躬請教竟(丑)二如來顯發非心分三(寅)一表現破顯諸相又分爲五(卯)一表諸智將現

爾時世尊從其面門放種種光其光晃耀如百千日

面門謂眼耳鼻舌爲執此識惟恣迷倒塞諸智門皆不現前今識將破諸智將現故以衆光表之(卯)二表衆識將破

普佛世界六種震動

六震者動踊震起吼擊也此正表六處妄

識將破耳問據佛所破似惟第六今何言六處俱破乎答既云緣塵分別則前五非無分別況阿難明言眼色爲緣生於眼識而佛以兼二等意破之既破眼識餘四并破可知卯三表覆蔽將開

如是十方微塵國土一時開見

爲有此識緣塵自蔽遂念偏局常處暗冥無量智境皆不能見今將破顯故現此相表之卯四表分隔將合

佛之威神令諸世界合成一界

爲有此識執法執我分別自他悉成隔越今識破自融爲一故此表之卯五表流轉將息

其世界中所有一切諸大菩薩皆住本國合掌承聽

由認此識爲心浩劫流轉縱得小乘涅槃亦如遠客他鄉不得住持本地全體照用今將破識還住本地全其照體故以是相表之寅二普示眞妄二本本無而錯認爲執此屬妄本所謂執似本有而不知爲迷此屬眞本所謂迷眞分二卯一舉過出由二俱是過也又二辰一法說又二巳一歷舉衆過又三午一任運受淪人過

佛告阿難一切衆生從無始來種種顚倒業種自然如惡叉聚

況爾凡夫不知修行者也惡叉西域果名此方無之聚者每三果成一聚喻惑業苦三生必同聚矣午二權小修學人過

諸修行人不能得成無上菩提乃至別成聲聞緣覺

不成無上菩提者即指權教菩薩於四禪成佛者方至圓之二行故也聲聞者聞四諦聲教也緣覺解現辟支皆兼小教者也

（午）三凡夫修學人過

及成外道諸天魔王及魔眷屬

外道叛佛正教心游道外者也諸天奉佛戒定欣求樂果不求出離者也魔羅此云殺者耽護欲境惱害正修者也皆取具增上果生居勝處有變有通自謂道成者耳

（巳）二總出其由

皆由不知二種根本錯亂修習

即眞妄二本錯亂者誤以妄者爲眞獨修於妄非眞妄雜修也（辰）二喻說

猶如煑沙欲成嘉饌縱經塵劫終不能得

劫麼此云長時塵劫者微塵記彼劫數極長時也妄不成眞故終不可得舉過出由竟（卯）二徵釋名體又二（辰）一徵起

云何二種

（辰）二正釋又分爲二（巳）一所執妄本名體

阿難一者無始生死根本則汝今者與諸衆生用攀緣心爲自性者

無始生死根本出其名也則汝下指其體也此體乃無體之妄體耳即上文思惟妄想七番不得其處及下文方將呵破者也

（巳）二所迷眞本名體

二者無始菩提涅槃元清淨體則汝今者識精元明能生諸緣緣所遺者

即前文所判常住眞心性淨明體而加詳明也二者下出其名也則汝下指其體也此體方是實有之眞體矣妄眞皆稱無始

者如金之與沙二俱無始不可詰其先後乃佛教中正說異外道之有始菩提者三種中眞性菩提耳涅槃者義番圓寂眞本圓而妄本寂也三種中性淨涅槃耳取次依本覺如如智理而言故云元清淨元即本也不取修斷障染所成今者現今即具不待後修識精元明者六根所具圓湛不生滅性識精乃其總名本惟一體若應六根而列別名當是見聞齅嘗覺知六精也五卷諸佛証云汝復欲知無上菩提令汝速證安樂解脫寂靜妙常亦汝六根更非他物驗知菩提涅槃元清淨體决指六根中見聞等精所以破識之後首即顯見精爲妙明本心也舊註全不達此故迷爲破見耳又復當知佛釋偈文謂陀那細識正此識精然亦以識爲名者乃是第八識海非比前六虛妄無體矣因是眞修之本所以修圓通中直選耳根聞性亦此識精而斯經始終要用所以迥異於諸經者由此根性以爲之本矣應知二本所含下文前短後長前至此卷半破識盡處後至二卷末破和合盡然眞本寄標於此耳元明者本來自明非由修斷矣諸緣者前六轉識也楞伽云藏識海常住境界風所動種種諸識浪騰躍而轉生是知前六皆此識海所生諸浪故虛妄也緣所遺者言前六能遍緣一切而獨於本生識海自緣不及如眼所起見能遍見一切而自不見眼也縱使悟時須一念不生方能默契六識若動體即隱矣故學人不捨緣心畢竟如生盲

不見性也由其執認緣心必遺元明故曰緣所遺也問唯識何言七緣第八見分爲我答偈云隨緣執我量爲非旣是非量豈眞能緣然謂之眞本者眞修根本以決定能成菩提涅槃故也正釋竟(辰)三結歸頂諸衆生遺此本明雖終日行而不自覺枉入諸趣

此結雖似單結迷眞而實亦並結執妄以迷眞正由執妄也蓋因緣不及畢竟不見遂成永迷也雖終日行而不自覺者日用不知也如見聞等諸精無須臾離而竟不知其可以用爲眞修之本能至佛位所以終不見其全體得其大用也枉者屈也言本不當受而屈枉受之諸趣即七趣也蓋此識精衆生本有體遍十方用彌沙界非諸趣所能牢籠但由不覺甘受輪迴豈不屈枉哉警之至也普示執迷二本已竟

大佛由首楞嚴正脈疏卷第七

音釋

賺 直陷切錯也　翹 祈堯切音翹

大佛頂首楞嚴正脉疏卷第八

明京都西湖沙門交光真鑑述

㊂三正斥妄識非心即前所徵愛樂妄心而今重舉重徵者良以破處示本文辭旣長前之心相沉隱若不重舉徵令現前將對何者而施斥破之辭乎重徵之旨惟在此耳分三㊃一如來重徵直呵又分三㊄一應求垂問

阿難汝今欲知奢摩他路願出生死今復問汝

奢摩他路問答意别阿難以求知心處爲路如來則以了此妄識無體無處而别覓真心爲奢摩他路也㊄二徵令現前又三㊅一於見詳徵又三㊆一總徵於見

即時如來舉金包臂屈五輪指語阿難言汝今見不阿難言見

五輪指者佛之指端皆有千輻輪紋屈者握而成拳相也㊆二别徵所見

佛言汝何所見阿難言我見如來舉臂屈指爲光明拳耀我心目

㊆三别徵能見

佛言汝將誰見阿難言我與大衆同將眼見

此上三科方以徵定能見所見而未及徵心故大科名於見詳徵也此中先徵眼見密含深意現於前文徵處科下小註之中今因重徵當亦重申明之如來前文云將何所見誰爲愛樂意已深含辭猶隱畧此處有三審試太煞丁寧學者不可不著眼一則舉拳語阿難言汝今見否阿難言見二則曰汝何所見阿難答以見光明拳三則曰汝將誰見阿難又惟答以眼見如來可謂重重顯示阿難可謂頭頭錯過矣如來見阿難始終不能薦取不能直認見性爲心只得落草盤桓更問以何爲心當我拳耀也此意甚深難知故特爲宗通者漏洩之問環師此處亦云金拳舉處直下要識本明塵相未

除依舊認賊爲子豈不徹了此意答此正所謂似則也似是則未是以環師未徹見性即是本明耳諍曰如來正舉拳徵見環師就此便說要識本明如何不徹見性答若果此處徵領見性即是本明到盲人矚暗章中不應隨衆說爲破見也問彼却取何爲本明耶答彼蓋泛領宗家所云正法眼藏涅槃妙心之名字爲本明耳而實未能親領目前見性即是涅槃妙心所謂似現量而非真現量也知言者固不可以一語之偶合而濫許其全是也環師他處似是而非者尚多此其未透之源本也歟

(巳)二就答徵心

佛告阿難汝今答我如來屈指爲光明拳耀汝心目汝目可見以何爲心當我拳耀

前文云將何所見誰爲愛樂合此科當是兩番徵心而已(巳)三舉心以答

阿難言如來現今徵心所在而我以心推窮尋逐即能推者我將爲心

推窮尋逐之心即前阿難自述思惟愛樂及如來所判妄想攀緣之心也上文云由目觀見如來勝相心生愛樂合此科當是兩番自呈妄心但上文且惟破處此下方直破心矣徵令現前已竟(辰)三直呵非心

佛言咄阿難此非汝心

咄振聲呼警令大驚悟也前言三種非真義中此方說破第一非是心也重徵直訶已竟(卯)二阿難驚索名目

阿難矍然避座合掌起立白佛此非我心當名何等

矍然驚愕貌避離也經久自恃惟知有此一朝奪之無有不驚者矣(卯)三如來指名出過

佛告阿難此是前塵虛妄相想惑汝真性由汝無始至於今生認賊爲子失汝元常故受輪轉

前塵虛妄相想此六字乃其本名阿難既聞非心索要本名故佛直指本名以答也前塵者現前所對六塵也虛妄相想者言此思想必帶塵相虛妄暫現豈有實體哉故後顯發科中不過詳釋此名之義而已由汝下出其錯認之過患也認賊爲子者本非心而錯認爲心也失元常者即昧眞心而不認取也如人既認賊爲子更不求覓眞子矣受輪轉者以所認非眞常之心故長流生死如常遭賊子竊奪也顯呵妄識非心已竟(子)三推破妄識無體此科方以說透識心徹底虛無斷滅全不是心矣分二(丑)一阿難述怖求示分四(寅)一述唯用此心又三(卯)一出家用此心

阿難白佛言世尊我佛寵弟心愛佛故令我出家

(卯)二作善用此心

我心何獨供養如來乃至徧歷恒沙國土承事諸佛及善知識發大勇猛行諸一切難行法事皆用此心

此科及下科皆是假設擬度必不能外此心而別爲用也(卯)三作惡用此心

縱令謗法永退善根亦因此心

(寅)二述舍此更無

若此發明不是心者我乃無心同諸土木離此覺知更無所有

未二句是依佛捨此更復揣摩則杳無別心可得也(寅)三述自他驚疑

云何如來說此非心我實驚怖兼此大衆無不疑惑

天上人間凡外權小無不說此爲心故與阿難驚疑同也縱有禪定取證亦由制住此心而得故也(寅)四求如來開示

惟垂大悲開示未悟

且求開示如何此非我心如何名爲前塵虛妄相想此尚未及求說真心也阿難述怖求示已竟(丑)二如來安慰顯發又二(寅)一安慰許有當知此科非是正說真心但由阿難驚怖離此更無故且許有以安慰其驚怖也又曲分爲三(卯)一先標垂敎深意

爾時世尊開示阿難及諸大衆欲令心入無生法忍

無生忍者别教初地以去方始証入圓教當住位所証住此忍者於三界内外不見有少法生不見有少法滅超情離見一一當體皆即真如實相亦即一切事究竟堅固也衆生不能証入於此者正由誤認生滅妄想爲心故於此忍永隔而不能入今將破彼生滅顯發無生故經預標以示如來垂敎利益之深耳至後敘開悟云世間所有皆即妙明獲本妙心常住不滅其即此忍之義相乎(卯)二示已常說唯心

於師子座摩阿難頂而告之言如來常說諸法所生唯心所現一切因果世界微塵因心成體

諸法所生者衆生迷其真源而妄謂萬物各有從生之法如金生水木生火之類是也惟心所現者聖教直指大本唯一真心體隨緣變現也二句敵體相番畧以總標

一切下詳以別列也因果具凡聖權實大至世界小至微塵具染淨麤妙因心成體者即唯心所現所謂萬法離真心乃至無芥子許可得也(卯)三舉況真心有體

阿難若諸世界一切所有其中乃至草葉縷結詰其根元咸有體性縱令虛空亦有名貌何況清淨妙淨明心性一切心而自無體

縷結如絲麻之類舉至細微以況麤大詰追問也根元體性亦是隨世間所說因緣及自相也虛空二字即名豁虛無礙爲貌此舉無體者以況有體也自體無垢曰清淨處染不染曰妙淨湛寂虛靈曰明心性一切心者與一切法爲心性也此心海廓周法界而一切諸法皆是真心海中所現影像無自體性但依此心爲彼實性故也而自無體者正是況顯之詞言所現之物尚皆有體而能現之心豈反自無體乎決言真心必定有體汝但因執此妄心故以迷彼實體豈真離此更無所有乎安慰許有已竟(寅)二顯發虛僞上雖指名出過猶未明其何爲虛僞故此始發之也然前文三種非真義中此科方以說破第二無體之義又復曲分爲二科(卯)一托塵似有又二(辰)一反難離塵當有

若汝執悋分別覺觀所了知性必爲心者此心即應離諸一切色香味觸諸塵事業別有全性

執悋者堅執舊見而不捨也分別者散心任運之用覺觀者究理推度之界前麤後細二皆有分明不昧之相故曰所了知性

此正妄識也必爲心者決定認此爲自心也此先按定向下方起難詞色香味觸畧舉四塵諸塵更該聲法之二一切事業皆塵所成如云塵事塵業也然營業之初曰事事辦之後曰業別有全性者縱之令其離塵自有也(辰)二正言不能離塵又復曲分爲二科(巳)一外緣不離

如汝今者承聽我法此則因聲而有分別

單舉聲塵者固取現對之境舉一例餘亦是以勝該劣矣此即破第二緣佛聲敎心也(巳)二內守不離

縱滅一切見聞覺知內守幽閑猶爲法塵分別影事

此見聞覺知約前五識及五俱意識而言以四攝六蓋合齅嘗爲一覺也滅者息此諸識外緣覺觀而不動也幽閑者內心寂境也此科方該諸修學人故此境即凡外權小在定所守之境亦彼取證以爲法性者也法塵者指此境之本名如云本非法性元是法塵也分別即守此境之心也影事者言此境此心但是光影了無實體矣蓋凡外權小執此幽閑以爲法性深處而不知尚是妄識所緣法塵又執守境之心已離外塵而非分別而不知未離法塵猶是分別也然此境所以爲法塵之由者有二一者凡外小乘不達諸法本空但捨外而緣內如鏡外之物不除鏡中之影常在但相似不動而已實念念不忘外法豈能除其影乎影即法塵也二者權敎菩薩雖達法空而未聞此經塵有十二今於幽閑

之時雖離明動通甜合生之六而未離暗靜塞淡離滅之六也故亦是法塵也至於守境之心所以爲分別之由者亦二一者境旣法塵體非本有全托分別而後分明一不分別境即沉没故恒分別譬如無波之流望如恬靜而實不住也二者凡外權小皆依六識思惟爲觀六識印持爲止離六識無別定慧之體故根本元是分別豈能擺脫乎夫境是法塵心是分別境固不能離心心猶不能離境自謂清淨實全垢汚自謂寂定實全流注矣大凡上禪深教不明而好靜定者未有能出此境者矣然亦常處生滅終不自覺其非奉勸好禪定者尚當究心於斯經而後可乎抑又因是而知一切權乘有出入之定皆是微細分別蓋全以憑仗細分別心持彼寂境一不分別寂境即失名曰出定楞嚴大定豈如是乎請味題中所解自知異於是矣此即破第四止散入寂心也托塵似有已竟(卯)二離塵實無又曲分爲二科(辰)一暫縱離有即許爲心

我非勅汝執爲非心但汝於心微細揣摩若離前塵有分別性即眞汝心

非勅汝執者不强其定依也但汝下教其自度也若離下方是縱詞有分別性者有離塵之自體也即眞汝心者暫許之也(辰)二隨奪離無不得爲心又復曲分爲三科

(巳)一離無即是塵影

若分別性離塵無體斯則前塵分別影事

(巳)二塵影即同斷滅

塵非常住若變滅時此心則同龜毛兔角

全托諸塵而現分別之影塵若變滅心豈能存如形滅而影自亡故同龜毛兔角二

乃無體之名故以之喻也(己)三斷滅誰成至道

則汝法身同於斷滅其誰修證無生法忍

法身斷滅者順阿難意執緣塵之心爲法身故也此所以權小法身尚非真實常住而終無實果以不離塵影所謂蒸沙作飯也無生忍同前如來備破三迷已竟(癸)二會衆知非無辯

即時阿難與諸大衆默然自失

默然者依佛微細揣摩自失者覺得離塵無體又前責已不知心處尚望佛言聞佛直呵非心驚疑諍辯及其蒙佛無體之示始知體尚本無安有住處三迷全破三執全消故默然無辯然則平日倚恃爲心者一旦杳無體性無可跟尋而又未審何者爲心即如人失其所寳之物故曰自失正與斥破已竟(壬)三結歸判辭

佛告阿難世間一切諸修學人現前雖成九次第定不得漏盡成阿羅漢皆由執此生死妄想誤爲真實是故汝今雖得多聞不成聖果

前文普判衆生誤認科云一切衆生生死相續皆由用諸妄想此想不真故有輪轉自判後即乃備破三迷破迷已畢故此仍以結歸前判以原其文也世間諸修學人即前一切衆生非但指於界內如此經以三賢四加尚名世間詳下文正指凡外小乘而意該於權教菩薩九次第定謂四禪四空加滅受想小乘法中前八凡位所成第九無漏聖位所成今云不得漏盡成羅

漢者當知彼所謂無漏聖位皆一時權許誘進而已法華破云汝當觀察籌量所得涅槃非眞實也既非眞涅槃豈名眞漏盡乎故長水謂十地爲漏盡羅漢無可疑也極理而言權教之佛亦非以尚在圓之二行而已皆由下二句正歸判辭即前用妄想而有輪轉也由是知前生死必兼變易輪轉亦帶涅槃也末歸阿難意猶可見蓋小教許四果皆聖阿難已登初果而謂非聖豈破初而獨存於四乎決定以十地方爲分證之聖果矣此即破第五界外取証心也斥破所執妄心以開奢摩他路已竟(辛)二顯示所遺眞性令見如來藏體上科即是妄本已破而不用矣此科即是眞本正修必用佛云衆生遺此本明枉入諸趣故科名承用遺字然而現具六根之中遍爲一切法體故此科始從眼根開顯以至四科七大也分二(壬)一阿難捨妄求眞久執妄識爲心最所難捨今悟其妄方始捨之惟求眞心矣又三(癸)一悲感陳言

阿難聞已重復悲淚五體投地長跪合掌而白佛言

凡悟深者而後發悲或悟妄而悲久苦或悟眞而悲久失今此悟妄之悲也(癸)二追述痛悔此中二子科即示墮淫室二種深意文現於此就分爲二科(子)一悔恃如來不修大定

自我從佛發心出家恃佛威神常自思惟無勞我修將謂如來惠我三昧不知身心本不相代失我本心雖身出家心不入道譬如窮

子捨父逃逝

此科即他不足恃也惠者恩賜也三昧此云正定亦云正受入此正受不受一切餘境也代者替也如愚忙迫令他代食終不自飽失本心者因悟妄心而始知不見自心即非入道喻如捨父者生佛本來同一法身住持法身者似離而實合似疎而實親令阿難認妄遺真似合而實離似親而實疎所謂對面千里故云爾也觀此則不自修行而但求加被者亦可以警矣(子)二

悔恃多聞終無實得

今日乃知雖有多聞若不修行與不聞等如人說食終不能飽

此科即聞不足恃也觀此則徒恃學問而不實修者可以警矣(癸)三表迷求示

世尊我等今者二障所纏良由不知寂常心性惟願如來哀愍窮露發妙明心開我道眼

二障者煩惱及所知也煩惱障者即見思二惑見乃作意分別之惑即十結使思乃任運貪愛即貪嗔痴慢四結使前麤後細總屬我執所起能障人天勝妙好事故名事障煩惱即障持業釋耳所知障者亦二一者取境謂不達外境唯心而謂心外實有有所希取二者法愛於所修證不達性空而生愛著亦前麤而後細總是法執能障法空之理故名理障然所知二字不即是障正是法空之理依彼所障之理以為名故曰所知不是障被障障所知是能障所知之障依主釋耳亦名智障即法空之智同前理說阿難初果方脫見惑而思惑

未盡是尚爲煩惱所纒至於所知障渾然未解脱矣寂者不動摇也常者無生滅也因佛開示覺得前來所執之心分别喧動無有寂時起滅紛飛豈能常住由此方求寂然常住之心應知比前破處之後所求之意逈别前云溺於淫舍當由不知真際所詣是尚以妄識爲真心責巳不知真處但惟求處而已今云二障所纒良由不知寂常心性方始責巳不知真心而别求真心矣窮露如窮身暴露無所棲藏也空有不羈曰妙體用朗鑑曰明真妄顯現決擇分明曰道眼又物不能碍曰妙物不能混曰明蓋寂常妙明之釋與下佛之答處皆有照應(壬)二如來極顯真體分三(癸)一放光表顯又復曲分爲四科(子)一真智洞開相

即時如來從胸卍字涌出寶光其光晃昱有百千色

前光表了妄之智此光表達真之智又即根本智如如性體後文如來自謂不滅不生惟妙覺明是也卍者彼方萬字也如來胸前萬德吉祥紋也光從此出亦表所開智萬德圓備光晃昱者見此智明踰日月色百千者見此智用等河沙(子)二圓照法界相

十方微塵普佛世界一時周徧

非比前心一念偏局十方俱闡此智若開體徧法界即照窮法界亦即後文如來自言惟妙覺明圓照法界是也(子)三上齊佛界相

徧灌十方所有寶剎諸如來頂

(子)四下等生界相

旋至阿難及諸大衆

生佛法界本同一體今旣照窮則生佛法界無不洞徹矣(癸)二普許開示

告阿難言吾今爲汝建大法幢亦令十方一切衆生獲妙微密性淨明心得清淨眼

幢表摧邪立正獲妙下八字是如如理亦即奢摩他體獲妙二字畧斷一斷雙貫下微密性與淨明心法界眞理但惟一體自其本寂而言謂之性自其本覺而言謂之心今於性而稱微密謂隱微秘密即本寂無有形聲意也於心而稱淨明謂無染無蔽即本覺照體獨立意也而妙字同前空有不羈物不能碍貫下性心當云妙微密性妙淨明心而經文省字成句耳二皆指理體而言末四字是如如智亦即微密觀照獲得同意重言得者足見理智對舉清淨眼者契理之智番前妄心全體緣塵故不清淨此智遠離分別諸塵不干稱理而周法界後經名清淨海眼是也又阿難求寂常心性而佛許以妙微密性求妙明心而許以妙淨明心求開道眼而許以得清淨眼亦請許相應矣(癸)三說盡眞際盡其眞心實際也若惟就其見聞覺知靈鑑無相之體而發揮之不達於四科不極於七大則猶未盡其際也今於四科七大悉顯其爲一眞不動周圓本定之心體故可謂盡其眞如實際矣又此純談眞如但示空如來藏未明起用故科眞際也分三(子)一

尅就根性直指真心此經最殊勝處全在破識心而不用取根性爲因心良以用識用根乃權實兩教之所由分用識而修者塵劫不成菩提從根而入者彈指可超無學若要決定成菩提決定証涅槃惟須直取根性爲因地心而後可圓成果地也故舊註救起識心反言破見甚違經旨所以不得已而復解也且此根性尅體在於衆生現前本具見色聞聲等處率皆日用不知即祖家所謂不離動用中也然其體量徧周法界爲四科七大之實體即祖家所謂動用收不得也今酬妙定之請而首先指於此者正以此性之體不假制伏而本來不動不勞續念而本無生滅不煩擴充而本來周徧皆與識心大相違反是即真

奢摩他自性本定也幸惟一洗舊聞委捜佛旨當自見之又二(丑)一帶妄顯真問旣曰顯真何又帶妄葢此根中之性即第八根本識所謂識精元明緣所遺者此識據法相宗有三位名異而體不異自凡位至七地名黎耶識此云藏識自八地至等覺名異熟識佛位名陀那識此云執持亦云無垢前二真妄和合後一純真據圓教即應仍是真妄和合以彼佛位方是圓之二行無明未盡故也據阿難所稱菴摩羅識此云白淨方似圓教佛位純真之識再俟參考然度佛果後若無此識則過未因緣悉應忘失四雖一體而今所顯者但於凡夫分上正惟黎耶實體經後偈文亦稱陀那細識舉勝稱揚也其體全是真心而具

無明雖具無明而衆生分上捨此無别眞體非比前心無體非眞也特以權小惟認前六識心以爲勝用至於六根一向目爲色法總攝無記故於修行分中不知不用常如遺失所謂衆生遺此本明也今佛於破妄之後應當機之懇求急欲其捨彼識心認此根性若不先以極顯其眞何以使其決定取此新悟而捨彼舊執乎是以雖有二種顛倒見妄姑帶之而且不遽破故曰帶妄顯眞直至十番顯後方乃一番破除非惟顯多破少而破處亦如脱衣露體豈同前之全破無體乎舊註自此總謂破妄見遂令學者不敢直認見體爲心違佛本旨甚矣千載差誤不可不知分爲十科

(寅)一指見是心六根中性雖同一陀那細識而最便於目前開示者莫過於眼根中見性故惟從此顯發而餘可例知然此見性所以别於眼識者但取照色之時一如鏡中無别分析即是見性起念分别即屬於識聞等例此是可見祖師云毫釐有差天地懸隔最爲格言學者當以細心甄别之又三(卯)一雙舉法喻現前又二(辰)一如來雙徵拳見

阿難汝先答我見光明拳此拳光明因何所有云何成拳汝將誰見

(辰)二阿難各答其由

阿難言由佛全體閻浮檀金赩如寶山清淨所生故有光明我實眼觀五輪指端屈握示人故有拳相

閻浮此云勝金須彌南面有此檀樹果汁

入水沙石成金此金一粒置常金中悉皆失色佛之身色如之䞓赤焰也又傳此金方寸暗夜室中照耀如晝佛身赤焰不但如金破暗之光【卯】二辨定眼見是心又分三【辰】一辨無眼有見顯其不假眼緣見性自結爲根便局肉眼所謂聚見於眼衆生浩刼迷已爲物但謂見性全屬肉眼無上勝性反成劣相畧說其劣有三不及前心一者有形可見可捉不若識心不可見不可捉摸也二者有碍見前鈌後見障内不見障外覩近限遠不若識心前後内外遠近皆可緣也三者易壞觸之即傷不若前心卒難損壞也以故衆生但認前心而曾不覺此眼中之見爲妙性也今欲當機決定捨彼識心認此見性故須巧示令知此見非眼全不係眼而爲有無判然有離眼之體是故但悟此見非關肉眼則豁同虛空無碍無邊所謂常住妙明不動周圓無窮妙義從此而漸顯方能逈超前心而令決取捨矣以故此科特辯無眼有見而下科判其是心非眼也又復曲分爲三科【巳】一雙陳法喻令審

佛告阿難如來今日實言告汝諸有智者要以譬喻而得開悟阿難譬如我拳若無我手不成我拳若無汝眼不成汝見以汝眼根例我拳理其義均不

無拳無見義本不均試問令其推度而已

【巳】二阿難未覺不齊

阿難言唯然世尊旣無我眼不成我見以我眼根例如來拳事義相類

示同常情答也(巳)三如來斥非詳示又分爲四(午)一正斥其非

佛告阿難汝言相類是義不然

(午)二明其不齊

何以故如無手人拳畢竟滅彼無眼者非見全無

手外無拳故手無拳滅眼見各體故眼滅見存非全無者但明不滅非謂半無或約瞽者但缺見明之用而尚有見暗之用故不全無若取體而不取用前說理正(午)三令其詢驗

所以者何汝試於途詢問盲人汝何所見彼諸盲人必來答汝我今眼前惟見黑暗更無他矚

更無他矚者除見暗外更無別見也(午)四結申有見

以是義觀前塵自暗見何虧損

暗相即塵然謂之前塵者以其對於眼前也末二句言所見之塵自暗而能見之體固無滅也夫既無眼而有見則此見何干於眼而言無眼即無見乎辨無眼有見已竟(辰)二辨矚暗成見顯其不假明緣上科示內不依根此科示外不循塵良以衆生既以迷已爲物瞢然與物無分何但無眼即謂爲無見而無明亦謂其無見矣故此深明其暗中無損於見也又分爲二(巳)一阿難疑於覩暗非見

阿難言諸盲眼前惟覩黑暗云何成見

但假此問以引起辯見是心耳(巳)二如來例明暗見無虧又復分爲二科(午)一雙詰

二暗

佛告阿難諸盲無眼惟觀黑暗與有眼人處於暗室二黑有別爲無有別

㊂二雙答是同

如是世尊此暗中人與彼羣盲二黑校量曾無有異

此下語意稍爲缺畧宜結難於阿難云汝謂無眼黑中即爲無見豈此有眼黑中亦無有見乎其意方完㊁三辨見乃是心顯其離緣獨立分二㊀一例明眼見之謬夫阿難初答眼無見滅次疑覩暗非見是乃執見全惟是眼乃大差謬今佛取例正顯斯謬也又二㊂一初例成謬

阿難若無眼人全見前黑忽得眼光還於前塵見種種色名眼見者彼暗中人全見前黑忽獲燈光亦於前塵見種種色應名燈見

無眼得眼而後見旣名眼見無燈得燈而後見應名燈見其謬全同人所易見㊂二轉成二謬

若燈見者燈能有見自不名燈又則燈觀何關汝事

一者燈當名見謬二者見不屬巳謬寄燈見以責眼見之謬也㊀二結申心見正義曲分二㊂一取例非燈

是故當知燈能顯色如是見者是眼非燈

㊂二轉例非眼

眼能顯色如是見性是心非眼

全畨上初例之謬以申成正義有眼得燈者但借燈以顯色而所以見者決是眼而非燈此能例之喻人所共知由是以例無

眼得眼者亦但借眼以顯色而所以見者決是心而非眼此所例之法人所未覺聞經者極宜省悟於此而認取見性爲心矣觀佛前阿識心則曰非心今薦見性則曰是心明以應阿難眞心之求但令知其離彼肉眼不藉明塵別有全性所謂靈光獨耀逈脫根塵極顯其眞何嘗破其爲妄乎具眼者請深味之詳辯具在懸示辯定眼見是心已竟(卯)三未悟更希廣示

阿難雖復得聞是言與諸大衆口已默然心未開悟猶冀如來慈音宣示合掌清心佇佛悲誨

是言即是心非眼之言口已默然者此中亦有微解仍具三重一者一向但知有眼方爲有見無眼即爲無見今驗盲人覩暗始知無眼有見而此見與眼殊不相干二者一向但知見明方可成見見暗不得成見今例有眼暗中同於無眼之暗始知見暗之時誠亦是見三者一向但知見惟是眼不名爲心今觀有眼得燈無眼得眼皆但顯色始知見乃是心而此見精離彼肉眼別有自體誠異前心離塵無體矣默然之中反覆研味此意而已心未開悟者未大開悟也此中更有諸疑意謂我之所求因前緣心不寂不常非妙非明故別求寂常妙明之心今佛示我此見爲心雖知即心不知此心亦具寂常妙明等義否耶末四句皆意請如來宣示此義耳按佛後文明示如來藏心乃云常住妙明不動於阿難之四義已同而但加周圓一義足成五

義當知此下於見性九番開示乃所以答前四義而同後五義足徵此見即是如來藏心至文一一別示指見是心已竟㊢二示見不動此科即示第一寂義也分三㊣一辯定客塵二字此之二字若按字分義則客表不住塵明動搖反顯主乃常住空實不動則兼顯二義若按科分義則主空皆明不動以常住不滅之義自屬下科所顯而不動不滅皆可釋於住字故也又復曲分爲三科㊦一如來尋究原悟

爾時世尊舒兜羅綿網相光手開五輪指誨勑阿難及諸大衆我初成道於鹿園中爲阿若多五比丘等及汝四衆言一切衆生不成菩提及阿羅漢皆由客塵煩惱所誤汝等當時因何開悟今成聖果

鹿園者古國王養鹿之地五比丘者佛初爲太子出家時王命隨侍者父族三人一阿鞞此云馬勝二跋提此云小賢三拘利華言未詳又云即摩訶男似是長子之稱母族二人一阿若多此云解本際二迦葉此云飲光共五比丘而阿若多爲最先發解者也菩提取大乘之果羅漢取小乘之果是佛初轉法輪之意當時所說客塵之喻乃喻集諦反顯主空乃喻滅諦耳今但取能比之喻不取所喻之法以此中客塵但喻身境及緣身境之心主空俱喻見性故耳㊦二陳那詳答二義又分爲三㊣一自陳得悟

時憍陳那起立白佛我今長老於大衆中獨得解名因悟客塵二字成果

憍陳那亦云憍陳如即阿若多之姓也此云火器亦事火之族(巳)二喻明客字

世尊譬如行客投寄旅亭或宿或食食宿事畢俶裝前途不遑安住若實主人自無攸往如是思惟不住名客住名主人以不住者名爲客義

俶整也(巳)三喻明塵字

又如新霽淸暘升天光入隙中發明空中諸有塵相塵質搖動虛空寂然如是思惟澄寂名空搖動名塵以搖動者名爲塵義

(辰)三如來印許其說

佛言如是

此但印其所說舊喻動靜分明不混欲以彰下文所示孰爲動者同於客塵孰爲靜者同於主空耳辯定客塵二字已竟(卯)二正以顯其不動又復分爲二科(辰)一對外境以顯不動外境此身尚爲疎遠其與見性動靜易見故先顯之又分四(巳)一辯定所見

即時如來於大衆中屈五輪指屈已復開開已又屈謂阿難言汝今何見阿難言我見如來百寶輪掌衆中開合

百寶者貴重之稱輪掌者佛之手足中心各有一千輻輪相故云耳(巳)二辯定開合

佛言阿難汝見我手衆中開合爲是我手有開有合爲復汝見有開有合阿難言世尊寶手衆中開合我見如來手自開合非我見性有開有合

當阿難端視佛時而其見性湛然盈滿於前乃視如來之手在此見性之中開合不

住則佛手自同客塵而阿難見性何異主空此動靜顯然分明故先令辯定是誰開合則動靜自分於是阿難果答不謬(巳)三

辨分動靜

佛言誰動誰靜阿難言佛手不住而我見性尚無有靜誰為無住

躡上令其自分動靜也佛手不住者已判定佛手是動也下三句乃判定見性不動也但用況顯之詞故初學或不省解今詳與明之其曰尚無有靜者非言不靜也蓋靜必因動而顯如先時曾動今始不動方可說靜今此見性從來不動設說其靜尚為不可故曰尚無有靜也誰為無住者猶言豈有動乎無住即動也蓋明其非惟離動亦且動靜雙離所以發揮此性常不動搖從來至靜非由攝念而得制伏而然誠所謂天然自性之本定矣乎(巳)四印許其言

佛言如是

許其所分外境為動見性不動皆不謬也當知此中但舉佛手為一切外境之例既知佛手開合與此見性無干則凡一切萬相及諸世界任其紛亂動止皆與見性無干矣若人於萬相中忽然覷見此不動之性常恒不昧何至為境所奪妙之至也又宗家竪指伸拳發明於人者多密此意令人自見自悟但教家分明說透為異耳對外境顯不動已竟(辰)二就內身以顯不動內身比境親為自體其與見性動靜難分故更明之又四(巳)一光引頭動

如來於是從輪掌中飛一寶光在阿難右即時阿難迴首右盼又放一光在阿難左阿難又則迴首左盼

㊅二審問動由

佛告阿難汝頭今日何因搖動阿難言我見如來出妙寶光來我左右故左右觀頭自搖動

此科但欲阿難説出因觀頭動方好辨於見性之動靜耳㊅三辨分動靜

阿難汝盼佛光左右動頭爲汝頭動爲復見動世尊我頭自動而我見性尚無有止誰爲搖動

外境動而見性不動人或易知自頭動而見性不動人實難辨良以世人認見是眼故頭搖眼轉宛似見性亦動今阿難因佛

上文説破見不屬眼已覺此見離眼獨立湛然滿前自是頭之動搖何干於見是以直答頭動而見不動也止亦靜也况顯意同上文耳㊅四印許其言

佛言如是

許其所分頭爲搖動見不動搖皆不謬也當知此中但取頭搖爲發悟之端既知頭動而見恒不動則凡此身往來千里萬里乃至恒沙世界死此生彼而此見性常如虛空無所動也若人悟此恒常不隨身轉則日用中行住坐卧皆在自性定中誌公云不起絲毫修學心無相光中常自在者此也其與閉目想空自墮法塵之影者天淵懸絶矣又宗家從東過西乃至跳舞意亦顯此而迷者效之但弄精魂終不得旨

也此意契合賞鑑者難道無人而其間不肯者當亦不少幸屈高見再委下文當必有首肯時節正以顯見不動已竟(卯)三普責自取流轉又分三(辰)一取昔所悟客塵

於是如來普告大衆若復衆生以搖動者名之爲塵以不住者名之爲客

此科二以字是知說意蓋心知口說皆決定以動爲塵以不住爲客此是述昔鹿苑所素明者牒之(辰)二今觀現前動靜

汝觀阿難頭自動搖見無所動又汝觀我手自開合見無舒卷

此科是令衆轉明現今大衆所見頭手不住而動者決是客塵見性住而不動者決是主空台當取昔所解爲今領悟矣(辰)三正以怪責妄淪又二(巳)一怪其明知妄由身境

云何汝今以動爲身以動爲境

此科是佛怪問引起下文責之之詞因人多不省解以謬註錯亂言愈多而愈不明故另分爲一科以便發明二以字照上科皆作知字說字讀之如云汝若不知身境是動或不曾說出身境是動是徹底迷昧固不足怪今汝云何明知明說動者爲身動者爲境依舊從始云云即接下之責詞無不明也此蓋緣譯人下得云何二字太早若將此二字移作下科之頭讀之自是明爽不費委曲釋矣試讀看(巳)二責其依舊認妄遺眞又分二(午)一曲分三障就分三(未)一惑

從始洎終念念生滅

接上意云既知既説動是身境便合了悟身境全是客塵不應執迷可也何乃依舊從始洎終於身境中念念生滅哉始終者遠則無始爲始今生爲終近則生爲始而死爲終下句即我法二執若認身境爲我及我所便是我執若認身境心外實有便是法執既惟堅認執迷則必念念不離但於身境中生滅可謂惑之深矣㊄二業

遺失真性顛倒行事

真性即指不動之見性既惟認妄便乃遺真全不認取下句即造妄業蓋認妄遺真事事顛倒非惟世間事業縱使種種修行皆名顛倒以其動執身境靜依法塵依法塵者還同身境曾不覺知本有天然不動之見性也㊄三苦

性心失真認物爲已

首句全牒上科二句言所依爲心性者既非是不動之真體則所領爲身命者豈本元之法身將見因差果謬必招認物爲已之苦也蓋認物爲已便是受身著境之苦果已成如凡夫妄認身爲我境爲我所身重而境輕權小妄認能證之心爲我亦身也所證涅槃爲我所亦境也境重而身輕圓覺云乃至證於清淨涅槃皆是我相圭峯解凡夫所執我相是迷識境權聖所執我相是迷智境雖麤細不同皆名認物爲已用是觀之權聖涅槃尚是認物爲已則凡夫身境豈非認物爲已其與一切精怪依草附木攬爲已身者顛倒是同也豈可不猛省而生厭患乎㊅二總結長淪

輪迴是中自取流轉

輪迴即二種生死是中者身境之中也言塵劫輪迴皆因不離於身境凡夫於麤身境中爲分段生死所輪權小於細身境中爲變易生死所輪末句責其自取者言非有魔驅鬼制但由自棄不動之本性自取流轉之身境而已甞謂纔學道者便知覓主人翁却乃多認攀緣不住之客而不知目前朗然常住之見性方是真主人翁纔聞般若者便說真空却乃閉目懸想搖動之法塵而不知目前廓然不動之見性正是真空快哉法王之妙示行人於此宜當反覆體認必有豁然時節始信孤負本有久矣

大佛頂首楞嚴正脉疏卷第八

音釋

矍厥縛切音攫　愕五谷切鶩遠貌　赩許極切赤色也

大佛頂首楞嚴經正脉疏卷第九

明京都西湖沙門交光眞鑑述

(寅)三顯見不滅此示常義分三(卯)一會衆領悟更請又二(辰)一叙述衆悟又曲分三

(巳)一得悟安樂　(卯)

爾時阿難及諸大衆聞佛示誨身心泰然

泰然者從佛呵爲非心即起驚疑及聞離塵斷滅轉更不安所以然者正以離識心外更不見心今當根中指出宛然別有寂然不動驚疑頓息所以安樂(巳)二悔前迷執

念無始來失却本心妄認緣塵分別影事

見不動心方顯識爲塵影故悔迷眞逐妄

(巳)三以喻狀喜

今日開悟如失乳兒忽遇慈母

背眞執妄如兒背母慧命懸危如失乳將死今見本心如忽遇慈母慧命復續如食乳而生(辰)二通別兩請又二(巳)一會衆通請

合掌禮佛願聞如來顯出身心眞妄虛實現前生滅與不生滅二發明性

首句謝前請後心即指前見性小乘雖知身是無常但一向迷見爲眼同身壞滅今雖作領即是不動之心然迷混之久實無智辯以自發明此見如何不與色身同滅故求佛發明之(巳)二匿王別請此以別除斷見乃是旁兼故科別請然以王發起者有二意一以就王之老相易示變遷二以顯身之無常至貴不免問佛指根性正意元爲改權宗生滅之因以立成佛眞因地心何暇且破凡夫最淺斷滅之見答權小鈍滯固可矜憐凡

外迷淪溺宜哀救況喪本受輪禍孽莫甚於斷見佛慈平等故因此處可以警悟乃兼與除之非正爲也此方名教多言人死靈隨氣散無復存者是爲大惑請沉玩於斯焉

分爲四科(午)一敘前邪惑

時波斯匿王起立白佛我昔未承諸佛誨勅見迦旃延毗羅胝子咸言此身死後斷滅名爲涅槃

迦旃延此云剪髮毘羅胝此云不作外道六師之二說道不同皆以斷見爲主涅槃多義而猶以不生滅爲要義得涅槃者一性恒常遠離生滅今反以身死性即斷滅爲涅槃眞邪說也蓋匿王未聞佛教先受此惑矣(午)二敘後仍疑

我雖值佛今猶狐疑

狐乃疑獸過水聽冰必多反覆人有疑者似之此亦示同故云爾也(午)三願聞不滅

云何發揮證知此心不生滅地

此心即指見性求佛顯示此性果不生滅則宿疑無不決了(午)四明衆心同

今此大衆諸有漏者咸皆願聞

據除斷見麤惑則此有漏似惟指於界內凡夫二乘有學若辨見性眞常則雖小乘四果別教三賢亦須普指以彼自來未明見性是眞常心故(卯)二如來徵顯不滅分三(辰)一顯身有變又二(巳)一畧彰變滅又曲分三(午)一徵定必滅

佛告大王汝身現在今復問汝汝此肉身爲同金剛常住不朽爲復變壞世尊我今此身終從變滅

其意可知(午)二徵定滅由分爲三(未)一怪問預知

佛言大王汝未曾滅云何知滅

(未)二畧舉變相

世尊我此無常變壞之身雖未曾滅我觀現前念念遷謝新新不住如火成灰漸漸銷殞

(未)三明知必滅

殞亡不息決知此身當從滅盡

因今遷謝而不住知終必滅而後已何待死而後知滅哉只此數語已即可以警悆無常劇貪世務者寧不惕然(午)三印許其言

佛言如是

印其所說不謬畧彰變滅已竟(巳)二詳叙變滅分三(午)一令較量老少又二(未)一故問令叙

大王汝今生齡已從衰老顏貌何如童子之時

前言總畧未盡精詳今故舉老少之懸殊者令其相較激引之而欲其詳叙也(未)二甚言不同

世尊我昔孩孺膚腠潤澤年至長成血氣充滿而今頹齡迫於衰耄形色枯悴精神昏昧髮白面皺逮將不久如何見比充盛之時

佛問老少王加長成三時發明以顯不同耄者只表老而昏忘不必局定歲數下枯悴釋衰昏昧釋耄髮白面皺又顯然可驗其不久者也老年者安可恬不知懼(午)二令詳叙變狀又二(未)一如來引問

佛言大王汝之形容應不頓朽

(未)二匿王具答分二(申)一不覺漸至

王言世尊變化密移我誠不覺寒暑遷流漸

至於此

密移不覺莊生亦喻夜壑負舟彼謂造化密移豈知行陰所遷(申)二徵釋推知又二

(酉)一麤推且限十年

何以故我年二十雖號年少顏貌已老初十歲時三十之年又衰二十于今六十又過于二觀五十時宛然强壯

任運不覺作意推度始得知之此科時寬人雖可覺然亦豈知二十三十比前童年已爲衰老是則少者當亦可以警無常矣

(酉)二細推乃至刹那

世尊我見密移雖此殂落其間流易且限十年若復令我微細思惟其變寧惟一紀二紀實惟年變豈惟年變亦兼月化何直月化兼又日遷沉思諦觀刹那刹那念念之間不得停住

此科推至極促之時方是凡夫麤心所不覺者尚書殂謂魂升於天落謂魄歸於地乃死之别名今經但以壯色日去爲殂老相日遷爲落紀者十二年也牒前寬數變其文耳自年以至刹那方是密移之不覺者也刹那至短攝在念間教中謂一念具九十刹那以利刄透九十紙爲一念準分刹那(午)三乃總結必滅

故知我身終從變滅

此雖如來令其詳叙肉身念念遷謝之相將欲顯後見性全無遷謝然亦可以爲觀身無常之厭然權小厭之取灰斷果求變易身乃其舊見今令依圓人見解不離根中頓領常性而已顯身有變已竟(辰)二指

見無變分四科(巳)一徵定不知

佛告大王汝見變化遷改不停悟知汝滅亦於滅時汝知身中有不滅耶波斯匿王合掌白佛我實不知

滅中不滅正王所昧使其早知何由惑於斷見(巳)二許以指示

佛言我今示汝不生滅性

(巳)三引敘觀河

大王汝年幾時見恒河水王言我生三歲慈母攜我謁耆婆天經過此流爾時卽知是恒河水

耆婆此云長命謁此天神求長命也(巳)四詳彰不變又二(午)一先彰所見不變所見卽恒河中水欲因所見之水不異引顯能見之性不變耳又分爲三(未)一躡前變滅

佛言大王如汝所說二十之時衰於十歲乃至六十日月歲時念念遷變

(未)二令較所見

則汝三歲見此河時至年十三其水云何

(未)三直答不變

王言如三歲時宛然無異乃至于今年六十二亦無有異

先彰所見不變巳竟(午)二次彰能見不變能見卽根中見性因所顯能易於開悟耳分三(未)一躡前身變

佛言汝今自傷髮白面皺其面必定皺於童年

(未)二令較能見

則汝今時觀此恒河與昔童時觀河之見有童耄不

(未)三直答不變

王言不也世尊

問約老而聰明不衰者可說不變然多有老眼昏暗者則何通之答自是眼暗非關見性若但論眼則固有少而昏盲者何待老來且前指見科中已有盲人矚暗之喻彼許全見黑暗亦無損於見體豈止昏花乎當知此中但是就匿王不病之眼以驗見性不變而已非說肉眼能不變也豈可故取病眼爲難乎指見不變一科已竟(辰)三正申二性以前通請中願聞生滅與不生滅二發明性如來已引觀河驗定至此乃申二性以結歸前之所請也又分二(巳)一詳與區分又二(午)一因皺以分變與不變

佛言大王汝面雖皺而此見精性未曾皺皺者爲變不皺非變

(午)二因變以分滅與不滅

變者受滅彼不變者元無生滅云何於中受汝生死

匿王既因身之衰變而預知身之必滅何不因見之不變而預知此見死後必不滅乎可以深發省悟矣於中者即於身中也受生死者與身同受生滅也言既不與身同變必不與身同滅矣往往宗家謂不離身中即有不滅性體正謂根中見聞等性非謂方寸之中臟腑之內別有性命即同阿難初執身內識心(巳)二責留斷見

而猶引彼末伽黎等都言此身死後全滅

末伽黎此云不見道等者等前請中二人

皆一類斷見外道故佛責與王請互舉之如來徵顯不滅一科已竟(卯)三王等極爲喜慶

王聞是言信知身後捨生趣生與諸大衆踊躍歡喜得未曾有

王本爲除凡夫斷見之惑示同就問故此即惟就王結彼一類懷斷見者方喜其有趣生之性而已非普結會衆同有是喜也以捨生趣生正四相中人相權小喜此是損非益也問權小豈無喜乎曰必喜離識心外別有此本常之性自此而修大定成菩提端有望矣曰經家何故只就王結曰王是旁兼之問意中惟就此機會決了斷見而已斷見旣除其意已盡何不結了問爲何不結會衆之喜曰此有二意一者小悟之喜不必重結謂逐節開悟之喜此科之首已敘身心泰然等若使再結還同前語何用重繁二者大悟之喜須待後結以心未大開餘疑未盡阿難等方欲種種與問何暇結喜直待三卷末方結云各各自知心徧十方乃至獲本妙心常住不滅禮佛合掌得未曾有始是普會之喜也顯見不滅已竟(寅)四顯見不失此若據其科名亦是前常字之義葢上科約未來說如云盡未來際究竟不滅此科約過去說如云從無始來本有不遺旣惟約於竪窮其屬常字無疑若據文中發明體周萬法量極虛空亦可以當如來後示周圓之義又前文求示寂常心性上二科已答寂常二字此科廣大周圓誠爲心性全體是答心性

二字三釋俱通宜細詳之分二(卯)一阿難因悟反疑前語

阿難即從座起禮佛合掌長跪白佛世尊若此見聞必不生滅云何世尊名我等輩遺失眞性顛倒行事願興慈悲洗我塵垢

上惟舉見此復兼聞足顯佛言隨便其實四性六精俱攝見性之中矣必不生滅是起疑之端在上科中文云彼不變者元無生滅是也遺失眞性顛倒行事正是所疑却在不動科中是彼全文因後疑前非是疑佛自語相違但問佛既云不滅以何因緣前說遺失故佛下示但因顛倒而說遺失非因斷滅而說遺失也可見非眞遺失故通章全示顛倒不失之相諸註但明顛倒全忘不失不知何以銷阿難之疑請詳今解當自辯其得失(卯)二如來發明因倒說失此中舊註差錯若不預以辯明非惟經之本旨終不顯彰即今正解反似差錯矣註云順垂爲正逆竪爲倒此言非是且與後結合處語相乖反盖爲錯會首尾相換四字故致差誤至此不知首尾相換正明不失非說顛倒良以臂之正倒元無一定阿難與佛俱惟順於世間但取臂之雖倒不失人所易明心之雖倒不失人所難曉以易例難而已請觀今解分二(辰)一即臂倒無失爲喻又三(巳)一定臂之倒相

即時如來垂金色臂輪手下指示阿難言汝今見我母陀羅手爲正爲倒阿難言世間衆生以此爲倒而我不知誰正誰倒

母陀羅手此云印手相好也不知誰正誰

倒者正以臂無一定倒正故但順於世間說此下垂爲倒(巳)二定臂之正相

佛告阿難若世間人以此爲倒即世間人將何爲正阿難言如來竪臂兜羅綿手上指於空則名爲正

佛意亦以臂無一定正倒既世人以此爲倒即依之爲倒遂問世人以何爲正亦將依之以爲正也但欲取喻不失而已非辯正倒之是非也(巳)三明顛倒非失

佛即竪臂告阿難言若此顛倒首尾相換諸世間人一倍瞻視

即竪臂者即依上指爲正也若此顛倒首尾相換者此二句正明顛倒無失葢佛上竪時已順世間成正却言若將此臂顛倒下垂但是將上竪之首換爲下垂之尾而已豈將此臂眞遺失哉末二句一者同也倍者多也如言心之顛倒不失世人固所難知臂之顛倒不失乃世人同見而無差異多見而非一人葢言明白易見宜當就喻發悟也且與下合喻全無乖反矣(辰)二以心倒無失合喻分四(巳)一據名畧以合定

則知汝身與諸如來清淨法身比類發明如來之身名正徧知汝等之身號性顛倒

清淨法身者即相即性即有即空現前三十二相即是法身非比相宗最後佛身有爲無漏非比空宗破相爲妄報化非眞此之性宗山河全露萬相皆如說報化與法身異體者當墮地獄比類發明者即令依臂悟身心也達心包萬法爲正知達萬法

皆心爲徧知如來達此名正徧知身如臂上指非新得也執色身包心爲倒知執心外有法爲倒見凡小執此號性顛倒身如臂下垂非眞失也此但畧合詳合更在下文㊇二徵顯身無正倒

隨汝諦觀汝身佛身稱顛倒者名字何處號爲顛倒于時阿難與諸大衆瞪瞢瞻佛目睛不瞬不知身心顛倒所在

此雖示身無倒相亦見阿難等不明顛倒實義意謂凡物名相多不相離故令循名而覓相如以黑爲名者若對白物必歷然有黑相可見與白者逈别今汝身旣以顛倒爲名對我正徧之身亦當歷然有顛倒之相與我正徧者逈别而後可也今隨汝觀顛倒果何在乎由是衆等竟不得其倒正之相然所以不得者斯名有三義甚深不同諸名一者不在當體義蓋名雖在身而義乃從心故也二者非可相見義但可義求非如有形之物可以相取也三者更不在心義以顛倒但衆生執迷之見而心實不依之以眞成顛倒故知此顛倒也在心尚不可得在身豈可得見乎下文方具示令以義求矣㊇三詳示正倒從心分三㊄一標如來慈悲告衆

佛興慈悲哀愍阿難及諸大衆發海潮音徧告同會

愍其顛倒尚不知其所在何由而有發悟之期應不失時名海潮音以其瞪瞢瞻望適當可教之時也㊄二引昔教以明正相此科正合喻臂之上豎分三㊅一示爲尋

常之教

諸善男子我常說言佛所說法皆到一切智地而衆生隨類各解如一切唯心造凡小解爲業造權教解爲識造圓頓直了眞心變現今約深義重明昔教也

(未)二萬法惟心所現

色心諸緣及心所使諸所緣法惟心所現

色即十一色法心即八識心法諸緣即生心之四緣生色之二緣心所使即五十一心所法諸所緣法廣至善惡邪正世出世間一切事業因果法門等惟心者惟衆生本具一眞法界之心亦即如來藏心乃變現萬法之實體故曰惟心所現此科重一現字見萬法即心也問前謂見性是黎耶體即如來藏心又即萬法實體似爲能現今色心之心既該八識則黎耶已爲所現而惟心之心當另有純眞之心何得仍取如來藏心以釋之答前七等但爲所現眞心但爲能現而此黎耶能所俱通以對眞心降爲所現以對萬法升爲能現蓋與眞心本無二體但惟帶妄而已故今斯文任說眞心亦惟屬於示見不失以衆生現量離此無別可指經中偏是此義待至下科當極明之

(未)三萬法常在心中

汝身汝心皆是妙明眞精妙心中所現物

身即五根心即八識及諸心所其餘俱攝皆字之中不屬空有曰妙遠離晦昧曰明萬法實體曰眞精具此諸義曰妙心中所現物者言妙心如海而萬法如海中之影心包無外而萬法皆在心中此科重一中字見心包萬法也合上科萬法即心此科心包萬法即是心之正相恒不昧此即正徧知身仍當補云如我竪手等無有異豈別有所得耶此意必有但文畧耳引昔教以明正相竟

(午)三責遺認以明倒相遺謂

遺眞認謂認妄責其但因遺眞認妄遂成顛倒耳足知是迷顛倒非心顛倒也又分三(未)一怪責遺眞認妄

云何汝等遺失本妙圓妙明心寶明妙性認悟中迷

前問意何因緣故説爲遺失此科即其因緣也蓋是遺眞認妄全不覺知雖未遺失義同遺失矣本妙二字另説言其不假修成本來空有不羈自在解脱之意下圓妙明心寶明妙性二句相對圓乃通融流動用之相也寶乃清淨堅實體之相也故依環師解心之與性體用互稱心則從妙起明圓融照了如鏡之光性則即明而妙凝然湛寂如鏡之體此解甚好心性單言各兼體用心性對舉體用暫分因文立意而已非一定也此正責其遺眞末句責其認妄悟即上二科萬法即心心包法外迷則敵體相番謂法皆心外心墮法中認悟中迷者謂見雖迷執顛倒而眞心與萬法實不曾依之果成顛倒如人迷東爲西方實不轉乃是於不顛倒中而妄計顛倒故曰認悟中迷(未)二詳彰認遺之相上科但是標下此科全以釋成分二(申)一法説又二(酉)一彰認妄之相又曲分爲四(戌)一誤認器界

晦昧爲空空晦暗中結暗爲色

此科即誤認山河諸法心外實有正番萬法即心然此科及下科圓師之註甚好今全取之晦昧爲空者迷性明故而成無明由此無明變成頑空即下經云迷妄有虛

空也空晦暗中結暗爲色者所變頑空與能變無明二法和合變起四大爲山河依報外色即想澄成國土也(戊)二誤認根身

色雜妄想想相爲身

此科即妄認五蘊四大爲自身相也圓師云以四大色雜妄想心變起衆生正報内色想謂妄心相謂妄色色心和合五陰備矣即知覺乃衆生也(戊)三誤認心性

聚緣内搖趣外奔逸昬擾擾相以爲心性

此科即妄認緣塵分別爲自心相聚緣者環師以圓覺妄有緣氣於中積聚釋之最是但愚意與圭峯所解不同夫緣氣者即精神魂魄等潛住五臟者乃我執習氣之所妄成於中者於身中也積聚者結爲命根繫於生死耳蓋我執雖徹底虛無而積劫堅執妄理相應保之則生斷之則死所謂從畢竟無成畢竟有矣内搖者如云有動乎中必搖其精現見勞慮太過者五臟隨病此衆生所以多不信身中本無性命也趣外奔逸者逐境緣慮也此二句雖總言妄識而聚緣二字連持命根似爲第八功能内搖外奔騰躍妄想似爲前六業用昬擾擾相者聚緣迷執故昬内搖外奔故擾誤認此昬擾者以爲靈用而妄稱心性問前謂見性是八識實體今復以聚緣爲八識功能得失何分哉答此識眞妄和合故見性取其一分眞理聚緣取其一分妄情凡言八識去後來先等者皆以妄情言耳後倣此(戊)四遂成顛倒

一迷爲心決定惑爲色身之内

上二科尚是顛倒之由此科方成大顛倒矣葢心反轉入身中萬法俱包心外正畨心包萬法所以爲顛倒也嗚呼自非佛了義之教誰不計其性命在於身中萬法但爲心外者乎然命在身中道教計之特甚法居心外小乘在教猶然正徧知覺亦甚深哉(酉)二彰遺真之相

不知色身外泊山河虛空大地咸是妙明真心中物

心在身中但惟顛倒之見妄執而已豈無邊大心果依其妄見而轉入於身哉正同迷東爲西而東實不西也故身及虛空依舊在於心中而大心依舊包於法外但迷時不覺知耳斯則不知二字便是顛倒豈有實體可得哉法說已竟(申)二喻說分二

(酉)一喻遺真認妄

譬如澄清百千大海棄之惟認一浮漚體

遺失包虛空大地之心而不認如棄百千大海但認蕞爾身中有我之心如認一漚

(酉)二喻以妄爲真

目爲全潮窮盡瀛渤

展轉倒執乃謂身中方寸之心能包虛空大地如說一漚全包大海問此何異於一毛孔中包盡剎海答彼達諸法性全法界故一毛稱性即包無餘如說真摩尼珠價直一國誠不虛矣此不達諸法實相但將昏擾妄想謬計身中而又倒執能包虛空大地是尚無體可得憑何廣包如說水泡價直一國真大迷妄安可同乎詳彰認遺之相竟(未)三深責迷倒之甚

汝等即是迷中倍人

遺大心而認浮想如棄海認漚已爲迷矣又復執浮想爲大心如説漚爲海更是加一倍迷矣故曰迷中倍人詳示正倒從心已竟（巳）四結合前喻無失

如我垂手等無差别如來説爲可憐愍者

此方攝上認妄遺真之倒執而結歸前喻但同下垂之臂而已豈真有所遺失哉法喻方不乖反向使上竪爲倒當云如我竪手何得云垂手乎詳之如來説爲可愍者如云使其真已遺失似猶不足深惘今本無遺失而常如遺失似懷珠困窮故親友矜嘆而切責也此中雙明雖顛倒而不失雖不失而顛倒知前義則不孤本有知後義則不廢修行亦性修不礙之旨也前阿難問呵非心驚謂捨此更無將同土木如來安慰許以真心有體而已非正開示真心也譬如許人以物後日方以與之長水彼處即謂開示真心以許爲與何有實惠哉故此不失科中正倒二相方是開示真心之正文而阿難到此方知於緣塵外更有如此廣大心體而如來所許果爾非虛請與前之許辭對觀甚有味矣可見通釋佛經能詳語脉爲妙不可潦草錯會然此科似顯心一周而下六番搜其餘疑而已顯見不失已竟（寅）五顯見無還自上科觀之佛之開示可謂盡心吐露矣特阿難未能極領種種疑之故有下文諸科向使於見性畧有破意是助其疑矣更肯領之乎破妄見之言足知其非是也此科還者去也科名獨標去意而文中具有來意顯無去來耳按阿難前求兼足寂常二義分四（卯）一阿難求決取捨又四（辰）一述聞法雖悟本心

阿難承佛悲救深誨垂泣叉手而白佛言我

雖承佛如是妙音悟妙明心元所圓滿常住心地

悲救者救其顛倒受淪也深誨者誨其極領正偏知也感佛深慈故至垂泣矣觀雖之一字便是尚有所疑而未能極領之意也末二句述前三科包括虛空曰圓周徧萬法曰滿此即述上不失科意常即不滅住即不動更述上之二科耳㊁二明不捨悟法緣心

而我悟佛現說法音現以緣心允所瞻仰

此述承教悟道而全歸功於聽法緣慮之心也阿難多聞重法之人於此一種緣法領悟之心更所難捨意云別種緣心或可捨擲今我悟佛所說法時現用緣心承聽領納方倚用之豈可遽捨乎㊁三明未敢認取本心

徒獲此心未敢認爲本元心地

此心即指上所說妙明心體也正因不捨悟法緣心故言徒獲圓滿常住真心反不敢認爲本元心地以認此須當捨彼今旣不忍捨彼緣心故亦不敢認取於此又若捨此緣法之心却後將何承領佛法縱不惜此緣心而獨不重於佛法乎此與下文云何得知是我真性一類反疑真心之意舊將此心指於緣心殊無意味良以彼尚堅執不捨何又不敢認乎㊁四願如來與決取捨

願佛哀愍宣示圓音拔我疑根歸無上道

圓音有三不可思議一者殊方異類皆同本音二者大小淺深隨解皆益三者有緣

隔遠皆同目前疑根者緣心眞心兩持不決根心難拔故求佛拔之無上道即阿耨菩提如人惑於岐路導師指之方可決一而歸㊄二如來破顯二心破謂破緣心顯謂顯見性也分二㊅一破緣心有還又分三㊁一先破所緣之法即現說法音也不捨緣心深故既全爲於重法故須破法非眞而緣心自捨矣分三㊂一法說

佛告阿難汝等尚以緣心聽法此法亦緣非得法性

緣心之緣攀緣也法緣之緣塵緣也以法音即聲塵攝故亦非眞若落紙墨更是色塵末句正出非眞之故法性者眞理也圓師云教詮眞理理是衆生之心故知妙明心地方是眞理豈可即執聲教爲眞理哉

㊂二喻說又分二㊃一因法觀心喻

如人以手指月示人彼人因指當應看月

上人字喻說法者下二人字喻聽法者指喻於法月喻聽法者之自心標指示月喻說法顯心因指當應看月喻聞教自合觀心耳㊃二執法忘心喻又爲二㊉一正舉執忘

若復觀指以爲月體

喻但惟執佛聲教不解反觀自心者也㊉二雙出二過就分二㊆一併法俱失過

此人豈惟亡失月輪亦亡其指何以故以所標指爲明月故

合法當云此人豈惟不達自心亦復不知教意何以故以他聲教爲已自心自他不分安知教意耶㊆二兼迷法相過

豈惟亡指亦復不識明之與暗何以故即以指體爲月明性明暗二性無所了故合法當云此人豈惟不知教意兼亦不了教心體相何以故教以聲塵爲體以自無覺照爲相心以靈知爲體以本有覺照爲相斯人即以無照之塵爲有照之心有照無照二不別故對詳法喻歷歷可見(午)三結定

汝亦如是

言汝之迷心迷教及迷教心體相亦如亡月亡指及亡明暗者無以異也先破所緣之法已竟(巳)二正破能緣之心揀前先破方援不捨緣心之根柢非正破緣心故也分三(午)一正破緣聲之心揀後緣色等俱爲兼帶以但因不捨緣佛聲教之心而起破也又二(未)一縱言離聲當有分別性

若以分別我說法音爲汝心者此心自應離分別音有分別性

分別法音乃取能分別者爲已真心即不捨緣心也此心下縱之令離聲塵更覓分別之自性耳(未)二喻明離聲無性又分二(申)一舉喻又二(酉)一正以客喻

譬如有客寄宿旅亭暫止便去終不常住

前佛但以客喻身境亍謂兼喻緣身境之心此佛以客正喻緣心(酉)二反以主顯

而掌亭人都無所去名爲亭主

此雖但以反顯緣心非主而實即以見性爲主人也(申)二法合又二(酉)一先合主喻

此亦如是若眞汝心則無所去

言當如亭主也(酉)二後合客喻

云何離聲無分別性

離聲無性者言何但如客之暫止便去耶正破緣聲之心已竟㊀二兼破緣色之心斯則豈惟聲分別心分別我容離諸色相無分別性

聲分別心者聲上分別心也離色無性與離聲無性一例可知㊀三廣至緣法之心

如是乃至分別都無非色非空拘舍離等昧爲冥諦離諸法緣無分別性

如是乃至者例上聲色二塵中間超過香味觸抖法處所攝半分生塵留彼半分滅塵結爲冥諦耳分別都無者前之五塵及法處生塵皆不行分別所謂内守幽閑也非色非空者如八定後三所緣既離前四所緣一切色等故非色復離空無邊處所緣無邊虛空故非空蓋自識無邊處乃至非非想處所緣皆是此境即法處滅塵耳拘舍離華言未詳即末伽黎連此三字方成一名乃其母名亦連母爲名之例也昧者不達而妄立也冥者冥然莫辨諦者妄稱真實耳蓋外道立二十五諦首號冥諦彼謂冥初生覺是萬法之元始尊爲極則之理今非色非空正齊此見矣末二句諸字助語與前離諸色相一様意謂縱使心之分別都無亦但離於麤分別耳微細流注固所未覺縱使境之色空都盡亦但離於麤境耳滅塵影事固不能離若離諸法塵之緣即無分別之性與上之離聲色而無性者一類無别也正破能緣之心已竟

㊁三結指此心有還

則汝心性各有所還云何爲主

總承上六處緣心各隨本塵而生亦隨本塵而滅如影隨人元隨何人而來者亦即還隨何人而去故云有還云何爲主者言但是暫止便去之客何以爲無去無來常住之主人乎破緣心有還一科已竟(辰)二顯本心無還此中專顯真心無去無來常住爲主大異緣慮客心暫止便去所以令阿難決定捨客而取主人翁矣分二(巳)一

阿難求示無還

阿難言若我心性各有所還則如來說妙明元心云何無還惟垂哀愍爲我宣說

(巳)二如來詳與顯示又分爲四(午)一指喻見精切真

佛告阿難且汝見我見精明元此見雖非妙精明心如第二月非是月影

且汝見我見精明元者言汝見我之時即此能見之體靈明之用出自本元也此乃稱舉其名下方喻其切真矣雖非妙精明者微露帶妄之意也以此心既爲六精之一而又在處明了不昧固已現具精明之體特以二種顛倒見妄未除故言雖非妙精明也蓋表其已具精明而但欠於妙耳然觀雖之一字亦暫以抑之而喻中隨即揚其切真如第二月非是月影者蓋月有三相第一是天上淨月第二是人以手揑目望月遂成二輪取其揑出者爲第二月第三是水中月影意以第一月喻純真之心第二月喻見精明元第三月喻緣塵分別今言見精如第二月者明其雖非即真

而實與眞心非有異體但帶無明除之即眞亦如二月非與眞月有虛實之差懸遠之隔但多一揑放之即淨矣非是月影者明其非同緣塵之心但是前塵之影乃如水中月其與眞月上下懸隔虛實不倫矣意欲令人決定捨於第三月而決定認取第二月則第一月不遠即在矣問何不即指純眞之心而乃用此曲示費此申明乎答前言待下科而極明者正此處也蓋究竟離妄純眞之心惟佛乃具等覺尚帶生相無明何況地前諸位乃至五住凡夫現前何有純眞之心然而眞雖不純體終不變如金在鑛離鑛無金特鑛有眞僞非金師莫能辨識耳故佛直指根性爲心如指鑛說金金即在鑛非離鑛外而別有金也此處秖因其無明未剖尚有歉於妙之一字故佛畧抑揚之意在表其切眞耳非如緣塵呵其非心無體也諸註於此發妄太過如輕加緣塵之名將盈同於三月强索有還之處似公抗於佛言縱有理據殊妨領悟徒引人之猶豫不敢直認見性爲心其失非小不知衆生現量離此根中之性别無可指故諸祖指示率多取於六根門頭者秉佛密旨也行人時中但請認取此性萬無一失譬如收買金鑛者時下雖非精金眞金終不外鑛而得使其棄鑛求金非惟并金亦棄將必惑於鍮石而眞金終不可見矣豈不大可惜哉（午）二許示無還之旨

汝應諦聽今當示汝無所還地

即見精明元無還也（午）三備彰八相皆還

舊將八還辯見對前七處徵心予前已辯七徵固是潦草之言而又獨以此八還爲辨見仍以對前七徵尤爲孟浪之語前後十番皆示見性而獨指八還餘皆辯於何法乎且前七處乃七大科豈與此一科爲對耶今總改之云七處破心十番顯見則非惟法數相稱而心妄見眞之旨亦攸分矣又復分爲三科（未）一具列八相

阿難此大講堂洞開東方日輪升天則有明耀中夜黑月雲霧晦暝則復昏暗戶牖之隙

則復見通墻宇之間則復觀壅分別之處則復見緣頑虛之中徧是空性鬱埻之象則紆昬塵澄霽斂氛又觀清淨

此八種俱是色塵俱是眼家所對之境俱各有體有相如日輪是體明耀是相夜晦是體昬暗是相乃至户牖墻宇分別空性昬塵澄霽俱是體通壅緣虛鬱淨俱是相此八塵作四對意各取其相之相反爲對也謂明暗乃至鬱淨相反惟空虛塵鬱體相顛倒下文還處自見分別即前塵分別指種種諸物而言如松棘鵠烏雜在之處也緣指種種異相而言如直曲白玄差異之相也下頑虛則是全無諸物之處徧是空性者逈然惟見一空相而已蓋緣是異色空是同色同異相反生成對偶且經後文虛空爲同世界爲異即其證矣舊註乃以分別作分別之心則下緣字與上何別而又如何見之且下虛空與何爲對蓋八種俱取塵相有還對顯見性不與塵而俱還離塵別有全性所以異前大科中緣心與塵俱還離塵無性也何必此中又加分別之心乎字同意別善須辯之(未)二各還本因又二(申)一許還本因

阿難汝咸看此諸變化相吾今各還本所因處

諸變化相即上八種相本所因處即上八種體(申)二徵起詳釋又分爲二(酉)一釋成一相

云何本因阿難此諸變化明還日輪何以故無日不明明因屬日是故還日

是故還日者如云隨日輪而俱來者亦與日輪而俱去也(酉)二以類俱成

暗還黑月通還户牖壅還墻宇緣還分別頑虛還空鬱埻還塵清明還霽

此中觀虛之還空鬱之還塵足驗前之體相顛倒其餘例日可知各還本因已竟(未)三更明該盡

則諸世間一切所有不出斯類

亦惟取於眼家所對色相而已備彰八相皆還已竟(午)四獨顯見性無還

汝見八種見精明性當欲誰還何以故若還於明則不明時無復見暗雖明暗等種種差別見無差別

見亦言八種者由前列八相時一一相中皆須對於見性若無見性憑誰取相乎故見亦隨相而言八種矣當欲誰還者言見性於此八相之中畢竟與何相而俱還乎此方難問下乃徵釋明其實無還也蓋與一相俱還者諸相復將何見令諸相任遷一一皆見足知八塵於見性之中自相往來自相凌奪而此見體朗然常住不動不遷豈同前來緣塵之心與塵俱還乎如來破顯二心已竟(卯)三承前判決取捨

諸可還者自然非汝不汝還者非汝而誰

諸可還者總述前聲色等六種緣心皆與塵而俱還者也自然非汝者言其既皆屬塵自不屬汝決定汝當棄捨而不須執悋矣不汝還者總述後八種見精不與塵而俱還者也非汝而誰者言既不屬塵自屬汝之本心決定汝當認取而不可猶豫矣

(卯)四結嘆自迷淪溺

則知汝心本妙明淨汝自迷悶喪本受輪於生死中常被漂溺是故如來名可憐愍

心即見性本字總貫妙淨明之三字是本有現具不從修得之意不爲諸塵所遷而緣心不能超勝曰本妙不爲諸塵所蔽而緣心不能障礙曰本明不爲諸塵所染而緣心不能疑混曰本淨迷悶者執恪緣心也喪本者反疑棄於本妙明淨也受輪漂溺皆其自取所以可愍也顯見無還已竟

大佛頂首楞嚴經正脉疏卷第九

音釋

惕（他歷切音剔）皺（側救切面皺也）殂（叢祖切音祖）瀛渤（上以成切音盈下蒲没切音孛）埻（音孛塵起貌）

大佛頂首楞嚴經正脉疏卷第十

明京都西湖沙門交光眞鑑述

㊢六顯見不雜此一大科舊註似全不知問處何疑答處何釋總成錯解故不勝其辯正但請詳究今解當自覺是非顯然不難辯矣又分爲二科㊢一阿難以物見混雜疑自性

阿難言我雖識此見性無還云何得知是我眞性

此疑蓋謂承佛上示雖知此見不與諸相俱還而實常與水陸空行等物混雜無分今於諸物之中將辯何者是我見性何者是物相乎言其不可分析也由此問意詳下答意自然應合分明只重我字不重眞字故吳興之解非是㊢二如來以物見分明顯自性分四㊢一先列能所欲與揀擇分析先須列下能見之性與所見之物然後乃可於中擇而分之也就分爲二㊢一列能見之性又分爲二㊢一聖衆見又曲分三㊢一聲聞見

佛告阿難吾今問汝今汝未得無漏清淨承佛神力見於初禪得無障礙而阿那律見閻浮提如觀掌中菴摩羅果

阿難方證初果故云未得無漏天眼亦未遠見故仗佛神力方見初禪按初禪但能見一四天下耳阿那律此云無滅昔因其施供受福不滅是佛從弟晝眠被訶精進失目遂證四果得天眼見大千如觀掌果今云閻浮提豈反劣於初果恐是娑婆界三字而筆受者誤也且四見從狹向寬其

序可詳菴摩羅此云難分別桃柰相疑生熟難分此方所無也(未)二菩薩見

諸菩薩等見百千界

一大千爲界菩薩所見累至百千其實地上更多雖亦至廣總皆有限(未)三如來見

十方如來窮盡微塵清淨國土無所不矚

窮盡則無限量數如微塵則不可數佛眼所觀淨穢皆同清淨聖衆見已竟(午)二凡品見

衆生洞視不過分寸

不過分寸有二意一者對勝說劣意自諸聖極於如來較至衆生縱窮其量亦不過分寸而已二收盡含生意上既齊於如來下必齊於蜎蠉故廣至窮盡國土狹至不過分寸也蓋言見量雖殊均爲能見之性而已列能見之性已竟(巳)二列所見之物

阿難且吾與汝觀四天王所住宮殿中間徧覽水陸空行雖有昬明種種形像無非前塵分別留礙

此則獨約阿難所親見者欲其自審擇也四天王即居須彌四面（東持國南增長西廣目北多聞）住山腰而齊日月四萬二千由旬之高曰水曰陸曰空行舉此三處即上自四天下至大地一切物相所在之處前塵者目前諸塵遇住不過曰留障隔不通曰礙謂留礙於視耳先列能所已竟(辰)二就中揀擇又二(巳)一先令自擇

汝應於此分別自他

於此者即於能見所見之中也自即見性他即諸物先令自擇者欲其隨教自審庶

得真知耳(巳)二次與代擇

今吾將汝擇於見中誰是我體誰爲物相

代擇者知其自不能分令其假佛智辯轉得分明耳將汝者將阿難之見也擇於見中者擇於佛之見中也體即見體也就中揀擇竟(辰)三物見分明又四(巳)一正言物不是見

阿難極汝見源從日月宮是物非汝至七金山周徧諦觀雖種種光亦物非汝漸漸更觀雲騰鳥飛風動塵起樹木山川草芥人畜咸物非汝

極盡也見源即眼根也如云盡汝眼力也日月宮最上物相也七金山等居中物相也須彌外七重圍之一持雙二持軸三擔木四善見五馬耳六象鼻七魚嘴皆以純金爲體此中光明最多故言種種也漸漸下最下物相也雲騰鳥飛自金山視之亦居最下汝字對物即見性也三番言物非汝故此科是正言物不是見也(巳)二正言見不是物

阿難是諸近遠諸有物性雖復差殊同汝見精清淨所矚則諸物類自有差別見性無殊此精妙明誠汝見性

上科偏言物皆非見此科仍於諸物之中擇出見性顯然非物故此科是正言見不是物也然分擇之法亦惟約於有無差殊而揀別耳蓋諸物羅列於見性之中者千態萬狀是有差殊見性偏見於諸物之上者朗然一照是無差殊然此無差殊之體何嘗混雜於有差殊之物相乎故結言誠汝見性而不是物也(巳)三反辯見不是物

上二科已將物象見性分析明白自此科與下科乃反其辭而辯之以番顯前二科令其增明而已此科番顯前見不是物之科承上意云物有殊而見無殊足知見不是物矣由是即番轉云若見是物則汝云云其語意自見矣舊因此意不明以致管見疑其不接別有闕文眞以訛傳訛也又二(午)一辯定非物分二(未)一先用轉難破其可見又三(申)一是物必成可見

若見是物則汝亦可見吾之見

此科番上科云若我無殊之見性見於差別物時此見即是彼物則見性當成可見故汝亦可見吾之見何以故見既是物當成差別之相豈不歷然可見乎理實不然亦暫縱以顯其謬耳(申)二可見必依同見

若同見者名爲見吾

文因難省故此二句另爲一科意云見吾之見實無迹之可憑若取於彼我同見物時即彼同見之物遂謂見吾之見耶(申)三難其當見不見

吾不見時何不見吾不見之處

言吾觀物實無一定有時縱目取相則見物有時收視離相則不見汝若當吾見物之時依彼同見之物謬言見吾之見若當吾收視離相不見物時何不并吾不見之體亦見之而指其所在耶意明不見之時既不能見同見之時亦豈眞能見哉不過謬執而已先用轉難破其可見已竟(未)二躡開兩途俱證非物躡上不見之處而開或見或不見之兩途俱反證於見性之非

物耳此科本旨極爲簡妙而文稍隱略從古註家展轉支離釋之本意越晦如五重結歸存三隱二枉費工巧恐皆非是請詳今解當或失笑就此分爲二科(申)一以可見證成

若見不見自然非彼不見之相

若見不見者言汝若執言我巳見汝不見之處矣自然者不待費力也彼不見之相即差別諸物也蓋正當不見之時見性是我不見之體諸物是彼不見之相自然非彼不見之相者言我見旣巳離物汝又見我自體此則不消費力辯之我見自然非彼不見之物相矣何以故巳離物而又另見豈尚混爲物乎此處經文人成錯解者正因此科非彼不見之相一句所誤今雙約見物時與不見物時而更重申之蓋正當見物之時見性爲我能見之體諸物是彼所見之相及至不見物時則見性爲我能不見之體諸物是彼所不見之相故今言非彼不見之相者非波所不見之相也蓋指諸物而言即是非物二字連上自然二字即同下文自然非物之句故我科言可見與不可見二途俱証成非物而巳(申)二以不見證成

若不見吾不見之地自然非物

此比上科更容易言當我不見之時汝若不能見我之見體此更不消費力辯之自然我見非物矣何以故可見尚然非物而況不可得見豈猶同於物相乎是知二科本來簡捷如此智者詳之辯定非物巳竟(午)二結成自性

云何非汝

承上言旣不可見而又展轉皆非是物云何非汝之自性乎反辯見不是物巳竟(巳)四反辯物不是見番前正言物不是見科

也分二㊄一物混例成人混

又則汝今見物之時汝既見物物亦見汝體性紛雜則汝與我井諸世間不成安立

此處稍爲隱略故舊亦無所歸屬當於見物之時下補一句云若物是見則明白矣科言物混者有情無情不可分也人混者汝見我見不可辯也物雖可以總該今與人相例且屬無情意云汝今徧見差別物時若彼諸物即皆是見汝見物時物亦即當見汝有情無情之體性紛亂混雜無復情器之分是物混也末三句遂例云有情無情尚不可分有情與有情益不可辯是故汝見我時反成我見於汝世間諸人無不皆然壞世間彼我之相莫能安立矣亦是暫縱理所必無正義全在下科番顯㊄

二人分例成物分

阿難若汝見時是汝非我見性周徧非汝而誰

此科是轉顯正義言汝見我時若一定只是汝見而非我見彼我分明曾無壞亂是人分也末二句遂例云有情與有情尚不混濫則汝見性雖周徧一切諸物有情無情判然迥別何至混成諸物而非汝之自性耶㊃四責疑自性

云何自疑汝之真性性汝不真取我求實

自疑真性者本是自性而疑混於物也性汝不真取我求實者言真性在汝自不信其爲真而取吾言以求其實迷之甚也顯見不雜已竟㊂七顯見無礙無還不雜二科已示其必爲自性而不雜科中兼明體

之周遍遂復疑之以爲真性當有定體何無一定周徧真我應得自在何乃動被物礙佛釋斯疑故有此科無礙之示也分二㊁一阿難疑見不定而有礙又三㊅一躡上疑端

阿難白佛言世尊若此見性必我非餘

此處文亦闕略若此見性下補一句云本來周徧則真性真我二種疑端方全且與下文相叫應矣㊅二雙舉兩見

我與如來觀四天王勝藏寶殿居日月宮此見周圓徧娑婆國退歸精舍秖見伽藍清心戶堂但瞻簷廡

勝藏寶殿者天王殿中衆寶俱在故稱勝藏日月宮皆摩尼寶成宮殿臺池天人充滿日宮雖火摩尼成而亦清涼同月但光勝下注成熱耳請試火鏡光注成燒體實不熱則可知矣阿難隨佛或時居之孤山謂忉天惟見一四天下言徧娑婆國即指一小剎而言非大千也伽藍此云園此且舉其徧與不徧兩種見量下方怪問而擬度也㊅三陳疑以請分三㊂一怪問不定

世尊此見如是其體本來周徧一界今在室中唯滿一室

意疑既云周徧即當常徧今在天本徧一界在室何唯一室而若此大小之不定乎㊂二擬度由礙

爲復此見縮大爲小爲當墻宇夾令斷絶

承上不定而隨情妄擬兩楹不決言我一界之見忽遷而但滿一室者爲是此見因室所局縮大爲小耶爲是因墻所隔夾之

令斷耶是必爲室墻所礙而致然耳縮雖見體自縮亦須因局乃爾如過罕門身則鞠脊是亦由礙也此固常情計度必不越此兩楹然亦安之而不知疑阿難代爲問辯凡我究心之人由此問端而研佛答處將必大有啟悟者矣切須珍重（巳）三總結疑請

我今不知斯義所在願垂弘慈爲我敷演

斯義即大小縮斷所在猶言定在也言於四義定在何義求佛與決也（卯）二如來各出其由而教之分二（辰）一總示大略

佛告阿難一切世間大小內外諸所事業各屬前塵不應說言見有舒縮

諸所事業該餘方圓上下等類前塵即天宮精舍諸物等類也明不定但由於物耳舒縮意該斷續若言縮斷則意完矣意明見本不因礙而有縮有斷則見體畢竟非物之能礙而衆生妄見其有大小之遷者別有元由而實不自知也元由在下諸科（辰）二詳與釋教釋謂出其元由教謂授以解脫方法分二（巳）一喻塵教忘此科以喻明塵即所以出其不定由塵而教其忘塵即解脫矣又二（午）一明不定由塵又二（未）一示二皆無定二謂定與不定又三（申）一略舉一喻

譬如方器中見方空

喻一界見大也方圓本以互顯今舉一可以類知矣（申）二開途兩問

吾復問汝此方器中所見方空爲復定方爲不定方

喻法中一界之見爲復定大爲不定大(申)三兩義俱非
若定方者別安圓器空應不圓若不定者在方器中應無方空
法中若定大者入室見應不小若不定者在界應不周徧意明界室等塵若存則定與不定二義皆不可定謂其有定有不定皆非是矣(未)二示義性無在
汝言不知斯義所在義性如是云何爲在
言諸塵不除則義性本無定與不定何得必欲求其定在乎示不定由塵巳竟(午)二敎忘塵自徧
阿難若復欲令入無方圓但除器方空體無方不應說言更除虛空方相所在
雙標方圓而下惟論方者語略而意必兼也法中云欲令入無大小但忘界室不應說言更除見性大小之相何以故見性本無大小大小但由於塵塵忘而大小泯矣見性更何所除乎亦猶虛空本無方圓方圓但由於器器除而方圓泯矣虛空更何所除乎然忘塵功夫在起行因中但是觀想亦惟達界室本空頓息執持非更想空縱觀純熟心地豁然泯身空廓不見界室始是似無礙非眞也然此處最難透過若取著之以爲極致墮一色邊不復更開矣直待觀行功極色陰消盡十方洞開無復幽暗身界內外影相分明如見掌果方是眞無礙也此即入位果中至此即大小等惑永不起矣然亦但是體無礙非用無礙大用無礙更在下科又當知此之忘塵與

後耳根圓通中入流忘所塵異功齊喻塵
教忘已竟(巳)二斥謬教轉分二(午)一顯謬
出由又二(未)一以反難顯謬
若如汝問入室之時縮見令小仰觀日時汝
豈挽見齊於日面若築墻宇能夾見斷穿爲
小竇寧無續跡是義不然
令覺觀日之時豈是用力挽見舒於日邊
若覺觀日非舒自知入室非縮矣又令察
穿竇時豈是續見宛有續迹若覺穿無續
迹自知夾無斷痕矣(未)二出成礙之由
一切衆生從無始來迷己爲物失於本心爲
物所轉故於是中觀大觀小
此迷四重一迷物二失心三被轉四成礙
意明見本不可礙而物本不能礙然衆生
畢竟成礙者非由物礙而有縮有斷但由
無始不達萬物皆己而迷己爲物遂失萬
物一體之本心物既不屬於自心則非惟
不隨心轉而反以轉心是故動爲物礙而
觀大觀小皆無自由分也四重可別是知
物本是心迷之爲物則礙心亦如冰本是
水結之爲冰則礙水可見成礙之由正在
自迷而爲物轉耳豈由縮斷而然乎問觀
小是爲物轉觀大何亦爾耶答如見一界
則局一界正爲界轉豈能通於界外及轉
界於室中乎同是物轉無疑矣顯謬出由
竟(午)二教以轉物又二(未)一標轉物同佛
若能轉物則同如來
此且略翻第四成礙以作下科總標之辭
轉物者即以小攝大以大入小小中現大
大中現小等諸玄門妙用也蓋十玄門惟

佛究竟故能此即同如來矣此惟直顯無障礙之大用下二科方乃四重詳番(未)二明自在無礙又分爲二(申)一體自在

身心圓明不動道場

迷時身則蕞爾彌封滯殼心則闇然逐境偏局所以被轉成礙今則萬物一體圓而不偏達物皆巳明而不昧身若虛空心安如海萬物皆在身心之中何物能遷動於身心故曰不動道場蓋身心即法界之道場矣此即番前三重明字番第一迷物圓字番第二失心不動番第三被轉(申)二用自在

於一毛端徧能含受十方國土

毛端即身毛孔中正報之最小者也十方國土依報之最大者也毛端含十方即小攝大十方在毛端即大入小毛中看國而國不小即小中現大國外觀毛而毛不大即大中現小此即事事無礙法界十玄門中廣狹自在無礙門也舊註不達毛端國土二皆屬事而以事理體用對釋復不許用其亦草率不察理事法界中安有斯門乎此科方番前第四成礙即觀大覩小句也彼乃正爲依礙大被小遷此則非惟不能礙不能遷且更能以正報之極小而容依報之極大以成無障礙之妙用矣何如其自在乎又此較前忘塵境界更是甚深彼方圓照此則圓用蓋照用具足圓融亦性能之極致矣乎又若未得斯義豈惟見局一界不成周徧雖見百千界亦非周徧何以故以有分限故以不能於諸法通融

互見故若得斯義則非惟一室之小不礙周徧雖一毛端亦不礙於周徧何以故以無分限故以即於一毛端見徹十方國土故一一毛端一一塵中無不皆然嗚呼深哉見性之妙無以加矣又此科與上科合論上科見性於諸塵中照體獨立分明不混可當阿難所求四義中明字之義此科見性於諸塵中圓融照了無障無礙可當四義中妙字之義顯見無礙已竟㊂八顯見不分夫見性量括十方體含萬法其與萬法非即非離惟其非即也故能靈光獨耀逈脫根塵身界無干生死不繫衆生不達斯義則混淆眞妄沉溺輪迴既無智以自分終何由而得脫乎惟其非離也故能塵刹混融萬物一體用彌法界存泯自由衆生未達斯義則沉寘滯寂灰斷纏空既自昧其家珍亦何由而能用乎故前自指見以來不動不滅不還不雜及無礙之前半皆約不即之義分眞析妄以決擇乎離塵獨立之體今此不分之科乃約不離義泯妄合眞以顯洩乎與物混融之妙雖不失科與無礙之後半辭義亦融非今不分之正義矣將使衆生明乎不即之義則不淪生死明乎不離之義則不滯涅槃若相背而實相成也難云既與物不分即成萬物是見何得文中又言無是見乎答文殊喻中明言有是則成二體不得成一體矣要須無是無非方成一體之妙蓋一體即是不分當知不分者是非雙絕之旨也分二㊁一阿難執身見各體而疑見在前究此疑之所自來蓋由上文諸科多與明此見性離塵獨立乃至身境亦無相干遂以自已平日

所認身心對今新領見性細推度之覺此見體湛然滿前似與身心判而爲二遂起兩重能所之解一者約分別以起謂身心爲能分別見性爲所分別二者約見以起謂見性爲能見身心爲所見是執見性身心各自有體遂起斯疑至於山河萬相與見各體更不待言分四(辰)一領上義而定前相

阿難白佛言世尊若此見精必我妙性今此妙性現在我前

此科即疑之總意下二科疑懼皆依此前相而成(辰)二標認見必遺身心

見必我真我今身心復是何物

言若依佛今肯將此湛然現前之見性必認爲真我則我平日所認之身心謂之何物乎意恐外認見性必至內遺身心矣(辰)三懼墮於過失分三(巳)一約分別以定親疎

而今身心分別有實彼見無別分辯我身

此科正從第一重能所而來蓋約分別而成者也言我身心實能分別彼之見性而彼見性曾不能分別我之身心我誠覺其能分別者爲甚親而彼不能分別者爲甚疎也親疎意約彼我二字見之(巳)二明向疎背親之過

若實我心令我今見見性實我而身非我

此科從二重能所而來蓋約見而成者也言彼見性若果實是我心主宰於我令其外見萬物內見自身則無別分辯之疎者既是於我而分別有實之親者反非是我

親疎倒換不免背親向疎之過矣(巳)三引佛言反正其失

何姝如來先所難言物能見我

言見性既在身心之前又能内見自身即同物能見我然物能見我佛前已斥其謬今何不爲謬乎不依孤山將見性轉成萬物以釋物能見我彼蓋惑於下文佛約萬物以辯見性而云然也不知下有別意請詳下解自知(辰)四求如來開示

惟垂大慈開發未悟

欲佛發明認見何得不遺身心見身何得不同物見耶總會上文佛則諄諄責之警其認妄爲真阿難則種種疑之反恐認真遺妄此固凡夫我執濃厚者必然之情良由不達認妄者必至遺真而識真者必能融妄何至有所遺哉詳佛答處自見真妄徧融之旨趣矣(卯)二如來約萬法一體而破前相問阿難既惟約身心而疑見性在前佛何不即約身心見性無有二體以釋其疑而必約萬法一體以破之者何也答此有四意一者易破前相蓋阿難執見性在前佛言須同萬物分明指出既是非竟無定指則了無前相可見既不在前豈與身心爲二乎二者以疎例親就衆生之情見身心至親萬物至疎今會疎遠之萬物尚與此見一體況親執之身心獨有二體乎三者兼除二執蓋身心者我執之親依萬物者法執之顯境據前問辭我執已自熾然而法執尚猶微隱今若順其語而但説見性身心一體則非惟法執不能兼破

彼將又執見性身心合爲我體而以萬法爲他體其爲二執益增上矣故佛總與普對萬法悉顯其無自無他則二執蕩然無遺矣四者雙銷二疑蓋身心是其所親定聞非一而起疑屬現行疑萬物是其所疎定聞非一而不怪屬種子疑若更待其疑萬物與見性非一必且疑不及矣故就此問並與決了所以雙銷種現也夫惟破一前相而四義具存所以必約萬法而不約身心也可謂至妙矣又分爲三(辰)一直斥妄擬前相

佛告阿難今汝所言見在汝前是義非實

問意雖多惟此在前是其謬本故佛下但破一前相而諸疑盡釋矣(辰)二辯定本無是非分二(巳)一以無是非發其疑又四(午)一辯無是非此中大段雖似易明而其句意參差須申明之夫據能辯義邊有即物有離物據所辯法邊有是見有非見然經文用義以辯法或單或雙至文指之又分爲二(未)一無是見此雙用即離而單遣是見也又三(申)一如來問又曲分爲二(酉)一縱成決其可指

若實汝前汝實見者則此見精旣有方所非無指示

在前則必可指此意易明斯惟決其可指下方令其對物指之(酉)二敎其對物指陳又三(戌)一在前皆可指陳

且今與汝坐祇陀林徧觀林渠及與殿堂上至日月前對恒河汝今於我師子座前舉手指陳是種種相陰者是林明者是日礙者是

壁通者是空如是乃至草樹纖毫大小雖殊

但可有形無不指著

師子自無所畏威懾禽獸佛坐此座表其具四無畏威懾魔外也(戌)二躡之敎其指見

若必其見現在汝前汝應以手確實指陳何者是見

(戌)三立格防其混濫立格防濫者先將阿難答處立成格式便絲毫不能混濫故下阿難兩處答辭皆順佛格式而不違矣所謂雙用即離而單遣是見者在此科中又分二(亥)一即物須不壞相

阿難當知若空是見旣已成見何者是空若物是見旣已是見何者爲物

言即物有見須當不壞物之本相如即壁成畫不妨壁畫兩存故舉例云若空是見何者是空等問是見無空是見無物則是義已成何必又要空物仍存答此順阿難迷執成難阿難元執身心見性物相皆各自有體相方起前疑何曾悟得總爲一體今若有見即無空無物便成一體無有二相與前自語相違況旣成乎一體又不容更說是見如一文殊無是文殊也(亥)二離物須顯自體

汝可微細披剝萬象析出精明淨妙見元指陳示我同彼諸物分明無惑

披剝析出即是離物意精明淨妙即是見元義相物不能雜曰精物不能障曰明物不能染曰淨物不能縛曰妙(申)二阿難答又二(酉)一即物無是見

阿難言我今於此重閣講堂遠洎恒河上觀日月舉手所指縱目所觀指皆是物無是見者

不能即物而不壞本相也(酉)二離物無是見

世尊如佛所說況我有漏初學聲聞乃至菩薩亦不能於萬物象前剖出精見離一切物別有自性

不能離物而自體分明也(申)三佛印許

佛言如是如是

雙許即離皆無是見無是見已竟(未)二無非見分三(申)一如來問又二(酉)一述言牒定其意

佛復告阿難如汝所言無有見精離一切物別有自性則汝所指是物之中無是見者

如汝所言下述阿難之言則汝下牒定其意如云據汝所言則諸物之中決定無是見矣(酉)二對物教明非見又三(戌)一撮略諸物

今復告汝汝與如來坐祇陀林更觀林苑乃至日月種種象殊

同前可指諸物但撮略其辭(戌)二重躡前文

必無見精受汝所指

躡前牒定之文(戌)三正教明見

汝又發明此諸物中何者非見

(申)二阿難答三(酉)一無非見

阿難言我實徧見此祇陀林不知是中何者非見

此方直以標定無有非見下出所以(酉)二徵釋

何以故若樹非見云何見樹若樹即見復云何樹如是乃至若空非見云何見空若空即

見復云何空

此中單用即物而兼帶雙明非是也以離物無憑說於非見故單用即意又即見者是見也復云何樹者即何者是樹也然此本明無非復兼無是者有二義一者領前格式覆審致詳也二者遮止矯亂恐聞無非番又墮是示此雙絕令息反覆蓋權人之妙旨存焉(酉)三總結

我又思惟是萬象中微細發明無非見者

言既朗見一物不遺便不能於一物上發明非見也(申)三佛印許

佛言如是如是

許其無一物而非見也問前言此一大科惟明一體不離之義今許無非見似合一體不離之義何乃首許無是見耶若萬物皆無是見何成一體之義乎答說是說非皆不成乎一體此義待下文佛以文殊為喻中當自明矣姑少俟之辯無是非已竟

(午)二大衆惶悚

於是大衆非無學者聞佛此言茫然不知是義終始一時惶悚失其所守

非無學者會通其意應指小乘深位或權漸初心良以滿慈尚如聾聞遠蚋豈小乘有學遽能不疑乎是義者即無是見無非見之二義也不知終始者後度不測其終前推莫尋其始也蓋凡義之淺者即始可以見終由終必不昧始今則後以度佛未說之旨竟不能測此義之歸趣是不知其終也前以推佛已說之言初不能尋此義之由來是不知其始也舊註意指無是見為始無非見為終

此已無甚意味然不云終則物無非見而云終則見性非物不云始則物無是見而云始則見性是物此固違反經文失之千里而後更以現在我前爲始此阿難所謂執者愈無謂矣失其所守者意謂或是或非決於一定則可爲守今則雙許俱無曾無一定故驚疑而失所守也

(午)三佛慈安慰

如來知其魂慮變慴心生憐愍安慰阿難及諸大衆諸善男子無上法王是真實語如所如說不誑不妄非末伽黎四種不死矯亂論議汝諦思惟無忝哀慕

慴亦惶悚之意無上者證極之號法王者於法自在之稱真實只作一決定意如說苦決定苦說樂決定樂通真俗諦如所如方是稱理之談上如字即稱下所如二字即真如理不誑者無賺誤之過不妄者無虛僞之愆惟具四相不必強同五語矣不死者終不決於一定也又教中言此外道妄謂有不死天一生不亂答人者當生彼天矯亂論議在十卷行陰魔中四種謂亦變亦恒亦生亦滅亦有亦無亦增亦滅皆持兩可終無決定今無是見無非見決定雙遣二俱不立豈同彼矯亂不定哉忝者孤負之意哀是佛哀慕是衆慕蓋當機者佛哀愍之望其領悟衆期慕之望其啟發此乃囑令研審不可孤負上下之望也

(午)四文殊代問復分三(未)一代問之意

是時文殊師利法王子愍諸四衆

(未)二代問之儀

在大衆中即從座起頂禮佛足合掌恭敬而白佛言

(未)三代問之辭又分爲四(申)一標衆疑

世尊此諸大衆不悟如來發明二種精見色空是非是義

二種即是與非是二種義也色空總該諸物末句葢以一義字雙貫上是與非是成二義也是義者即無是見之義也非是義者即無非見之義也一往讀之缺二無字語之略耳㊥二述衆意

世尊若此前緣色空等象若是見者應有所指若非見者應無所矚而今不知是義所歸故有驚怖

應有所指者怪其不能指出也應無所矚者怪其不能無矚也義即無是無非二義所歸即彼二義因由㊥三檢衆過

非是疇昔善根輕尠

言其非同淺善根人執有一定是非輕疑佛言矯亂者也㊥四求佛示

惟願如來大慈發明此諸物象與此見精元是何物於其中間無是非是

求佛說出元是何物則無是非之因緣自彰顯矣末句以一無字雙貫下是與非是也如云此見與物元是何物而乃無是又無非是乎合前是非是義乃是上貫此是下貫似此二種句法最多後皆倣此以無是非發其疑竟㊁二曉以無是非之故上科文殊述衆但疑何故無是而又無非是故佛此科曉其故也分三㊦初一眞無是非當知此科全是諸聖圓觀大定行人切宜究心若常住此境界念念不昧成佛何疑分四㊪一舉諸聖正定

佛告文殊及諸大衆十方如來及大菩薩於

其自住三摩地中

大菩薩獨取圓頓教中深心之衆自有二義一自獨也不共凡外權小之意二自從也從發心位直至成佛位中住者常在之意所謂那伽常在定無有不定時通於四儀非獨取坐非有入出也三摩地即前三摩提首楞圓定之總名也然此定非制心強作乃是性本如是無始迯之令不昧而已㊟二了妄無實體

見與見緣并所想相如虛空華本無所有

上科文殊雙舉諸物與見精爲問今亦雙舉以答故知此科見之一字即舉見精見緣想相四字即舉諸物然見緣即六塵色空等物想即六處識心相即六根身相前文云想相爲身蓋合根識以成身相今此想相并指心身也蓋此中并將見性與外之萬物內之身心總成合會明其萬殊則妄而一體元眞也本科明妄皆如目病見空中華非作故無本性無故㊟三達妄即一眞

此見及緣元是菩提妙淨明體

想相攝入緣中故知緣之一字并攝根塵識三乃與見精爲對耳元是二字正答文殊之問彼問見精物相元是何物今答云元是菩提妙淨明體也此於三種中眞性菩提耳蓋指本覺眞心從本以來不可縛不可染不可蔽之本體此是攝妄歸眞亦是攝用歸體矣㊟四結無是無非

云何於中有是非是

意明諸物若與見精有二體者可說是見

及與非是見也今惟一菩提妙淨明體憑何說是及說非是哉此所以無是見亦無非見也問佛初惟以見爲性而曲明其不與身心萬物爲侶似謂見獨眞而餘皆妄令人獨依見性也今乃論妄則降見性同是空華論眞則升諸法同爲眞體因是理極之論其柰人之用心將何所適從乎答下文雖有本喻不釋斯難今仍更助一喻庶有發明一眞如大海中水見精如水之光諸所物相如水中之影特因愚者認影爲實反忘其水今欲令其捨影認水其柰水體瑩徹不見其形故且令其認彼水面之光故一一斥影爲妄讚光爲眞欲其即光以識水也而彼愚者復執光影各自有體橫起是非故復明其光影二皆無有自體全惟一水是其實體故知光影雖曰皆虛然以光較影則影有生滅光無去來影各偏局光通周徧又光影雖皆即水然取影則有淪溺之危識光則有得水之益且影自是外境所暎而光實自體無餘耳然則由斯喻而詳彼見精之與萬法雖同妄同眞而得失差別仍判然矣一眞無是非竟㊃二於一眞總喻又二㊄一佛喻一眞索是非

文殊吾今問汝如汝文殊更有文殊是文殊者爲無文殊

如汝文殊者舉文殊一身喻一眞之體也更有下二句索是以喻萬物是見也末句索非以喻萬物非見也無字即非字當時只合着一非字爲妙譯人略傷巧耳意云

如汝文殊但惟一身今就此身之中更有是文殊之處乎爲有非文殊之處乎(未)二文殊直答無二相此科吳興三配俱是然因其隱略難明分三(甲)一領惟一相

如是世尊我眞文殊

如是世尊者領諾佛旨而直答也我眞文殊者言惟我一身而已答前一眞之喻也(甲)二答無二相又二(酉)一無是相

無是文殊何以故若有是者則二文殊

答前色空無是見之喻也無是文殊者言我旣惟一身不可更說於是此一句斷定何以故乃徵起釋成也言其但說於是須二文殊一是一非方可對非說是今乃惟一故無是也反言以顯之也(酉)二無非相

然我今日非無文殊

答前色空無非見之喻也承上言尚不容於說是而況更可說於非乎蓋非無二字意旣相同即可換過云無非文殊即明快矣又順無字别作一說於佛問處當云副本體而更有方可說是幷本體而全無方可說非今汝文殊爲副本體而更有是文殊耶爲幷本體而全無文殊耶至於答處亦順此爲對不必改非而對是也斯則是非在有無下落一層耳於文頗順而意稍難省姑存備考(申)三結無二相

於中實無是非二相

一故無二(午)三總以法合喻

佛言此見妙明與諸空塵亦復如是

此蓋雙舉見與諸物言其即如文殊但惟一體所以無是見而亦無非見也一體即

菩提妙淨明體耳辯定本無是非已竟(辰)三教出是非之法前欲曉以無是非之故故從二妄合成一眞乃於一眞總喻而總合今欲教以出是非之法故從一眞起爲二妄乃於眞妄別喻而別合上有法喻合之三科今亦準上復分爲三(巳)一曲顯眞妄二相

本是妙明無上菩提淨圓眞心妄爲色空及與聞見

本是者對下妄爲先出其實相也妙明者寂照不二之意無上菩提者惟取本覺果體不取樹下證得者此之果體人人本具雖佛隨相證得亦無絲毫加尚但證本有而已故曰無上本無染汚曰淨本無欠缺曰圓總上諸義爲一眞心以上明其本惟一眞心體而已妄爲者對上本是出其妄相也言其本從一眞詐現二分色空即相分所攝聞見卽見分所攝然而旣云妄爲即非實有雖非實有宛見差殊故多迷也(巳)二別舉眞妄二喻又復分爲二科(午)一二月終墮是非

如第二月誰爲是月又誰非月

如字承妄爲二分而言此之二分如揑目所見二輪然與前不同前單喻見此則兼喻色空又則因此乃知見精如帶揑之本體色空如揑出之旁輪旣見二輪二俱墮妄矣誰是誰非者舊註直作明無是非似乃仍合文殊之喻頗失參差今則合詞在於下文與上無干乃是迷者擬度之辭意以揑出二輪雖非實有宛見差殊苟昧者

但惟執此則必妄擬其誰爲是月又誰非月是非往復終不能忘此則永墮是非必不能出矣(午)二一月方出是非

文殊但一月眞中間自無是月非月

若知本月但惟一體元無二輪自無是非可言永出妄擬之戲論舊註二月巳無是非何用一月且與下文何屬乎(巳)三以法各合二喻分二(午)一合二月終墮是非

是以汝今觀見與塵種種發明名爲妄想不能於中出是非是

是以二字正承上二喻而來此處塵字與種種字所含非淺乃是佛慈指敎須將問處盡與決了見即見精塵則內而身心外而萬物咸皆該盡心亦屬塵者以其爲塵影故也種種發明者約身心而言見性在前約萬物而言是見非見俱是虛妄亂想不得眞實而竟不能出是見與非是見也正猶觀第二月而恣其擬度終不出於是月非月之妄論也(午)二合一月方出是非

由是眞精妙覺明性故能令汝出指非指

克體而言曰眞精約照用而言曰妙覺明合斯體用而總明爲性持業釋也蓋前會妄歸眞攝用於體故曰體及其從眞起妄屬隨緣用故曰心此則會融體用故曰性總一眞而已矣如曰汝如了知見精與身心萬物元一眞性本惟一體方得頓悟萬法悉無自他之別肯復擬見性於身心之前而言其可指度見性於萬物之內而言其不可指哉正猶觀第一月則妄擬莫施是非自盡矣蓋此指字正應前旣有方所

非無指示之指也且初堅執在前似妄謂可指及對物詳辨又似謂不可指也是皆妄想所惑擬度紛然今乃既悟一眞斯疑頓絶矣故曰出指出非指也示見不分已竟

大佛頂首楞嚴經正脉疏卷第十

音釋

縮所六切音蹜　淆何交切音爻　慴質涉切音讋伏也懼也怯也　賺直陷切音詀

大佛頂首楞嚴經正脉疏卷第十一

明京都西湖沙門交光眞鑑述

(寅)九示見超情自然因緣皆是妄情計執今此見性竝不屬此故曰超情分二(卯)一正遣情計又二(辰)一隨問別遣又二(巳)一非自然又二(午)一阿難約徧常義而疑自然又三(未)一領性徧常

阿難白佛言世尊誠如法王所說覺緣徧十方界湛然常住性非生滅

覺謂眞性緣即萬法總言徧十方界者領上不混無礙二科中見性周徧而不遺不分二科更領見性與萬法同體周徧故成此徧義也湛然常住者領上不動無還二科性無生滅領上不滅一科總攝之而成此常義也(未)二躡之起疑又二(申)一疑濫於外計

與先梵志娑毗迦羅所談冥諦及投灰等諸外道種說有眞我徧滿十方有何差別

梵志此云淨裔謂是梵天苗裔即婆羅門云先者古人也娑毗迦羅現首卷冥諦現無還科中外道二十五諦中第一諦也本是法塵中滅塵非色非空之境謬稱冥性常住作諸諦冥初之本源也夫外道窮理深者但伏六識現行種子全迷末那具在所執冥諦似非八識應惟法塵投灰苦行外道也眞我徧滿十方者外道所執我相不出三種一大小二微細三廣大此廣大我也或即神我乃二十五之末後諦耳然所以非眞者象外取空別有自體此但分別影事豈正覺乎有何差別者言如來說

周徧常住外道亦說何以異乎㊅二疑違於自宗又二㊄一舉昔宗

世尊亦曾於楞伽山爲大慧等敷演斯義彼外道等常說自然我說因緣非彼境界

楞伽此云不可往惟神通可達佛曾在此說楞伽經大慧者彼會當機菩薩也斯義者即差別之義蓋廣辨内教與外道所以不同之義外道說自然者大義謂内而心性外而萬物悉本無因自然而然斯則撥無因果不立修證故佛廣說因緣以破之因謂親因種子緣謂助發資緣内而三乘等性須由宿生根種復假諸教助緣方生諸果外而百穀等物亦須根種爲因土等爲緣方生芽等非彼境界者大異於彼所說也㊄二疑今違

我今觀此覺性自然非生非滅遠離一切虚妄顛倒似非因緣

自然二字判定下出其故末句正疑違宗本有不遺故非生究竟不壞故非滅即常義也一眞一體故遠離虚妄無自無他故遠離顛倒即徧義也涅槃每以不徧爲無常因足見徧是常因而二字合爲一義故總惑爲自然當知迷領徧常不爲差謬目爲自然方是大差末言大似違反昔宗濫彼自然矣㊆三求佛開示

與彼自然云何開示不入羣邪獲眞實心妙覺明性

承上既似外計又異因緣則我教亦有自然之義矣然不知與彼自然何不同乎願佛顯示之蓋恐一涉於邪又成虚僞復入

昏冥故言不入羣邪方得眞實妙覺也(午)二如來約隨緣義以破之分二(未)一直斥其非

佛告阿難我今如是開示方便眞實告汝汝猶未悟惑爲自然

蓋阿難實以爲自然而但求不同於外道不知何但不同亦且了無自然之意故佛惟破自然而不復分別外道也言詞善巧曰方便理趣究竟曰眞實(申)二詳破其非又復分二(申)一牒索自然之體

阿難若必自然自須甄明有自然體

(申)二即與甄明見性又二(酉)一標列詰問

汝且觀此妙明見中以何爲自此見爲復以明爲自以暗爲自以空爲自以塞爲自

以明爲自者以見明爲本然體也餘放此

(酉)二詳與難破

阿難若明爲自應不見暗若復以空爲自體者應不見塞如是乃至諸暗等相以爲自者則於明時見性斷滅云何見明

應不見暗者言見明既是其本然不變之體只合見明及至明去暗來即應斷滅全不見暗方成自然餘放此說今皆不然恐能隨變隨見何成自然非自然已竟(巳)二非因緣又分二(午)一阿難番自然而疑因緣

阿難言必此妙見性非自然我今發明是因緣生心猶未明咨詢如來是義云何合因緣性

阿難因領性體本來徧常似不合於昔之因緣而但不知此本然徧常云何符合因

緣之旨乎是誠未了今教亦且超然不墮因緣㊅一如來以不變義以破之分二㊄一躡問對現

佛言汝言因緣吾復問汝汝今因見見性現前

汝今因見下應補明等二字其意方完言其對境始現也㊄二別爲破斥又二㊅一破因又分二㊆一標列

此見爲復因明有見因暗有見因空有見因塞有見㊆二逐破

阿難若因明有應不見暗如因暗有應不見明如是乃至因空因塞同於明暗

若因明有應不見暗者言其既以明爲生見之種子及其以暗代明即如以沙易穀則苗何以生反其因也餘放此㊅二破緣又二㊆一標列

復次阿難此見又復緣明有見緣暗有見緣空有見緣塞有見

㊆二逐破

阿難若緣空有應不見塞若緣塞有應不見空如是乃至緣明緣暗同於空塞

若緣空有應不見塞者言其既以空爲生見之助緣及其以塞而代空如以火而易水則蓮何以發反其緣也餘放此問自然因緣皆約明等爲破有何別乎答見性作自體明等作他法破自然則顯自體全能隨他法是隨緣義見其非自然滯一之體破因緣則顯他法不能變自體是不變義見其非因緣所生之法二義皎然是則明等雖同取義各別矣隨問別遣已竟㊄二

更與迭拂雙承上非自然非因緣二大科重重拂迹也又分三(巳)一拂已說者

當知如是精覺妙明非因非緣亦非自然

不變之眞體曰精覺隨緣之靈用曰妙明末二句申言體既不變故非因緣用既隨緣故非自然通下雖皆疊拂之文然上文但惟反詰之辭此則方申其正義(巳)二拂未說者

非不自然無非不非無是非非是

此中缺非不因緣一句但是遺脫理應有之蓋恐聞非自然而遂謂不自然故曰非不自然恐聞非因緣而遂謂不因緣故亦應云非不因緣二非不中兩箇不字即是前非自然非因緣上兩箇非字此以雙非遣兩非也合云非非自然非非因緣當自省矣後恐又落於二非不中故復以一無字竝遣前單非與雙非也如云固無非自然非因緣亦無非非自然非非因緣也上一句無非也下二句無不非也至於無是非是者又恐人聞諸非盡遣終歸一是故此遣之云無是自然無是因緣也又恐人聞既不存是還成非是復遣之云無非是自然無非是因緣也初一層無是也次一層無非是也當知無非不非爲躡遣蓋總躡前義而全遣也無是非是爲對遣蓋防其對非成是而對遣也(巳)三情盡法眞

離一切相即一切法

此二句推廣印定也上句盡其餘執也末句推廣而言不獨見性但能離相則即一切法無不皆眞也相謂一切情計之相非

謂法之自相也是可見法本無差情計成過諸情蕩盡法法元真但用忘情無勞壞相也又當知盡遣之後方得全真非是亦遣亦存竟成不定矣溫陵意謂離徧計知即圓成實與此解同缺依他起者且超畧而論也理實下文釋迷悶科中方遣依他起矣又當知隨問別遣科如以藥除病更與疊拂科如種種消解諸藥毒耳正遣情計已竟(卯)二責其滯情分二(辰)一正責用情

汝今云何於中措心以諸世間戲論名相而得分別

於中者於精覺妙明中也措心者作意妄想也諸世間者相宗中有學者世間非學者世間自然者外道所宗即非學者世間戲論因緣者權乘所宗即學者世間戲論葢言此理離名絕相逈非諸世間戲論所能及之而子云何云云責其迷也(辰)二喻明無益

如以手掌撮摩虛空秖益自勞虛空云何隨汝執捉

顯見超情已竟(寅)十顯見離見常途情見二字不甚相異但分本末俱屬徧計此則情與彼同見與彼異即指見精自體耳夫見精既曰真妄和合則可約義而分真妄二見[問懸示中不許心見爲二今何又言二見答此但約真見帶妄時即名妄見離妄時即名真見豈真有二體耶如第二月尚不許其爲影豈許其有二體乎]今言離見者即真見離於自體中一分妄見而已非謂離身邊等見也此即離依他起性矣分二(卯)一阿難以今教而質昔宗

又分二㊅一躡今教

阿難白佛言世尊必妙覺性非因非緣

上科自然因緣二皆被斥而不問自然者以非自教也因緣自教一旦盡違故獨躡之騰疑起問不已也㊅二質昔宗

世尊云何常與比丘宣說見性具四種緣所謂因空因明因心因眼是義云何

阿難所引見性蓋是眼識如來所示乃是根中之性規矩謂愚法聲聞不分根識信乎如來知其心麤且不與分但就語破之大乘眼識九緣方生小乘法中麤具四緣缺一不可然皆眼識得生之緣而舊註迷爲萬法之緣誤之甚也心指第六識以小乘不達七八心法惟一也儒云心不在焉視而不見是也順世淺解此爲確論目前不空不明何以有見無心無眼更不待言所以必隨因緣今示見精全不托此下文自明末問意云豈今是而昔非耶抑今昔同而我未達耶㊆二如來深明其權實不同分二㊅一明昔宗非第一義又二㊁一直斷其非

佛言阿難我說世間諸因緣相非第一義

此明昔教與今教大不同也言我昔說因緣但爲對治自然及邪因緣誘引小乘一時權宜之說非今所說第一修證了義之教也何得取彼而難此乎㊁二明其不了教又二㊄一定世間義又二㊊一如來雙徵

阿難吾復問汝諸世間人說我能見云何名見云何不見

探其所藉之緣㊊二阿難雙答

阿難言世人因於日月燈光見種種相名之爲見若復無此三種光明則不能見

單舉明緣顯四中缺一不見餘可例知(午)二正明不了又三(未)一無明非是無見

阿難若無明時名不見者應不見暗若必見暗此但無明云何無見

無明便謂無見常情皆然故躡此以應不見暗詰之汝謂無明既已無見即當并暗不見然決無此理由是下三句乃申其正義焉(未)二雙以例成不見

阿難若在暗時不見明故名爲不見今在明時不見暗相還名不見如是二相俱名不見

此反例顯謬言若明暗相例遂至二皆無見豈不大謬(未)三結申正義雙見

若復二相自相凌奪非汝見性於中暫無如是則知二俱名見云何不見

上科但是因謬反顯實無二不見理故乘其必悟而申以正義令知明暗中俱是見也當知順世間惟許明見不許暗見須假多緣今自指見以來即取暗中有見然則暗中之見尚不用眼何假空明及分別耶是則顯一暗中之見則四緣俱破故曰舉一該餘明昔宗非第一義已竟(辰)二示今教爲第一義蓋雖總明第一義而其中兩重有淺有深有已說有未說亦即是結定已說而發起未說也分三(巳)一先定離緣

是故阿難汝今當知見明之時見非是明見暗之時見非是暗見空之時見非是空見塞之時見非是塞

此一重爲淺爲已說蓋自體離緣之義從

引盲人矚暗直至非因非緣文中屢有此義今重顯疊定者以起下文耳又顯從前所說皆離緣第一義已自超乎因緣宗矣其曰見明之時見非是明者言能見之性非即所見之境能所判然不難分辯餘三放此㊁二例成離見

四義成就汝復應知見見之時見非是見

此一重爲深爲未說更顯向後說者皆離見第一義也而因緣中義盃逈乎其不可及矣四義即明暗空塞之四成就者成就能例之法也前已重重發明見精中眞妄和合今此上一見字即見精中本體眞見下一見字即見精中所帶一分無明妄見從無始來此之眞見常墮妄見之中如人墮水豈復見水後於聞教得悟之時忽爾眞見現前方能徹見妄體然纔一見時則斯眞見之體已即脫于妄見不復墮于其中故曰見見之時見非是見非是二字即脫出之意如人必登於岸方能見水故纔一見水已即不在水中矣良以上之四義皆以能見之性見於所見之境而性即非境今亦例此以能見之眞見見於所見之妄見而眞見即非妄見矣此義難分辯故以四義易辯者而例顯之然見之所以爲妄而眞見所以非妄見者待佛後釋迷悶處自發明之通上十番示見則帶妄顯眞已極將剖妄而出眞故此以發其端也㊁三責而勉之又二㊀一責之

見猶離見見不能及云何復說因緣自然及和合相

見猶離見者言此眞見尚猶離於見精之自相也見不能及者見精亦自不能及也良以有妄見時眞見全隱及至眞見現前時妄見已空故終不能及也云何下方責其執悋昔宗愈不可及矣和合未說而言及和合相者蓋與因緣一類戲論不相捨離者也(午)二勉之

汝等聲聞狹劣無識不能通達清淨實相吾今誨汝當善思惟無得疲怠妙菩提路

局溺舊聞曰狹得少爲足曰劣乏甄别之智曰無識徧計依他了無干涉曰清淨實相者空宗性宗曲直稍别空宗謂凡所有相皆是虛妄是雖空色不二須見諸相非相方爲實相依此則須破妄相而後顯實相性宗則 山河全露法身萬相當體眞實依此則即相直顯實相下文二意具有自此乃至陰入處界盡處半同空宗以皆破妄顯眞故也然隨遮隨表異空宗之無表故曰半同七大方同後義故佛重標至文再明達此方到果海故曰妙菩提路極勉其不可中路而懈退矣通上十科論之初科則顯其脫根脫塵迥然而靈光獨耀二科則顯其離身離境凝然而本不動搖三科則顯其盡未來際究竟不滅四科則顯其從無始來本有不遺五科則顯其無往無還挺物表而常住六科則顯其不雜不亂超象外以孤標七科則顯其性元自在轉萬物而大小何局八科則顯其體本混融譬一月而是非莫辯九科則顯其諸情不墮遠越乎外計權宗十科則顯其自相

亦離轉入於純眞無妄顯見至此可謂顯之至矣舊解總將如是顯意而悉爲破見此予所以不得已而重疏之一端也特惟就衆生迷位而尚有二種見妄未除故曰帶妄顯眞耳帶妄顯眞已竟㊄二剖妄出眞二種顛倒見妄如璞蘊玉而見之眞精如玉在璞故帶妄示眞如指璞說玉雖珍貴非虛而麤石未剖美玉未瑩此科剖妄出眞如剖璞出玉精瑩煥發矣是以前之破識破至無體乃爲眞破此之剖妄實體反露所謂不畢竟破似破而實顯也可槩以爲破乎分二㊂一請許懸應所請意遠應在後文非局本科故佛隨請而許亦非局近是以并云懸應分二㊃一阿難述請又分二㊅一述意又二㊁一述未開

阿難白佛言世尊如佛世尊爲我等輩宣說因緣及與自然諸和合相與不和合心猶未開

因緣等四義世間戲論中所必具者故後二前雖未問而今則並陳然總云未開者有二意一者言總意别别指後二而言四義未盡開也二者義有相關謂和合與因緣相關不和合與自然相關倘屬後二則前二亦未全離故總云未開耳然意中惟望更說後二決無望佛重拂前二故舊說非是也㊁二述迷悶

而今更聞見見非見重增迷悶

本惟望佛次第更談和合等義今因不達見見非見迷悶是急故先希釋此也述意已竟㊅二哀請

伏願弘慈施大慧目開示我等覺心明淨作是語已悲淚頂禮承受聖旨

慧目觀空者也佛啟清淨實相而阿難又乞慧目則此下圓發空如來藏無疑矣纔疑在念則覺不明淨是須釋迷悶而開未開夫然後覺心無不明淨矣(卯)二佛慈許說分二(辰)一將示妙修

爾時世尊憐愍阿難及諸大衆將欲敷演大陀羅尼諸三摩提妙修行路

此經家敘佛意也觀將欲二字則其意甚遠在五六卷蓋凡欲事妙修先求眞智廣開眞智皆所以爲妙修之地故佛方近談微密觀照而經家先遙敘此其旨深矣陀羅尼此云總持謂總一切法持無量義正以解因欲其周圓而修當執其簡要此經了義之修最爲簡要陀羅尼雖通顯密且就顯言故圭峰疏釋不取多字一字偏取無字即淨圓覺心今應亦取無字即圓湛不生滅根性也諸三摩提總目二十五圓通妙修行路密指耳門意言諸圓通中妙耳門也以此二句釋上陀羅尼顯修門中耳根圓通即大總持也不依舊註平泒定慧止觀等按後阿難請入華屋即有得陀羅尼入佛知見之語及佛許云開無上乘妙修行路又云於佛如來妙三摩提不生疲倦語意全合足徵此處是預指後之修門也(辰)二先開眞智又三(巳)一明其未了

告阿難言汝雖強記但益多聞於奢摩他微密觀照心猶未了

寄斥多聞者但悠口耳未了實義奢摩他

即性具本定微密觀照即本具照體朗然現前也檢異起心對境思惟麤觀曰微檢異制身靜坐出入定相曰密又離妄絕相曰微即相無相曰密故今所說見見非見乃至七大徧周正離妄絕相微妙觀照下文滿慈二答正即相無相秘密觀照是知此意照盡三如來藏是謂眞智必由此眞智方能造後妙修也㊂二正許開示

汝今諦聽吾當爲汝分別開示

㊂三兼被未來

亦令將來諸有漏者獲菩提果

有漏尚令成佛無漏不待言矣㊀二分別開示分二㊀一釋其迷悶阿難以未開迷悶二者竝陳而迷悶更急故佛今則先與釋其迷悶前已辯明此中并無重拂因緣自然之意勿強索之分三㊁一雙標二見於一妄見分之爲二非眞妄二見分二㊂一總出共過

阿難一切衆生輪廻世間由二顛倒分別見妄當處發生當業輪轉

此明見妄若存有此等過故須剖析而離之一切衆生不止凡夫亦兼小聖輪廻世間不止七趣分段亦兼二乘變易以此是凡小俱迷之境而結尾期在圓滿菩提不生滅性故也然此二句方以總標大患下乃推原皆由見妄能現境起業而致然也言二者即下同別之二也云顛倒分別者正見妄之體相也謂迷別爲同（本是已心別業自現之境而視爲心外同他共住之境）迷同爲別（本是自惑所現與衆同分之境而視爲心外與已無干之境）迷虛爲實（本是惑業虛影而視爲心

外實有定相之物此之三迷舊解但了後一前二周知至下當發明之恒作如是見解故曰顛倒分別然此分別乃任運歷然不昧而已所謂微細流注分別非作意計度麤分別也總謂之見妄者體即陀那細識見分中和合一分深惑下文諸佛所稱俱生無明生死結根是也此方出見妄體相末二句正明其現境起業爲引發輪迴之本也當字去聲當處者全法界心徧成迷惑之處本非處而言處耳發生者盡法界徧現情與無情一切世界下文謂無同異中熾然成異者是也此蓋但由惑現未及業招方是同分境現耳當業者即於當處惑境之中取著造業也輪轉者隨業受報次第遷流成無邊輪迴也此蓋不但惑現更由業招即是別業境成也即處與業二俱言當者顯二意一當處顯不動意如夢所見無量多境無量奔馳不離牀枕寸步無移二當業顯無物意言惟是自業幻成妄取妄受更別無物也是則見妄能招如是大患故不可不了悟而遠離也

巳二別列其名

云何二見一者衆生別業妄見二者衆生同分妄見

夫唯心境界極盡十方唯我一心本無親疎遠近之分今爲見妄所迷不能同佛全體住持全體受用於是有見其自所住持現得受用而爲親近之境有見其他所住持非已受用而爲疎遠之境然親近者不惟惑現而更兼業繫蓋自業發明還自取著非心外實有與他共住之處故曰別業

妄見特由顛倒分別乃妄見其心外實有與他共住豈眞實哉其疎遠者雖非業繫而但由惑現蓋與衆同惑而還同衆見非心外實有與已無干之境故曰同分妄見亦由顛倒分別乃妄見其心外實有與已無干豈眞實哉當知此與舊說不同舊謂別業約一人同分約多人便與萬法唯心相背今惟約阿難一心兼具此二種妄見但約業別別見惑同同見分之耳却自阿難以例一切衆生人人皆具此二種妄見方爲盡理(辰)二各舉易例舊說目眚災象二皆爲喻以喻後之一處多處則背戾後文其過無窮不暇委辯今並是法如字乃是舉法之辭但有難覺易知之分後文有證良以親近之境雖爲別業實亦與衆共住同見誠難覺其爲別爲虛也至於眚見燈輪則又別中之別虛上之虛是乃最易知其爲別爲妄者矣疎遠之境雖爲同分然見其與已懸隔而又各受用不一誠難覺其爲同爲妄也至於瘴惡災象則又同中之同妄中之妄是尚可易知其爲同爲虛也故佛舉眚影災象易知者將以例後一處多處之難知者焉問佛後合明何無同別答如來言不虛發語必開迷既標顛倒又列差別別業同分必是衆生迷昧之境前標既有可不隨明後結若無何勞強費曲順金言而已然合明處畧之者正意歸重見妄以釋迷悶故也就分爲二(巳)一別業妄見分爲四科(午)一先以徵起

云何名爲別業妄見

(午)二陳其所見

阿難如世間人目有赤眚夜見燈光別有圓影五色重疊

目雖浮根而衆生聚見於眼即見精所寄之處眚雖淨根之病而實因有見性方有斯病亦即見性之病而燈輪即見病之影但好眼爲無明根本見病而赤眚爲浮根枝末見病身境爲根本見病之影而燈輪爲枝末見病之影以此眚影爲例即有兩重易知一者易知其爲別業以於燈輪明知其爲自己獨見之境二者易知其爲妄見以又明知燈輪非實有也故先陳此取爲能例意在例後兩重難知焉又佛向下即離妄因等科皆就此易知能例之法而寄辯詳明到下所例一言以蔽也故此須當一一配例明白庶至下文不費詞而自明矣目惟取其所具之見性與後見身境者同體無別但此雙帶本末二病而後惟有本無末故用相例焉眚例無明燈例界內輪例身境當與下文相爲照應無差忒矣(午)三了無其實又復分爲二(未)一審於二處

於意云何此夜燈明所現圓光爲是燈色爲當見色

例云此三界內所現身境爲彼界內實有耶爲汝見性實有耶(未)二難其即離又二

(申)一難即燈即見

阿難此若燈色則非眚人何不同見而此圓影惟眚之觀若是見色見已成色則彼眚人見圓影者名爲何等

先以非眚不見破即燈非眚人以例諸佛

蓋斷盡無明同無眚病例曰若身境是界內實有而斷盡無明之人如何不見何必惟有無明者然後見之乎次以色不自見破即見例曰若以身境即是見性實有則見性已成身境即不能以自見而今見身境者復是何物以見之乎㊥二難離燈離見

復次阿難若此圓影離燈別有則合傍觀屏帳几筵有圓影出離見別有應非眼矚云何眚人目見圓影

先以傍觀無體破離燈例曰若復轉計身境離彼界內而別更有體則夫界外涅槃應當更見身境蓋二乘出三界外即空不見問與佛何異答佛即三界不見身境如非眚人即燈不見毛輪二乘如帶眚人離燈向於屏等方不見也非眞不見若復來依舊有矣次以非眼莫矚破離見例曰若復轉計身境離見性而別有自體則憑誰知有身境今何無明之人必用見性見之乎了無其實已竟㊄四詳示妄因上科但舉即離皆非足顯虛妄而未出虛妄根由及無病見體此科方具示之分爲五㊍一正指妄因

是故當知色實在燈見病爲影

色實在燈者言彼五色實須在燈上而後現也以屏等不出無離燈理見病爲影者言雖不離燈現而實非即燈之影乃見上眚病之影也見病二字正是眞實妄因然上句例山河實須在界內方見而亦非即界內實有但是根本見病之影而已㊍二

見體無干

影見俱眚見眚非病

首句牒前病影也上見字指見病言字之畧也應云影與見病俱是一眚而已意明影病一體未有影非目病亦未有目病無影者也故合影與病方稱爲眚故曰影見俱眚次句特指能見眚之見體常自非病而與眚本不相干矣以若見即是眚應不自見今既宛然見眚豈能見之見體即所見之眚病乎此意最重正惟有此無病見體所以見見即非見也不指有智眚人而言後文有照至當指之(未)三誡人妄情

終不應言是燈是見於是中有非燈非見

觀不應二字明是誡止之辭蓋言既惟病影一無實體則說即說離皆不中理故誡止之(未)四諭明所以

如第二月非體非影何以故第二之觀揑所成故諸有智者不應說言此揑根元是形非形離見非見

此方是諭非體非影者準下文既以月形見體對辨是非此應即是以見體月影而雙標也故非體者非見體所有也非影者非月影所現也下之徵釋正出第二月眞實妄因惟在一揑字而已以揑則有不揑則無故也同前燈輪眞實妄因惟在一病字而已故曰見病爲影亦以病則現不病則不現故也末二句吳註只取雙是雙離而已形月形也雙是形與非形者猶言是月非月也雙離見與非見者猶言非見是見也蓋離見即非見離非見即是見也文

法之巧耳大端以月對見而雙遣捏輪之
是非意在喻明以燈對見而雙遣眚輪之
即離耳是非亦即離也㊍五以法合顯
此亦如是目眚所成今欲名誰是燈是見何
況分別非燈非見
承上可見二月非實惟捏是其根元燈輪
本無惟眚乃其病本夫既徹底虛妄憑何
說其即離又既離即皆非尤見徹底虛妄
矣蓋眚與無明皆如捏也燈輪身境皆如
二月也例之易見別業妄見已竟㊂二同
分妄見又分三㊄一先以徵起
云何名爲同分妄見
與前徵對㊄二陳其所見又二㊍一總舉
洲國又二㊎一海中洲數
阿難此閻浮提除大海水中間平陸有三千
洲
大海即七金山外鹹水海也平陸即無水
地水環陸地曰洲一大餘小故數滿三千
此惟須彌之南一面洲也㊎二洲中國數
又分二㊉一大洲國數
正中大洲東西括量大國凡有二千三百
大洲即指閻浮舉大國以畧小國也㊉二
小洲國數
其餘小洲在諸海中其間或有三兩百國或
一或二至于三十四十五十
此皆布於大洲之外者也總舉洲國已竟
㊍二別舉所見又二㊎一兩國同洲
阿難若復此中有一小洲只有兩國
舉最小之洲最少之國以況大多也㊎二
一國所見

惟一國人同感惡緣則彼小洲當土衆生覩諸一切不祥境界或見二日或見兩月其中乃至暈適珮玦彗孛飛流負耳虹蜺種種惡相

暈適珮玦皆兼日月環匝曰暈薄蝕曰適珮玦近日月災氣之狀也彗孛飛流星之災象星芒偏指曰彗四出曰孛横去曰飛下注曰流負耳虹蜺單是日之災象夾日而成負耳映日而成虹蜺末句該盡其餘之意陳其所見已竟㊄三了無其實

但此國見彼國衆生本所不見亦復不聞

同一天象此有彼無足知非實此說妄處比别業中既畧即離復鈌妄因畧者意欲準上鈌者留待下進退文中例出也然此亦有兩重易知一者易知其爲同分以其明知與舉國見同也二者易知其爲妄見以又明知他國不見也故先陳此取爲能例亦欲例後兩重難知者焉各舉易例已竟

大佛頂首楞嚴經正脉疏卷第十一

音釋

確苦角切音慤　眚所景切生上聲　適陟革切音摘　彗祥歲切音篲

大佛頂首楞嚴經正脉疏卷第十二

明京都西湖沙門交光眞鑑述

(辰)三進退合明分二(巳)一總標例法

阿難吾今爲汝以此二事進退合明

此科舊解標雖在此却乃隔後多文別取數句以爲其義遂致管見謂爲錯簡欲以改移其文今於印本雖未敢動而傳講者皆抄寫指授以爲確論今反覆詳之乃是不識本旨反謂經差若果改移大亂佛旨痛宜戒之當知齊此標後直至迷悶科終三番相例皆是進退合明正文又進退亦異舊說蓋佛談經如人入宅從前向後爲進從後番前爲退然亦有兩說並於理通智者審之一者若約例處現文則三節分屬進退合明謂初例（例汝今日觀見山河）是進以合明次例（例彼妄見別業一人）是退以合明後例（例閻浮提三千洲中）復是進以合明二者若約結處深意則三節各有進退合明謂初結（皆是乃至所成）約燈輪依正進退合明次結（俱是乃至所生）約災象燈輪進退合明後結（同是乃至妄死）約災象諸國進退合明至文一一指之自見(巳)二依法取例又二(午)一例明別業又三(未)一舉能例法牒定眚妄雖總牒前別業而意多取於詳示妄因中義以作今能例之法耳又四(申)一促舉前法

阿難如彼衆生別業妄見

此科總舉下三科詳牒也觀佛直呼前之眚輪以爲別業妄見何得執爲譬喻此一驗矣(申)二妄境似有

矚燈光中所現圓影雖現似境

㊥三妄體本無

終彼見者目眚所成眚卽見勞非色所造見勞者卽見病妄發勞相也非色所造者非實色所造也蓋言惟是一眚所現更無他物卽前影見俱眚句耳㊥四眞體非病

然見眚者終無見咎

蓋見眚者卽能見眚之自體也良以眚不見眚而見眚者乃見之眞體彼固無恙故曰無咎此卽前見眚非病句耳㊄二就所例法進退合明約前分屬言總意別後義正齊分二㊥一總成例意

例汝今日以目觀見山河國土及諸衆生皆是無始見病所成

例者同是一例言無異也今日目觀者明現前親住親見近境異後懸遠之處也次二句依正可知無始見病者卽根本無明初成業識轉生見相二分則見如眚瞖相如燈輪從此浩劫莫復清淨故曰無始見病此科是第一進退合明若依前義三節分屬此屬進以合明謂進前文燈輪易知之別業合明後文依正難知之別業則結文皆是二字但惟徧舉國土衆生而已言此國土衆生皆是無始根本見病之影與燈輪枝末見病之影一例而無別也此說順而易於省解若依後義三節各有進退例處同前無異惟於結處差别皆是二字乃是雙舉燈輪依正而言皆是無始見病之影故具足進退之義蓋進前燈輪以合明後之依正則此依正固無始見性所帶根本見病之影與燈輪而同一例也退後

依正以合明前之燈輪則此燈輪亦無始見性所帶本末見病之影與依正同一例也雖乂暫不一而無非見病展轉幻生矣此說稍難領會而意則圓足思之問目眚但一𥅇之疾今亦謂爲無始見病恐非佛意答此正據佛意下文於眚妄瘴惡相例之後亦結俱是無始見妄所生故知然矣但此身境更多一轉所謂雙帶本末二病而已推末由本故本末同結之問燈輪合明依正意耶答依正虛妄固比燈輪難知而目眚因是以易知例難知依正合明燈輪取何遠因亦是無明轉生猶不易曉故佛互相發明有深意存焉要顯本末見病皆無始無明之過也後皆倣此(申)二詳應前文又分爲三(酉)一合明妄境似有

見與見緣似現前境

見卽目見緣卽國土衆生(酉)二合明妄體

本無

元我覺明見所緣眚覺見卽眚

覺明卽本覺墮於無明之中者也見所緣眚者見自所帶無明之影也覺見卽眚者謂覺明所見無明之影卽是眚病此句宛是影見俱眚之意也(酉)三合明眞體非病

本覺明心覺緣非眚

緣字雙指見與見緣妄見對覺心亦是覺心之所緣故妄見屬諸緣之中是則覺心能覺諸緣者而謂之非眚正以合前見體能見眚者而謂之非病顯然乎契乃知凡言見眚皆指見之本體非謂有智眚人當於此而照驗聖言正以此體本來離妄所以到下文纔覺卽離更無留難故知詳應之科雖足例意而正爲下釋悶張本也此阿難所見身境等卽有兩重難知一者難知其爲別業以巳見與衆不異也二者難知其爲妄見以又因同見實信其必有也故以前眚影中兩重易知者而例之以知焉問身境同見何以類眚影之別見答衆生依自心法界而迷起夢境法界唯心夢境

非有故爲別爲虛見同衆人不過業同見耳豈同外教共一而實有乎譬如千燈一室各別光滿又如羣瞖觀燈似同輪而實各病及其一人愈而只消一人之輪始知非共一而非實有矣就所例法進退合明已竟(未)

三結見見卽離釋迷悶圓覺云知幻卽離正同見見非見故科名擬之分二(申)一令取上義轉釋取上覺緣非眚一句之義轉釋前見見非見之迷悶也又分二(酉)一用上顯離

覺所覺眚覺非眚中

覺所覺眚卽上覺緣二字覺非眚中卽上非眚二字意謂覺本是眞眚本是妄未覺眚時覺常墮於眚中纔覺是眚覺早出於眚外故別業中許多發揮只爲成就此二句意在顯其眞本超脫釋前迷悶之情也

(酉)二轉釋前語

此實見見云何復名覺聞知見

實字亦卽字之意見見乃是前語上科覺字卽上見字眚字卽下見字故覺眚卽釋見見非眚卽釋非見意云覺眚卽脫於眚便是見見卽脫於見云何復名爲見我所以言非見也兼聞知覺者一體同具也爲因見見難省故變字轉顯非兩法也(申)二令對目前會釋指向目前便類宗通更加說破仍歸教意又二(酉)一通指是眚者釋妄見

是故汝今見我及汝幷諸世間十類衆生皆卽見眚非見眚者

見我者卽觀佛相好也故知自惑未除雖觀佛勝相亦是眚影及汝者指阿難自身也世間卽上山河國土十類衆生同前十

種異生皆卽見眚者皆卽見上之眚病也非見眚者非是能見眚之眞體也此二句判定是妄非眞矣㊄二别指非眚者釋非見

彼見眞精性非眚者故不名見

彼者指法之辭見眞精者卽能見眚眞精也又解彼見仍指妄見眞精方目眞見而此眞精是彼妄見眞實之體故曰彼見眞精性非眚者言是乃性體而非眚妄也此二句判定是眞非妄矣末句結歸釋疑夫妄非眞而眞非妄故知眞見性本常離於妄我所以謂眞見見於妄見之時卽脱於見而不可復名以見也汝何迷悶於此哉是則世界衆生旣惟自心别業妄影則凡夫不必欣上厭下種種取著二乘不必怖有淪空種種厭離遠惟務求見見而除一巳之深惑卽不墮於妄身境矣此於三道中初悟惑道了三本空猶是近離而非遠離遠離之意在後同分尾中例明别業巳竟㊅二例明同分分三㊆一舉能例法進退合明舊說進退合明單屬此科首六句蓋因其文有往復之狀而成誤也以致管見踵之欲以取前標辭加於此科之上而并將全科移於本覺常住之後復取前云何名爲同分一節經文補置此處則三番進退及首尾相收之旨俱失之矣若更依彼法喻參之謬亂尤甚傳講者畏於悖註而敢於違經痛宜戒止且今詳究經文毫髮不錯由是曲順本意解之仍於各文詳申其故智者請加研味庶有發明當知此

科乃是第二番進退合明若依前義分屬進退此屬退以合明蓋退後同分以合明前之別業也此亦容易省會分三(申)一促舉前法

阿難如彼衆生同分妄見

上文別業未例之前先促舉云如彼衆生別業妄見今此同分未例之前亦促舉云如彼衆生同分妄見顯然對待誰敢妄移蓋總以舉前一國所觀種種災象也然此科具能所二例若遠對後科例閻浮等則此爲能例彼爲所例若近對本科別業妄見則此爲所例別業爲能例所以難省其故至下自見請先記之(申)二取例別業問災象既爲同分易知之例卽當直以例後閻浮提等何必又取例於別業答前文促舉之下卽以牒定眚妄者全以牒前詳示妄因科也蓋必妄因成而後可例下身境之同妄矣今此促舉之下亦當牒定妄因其奈前之災象文中元缺詳示妄因佛意不欲另示妄因正欲留待此處取例於別業之妄因焉所以無牒辭而加取例耳問何故如此答眚影災象雖皆易例而災象比於眚影稍似難知故此亦是以易例難令知同彼眚影一例虛妄然後妄因成而可以例下閻浮等也後問畧同吳興又二(酉)一逆以取例

例彼妄見別業一人

蓋先舉能例後就所例乃爲順例今番以所例倒就能例故曰逆以取例逆卽退也故約前義屬退合明 問何故如此答促舉同分之易知將以例

後同分之難知故不得不首舉同分以對前別業中促舉之科然特為自缺妄因須取例於別業又不得不退就別業而逆取之矣(酉)二順以釋成上

文不得已而能所倒置終為不順理須同

文釋之故曰順釋問豈非依舊進合答但望促舉之科能所顛倒畢竟是退又復曲分二(戌)一囘文標同

一病目人同彼一國

依舊以能例別業居先所例同分居後而畧以標同下科詳以例出矣(戌)二例出妄因

彼見圓影眚妄所生此衆同分所見不祥同見業中瘴惡所起

此舉別業但惟眚影是其妄因以例同分但惟瘴惡是其妄因豈有天象之實體哉

(申)三合明同本

俱是無始見妄所生

惟此俱是二字無有二說但依後義雙舉燈輪災象而言其俱是等也正因此處推知前之皆是後之同是咸有進退合明之義生謂轉生㳂生也據現前雖皆一時之事而展轉推本故俱是無始見妄從本㳂末而生也進退合明者進燈輪以合明災象則災象固一國之眚瞖也退災象以合明燈輪則燈輪亦一人之瘴惡也故曰俱是無始見妄展轉㳂生矣(未)二就所例而進退合明上之一國災象既例眚影妄因已彰卽為此節能例之法而此閻浮等乃為所例由是就之而進退合明矣此卽第三番進退合明若依前分屬之義亦是言總意別但屬進以合明謂進前一國災象合明後諸刹也若依後義正齊分二(申)一

普例世間分二(酉)一器世間又二(戌)一從狹至廣

例閻浮提三千洲中兼四大海娑婆世界并洎十方

首一例字正承上同分妄因以爲此節之能例故也海本是一因須彌四面有四大洲故海亦隨洲稱四大也娑婆世界有百億四天下本師一佛刹土耳十方則諸刹土無量無邊沙塵莫盡其數(戌)二總標有漏

諸有漏國

諸字總指廣狹諸土有漏義見前無漏下對當機且指同居(酉)二情世間

及諸衆生

卽上諸國衆生也合情與器二種世間皆自心與衆同分所見之境不取衆人皆爲能見也普例世間竟(申)二合明同妄復分爲二(酉)一合明前六字

同是覺明無漏妙心見聞覺知虛妄病緣

若依前義則同是二字亦惟徧舉諸國而言同是無漏等此乃合前能例中俱是無始見妄六字也但彼只言無始見妄而不言所依之眞此則覺明無漏妙心乃其所依之眞見聞覺知虛妄病緣乃其所起之妄承上例下云此之十方各所見世界衆生雖各種種不同與彼一國所見不祥同爲一例同是云云覺明無漏妙心卽是在纏之體覺明不必泥作無明應是覺湛明性此自其本淨而言無漏自其無染而言正反於上有漏也蓋其體非無明不屬諸有

而又欲境諸見迥不相干故也總此本淨不染二意故曰妙心持業釋也見等皆指妄者而言連下虛妄病通爲一顛倒分別見妄而兼聞覺知者一體所具也此所謂能生諸緣緣所遺者而緣之一字卽指上世界衆生如云此諸世界衆生皆卽見等妄病之緣而已(酉)二合明前二字

和合妄生和合妄死

合前能例中所生二字也但上無死字意亦深含然此死字意是滅字方通無情蓋通本上來必兼依正世界則成住壞空衆生則生老病死二俱言和合者言生不自生以和合發起故生滅不自滅以和合終盡故滅也然既虛妄病緣所爲則於本無中而妄見生滅故皆曰妄耳又當知二乘見界內是生界外是滅矣上解但依前義分屬有進無退若依後義進退兼具應云進一國以合明於十方則塵刹固卽瘴惡之虛陳退十方以合明於一國則瘴惡亦卽生滅之妄現故結之曰同是覺明等此中亦有兩重難知一者難知爲同以淨穢苦樂迥別也二者難知爲妄以與塵刹見同也故以前瘴惡中兩重易知者而例知焉問隔異無干何爲同分現見各有何爲我妄答自心無明稱法界而無際一切生界依無明而住持故見生界未消須者自心無明未除也無明未除則無邊生死皆同分耳可同凡小苟安自足謂無干乎譬如病目見花遍空同我眼病豈以近遠而分自他虛實乎此小註與前別業小註中意亦是破迷要義但經文前顯後隱故小書之以備觀就所例法進退合明已竟(未)三結離見卽覺教取證圓覺云離幻卽覺卽同此意故科名擬之敵體番上文同是等而了前大標中總出之過以結歸也上是從眞起妄此是反妄歸眞

分二申一離見又曲分爲二酉一離見緣

若能遠離諸和合緣及不和合

番上緣字及和合二句而了前標中當處二句也意曰生滅深惑雖由見妄而業果循還現溺見緣若能首先遠離云云遠離者了知苦果皆由業招妄招妄現於是不造諸業斷世生緣卽遠離諸和合也既不趣生亦無老死卽遠離不和合也若兼二乘則不見界內爲實有卽離和合不見界外爲眞滅卽離不和合也斯則業果二道先已息矣酉二正離見

則復滅除諸生死因

番上見聞覺知虛妄病而了前二種顛倒見妄也蓋二種見妄正無明深惑卽業果由之以起乃生死親因也滅除之者卽後耳根圓通中斷二執證三空窮至生相而惑道並盡矣三道既盡齊此屬於反妄申二卽覺又分二酉一極證二果

圓滿菩提不生滅性

菩提是智果見妄除而惑盡故圓滿智果不生滅性卽涅槃是斷果見緣除而業果盡故圓滿斷果酉二永斷輪迴

清淨本心本覺常住

此卽完復上之覺明無漏妙心而了標中輪迴世間矣然涅槃由斷尚帶修心菩提由智亦兼始覺今復言本心清淨本覺常住者表二義一表皆但還復本有非從外得二表要必圓滿涅槃而後本心清淨圓滿菩提而後本覺常住性修雙卽而前所謂輪迴世間者於此永絕矣二科皆屬歸

眞是則别業後釋迷悶中全顯此心不變之體常自離妄而極勸人之了悟同分後教修證中全顯此心隨緣之用與妄相應而極勸人之修證修無了悟則畢竟鈍滯無歸悟不修證安得現前受用修心者務請不取見緣不隨見妄而觀塵刹依正全影全心念念不昧是謂常住三摩地中固知取證無疑而庶不負佛詳勸之至意矣釋其迷悶已竟㊎二開其未開前阿難述意以請中先述未開後述迷悶而佛與先釋迷悶者先其所急也今迷悶已釋次應開所未開矣分二㊏一牒前述意又分爲二㊐一牒已開

阿難汝雖先悟本覺妙明性非因緣非自然性

先之一字遠指之辭分明指前超情科中先悟也舊註欲以成就重拂之說乃釋爲二見中度其已悟是不以已意曲從經文番以經文曲從已意未敢聞命㊐二牒未開

而猶未明如是覺元非和合生及不和合

㊏二逐意發明又二㊐一破和合又復分爲二科㊑一總舉妄惑

阿難吾今復以前塵問汝汝今猶以一切世間妄想和合諸因緣性而自疑惑證菩提心和合起者

以前塵問者對前塵而辯問也語兼因緣者驗旨趣之相關也言此本是世間之義汝乃泥之而疑菩提心亦和合耶菩提既帶證字作佛果亦可心字仍指本覺蓋佛

果依本覺心而始證故本覺即是證菩提之心（午）二別爲破斥分二（未）一破和和者如水和土之類又分二（申）一舉法標列

則汝今者妙淨見精爲與明和爲與暗和爲與通和爲與塞和

仍用見精者以眞見無別異體況此現與明對得以施辯矣（申）二破一例餘又分二（酉）一破一又分爲四科（戌）一不見和相

若明和者且汝觀明當明現前何處雜見見相可辯雜何形像

可見曰相見相可辯者言所見之相分明可辯也即指所對明相而言言彼明相雖分明可辯若言見與之雜何有交雜之相可見乎不可釋辯爲分以可分即墮非和也而況理實不可分乎（戌）二不具和體實質曰體又分二（亥）一離即雙絕

若非見者云何見明若即見者云何見見

凡物之雜和者必先相離而後相即乃得成和今離即雙絕何由而成和乎文中非見即見皆望明相爲言初云此明若非是見則應無所矚今乃云何見明是初無相離矣次云此明若即是見則見不自見今乃云何見見是後亦無相和矣然此科方是無和體之由也（亥）二躡成破意

必見圓滿何處和明若明圓滿不合見和

此科方正破無和體也躡前云此明既不非見則全體皆見而必見圓滿何處容明而與之和乎既不即見則全體皆明而必明圓滿更不合容於見而與之和矣（戌）三不得和名

見必異明離則失彼性明名字
召體曰名性本也言此見若果先異明而後離明卽當失彼本明名字另立名字如水被土離而另名爲泥也今何但名爲明而無被離之異名乎(戌)四不成和義
離失明性和明非義
孚名曰義首句躡上起下言旣被離已失明性則本明旣失卽不當仍謂之和明今仍謂之和明非其實義矣破一已竟(酉)二例餘
彼暗與通及諸羣塞亦復如是
破和已竟(未)二破合資中曰合者如蓋合函之類又分二(申)一舉法標列
復次阿難又汝今者妙淨見精爲與明合爲與暗合爲與通合爲與塞合

(申)二破一例餘又二(酉)一破一又分爲三科(戌)一正破合明
若明合者至於暗時明相已滅此見卽不與諸暗合云何見暗
溫陵曰合則附而不離故合明旣不相離則明滅隨滅不復合暗旣不合暗憑何以見於暗乎(戌)二防破轉計
若見暗時不與暗合與明合者應非見明
恐轉計之云前見明時實與明合合雖見暗卻不與合乃破之云若見暗時不與暗合是旣見時不合則必合時不見是故汝前言與明合者應非見明(戌)三躡歸正破
旣不見明云何明合了明非暗
言明尚不見云何與明合而知明非暗乎
(酉)二例餘

彼暗與通及諸羣塞亦復如是

破和合科已竟(巳)二破俱非又復分爲二

(午)一承示轉惑

阿難白佛言世尊如我思惟此妙覺元與諸緣塵及心念慮非和合耶

妙覺元既屬根中之性此句標根次句兼塵次句該識正辯根性連帶塵識非則俱非也眞際曰和合不成卽非和合形對必然也(午)二逐意發明分爲二(未)一牒惑示問

佛言汝今又言覺非和合吾復問汝

(未)二別爲破斥又復分爲二(申)一破非和又曲分爲二(酉)一總各標列

此妙見精非和合者爲非明和爲非暗和爲非通和爲非塞和

(酉)二破一例餘分二(戌)一破一又三(亥)一定其有畔

若非明和則見與明必有邊畔

體相雜入旣謂之和故體不相入方爲非和如磚石並砌二體各不相入而中間必有邊畔故先定其邊畔也(亥)二索其畔處

汝且諦觀何處是明何處是見在見在明自何爲畔

倘許有畔卽對見明索其指出(亥)三躡成破意

阿難若明際中必無見者則不相及自不知其明相所在畔云何成

言縱有邊畔則亦如磚石之不相入見中無明明中無見今以見望明爲辯故單言明中無見則已不知明在何處齊何處而

分畔故云畔云何成不成畔義則自不成非和義矣(戌)二例餘

彼暗與通及諸羣塞亦復如是

破非和已竟(申)二破非合又分二(酉)一總各標列

又妙見精非和合者爲非明合爲非暗合爲非通合爲非塞合

(酉)二破一例餘分二(戌)一破一又二(亥)一明其乖角

若非明合則見與明性相乖角如耳與明了不相觸

非合卽離故逈不相遇方爲非合故經自喻明之與耳也如人合目以耳聽明終不知其所在豈非了不觸乎(亥)二躡成破意

見且不知明相所在云何甄明合非合理

(戌)二例餘

彼暗與通及諸羣塞亦復如是

此後無結尾者以本屬前超情科中餘意故不另結必欲結之可准前文云當知如是精覺妙明非和非合非不和合乃至隨汝執捉自此顯見已極而奢摩他從根指心方便亦盡向後轉名如來藏性不復呼爲見性之偏名矣問上既帶妄未顯純眞剖妄之後似當更顯何但補超情尾而更別無說乎答此有三義一者純眞言語道斷故此蓋不但見性諸法窮至眞際皆不可說經云諸法寂滅相不可以言宣等其文非一二者前文已卽顯眞故謂若依方便言顯無言則前表見卽識精明元眞妄和合則十番所顯卽其本具之眞何干於妄二見所破卽其本具之妄何礙於眞況先顯後破別有其故前已表明豈可因其未及除妄而遂疑所顯非眞耶倘必疑佛顯眞非實亦應疑佛破妄是虛破顯俱不信受是外道非佛弟子三者後不出此眞性故良以四科七大所顯如來藏性非別有體卽此見性轉名藏性耳豈可謂此後更別無說乎又此科可

以爲理法界之由致若不由此方便從於根中識取逈脫根塵廣大寂常靈知之自性將何以入眞空絕相之法界耶然但謂之由致非惟約此卽爲理法界也剋就根性直指眞心已竟㊀二會通四科卽性常住四科卽五陰六入十二處十八界也前科言寂常妙明之心最親切處現具根中故剋就根性直指眞心然雖近具根中而實量周法界遍爲萬法實體今於萬相中一一剖相出性是以齊此不復稱其見性之別名乃舉其總名曰如來藏心妙眞如性但是總別異稱體惟一而已矣分二㊀一總爲剖出剖謂剖開相之妄出謂顯出性之眞又二㊁一剖出但知虛法此一類法顯然不實人皆易見然凡外權小亦但皆知其相之妄而實皆不達其性之眞故佛特爲剖相而出性焉又二㊂一舉法自相

阿難汝猶未明一切浮塵諸幻化相當處出生隨處滅盡

蓋上文妄見卽見之相妄也眞精卽見之性眞也故此承上言不但見精相妄而性眞汝猶未明云云然此科且舉其自來本相而未明眞妄開妄出眞在下科中浮塵幻化如陽燄空花乾城夢境與上文燈輪災象皆是也當處出生言來無所從隨處滅盡言去無所止也㊂二剖相出性

幻妄稱相其性眞爲妙覺明體

首句剖相幻妄猶言虛僞也稱卽名也言其徒有虛僞名相而已末二句出性也言彼實無自性其性卽衆生妙覺明之實體而已無相而能現相故稱爲妙覺明准前

即覺湛明性良以妙覺明體如鏡浮塵幻化如鏡上之影影雖至虛離鏡則無故全影即鏡是知影之體即鏡體矣所以諸相至虛僞者其體皆至實以其即妙覺明體故也然先以開出乎此而後以例明陰入等法者有二妙義存焉一者比類知妄謂因幻化等相不實而知陰入等相不實也二者比類信眞謂彼等至虛之法尚是眞覺之體況此陰入等法獨非眞覺之體乎皆信之無疑矣㊣二剖出似實有法此一類法與前法雖皆依他起性而前法人易識其爲虛斯法人難覺其爲妄是故凡外執爲實有二乘計成心外大乘法相宗人猶言似有不無今之科名畧依彼立惟圓實宗人方了依他無性即是圓成兹佛剖相令知依他無性也出性令知即是圓成也分二㊎一歷舉諸法

如是乃至五陰六入從十二處至十八界

承上言不但此等浮幻之法其相妄而其性眞也如是乃至五陰云云此科且舉平日所談諸世間法以推論性相亦是不離目前令見實相也五陰即色受想行識六入即眼耳鼻舌身意六根也十二處即前六根加色聲香味觸法六塵也十八界即六根六塵更加眼識耳識鼻識舌識身識意識之六也別經三科此加六入而已各盡萬法不過色心二字對機開合故廣畧殊至後詳釋㊎二剖相出性又二㊏一觀相生滅全妄

因緣和合虛妄有生因緣別離虛妄名滅

因緣解現前超情科中今惟解明色陰餘可例知如五根六塵合爲色陰須於前世對此諸法取著薰種納於頼耶識中所謂因也至於中有自求父母之時即父母爲境引發憎愛所謂緣也此固因緣和合由是在胎而結五根出胎而住六塵名之爲生若深究此生亦同夢等來無所從當處出生故曰虚妄有生然此因緣本是生滅之法隨前業力而爲修短之限限盡即當分散此固因緣別離由是五根六塵一時俱失名之爲滅若深究此滅亦同夢等去無所止隨處滅盡故曰虚妄名滅色陰如是餘一切法亦復如是(辰)二論性即妄皆眞又二(巳)一妄本是眞

殊不能知生滅去來本如來藏常住妙明不動周圓妙眞如性

生滅去來者蓋入處界不過色心二法約色則有生滅約心則有去來言此生滅去來既皆虚妄既無自體而所以能現乎此者果是何物當知本如來藏云云如來藏總目衆生本覺性體言衆生心中隱覆如來故名如來藏即起信論中之一心也一心開二門一者心眞如門二者心生滅門衆生順生死流故生滅全顯而眞如全隱然生滅無體而其體全是眞如故佛明此生滅去來即衆生如來藏中妙眞如性隨緣詐現而已其常住等八字皆稱此眞如之德也本無生滅曰常住不滯冥寂曰妙明本無去來曰不動不偏空界曰周圓常住不動離於凡夫之生死妙明周圓揀於二

乘之涅槃此固各就多分若確論則仍各
全揀復兼權乘具此衆妙故曰妙真如性
亦即前十番所顯見性之全體也㊁二真
本無妄
性真常中求於去來迷悟生死了無所得
言不達妄是真如故妄似有體今既是真
常性體則去來迷悟生死於真常中亦是
幻妄稱相杳無實之可得矣如觀鏡中之
物不知是鏡中之影固悞謂有體纔知是
鏡中之影則惟鏡而已豈復有一物之可
得哉添迷悟二字約人即是凡聖約法即
生死涅槃蓋迷悟在人而理中實無迷悟
之體可得如迷東爲西者從迷至悟東常
不轉何有真實迷悟差別之體哉總爲剖
出已竟㊀二別爲剖出即前四科一一詳
列而剖出也就分爲四㊂一五陰又復分
爲二科㊃一總徵
阿難云何五陰本如來藏妙真如性
陰字去聲蓋覆也新譯五蘊謂積聚有爲
今從舊譯謂蓋覆真性也二義兼之始備
此蓋合色開心爲愚於心不愚於色者說
耳然徵問之意以陰等本是世間有爲之
法今上科一旦許即藏性故須徵起釋明
然妙真如性影畧常住等義後皆倣此㊃
二別釋分五㊄一色陰既合五根六塵爲
一色陰則非惟色身亦兼器界又復分三
㊁一舉喻合法又二㊅一舉喻又分二㊆
一依於本無
阿難譬如有人以清淨目觀晴明空惟一晴
虛逈無所有

(未)二起成有相

其人無故不動目睛瞪以發勞則於虛空別見狂華復有一切狂亂非相

金剛以無相爲非相故此以花滅爲非相蓋見空華者非但見生亦見於滅其曰復有一切取喻良多後當釋出自見矣(午)二合法

色陰當知亦復如是

以妙覺明圓照法界如以淨目觀睛空也清淨本然一法叵得如睛虛無有也此其所依之眞合喻中依於本無性覺必明妄爲明覺如人無故瞪目也勞久發塵而十一色法彌滿亂生如虛空見華也四空與舜若多神乃至二乘涅槃妄解色滅如見非相也若無此破彼等妄謂離於色陰矣此其所起之妄合喻中起成有相(巳)二就喻詳辯又二(午)一標非二處

阿難是諸狂華非從空來非從目出

雖以目喻覺明空喻法界然如珠自照本無二相目空誠有二相合此詳辯稍不能通懸求佛意但是以目觀見身界無異觀見空花故辯得空華無所從生無所還滅則身界自可信解然立此兩處亦非無旨空來破凡小計色從心外有也目出破權教不忘色從心內生也問萬法唯心何又破從心內生乎答法雖唯心而實亦不曾生故終亦無所滅此圓頓人一悟無生全妄卽眞權人不忘法從心而有生故須滅妄始眞請詳下目出之破當自見矣(午)二分文各破又二(未)一非從空來又三(申)一

出必有入

如是阿難若空來者既從空來還從空入

(甲)二不成空體

若有出入卽非虛空

莫說實體但約虛空既無內外自無出入凡有出入卽不成虛空矣(甲)三不成空義

空若非空自不容其華相起滅如阿難體不容阿難

首句方言便是實體蓋轉一步也次二句謂華本空體今空既非空則自不容於自體之華方合下喻蓋由虛空以容爲義無所不容豈自華亦不容乎自字與容字俱重末二句以喻明喻言自體不容於自體決無是理與前十九界七塵同意乃必無之事也此是展轉不通之義說畢取次結歸云既無自不容自之理則無空不容華之義不容之義不成則非空之體不立非空不立出入何憑而計從空出者無有是處矣就喻順解已竟若約法中計色從心外有者亦說色法俱從空出西域凡小推論身界成壞皆是微塵聚散而析塵無已必至虛空故執諸色皆從空出此方儒道經書不一而意旨皆謂虛以生氣氣以成形是萬相固本於一氣而一氣乃始於太虛質之西域則從無而有旨趣大同然法喻既皆虛空則其出入破法唯喻無異大抵世智不達太虛何所從來身界豈窮根本但見萬有皆從無起遂謂無爲有源豈知非其源乎(未)二非從目出又分爲三(甲)

一出必有入

若目出者既從目出還從目入㊙二約入以破雖出入並言而破意不在出字惟在旋字故曰約入以破又二㊄一有見

即此華性從目出故當合有見若有見者去既華空旋合見眼

㊄二無見

若無見者出既翳空旋當翳眼

言體既無見而徒能遮障則旋豈不翳於眼乎㊙三約出以破

又見華時目應無翳云何晴空號清明眼

若果華從目出則凡見華者華已出目皆當無翳而號清明眼何今見必晴空一無華相然後爲無翳而號清明眼乎准此破色從心生者云迷時色既出心悟時色應入心有知入當見心無知入當障心又迷者色出心應無障悟者色入心應有障云何無障然後號清淨心乎思之㊁三結妄歸眞

是故當知色陰虛妄本非因緣非自然性

二處求之既無從出足知虛妄本無生體曰虛循業僞現曰妄此句結其相妄末二句即是結其性眞如云相既虛妄而能現者竟何物乎本即是非因緣非自然之妙眞如性也然非因等即前常住等蓋常住不動則體恒無變故非因緣妙明周圓則隨緣徧現故非自然夫性本非外豈從心外而有性本無生何曾心內有生此二處所以俱非也大異舊說智者著眼下皆倣此色陰已竟㊂二受陰此下開一心法爲

四陰也前三卽徧行心所行陰卽思後一仍合八識心王畧開爲四耳今此受者領納爲義唯識云領以爲境令生覺受數不出三謂對違順雙非之境而生苦樂捨之三受焉又分爲三(巳)一舉喻合法又二(午)一舉喻又二(未)一依於本無

阿難譬如有人手足宴安百骸調適忽如忘生性無違順

此就自法爲喻也以所用卽身識領受觸塵但事出假設受局一識故得爲喻耳無違順但無苦樂二受忘生正是捨受喻故淺言(未)二起成有相

其人無故以二手掌於空相摩於二手中妄生澀滑冷熱諸相

本無外塵觸之而妄覺澀滑等也(午)二合法

受陰當知亦復如是

以其喻卽自法故不必法喻配合但當了喻之妄而會法之妄也夫藏性無受如人晏安迷生諸受如摩覺澀等(巳)二就喻詳辯又復分二科(午)一標非二處

阿難是諸幻觸不從空來不從掌出

四陰皆心衆生認爲巳靈不同色陰計從內外但計實有今亦以二處無從顯其虛而非實耳或以根塵分配亦可思之(午)二分文各破又二(未)一非從空來

如是阿難若空來者既能觸掌何不觸身不應虛空選擇來觸

(未)二非從掌出又三(申)一約出破之

若從掌出應非待合

此不待合與下不同蓋言掌能出觸則孤掌即出何須待合乎(申)二約入破之

又掌出故合則掌知離則觸入臂腕骨髓應亦覺知入時蹤跡

反顯既不覺入自然非掌出也(申)三出入破

必有覺心知出知入自有一物身中往來何待合知要名為觸

此觸之自體既能往來則無時而不可出何須待合乎此約出入故不同上(巳)三結妄歸真

是故當知受陰虛妄本非因緣非自然性

准前可知受陰已竟(辰)三想陰唯識云想能安立自境分齊前五隨念第六計度七八憶持然各緣各境故有分齊憶持謂於境領納之後攝其全體印持不忘與間斷浮想不同分三(巳)一舉喻合法又分二(午)一舉喻

阿難譬如有人談說酢梅口中水出思蹋懸崖足心酸澀

此亦就自法為喻也作喻故單取意識之懸想而已(午)二合法

想陰當知亦復如是

例諸想皆同於此可見目前身界為想所分別憶持者皆如念中之酸味思裏之懸崖本非實有而堅滯不忘者想陰覆之也(巳)二就喻詳辯又分三(午)一標非二處

阿難如是酢說不從梅生非從口入

酢說語畧謂酢說所引之水也(午)二展轉推破

如是阿難若梅生者梅合自談何待人說若從口入自合口聞何須待耳若獨耳聞此水何不耳中而出

生入皆指水言梅不談則非梅生口不聞則非口入耳不出則非耳致但追究得此水無所從來自顯想陰不實矣(午)三比類發明

想蹋懸崖與說相類

酸澀同上口水應云崖不思則非崖生足未觸則非足入心不酸澀則非獨由心酸澀無所從來足顯想陰之虛矣(巳)三結妄歸真

是故當知想陰虛妄本非因緣非自然性

准前可知想陰已竟(辰)四行陰唯識此陰即徧行之思亦即業行於百法中攝法最多遷流爲義分三(巳)一舉喻合法又分二(午)一舉喻

阿難譬如瀑流波浪相續前際後際不相踰越

不相踰越者前不待後後不及前也(午)二合法

行陰當知亦復如是

此陰常解謂心心不住念念遷流而實有麤有細若究其根心潛伏之本乃比前二爲細如後經言生機綱紐是也然內由此念則外之造業趣果無量麤相似瀑流之不可過故約迷途則細隱而麤彰約修位則麤盡而細顯今約迷途故譬彼瀑流矣又既屬於徧行則各識皆具麤屬前六細乃七八耳(巳)二就喻詳辯又分二(午)一標

非卽離

阿難如是流性不因空生不因水有亦非水性非離空水

首三句總是非卽意首句又是非卽空而次二句又是非卽水也然因水尚疎謂因彼生此如父子非一水性卽親爲自體非水性者謂非水一定之性也末句非離意總番三句也(午)二分文各破又二(未)一非卽空水又分二(申)一非卽空

如是阿難若因空生則諸十方無盡虛空成無盡流世界自然俱受淪溺

(申)二非卽水又分二(酉)一非卽因水

若因水有則此瀑流性應非水有所有相今應現在

性應非水者言體應不與水一也有所有相者言若別有自體也(酉)二非卽水性

若卽水性則澄清時應非水體

性當一定故有流旣爲水性無流必失水體矣(未)二非離空水

若離空水空非有外水外無流

言此流於空於水皆不能離空非有外豈能離空水外無流豈能離水乎就喻順釋已竟若約法釋則空喻外境水喻內心流卽行陰若計境生則境應有知一切無情悉能有念若計因心則應別有自體若計卽心本性則行陰盡者反失心性行豈卽心境乎若計離於心境則境實無邊而心外無行行豈離心境乎思之(巳)三結妄歸眞

是故當知行陰虛妄本非因緣非自然性

准前行陰已竟(辰)五識陰分爲三(巳)一舉喻合法又二(午)一舉喻

阿難譬如有人取頻伽瓶塞其兩孔滿中擎空千里遠行用餉他國

虛空喻識足知非破無體無性但破其無去來耳良以八識全收八海七浪而八非畢竟無體之法其體卽藏性也厥旨深哉頻伽譯好聲鳥也瓶形象之(午)二合法

識陰當知亦復如是

孤山曰瓶喻妄業空喻妄識業牽識走如瓶擎空行捨身受身如餉他國愚謂但約現身尤益日用身卽喻瓶空乃喻識千里萬里但是身之往來識常不動以總攝藏識識海周徧矣(巳)二就喻詳辯又二(午)一標非來入

阿難如是虛空非彼方來非此方入

(午)二分文各破又二(未)一非彼方來

如是阿難若彼方來則本瓶中既貯空去於本瓶地應少虛空

去字亦是來字譯之誤耳於本瓶地者彼方元置瓶之地也(未)二非此方入

若此方入開孔倒瓶應見空出

捨身如彼方來而前身之識未嘗少受身如此方入也而後身之識未嘗來問識以了別爲義死身現無了別何言非少生身現具了別何言非入答周徧約冥具之體了別約迷中之用體常不動用可牽移然而迷則任牽悟則同體佛正欲衆生悟全體而周大用故喻識如虛空令知身死非去未死之先本不偏局於此也身生非來

未生之先本亦常徧於此也但因不了互成明昧業遷使然今了徧周勿順妄業更於現身往來萬里不隨身轉常寘不動之體色盡洞開無復明昧矣(己)三結妄歸真

是故當知識陰虛妄本非因緣非自然性

准前通論五陰色想皆據當體而破受據所受之塵以破行識皆據妄狀而破然前四破無自體後一但破往來又雖破其相妄實皆顯其性真五陰已竟

大佛頂首楞嚴經正脉疏卷第十二

音釋

鈍 杜困切 音遯　躡 尼輒切 音聶　骸 戶皆切 音諧　蹋 徒合切 音沓

大佛頂首楞嚴經正脉疏卷第十三

明京都西湖沙門交光真鑑述

㊢二六入開合原無此科卽内六處耳分二㊣一總徵

復次阿難云何六入本如來藏妙真如性

入者璿師謂境入之處是也觀下吸字正與入字相應以六根各能吸入所對之塵故也㊣二別釋又分爲六㊡一眼入又分三㊙一妄依真起

阿難卽彼目睛瞪發勞者兼目與勞同是菩提瞪發勞相

卽彼者呉興謂取前能喻之眼爲今所喻之法是也意云卽彼目見空華固是目睛瞪發勞相更兼目與勞諸所妄見又同是菩提心上之勞相也如言子固是父之所生而兼父與子又同是祖之所生也兼目與勞卽見與見緣也但前一勞字指空華言後二勞字皆指目所對之妄塵言也雖單重目而非塵無以表見故須兼之觀下當自省矣㊙二辯妄無實又分二㊌一無有實體又分二㊍一托塵妄現

因于明暗二種妄塵發見居中吸此塵象名爲見性

首二句是所托之塵次二句是妄現之見末句因得其名可見但有其名而已只是根攬塵而成名不可交互平言㊍二離塵無體

此見離彼明暗二塵畢竟無體

前文但約離明見暗而顯見之不隨明滅今若明暗雙離畢竟見性作何形狀可見

但是托塵妄現而實無其體也問前取根性離塵有體異彼緣心今云明暗雙離畢竟無體何異緣心之無體乎答淺論之前因衆生離緣心不見真心乃就根中指性令識真心然自是心非眼之後但惟顯性不復論根所以極表其離塵有體之真今因已領真性尚執六根別有體相未融一性更須令知六入無自體相所以極破其離塵無體之妄雖說見性乃根中局執之自性非同前離眼廓周之見性也是前顯性而此破相所以異矣更深究之此之破相亦欲其離相即妙真如性耳則顯性之旨依舊同矣豈如緣心真破其一定無體哉四卷末阿難亦有此問再當叅互觀之

(午)二無所從來上科推妄此科驗知後放此又二(未)一總以標列

如是阿難當知是見非明暗來非於根出不於空生

約世情根出乃爲正計餘二防轉計而已

(未)二徵起逐破又分三(申)一不從塵來

何以故若從明來暗即隨滅應非見暗若從暗來明即隨滅應無見明

首三字總徵寄居此科耳明暗既以相反生滅自爾互換同前因緣之破可知(申)二不從根來

若從根生必無明暗如是見精本無自性

必無下三句一氣讀之如云若謂單根能生見性則雙離明暗而見精本無自體也

(申)三不從空來

若於空出前矚塵象歸當見根又空自觀何

關汝入
空包根塵若能出見則根塵俱成可見且
墮外物見我矣(巳)三結妄歸眞
是故當知眼入虛妄本非因緣非自然性
無有實體故虛無所從來故妄然所以無
實自體者以其體卽眞如所以不從三處
者以其出自藏性本卽是非因緣非自然
之妙性詐現眼入而已下皆放此說之眼
入已竟(辰)二耳入分三(巳)一妄依眞起
阿難譬如有人以兩手指急塞其耳耳根勞
故頭中作聲兼耳與勞同是菩提瞪發勞相
瞪目以見空花變爲塞耳以聞頭響准上
前一勞字指頭內虛聲而後二勞字指耳
所對一切聲也自此以下皆當請看上文
以例之無不明矣蓋目瞪發勞止見空花
菩提發勞則見聞嗅嘗覺知齊發故皆言
瞪發勞相(巳)二辯妄無實又分二(午)一無
有實體又分二(未)一托塵妄現
因于動靜二種妄塵發聞居中吸此塵象名
聽聞性
動卽有聲靜卽無聲(未)二離塵無體
此聞離彼動靜二塵畢竟無體
(午)二無所從來又分二(未)一總以標列
如是阿難當知是聞非動靜來非於根出不
於空生
(未)二徵起逐破又分三(申)一不從塵來
何以故若從靜來動卽隨滅應非聞動若從
動來靜卽隨滅應無覺靜
(申)二不從根來
若從根生必無動靜如是聞體本無自性

(申)三不從空生

若於空出有聞成性卽非虛空又空自聞何關汝入

此惟以有性非空小異於歸當見根之文餘並準上可知(巳)三結妄歸眞

是故當知耳入虛妄本非因緣非自然性

準上耳入已竟(辰)三鼻入又分三(巳)一妄依眞起

阿難譬如有人急畜其鼻畜久成勞則於鼻中聞有冷觸因觸分別通塞虛實如是乃至諸香臭氣兼鼻與勞同是菩提瞪發勞相

冷觸本是身入所對之塵此因畜鼻之勞無別香臭但有冷觸姑借之以例諸香臭氣同一妄耳且此益驗上文後二勞字便指諸色諸聲也(巳)二辯妄無實又二(午)一無有實體又二(未)一托塵妄現

因於通塞二種妄塵發聞居中吸此塵象名臭聞性

塞者但謂無臭不必氣之不通(未)二離塵無體

此聞離彼通塞二塵畢竟無體

(午)二無所從來又分二(未)一總以標列

當知是聞非通塞來非於根出不於空生

(未)二徵起逐破又分三(申)一不從塵來

何以故若從通來塞則聞滅云何知塞如因塞有通則無聞云何發明香臭等觸

(申)二不從根來

若從根生必無通塞如是聞機本無自性

機者但是變文不必說其發聞以正破根生故(申)三不從空來

若從空出是聞自當廻齅汝鼻空自有聞何關汝入

廻齅汝鼻同上歸當見根㊅三結妄歸眞

是故當知鼻入虛妄本非因緣非自然性

準上鼻入已竟㊃四舌入又分三㊅一妄依眞起

阿難譬如有人以舌舐吻熟舐令勞其人若病則有苦味無病之人微有甜觸由甜與苦顯此舌根不動之時淡性常在兼舌與勞同是菩提瞪發勞相

此經了義雖六塵各二而前三妄依眞起科中惟明動通此下三入皆雙用所加淡離滅是也㊅二辯妄無實又分二㊆一無有實體又分二㊇一托塵妄現

因甜苦淡二種妄塵發知居中吸此塵象名知味性

㊇二離塵無體

此知味性離彼甜苦及淡二塵畢竟無體

㊆二無所從來又分二㊇一總以標列

如是阿難當知如是嘗苦淡知非甜苦來非因淡有又非根出不於空生

㊇二徵起逐破又三㊈一不從塵來

何以故若甜苦來淡則知滅云何知淡若從淡出甜即知亡復云何知甜苦二相

㊈二不從根來

若從舌生必無甜淡及與苦塵斯知味根本無自性

㊈三不從空來

若於空出虛空自味非汝口知又空自知何關汝入

自味非口似異上而重下如云但以虛空自當知味不必用口然後乃知庶不重下文矣(巳)三結妄歸眞

是故當知舌入虛妄本非因緣非自然性

準上舌入已竟(辰)五身入又分三(巳)一妄依眞起

阿難譬如有人以一冷手觸於熱手若冷勢多熱者從冷若熱功勝冷者成熱如是以此合覺之觸顯於離知涉勢若成因于勞觸兼身與勞同是菩提瞪發勞相

此以二手俱是身根無別觸塵徒以冷熱互勝妄成合離之覺說爲虛妄勞相而身入一切妄覺皆類於此以此合覺之觸者卽指冷熱相涉之觸也顯於離知者蓋身家離塵權小不達故以合覺形顯之如云合時知合自顯離時亦必知離矣從初至此是舉合離二覺涉勢二句是總承結斷其爲虛勞而已(巳)二辯妄無實又分二(午)一無有實體又分二(未)一托塵妄現

因于離合二種妄塵發覺居中吸此塵象名知覺性

(未)二離塵無體

此知覺體離彼離合違順二塵畢竟無體

違順卽合離中之違順故惟二塵蓋或離或合覺苦卽是違覺樂卽是順也(午)二無所從來又分爲二(未)一總以標列

如是阿難當知是覺非離合來非違順有不於根出又非空生

(未)二徵起逐破又分爲三(申)一不從塵來

何以故若合時來離當已滅云何覺離違順

二相亦復如是

雖開四相終惟二塵㊥二不從根來

若從根出必無離合違順四相則汝身知元

無自性

㊥三不從空來

必於空出空自知覺何關汝入

此入並下入俱於是科缺前二句但有後

二句㊇三結妄歸眞

是故當知身入虛妄本非因緣非自然性

準上身入已竟㊆六意入又分爲三㊇一

妄依眞起

阿難譬如有人勞倦則眠睡熟便寤覽塵斯

憶失憶爲忘是其顚倒生住異滅吸習中歸

不相踰越稱意知根兼意與勞同是菩提瞪

發勞相

準上諸入根皆惟一如眼但名見耳但名

聞等塵皆分二如色分明暗聲分動靜等

今意亦當但名爲知而法亦但當分爲生

滅故知寤寐憶忘生住異滅八字叅互成

文而已實皆法塵實惟生滅二義而已又

準上眠寤亦當作假設取例之意如目瞪

成勞則見空花意倦成勞則現眠寤是也

至於憶忘但顯眠寤之相寤卽覽塵眠卽

失憶矣此方舉畢假設之事是其下承上

假設之事爲例一切憶忘皆同眠寤因以

釋成意根之相顚倒者首尾循還之意生

住異滅亦卽是憶忘而各分前後耳初憶

爲生正憶爲住始忘爲異忘盡爲滅吸習

二句具興謂吸習此相中歸意根四相剎

那前後不雜是也稱意知根者就便釋名

而已勿多發明恐濫於下文名覺知性矣

(己)二辯妄無實分二(午)一無有實體又分二(未)一托塵妄現

因于生滅二種妄塵集知居中吸撮内塵見聞逆流流不及地名覺知性

生滅總該前八不止住異也見聞二句依孤山意所謂憶則逆緣謝落五塵忘則昏住不及之境也逆流卽生塵不及卽滅塵耳名覺知性者言但塵之憶忘假名知性而已(未)二離塵無體

此覺知性離彼寤寐生滅二塵畢竟無體

寤寐不同上之眠寤彼是假設取於睡時此是法塵但約神思昏明而已非指睡時卽生滅故但二塵(午)二無所從來分爲二(未)一總以標列

如是阿難當知如是覺知之根非寤寐來非生滅有不於根出亦非空生

(未)二徵起逐破分三(申)一不從塵來

何以故若從寤來寐卽隨滅將何爲寐必生時有滅卽同無令誰受滅若從滅有生卽滅無誰知生者

寤寐但廣破意仍卽生滅則師謂爲受二字皆是知字變文成句耳(申)二不從根來

若從根出寤寐二相隨身開合離斯二體此覺知者同於空華畢竟無性

此以寤寐二字通該生滅等八字也此節稍難發明準上諸文詳來如云若汝執定惟根自出而無關寤寐殊不知此二塵常自隨身開合無時暫離若汝覺知之根離此二塵畢竟無體方與諸文相類身開合

指身中肉心狀如蓮花開則明而合則昏矣(申)三不從空來

若從空生自是空知何關汝入

(巳)三結妄歸眞

是故當知意入虛妄本非因緣非自然性

此處當明入處界三科破法有三種差別一者約緣破言不局本法廣破外緣也如滅火不從撲火但抽去其薪火自滅矣以火無自體也二者更互破言二法相依而立卽須更互破之如蛟水相依爲患除之者驅蛟絶水之本泄水破蛟之居也三者從要破此有兩種一者二法從要破如兩木相倚而立但推倒一邊二法皆倒矣二者三法從要破如筋膠角三合爲弓而膠爲其要但除去其膠則筋角皆不成弓矣故此六入全是約緣破塵卽其緣也下十二處兼更互及二法從要破也眼色耳聲四處更互破也餘八處二法從要破也又惟身觸二處獨約根破餘六處皆獨約塵破也後十八界全是三法從要破也然文雖從要而意實竝破非同六入正意在根也詳其結處益可見矣

六入已竟(寅)三十二處此義開色合心爲愚色而不愚心者說也色本是一開爲五根六塵成十一處故曰開色心若對上五陰則合受想行識之四對下十八界則合六識及意根之七總收爲意之一處故曰合心分二(卯)一總徵

復次阿難云何十二處本如來藏妙眞如性

處方所也又定在也六根六塵故有十二相教權立言根一定在內塵一定在外又眼惟對色耳惟對聲各有方所定在今融歸一性正皆破彼方所定在也徵意準上(卯)二別破分爲六(辰)一眼色處分四(巳)一標舉二處

阿難汝且觀此祇陀樹林及諸泉池

觀之一字卽是根處下卽塵處後皆倣此(巳)二雙以徵起

於意云何此等爲是色生眼見眼生色相

約凡小心外有法根塵不干卽不中此難此約權宗心法相生意謂色現而後起見離色則見無可表故說色生眼見又眼觀而後色顯離見則色不可得故說眼生色相此固權宗曲引法執者漸入唯識之境實非無生了義也故此徵起破之(巳)三分文難破又分二(午)一破見生色

阿難若復眼根生色相者見空非色色性應銷銷則顯發一切都無色相旣無誰明空質空亦如是

見空非色色性應銷者言眼旣生色眼具色性見空非色色性應失矣銷則顯發一切都無者言性相相待而生色性旣銷色相應泯矣色相旣無誰明空質者言空色相際而顯色相旣無空應不顯矣空亦如是者言眼生空相例此可知矣(午)二破色生見

若復色塵生眼見者觀空非色見卽銷亡亡則都無誰明空色

比上易省非色見銷者言旣無能生之色自無所生之見無見全無所明故曰誰明空色準上科仍當有空亦如是句也(巳)四結妄歸眞

是故當知見與色空俱無處所卽色與見二處虛妄本非因緣非自然性

無處所者無內外定在之住處此尚明其無處虛妄者竝體一無也蓋相生之計正由妄執眼色實有二處不達一體故對待起此妄計今約相妄則無體僞現尚無二處說誰相生耶約性眞則見色一體本來

但是一非因緣非自然之妙性而已和誰相生耶後皆放此夫觀始曰俱無處所次曰二處虛妄顯是平破不同上之正破六入塵惟帶言而已也眼色二處竟㊂二耳聲處分爲四㊁一標舉二處

阿難汝更聽此祇陀園中食辦擊鼓衆集撞鐘鐘鼓音聲前後相續

根塵準上㊁二雙以徵起

於意云何此等爲是聲來耳邊耳往聲處

詳下破意此中當缺一句爲無來往葢有來往是凡小妄情無來往是法相戲論所謂離中知也今竝破之是則雙徵者應是雙徵有來往及無來往之二計矣㊁三分文難破又分三㊅一破聲至耳

阿難若復此聲來於耳邊如我乞食室羅筏城在祇陀林則無有我此聲必來阿難耳處目連迦葉應不俱聞何況其中一千二百五十沙門一聞鐘聲同來食處

此約聲一聞多以破也喻中一身尚不能竝往二處法中一聲豈能徧至多耳可見計聲往耳邊者妄也喻意不可難以神通㊅二破耳至聲

若復汝耳往彼聲邊如我歸住祇陀林中在室羅城則無有我汝聞鼓聲其耳已往擊鼓之處鐘聲齊出應不俱聞何況其中象馬牛羊種種音響

此約聞一聲多以破也喻意仍前法中一耳豈能徧往多聲可見計耳往聲邊者亦妄也㊅三破無來往

若無來往亦復無聞

無往來者耳根聲塵各住本位兩不相到據此則應聲發耳不能聞譬城園二人各不相到決不相知又如薪火各住一處終不成燒然則法相所謂離中知者亦戲論耳豈了義哉㊁四結妄歸真

是故當知聽與音聲俱無處所即聽與聲二處虛妄本非因緣非自然性

承上有往來及無往來二計俱非如此是果何故而然哉亦由相妄性真而已自相妄言當知聽與音聲各皆周徧俱無一定處所即聽與聲二處自體亦不可得權小妄局了無實義是則尚無二處說誰來往及不來往自性真言當知聽與音聲非畢竟無法但惟一非因緣非自然之妙性而已實無二體和誰來往及不來往耶問既

惟一體離知何過答一體非二豈得言離若實有離安能有知斯則由無二相而惟一性故二計俱非由二計俱非方顯其惟一體而無二處當知一體無二惟此二處偏顯故此詳明餘皆準此思之耳聲一處竟㊃三鼻香處分四㊁一標舉二處

阿難汝又齅此爐中旃檀此香若復然於一銖室羅筏城四十里内同時聞氣

四十里同時聞氣即顯鼻不蒙煙之相舊註疑其有違法相合中之知不知此是法性了義正破法相豈反以彼而難此據法性根塵各皆周徧一體無分而離知合知皆爲戲論但常香鼻必蒙煙不顯合知爲不了義惟此異香不待蒙煙正可因之以明根塵各徧不待合知之了義故佛取之

有深意也且諸物皆有異者不止旃檀如藥樹見色而愈病塗鼓聞聲而毒人梟目晝暗而夜明麥草秋榮而夏稿豈可皆泥於常而不信其異乎(巳)二詳以徵起

於意云何此香爲復生旃檀木生於汝鼻爲生於空

此惟單徵香塵了無生處二法從要破也

(巳)三分文難破分三(午)一破從鼻生又分二(未)一按定鼻生須出

阿難若復此香生於汝鼻稱鼻所生當從鼻出

(未)二依出轉破其謬又分二(申)一體用不相應

鼻非旃檀云何鼻中有旃檀氣

肉體而非香體何有發香之用(申)二名義不相應

稱汝聞香當於鼻入鼻中出香說聞非義

聞字卽名以入爲義出非義也(午)二破從空生

若生於空空性常恒香應常在何藉爐中爇此枯木

(午)三破從木生

若生於木則此香質因爇成煙若鼻得聞合蒙煙氣其煙騰空未及遥遠四十里內云何已聞

此可見尚不許是異香殊勝之力以但常情習執許之則墮香生於木何況必欲同常香之蒙煙乎無生了義甚深難解沉思可也(巳)四結妄歸眞

是故當知香鼻與聞俱無處所卽齅與香二

處虛妄本非因緣非自然性

鼻聞二字似兼浮塵勝義二根以根對塵仍爲二處非有二法也承上詳究香塵尚無生處而鼻性豈有處所哉故曰俱無處所即鼻與香二處生體了不可得齊此結妄至於歸眞意同於上鼻香二處已竟㦰四舌味處分爲四㔾一標舉二處

阿難汝常二時衆中持鉢其間或遇酥酪醍醐名爲上味

此中舌處不顯寄隱遇字之中㔾二詳以徵起

於意云何此味爲復生於空中生於舌中爲生食中

㔾三分文難破分三㊅一破從舌生又三㊍一按定一舌

阿難若復此味生於汝舌在汝口中秖有一舌

㊍二當成一味

其舌爾時已成酥味遇黑石蜜應不推移

石蜜溫陵言即沙糖也由言舌自生味故招此難言舌既生味當如樹之生果或酸或甜但成一味今若元生酥味豈能遇糖而變㊍三兩途難破又二㊐一不變即失舌義

若不變移不名知味

舌以知味爲義約此即失知味之義㊐二變移即須多體

若變移者舌非多體云何多味一舌之知

成多舌之過也依前樹喻若欲兼生多果之味須有多種之樹法中若欲變移多味

理須具有多舌云何多味而一舌之知能

徧生哉㊀二破從食生又二㊁一食不自

知

若生於食食非有識云何自知

㊁二轉成他知

又食自知即同他食何預於汝名味之知

言他自知何干於汝而汝舌稱有嘗味之

知乎㊀三破從空生分四㊁一標令啾空

若生於空汝啾虚空當作何味

㊁二按定一味

必其虚空若作鹹味

㊁三展轉成謬又三㊂一通身常鹹謬

既鹹汝舌亦鹹汝面則此界人同於海魚

㊂二知鹹昧淡謬

既常受鹹了不知淡

言鹹味無時而脱何由而知淡㊂三形對

并失謬

若不識淡亦不覺鹹

言鹹淡相待而顯今既如海魚常處鹹中

曾不識淡爲何狀豈覺巳所處爲鹹哉故

俱無辯矣㊁四竟失味義

必無所知云何名味

言味托知顯今一無所知則味塵全失矣

㊀四結妄歸眞

是故當知味舌與嘗俱無處所即嘗與味二

俱虚妄本非因緣非自然性

舌嘗同前亦指二根此亦辯塵况根而相

妄性眞結意皆準上文可知舌味二處已

竟㊃五身觸處此當先知觸不同於諸塵

葢諸塵皆持業釋如色即是塵也獨觸爲

依主釋身所觸之塵也故單塵未及身觸但惟是色不名爲觸以身觸知方以得名而觸卽身分之覺也是必具能知之用者方能成觸所觸而無知者但受觸而已豈能自成其觸哉明此而下之破意可領矣分爲三(巳)一標舉二處

阿難汝常晨朝以手摩頭

當知觸塵因與諸塵不同而此處佛所舉之觸塵復與諸觸塵不同也呉與前謂五陰用喻明法六入假設取例十二處以下皆現前實法不假喻例由疎向親此說頗好然前鼻香及此二處雖非假設亦有取例之意良以同時遠聞栴檀獨有特借之以顯非木非鼻根塵各徧因以例諸香皆爾然猶有根塵之分今此手頭皆是身根無外觸塵假摩以成觸相而根塵互不可分因例諸觸皆類此之虛妄自顯共無二處而惟一性矣(巳)二開途難破開爲二觸一觸之兩途也諸處徵辭該盡全文故先徵後開此處徵意所該一途故先開而後徵也分二(午)一約二觸破因下改轉一觸故知此約二觸葢因頭手二皆有知人或有執二皆成觸故作此破也又三(未)一徵定能觸

於意云何此摩所知誰爲能觸能爲在手爲復在頭

觸之由成須能所相合故徵能觸是誰(未)二破不成二

若在於手頭則無知云何成觸若在於頭手則無用云何名觸

言能觸若在於手惟手有知但能成手之觸其頭卽應無知被觸而已云何復成頭之觸哉下文頭手互番可知無用卽無知名猶成也(未)三防轉二知

若各各有則汝阿難應有二身

此因所觸無知被破故轉計能所二各有知以救前過卽以二身之謬破之約二觸破竟(午)二約一觸破分三(未)一按定一體

若頭與手一觸所生則手與頭當爲一體

一觸所生謂手頭但成一觸番前兩觸也當爲一體者因觸定體無復能所意葢按定而下遂破之(未)二破一不成

若一體者觸則無成

承上言若能所旣泯對待斯絕何成觸義

(未)三防轉二體

若二體者觸誰爲在在能非所在所非能不應虛空與汝成觸

觸旣是一能所但從一邊二體旣共一觸能所須從於觸在猶屬也故須先究此觸屬能屬所一觸若屬於能則二體皆從觸而成能誰爲所觸故曰在能非所下句番上可知末承上云二體皆能豈虛空與汝成所二體皆所豈虛空與汝成能耶(巳)三結妄歸眞

是故當知覺觸與身俱無處所卽身與觸二俱虛妄本非因緣非自然性

覺觸者所覺之觸也與身者與能覺之身也夫約二觸則一知二知了不可定約一觸則一體二體無所適從故知身觸二處無實處所無實體相矣然二相旣虛一性

自顯故曰本卽是非因緣云云身觸二處巳竟(辰)六意法處分四(巳)一標舉二處

阿難汝常意中所緣善惡無記三性生成法則

此有二說一者準諸處則意中二字爲根下皆法塵而三性卽法塵所具如忽然善事影子現於意中卽善性法塵餘二準此無記卽非善非惡之事唯識云善惡不可記別名無記性則不專昏住而昏住亦攝其中依此說則生成乃自然之意法則者法塵之定則也二者異諸處則意中屬根所緣卽指法塵善惡等六字是所帶之識生成法則者言意中所緣法塵乃意識三性中生成法則也良以法塵不同色等有實性境此惟意識之獨影耳識不起則終不現故須帶識而言是彼生成且合唯識宗中前六識俱通三性前說於文似順後說於教實合矣智者詳之(巳)二雙以徵起

此法爲復卽心所生爲當離心別有方所

此中心字依前說卽是意根而意根卽第七識心若約處攝百法則八王意處總收依後說則第六識心也然作意根者理長(巳)三分文難破又分二(午)一破卽心所生

阿難若卽心者法則非塵非心所緣云何成處

非塵言卽心也非心所緣者言心不自緣也是心所緣方成法處非心云云(午)二破離心別有分二(未)一總詰

若離於心別有方所則法自性爲知非知

法自性者法塵之自性也此但雙詰知與

非知兩途而已(未)二各破分二(申)一約有知破又分二(酉)一轉塵為心

知則名心

言法塵若許有知即當是心向下卻雙詰此心異於汝耶即是汝耶方乃雙破異即(酉)二異即皆謬又分二(戌)一異已成他謬

異汝非塵同他心量

汝字即指兩說中根識承上言法塵既即是心然則此心若與汝根識別異不是一體則另是一心豈不同他人心量乎(戌)一

即已何二謬

即汝即心云何汝心更二於汝

若即汝心則應不相對待無有二相今何心境相對宛然與汝為二乎約有知破已竟(申)二約無知破又分四(酉)一檢非徵處

若非知者此塵既非色聲香味離合冷暖及虛空相當於何在

此檢其非彼五塵而徵其定在何處也言既離心而又無知當即是外塵即當有所表示然此塵既非色云云等相當於何在乎(酉)二明其無在

今於色空都無表示

言世間惟有色空名一切處今於云云則畢竟無所在也(酉)三防其轉計

不應人間更有空外

恐轉計云此塵更在色空之外然色容有外空豈有外故曰不應云云(酉)四竟不成處

心非所緣處從誰立

承上言既畢竟無定在處則非心之所能緣且原依心之所緣方立法處今既非心

所緣則法處從誰立乎㊁四結妄歸眞是故當知法則與心俱無處所則意與法二俱虛妄本非因緣非自然性

相妄性眞準上可知十二處已竟㊄四十八界此開色開心爲心法俱愚者說也界攝百法頌曰根塵各五界十色隨自名八王歸七心八十二皆法葢意根界即第七識而七八相依故第八亦意根所收也法塵尋常但屬色法或曰法塵無相而有影故半心半色即應十分半色七分半心分二㊃一總徵

復次阿難云何十八界本如來藏妙眞如性

根塵識皆六故成十八界者依古解種族也各成界限不相雜亂之意惟依十八種族爲正又釋爲因不與破意相關葢惟破其界限融歸一性非破其能生諸法故不用之㊃二別破分六㊅一眼色識界分四㊁一標舉三界

阿難如汝所明眼色爲緣生於眼識

如汝所明者㝵與謂就小乘所解因緣生法而破之是也彼所謂眼根色塵内外相對於其中間生於眼識内外中間故成三界矣下皆放此㊁二雙以徵起

此識爲復因眼所生以眼爲界因色所生以色爲界

三惟徵詰於識準前弓喻從要而破可知也又如三家比隣而住徹其中家左右界墻則三家界限俱不成矣承上生於眼識徵起二爲字當作名字訓之良以根塵各有別名而識則無之若不係以根塵無所

分別然條根義多而於自在位不濫故諸經多條於根今依權小根塵皆生乎識則應二條不定故佛雙舉詰之如云汝謂眼色生識爲復因眼所生以眼名界而謂之眼識界乎爲復因色所生以色名界而謂之色識界乎觀後結處前三條塵後三條根蓋可見矣後皆準此(巳)三分合難破又三(午)一破因眼生又二(未)一無塵廢識

阿難若因眼生既無色空無可分別縱有汝識欲將何用

無塵不用識也(未)二無表非界

汝見又非青黃赤白無所表示從何立界

單根不立界也蓋根塵相對表示內外然後識界立於中間今無塵單根而根之自體又無青等則是但惟一體無復內外以表示將以何爲中間而立於識界乎(午)二破因色生此科文法如繩床脚十字交义兩頭互到故俗呼爲交床本意元是變與不變皆應不識空皆應不立界而交錯成文乃前以從變爲不識空而後以不變爲不識空前以不變爲不立界而後以從變爲不立界文極巧矣就分爲四(未)一從變不識空

若因色生空無色時汝識應滅云何識知是虛空性

(未)二不變不成界

若色變時汝亦識其色相遷變汝識不遷界從何立

言若諸色遷變巳歸滅盡而汝識又識其色相遷變則是汝識不隨色遷滅矣下乃

結成破意云色滅而汝識不遷是識獨存無復對待更與何法分限而立其界乎(未)三從變不成界

從變則變界相自無

此言非但不遷無以立界縱從其遷變則應已歸變滅而竝其界相皆無矣從何立界乎(未)四不變不識空

不變則恒既從色生應不識知虛空所在

此言非但變滅不能識空縱使不變卽成恒性既從色生則應惟恒識色不復識空之所在矣(午)三破共相生

若兼二種眼色共生合則中離離則兩合體性雜亂云何成界

合離二句前句上合字與後句上離字皆屬根塵前句下離字與後句下合字皆屬於識合則中離者言此根塵若合一處其間自無空隙容識而中界之識卽應離而在旁何成中界又此根塵若離在兩處則所生之識亦當分在兩處而與之各合卽環師所謂半合根半合境亦不得爲中界**末**二句謂兩合則雜中離則亂故曰體性雜亂何能成中界乎(巳)四結妄歸眞

是故當知眼色爲緣生眼識界三處都無則眼與色及色界三本非因緣非自然性

此可分前半至三處都無作結相之妄分後半至科盡作歸性之眞三處都無者言所生眼識既不成界能生眼色何得成緣良以中界既無內外叵得所謂爲緣生識不過順世權立都無實義矣色界者色識界也此係塵以爲別名而又畧一識字後

二科放此言此三界約相全妄約性全眞本惟一非因緣非自然之性而已豈有三相可得哉下五科放此眼色識三界已竟

㊁二耳聲識界分四㊀一標舉三界

阿難又汝所明耳聲爲緣生於耳識

㊀二雙以徵起

此識爲復因耳所生以耳爲界因聲所生以聲爲界

㊀三分合難破此下諸界不同前界但惟破識無生今雖亦約於識却乃專破根塵了不可得後方結言無可立界平破之旨於此益明下皆放此分三㊄一破因耳生分三㊅一約勝義根破

阿難若因耳生動靜二相既不現前根不成知必無所知知尚無成識何形貌

勝義根者清淨八法所成許具聞義又聖人所見之境肉眼不見也長水曰若無前境根自無知若實無知更有何識㊅二約浮塵根破浮塵根者卽肉耳也麤浮八法所成本無聞義二根科名並依長水又分爲二㊆一離塵無聞

若取耳聞無動靜故聞無所成

取耳聞者卽取肉耳能聞也未二句破意且同上科㊆二徒肉非界

云何耳形雜色觸塵名爲識界

云何者有況又意雜色觸者於浮根四塵畧舉其二謂色可覩見觸可執捉有形之物若徒取此無情所攝非心識倫也云何立識界乎㊅三約二根結破

則耳識界復從誰立

言識於二根畢竟從誰立界乎破因耳生已竟(午)二破因聲生又二(未)一約根塵雙失破

若生於聲識因聲有則不關聞無聞則亡聲相所在

長水曰聲能生識何假於聞若無有聞聲亦不有(未)二約根塵雙存破又分三(申)一證成聞識

識從聲生許聲因聞而有聲相聞應聞識

首句牒定也許聲二句言兼許有聞也意欲救前所破末句仍以破之言識因聲生即當與聲爲一則聞聲時豈免聞識之過

(申)二兩途俱非

不聞非界聞則同聲

非界者聲非生識之界也同聲易知雖顯雙非意猶明其必至聞識(申)三躡成無知

識已被聞誰知聞識若無知者終如草木

躡上聞識遂成無知之過也言識不同聲方可分別於聲今已被聞即同於無知之聲境復有誰來知此聞識乎末二句結破遂墮於無情之過也(午)三破共相生

不應聲聞雜成中界界無中位則內外相復從何成

言若謂根塵共生則不應聲聞交雜以成中界蓋既曰交雜即不成中矣下言必有中位方分內外今無中界何分內外界乎

(巳)四結妄歸眞

是故當知耳聲爲緣生耳識界三處都無則耳與聲及聲界三本非因緣非自然性

此後準上耳聲識三界已竟(辰)三鼻香識

界又分四㊀一標舉三界

阿難又汝所明鼻香爲緣生於鼻識

㊀二雙以徵起

此識爲復因鼻所生以鼻爲界因香所生以香爲界

準上㊀三分含難破分三㊀一破因鼻生三㊀一雙詰二根

阿難若因鼻生則汝心中以何爲鼻爲取肉形雙爪之相爲取齅知動揺之性

㊀二約浮塵根破二㊀一先轉其體

若取肉形肉質乃身身知卽觸

謂鼻根轉爲身根鼻知轉爲觸塵也㊀二次失其名

名身非鼻名觸卽塵

雙表無鼻名也謂名身則是身名非鼻名名觸則卽塵名非鼻名㊀三躡破非界

鼻尚無名云何立界

㊀三約勝義根破二㊀一總詰知性

若取齅知又汝心中以何爲知

㊀二詳分難破又三㊀一非肉知

以肉爲知則肉之知元觸非鼻

卽同上之身知卽觸㊀一非空知又分二

㊀一轉知屬空而廢肉

以空爲知空則自知肉應非覺

空指鼻孔肉指鼻頭此科方墮鼻肉不覺之過㊀二攬空爲自而廢身

如是則應虛空是汝汝身非知今日阿難應無所在

葢由鼻孔之空旣有知性則一切虛空皆應是汝又鼻上之肉旣無知性則汝徧身

之肉皆應非知下躡此二意遂成無在之
過蓋約空是汝則虛空無在而汝亦應無
在約身無知則縱身有在而亦應不覺其
在於何處也㊇三非香知不可濫下香生
之文此因破鼻生識界而遂追究取何爲
鼻旣破浮塵復究勝義之知依何爲體由
是破肉與空而遂及於香是蓋破香具鼻
根之知非同下之破香生識也又分爲二
(戌)一轉自成他謬

以香爲知知自屬香何預於汝

預干也言旣轉將自知成他香知彼自有
知何干於汝乎(戌)二攬他爲自謬謂攬外
香塵爲已鼻生也又二(亥)一縱外成內

若香臭氣必生汝鼻則彼香臭二種流氣不
生伊蘭及旃檀木

暫縱外塵爲內根生(亥)二氣鼻從破二(木)
一從氣破鼻從氣之二破鼻之一也又三
(火)一離氣驗鼻

二物不來汝自驗鼻爲香爲臭

(火)二必不兼聞

臭則非香香則非臭

言若汝鼻本惟是臭必不兼聞於香是香
反此(火)三兼聞墮二

若香臭二俱能聞者則汝一人應有兩鼻對
我問道有二阿難誰爲汝體

此因謬執香臭俱生於鼻故作此破也言
若雙生香臭須當雙具二鼻也此二鼻非
指肉鼻卽指勝義靈知故下躡二鼻便索
二身(木)二從鼻破氣從鼻之一破氣之二
也又分二(火)一因根合塵

若鼻是一香臭無二
言氣既鼻生而鼻又惟一所生香臭卽當
渾一無分(火)二合塵廢界
臭既爲香香復成臭二性不有界從誰立
首二句牒合香臭而互奪也末二句有兩
說結破一說因互奪而至俱無如是則根
知尚自無體識界從誰立乎又說兩氣互
同無一定之分辯何所了別而立識界乎
竝通(午)二破因香生分三(未)一成不知香
又二(申)一縱成香生
若因香生識因香有
(申)二以喻難法
如眼有見不能觀眼因香有故應不知香
見因眼有既不見眼識因香有應不知香
(未)二兩途俱非
知卽非生不知非識
溫陵曰若曰能知卽非香生若曰不知卽
不名識皆不可也(未)三二界俱破
香非知有香界不成識不知香因界則非從
香建立
因界卽指識界以界具因義故也承上言
若不知香豈但非識而已哉將必并香識
二界俱不成立矣何以故葢香非云云香非
知有者香不由識而顯也據此卽應香界
不成以香必假知而顯離知豈得自成乎
識不知香者識不緣香而發也據此卽應
識界不立以識必托香而立無香豈得自
立乎仍總結云亡識壞界其過無窮豈可
謂識因香生乎(午)三破共相生
既無中間不成內外彼諸聞性畢竟虛妄

據上所破則中間識界既以叵得而内外根塵亦復不成夫内外不成則能共生者無實中界不立則所共生者非眞嗅聞之識豈不畢竟虛妄哉㊁四結妄歸眞

是故當知鼻香爲緣生鼻識界三處都無則鼻與香及香界三本非因緣非自然性

準上鼻香識三界已竟

大佛頂首楞嚴經正脉疏卷第十三

音釋

舐（神旨切音士）吻（武粉切音抆）啖（徒濫切音淡）詰（去吉切音蛣）

大佛頂首楞嚴經正脉疏卷第十四

明京都西湖沙門交光真鑑述

㊍四舌味識界分四㊏一

標舉三界

阿難又汝所明舌味爲緣生於舌識

㊏二雙以徵起

此識爲復因舌所生以舌爲界因味所生以味爲界

㊏三分文難破分四㊍一破舌生分二㊎一根轉塵亡

阿難若因舌生則諸世間甘蔗烏梅黄連石鹽細辛薑桂都無有味

前四味可知後三味同一辣味都無有味者約上識因舌生則是不假外之味塵而舌之體上自能分别成味故云爾也㊎二

教嘗難破二㊐一教自嘗舌

汝自嘗舌爲甜爲苦

躡上舌自有味而成難也㊐二兩途俱非

又分二㊑一舌苦誰嘗

若舌性苦誰來嘗舌舌不自嘗孰爲知覺

若舌性苦者舉一味以爲例也誰來嘗舌者先反問也下二句申正義也孰爲知覺者言舌既不自嘗其舌孰從而知覺其爲苦乎㊑二非苦何界

舌性非苦味自不生云何立界

言舌性若本自非苦則諸味皆自不生於舌無可了别云何立識界乎破舌生已竟

㊍二破味生又復分爲二㊎一不成知味

若因味生識自爲味同於舌根應不自嘗云何識知是味非味

識自爲味者識即是味也味不自知同於舌不自嘗遂結無知(未)二更成相壞又三

(申)一以多壞一

又一切味非一物生味既多生識應多體

以味之多壞識之一也謂能生之味本是多體則所生之識亦應非一如母多子亦應多也(申)二以一壞多

識體若一體必味生鹹淡甘辛和合俱生諸變異相同爲一味應無分別

以識之一壞味之多也謂所生之識本惟一體而能生之味亦應非多如子一毋亦應一也吳興曰鹹淡甘辛略舉四味和合者衆味共成也俱生者本性不易也變異者燒煑異本也予謂變異者正是醞釀酒醋之類而燒煑猶次之矣(申)三躡失名義

分別既無則不名識云何復名舌味識界

躡無分別遂失識名以識正惟分別是其義也(午)三破空生

不應虛空生汝心識

按前雙徵不合有此科且諸界皆無屬之味生又頗無意味疑若衍文殊未敢定然佛語自在依孤山意另開一科無傷(午)四破共生

舌味和合即於是中元無自性云何界生

元無自性者言合而爲一無兩開各自之性也云何界生者言根塵既已合一尚無自性豈有中間空隙以容識界之生乎孤山曰初因舌破自生二因味破他生三空不生破無因生四和合破共生此意亦好別界不全又當知彼是般若密意但破四

生妄計以顯諸法無生而已此更直指一性以顯諸計皆妄方爲眞了義也(巳)四結妄歸眞

是故當知舌味爲緣生舌識界三處都無則舌與味及舌界三本非因緣非自然性

舌界者舌識界也此與下二科皆係根以爲別名餘并準上舌味識三界已竟(辰)五身觸識界分四(巳)一標舉三界

阿難又汝所明身觸爲緣生於身識

(巳)二雙以徵起

此識爲復因身所生以身爲界因觸所生以觸爲界

(巳)三分合難破又分爲三(午)一破因身生

阿難若因身生必無合離二覺觀緣身何識

温陵曰覺觀即身識而以合離二境為緣若無緣則無識矣(午)二破因觸生

若因觸生必無汝身誰有非身知合離者

躡無身而決其必知合合離矣(午)三破共相生三(未)一標定合顯

阿難物不觸知身知有觸

物不觸知者徒物不能自觸而知也身知有觸者必因合身方知有觸也先以標定觸知必因身合而顯所以張下正破之本矣(未)二正破共生又分爲三(申)一所生無兼相

知身卽觸知觸卽身卽觸非身卽身非觸

科云所生者卽識也無兼相者無雙兼根塵之相也首二句約雙卽破其不得爲共生也二知字卽承用上科合顯之知也承上如云身觸合處其知性固歷然而顯若

卽因此而計其共生則當審此知性知身乎知觸乎若言知身則此知卽是觸知何以故觸者身之對也此之知性必與觸一而後可對知於身也知觸卽身反此番之末當結云此但屬於一邊何以爲共生乎當記二卽字乃是知卽觸知卽身不可誤作身卽觸觸卽身也次二句雙非破其不得爲共生也如云此知也旣單屬觸便不得兼屬於身故曰卽觸非身旣單屬身便不得兼屬於觸故曰卽身非觸未當結云竟不得兼於二邊何以爲共生乎亦但記二非字乃是知非身知非觸不可誤作觸非身身非觸也(甲)二能生無對相

身觸二相元無處所合身卽爲身自體性離身卽是虛空等相

科云能生謂身根觸塵無對相者無對立內外之二相也首二句標定下四句釋成標中之義合身離身皆以觸言前二句謂觸與身合卽成一體不可復分後二句謂觸與身離卽與虛空同相等卽同也此益言其竝上一體亦無也夫合離皆無二相意益顯其二相尚無處所何得爲能共生識之本乎(甲)三能所互不成

內外不成中云何立中不復立內外性空

前二句因能生根塵不成致所生之識不成後二句因所生之識不成致能生根塵不成中與內外亦同上解但顛倒其義故曰互不成也正破共生已竟(未)三總以結破

則汝識生從誰立界

此方顯結不能共生也言三皆無位界無從立何有共生之理(巳)四結妄歸眞

是故當知身觸爲緣生身識界三處都無則身與觸及身界三本非因緣非自然性

準上身觸識三界已竟(辰)六意法識界分爲四(巳)一標舉三界

阿難又汝所明意法爲緣生於意識

(巳)二雙以徵起

此識爲復因意所生以意爲界因法所生以法爲界

(巳)三分合難破分二(午)一破因意生二(未)一根塵存亡破

阿難若因意生於汝意中必有所思發明汝意若無前法意無所生離緣無形識將何用

於汝下三句塵存則意存也言意中必有所思之法塵而後顯意根之相若無下二句塵亡則意亡也若無前所思之法塵意根亦無所生矣末二句躡之正破意之生識也離緣者離法塵也無形者意根無形也言離法則意根無形若是則根塵悉泯識將焉用哉此與前耳聲識界中約勝義科其意全同(未)二根識同異破又分三(申)一雙審同異

又汝識心與諸思量兼了別性爲同爲異

管見意好詳經意本是單舉首句對下二句爲論故首句作識而下二句同作根於理爲順葢正取思量爲意根而略帶八識丁別之性也故兼者卽帶也重輕之分允當矣(申)二別爲致詰又分二(酉)一詰同意

同意卽意云何所生

識若同意則與意無別無復能所云何是意所生乎(酉)二詰異意又二(戌)一正破異意

異意不同應無所識

知性具於意根識旣與根别異卽當墮於無情故曰應無所識(戌)二兩途俱非

若無所識云何意生若有所識云何識意

言異意無知卽與意爲非類云何名爲意生之識異意有知卽爲二體兩不相干云何名爲生識之意大科正破意生故也别爲致詰已竟(申)三雙承結破

惟同與異二性無成界云何立

根識莫辯其爲一爲二憑何立識界乎(午)二破因法生又三(未)一外不涉內

若因法生世間諸法不離五塵汝觀色法及諸聲法香法味法及與觸法相狀分明以對五根非意所攝

首句標定此法字猶指內對法塵向下卽歷舉外之實法但對前之五根而非意根所攝此科先表外之實體決不入於意根之中(未)二內無自體又三(申)一牒標令觀

汝識決定依於法生汝今諦觀法法何狀

此中三法字皆指內對法塵也首二句牒標也次二句令觀也何狀者詰其有何自體可得乎(申)二離外無體

若離色空動靜通塞合離生滅越此諸相終無所得

色空等猶指外塵缺略甜淡惟生滅二字方是法塵以此結後者言離此諸外塵生滅影子欲别有實體超前諸相而獨存不

可得也越者超於外也(申)三決托外影生則色空諸法等生滅則色空諸法等滅言生則是色空諸法之影子生離彼諸相決不更有實生之體滅亦如是(未)三躡意結破

所因既無因生有識作何形相相狀不有界云何生

承上言外之實法既不入於內而內又無自體之實法則法塵畢竟虛妄則師云所因者卽法塵也所因之法自無實狀則因之生識復作何狀耶狀不有則界亦亡矣此闕根境合辯之科愚謂意法本自無相非同前五根塵有實性境況分破中又極明其虛無故無復共生之相可破非闕文也(巳)四結妄歸眞

是故當知意法爲緣生意識界三處都無則意與法及意界三本非因緣非自然性

準上會通四科卽性常住已竟此科可爲理事無礙法界之由致雖不全具彼之諸門但悟此而自可達彼諸門之義故曰由致良以凡夫着於事相而全不見理權教隔乎事理而兩不通融故皆不能入理事無礙法界今經且將事相一一融歸於理卽彼十門中全事皆理門也既達諸事卽理則衆妙之門自相次而洞開矣非彼由致而何哉(午)三圓彰七大卽性周徧人皆知此科理趣深廣必勝前科實多不能較其所以勝舊註謂前近取身後遠取物又云前悟一身後融萬法皆非也良以前四科除六入餘皆如來對機各立一一皆該

內外盡萬法如五陰中色攝十一謂五根六塵五根卽同見大六塵卽前五大而後四陰卽識大以此類推處界更顯然該於七大若惟執此較量前後攝法全同會無優劣何有四科專於內而七大專於外耶前淺後深之故元不係此請申正義當知四科卽七大中別相七大卽四科上總相法本無殊但四科方談其一一皆是性眞而未嘗言其一一皆周法界如指香柴㸌炭一一言其是火而未及言一一皆可洞燒林野至後七大方談其一一皆周法界故總名為大如方說出諸火每一星皆有洞燒之極量也蓋前顯法法當體眞常後乃顯法法圓融周徧矣豈離前法而別有哉此固淺深之正義也分二科(丑)一阿難轉疑雙非又分二(寅)一執權疑實

阿難白佛言世尊如來常說和合因緣一切世間種種變化皆因四大和合發明云何如來因緣自然二俱排擯我今不知斯義所屬

如來二句舉昔所立一大宗名也蓋佛初立教以和合因緣為宗同條而共貫故統言之並以符前旨趣相關也一切下四句撮略一宗之大義也一切世間謂一者根身卽衆生情世間也二者器界卽無情器世間也皆各具多種變化四大謂地火水風諸經中但談四大發明猶言出現也夫阿難躡前四科起疑而總陳四大足顯大之為名但是四科總相非有別法不然前未顯排四大今何舉之為疑乎齊此是執昔權義云何下疑今教也擯毀曰排斥逐

曰擯詞雖似平而意獨疑其排擯因緣如曰排擯自然則無可疑今何並因緣而二俱排擯乎意怪大違自教之宗也斯義即排擯旨趣屬收也歸也言此雙非之旨畢竟爲何等教法中所收屬耶(寅)二請佛開示

惟垂哀愍開示衆生中道了義無戲論法

中道則不滯二邊了義則顯明究竟戲論反此謂偏枯不中覆㝯有餘之説也夫萬法因緣而有生正屬有門戲論權應初心之言而阿難反執之爲了義今經剖相出性而斯妙性不滯於有爲故非因緣不墮於無爲故非自然正中道了義而阿難見其一切排擯反疑爲偏空戲論此固常情迷惑顛倒溺有怖空之故習故佛於下文深責之問佛於示見處已將因緣和合等破盡何阿難今又疑之答前約見性而論故阿難但領性體非因緣等而諸法因緣之執如故焉今聞陰入處界悉非因緣和合是以又起斯疑也葢前疑一性而此疑萬相耳善須辯之(丑)二佛與進示圓旨分三(寅)一責迷許説二(卯)一責迷又二(辰)一明應求施教

爾時世尊告阿難言汝先厭離聲聞緣覺諸小乘法發心勤求無上菩提故我今時爲汝開示第一義諦

言昔因緣之教但爲欣取小乘者説今因汝厭離小乘希冀菩提故説第一義諦是知排擯因緣等正棄戲論而示了義也求菩提者自淫室歸來即求十方如來得成

菩提等然求佛果即是厭小乘也(辰)二責取捨昏悋

如何復將世間戲論妄想因緣而自纏繞汝雖多聞如說藥人真藥現前不能分別如來說爲真可憐愍

此法喻互有影畧葢阿難本有二失一悋於舊聞而不能頓捨二昏於今教而不能識取今乃於法中獨責悋於舊聞於喻中獨責昏於今教若全二意應云汝方厭權乘而求正覺我正擯戲論而談了義汝即當盡捐因緣之舊聞而欣領超情之了義可也何乃纏繞舊聞而昏疑了義如人說藥實未親採誤執假藥而真藥現前反疑棄之豈不甚可愍哉(卯)二許說

汝今諦聽吾當爲汝分別開示亦令當來修大乘者通達實相

初正被當機也亦令下普被未來也大揀於小實揀於權實相者終實教中皆取爲體未可偏目無相三如來藏渾然畢具方始相應經自佛與阿難釋迷悶即責其不達實相今七大科中又復標許則知三大科所出藏性即是實相在六根尅體所具妙精明元在四科全相所即妙真如性在七大當體所本如來藏心以至清淨本然周徧法界方是一切法真實之相如是知者即爲通達實相矣(寅)二阿難佇聽

阿難默然承佛聖旨

(寅)三正與開示分二(卯)一總喻性相此中所用即比量中同異二喻同喻者與法相類正明於法也異喻者與法相反反顯於

法也今經異喻居先而同喻居後至下分科自見又三(辰)一牒取前語

阿難如汝所言四大和合發明世間種種變化

(辰)二異喻別明又二(巳)一明非不和合

阿難若彼大性體非和合則不能與諸大雜和猶如虛空不和諸色

和合與不和合以性相相望而論諸大卽相也諸大之性卽如來藏心也首二句牒定也不能雜和者言性應不能隨緣成相也是法固反言而喻亦反顯意則正明性能隨緣而成相永異虛空之頑斷故非不和合也問阿難惟執和合佛何竝不和合而兼破乎答二計相待若不兼破則破和合之後阿難必又以爲非和合矣故佛首破之杜轉計也(巳)二明非是和合

若和合者同於變化始終相成生滅相續生死死生生生死死如旋火輪未有休息

首句標定也同於變化者言與相同遷也始終與生滅稍不同始終者細相也生滅者大分也故生滅各有始終如生爲住始住爲生終異爲滅始滅爲異終始終相成者謂因始有終因終復始也生滅相續者謂生而接至於滅滅而復繼以生也又生滅兼乎無情生死局於有識生死死生者順次而言也生生死死者間隔而論也如云今生之於來生前死之於後死也又或如轉蜕業化則生而復生故曰生生如中陰命終則死而復死故曰死死如旋二句言性無不變之體常隨相遷竟不能復於

無始終等也此亦法固反言而喻亦反顯也意則正明相實不能變性不同火輪之不息故非是和合也問今何現成輪轉答月岸不移雲舟見動若果真動豈能悟之而頓息乎異喻別明已竟㊃三同喻總明

阿難如水成冰冰還成水

上言性相不同彼二物故為異喻此言性相惟同此二相故曰同喻以冰水非二物故言二相正明性相本非二物但有隨緣不變二義而已此緣更用同喻番前異喻故重呼阿難以起之言性雖一味能隨緣而成相既不如虛空之一於不和當如何等乎當如水能成冰葢水雖一體自能結之成冰無所和合而能現和合之相豈可謂之一定屬於非和合乎相雖萬殊能融而歸性既不如火輪之不息當如何等乎當如冰還成水葢水雖凝結成冰融之而依然是水但似和合而終無變遷豈可謂之一定屬於和合乎還字當玩足顯不變正因不變故還為水正於還為水處見其非真和合若真和合則變矣如青黃和合即變為綠豈能還為青黃乎總立量云諸大性相是有法非不和合非和合為宗隨緣不變故為因同喻如水冰冰水異喻如虛空火輪此意妙甚宜珍玩之又當知阿難惟問四大之相而佛則雙約性相答之良以權教所談雖依性說相而性是密意不言即性阿難久習其教迷性循相故和非和計展轉不能忘也今佛與之洗前舊見故性相雙舉而仍以性融相葢必相得

性融始可以雙祛二計也且說四科時實即一一與之融相歸性阿難領之未徹故重申而極顯之總喻性相已竟(卯)二別詳七大就分爲七科(辰)一地大又三(巳)一標性約析

汝觀地性麤爲大地細爲微塵至鄰虛塵析彼極微色邊際相七分所成更析鄰虛即實空性

首句標性者令其追究根元性體也鄰虛者與空爲鄰也至者自麤相七分而析展轉至鄰虛也次三句言此鄰虛者乃析彼極微色邊際相爲七分以成此鄰虛之名也極微色邊際相作一句讀之言此極微乃色法之邊際過此將無色相可謂極微矣然取一極微又析七分方成鄰虛則微之又微極之更極者也末二句言更析遂至於空矣(巳)二就析詳辯天分二(午)一因析入而定生出

阿難若此鄰虛析成虛空當知虛空出生色相

此之妄計大似愚者見空花滅於虛空遂計空中出花大抵不達萬相眞源出於藏心者未有能出此計者也故西域凡小共計無異與此方太虛凝結成形者皆相似也(午)二總牒起而詳推破又二(未)一初標牒

汝今問言由和合故出生世間諸變化相

牒定原問欲舉鄰虛而揆成和空之謬令其無遁辭也(未)二詳破又爲三(申)一約空無數量破

汝且觀此一鄰虛塵用幾虛空和合而有不應鄰虛合成鄰虛

破意全在用幾虛空一句蓋和合須有數量或二或三和合爲一故難云用幾云云末二句遮轉救也設救云我言和合但合色相非謂合空以成色相故此遮云不應云云良以諸餘麤色若言是彼細色合成容或可通今此鄰虛向下更無細者唯有虛空故須合空若不合空豈是鄰虛合成鄰虛耶設許合成當有三謬一者合自成自謬蓋唯合他成自而未有合自成自者也二者合一成一謬蓋唯有合多成一者未有合一成一者也三者合細成細謬蓋唯有合細成麤者未有合細成細者也是則若執諸相和合須此鄰虛亦是和合若此鄰虛旣是和合須是和空而成蓋令其無遁詞也（申）二約色不成空破此以對待例顯其謬也蓋阿難所執諸相色空各居其半卽應皆是和合故此反破空非和合用以例顯色非和合也又二（酉）一故難成空之謬

又鄰虛塵析入空者用幾色相合成虛空

言色之邊際鄰於空旣須合空而成色空之邊際鄰於色亦須合色而成空蓋是順彼所執以爲難也然空者下有缺當補云當知色相出生虛空卻接以末二句讀之後仍有反難救詞當申救云旣言析入何又詰其合成而阿難不敢如是難者以析色爲空是彼小乘之自教諸相和合是今阿難之自語故今順彼自語違彼自教正

以顯彼自語與自教互違乃墮宗九過中之二過也是以佛雖故違縱難而阿難亦不能施辯何以故順析入而非和合則違今自語依和合而違析入則背昔自宗兩處負墮故默然而不敢辯此意妙甚(酉)二例明成色之謬

若色合時合色非空若空合時合空非色

此申正義而例破之也四句不平益以上二句例明下二句也如云若知合色不可成空即知合空不可為色矣可見上科但是故難意在此科相例而明矣色不成空破已竟(申)三約空無合義破

色猶可析空云何合

上句縱下句奪也色猶可析者猶可析而歸空也然猶可亦是權許之辭其實析色但自析色虛空實非析色而成空云何合者言空決無合義也虛空略有四義不可言合一無形礙二無數量三無邊際四無變動據此四義云何可合乎後當番轉申正意云若知空之不可合則知鄰虛非和合而成鄰虛既非和合則地大元非和合而有和合之計豈實義耶是則阿難惟據麤相如來究至細塵良以既執諸相和合須以至細之塵為元始也然細塵與空為鄰必至合空之謬故惟明一空不可合則和合之計自可番轉而破盡矣妙甚妙甚(巳)三結顯斥執分二(午)一結顯又分為二科(未)一全體圓融

汝元不知如來藏中性色真空性空真色清淨本然周徧法界

此科與陰等俱稱如來藏理無不融而義有差別中之一字意味卽殊當以喻明如大富長者藏中寶物無限每有宅舍必出藏寶廣列堂閣之間然但千萬分中之一分而已深藏而未發現者實無邊量故上四科如方指堂閣之寶說其皆是藏中之物今此七大如說此但藏中少分而彼未發現者一一充滿但隨時處應用若干卽出若干耳只此已發未發較其淺深當立見也汝元不知者意貫下科此科文分五段一源委二相融三離過四元具五帀滿如來一句指其源委也良由不知地大之源委本是如來藏中之物方乃妄謂從空出色謬起和合之計故此一句所以指之也性色二句明相融也權外多計性爲空

理而不知內有空色相融故此二句所以明之也變地爲色有三義一者標本示廣葢地爲諸色之本而所該攝甚廣無情則金木瓦石等有情則毛膚骨肉等皆地也故色所攝法地當十之七八二者義具揀異葢色有顏色形質堅礙三義而各有滿分少分顏色以黑白可別爲滿分形質以當體可捉爲滿分堅礙以體不相入爲滿分故水於礙義不滿火於質礙俱不滿風於色質全缺而礙亦不滿惟地大三義具滿故易名爲色揀異彼三缺而不滿也三者示同諸經葢凡般若等諸經舉法與空相融者皆色法爲首以等八十餘科今實示同彼意故易以色名也性則言其非相亦卽理而非事也眞則言其非俗亦卽體

而非用也性色真空者言性具之色即真體之空也性空真色者言性具之空即真體之色也性色真色以性融大之辭真空性空真目性體之意顛倒言之又以總成融即矣此以性真二字無別故影互用之若不影互應有四句如云性色真空真空性色性空真色真色性空字句方全經以義該文簡故影互之問此與般若等尋常所談色即空空即色爲同否耶曰實大不同葢般若等惟據目前所對已發現諸相而言其即空即色等意今此不對目前諸相惟深談如來藏中渾涵未發即色空融一如此也後經所謂先非水火正此意矣故此性色真色非但揀於實等諸色實顯異於事相俗諦中即空之色也性空真空

非但揀於斷等諸空實顯異於事相真諦中即色之空也舊以體用真俗理事竝言者欠研究耳不知此但全體而大用尚在下科具眼者詳之清淨二字見離過也良以色尚檢於般若即空之色豈墮凡夫之染色空尚檢於般若即色之空豈墮二乘之滯空自來離過絶非二清淨中屬自性清淨也本然二字表元具也如來藏中元有之故物所謂悉天真之本具非緣起之新成此句揀於權教菩薩修成之惑也周徧一句示匝滿也極於無外曰周周即匝也貫於無内曰徧徧即滿也前雖以寶藏爲喻非世間之寶藏可比良以世間寶藏若衆寶具全決不能一一匝滿若一寶匝滿決不能種種具全此則二義皆不爲碍

故每舉一大卽周匝徧滿於法界而互不相碍也法界者法有軌持二義界有性分二義軌卽隨緣持卽不變性卽體空分卽成事總則統於一眞別則開爲多種今此法界合一眞則無容别議望多種則正周徧於理法界冥周徧於一切法界耳以一切離一眞悉不可得矣由是冥中總統之故方能隨應循發無不足也㊄二大用無限

隨衆生心應所知量

此約其本具妙用能隨能應不與循業相同舊於此二句仍連循業發現通爲一氣及詳下諸大實從隨心應量處斷之因得其分屬之本意請詳下解衆生攝盡九界有情心以根性言有勝有劣量以心知言有大有小若但以劣心小量致之則所以應之以麤少之色者固無不副其心而無不滿其量也若能以勝心大量致之則所以應之以廣妙之色者亦無不副其心而無不滿其量也世出世間有爲無爲亦復如是通上科論之則上科是性是體是眞是理此科是相是用是俗是事故知上之色空旱露相用等釋者非也且旣從性起相便知全相卽性體用等亦復如是所以說地大卽藏中之性也又當知陰等四科皆先剖破相妄然後結顯性眞故以破相之義猶半同於空宗今此七大乃窮自性海淵涵流出諸法故純標性眞杳無虛妄宇面誠法性宗之獨談非惟逈超般若而亦大異於前文也結顯一科已竟㊅二斥

執

循業發現世間無知惑爲因緣及自然性皆是識心分別計度但有言說都無實義

此方約迷位及悟人因位而言先問云體既本然周遍而用又隨心應量則稱體作用無不自在何必循業乎答正由無始未悟久迷本有以致全不自在豈惟迷位必循染業而後能發縱是悟人亦須循淨業而後能現是故此之四字雙具兩種不自在意一者世出世間一切淨妙之色若不循彼種種淨業雖欲發現不可得也二者三塗四惡一切苦穢之色若不戒彼種種染業雖欲不發現不可得也葢不戒卽是循也故此四字非但只表不循業則不得發現兼表循業則不得不發現而二俱無自由分矣然此四字正是致下二惑之由故分屬下文良以業之起也似有由藉故世間淺智衆生執此生起之近由而遂惑爲因緣性曾不達圓融不變之體周徧法界何所藉於因緣業之成也似難改移故世間無智衆生執此難改之現量而遂惑爲自然性曾不達無限隨緣之用隨心應量何得泥於自然是皆爲一循業之所惑耳向使只隨心應量而不必循業則衆生皆應達唯心之旨而不至種種惑矣問悟人既須循業佛循業否答佛在因位循之却卽菩薩因滿果發之後但惟隨心尚無量之可應何有業之可循惟除示現無實業也故知稱體作用無不自在惟佛能之問現見菩薩作用自在何言惟佛能之答菩薩修行未畢正由循業所發故今非揀其不能作用自在但揀其非是不循業耳然惟圓實菩薩所循大自在業所發十玄妙色與果人敵體相似爲問何爲大自在業答應卽華嚴十玄妙觀及本經耳門三昧是

也又所應之知即解悟也所循之業即修行也若惟務修行而不求圓解則三祇六度終無實果正以知自局而量自有限也若但專務多聞而不築圓修則恒沙妙理秖益戲論正以業不循而果終不發也識以此而知圓解圓修不可不相應矣心即六識也辯析不混曰分別詳細較量曰計度即徧計執也但徒也徒有言説即情有也都無實義者即理無也此則和合即兼於因緣中不和合即兼於自然中矣又解但凡也凡有言説者推類廣指之詞如和合及諸重疊是非之計皆在其中二釋俱通夫不知體用及惑執二計阿難與世間義應互該影略而已此全科意後皆准之地大已竟(辰)二火大分三(巳)二標性約求

阿難火性無我寄於諸緣汝觀城中未食之家欲炊爨時手執陽燧日前求火

無我者溫陵所謂火無體寓物成形是也故執火者須憑柴等離柴等則無當體可捉也檇李曰陽燧者崔豹古今註云以銅爲之如鏡之狀照物則影倒向日則火出淮南子曰陽燧火方諸也論衡曰於五月丙午日銷鍊五方石圓如鏡中央窪子亦會見映日光影注處即燒然水晶珠注燒全同也(巳)二就求詳辯分四(午)一舉例

阿難名和合者如我與汝一千二百五十比丘今爲一衆衆雖爲一詰其根本各各有身皆有所生氏族名字如舍利弗婆羅門種優樓頻螺迦葉波種乃至阿難瞿曇種姓

此舉和合之例亦異喻也意顯下火大不同此例也此之破法蓋約分開之相以破和合之計蓋必有分開之相以爲和合之

本然後方同和合故舉一衆和合而分開各有氏族以爲定側至下開合二科而火無生處足顯和合之計爲妄矣婆羅門此云淨裔温陵曰優樓頻螺此云木瓜林迦葉波此云大龜氏瞿曇此云日種後代改姓釋迦耳(午)二牒定

阿難若此火性因和合有

(午)三標徵

彼手執鏡於日求火此火爲從鏡中而出爲從艾出爲於日來

彼手下標也此火下徵也(午)四逐破分二(未)一開破側審又分二(申)一開破又三(酉)一破從日生

阿難若日來者自能燒汝手中之艾來處林木皆應受焚

自能二句猶是牒定之辭來處二句方是破意言燒林何異燒艾也(酉)二破從鏡生

若鏡中出自能於鏡出然於艾鏡何不鎔紆汝手執尚無熱相云何融泮

自能二句亦牒也鏡何一句破也紆屈也紆汝三句詰也(酉)三破從艾生

若生於艾何藉日鏡光明相接然後火生

(申)二側審

汝又諦觀鏡因手執日從天來艾本地生火從何方遊歷於此

側審者比側而審其所從來也鏡因三句取側也火從二句審之也此審有二意一者且破和合葢上科三處無生巳顯不同舍利弗等各有氏族所生而此之側審又言況彼三物各有從來而此火何所從來

既無從來其何以爲和合之本乎足見其非和合性也二者更索源委意謂彼三各有來處而此火何獨無所從來乎欲人審其來源也開破側審一科已竟(未)二合破直審又二(申)一合破

日鏡相遠非和非合

上言無從生之處但顯無和合之本此則正明無和合之實也言凡謂之和合者須同一處交雜安有懸遠相隔而爲和合者哉鈌艾語略耳艾亦同鏡與日遠也(申)二直審

不應火光無從自有

此之直審與前側審不同彼云從何歷此者疑問令人審識之辭此云不應無從者決定斷其有本之謂也一疑一決所以不同文雖寄於合破科中而意仍雙承上文云開之既無從生之處合之又無和合之相此火豈無所從來而自有乎躍然而未說破到下文方說破也又開合所分四科以次酷似不他生不自生不共生不無因生文雖似而旨各別彼因人執萬法有生故詳破生相顯其無生而已此因昧法真源而妄謂出於和合故隨破隨審令其悟真本源也就求詳辯已竟(巳)三結顯斥執又二(午)一結顯又分二(未)一全體圓融

汝猶不知如來藏中性火真空性空真火清淨本然周徧法界

准上(未)二大用無限又二(申)一正明大用

隨衆生心應所知量

准上(申)二驗其無限

阿難當知世人一處執鏡一處火生徧法界執滿世間起起徧世間寧有方所

蓋就上求火之事以推開徵驗可見隨心應量無有限極也此取凡夫現境尚無限極聖人分上愈可知矣結顯已竟（午）二斥執

循業發現世間無知惑爲因緣及自然性皆是識心分別計度但有言說都無實義

准上火大已竟（辰）三水大分三（巳）一標性約求

阿難水性不定流息無恒如室羅城迦毘羅仙斫迦羅仙及鉢頭摩訶薩多等諸大幻師求太陰精用和幻藥是諸師等於白月晝手執方諸承月中水

流息如雨露之有無川源之溢竭水性大槩如此迦毘羅此云青色斫迦羅此云鴛鴦鉢頭摩訶薩多未詳溫陵曰四皆外道善幻術者也其曰求太陰精及承月中水者順諸師計從月出也十五夜爲望望前爲白月望後爲黑月月當正午光皎如晝故稱爲晝方諸陰燧水精珠也孤山引高誘註淮南子乃云大蛤拭熱向月則水生也而經文明白言珠況珠亦蛤出以珠取水應亦拭熱矣（巳）二就求詳辯又爲二（午）一徵起

此水爲復從珠中出空中自有爲從月來

（午）二逐破又分爲二（未）一開破例審又二（申）一開破又三（酉）一破從月生

阿難若從月來尚能遠方令珠出水所經林木皆應吐流流則何待方諸所出不流明水非從月降

經臨也卽照臨之謂也遠方者言珠比所

經林木尚爲隔遠又如月當正南則自珠以南之林木皆是所經近處或珠在平地則高阜以上之林木皆是所經近處此是以遠証近之必流也下四句則是流與不流皆不當理矣㊄二破從珠生

若從珠出則此珠中常應流水何待中宵承白月晝

㊄三破從空生

若從空生空性無邊水當無際從人洎天皆同滔溺云何復有水陸空行

㊂二例審

汝更諦觀月從天陟珠因手持承珠水盤本人敷設水從何方流注於此

除空添盤者以空無從來不可取例盤無與水人不疑生故兩科互爲去取也開破例審已竟㊆二合破直審又分二㊂一合破

月珠相遠非和非合

㊂二直審

不應水精無從自有

准上可知就求詳辯已竟㊁三結顯斥執分二㊅一結顯又二㊆一全體圓融

汝尚不知如來藏中性水眞空性空眞水清淨本然周徧法界

義皆准上㊆二大用無限又二㊂一正明大用

隨衆生心應所知量

㊂二驗其無限

一處執珠一處水出徧法界執滿法界生生滿世間寧有方所

㊉二斥執

循業發現世間無知惑爲因緣及自然性皆是識心分別計度但有言說都無實義

准上水大已竟

大佛頂首楞嚴經正脉疏卷第十四

音釋

醞於問切音愠　釀女亮切音㒰　蛻吐內切音退　捘宗滑切　爨取亂切音竄

大佛頂首楞嚴經正脉疏卷第十五

明京都西湖沙門交光眞鑑述

(辰)四風大分三(巳)一標性約拂

阿難風性無體動靜不常汝常整衣入於大衆僧伽梨角動及傍人則有微風拂彼人面

風之動靜不常人所易見當不止於垂衣拂衣但約衣發蟀而已僧伽黎此云大衣

(巳)二就拂詳辯又二(午)一徵起

此風爲復出袈裟角發於虛空生彼人面

袈裟此云壞色若從義而翻則離塵出世等種種多譯兹不繁引(午)二逐破又二(未)一開破例審又二(申)一開破又爲三(酉)一破從衣生

阿難此風若復出袈裟角汝乃披風其衣飛搖應離汝體我今說法會中垂衣汝看我衣風何所在不應衣中有藏風地

汝乃三句言衣即風風性不住故應離體我今六句令傍觀察審也(酉)二破從空生

若生虛空汝衣不動何因無拂空性常住風應常生若無風時虛空當滅滅風可見滅空何狀若有生滅不名虛空名爲虛空云何風出

此有三破仍含多義汝衣二句不應藉緣破也言旣云空生即當自生何假衣動爲緣乎空性六句體性相異破也言空以常住爲體性風以生滅爲體性故首二句以風從空則應同常次二句以空從風則應同滅今皆不然可見體性畢竟異矣末二句申滅空之謬以足空之無滅而已若有四句名實相乖破也言義須與名相應名

須與體相當今約無情則生滅乃有形質之義虛空乃無形質之名故曰若有生滅則非虛空見名義不相應也又虛空表以無物爲體風出則是有物非虛故曰名爲虛空云何風出見名體不相當也㊄三破從面生

若風自生被拂之面從彼面生當應拂汝自汝整衣云何倒拂

自汝整衣云何倒拂者何得只待汝整衣之時而又倒拂於彼不拂於汝也葢出於彼面而又拂彼面故曰倒拂也㊉二例審

汝審諦觀整衣在汝面屬彼人虛空寂然不叅流動風自誰方鼓動來此

虛空二句非取從來之例却即是風空性隔之意亦現前可別之相不宜泥也㊍二合破直審又二㊉一合破

風空性隔非和非合

此只就風與空性體乖隔而說非和非合與前二大稍異良以風從空生人所常執故多破空生如此方言虛能生風其見一也佛語隨宜無定耳㊉二直審

不應風性無從自有

准上就拂詳辯已竟㊁三結顯斥執又分二㊅一結顯又爲二㊍一全體圓融

汝宛不知如來藏中性風眞空性空眞風清淨本然周徧法界

㊍二大用無限又曲分爲二科㊉一正明大用

隨衆生心應所知量

㊉二驗其無限

阿難如汝一人微動服衣有微風出徧法界拂滿國土生周徧世間寧有方所

㊁二斥執

循業發現世間無知惑爲因緣及自然性皆是識心分別計度但有言說都無實義

准上風大已竟㊃五空大分四㊄一標性約鑿

阿難空性無形因色顯發如室羅城去河遥處諸剎利種及婆羅門毗舍首陀兼頗羅墮旃陀羅等新立安居鑿井求水出土一尺於中則有一尺虛空如是乃至出土一丈中間還得一丈虛空虛空淺深隨出多少

首二句言其自無形表對色方顯唯識謂之空一顯色不必局於鑿土方顯溫陵曰西天貴賤族分四姓如此方四民剎帝利王族也婆羅門淨志也亦云淨行以守道居正潔白其操也毗舍商賈也首陀農夫也是爲四姓頗羅墮利根也旃陀羅魁膾也此又智愚之族也名義集云旃陀羅此云屠者屠殺人畜者也西天涅殺同賤殺者猶目爲惡人國法令其搖鈴執幟警人異路不與良民同行故亦翻嚴幟也㊄二就鑿詳辯又二㊁一徵起

此空爲當因土所出因鑿所有無因自生

㊁二逐破又二㊀一開破例審又二㊂一開破又曲分三㊉一依無因破

阿難若復此空無因自生未鑿土前何不無礙惟見大地逈無通達

逈遠貌謂極目而視也言未鑿無空明因鑿有何成無因耶㊉二依出土破又爲二

(戊)一破有出入

若因土出則土出時應見空入若土先出無空入者云何虛空因土而出

既未鑿之先原不見空則必謂出土而後成空故此即約出土而難也意謂既言空因土出而後有須土先出而空後入如開池引水者可也故曰則土出時應見空入然土出可見空入何相故曰若土云云言既無空入之相則計因土出而有空者妄情而已也(戊)二破無出入

若無出入則應空土元無異因無異則同則土出時空何不出

防轉計也仍承上難必言土自出入空何出入故即約空無出入以難也意謂既言空無出入則土未出時應即有空而空土一體不分故曰則應空土元無異因也一體遂成同出之謬故難曰無異云云(酉)三依鑿以破又為二(戊)一破因鑿以出

若因鑿出則鑿出空應非出土

意謂既言空獨因鑿不因出土即應惟以鑿空何必鑿土故曰則鑿出空應非出土

(戊)二破不因鑿出

不因鑿出鑿自出土云何見空

意謂若言空非因鑿與鑿無干鑿應惟出於土應不見空今何隨鑿隨見虛空開破已竟(申)二例審

汝更審諦諦審諦觀鑿從人手隨方運轉土因地移如是虛空因何所出

疊言審諦令極詳察也隨方運轉選地施功也土因地移者土從地中移出也無因

非是實法故不取例從來(未)二合破直審
又二(申)一合破
鑿空虛實不相爲用非和非合
意言鑿須鑿實空乃是虛前風空言其性乖此鑿空謂其用皆背不成和合相生之義矣(申)二直審
不應虛空無從自出
準上就鑿詳辯已竟(巳)三合會警悟吳興曰四大後所以㸃空均名五大者葢諸經常談惟四而已此旣異彼故特言之下根識中其例亦爾此解全得此科之來意也
又二(午)一融性合會
若此虛空性圓周徧本不動搖當知現前地水火風均名五大性眞圓融皆如來藏本無生滅
融性謂融結空性合會謂會同四大首三句結空之性也若此二字承上破審說下圓周徧三字重一圓字良以尋常論空亦言周徧然有色法礙處即不圓滿是言周徧而非圓周徧也今言空性圓滿色不爲礙故曰圓周徧矣此句結其即是性眞也不動搖同後無生滅葢周徧表其非此有而彼無此無而彼有圓滿意也不動表其非先無而後有今有而後無常住意也此句結其離諸妄相也以上結定空大向下方是合四成五之意中三句先以合會其名現前即指目前所對已發現之法說其皆藏性逈與結顯處別矣均名五大語會五大名同實乃新許空爲大也末三句後以會合其體也性眞圓融即前性圓周徧

本無生滅即前本不動搖但上是單結空大此是合同五大皆如來藏一句文總五大意通上下上通性眞圓融下通本無生滅總與申其源委然計但是以四例空又當知非但此一新得大名雖彼四者舊稱爲大亦惟據其處處皆有言之而實相礙互闕非眞大也自今融以藏性圓融常住方爲眞大是則雖非新得大名而實迥非舊比也如迦葉等舊雖久稱聲聞羅漢必經法華開顯方乃即眞矣(午)二警令發悟

阿難汝心昏迷不悟四大元如來藏當觀虛空爲出爲入爲非出入

上科方以空大會同四大是欲將四大例明空大此科舉四大令其因空反觀却是欲將空大發明四大也昏者情識常暗迷者動惑於邪也由昏故迷相因而致然前執四大諸相皆和合即其事也然旣暗惑於邪必背馳於正故即不悟四大元如來藏非和非合亦非不和合也下却教其觀空大以審其有出有入乎及無出入乎意葢令其若悟虛空周徧不動非出非入非不出入即悟四大圓融常住非和非合非不和合矣經文明皆雙遣二邊舊註皆墮一邊所以不敢取也(巳)四結顯斥執又二(午)一結顯又二(未)一全體圓融

汝全不知如來藏中性覺眞空性空眞覺清淨本然周徧法界

性覺眞空二句比前變其文而復顚倒其意也以前俱用本大與空相融此則本大即是空字若準前相融則合兩句皆云性

空眞空文不可別也今將前指性之空換爲覺字即改寂爲照義無傷也則此中空字乃是虛空之空字若照前不顛倒合云性空眞覺性覺眞空今文上下交換然亦無礙但令人覺其文耳(未)二大用無限又分二(申)一正明大用

隨衆生心應所知量

(申)二驗其無限

阿難如一井空空生一井十方虛空亦復如是圓滿十方寧有方所

(午)三斥執

循業發現世間無知惑爲因緣及自然性皆是識心分別計度但有言說都無實義

義皆準上空大巳竟(辰)六見大即根大也總攝六根但舉眼根以爲例耳然但取根中之性非取浮塵故惟言見等而不言眼等意可見也分爲四(巳)一標性約塵

阿難見覺無知因色空有如汝今者在祇陀林朝明夕昏設居中宵白月則光黑月便暗則明暗等因見分析

此中全約見之與塵爲同異等以破和合之妄執然其別名塵相二三開合不定應先總釋不過色空明暗之四互爲隱顯耳如總言色空是合明暗以對空只言明暗是開色攝空也若言明暗空是開色以對空如言見空是空攝色而對見也至文再指庶不惑矣見覺者猶言見性也無知者離塵無別所知因色空有釋成上句也以雙離明暗無復見之自相故言因色空有此即合明暗以對空矣方以標定向下歷

舉目前現塵也朝明夕昏晝之明暗也白月黑月夜之明暗也等即等於空耳因見分析者因此塵而見得分析也方表見托塵立不可言塵因見分析以此單破見之和合非破塵也此中乃是開色攝空(巳)二就塵詳辯又二(午)一徵起

此見爲復與明暗相幷太虛空爲同一體爲非一體或同非同或異非異

檇李曰此問四句一同二異三或同或異四非同非異但經文分兩同兩異各成一句斯解與下破處相合此中亦開色對空也(午)二逐破又分二(未)一開破例審又二(申)一開破又四(酉)一破同牒中開色對空破中開色攝空又三(戌)一牒起徵詞

阿難此見若復與明與暗及與虛空元一體者

(戌)二約塵顯謬又曲分爲二科(亥)一標定相亡

則明與暗二體相亡暗時無明明時無暗

此是先將外塵互相夌奪之相標定也前半總明後半別明也(亥)二正以顯謬

若與暗一明則見亡必一於明暗時當滅滅則云何見明見暗

言旣與暗一體則明時暗亡見安得而不亡哉於明亦然末二句言隨暗而滅云何復見於明隨明亦然其謬當自顯矣(戌)三結成非同

若明暗殊見無生滅一云何成

此躡上意而結成也言明暗任殊而見體恒在自然顯其非是一體以上皆開色攝

空也破同已竟(酉)二破異此科牒中開色攝空破中開色對空又三(戌)一牒起徵辭

若此見精與暗與明非一體者

(戌)二顯不離塵又二(亥)一離塵令觀

汝離明暗及與虛空分析見元作何形相

(亥)二離塵無體

離明離暗及離虛空是見元同龜毛兔角

直斷之也此亦設言離而顯其無自體也

(戌)三結成非異

明暗虛空三事俱異從何立見

俱異之異訓作離字讀之葢言三者俱離則此見元無自體故曰從何立見也破異已竟(酉)三破或同或異

明暗相背云何或同離三元無云何或異

悉是上義但撮合一處耳上二句開色攝空也下二句開色對空也(酉)四破非同非異

分空分見本無邊畔云何非同見暗見明性非遷改云何非異

分空二句以空攝色而對見也見暗二句言塵殊見一顯然不同故曰云何非異此却開色攝空也(申)二例審

汝更細審微細審詳審諦審觀明從太陽暗隨黑月通屬虛空壅歸大地如是見精因何所出

汝更三句疊言以敎其着眼之意初云細審次細不徒細而加以微細審不徒審而加以詳審次諦觀已是切察而又審於諦審於觀也此亦開色對空而加通壅盡其詳也(未)二合破直審又二(申)一合破

見覺空頑非和非合

葢以性體異而言其不成和合也此亦以空攝色而對乎見也（由）二直審

不應見精無從自出

準上就塵詳辯已竟（巳）三合會警悟又二（午）一融性合會

若見聞知性圓周徧本不動搖當知無邊不動虛空并其動搖地水火風均名六大性眞圓融皆如來藏本無生滅

科意準上此總該六根覺兼鼻舌身而不言者略也性圓二句亦同上科向下不動與動搖皆就相言空之相即不動四相猶動合會以性俱不動矣餘準上（午）二警令發悟

阿難汝性沉淪不悟汝之見聞覺知本如來藏汝當觀此見聞覺知爲生爲滅爲同爲異爲非生滅爲非同異

沉淪者溺於權見無超拔之智也此不悟與當觀呌應如前然其中法則不同上不悟者四大而當觀者空大也此則不悟者見大而當觀者亦見大也生滅就自體言同異對外塵言意令若悟見等非生滅同異亦非不生滅同異則知見等藏性圓常非和合亦非不和合更深悟也合會警悟已竟（巳）四結顯斥執又二（午）一結顯又二（未）一全體圓融

汝曾不知如來藏中性見覺明覺精明見清淨本然周徧法界

性見覺明者言性中之見即覺上之明也覺精明見者言眞覺之精即性明之見也

性見明見猶言性色眞色以性融大之辭覺明覺精猶言眞空性空直目性體之意合而言之不過性見相即而已此如來藏中未發眞體不可以覺明爲無明清淨亦稍不同當云全見而覺非凡夫根結之見全覺而見非二乘冥寂之覺故曰清淨也本然同前(未)二大用無限又二(申)一正明大用

隨衆生心應所知量

(申)二總類六根又二(酉)一類全體

如一見根見周法界聽齅嘗觸覺觸覺知妙德瑩然徧周法界

見周法界者牒前見之徧周法界也溫陵曰嘗觸即舌根以味合方覺故亦名觸覺觸覺知身意二根也○妙德者言見聞等即妙性之德用瑩然者靈明不昧也即略上覺明覺精之意徧周法界言皆同見之全體圓融也(酉)二類大用

圓滿十虛寧有方所

言發爲大用隨心應量圓滿云云十虛作十法界亦可如見聞等隨量大小極盡其量即滿十虛若約起成根身或成一根身乃至普現無量根身皆其隨心應量之大用

(午)二斥執

循業發現世間無知惑爲因緣及自然性皆是識心分別計度但有言說都無實義

義並準上問此既惟取根中之性則前已開顯其全爲性體今何勞復融之而爲大乎答約此經別意則開悟證入皆依六根故前特開顯爲性之全體約諸經通意根惟如來藏方爲性之總相故今仍以六根融入如來藏也又諸教有定相總別有圓融不定約定相則如來藏恒爲總相而萬法皆其別相也約圓旨則萬法

實皆可互爲總別故前依圓旨取別爲總見精遂成全性總相而萬法皆其別相今依定相則如來藏依舊是總而見與六大依舊是別然雖總別不定仍知二意無乖良以前之開顯今之融入俱有初後二相前之初相自根中薦出及其後相則會萬法爲一體而根身器界皆是其中幻影當即是此中如來藏也今之初相亦自目前明暗辯起與前根中薦出無異及其後相則合會結顯性真圓融周徧法界當亦與前開顯中之後相無有異也但此中七處皆許同是圓融又是依圓旨之萬法互含也而彼中見性獨許冠於萬法又是本經之別旨宗要也故前欲其巧於悟修而此欲其圓於見解矣具眼者辯之

見大已竟(辰)七識大分爲四科(巳)一標約根塵又二(午)一標舉三法

阿難識性無源因于六種根塵妄出汝今徧觀此會聖衆用目循歷

標雖全標三法意但約根塵以辯識而已識性觀下但因六種根塵是惟約於前六而所以無七八者以入即前之根大而七亦即是意根故也性字猶言體相非謂真性無源者狀如野燒起滅無從也因根塵者假托而起也此以上標定也汝今下舉約現前眼識因根塵而妄起者以例餘五皆然觀即根也聖衆即塵也循歷即識也

(午)二揀別根識揀雖對塵而混濫之意殊不關塵良以識塵體性自別而根識自來難分故特與揀別之又分二(未)一揀明根相

其目周視但如鏡中無別分析

萬象對照一念不生正是根相(未)二揀明識相

汝識於中次第標指此是文殊此富樓那此目犍連此須菩提此舍利弗

此即眼識仍兼隨眼家明了意識然眼識名隨念分別但對性境初起一念不帶名

言隨眼意識名計度分別亦對性境起第二念計執名字如標文殊等是也然此自眼家以例餘四皆然至於意家離前五識獨頭自緣獨影塵境亦在例中(巳)二就根塵辯又分爲二(午)一徵起

此識了知爲生於見爲生於相爲生虛空爲無所因突然而出

問虛空尚可屬塵無因似非就根塵辯答云須約不依根等方成無因故亦是就根塵辯(午)二逐破又二(未)一開破例審又分爲二(申)一開破又曲分爲四(酉)一破因根生

阿難若汝識性生於見中如無明暗及與色空四種必無元無汝見見性尚無從何發識

見即根也此言去塵無根則根已先無自體憑何者以發識哉(酉)二破因塵生

若汝識性生於相中不從見生既不見明亦不見暗明暗不矚即無色空彼相尚無識從何發

相即塵也此言除根無塵則塵已無自相何能發識不從一句除根也既不二句猶是牒上除根之意明暗二句方是轉成無塵之過明暗色空相即互用彼相二句結成其非也(酉)三破因空生又二(戌)一牒徵開義

若生於空非相非見

上句牒徵辭也下句開成二義也(戌)二分合例破又曲分爲二(亥)一分二破

非見無辯自不能知明暗色空非相滅緣見聞覺知無處安立

非見三句同上去根無塵非相三句同上除塵無根㊂二合二破

處此二非空則同無有非同物縱發汝識欲何分别

溫陵曰處此非相非見之間識體若空則同龜毛識體若有非同物象既自無體安能有用耶㊃四破無因生

若無所因突然而出何不日中别識明月

言日中無月分别明月之識既不得起然則識豈無因生乎但經是反詰之辭開破已竟㊉一例審

汝更細詳微細詳審見託汝睛相推前境可狀成有不相成無如是識緣因何所出

見託二句根塵也可狀二句色空也言此四者各不相混詳察此識從何出乎開破

例審已竟㊈二合破直審又二㊉一合破

識動見澄非和非合聞聽覺知亦復如是

溫陵曰識有分别名動見無分别名澄識動見澄性相隔異見與識隔聞知亦然皆

非和合也㊉二直審

不應識緣無從自出

準上就根塵辯竟㊇三合會警悟又二㊅

一融性合會

若此識心本無所從當知了别見聞覺知圓

滿湛然性非從所兼彼虚空地水火風均名

七大性真圓融皆如來藏本無生滅

本無所從者不從根塵諸緣所出也了别

見聞覺知者管見謂會前根大是也準前

二大當知下俱無本大而舊謂别指六識

既異前文而又缺根大何成七數乎管見

非之當矣性非從所亦不屬諸緣之意也

餘並準上㊄二警令發悟

阿難汝心麤浮不悟見聞發明了知本如來

藏汝應觀此六處識心爲同爲異爲空爲有

爲非同異爲非空有

麤浮者乏於精切之深慧而惑於着相之

淺談不字雙貫悟字與發明二字了知即

是覺知譯之誤耳或了知屬意識而缺一

覺字非誤則略智者詳之依後説則覺兼

三識並影略也例上科惟指本大六識而

言同異對根塵言空有就自體言餘準上

㊅四結顯斥執又二科㊆一結顯又二㊄

一全體圓融

汝元不知如來藏中性識明知覺明真識妙

覺湛然徧周法界

性識明知者性真之識即妙明之知覺明

真識者本覺之明即性真之識也性識真

識以性融大之辭也明知覺明直目性體

之意也總是性識融即之意清淨本然變

爲妙覺湛然者良以根塵雖相倚立在象

猶是歷然至於識之爲相自來常若空華

故上諸大皆言清淨本然者承上性大相

融雙言其皆離過而本具也至於識大既

先元無體相又經融入覺性故周徧含吐

皆惟約覺性言之是以直稱妙覺即性體

而不必又言其清淨湛然即性明而不必

又言其元具矣徧周法界者葢覺性如鏡

識但如影知影即鏡體則惟約鏡之徧周

而説影之徧周矣或約圓極境界則亦直

説念包十方三世然是頓説有宗無因若

徵其因仍用前說如云何以故識無自相即覺性故而鏡影即其同喻也㊣二大用無限

舍吐十虛寧有方所

此無隨心應量者有二意一者衆生自知前文諸大因衆生以根爲稟定塵爲外物俱無自在之分故佛乃說與隨心應量顯其亦是惟心自在之法至於識心則衆生自來皆知其是隨我自在之法故不必又言其隨心應量也二者即是自法謂心即識心量即識量不復自隨自應如眼不見眼也舍吐十虛亦約覺性轉顯然有舍有吐相亦不同如云運想則舍不想則吐也若依圓極照前科說結顯已竟㊦二斥執循業發現世間無知惑爲因緣及自然性皆是識心分別計度但有言說都無實義

諸識各由種子方起種子須由宿業故須循業勝如上二界無種不起前五劣如水母缺種不起眼家根識餘並準上問此經首先正破識心如七處曲搜三逃決了名義皆妄畢竟無體乃至顯見文中又復旁兼相形而破未嘗少假寬容何後於十八界即已許爲如來藏心妙眞如性至此愈稱其周徧法界舍吐十虛是即性之全體而同彼開顯見性之極量何前乃妄之至而後則眞之極乎答前約初心悟修須從方便決擇眞妄捨生死根本取涅槃妙心則識須破盡決定不用後約圓解普融無法不眞無法不如乃至剎塵念劫無非一眞法界何況識心不融法界懸示中雙具

二門此意詳盡宜研味之又當知前之四科方一一鎔歸於理未言俱周法界故惟是理事無礙之由致今七大總攝上陰等諸事而言其一一俱周法界所以爲事事無礙之由致也葢彼觀取事如理融爲十門總因良以惟事則彼此相礙惟理則無復可融今由一一事皆如理融悉無邊際方有此事事無礙立門是雖尅體而論似方與事如理門符契無二其實由此總因則相入相在等衆妙之門無不洞開矣問若爾三法界由致無不具在何又言且談一真答三法界同以攝事歸理而爲由致此對阿難之妄執而一一會妄以歸真正惟攝事歸理融相入性而已尚未及於從性起相從理成事是則三藏之中正惟屬於空如來藏而有人強以三觀三諦判之者欠研審也智者思之如來破妄顯真一大科已竟(庚)二阿難悟謝發心分二科(辛)一承示開悟此皆經家所敘也又二(壬)一敘承示

爾時阿難及諸大衆蒙佛如來微妙開示

通承破妄顯真科中諸文爲言良以此大開解功夫非近今當總前撮其大要令知微妙之實破妄心有三一七破以容示無處二重徵以顯呵非心三縱奪以決其無體是所以破妄心者可謂極微細而盡精妙矣顯真心文中亦三一示見等而尅就根性以指其實體二示陰等廣融諸相以明其一體三示地等而極顯圓融以彰其全體是所以顯真心者亦可謂極微細而

盡精妙矣且指根性融諸相時兼以對顯依正萬相之妄而相妄性眞之旨纖悉昭徹矣故經家總以結述於此以彰下開悟之大本耳(壬)二敘開悟夫奢摩他微密觀照雖應圓照三如來藏此由阿難初悟一眞心體是方顯其照徹空如來藏矣然而理智圓融境無偏僻是即惟妙覺明圓照理法界矣分二(癸)一悟周徧又二(子)一總標

身心蕩然得無罣礙

身謂法身心謂眞心蕩然周徧貌下文分科詳釋無罣礙者妄身妄心不復繫罣隔礙也葢法身眞心本自現成而無始恒爲妄身妄心繫罣隔礙曾不知覺了無自在今於言下開通故得大自在得大受用矣

(子)二詳敘又二(丑)一心蕩然又曲分爲二

(寅)一標能徧意

是諸大衆各各自知心徧十方

衆則位兼深淺知則悟兼證解譬如有衆處暗境中本自空廓曠蕩以暗無所見誤執狹隘此之位深而証知者或色陰已盡十方洞開如暗忽得光明親見空廓也位淺而解知者或色陰未盡隨言發大勝解如暗中聞人說境本量頓覺虛豁無邊不復作狹隘之想也徧十方者極盡十方之量也作十法界亦可(寅)二徹悟依報又二

(卯)一轉大爲小

見十方空如觀手中所持葉物

虛空是依報最大者更是器界所依故并屬依報手中葉物即貝葉也緣彼方以貝

葉書字故手中常持之見空如葉者以虛空無大不容而眞心更大百千萬倍不可爲喻由心觀空故空小如葉耳此科多領七大即心徧周法界之旨而成此悟也(卯)二轉他爲自

一切世間諸所有物皆即菩提妙明元心

首二句即器界萬法俱屬依報菩提指本覺果體前文所謂此見及緣元是菩提妙淨明體是也妙明元即如來藏心葢凡小觀物非心權敎謂物爲妄今悟全物皆心純眞無妄也此科多領上陰等四科皆即藏性而成此悟矣至此則斥破妄心之旨方以極領更不認緣塵分別以爲心更不惑爲色身之內更不迯巳爲物而是見非見及四大和合諸疑渙然冰釋也心蕩然巳竟(丑)二身蕩然又分二(寅)一標能包義

心精徧圓含裹十方

身以含裹爲相四大和合含裹五臟是爲肉身心精徧圓含裹十方是爲法身故佛祖凡言不離身中及身是道場等語皆謂法身非謂肉身行人悟此法身本來元具則行住坐卧身常無邊而無量刹海皆悉轉入身中葢世人尋常皆謂空裏界界裏身身裏心重重拘縛曾無超越今忽心裹十方身包空外內外轉換大小變更眞所謂妙能轉物常住此身者方可承當咳唾掉背無非祖意四卷文云身含十方無盡虛空故知此爲法身況與下文生身相形而言又且不重上文(寅)二徹悟正報又二(卯)一轉麤爲細

反觀父母所生之身猶彼十方虛空之中吹一微塵若存若亡
所生肉身乃屬正報此因領上法身虛豁曠蕩包越虛空之外故見肉身渺小而更浮假如此蓋相形而見也十方虛空喻能形之法身微塵喻所形之肉身若存若亡狀其渺漠將淪於盡蓋平日麤重者於此至輕細而不足爲累也(卯)二轉實爲虛

如湛巨海流一浮漚起滅無從

湛明不動巨表無邊起滅無從者起無從來滅無從去也蓋平日堅實者於此至浮虛而不覺其有也此二科多領前不失科中色身外洎山河乃至咸是眞心中物及不分科中幷所想相如虛空華本無所有等意而成此悟也至此則身境客塵之旨方以領極更不認五蘊四大以爲身更不惑爲我所不執爲實有矣悟周徧已竟(癸)二悟常住

了然自知獲本妙心常住不滅

此科與上科義齊而文爲甚短者以周徧全是常住之因涅槃亦以徧爲常義良以徧法界既皆即心則萬劫此法界萬劫此心豈復有滅乎故不勞多文而一語結定矣了然自知者指掌分明不由他悟也說雖憑佛悟由自巳亦親見實到自信自肯之意本妙心者本來面目恒徧一切但惟迯不自知非今新得也常無始終住無去來無始終去來故永不滅矣此亦領上不滅不失不還及非因非緣淸淨本然等意而成此悟矣經家於佛說之後偈讚之前

特詳敘此者正以示奢摩他秘奥觀體令行人於此着眼葢通前三卷功夫全爲揭露此至妙至密之觀體也良以衆生常輪廻權乘不究竟皆緣未見此體猶如生盲故也行人若能於斯所敘心境一如不犯思惟物物頭頭了然在目渾是妙心自體亦不費纖毫功力身心本來廓周沙界但不馳散如是積之歲月而不心開者未之有也當知本惟一體若語正因本性即空如來藏以一味真如更無餘物故若略兼了因即奢摩他秘密觀照以親見自心非作意思惟故若更不避彌天過犯則西來直指正法眼藏即此而已但彼直入無分別此由方便分別至此無分別處其歸一也問此似意盡無餘然奢摩他未竟後二藏未談彼是何意答微密觀照此方了其密字以體屬隱奥故也後乃兼用盡其精細始屬微字宜斟分之承示開悟巳竟(辛)二讚謝發心分爲二(壬)一禮謝

標偈

禮佛合掌得未曾有於如來前說偈讚佛

得未曾有言從來未得此等妙悟而今始得之除圓教菩薩元具圓解者其餘凡小權教皆得未曾有也又圓教初心或增深解或成新證者亦然(壬)二正陳偈詞又二

(癸)一讚謝

妙湛總持不動尊首楞嚴王世希有銷我億刼顛倒想不歷僧祇獲法身

此下方是阿難之言初二句讚也標偈中惟標讚佛以法即佛德故不雙標而解中仍分佛法首句讚佛也孤山曰妙湛讚真諦般若德也總持讚俗諦解脫德不動讚

中諦法身德也又即三而一故曰妙湛即一而三故曰總持非三非一故曰不動尊者十號之一由證此三號世中尊○惟應讚佛三德加三諦助明而已中諦即第一義諦仍當補即一即三方完又此因感前開示而讚故讚意應與開示相關良以前所示者生佛等具故因已悟而方見佛德也初於尅就根性中十番正示二見番顯悟得澄清覺海朗耀性天浩然無際即佛般若德也本此故以妙湛讚之次於會通四科中萬相融攝總別發揮悟得諸相皆性萬物一心森然畢具即佛解脱德也本此故以總持讚之後於圓彰七大中合會大性均顯徧周悟得根根塵塵俱滿法界悉無起滅各不往來居然交徹即佛法身德也本此故以不動讚之三一交互及尊字如前然三德是所証尊即能證之人次四字讚法佛前云有三摩提名大佛頂首楞嚴王是也其實方與究竟堅固相應王乃尊統諸法之稱也世希有三字雙嘆佛法皆難遭也緣此娑婆界佛出世固難正使出于世説是法復難俱如優曇華暫時一現耳末二句謝也上句謝破妄顛倒想者謂我法二執分別也如執緣塵分别以爲心相計五蘊四大以爲身相迷心爲在色身之内認物爲已迷已爲物身心萬法謂爲各自有體性相四大悉疑和合因緣等皆是億劫之所惑者今實併銷之矣下句謝顯眞僧祇者如孤山所引婆沙論明三阿僧祇劫修六度行百劫種相好因然

後獲五分法身乃至如唯識云地前歷一僧祇初地至七地滿二僧祇八地至等覺是三僧祇然後獲究竟法身○今云不歷以教旨大殊故但辯明教旨自無可疑舊註不辯教旨横生疑惑以致紛然無定今與決之然舊之所以致惑者有二因緣一者執婆沙唯識權教不了之義二者礙下除惑願成及方證二果之文今請以圓頓教旨明之二惑自解良以此經多分終實接入圓頓按頓教之旨未悟之先法身本自現成一念迴光便同本得所謂但離妄緣即如如佛尚不復論證與不證成與不成豈同權漸之教必歷僧祇而後獲乎若執乎彼而不信乎此是由執走者之遲而不信飛者之速也何膠柱之深哉若更按圓教之旨則行布不礙圓融故雖未及斷惑究竟不妨全獲法身全體即佛如前開示迷心於色身之中者既名爲性顛倒至後開悟見心於太虛之外者豈不號爲正徧知哉正徧知即成正覺而獲法身矣然則執現果而不許阿難獲法身者失旨之甚也又圓融不礙行布故雖全獲法身不妨更除細惑更歷諸果更成究竟寶王也此經後云理則頓悟乘悟併消事非頓除因次第盡可爲明證矣如是則雖却後更歷僧祇以成究竟佛果當亦與此不歷之前先獲法身了不相礙也何況圓頓悟後之修念念是佛雖進斷通惑亦與權漸修者日劫相倍至於住後斷別惑以去一生有圓曠刦之果者矣如是則雖謂其却後

更不歷乎僧祇亦無礙也若更取於延促同時之玄旨愈不可以長短拘矣問若此則阿難與善財龍女同乎答不盡同也良以圓人雖不因果條然而亦有初心究竟之別論初心則無不同望究竟則惑有淺深根有利鈍龍女惑盡故彈指功圓善財利根故一生事辦是初心與究竟頓齊也今此會中如二人者應亦非少但約阿難所示一類當機多是中根而又具惑者也且惟同彼二人發心而舊證初果居然未移下之願成寶王希登上覺方求齊彼二人之究竟耳然諸聖惟重初心故此現獲法身意非淺淺經云發心究竟二不別如是二心先心難則可見矣至於證悟解悟均獲本有法身殊不係此而爲差別矣(癸)

二發心又二(子)一正發大心又二(丑)一總期報恩

願今得果成寶王還度如是恒沙衆將此深心奉塵刹是則名爲報佛恩

正以前獲法身方是初心故今於悟後方發洪願以取究竟也首二句大端是自利以上求佛果利他以下度衆生溫陵以首句爲智心次句爲悲心下四字雙運二心而束爲深心無可議者而孤山以首句爲佛道誓成次句爲衆生誓度字面顯然而攝餘二誓似爲顛倒今當以首句攝煩惱誓斷葢必斷盡煩惱方究竟佛道也以次句攝法門誓學葢必備達法門方廣度衆生也願今二字雙貫下成佛度生觀今字便有求其不久即成不待僧祇之意得果

者得究竟菩提也實王亦同儒書稱位爲大寶也還度者言不止惟願成佛更還願度衆生非謂待成後度也奉塵刹雙含侍佛度生偏屬似非莫若以莊嚴佛土釋之頗切塵刹二意仍不失也報佛恩者益雙運二種深心以莊嚴一切佛土爲報佛微妙開示之恩也(丑)二別求證除又分二(寅)一於度生求證

伏請世尊爲證明五濁惡世誓先入如一衆生未成佛終不於此取泥洹

請證明者求以威神加被令其終不違於本願也五濁謂劫濁見濁煩惱濁衆生濁命濁與此經後所說者不同意獨指於娑婆一類若穢界中百歲以後濁惡世時諸惡熾盛剛強難化者也先入有二意一對刹益塵刹雖期俱入而必先五濁者慈救急於苦難之深者亦如周文必先鰥寡此悲愍心也二對人益五濁人所怯入故願勇於先入倡先率衆此勇猛心也泥洹此云滅度涅槃别名如則師所引二種皆應兼之一不取二乘獨得泥洹二不取諸佛泥洹即如地藏所謂衆生度盡方證菩提此廣大心也此欲度盡衆生隱然須兼法門誓學也(寅)二於成佛求除

大雄大力大慈悲希更審除微細惑令我早登無上覺於十方界坐道場

能破衆生惑之堅體曰大雄能拔衆生惑之深根曰大力究竟以與衆生二嚴之樂曰大慈究竟以拔衆生二死之苦曰大悲希求也審詳也微細惑方該塵沙及根本

無明别惑如下答滿慈者是也若約阿難一類所求思惑亦應該之八卷結經畢阿難得證斷除三界修心六品微細煩惱敘謝乃稱如來善開衆生微細沉惑斯爲明證也然此希除者求佛以大雄大力加之破其體而拔其根也早字與今字同登無上覺者求佛以大悲加之盡二死而究竟法身坐道場者求佛以大慈加之滿二嚴而現座説法方是果後度生矣此觀求除細惑顯然兼乎煩惱誓斷也正發大心竟

㈠二結以深誓

舜若多性可銷亡爍迦羅心無動轉

溫陵曰舜若多此云空爍迦羅此云堅固謂空性無體尚可銷亡我心堅固終無動轉○動轉即退轉也總承前上求下化而深誓其心即虛空有盡我願無窮也從入正宗至此説法當爲一周名破妄顯真周初銷倒想説空如來藏一大科巳竟

大佛頂首楞嚴經正脉疏卷第十五

音釋

鑿在各切音昨　驗魚窆切黏去聲　纖息廉切音暹　緄姑禎切音關

大佛頂首楞嚴經正脉疏卷第十六

明京都西湖沙門交光眞鑑述

(巳)二審除細惑說後二如來藏此亦取三卷末阿難發心偈云希更審除微細惑以向下所談乃生妄之深源成礙之幽本故也後二藏者謂不空藏與空不空藏也古德解釋三藏有二義一者圓覺疏以隱覆含攝出生爲三二者華嚴疏以體相用三大順次釋空等三藏今似後義而亦稍不同上之空藏全同以所顯之眞正惟體大合下二藏意旨便殊蓋惟約體用單雙會釋空等三藏而合相於用亦非有缺漏矣至下分科更明分二(庚)一問答辯劾諸惑又二(辛)一滿慈躡前以質二疑此以滿慈請發者表下所談惑細理玄無學深位皆當究心非獨爲有學說也故今表兩重勝前當機一者四住惑盡勝前惑未盡也二者四辯能說勝前但能強記也又二(壬)一泛敘有疑又二(癸)一讚歎妙示

爾時富樓那彌多羅尼子在大衆中即從座起偏袒右肩右膝著地合掌恭敬而白佛言大威德世尊善爲衆生敷演如來第一義諦

有折伏之勇曰威有攝受之慈曰德上契至理而下契劣機曰善爲敷演談一諦而三諦具足且諦諦文文皆越小乘見解故號如來第一義諦(癸)二正舉疑情又二(子)一自疑又二(丑)一敘昔未聞

世尊常推說法人中我爲第一今聞如來微妙法音猶如聾人逾百步外聆於蚊蚋本所不見何況得聞

分得如來最勝四辯故爲說法第一法音下當補云囘思昔日方顯敘昔喻言聾人聆蚋近已不聞況百步外大聲百步亦未必聞況蚊蚋聲極狀其自昔以來雖證無學雖善說法於斯妙法絕未得聞非謂今在會中尚如聾人等也㊀二求今斷惑

佛雖宣明令我除惑今猶未詳斯義究竟無疑惑地

蓋彼平日惑山河等心外實有今佛上文宣明即心而又本空惑五大性互闕不周上文宣明各皆周徧令其除此二惑也斯義即本空周徧二義究竟無惑在下文確陳中見之㊀二衆疑又二㊀一有學明其習漏

世尊如阿難輩雖則開悟習漏未除

輩字全該有學那含亦在其中開悟者即前承佛妙示頓悟法執分別而於法空中勝解現前習漏未除者即彼我執中俱生細惑依然未破蓋深悟與淺証二不相礙然習漏既存則二執俱生尚深亦應盡與拔之㊀二無學述其疑悔

我等會中登無漏者雖盡諸漏今聞如來所說法音尚紆疑悔

諸漏界內欲漏有漏無明漏也漏盡則不生三界此敘舊證已得我空題下所疑是細法執却比有學能起現疑兼亦代彼發其種子今聞下正明未了紆者纒繞也疑悔二心所也疑屬根本悔屬不定自他法三疑中單屬疑法善惡二悔中單屬悔惡即悔前小乘錯亂修習也舊修已悔新聞

尚疑故疑悔交纒未決定矣泛敘有疑已竟（壬）二確陳以請又二（癸）一確陳二疑又二（子）一疑萬法生續又二（丑）一牒佛語

世尊若復世間一切根塵陰處界等皆如來藏清淨本然

此於萬法起疑故但牒彼陰等科中之語以彼皆如來藏便顯即心清淨本然便顯本空又清淨本然語雖現於七大科中而意惟取前四科以彼一一結妄顯本清淨一一歸眞顯即藏心故也（丑）二正舉疑

云何忽生山河大地諸有為相次第遷流終而復始

此疑有二一疑始之忽生二疑終之相續云何者何因緣故也若於次第上重讀云何二疑自顯山河大地即世界諸有為相兼衆生業果齊此乃疑始之忽生意謂既即藏心本空最初何故忽生世界衆生業果耶次第遷流即兼上世界等三終而復始即是相續之意此二句方是疑終之相續意謂既即藏心本空縱使忽生亦應忽滅末後何緣浩劫遷流相續不斷耶此問求佛與說始生終續之詳非直怪問其不當生也故佛後分始終各答其詳（子）二疑五大圓融又二（丑）一牒佛語

又如來說地水火風本性圓融周徧法界湛然常住

此文分明惟取七大周徧科中之語（丑）二正舉疑

世尊若地性徧云何容水水性周徧火則不生復云何明水火二性俱徧虛空不相陵滅

世尊地性障礙空性虛通云何二俱周徧法
界
據牒中則惟四大及舉疑則棄風而加空
且風空俱與地礙故確論所疑但惟五大
而不疑見識者以彼無形礙也首二句地
水難容也次六句水火難容也又四句地
空難容也上科所舉之疑文如一氣而疑
有兩節此科所舉之疑文如三段而疑惟
一意謂總疑有礙而已確陳所疑已竟㊅癸
二請佛開示
而我不知是義攸往惟願如來宣流大慈開
我迷雲及諸大衆作是語已五體投地欽渴
如來無上慈誨
是義二疑中義也攸所也往歸也言不知
二義所歸趣也惟願下求佛釋疑開迷雲
者欲佛說出生續之由圓融之故庶使迷
雲頓破慧日洞明方到究竟無疑惑地矣
滿慈躡前以質二疑竟(辛)二如來次第以
除二惑分爲三(壬)一佛慈許說又二(癸)一
經家敘衆
爾時世尊告富樓那及諸會中漏盡無學諸
阿羅漢
經標無學特顯法深(癸)二正舉佛言四(子)
一示所說勝
如來今日普爲此會宣勝義中眞勝義性
佛言普爲仍彰慈廣勝義中勝義者法相
宗有四蘊處界爲世間勝義四諦爲道理
勝義二空眞如爲證得勝義一眞法界爲
勝義勝義彼但眞俗不融爲異法性所立
勝義無差據佛後文答萬法生續則起於

性本二覺答五大圓融則歸於一心三藏宛然皆一眞法界（子）二示所被機

令汝會中定性聲聞及諸一切未得二空回向上乘阿羅漢等

此於普爲中別舉當機以等餘衆均是四果言定性者謂彼尚未回心似應於此方回二空惟指人法言總意別蓋於人空已得而未兼得二空者也回向上乘者向了義大乘也若法華前已向上乘更開何權理不通也等者等有學及人天衆也（子）三示所獲益

皆獲一乘寂滅場地眞阿練若正修行處

一乘者一佛乘也即法華大白牛車寂滅場地即本覺果體萬妄本空一眞清淨即下文所謂惟妙覺明圓照法界極而言之亦即三藏圓融之境也梵語阿練若亦云阿蘭若此云無喧雜世間可靜修處皆得稱焉然但爲境靜是假非眞寂滅場地乃本心本靜與境無干是眞離喧雜古人所謂置之一處靜坐須臾皆謂此也住此修行譬依金作器器器皆金依果起因因因即果成佛正因莫正於此故曰正修行處離此即邪修矣（子）四囑聽許說

汝今諦聽當爲汝說

佛慈許說已竟（壬）二大衆欽承

富樓那等欽佛法音默然承聽

（壬）三正爲宣說分二（癸）一正答滿慈又二（子）一說不空藏以示生續之由此對上空藏彼約心眞如門會妄歸眞以顯藏心不變之體此約心生滅門從眞起妄以顯藏

心隨緣之用然用應有二一隨染緣起六凡用二隨淨緣起四聖用今爲開迷成悟故且單取染用爲言而全用更在下空不空藏中又二(丑)一正答初問又五(寅)一牒定所疑

佛言富樓那如汝所言清淨本然云何忽生山河大地

佛牒語畧意必具含(寅)二舉所依眞按起信論心生滅門中分二義一覺義二不覺義覺即所依眞理不覺即能依無明故云依本覺而有不覺今答文全符論意故知此科即彼所依本覺又二(卯)一佛舉常說致問

汝常不聞如來宣說性覺妙明本覺明妙

如來常說者多爲菩薩演其實義聲聞在會亦普聞知性覺本覺顯是所依覺義而性本異稱者各有詮表性表一眞理體未涉事用故舊以三諦釋者不知其無俗諦也本表天然本具不論修爲故舊以三觀釋者不達其非功夫也妙寂明照也妙明則即寂而照明妙則即照而寂二覺互影顯融也明雖似用亦體上照用非涉事用如來舉此於無明萬法之先正當空劫以前一段眞理惟有寂照互融豈有事功但舉此者一顯無明萬法離此無依二顯寂照具足不假妄明(卯)二滿慈答以常聞

富樓那言唯然世尊我常聞佛宣說斯義

常聞者但領其文未通實義或依巳教別解所謂一音演說隨類各解也一向且令權證故不破斥今與開權顯實故須發其

惑而難破之又此問全似初問阿難見何發心皆是借舊見聞以發開示之端也(寅)三辨得妄本即後三法生續之源一指深本二示元妄根本妄而枝末全空可知又三(卯)一審得其惑又二(辰)一如來雙審眞妄

佛言汝稱覺明爲復性明稱名爲覺爲覺不明稱爲明覺

此之審意躡上性覺二句而來故此首句覺字即性覺本覺之覺明字即妙明明妙之明然不取妙字而獨用明字者以有眞妄二明而妄明獨爲大迷之體故也汝稱覺明者蓋言汝說法時必常宣演也爲復下正以雙舉審問也問意如云爲是性本自明單稱爲覺即含明意耶爲是覺本不明須用加明於覺而雙稱明覺耶蓋單稱爲覺不假妄明是爲眞覺雙稱明覺而務假妄明是爲妄覺雙舉致問欲令滿慈自決取捨全似徵問阿難心在何處及以何爲心皆欲逼出平生所誤認者而斥破之也(辰)二滿慈獨取於妄

富樓那言若此不明名爲覺者則無所明

此答如云若此不用明之而即稱爲覺則虛名爲覺而實闇然無所明矣此蓋詞中反排無所明之眞覺而意中深取有所明之妄覺矣此不明二字與上不同上是假言覺本不明也斯是承言若不明之也此答全似阿難諍言若此發明不是心者我乃無心同諸土木皆是被佛徵出素所迷執而不覺其非者也但阿難所執六處麤

識滿慈所迷根本無明麤細淺深迥然別矣(卯)二斥爲無明

佛言若無所明則無明覺有所非覺無所非明無明又非覺湛明性

首二句全牒滿慈之言若無所明者即若此不明也則無明覺者即則無所明也次二句全失眞性也末二句妄又非眞也如云推汝之意將謂若無所明則無明覺殆惟恐其無明覺而必加明於覺也而不知一加所明則覺明二義皆雙失矣良以體外加明非體本有有生有滅時有時無由是約起心有所明時明則非覺以加明於覺非覺體之本有故也約忘心無所明時覺則非明以從來未悟覺體之本明故也此猶所謂有念無念同歸迷悶之意耳旣非覺非明二義俱失全墮無明汝豈以無明爲汝之覺湛明性哉而無明又非覺湛明性蓋無明即是不覺惟濁惟暗而安有湛明之義是汝始雖惟恐失乎明覺而終則至於全失眞性全墮無明矣(卯)三結成妄本

性覺必明妄爲明覺

上科旣斥爲全體無明由是承上而言汝於本具眞覺番成無明者元無他故正以本性之覺必具本有之明所謂性覺必明也汝乃無故妄加明於覺上所謂妄爲明覺也由是遂成根本無明萬妄依之而托始故知明覺二字便是生世界衆生業果之根柢矣此於十惑之中爲第一惑親依眞心本覺獨居九相之先別名獨頭生相根本不覺曰癡曰迷及無住本皆目此也有二功能一者能隱眞覺之體

二者能發萬有之相下文自見問生相無明等覺未了今言加明於覺意何淺近答此惑在三細前本非下位所知惟佛現量親見如來有勝方便能令初心比量而知借言加明於覺即是其相捨此方便則如啞人見賊呌喚不出矣法王自在豈如是哉曰借言非真寧不誤人答豈止不誤仍有大益如來親見等覺位中麤細諸念皆盡惟餘此念佛法不現此念忽盡便入妙覺果海故令頓根衆生但了法空心淨一念不生遙契如來涅槃妙心自具照體不用重起照察起照便同此中加明於覺永嘉云倘顧還成能所顧字便是明覺的明字能所者本惟一真本覺妄成能明之明所明之覺而能所俱非真矣佛祖一辨得揆若合符節希頓入者宜究心焉

妄本已竟(寅)四正明生續原疑兩節忽生與相續也就分爲二(卯)一初之忽生此科先答云何忽生山河有爲之疑問諸經皆言妄爲無始此經何獨說有初後答本來無始不妨說出始象識然說始不乖無始之旨蓋佛之教言竝有二種一者假立二者稱真不假立而談則真亦不彰不稱真而說則假無究竟比如本無修證而說修證悉皆無礙況經論皆言最初一念不覺心動等俱依假立之義故此說始無所乖焉又二(辰)一最初微細此科即論之三細然章法不同但以惑對境分爲二科良以聖賢以智了境凡夫以惑緣境竝皆連帶生起今約凡故用惑境相對分二(巳)一細惑

覺非所明因明立所所既妄立生汝妄能

此惟三細中之前二尚缺第三舊解三細全該轉現顛倒今解順序惟是業轉二相首二句即業相自證分也蓋上文明覺二字明爲能明之妄明覺爲所明之妄覺雖能所皆妄俱屬無明而剋體分別但能明之妄明是爲無明而所明之妄覺即此科業相在上科但是帶言非本位也故此科佛接上文而言性覺本非所明之境特因妄加能明而遂立成所明耳由是而知因明之明字即上文能明之妄明亦即論之

不覺所謂無明立所之所字即上文所明之妄覺亦即論之一念心動所謂業相至此方當其本位矣且論中以依不覺而心動說名爲業此因妄明立所說名爲業意固全同而此文較論猶有發明良以論言心動未明何故心動而經文說出元因加妄明於本覺而引此心動也所既二句即轉相見分也論標爲能見相當知論中以依心動而轉成能見此因所立而轉成妄能意固全同而此亦較論文爲有發明良以論言心動轉成能見而亦未明何故即成能見經乃說出因其妄以覺體爲所見之相由妄所而引起妄能耳是則妄能顯然合彼能見㔾二細境

無同異中熾然成異異彼所異因異立同同異發明因此復立無同無異

此即現相相分也論標爲境界相又自釋爲能現相首句是能成之本無同異中即業相之中也唯識曰相見皆依自証起是也同者無差别境也異者有差别境也業相之中就實論之既一體一相能所不分故逈然無此二種境界也次句以下俱是所成之境熾然者火光盛貌雖表顯著然火光但明於夜亦表暗中顯著以此境界雖顯尚在本識中未大顯著故如火光明於暗夜之中也又雖在本識亦已熾然如火夜發豈同前二相一則無境界一則不可知哉昔人見說熾然度其顯著不敢定爲細境而釋爲六麤不察論文自釋生滅因緣釋至現識則曰所謂能現一切境界

循如明鏡現於色像又曰隨其五塵對至即現無有前後何乖今經熾然之說故知此科決是境界無疑熾然成異者言從此無同異中忽然見種種差别形器即結暗爲色之始相此句是現有差别之境也異彼二句是現無差别之境即空生大覺始相上一異字是不同之意下二異字仍是前差别之境夫既異異而又因異可見全是傍顯之意蓋言非先異後同但是見異時傍顯無差别處便是同境立字取意即顯也常途約生起次第空漚先發界相後隨此約轉相見境先見界相傍顯虛空故作如是說也隨宜無不可耳末三句即彷佛有衆生相也然必同異發明者以上異之與同相形而顯此衆生之境不同上之二境良以彷佛有形貌差别殊於同境即不同虛空故曰無同彷佛有運動靈覺殊於異境即不同器界故曰無異問既即世界虛空衆生與下麤境何所差别答尚在本識中結暗忽現怳忽未定之相與彼麤境中三法作胚胎耳問論惟渾標境界而經乃三相具陳多少不類恐不相當答論之前標雖渾而後之自釋尤詳如前所引能現一切境界疏取瑜伽釋之謂具根身器界種子又五塵對現疏釋乃謂且舉五塵而實通現一切境界由此觀之論疏皆言一切境界何所不該奚以三相爲多況器界之釋何非同異二境根身之語何非知覺衆生而種子不出情器且五塵尚不爲多三相何嫌太廣是知此節科當現相

則經論如出一轍矣復有人以此配屬三細其意誠迂問通上順釋三相甚生次第但釋因明立所則曰因妄爲能明引起所明以立業相此雖經無能字推意補之亦通次經明言因所生能予即釋爲業相生轉相似亦自然之序但妄明既以業相爲所明轉相亦以業相爲所見此何別乎又轉相何不以境界爲所見乎答汝言妄明以業相爲所明此言非是蓋妄明最初依本覺起妄以本覺爲所明本不期於業相其柰本覺元非可明之境由是本覺卒不可明而徒以帶出業相爲所明耳故佛言覺非所明因明立所其旨顯然汝次言轉相妄以業相爲所見斯言不差蓋轉相依業相起妄以業相爲所見本不期於境界其柰業相元無可見之相由是業相卒不可見而徒以帶出境界爲所見耳故佛言所既妄立生汝妄能無同異中熾然成異等其意更顯是故經文所之一字上下連帶二能而上隱下顯且上爲生所之能下是所生之能如祖與孫何言無別能之一字上下連帶二所而上顯下隱且上爲生能之所下爲能生之所亦如祖孫那得混同至於攝論謂轉相所緣境不可知者正約其緣業相之初心爲言而記主便指境界非也此二皆以心取心真隱似現所謂非幻成幻法也如人瞪目欲自見眼本不期於空花其柰眼非可見而徒以帶出空花耳以喻詳法居然可了問論無能所經何廣陳答文法不同耳論是次第下依上生故不彰能所經是鈎鎖上引下起故能所多陳觀經無明位中已即累言所明何疑業相不爲所耶會文取義經論無不合矣最初微細已竟(辰)二漸成麤顯此即論中六麤今亦以惑對境分爲二科(巳)

一麤惑

如是擾亂相待生勞勞久發塵自相渾濁由是引起塵勞煩惱

此即六麤之前五如是者承指上文之詞擾亂之意全在上科若寬取總因則三細起於真淨心中皆爲動亂之相若尅就引生麤識則惟是境界一相所謂境界爲緣長六麤是也以彼境界從無而有則有無相傾因異立同則同異互顯既而復以一異一同之界相顯發非同非異之有情是於藏識海中境風亂動已如空花亂飛豈

不甚擾亂哉楞伽云藏識海常住境界風所動是也待者緣對也相待即是爲緣之意生即長也勞等即麤識也豈非境界爲緣而生長諸麤識乎楞伽云種種諸識浪騰躍而轉生是也然生勞二字即論中起成智相爲第一麤論云依於境界起分別愛與不愛故疏云於前現識所現相上不了自心所現故創起慧數分別染淨執有定性夫創起慧數分別所謂轉生勞慮也問轉智二相俱緣境界有何差別答轉相緣境但如鏡中無別分析智相緣境不了心現執爲外境分別染淨所謂分別事識矣此當法執俱生勞久二字即相續相爲第二麤蓋久即相續不斷之相論云依於智故生其苦樂覺心起念相應不斷故疏以二覺不斷爲自相續以又能引持生死爲令他相續也此當法執分別上之分別畧分染淨而已此則轉生苦樂覺受自他相續法執轉麤故名分別發塵二字即執取相爲第三麤塵者染著之相論云心起著故起即發也彼云起著此云發塵同一旨耳疏云依諸凡夫取著轉深計我我所等也自相渾濁一句即計名字相爲第四麤論依於妄執分別假名言相故疏云依前顛倒所執相上更立假名也今乃取其循名執相顛倒特甚以恰合於自相渾濁雖是一意而發塵尚淺故屬我執俱生渾濁已深故屬我執分別末二句即起業相爲第五麤彼云起業此云引起塵等語意頗同論云依於名字循名取著造種種業

故疏云謂執相計名依此麤惑發動身口造一切業即苦因也塵勞有八萬四千以十結使爲體約身口七支及三世四心疊滿其數煩惱畧言根本六及隨之二十若配塵勞數亦如之總即見思約未起屬惑即前執取名字二相今經明言引起乃是已起而成業之相且塵勞煩惱俱須約於身口七支而起業疏文亦言發動身口其義無乖以必發動方是起義也問麤境未成安得遽有身口答語雖約從初起次第而談理實無始豈眞未成麤境之前而絕無身口哉且論亦約從初起亦須於第六中方成身口疏釋起業明用身口若必執第六方有身口則前相憑何起業而執取等憑何計我我所哉語雖有序而意須圓活不宜泥也況下麤境亦不是直待五識起畢然後有者第以言不頓彰巧敷陳耳神會之可也(巳)二麤境

起爲世界靜成虛空虛空爲同世界爲異彼無同異眞有爲法

此即業繫苦相爲第六麤論云以依業受報不自在故疏云業因已成招果必然循環諸道生死長縛此一科經文與論文名位雖同意旨各别論明萬法唯心故備明諸識而心相偏詳境相爲畧所以前境界相及此果報相亦皆就識隱畧未詳彰其爲惑所執之境也經答云何忽生山河等故心境雙舉而於境相尤詳所以前細境及此麤境文竝詳也於中備明世界虛空及衆生相且疏於業繫苦相科爲受報今

經世界虛空是依報衆生是正報意符受報然於中淨穢苦樂不得自在何乖論文但經且據初成無循環意以後另有三種相續惟此稍不合疏文耳以上會合經論畢下當按文釋之當知以上皆是展轉敘其緣由惟此六句方成確答問意首四句確答云何忽生山河大地末二句確答諸有爲相總承上言由依性覺而動無明因無明而發心境緣心境而起塵勞等於是業力所使起爲云云起靜勿指時言當指處說如云起成有相處則山河大地確然而成定相靜而無相處則空濶曠蕩顯然而見頑虛次二句明其不離前之細境但至此始確定而成就耳故二爲字是即字意言此虛空即前同象至此始確定也此世界即前異相至此始成就也然此即當結云汝問云何忽生山河大地實由如是而生也末二句確答諸有爲相亦明不離前境但文法轉換上是指後即前此是取前顯後言彼細境中無同無異之相至是而顯然確定以成衆生業果眞有爲法矣再結云汝問云何忽生諸有爲相實由如是而生也通前雖俱屬忽生而仍有相待勞久之言者以從無而有須由微而著但約萬法初成一周而說忽生矣又約修時逆斷顯此次第權說初成次第將令觀順生之次第易於開悟而不至迷悶了逆斷之次第易於修證不至借亂也又當知經自無明以至麤境多用能所上下連持者令知能所乃生萬有之端行人於眞妄分

明之後一念頓絕能所可以把定萬有坐還清淨本然所謂但離妄緣即如如佛矣初之忽生已竟(卯)二後之相續此科方答云何次第遷流終而復始之問也問意在前舉疑科中分三(辰)一世界相續此中義理雖似外論中五行相生之意而實不盡同不可以一一附合有二不便一者五行反明經義反晦二者令外教之人將謂不出巳意良以外教正惟執乎五行能成世界而實不了其真源縱高推太極混沌等而終不識其爲吾心之妄覺全體之無明今與分明指示正以異彼教意而舊解却將覺明釋之爲水以濫彼天一生水之計仍出無極太極之下何以令彼祛除舊見而生新悟哉夫外教多歸化機於陰陽而吾宗直指化本於心性又且示天地之源出於吾心之無明此誠大異外說而極警悞執也弘教者直不挽外宗而令其明內旨反推內教而濫外宗失計之甚也至於內教所用名言多用四大而不名五行後之合變轉生但與五行畧相似耳故今解於前之四法全準孤山四大爲正而前三大顯然依於心起於後之四法別立名言畧取溫陵父母氣分之說以助明而已又分三(巳)一生能成四大夫四大雖展轉相生而實總是能成以各具能成之力用故也其曰執持曰保持曰變化曰含皆其義也至後四法則皆不具斯義諦觀之當自見矣又曲分四(午)一風大

覺明空昧相待成搖故有風輪執持世界

覺明者覺體之上已起妄明而妄明必發空漚空昧者頑空之體全是晦昧而昧晦與明乖角相待生搖者即溫陵所謂明昧相傾不覺心動也當知世間諸風全是妄心動蕩所感風輪持世者諸經言世界最下全依風輪而住此大顯然親依妄心而起矣(午)二地大

因空生搖堅明立礙彼金寶者明覺立堅故有金輪保持國土

孤山謂土與金皆是堅性俱屬地大是也蓋地性堅硬而堅莫過金故金是地大精實之體因空生搖者因空昧而心動也如人為睡所偃而發迷悶矣堅明立礙者覺明堅執而妄成有礙也如偃中堅執求通而妄覺有物相壓矣由此即感一切堅礙之相故言世之金寶皆是明覺體上一分堅執所感也如古有凝心結思化為石者亦是小驗此固靈心不思議之力用而業感必然之理也金輪持國者地大最下有金剛際此大亦顯然親依妄心而起矣(午)三火大

堅覺寶成搖明風出風金相摩故有火光為變化性

此大固是風金二大轉生而堅覺搖明全帶妄心之相堅覺堅執之妄覺也立礙感金故寶成搖明動念之妄明也動成風相故風出此是生火之因起一堅一動故相摩生火如云一剛一柔相摩相蕩也為變化性者蓋火無持舍之輪用而有化成之功能至後四居功方顯著也以上三大雖

相待轉生而俱帶妄覺妄明之心相本宗固宜偏發明之豈可多用水土生木等意而晦之哉(午)四水大

寶明生潤火光上蒸故有水輪含十方界

此大方獨用金火二大而不帶心相以上三番帶明此應不言可知寶明生潤者蓋寶上之明即含潤相如珠光出水即其驗也火光上蒸者火有蒸鬱之氣即能成水如盛熱時萬物多被蒸而出水也然以寶明而又暵以火光此水大所由起矣含兼承載涵潤意也十方界者諸世界下皆有水輪乃至諸輪皆然別經言世界安立土輪下依金輪而同爲地大金輪下依水輪水輪依風輪風輪依虛空而虛空無所依今約由心生起序未全同又顯究竟仍說虛空依無明而無明依本覺以見萬法始於真妄和合之心而離心悉無自體故內教惟以顯心方爲得旨生能成四大已竟(巳)二生所成四居此之四法即上四法所成所謂世界國土也前曰持含曰變化即持含變化此四居也蓋器界元爲衆生所居今於此四方顯衆生所居住處故曰四居然此與小教所謂萬法皆由四大和合變起文不相乖但小教未了四大畢竟是覺心變現也上文既明能成四大皆依心起至此所成四居但示四大轉變不復重明心起令由四大之唯心而達萬法之唯心也又分二(午)一總成二居二居謂海爲水居衆生住處洲爲地居衆生住處以同依水火爲能生故曰總成也又分二(未)一

示其由生

火騰水降交發立堅濕爲巨海乾爲洲渾

蓋四大雖均成變化功用而水火土三大於四居中功迹顯著至於風大執持搏擊功雖不少而於已成居上迹則不彰故不言之首二句正明火水二大爲生海洲二居之因起火騰者火性本炎上也水降者水性本潤下也交發者水火既濟也立堅者結成器界也如陶器者功惟賴於水火矣次二句正所成之二居海亦由立堅而成者蓋海非獨目於水以注水之巨坎方謂之海故全是堅體也洲渾如四大洲及諸小洲是也(未)二驗其氣分

以是義故彼大海中火光常起彼洲渾中江河常注

以是義故以是水火共生之義故彼大海本就濕之處似不應有火以不忘母之氣分故火光常起洲渾本就燥之處似不應有水以不忘父之氣分故江河常注蓋外教五行義中水之望火爲我尅之妻故火爲二居之母火之望水爲尅我之夫故水爲二居之父今大海克肖於父而不忘母之氣分故海中火起洲渾克肖於母而不忘父之氣分故洲有江河也餘皆準此思之(午)二別成二居以二居生驗各説故曰別成揀異總成也又分二(未)一成山居

水勢劣火結爲高山是故山石擊則成焰融則成水

此山居衆生所住之處也初二句示其由生水劣火者如溫陵謂夫劣然後陰陽和

而生子是也又以水爲火之夫若太勝則勢必滅火豈能生他法哉今以水夫劣於火妻故成高山矣末三句驗其氣分準前思之可見融則成水者如煉五金之礦悉皆成汁是也(未)二成林居

土勢劣水抽爲草木是故林藪遇燒成土因絞成水

此林居衆生所住之處也首二句示其由生末三句驗其氣分義皆準前可知所成四居巳竟(巳)三結成種相續

交妄發生遞相爲種以是因緣世界相續

交妄發生者互以妄相生也遞相爲種者初由妄心而生起大種次由展轉而備生四大後由諸大而成就四居於是羣生之依止器界具矣以是因緣者以是遞相爲種之因緣也世界相續者成住壞空終而復始相續不斷凡成一番便是如此展轉生起所以自忽生之後永無清淨之期也世界相續巳竟(辰)二衆生相續分三(巳)一推由成陰又分三(午)一指無明本

復次富樓那明妄非他覺明爲咎

明妄非他者言明得衆生必從妄起而此妄亦非他物即是眞覺妄明爲過咎耳意指不外前文生世界眞妄本也夫覺明既屬能所向後惟從妄說矣此科同前忽生科中妄本(午)二三相妄局

所妄既立明理不踰以是因緣聽不出聲見不超色

所妄既立即彼所既妄立業相也而明理不踰即彼生汝妄能轉相也理猶體也而

明理二字已是妄能不踰二字乃是特加妄局之意以表能被所局也二句同彼細惑俱屬妄心尚未涉境下三句方涉境界即彼現相也而偏重衆生以是因緣者若通上科則無明爲因能所妄局爲緣若止本科則業相之所爲因轉相之能爲緣而能被所局即是因緣聽見屬心影畧覺知聲色屬境影畧香等不出不超俱是心被境局之意由上能被所局因緣成此心被境局礙相也此末二句頗似說根而委細叅詳猶是本識中境界相所謂隨其五塵對至即現是也但爲下文結根成陰之由

㊎三二陰成就

色香味觸六妄成就由是分開見覺聞知同業相纏合離成化

上二科總是詳推成陰之由此科方以妄成二陰前四句成中陰也色香味觸影畧聲法六妄即六塵成就者麤境已著具足無缺也足顯上科聲色尚是本識細境未云成就矣由是分開見覺聞知者攬上六塵結塵以成六根而分開云者即經所謂旋令覺知壅令留礙體中相知用中相背也又云元以一精明分成六和合是也夫根塵成就則形兆潛彰然尚未趣生必當中陰之位經言中陰六根猛利勝於生身足爲明徵問旣無前陰何得此名中陰答理實無始何鈌前陰但經從細向麤只得截流而談亦假立之旨也末二句方以轉成後陰生身溫陵曰同業卽胎卵類因父母已三者業同故相纏著而有生合離即

濕化類不因父母但由已業或合濕而成形即蠢蝡也或離異而託化如天獄等也○總此推由成陰一科經文展轉四重鈎鎖次第一由無明而引起業轉妄局二由業轉而引起心境拘礙三由心境而引起根塵分隔四由根塵而引起四生繫縛由細而麤頗順文理兼合論旨舊作根塵識三釋者則根先結而塵後成固爲顛倒由塵成而分六識何經可徵蓋經文只說攬塵結根而根成分隔不言塵分於識也由彼迷前文爲根須以後文爲識且將謂根塵識三文順界全而不達根相即是陰體用表衆生形相已著而識非形相義無關也推由成陰已竟

大佛頂首楞嚴經正脉疏卷第十六

音釋

潬蕩旱切音但　𥗼古猛切音穬　𣀔蘇后切音叟　遞待禮切音悌

大佛頂首楞嚴經正脉疏卷第十七

明京都西湖沙門交光眞鑑述

㊀二詳敘受生又二㊁一委示胎生獨委悉開示於胎生者一則急於爲人二則衆生悉以淫欲而正性命欲愛偏顯故也又三㊂一舉親因

見明色發明見想成異見成憎同想成愛流愛爲種納想爲胎

中陰之想愛爲受生之親因孤山曰妄心見妄境故云見明色發即於中陰見其父母也明見想成者依妄境起妄惑也異見謂父是所憎境同想謂母是所愛境女子託胎反此故涅槃明十二因緣無明有二一潤業無明謂過去煩惱也二潤生無明即託胎時於父母起憎愛也○流愛爲種者即最初注愛於母以爲投胎之種納想爲胎者即投種後愛着不捨以爲增長成胎之由經後云想中傳命是也㊂二明助緣

交遘發生吸引同業

父母之交遘爲受生之助緣孤山曰交遘發生謂男女會合染心成就吸引同業謂吸引過去同業而入胎也○上科以已纏父母爲同業此以父母吸已爲同業㊂三結成胎

故有因緣生羯羅藍遏蒱曇等

故有因緣猶言以是因緣也孤山曰俱舍明胎中凡有五位一七名羯剌藍此云凝滑二七名頞部曇此云皰狀如瘡皰三七名閉尸此云軟肉四七名健南此云堅肉

五七名鉢羅奢佉此云形位今畧舉前二等取餘三(午)二例示四生又二(未)一總標成應

胎卵濕化隨其所應

胎卵濕化皆應也下文情想合離皆感也隨其所應者隨其所感而應之以四生也

(未)二各别指明

卵惟想生胎因情有濕以合感化以離應

上科分釋感應而經文偏用錯綜隨便而巳温陵釋四感好但合濫於應今少變云亂思不定曰想結愛迷戀曰情親附不動曰合捨此趣彼曰離以此四心感召而四生各類應之又曰卵兼後三其實前前兼於後後而後後不兼前前其意始完詳敘受生巳竟(巳)三結成相續

情想合離更相變易所有受業逐其飛沉以是因緣衆生相續

此只依感應二意結之義無不盡首二句即感之相續也更相變易者約一衆生則周而復始約羣靈則彼此轉換溫陵謂四感有情皆具各以多分召彼四生〇以是經涉長時互成轉換也受業指受生胎等而言逐其飛沉即應之相續胎等各有飛沉末二句躡上結之準前可知衆生相續巳竟(辰)三業果相續分三(巳)一業果指本示業果而又指本者明業果各本於自心之貪欲其絶貪而業果自息也又三(午)一欲貪

富樓那想愛同結愛不能離則諸世間父母子孫相生不斷是等則以欲貪爲本

吳興曰欲貪通乎四生今正約胎生言之又胎生復通今多就人倫辨之以其易見故也○想愛同結者不專指受生時言亦兼在世時想念恩愛皆所以深結生緣愛不能離所以相生不斷欲貪爲本方專指受生時元因愛欲而來也㊉二殺貪

貪愛同滋貪不能止則諸世間卵化濕胎隨力强弱遞相吞食是等則以殺貪爲本

貪愛同滋言由有貪愛必有身命由有身命必賴滋養同滋者言彼此皆欲滋養身命所以貪不止而必至吞食也㊉三盜貪

以人食羊羊死爲人人死爲羊如是乃至十生之類死死生生互來相噉惡業俱生窮未來際是等則以盜貪爲本

溫陵曰不與而取及陰取皆盜故以人食羊不與取也羊死爲人互來相噉陰取也皆盜貪也吳興謂殺貪未論酬償先債盜貪約過去於身命財非理而取故互來相噉以責其盜也○惡業俱生者以此惡業爲續生之緣與生俱生也問世教論殺惟以忿爭殺人爲重論盜惟以刼竊財命爲重而食肉不與焉似得重輕之宜今經何獨論其所輕而反遺其所重乎答此有二義一者斷輕況重義盖此方世教急於止亂且圖養民故惟斷現亂而不禁食肉今經欲絶生死須斷生緣故極至食肉皆併斷焉若悟輕者尚爲生死之緣則重者不言可知非反遺於重也況眞慈平等均爲奪命何有重輕且約現生食肉似不爲禍亂若約隔生酬償則禍亂亦均更待下義

詳之二者絶本止末義蓋凡一切殺盜究其深本多起於食肉如八萬釋種遭瑠璃之殺世人但知近緣罵詈不知遠因起於食魚之冤故此方不長太平緣太平時恣意食噉三五百年人之享福者福終禍起畜之酬報者報盡爲人皆帶殺冤遂成亂世乃至殺人無量故佛斷食肉乃聖智深遠拔本塞源之意經云世上欲免刀兵劫須是衆生不食肉外教君子未能信達者切勿輕非毀矣業果指本已竟(巳)二相續明長既示相續而又明長者表續生皆由互不相捨欲其能頓捨而即不相續也又爲二(午)一殺盜無休

汝負我命我還汝債以是因緣經百千劫常在生死

首二句影畧多辭則師補之未全具載當有八句如云汝負我命汝還我命我負汝命我還汝命債亦準此命屬殺債屬盜不出負還二字以是因緣者以是負還因緣也末二句言命債不了故生死亦不了矣(午)二欲貪無盡

汝愛我心我憐汝色以是因緣經百千劫常在纏縛

首二句影畧亦應八句各開則云汝愛我心我愛汝心憐色準知交錯則云汝愛我心我憐汝色番轉準知不出愛憐二字以是因緣以是愛憐因緣也末二句言愛憐不斷故纏縛不斷矣相續明長已竟(巳)三結成相續

惟殺盜淫三爲根本以是因緣業果相續

歸重三貪爲業果及與相續之正因縁也

正明生續已竟(寅)五雙關結答分二(卯)一

躡相續而結忽生

富樓那如是三種顛倒相續皆是覺明明了

知性因了發相從妄見生

三種相續本答終而復始今總束之以結答忽生正顯忽生非別有法即生彼相續之三法意雙關也首二句躡上之辭顛倒有二義一者首尾相因義二者顛狂迷倒義覺明即是無明明了知性即是本眞妄眞和合總是業相下了字即能見相因了發相者依上業相起出能見而帶出境相也此四句無明三細皆備下妄見即緣此境相而起我法二執渾然涵彼前四麤也蓋三相續即彼後二而後二皆本無明三細二執而出故結答云汝問三種云何忽生皆是覺明乃至妄見所忽生也(卯)二躡

忽生而結相續

山河大地諸有爲相次第遷流因此虛妄終

而復始

此科全牒問辭惟中間因此虛妄四字乃是結答之處夫山河大地諸有爲相原問忽生今躡之而結答次第遷流等正顯相續非別有法即續彼忽生之三法亦雙關也結答意云汝問三種云何次第遷流當知但惟因此顛倒相續之虛妄故終而復始也是則前云從妄見生今云因此虛妄可見忽生相續渾一妄法了無實體之可得矣正答前問已竟(丑)二兼釋轉難又二

(寅)一滿慈執因疑果又二(卯)一躡舉疑端

富樓那言若此妙覺本妙覺明與如來心不增不減無狀忽生山河大地諸有爲相

躡前所辯爲起疑之端首四句本同佛心也妙覺指衆生現具在纏之體而言本妙覺明者言其未生山河時本無不妙元無諸染法也覺無不明元無諸障礙也與如來心不增減者佛心不增於生心生心不減於佛心也次三句頓生諸妄也無狀即無端無故(卯)二正陳疑難

如來今得妙空明覺山河大地有爲習漏何當復生

得妙空明覺者復其無物之本體還其圓照之本明也言其亦同衆生本妙覺明未生山河等法之前也末三句正疑諸妄於何時生也山河大地是世界有爲是衆生習漏是業果言如來復還之眞覺元無異於衆生未妄之眞覺則衆生既從眞而起妄如來豈不亦當從眞而起妄乎圓覺中金剛藏全難有三此經亦具但問非一人今滿慈所問同彼第三難曰十方異生本成佛道後起無明一切如來何時復生一切煩惱辭意全同均是執衆生因性之有始而疑如來果德之有終也答處再當配釋(寅)二佛分眞妄喻釋據問意有兩種迷執俱當破斥一迷執妄法有始二迷執眞覺有終今答不生不變皆惟且破後一有終之疑以後文另起何因有妄之問方破前一勿至混濫反誣經之重繁也又分二(卯)一喻妄不復生又二(辰)一喻無明本空

無明爲能生萬法之妄本未及論乎所生

之萬法故取迷方之心喻之以迷心亦無相狀然意喻從初本空故終亦不復生也

又二(巳)一舉喻辨定又二(午)一舉喻

佛告富樓那譬如迷人於一聚落惑南爲北

聚落村居名也(午)二辯定又二(未)一辨始無所從

此迷爲復因迷而有因悟所出富樓那言如是迷人亦不因迷又不因悟何以故迷本無根云何因迷悟非生迷云何因悟

迷本無根者諸法展轉皆因無明而無明更無所因也又迷不自爲生迷之根以原答因迷之難也悟非生迷者悟迷相反安得相生故亦不作生迷之根也問法中似從眞心起妄喻中何不許悟生迷且迷方誰不先從於悟乎答法中正不許眞能起妄惟說妄依眞起如影依鏡現終非鏡自生也圭峯解圓覺種種幻化皆生覺心而辯其不說心生種種故知得失係於毫釐不可不辯且迷方者悟在他方迷在此方豈以他方之悟爲此方之迷根乎理實入之忽迷初不得其起迷之本此亦可明妄之無始但不專重耳(未)二辯終不復起

佛言彼之迷人正在迷時倏有悟人指示令悟富樓那於意云何此人縱迷於此聚落更生迷不不也世尊

倏忽也縱迷者縱使先迷或久迷也問今有迷方者雖受指示亦有久久不悟者何也答此言悟者亦須於指示之後久久觀省忽於一朝四方朗然轉正始爲悟也此等悟後豈得復迷指示正如教下說得人

法二空比解分明猶自依然二執不脫觀省云者正如宗下教人絶解久久反照叅心忽然心空人法頓脫方爲現量實悟永不復迷也舉喻辯定已竟(巳)二合法喻明又分爲二(午)一總示合意

富樓那十方如來亦復如是

言如來亦同悟後不復更迷也(午)二詳盡合辭又二(未)一合無所從

此迷無本性畢竟空

此迷即指無明言此無明既不以自體爲本亦不以覺性爲本無所從來徹底元空亦如迷方之迷心更無所因也(未)二合不復起

昔本無迷似有迷覺覺迷迷滅覺不生迷

昔本無迷不可作衆生未妄以前解之即墮有始之過而順成佛果有終之難清涼云內來未曾悟故說妄無始是也只言自昔在迷時即無迷可得如迷方者正迷方時方實不移矣迷覺即前明覺似有迷覺者言當彼迷時似有能迷之妄心及所迷之妄覺如當迷方之時似有顛倒之迷心及移轉之方位也末二句承上言由此徹底虛無故不覺則已但一覺迷迷即頓滅以眞性覺中本無無明也亦如迷方者但覺所迷之南本無有北則迷相頓滅以自來元無故滅無留滯也覺不生迷者言正當迷時已即無迷可得而況既覺之後豈復生於迷乎亦如惑南爲北之時已即實無北相可得而況既悟是南之後安得北相復起於南乎上二句迷時似有下二句

悟後永無也圓覺答難處無此喻而釋無明處却有此喻今喻無明義亦允當文云種種顛倒猶如迷人四方易處等然彼猶兼喻身心此以下文更有空華以喻萬法故此專喻無明而已喻無明本空已竟(辰)二喻萬法現無據上文滿慈於萬法問生續之詳如來答無明爲生續之本今佛上科先以喻明所答無明本來常空非研斷始空而此科更以喻明所問萬法現今即無非先無今有亦非今有後無圓覺答難處亦有此喻却是翳比無明華比萬法空比眞體彼文三節平渾今經前有迷方喻無明後有木金喻眞體故此空華單喻萬法耳即前世界等三也分二(巳)一舉喻辯定又二(午)一舉喻

亦如翳人見空中華翳病若除華於空滅忽有愚人於彼空華所滅空地待華更生

首二句喻在凡時三種宛然次二句喻成佛時萬法寂爾末四句正喻疑佛何時起妄也(午)二辯定

汝觀是人爲愚爲慧富樓那言空元無華妄見生滅見華滅空已是顛倒勅令更出斯實狂癡云何更名如是狂人爲愚爲慧

空元二句喻萬法自來本空生滅但是妄見次二句喻實執佛滅萬法已是顛倒妄情下勅令二句直斷待華爲愚喻冀佛起妄者決定是愚人也云何下又反言以決其必爲愚矣(巳)二合法釋明

佛言如汝所解云何問言諸佛如來妙覺明空何當更出山河大地

如汝所解者言此待花更生之人誠如汝言決愚非慧云何下就言反詰也言汝既知於晴空而待花者乃爲至愚云何乃於如來妙明中而待生山河等法與彼愚人何異哉通前本末元空如此說何復起只此二喻已足以通釋前難若但止此是惟達妄本空而猶未及明眞本有故更說後之二喻也喻妄不復生已竟(卯)二喻眞不復變理實不但成佛之後不復更變縱在迷時本體亦未嘗變豈成後而反變乎上二喻各喻各合此二喻總喻總合也蓋佛語錯綜自在耳又分二(辰)一總舉二喻

又如金鑛雜於精金其金一純更不成雜如木成灰不重爲木

金鑛者蘊金之砂石也雜於精金者約金在鑛時二物混和也一純者約出鑛之後也更不雜者不復生鑛也須知金之與鑛二俱無始非金先鑛後鑛從金生故出鑛之金不復生鑛木灰無二不同金鑛又以壞盡無還爲相各有取意待合處自明也

(辰)二總合二法

諸佛如來菩提涅槃亦復如是

菩提者樹下所成無上智德取其無明夢破五住究盡番轉一切煩惱出纒精眞非比在纒所具蓋以完復本有如如智體亦即照體也涅槃者因窮果滿圓淨斷德取其還流浪息二死永忘番轉一切輪迴究竟寶所非比中止化城蓋以完復本來如如理性亦即寂體也亦復如是者以前科二喻已喻妄不復生今此二喻當獨喻眞

不復變故惟重菩提涅槃之不變而不重煩惱生死之不生茲有二解隨情去取一者別合謂各取類合也以菩提智光類於精金明淨故言菩提不復爲煩惱亦猶精金不復重爲鑛也又以涅槃寂滅類於木灰燒盡故言涅槃不復成生死亦猶木灰不復重爲木也二者總合謂就文合說也先合前喻云菩提涅槃既出乎煩惱生死則一成永成不復更變亦由金之出鑛一純永純不復更雜於鑛也次合後喻云煩惱生死既轉爲菩提涅槃一滅永滅無復返還亦由木之成灰不復又成乎木也斯則後喻畧涉於妄不復生似亦無傷二釋竝通（四喻圓覺具有取喻稍別迷方彼則通喻無明身心此則局喻無明空華同喻萬法金鑛彼喻圓覺此則喻菩提或兼喻涅槃木灰彼喻幻妄此則喻生死或兼喻煩惱旨亦大同也）是則妄本無生而非成佛始滅眞本無變而非成佛始生故知衆生分中尚自無生無變何況成佛者反有生而有變乎說不空藏以示生續之由已竟（子）

二說空不空藏以示圓融之故此答次問五大何得圓融之疑也夫空藏中破相顯性相既不有說誰無碍不空藏中從性起相相既宛然何得無碍是以前二藏中畧開圓融之端而未竟無碍之說豈免滿慈之疑茲欲極彰無碍之由以銷執相之問須談空不空藏也蓋空即不空則性全即相而性固無碍不空即空則相全即性而相亦何所碍哉深研斯旨則向下微妙難解之文可領畧矣分爲二（丑）一正答次問

又分爲二（寅）一按定所疑

富樓那又汝問言地水火風本性圓融周遍法界疑水火性不相陵滅又徵虛空及諸大地俱徧法界不合相容

首四句雖牒問而圓融徧界猶是述巳所說以下方是彼之所疑然去風加空通喻五大㊀二正以開示又二㊁一就後一藏以銷疑此盖雙躡前之二藏而繼以空不空藏銷前所疑用顯次第三藏也此中全由喻明性相而其疑得銷若不申明諸教性相迷悟分量則不知滿慈發疑之端并佛釋疑之妙夫二無碍理人天小乘決定雙迷極至法相破相亦均未徹法相眞不隨緣相不即性破相方談相性二空有遮無表終未顯談即性何能盡發無碍之旨今斯圓旨語四科則全相皆性語七大則全性皆相且一一徧周無障無碍是尚遠越大乘之始教而滿慈依小乘法執舊見堅謂諸大本來相碍若如來藏空可說無碍今云備具諸大即當相碍豈有無碍之理斯則豈惟不達巳發之相爲無礙兼亦尚疑未發之性爲有碍矣而如來釋疑非但只釋未發之性爲無碍而兼亦詳釋巳發之相尚無碍而况未發之性何得有碍乎故此科說性無碍其文最少釋相無碍其詞最多一以銷難况易一以發後圓修此意難辯至文再當示之又分二㊂一喻明性相又二㊃一舉喻又分二㊄一標列性相喻又曲分爲二㊅一總以畧標

富樓那譬如虛空體非羣相而不拒彼諸相發揮

異與曰譬前如來藏性本非七大而不拒彼七大發生○若更照後文配之則虛空譬如來藏體非羣相譬先非水火不拒發揮譬各現俱現也當知二俱是妙既曰先非諸大則非滯有而溺有者自成有碍既曰不拒發揮則非滯空而淪空者自失家珍也(未)二徵起詳列

所以者何富樓那彼太虛空日照則明雲屯則暗風搖則動霽澄則清氣凝則濁土積成霾水澄成暎

徵意非推其故但欲演畧成詳耳然彼太虛空一句即是體非羣相而下即不拒發揮之詳也明等七者爲相日等七者爲緣虛空爲親因明暗清濁爲對餘不必强對然七相雖不配合七大而亦畧應其數氣凝如煙霧之聚霾字從貍起於山獸騰踏令土蔽空或合風雨繽紛而下謂之霾水澄成暎如海晴湛之時虛空交暎朗然澄徹也(午)二難釋相妄喻上科但雙喻性相而未喻相妄此科難釋方顯相妄然此妄字但是無有定實之意非如妄心妄想及貪嗔等妄也又分三(未)一總舉雙徵

於意云何如是殊方諸有爲相爲因彼生爲復空有

殊方且作同時各處而言蓋虛空無量此方明而彼方暗乃至霾暎各現不同也有爲者以其不徧不常異虛空無爲之體故也彼字總指日等七緣對空雙詰正令指陳也(未)二單舉别難

若彼所生富樓那且日照時既是日明十方

世界同為日色云何空中更見圓日若是空明空應自照云何中宵雲霧之時不生光耀單舉日明以例餘六先緣後空各別難問也辭雖難問意則正明二皆不可指陳若彼下明非緣生也意言既是日明則當普天共成一日之體不應更見圓日若見圓日則自日之外云何不是空體之明而顧獨謂明屬於日乎問此日為例而雲等皆依此成難也然日有圓體雲等不然或滿虛空其何成難答雲等雖無圓相而有高相準日當云既是雲暗則當自地以上同為雲氣不應更見高雲若見高雲則自雲以下云何不是空體之暗而顧獨謂暗屬於雲乎若是下非因定有也言非虛空一定恒有之相也其文易知(末)三直以釋難

當知是明非日非空不異空日

非日非空者非因緣也以雙難則互奪無定也不異空日者非不因緣也亦即非自然也以雙離則畢竟無體也問虛空譬性明等七相譬七大日等七緣譬於何法答七大循業而發則日等譬七大各所循之業也理實亦是衆生所感生七大之緣也藏性即七大親因也問前破七大不由因緣今何復立答今言非日非空即是雙破豈云立乎向下自顯問總標中惟空與相意取喻於藏性及七大也徵釋中宜只明其非空及不異空足矣何更加以七緣而言非日及不異日乎答若不加以日等有二不備一者顯妄不備蓋必二者皆非二者不異方顯宛轉虛妄無可指陳也若惟

單就空言是尤有可指陳處也二者顯妙不備茍若但言非空而不言非日則但顯性無碍而不兼顯相無碍也若但言不異空而不言不異日則但顯不違性而不兼顯不壞相也又味此乃非一非異之旨試明之彼虛空惟是一味亦徧亦常七相各自差別不徧不常是虛空與七相非一也又虛空離彼七相則無自相七相離彼虛空則無自體是虛空與七相非異也又正由空非羣相方能不拒諸相發揮是由非一故非異也又正由不碍諸相方見虛空體非羣相是由非異故非一也由是則帝心理事事事二無碍玄門及下經文一多大小互現之要樞皆隱然開發矣一喻而盡妙如此學者加意研審可也舉喻已竟(巳)二法合分爲二(午)一先伸釋疑兩途此科正以直釋滿慈之疑準常諸文舉喻法合兩楹之間自來未有如此文橫隔於中者惟見或安於舉喻之前即是法說或安於法合之後乃是銷歸所疑或是申其正義於義皆順今置於此難爲順銷姑且曲從現文承前喻意以先釋所疑然後以法合喻合喻之後到銷疑科盡處別有虛科審定淆訛就分爲二(未)一約相妄釋

觀相元妄無可指陳猶邀空華結爲空果云何詰其相陵滅義

承難釋中非日非空不異空日而言如云由此明相之妄不可指陳而觀七大之相元亦至妄悉無指陳若乃妄謂有可指陳如執空花實有已爲迷妄若復詰其凌滅是猶復邀空花而期其更結空果眞可謂迷中之迷妄中之妄云何詰其相凌滅乎凌滅該攝不容非局水火此即兼示已發現之相常自虛無說誰爲碍奈何據今熾然凌滅宛然不容其故何也答下云汝以

色空相傾相奪則傾奪二字即其故也是知淩滅不容病根在於衆生無始妄習傾奪非彼妄相眞有是也其猶月運岸移惑本在於雲駛舟行之妄見非彼月岸眞有是也又如夢見水火執爲實有便見淩滅纔知是夢便可横身直過尚無燒溺豈有陵滅是知今之熾然宛然實由堅執之乆而忘執之功未至耳傾奪之義請觀下文自見

(未)二約性眞釋

觀性元眞惟妙覺明妙覺明心先非水火云何復問不相容者

承標列中虛空體非羣相而言如云由此虛空廓然逈無諸相而觀七大之性元亦純眞先非水火水火尚無說誰不相容乎理實滿慈之疑只消此科便釋盡矣而必兼前相妄者以難況易也意謂直約已發現之相尚無指陳不可淩滅何況未發現之性逈非水火豈應問其不相容乎意令滿慈非惟悟性之無礙兼亦竝悟相之無礙矣所謂問一得二也

(午)二後合前文兩喻又分二

(未)一合標列性相喻

眞妙覺明亦復如是汝以空明則有空現地水火風各各發明則各各現若倶發明則有倶現

此科羅合喻中兩科首二句合畧標中體非羣相合詳列中彼太虛空眞妙覺明者元眞之妙覺明心也寘含萬有不滯一相之體耳汝以下合畧標中不拒發揮合詳列中日照則明等七相也前五句各明各現也謂諸大現不同時各各自現也首八

字先别舉空也明之一字即是循業之意亦應兼於神通即自在業力也汝以空明者即是循發空之業也大則如大千空劫及諸舜若多小則如鑿井出土等皆衆生循空業而發空相所謂以空明而有空現也極論小乘涅槃亦此類耳次十二字後總例四大也畧釋水火巨則如大千火壞火現水壞水現細則如執鏡火現執珠水現乃至神通所現不假鏡珠皆是也大約是言諸大異時獨現而已末二句俱明俱現也所謂俱現之相者有二類一者同時異處如吹火者口中現風薪中現火鼓熾同時而口薪異處也神通如身上出水身下出火等燒注同時而上下異處也如此之類意淺易知詳下喻意不專爲此也二者同時同處互呈齊現之相如一恒河人見水現鬼見火現也如一娑婆我淨土不毀而衆見燒盡乃至一切四土皆同一處而各見懸殊此皆相之俱現也神通如應身是一而能令見者千差圓音是一能令聽者萬别乃至一多大小同時同處炳然俱現者不可勝舉也問下文説相爲妄何至引不思議神用爲釋乎答正以相本無有定實故稱爲妄亦正由相妄方有不測之神用向使相本定實則衆生法執爲本然諸聖神通非性分也但業報依通者實未達此所以力盡則失也故惟實聖性發神用方能通達相妄以盡其妙耳明此則下之二種緣起皆可識其故矣末當結云此與虛空體非羣相而不拒七相之發揮者何以異乎(未)二合難釋相妄喻又分爲二科(申)一徵舉影喻

云何俱現富樓那如一水中現於日影兩人同觀水中之日東西各行則各有日隨二人

去

相之各現不足以表其宛轉虛妄而俱現之相方可以表之故單承俱現以合相妄之喻云何俱現合前喻中於意云何之徵也下釋復用喻者以俱現之妄難爲法說故復用水日雙現之喻以釋明之是謂以喻合喻也水喻如來藏性影喻七大之相兩人各行喻循俱明之業東西各隨之日影喻俱現之大相此方平平舉喻未說其爲虛妄也詳經本只用水中日影以水影一體明性相不二元不用天上之日故舊註非是(申)二就喻明妄又三(酉)一境先無憑

一東一西先無準的

準定也的實也一日而現東西二影誰爲定實喻一處而現水火二大亦誰爲定實耶先無者言不待分別已自先無定實矣

(酉)二戒止難詰

不應難言此日是一云何各行各日既雙云何現一

權以一日喻一恒河此日是一云何各行者喻恒河是一云何雙現耶各日既雙云何現一者喻水火既俱云何恒河是一耶

(酉)三分別愈妄

宛轉虛妄無可憑據

此二句結破分別之愈妄要與上不應二字及先無二字俱相照應如云何故不應難詰乎假使境有定實猶可容辯難今既境先無定無實而顧於無定實之境宛轉辯難則難愈多而愈入於虛妄矣如孤山

云同觀是一知二是虛各行既二驗一是妄然則一之與二孰可憑據哉但例恒河水火餘可類知方與俱現相應末後仍當合前難釋相妄之喻云觀此諸大俱現無可憑據如此其與空日生明無可指陳者何以異乎喻明性相已竟㊁二申義釋疑此科虛設於此無有現在經文其文即前觀相觀性兩條文也反覆詳玩決是此處申明正義結釋前疑之正文不知何緣錯簡隔於法合之前甚失語脉多繕寫者之誤也前爲尊經曲順現文科釋然訛誤豈容不辨今請莫移其處但試將彼文接此無可憑據之後讀之自見意趣無邊畧出三妙妙莫加焉一者舉喻法合中無所隔二者喻明性相隨即申義釋疑結歸元問首尾應合收束得宜三者引起伏疑畢見下文來意置之彼處斯等意味悉皆失之智者幸惟審定就後一藏以銷疑竟

大佛頂首楞嚴經正脉疏卷第十七

音釋

鑛（古猛切音懭）　霾（莫皆切音埋）　駛（爽士切音史）　訛（五禾切音囮）

大佛頂首楞嚴經正脉疏卷第十八

明京都西湖沙門交光真鑑述

(卯)二圓彰三藏以勸修由前次第三藏急於破迷成悟故俱就衆生迷境顯示未暇普收聖凡染淨二緣十界一如無二以畢彰藏心全體大用令旣麤細二惑次第破盡妙明披露道眼近圓理宜罄竭諸佛之靈府而徹底顯示故此統會畢彰用顯圓融三藏也問前言引起伏疑可得聞歟答由前極談衆生現住迷境當體性相二俱無礙疑云若爾卽應不揀聖凡同見無碍今何我等動成有碍而如來獨得無碍耶於是如來應念各示其由所以復有後文之圓示也舊註旣不辯訛誤復不推此來意致令此處經文前無結歸而後無發起復何脉絡之可通哉閱斯文者幸研味之又分三(辰)一極顯圓融問七大結顯已判全體圓融而微妙開示下亦言極顯與斯何別乎答大不同也一者彼方各融一大縱窮七大亦止世間法耳茲則十界普融何可較量二者彼方融相入性未言融現一切無碍妙用亦難齊等且惟極顯空藏故佛但云清淨本然辭意可見特以周遍深於四科又第一義空非同灰斷故表圓融耳又分爲二(巳)一依迷悟心對辨緣起此中番衆生之迷心成諸佛之智境全顯修成之意蓋衆生性雖本有若不依悟加修但發塵勞而無量自在無碍妙用皆不能發故圓乘悟前雖重本有而悟後須重修成也又二(午)一約染緣起出有碍由又二(未)一執成有碍又三(申)一以相隱性

富樓那汝以色空相傾相奪於如來藏

此密銷我等何得動成有碍之伏疑也色空傾奪有二釋一約最初釋色卽結暗所成者空卽晦昧所爲者傾奪卽妄發見取

也蓋始由心動妄發終由見取成就也二約稍近釋則以字卽執字法執也傾奪總作背趣之意凡外等背空而趣有是以色而傾奪於空也權小等背有而趣空是以空而傾奪於色也蓋前連三細後截六麤故分初近耳二義竝通(申)二全性皆相

而如來藏隨爲色空周徧法界

此是眞如隨緣與妄心相應而普成諸色空境界也(申)三結成諸碍

是故於中風動空澄日明雲晴

於中者卽於色空法界中也澄卽靜也動靜交碍明晴互防於諸碍中畧舉此四如是乃至地空不容水火陵滅皆例而知也執成有碍已竟(未)二原始要終

衆生迷悶背覺合塵故發塵勞有世間相

此科撮文的指迷來之要重結上文也省畧釋之迷悶卽所起之惑内含三細及前四麤此亦連最初而釋若取淺近截流而談則下界與三塗有念爲迷上界與二乘無念爲悶所謂有念無念同歸迷悶也更通背覺合塵卽所造之業違逆性眞謂之背覺親順妄法名爲合塵内含趣有趣空種種著相顚倒塵勞世間卽所招之苦内含色空明晴一切障碍境界卽第六麤末當結云汝等所以動成有碍者由此自迷自背之故耳豈性相之過哉約染緣起以出有碍之由已竟(午)二約淨緣起出無碍由此密銷如來獨得無碍之伏疑也分二(未)一融成無碍又曲分三(午)一以性融相

我以妙明不滅不生合如來藏

番上以相隱性也當機者旣疑如來何以獨得無碍佛因自陳無碍之由故首言我以也以猶用也妙明不滅不生者卽揀別不用緣塵生滅識心所用者卽經前指示六根中見聞覺知無分別不動之體融徹四科七大如來藏常住周圓妙眞如性也合卽融也如來藏卽前隨爲色空徧成生滅有碍之相者也意言我所以得一切無碍者豈有他術乎但惟用彼六根中圓湛不生滅性以融彼徧成色空生滅之如來藏而已然合之爲言卽脱塵旋根不外流逸之意宜莫過於耳根圓通矣(申)二全相皆性

而如來藏惟妙覺明圓照法界

此科卽當理法界言如來藏迷時縱成色空生滅而妄本常空相非實有今由以妙明常住之性融之而生滅妄相了不可得惟一妙淨本覺湛明之性圓融照了徧周法界所謂以如如智契如如理住持大光明藏亦卽觀音寂滅現前無生忍位不見少法生滅但彼言寂此言照也此是圓教信滿入住以去之深心方契寂光之體向下則圓發大用卽如來本因地心也(申)三結成無碍此眞如隨淨緣起之業用也前衆生逆性而眞如尚隨染緣與妄理相應成世間相今況順性妙修安有不隨發妙用者乎然此中孚契理事無碍及事事無碍二種法界呉興科爲列義示相今但依其分科而不取其釋義也就分爲二(酉)一標發四義

是故於中一爲無量無量爲一小中現大大中現小

是故者承上理法界爲此二界之總因蓋衆生由前迷事故全障理令佛悟理故能融事於中者卽於理法界中也從體起用自然之理下之四義每二義各成一種無碍緣起俱通二界先約理事無碍法界言之理不可分故理惟一也事無紀極故事無量也然一與無量既互相爲則二義於法界觀十門内八門俱收如理徧事理成事理卽事皆一爲無量也事徧理事顯理事卽理皆無量爲一也至於理奪事則無量爲一也事隱理則一爲無量也又理無分限理故大也事有分限事故小也然大之與小既互相現則二義於觀中十門内惟收二門卽理事相徧門也意云以無邊眞理一一全徧於一切塵中而理非小卽小中現大也以一一微塵皆全含無邊眞理而塵非大卽大中現小也（一塵亦可對理單作令以難而該易也）此亦可以兼顯前之二義思之可見惟相非二門無交互意故不相當必欲收之同奪隱二門次約事事無碍法界言之取其簡明則前二義於華嚴疏十玄門中且收一多相容諸法相卽二門如一塵一毛一身一界皆一也多塵多毛多身多界皆無量也互爲之義且就相卽門說之一塵卽多塵一爲無量也多塵卽一塵無量爲一也毛刹身等一多相卽類此可推若收相容門則改卽字爲入字可以意得（此之卽入獨約同類法言若異類交錯而言則塵對毛刹身等或毛對塵刹身等相

即相入皆可類知後二義且收廣狹自在因陀羅網二門微塵毛端皆小也無邊剎無邊身皆大也互現之義且就廣狹門說之無邊剎在微塵中而剎海不小小中現大也微塵包無邊剎而微塵不大大中現小也此句中字作處字會即大處現小也此上句更是難省舊註說爲易知彼蓋濫同上句中字也後更有辨此雖具有大小皆約依報而言若依正交錯則如下示相經文又觀疏於各義皆帶非一非異以爲總因今圖簡明皆不帶之又復當知四義亦應收盡此中十門恐繁未備如十世隔法中念劫無異塵剎何不可作彪意委搜門門皆爾特就明省者釋出令例知而已思之是則佛以十六字具含兩法界二十亖門辭義無礙安可涯涘問理界十門何獨不收答以不滅生合如來藏即是會色歸空融空即色空色無礙泯絕無寄何言不收今爲顯本經耳根圓通故不暇敘然亦須知耳門入流即是此中合藏非有二也

㊇二別示其相

不動道場徧十方界身含十方無盡虛空於一毛端現寶王剎坐微塵裏轉大法輪

有義而必有相故此科即上四義之相也然須曉解義可統收相則難盡畧舉例餘而已故今經文以八字爲句亦作四句於上四義不必各句全承但隨文便以分屬之前二句單出理事無礙中前二義一多無礙之相且約徧包而顯二義也不動道場指理言即華嚴一眞法界此經即如來藏妙眞如性又一乘寂滅場地永離諸生滅等一切戲論之相極爲眞常寂靜故曰不動道場十方界即是事相橫該一切佛剎豎盡十法界矣不動道場爲能徧十方

界爲所徧攝之二義則不動道場即是一理之全體徧十方界者即是於一一事中皆全體以徧之然以不動道場望十方界順讀經文是一爲無量屬理不碍事即觀之一不碍異也以十方界望不動道場應逆其經文云徧十方界皆不動道場是無量爲一屬事不碍理即觀之異不碍一也盖法界觀中文義例皆如此通達彼者自信斯言下句準此次句即約能包所包以顯二義也十方虛空指事相之空具與所謂必攝世界是也盖此十方空與上十方界互影而語畧也身爲能包十方空爲所包攝之二義身亦即是一理之全體含十方空者即是總包乎一切事法而無外也然以一身望十方空順讀其文是一爲無量屬理不碍事即觀之一不碍異也以十方空望一身應逆其經文云十方虛空皆含於身中是無量爲一屬事不碍理即觀之異不碍一也後二句單出事事無碍中後二義廣陿無碍之相也且約依正而顯無碍每一句中首尾即具二義初句即約正攝依而以依入正用顯二義也毛謂身毛正報別相又其最小者也大疏名爲分正端猶處也實即毛孔之中寳王刹謂佛土依報總相普該諸刹乃其最大之相也大疏名爲具依毛端現刹者經云菩薩於一毛孔中不可說刹次第入是也攝之二義順則由毛端而望寳刹雖處毛端而寳刹不小是小中現大即觀之陿不碍廣也逆則由寳刹而望毛端毛端雖包寳刹而

毛端不大是大中現小即觀之廣不碍陋也（中字準前）末句即約依攝正而正入依以顯二義也微塵即隙中映日所見之塵依報別相亦其最小者也大疏名爲分依轉法輪謂現身說法取所現之身爲正報總相非只一身該盡無量身雲乃其最大之相也大疏名爲具正塵中轉輪者經云於一塵中塵數佛各處菩薩衆會中是也二義亦順言之由塵望身則身處微塵而身相不小即小中現大而陋不碍廣也逆言之由身望塵則塵包身相而微塵不大即大中現小而廣不碍陋也此全準於觀疏二文兩義具足本無缺畧舊註謂大中現小易明故畧之者全不達此順逆相望雙具二玄將謂房中床榻盒裏碗碟之類爲大中現小若爾何但易知仍是愚執定相豈成立門甚至二門不分釋證皆謬如道場偏界旣釋爲理事無碍却證以不動而升不知斯文却屬事事無碍中通局無碍耳此類甚多清涼所謂不善他宗輙引輙釋是也逆成無碍已竟（未）二原始要終

滅塵合覺故發眞如妙覺明性

此科撮文的指修成之要以重結上文也敵體番上以滅塵合覺番上背覺合塵以故發眞如妙覺明性番上故發塵勞有世間相此科末後性字應上科末後相字顯是以元眞之性番元妄之相豈非融妄即眞無上圓修之旨乎但上科衆生迷悶四字無有番詞然意必有而文從畧也對彼迷悶二字應以悟達二字番之蓋省悟則

不迷通達則不悶又悟謂悟眞本有達謂達妄本空應云諸佛悟達滅塵云云良以一乗圓頓教理須以頓悟爲先滅塵二字牒上以性融相之科蓋上文合字卽令滅字皆是融意塵即相也滅塵者但是滅其二執生滅之塵即融相也合覺二字牒上全相皆性之科此合字與上小異契入意也所以牒上惟妙覺明圓照法界句也故發下八字牒結成無碍科也上諸無碍皆性發境界然離性無別境界全體作用故即是發性也依迷悟心對辯緣起巳竟㊁二依本來心圓彰藏性圓彰者不惟以一心而圓具三藏且於每一藏中即圓具十法界如非則十界俱非即則十界俱即融則十界俱融也然此文當有兩重了揀令義了然畢彰深妙初望前文辯差別有五對而科中巳具前二一者迷悟本來對前科衆生迷而傾奪如來悟而合融有迷有悟似心有差別此科出本來心與迷悟了無交涉圓融自若也欲令衆生莫退屈而高推聖境矣二者緣起一眞對按華嚴疏初重緣起法界以能照法義邊爲文殊即前所謂惟妙覺明圓照法界也就能起法義邊爲普賢即前所謂是故於中一爲無量等文也以皆尚待能所故屬緣起法界次重一眞法界即此科也以理智契合會緣歸實即歸一眞法界前謂勝義中勝義者此也予謂即毘盧身相矣三者足相足性對前釋疑處以説相無定實故無陵滅今前科言正由相無定實所以傾奪之則徧

成有碍合融之則極成無礙以尚能成諸佛一切無碍妙用豈更疑其凌滅等耶又説性非水火故無不容今此科言不但只非水火而十界俱非乃至俱卽俱融尚卽本來圓融性海豈更疑其不容等耶四者修成性具對蓋謂前有合有發全顯修成之相亦是能證此科無合無發惟論一心圓該十界亦是所證五者體用用體對上爲依全體之大用雖不離體而偏顯妙用此爲攝大用之全體雖不缺用而偏顯妙體也次約本科勸尊經此中非一切卽一切而又融拂一切酷似三諦三觀心麤浮而不沉玩者輒立諦觀不知詳佛深旨但是直指衆生現具本來之心便是如此圓融妙極衆生迷時諸佛證後常只如此了無增減也又復應知亦不離前根中所指圓妙明心但於十顯一破方以指明四科七大復進常偏今乃至此方極圓融而無以復加矣始終惟顯心性何曾與説觀門問不立觀門何由修證答汝不見下文阿難喻此心爲華屋求門而入佛與説耳根圓通方是入此之門今何閲佛經而不遵侯佛旨亂立觀門苟此處觀門已立便當依此修行觀音圓通何用哉吾宗義學幸勿專擅也且此中佛既三標如來藏心便當依佛判科不必別立名言就分三㊃一圓彰空藏語中既以一心徧非諸法卽同經初徧破諸法惟顯一眞如心故卽空如來藏但彼惟破世間此則兼非出世又二

㊄一牒舉藏心

而如來藏本妙圓心

而字承接上文之意如云妙性雖隨染淨二緣起成二相而如來藏云云却是顯眞不隨迷悟而變也此經首即指妙明心而古德釋爲寂照今詳此三標藏心皆以此二字互爲重輕前單後複以別其空與不空耳今於空藏有妙無明應是重此妙字目其寂體耳而言本妙者本來虛寂無有一物如珠淨體本來非青非黃等而又係以圓心者明其但是不定屬於一法而已非灰斷偏空也(未)二一切皆非不但只非六凡而亦竝非四聖也且又依佛後結但以世出世間分科又二(申)一非世間此中二科是如來常說世間之法故該六凡法界然皆隨染緣而起者今此約於心體未涉染緣故皆非也又分二(酉)一攝非七大

非心非空非地非水非風非火

此非字即前先非水火之非攝謂心之一字攝根識二大六根之性前已明其爲黎耶心意根復該末那心識大全攝前六心故此心字總攝餘之五大易明(酉)二攝非四科

非眼非耳鼻舌身意非色非聲香味觸法非眼識界如是乃至非意識界

此科據文但顯十八界而實以意攝陰入處收盡四科攝五陰者以五根六塵攝色陰以意根六識攝後四陰至於入處開之即是(申)二非出世間此中四科是佛常說出世間法故該四聖法界然皆隨淨緣而起者今約心體未涉淨緣故皆非也分四

(酉)一非緣覺法

非明無明明無明盡如是乃至非老非死非老死盡

此與非聲聞科頗似心經語但彼直約諸法空相故言無而此直約一心不屬諸法故言非也皆是取流轉還滅二門雙舉因緣之頭而雙超因緣之尾也惟最初多一明字爲不同耳意謂無明無體體是本明故兼帶言之以見離本明外別無所謂無明斯即眞心似不當非然對無明而立明乃是有待之法今此圓心絕待故亦非之也此即舉流轉因緣之頭也明無明盡者本明之上無明盡也然緣覺但盡我執無明而已此舉還滅因緣之頭也此於兩門十二支中俱各但舉一支即惑因也如是乃至者超中間十支也十支者二曰行(即前陰業因連上無明乃過去二支因也)三曰識(謂投胎八識即中陰位也)四曰名色(即在胎五陰名即受想行識之四色即色陰也)五曰六入(即出胎六根現陰初生之位也)六曰觸(六根初能照境未成欣慼之時也)七曰受(對境能生欣慼時也自識至此名現在五支果也由惑業所感之苦果矣下放此)八曰愛(指誦說淫欲未知追求之時即現陰惑因也)九曰取(指追求淫欲未遂之時業因也)十曰有(指淫事得遂之時亦業因也自愛至此名現在三支因也)十一曰生(後因自胎而出生也)不帶盡字是流轉十緣若各支下俱加一盡字是還滅十緣末句非老非死者即非第十二支流轉因緣之尾也老死共惟一支指後陰身從生所至之老死合前生支是未來二支苦果矣非老死盡者非第十二支還滅因緣之尾也斯亦謂盡分段而變易猶未盡也(酉)二非聲聞法

非苦非集非滅非道非智非得

前四爲聲聞所修四諦法也苦諦謂世間果三界上下無非是苦以逼迫爲性即三苦八苦等也二集諦謂世間因以招感爲性即十結使并本隨煩惱聚集以招感苦果者三滅諦謂出世間果可證爲性盡滅世間諸苦出三界外虛無寂靜所謂盡諸有結分段永離也四道諦謂出世間因可修爲性即八正及三十七助道品所以能成滅諦之果者也後二智得者依孤山作小乘所證智理智謂生空之智理謂我空之理心經畧疏通指上能空之智所空之理皆無今因係於四諦之後依孤山亦通況心經此句之後方標菩薩則前屬聲聞何傷(酉)三非菩薩法

非檀那非尸羅非毘梨耶非羼提非禪那非般剌若非波羅蜜多

孤山曰非檀那等先非能趣行非波羅蜜多者總非所趣理也○此中多用梵文前六即六度也檀那此云布施財法無畏之三也尸羅此云持戒攝律儀善法衆生之三所謂三聚也毘梨耶此云精進專而不雜曰精勇往不退曰進此普對諸度萬行悉皆專勤也羼提此云忍辱有六相一力忍不忘嗔而但不報也二忘忍雅量容物處辱如無也三反忍反巳自責不尤人也此三未必得理四觀忍外人内身皆達如夢也五喜忍喜其能成我之忍力又如力士試力而喜也六慈忍憐彼加辱者愚痴而發願度脫也此三非得至理不能也此

與刊定記小異大同也禪那此云靜慮初心則靜即止慮即觀行成則靜即定而慮即慧也種類極多此惟取於大乘權實漸頓偏圓等禪也般剌若此云智慧有三相謂文字觀照實相也亦種類甚多大約了妄達眞契理如如等智也上六爲能趨之行波羅蜜多此云到彼岸離生死此岸度煩惱中流到涅槃彼岸此一爲所趨之理三句皆上半爲法下半是喻以彼岸所喻是涅槃而涅槃即佛所證不生滅之理在菩薩方以趨之而未證極也故作六行所趨之理尋常贅於各度之下故云六波羅蜜此以一句總之耳又前五度不假般若導之皆事相之行不到彼岸故般若又爲六度之要也㊄四非如來法

如是乃至非怛闥阿竭非阿羅訶三耶三菩非大涅槃非常非樂非我非淨

如是者結上菩薩之法乃至之至從因至果之意非有超文顯前菩薩法即如來之因也孤山曰先非能證人後非所證法怛闥阿竭此云如來阿羅訶此云應供三耶三菩此云正徧知即十號之三也○以號目人故即爲能證之人畧釋證眞之極故稱如來二利之極故稱應供徹照眞俗故稱正徧知他經所釋甚多不能繁引向下是所證之法涅槃此云無生滅謂遠離諸生死也又云圓寂謂萬德俱圓諸妄永寂也是四德之總體下四德乃其別相常者非惟二死永忘無諸生滅亦且世相常住究竟堅固也樂者非惟遠離諸生死苦亦

且得不思議解脫受用無量法樂也我者非惟證眞法身猶若虛空亦且山河草木全露法王也淨者非惟妙淨理體無諸染着亦且清淨徧周無染非淨也何不非菩提答三號中正徧知亦該之矣以惟獨約心體故凡聖俱非而直指人心者所以不存聖凡之見乃至心佛俱非也而法界觀立理與事非一者義允合也圓具空藏已竟(午)二圓具不空藏首既便即世間法理實即同十惑忽生山河大地等但此望彼有二了簡非是盡同一者彼方即於世間此則圓即十界二者彼隨染緣已起此約一心理具隨緣隨用皆可即之也既即萬法故定屬不空藏也分二(未)一承上起下

以是俱非世出世故

以因也是此也孤山曰世結六凡出世結四聖○正以此心寂體不滯一法方能成普即一切之用如摩尼珠由其不屬一切色方能徧現一切色故雖體不臨照而實用無不含向使墮於一色豈有徧現之用乎故躡空藏爲不空之由(未)二正明不空又二(申)一牒舉藏心

即如來藏元明心妙

承上由心寂體徧非諸法故即如來藏云云元明對上本妙重一明字元亦本也元明者本明照用有涵具之意而復係之以心妙者見用但體含仍非滯有之用也(申)二一切皆即非但即於四聖亦竝即於六凡然即者無施不可之意非便指於已現之用也此下法相皆同空藏但改即字其餘

悉準上知分二㊄一即世間又分爲二㊂一攝即七大

即心即空即地即水即風即火

㊂二攝即四科

即眼即耳鼻舌身意即色即聲香味觸法即眼識界如是乃至即意識界

㊄二即出世間又四㊂一即緣覺法

即明無明明無明盡如是乃至即老即死即老死盡

㊂二即聲聞法

即苦即集即滅即道即智即得

㊂三即菩薩法

即檀那即尸羅即毘棃耶即羼提即禪那即般剌若即波羅蜜多

㊂四即如來法

如是乃至即怛闥阿竭即阿羅訶三耶三菩即大涅槃即常即樂即我即淨

以十界諸法離此心無片事可得故惟據藏心之體便即十界之體隨所現而無不可者所以直指人心者信手拈來無有不是乃至心佛俱即也法界觀立理與事非異者義允合也圓具不空已竟㊆三融空不空上非與即皆對十界爲言今此不復更陳十界但與拂融即非二字則空與不空合一圓融不可思議矣故此科應是圓具空不空藏而省畧文也分爲二㊅一承上起下

以是俱即世出世故

承上不空徧即諸法故不墮於一法由徧即而又不墮故爲融拂之由㊅二會歸極

則又分二(未)一牒舉藏心

即如來藏妙明心元

躡上二科之本妙元明以雙標妙明二字泯合一心寂照融一張下圓中之本復係之以心元者兼明其本來元具非假於修成作爲者也(未)二即非圓融

離即離非是即非即

此中渾舍世出世間一切融會離即離非雙遮前之二藏以顯此之一心圓神不滯之體固不定屬於即亦不定屬於非故曰離即離非也下句非即二字本是非二字而番說非即耳文之巧也是即是非者雙照前之二藏以顯此之一心隨宜自在之用全非而即全即而非所謂能即能非也故曰是即非即大約對萬法而獨顯心是圓融極至耳所以直指人心者有曰若要直捷會一切總不是若要委悉會一切無不是而法界觀立非異即非一非一即非異義允合也舊註引淨明遺盡之說方是空藏中一切皆非意耳管見非之當矣夫顯心之談妙極於此問答原意宜此重伸良以義廣言長忘其最初本意則始終語脉不可通矣原夫佛酬阿難妙定之請捨置權小所修示以諸佛本定然斯定所以逈異者以是全彰自性本妙圓定釋者不可多用修意以仍濫於常途也況此奢摩他中純談本定曲顯性真而說修之意絕少從初三卷直指藏心本定之體顯次第空藏也而大衆各各自知心徧十方常住不滅斯則頓意成矣而圓意猶未彰也問七

大何說圓融答彼約周徧說也復次滿慈頓與二難爲後二藏之發起於是答萬法云何生續則畧彰藏心隨染緣之用顯次第不空藏也斯則體用畧備圓意已露而猶未具彰也復答五大不合相容且示性相二無碍理顯次第空不空藏也斯則且彰無碍釋彼有碍之疑而已至於即性之相無量不思議業用即相之性混融不思議妙體未極顯也更因當機之伏疑而與之備談染緣淨緣四義四相則一切圓用方以盡彰又與開二合二雙拂雙融而三一妙體方以極顯然用須證而後發故畧帶修成體則本來現成故仍彰不變縱因修顯亦非修生所謂是了因之所了非生因之所生矣是則後之圓融三藏收前次第三藏而自心本具圓定方以極顯而無以復加矣閱斯文者幸加意焉極顯圓融已竟(辰)二普責思議

如何世間三有衆生及出世間聲聞緣覺以所知心測度如來無上菩提用世語言入佛知見

首二句責界内凡夫三有即欲有色有無色有也出世間即三有外也不責偏教菩薩者舉正爲而畧兼爲耳以所下二句見不可思也以者用也所知心凡小各所證之理性也以彼證非妙未離能所各以本智爲能知各據證境爲所知今即以此所知心境比類推度謂佛無上菩提亦同此也然佛無上菩提是佛圓修圓發證極妙覺即前淨緣起中四義四相具足本始之

究竟彰顯全體之妙用應即十十玄門法界無障礙智亦即不思議解脱如來自言我所得智慧微妙最第一者此也此誠非識所知非心所測豈可用所知心以妄測度哉正所謂儘思共度量不能測佛智也末二句見不可議也用世語言如陵滅不容之語因緣和合之言是也入者參雜於中也佛知見者法華標名而未釋義疏家隨自意明如三智五眼多從證得豈定合於佛意斯經佛口親談如來藏心發揮本有乃至末後極顯圓融三藏語竟乃責凡小用世語言入佛知見是則顯然以圓融三藏爲佛知見復何疑哉又特取於生佛本來不變妙心不獨取於證得然則學者宜應惟佛是遵可也思議分言亦互影耳

問菩提既取於修成則知見安知不獨取於證得者乎答此處縱不信其決定重本來心到五卷初佛釋根塵縛脱明指根性即是知見文云知見立知即無明本知見無見斯即涅槃可見佛於斯經前後發揮衆生根性即是開示佛之知見不爾但取佛所證得與衆生何關而必欲開示之乎是則法華標名而未釋義者於斯經方釋其義矣我故常曰斯經爲法華堂奧者以此耳又當知菩提知見皆可互通此處菩提即是證得知見此處知見即是眞性菩提因佛於菩提取無上者既分屬於修成故須知見但取於本來耳智者善須甄別 普責思議已竟(辰)三結喻推失又二(巳)一喻智最要又分二(午)一舉喻

譬如琴瑟箜篌琵琶雖有妙音若無妙指終不能發

四皆絲屬之樂琴今七絃瑟今二十五絃箜篌今十四絃琵琶今四絃古之絃數不同不繫引也喻圓具三藏之妙性即寶覺眞心也妙音喻妙用即前一爲無量等也

妙指喻妙智所謂如如眞智即前妙明不滅不生能合如來藏者也發字喻中即謂發音法中即謂發用所謂故發眞如妙覺明性猶發音也㊉二法合

汝與衆生亦復如是寶覺眞心各各圓滿如我按指海印發光汝暫舉心塵勞先起

首二句總與合定向下詳開合文寶覺眞心合琴等也世之所稱爲寶者畧有三義一離垢穢二具光明三富財用今以本覺不變之體即離垢義圓照之相即光明義隨緣之用即財富義故稱寶覺也眞心檢非緣慮等心然覺以照體言心以總相稱也不偏滯曰圓無缺減曰滿各各圓滿言人人皆本具合雖有妙音也以下合無指不發有二釋一者補缺釋以喻中缺有妙指能發妙音今度反顯必有則如我二句作法說正合之也海印即佛心常住三昧按指發光即動成妙用也二者局喻釋以喻中但說無指不發而總合又但言汝與衆生故也按指發光但作重以喻明以按指喻舉心以發光喻塵勞起也正以不具妙智故但發塵勞不發妙用正合無妙指不發妙音也海印者應是佛手印文不指佛心三昧及大用等釋也舉心塵起若剋取前文實即傾奪而隨爲色空耳㊀二責其不求

由不勤求無上覺道愛念小乘得少爲足

此出其不發妙用之由而激勸其求也上文直言不發妙用而實未明言由無妙智至此方説出也無上覺道即佛智果所謂

發妙用之妙智也若因果地而尋求因地即根中不生滅性佛初以之合如來藏者也小乘無志上求佛果故不勤求於此所以妙用終不發也末二句又出不求之故皆由愛小而失大也愛念其功省而利近得少爲足者但以六通十八變等化城僞寶爲足矣蓋激其速囬小以取大也正答次問已竟㊀二兼釋轉難分二㊁一滿慈索妄因而擬進修滿慈依因緣舊宗知苦因集而後斷集脫苦等緣覺是義更明今聞諸妄起自無明乃欲知無明所因而剋苦斷之不知諸妄尚可推審其因獨此一法無因可推審也是知此問無明之因不同前問萬法生續之因也又此擬修乃是意取有三一者據佛前言由不勤求理宜奮求修法二者據今自語未究聖乘亦須究竟修之三者據後佛言何籍劬勞修證故知意中必有奮修之念佛方鑑機云然也又二㊂一推較本末又二㊃一推本無二

富樓那言我與如來寶覺圓明眞妙淨心無二圓滿

我與如來者就巳對佛推論以例衆生諸佛無不皆然見生佛本覺無不同也寶覺圓明者領前寶覺而加圓明二義圓即前之富有財用意明即前之離垢光明意眞妙淨心者領前眞心而加妙淨二義不滯一相曰妙不涉一塵曰淨無二圓滿者領前各各圓滿而但加同佛之意如云在佛無增在生無減也㊃二較末懸殊

而我昔遭無始妄想久在輪迴今得聖乘猶未究竟世尊諸妄一切圓滅獨妙眞常

先以舉巳久迷未復也然遭無始之妄者領初之忽生中意也久在輪廻者領後之相續中意也聖乘未竟者領愛念小乘得少爲足之責也孤山曰未究竟二意就外現則羅漢無明全在就内秘則菩薩有上地惑故未究竟也諸妄圓滅即極果斷德獨妙眞常即究竟智德○蓋世尊下即說如來獨得滅妄純眞此領前辯果中妄不復生眞不復變意耳㊄二索請妄因

敢問如來一切衆生何因有妄自蔽妙明受此淪溺

承上問本旣無二我等從無二中何故忽遭根本無明自蔽妙淨圓明之寶覺受此久在輪迴聖乘未竟之淪溺竟與如來無妄純眞者岐而爲二乎然淪溺二字皆取喻於水淪者水之旋復也喻久在輪廻溺者水之深處也喻聖乘未竟經說二乘墮無爲深坑故也㊂二如來喻無因而示頓歇分三㊄一喻明無因又分四㊅一牒惑起問

佛告富樓那汝雖除疑餘惑未盡吾以世間現前諸事今復問汝

汝雖除疑一句是許其大疑巳除蓋據其推本無二是信巳本眞稱佛圓常又巳信佛永證乃至萬法生續之疑性相難融之惑皆巳破矣餘惑未盡者尚不達此無明無因是以強索之也現前諸事者因現前諸事中偶有此一事也蓋就事引喻非假

設之喻也(辰)二舉喻辯定

汝豈不聞室羅城中演若達多忽於晨朝以鏡照面愛鏡中頭眉目可見瞋責己頭不見面目以爲魑魅無狀狂走於意云何此人何因無故狂走富樓那言是人心狂更無他故

温陵曰演若達多此云祠授從神乞得故也○以爲魑魅者自以爲魑魅而驚怪也此中但取狂走惟喻最初根本無明獨頭横起故説無因若依舊註句句解配則狂走最後反喻麤惑何得無因無狀同無故也夫無狀無故已自無因而更問何因者欲其自審也故滿慈於喻了知不謬矣(辰)三以法合喻二(巳)一舉法詳合又分二(午)一直標無因

佛言妙覺明圓本圓明妙既稱爲妄云何有因若有所因云何名妄

首二句先舉無妄之體以正顯妄本是無也妙覺明圓者以一覺字處於三義之中顯覺體具乎三義也無妄縛之曰妙無妄蔽之曰明無妄虧之曰圓本圓明妙者復表三義皆本具而非假修證也既稱下明虚妄與有因展轉相違蓋既妄則必無因有因則必非妄可見於妄而索因者不達妄理者也(午)二極明虚妄又二(未)一因空無始不可説

自諸妄想展轉相因從迷積迷以歷塵劫雖佛發明猶不能返

起信論無明與妄想皆是最初細惑互相引發凡有幾重玆不繁敘彼分二相稍殊無明最初痴相也妄想迷中動相也却後

凡迷眞處便是無明凡執似處便是妄想雖常互爲因緣而實一虛妄無别因也今此妄想即同論中而迷字即彼無明首二句正明因空而説妄想自相成因更無别因次二句正明無始而説無明自相積集以至微塵紀劫終不得其因之始相末二句雙承妄想自因而無明無始雖佛八音四辯亦不能逆推而説其本始之因故曰猶不能返良以妄體本空無可説矣㊀二妄空無生不可取

如是迷因因迷自有識迷無因妄無所依尚無有生欲何爲滅得菩提者如寤時人説夢中事心縱精明欲何因緣取夢中物

首二句非是明其因迷生迷也因迷因悟上文已經雙破此是一番一正如是迷因指法之詞因迷自有者正因迷惑不達無因所以常自成有也蓋爲迷妄因爲有故并妄體亦皆成有故也下二句番迷成悟也識迷無因者達得迷無生因也妄無所依者自見諸妄悉皆本空也蓋爲達妄因爲無故并妄體亦空故也次二句結成無生言識得無因不但只達妄空亦達最初即未曾生而却後將何所滅乎後引夢喻以明不可取也得菩提者即如寤時人醒夢之後也宣説無明即如説夢中事也雖有大智不能取無明確實之體相即如心縱精明不能取夢中物也大約亦同不可説意特以取字别上説字以妄體别上妄因耳舉法詳合已竟㊁二取喻帖合

況復無因本無所有如彼城中演若達多豈

有因緣自怖頭走忽然狂歇頭非外得縱未歇狂亦何遺失

首二句牒法也況字以上蔓喻況下本喻如云只此蔓喻已足顯其妄性無生況復云云首句牒妄因本空次句牒妄體亦空也如彼下四句帖喻妄因本空忽然下四句帖喻妄體亦空設使其頭眞有得失不名爲狂帖喻法中設使妙覺眞有得失不名爲妄今乃歇非外得未歇無失帖喻法中悟非外得迷非眞失可見妄體本來無有也以法合喻已竟(辰)四結成無因

富樓那妄性如是因何爲在

性即體也言妄之自巳體性本來如是尚不可得況更索其因哉喻明無因巳竟(卯)二示令頓歇圓頓教中知眞本有何勞起修達妄本空不須強斷而強修強斷者盡屬怖頭狂走妙在歇狂當下即是然歇狂正是無修之修亦非同撥無放逸之流也分三(辰)一示無修之修又三(巳)一畧除妄緣

汝但不隨分別世間業果衆生三種相續

詳但之一字即所以止其意中奮修之念如云汝究妄因將欲得其本因而苦修以斷之也今即悟其無因本空何必乃爾汝但云云分別二字至重應是緣麤境之麤惑總該法執對三種相續爲三分別故下科呼爲三緣也不隨二字便是頓修頓斷功夫蓋二乘我執巳盡尚猶不了法空於三相續而分別心外實有長纏理障今教其於承示悟空之後但惟息此三種緣念分

別而一切不隨即是頓斷法執也良以彼之三種相續本無因而未全空但惟依此隨念分別故常不即空今惟不隨彼自無依不空何待此誠頓悟家最爲省力之修也思之夫觀三種相續文取初問科中之語則知此之頓修全籍初問中生續皆空以張其本也(巳)二妄因自絶

三緣斷故三因不生

上句牒上科意也蓋上科不隨三種分別即是斷三緣也而麤惑麤境已盡三因乃帶細境之細惑即三細中流注細念所以爲前麤惑境之深因故亦對境成三不生者良以麤念除而功熟細念亦隨盡也(巳)三妄本亦盡

則汝心中演若達多狂性自歇

心中演若狂性者借喻直指根本無明良以前演若狂走之狂本喻根本無明故也歇者息也滅也由前達空之後麤細二念俱忘則根本無明豈能獨存亦泯然而息滅矣然歇字雙含伏斷兩意若約伏意則十信滿心圓伏無明若約斷意則等覺後心永斷無明也(辰)二示無證之證

歇即菩提勝淨明心本周法界不從人得

前皆滅妄此科證眞也菩提智果之號本覺出纏三智圓滿之相勝淨明心極果之體合明體而兼舉也勝者超過一切無比無上之意淨者煩惱不能染明者無明不能昏也權小菩提下對凡外亦稱淨明而非勝淨明也心之一字亦顯唯心非別有也此亦雙含發心究竟二種菩提承前圓

伏無明此爲發心菩提初住位也雖斷一證一而圓融該徹四十二地即成正覺克肖究竟也承前永斷無明此爲究竟菩提如來位也亦就滿慈已齊七信進則二果可階故作斯判若約初心具頓根者則雖觀行位中圓伏五住一超直入是亦菩提勝淨明心曾無優劣幸勿退屈祖云但離妄緣即如如佛允合此中頓歇之意本周法界者但由歇而顯非由歇而始有也前云一切世間諸所有物皆即菩提妙明元心即周法界意也不從人得者縱使從人指示而實理備吾身非從人與如燈傳點而已(辰)三責劬勞修證

何籍劬勞肯綮修證

籍者假也須也肎與曰骨間肉曰肯筋肉結處曰綮出莊子枝經肯綮之未嘗○依管見作勞筋苦骨尅苦修行之意何籍者言不須作意苦求修證也良以頓人悟處高妙了達妄本空而眞本有但息顛倒分別一念入無分別本空者無依而何所留本有者無覆而何所隱哉故不假於苦修證也此若滿慈意中無擬修之念則佛責何所謂乎然而欲希頓修者當先求於頓悟如其悟未大徹而妄撥事修自成陷墜亦愚惑之甚也慎之示令頓歇已竟(卯)三結喻推失又分三(未)一本有不覺喻

譬如有人於自衣中繫如意珠不自覺知

衣喻三緣顛倒分別三因微細流念及狂性根本無明重重包裹之相珠喻菩提勝淨明心由此枝末與根本無明重包重裹

故雖有而不覺知也㊅二迷之非失喻

窮露他方乞食馳走雖實貧窮珠不曾失

纓空而乏於妙用爲窮滯有而無所退藏曰露空有二皆邊地故如他方吳興曰求人天樂取偏小益猶乞食馳走○珠不曾失者萬妄交馳一眞宛在猶雖貧珠在也

㊅三悟之非得喻

忽有智者指示其珠所願從心致大饒富方悟神珠非從外得

吳興曰佛如智者教如示珠證理起用則致大饒富也溫陵曰末二句喻妄息眞現不勞修證也○致大饒富喻本周法界末二句喻不從人得也此中問處原同圓覺經金剛藏云若諸衆生本來成佛何故後有一切無明但一切意該本末而此經以末從本亦言諸妄悉無因而本空也問此之頓歇與耳根圓通同耶異耶答歇意同而就位有異也若博地凡夫名字位中聞斯法門悟徹眞有妄空從耳門入流忘所即是不隨世間分別三緣頓斷也若仍隨分別三緣不斷何名入流忘所耶自此由忘而不生由不生而盡由盡而空由空而滅一路休歇自淺之深直至寂滅現前即是菩提勝淨明心現前矣此則全同也若滿慈七信位後根結已盡何用番前又從耳門而入但從覺所覺空頓歇法執分別俱生至寂滅現前則勝淨明心亦現前矣蓋前位人法二執齊歇此位但歇法執故云就位有異耳　正答滿慈已竟

大佛頂首楞嚴經正脉疏卷第十八

音釋

羼初莧切音鏟　魑抽知切音痴　魅明祕切音媚　棨棄挺切卿上聲

大佛頂首楞嚴經正脉疏卷第十九

明京都西湖沙門交光真鑑述

(癸)二兼示阿難阿難本是當機以此疑接附滿慈問中而起故曰兼示也分二(子)一

阿難躡佛語而執因緣此阿難第三番疑因緣也最初第一於顯見超情科中疑見性不由因緣第二於圓彰七大科前疑萬法不由因緣今此第三乃疑證果成道何亦不屬因緣有果無因誠大可疑意葢聞佛久排因緣而語中又帶因緣既說因緣又言何籍修證故起斯問是則前疑性相今疑因果矣分三(丑)一起問

即時阿難在大衆中頂禮佛足起立白佛

(丑)二正問又復曲分爲四(寅)一躡牒佛言

世尊現說殺盜婬業三緣斷故三因不生心中達多狂性自歇歇即菩提不從人得

現說殺盜淫者依天如作畧牒業果而意該世界衆生若是則業字應是等字之誤而緣字即是分別非即指殺等業也此說極好以滿慈三業絕無豈佛更說今斷之乎(寅)二證成怪問

斯則因緣皎然明白云何如來頓棄因緣

首二句證成佛言現說因緣下二句怪問既說因緣何又頓棄而言迷妄無因何籍修證以至多明今教不屬因緣耶(寅)三昔教有益

我從因緣心得開悟世尊此義何獨我等年少有學聲聞今此會中大目犍連及舍利弗須菩提等從老梵志聞佛因緣發心開悟得成無漏

首二句自受益也世尊下他受益也梵志者西竺出家者之通稱謂其有清淨志行者也經載目連等最初於途中相遇波離迦葉等聞說生滅四諦因緣開悟信從然後見佛成羅漢果也(寅)四今濫自然

今說菩提不從因緣則王舍城拘舍梨等所說自然成第一義

觀今說二字卽指現說無因本空歇卽菩提何籍修證等語而爲頓棄因緣之意不必取前文也外道自然如八萬劫後自然成道猶如縷丸極處停止皆自然不假修證之意也正問已竟(丑)三結問

惟垂大悲開發迷悶

意謂約佛之言則仍帶因緣究佛之意則頓棄因緣今請決定仍是因緣耶必非因緣耶決一則不迷悶矣(子)二如來拂深情而責執恪又二(丑)一就喻拂情又二(寅)一拂情伸意又三(卯)一卽喻撥情

佛告阿難卽如城中演若達多狂性因緣若得滅除則不狂性自然而出因緣自然理窮於是

卽喻者卽取前喻撥情者撥度阿難兩種情執也如云汝所謂因緣自然者今且就前狂喻以推之汝必謂狂性云云理窮於是者言汝不過執此爲因緣爲自然出此二途則情盡理窮也大意忖度阿難之意而先以按定下方破也此但說喻若約法中須得無明因緣滅除菩提自然而出若此則本空本有二意俱失全成兩種執情矣

(卯)二雙拂二計又分爲二(辰)一約頭雙拂

約頭者法中益指菩提不墮二計也又二

㊀一拂自然

阿難演若達多頭本自然本自其然無然非

自何因緣故怖頭狂走

首二句標定頭爲自然也本自其然者牒上句意猶言既是自然也無然非自者猶云無非自然也言其常應自然而有不得驚其忽無而發狂也末二句即詰問其何故忽驚無頭而狂走乎因緣亦只是故字意不取照鏡但表其既狂便不屬於自然而已法中謂本性若屬自然衆生即當常自見性不復有迷淪者今何故復有迷而馳背者乎可見菩提不屬於自然也大端破自然只破自然切不可謂以因緣破自然交破即屬矯亂如前辯也㊀二拂因緣

若自然頭因緣故狂何不自然因緣故失

又二㊁一對詞反詰

文雖雙舉實惟獨重因緣語雖帶狂實惟獨約頭辯若自然頭者頭本先有也因緣故狂者照鏡因緣而遂怖無頭也若此則全非眞因緣何以故若實因緣何不此頭元自然有照鏡因緣遂眞失乎必眞失其頭而後爲眞實因緣也法中如云若菩提妙性先自然有而後假無明因緣背馳不見遂謂此性全屬因緣即當眞失其性方信因緣不妄今何不由因緣眞失乎詰令自審也㊁二正結其非

本頭不失狂怖妄出曾無變易何藉因緣

首二句是申其正意以結定頭在不失而無端狂怖妄謂無頭而已末二句是出其

非爲因緣如云正當妄怖無頭之時而本頭實無變易及覺有頭狂歇之後而此頭何假因緣法中合云性本不失無端迷背似失而已然正當迷背似失之時而本性實無變易及見性破迷之後此性何假因緣哉此亦破因緣只破因緣非以自然而破因緣也大約言此頭若是自然當無狂怖此頭若是因緣當須眞失今由有怖故非自然又由無失故非因緣以法詳喻歷然可見但是雙非決無雙是若用互破則前墮是因緣後墮是自然故曰矯亂觀後文尚須重重遣盡豈此中反令雙非而番成雙是乎㊂二約狂雙拂約狂者法中葢指無明不墮二計也分二㊁一拂自然

本狂自然本有狂怖未狂之際狂何所潛

本狂自然者若狂本出於自然也本有狂怖者言卽當本來常有狂怖也下二句詰問可知若以合法則未狂之語法喻難齊良以喻中眞有未狂之際法中實無未妄之時若爾當墮無明有始之過只可義取之云清淨本然之中妄何所潛如諸祖謂空劫以前亦是義立而已㊁二拂因緣

不狂自然頭本無妄何爲狂走

不狂自然者若不是狂出於自然也又說首二字顚倒應是狂不自然卽反說因緣耳葢此句先以番成因緣下二句方躡上詰問以破之也頭本無妄者卽同頭本不失也末句正詰問也法合當云若謂妄非自然而有因緣然性本不失何因緣而背馳乎雙拂二計一科已竟㊀三躡伸已意

若悟本頭識知狂走因緣自然俱爲戲論是故我言三緣斷故卽菩提心

此卽躡上破辭而重伸已說歇卽菩提之意首句是躡上約頭雙拂而悟頭之非自然非因緣也次句是躡上約狂雙拂而知狂之非自然非因緣也下二句接云若如是解則二計俱爲戲論而全無實義矣法合當云若悟覺性本具又知無明本虛二計誠爲戲論矣以上躡前結束已定是故下就伸已意也如云由是二俱戲論之故我故前說但使三種分別戲論之緣斷除卽眞菩提心矣良以法執未除者於三種相續不忘分別正是戲論前云不隨分別者所以止絕戲論耳戲論止而無明無依菩提離障不眞何俟哉拂情伸意已竟㊄

二疊拂諸情分三㊃一先出兩重生滅又二㊅一約菩提出生滅

菩提心生生滅心滅此但生滅

承上言三緣斷故雖卽菩提而不可更作生菩提想何以故若菩提心生則生滅心滅此則仍是生滅之心非眞菩提心也㊅

二約自然出生滅

滅生俱盡無功用道若有自然如是則明自然心生生滅心滅此亦生滅

承上言不但此爲生滅之心縱使滅生俱盡無功用道亦不可更生自然想何以故若自然心生則生滅心滅此亦全是生滅之心非眞無功用道也此重更難察識故下偏喻之先出兩重生滅已竟㊃二喻明自然非眞

無生滅者名爲自然猶如世間諸相雜和成一體者名和合性非和合者稱本然性

承上問言何爲自然猶是生滅良以計無生滅爲自然者蓋對彼生滅之不自然而立非眞本有也若以喻明正如世間因雜和成一體者名和合性對此和合而遂將非和合者稱本然性則此本然二字元是對待番顯增立之法豈本有哉本然卽自然也㊂三極盡妄情方是

本然非然和合非合合然俱離離合俱非此句方名無戲論法

本然卽自然就喻而用也和合卽因緣取類而稱也本然非然者本然與非本然也和合非合者和合與非和合也合然俱離者和合與非和合固俱離也本然與非本然亦俱離也若單遣則反淺於前句矣離合俱非者離與不離又復雙離之也此離合的合字不與和合的合字相干益是對離說合故卽不離也末二句方許其眞無戲論矣益遣之又遣以至無遣方契眞無功用道眞菩提心也是由識知狂走則因不墮於二計覺悟本頭則果不墮於二計而眞無功用卽眞因也眞菩提心卽眞果也故知阿難此番之辯全辯因果也就喻拂情已竟㊀二切責執悋分二㊁一抑斥戲論又二㊂一直斥躭着戲論舊說世尊教阿難歷劫勤修不可徒恃多聞如是則與前何籍劬勞肯綮修證意相矛盾若約對位淺深則博地凡夫豈得一超直入若約多聞寄斥則因緣六度寧免塵劫曝腮

當知不捨戲論歷劫無功能捨戲論何須歷劫必謂捨戲論而又當歷劫則不籍劬勞之語終乖前後矣請詳今解本意自見

復分爲二(辰)一判果難成

菩提涅槃尚在遥遠非汝歷劫辛勤修證

首句智斷二果號也承上如云據汝所執所問則極果尚在遥遠非汝歷劫辛勤所能修證意謂縱經塵劫修行亦終不能實證也此且斷定難成下科方出其所以也

(辰)二出其所以

雖復憶持十方如來十二部經清淨妙理如恒河沙秖益戲論

益言我所以斷汝歷劫難成極果者正以汝雖憶多經本皆離戲論而清淨詮了義之妙理汝反取之以資益戲論所以難成也意謂若能遠離戲論則歘即菩提尚不籍於劬勞亦何有於歷劫難成哉直斥躭著戲論竟(卯)二現證戲論無功又二(辰)一自全無力

汝雖談說因緣自然決定明了人間稱汝多聞第一以此積劫多聞熏習不能免離摩登伽難

言其若憑自己多聞全無道力可免淫術之難也(辰)二仗咒方免

何須待我佛頂神咒摩登伽心婬火頓歇得阿那含於我法中成精進林愛河乾枯令汝解脫

夫乘佛咒力一時頓證三果超斷見惑八十八使進斷思惑欲界九品故曰成精進林勝多曰林以其進速而證多故以稱也

報居不還不來欲界故曰愛河乾枯欲愛溺人無異瀑河故以喻也夫阿難固是權人登伽亦不定實但一見多聞無功示居初果一顯咒力功大速證第三義無不盡至於一期勝會見解俱圓本皆信位而但依小稱者取其名位勝而令凡小生敬羡耳抑斥戲論已竟(寅)二激修無漏又分二

(卯)一正勸勤修無漏

是故阿難汝雖歷劫憶持如來秘密妙嚴不如一日修無漏業遠離世間憎愛二苦

常不開演曰秘密不可思議曰妙嚴一日者番上歷劫也無漏業者捨權歸實遠離戲論行起解絕入無分別即不漏落於戲論分別而已若以下文取之即須反聞自性所謂將心持佛佛何不自聞聞也初不漏落於循聲以次而深重重脫之重重無漏矣憎愛現對摩登耶輸何須玄釋且阿難既示初果但就初果論之教載須陀洹人隔生多婬後有畫瓶之悔又羅漢斷愛而憎習全在如淨明會上天花著身是也夫憎習被縛如獮猴推粘求脫若是則潤生之根柢尚在何用他說況在婬室時既稱將壞戒體足顯救之遲而未必不壞也何待隔生至於遠離功亦非淺約戒則須身心俱斷先以絕愛斷性亦無後以絕憎約定慧則須寂照含空摩登在夢至此豈惟但無憎愛亦乃情器俱超而更妙能轉物矣(卯)二更舉劣機激責分三(辰)一單舉登伽破障

如摩登伽宿為婬女由神咒力銷其愛欲法

中今名性比丘尼
宿爲婬女四字具含三障宿爲業障也婬
習煩惱障也女身報障也故下文銷其愛
欲則煩惱障已破名之以性則業障已除
作比丘尼則報障現轉顯咒力能破三障
障消性顯故成性比丘尼也(辰)二兼與耶
輸同益承上文所謂三障既開不證何俟
故此科顯益又分二(巳)一開悟益
與羅睺母耶輸陀羅同悟宿因知歷世因貪
愛爲苦
女身之報全由慾愛深重今緣宿命開通
洞知累劫苦本皆因貪愛而悔悟深切也
(巳)二修證益
一念熏修無漏善故或得出纏或蒙授記
激勸之旨偏屬此科前責阿難不如一日
修無漏業令出二苦今舉劣機一念熏修
卽得出纏受記正相應也上二句二人之
修也熏修無漏者乘悔悟心止貪愛水不
外流逸一念迴光湛居性定恒無漏落也
下二句別言二人之證也出纏是登伽所
證卽出貪愛纏縛若約三果卽如愛河乾
枯之解授記是耶輸所得已證四果法華
蒙記成佛號具足千萬光相如來進證應
入住位矣兼與耶輸同益已竟(辰)三詰責
阿難自欺
如何自欺尚留觀聽
承上言耶輸女身已爲劣弱而登伽婬女
更是下劣此等劣機今尚以一念熏修卽
皆高證而汝以丈夫根智徒守多聞淹於
下位自欺云者蓋現見熏修有益而不修

明知戲論無功而固執留者戀也觀聽卽見聞也尚留觀聽者言尚戀見聞分别而躭著戲論也當知阿難此番辯問最有關要良以前既排盡因緣後復將談修證若一向有修有證則違前自言若一向非因非緣則廢後修證此誠聖言宛似互違而不可不辨也今明真本無變猶夫頭本無失而何有實修實證固非一向墮於因緣也又明妄之現迷猶夫狂之現起而豈終無修無證亦非一向墮於自然也由是則知斯經無修無證固不礙於有修證而有修有證仍不礙於無修證也前後之文無復矛盾之可議矣其旨亦甚微妙也哉問答辯劾已竟㊉二大衆領悟感謝此科通結前滿慈阿難等銷疑悟理也以答滿慈之後尚無領悟之文故知此科非單結阿難因緣之問也分二㊉一領悟

阿難及諸大衆聞佛示誨疑惑銷除心悟實相身意輕安得未曾有

示誨總承前正答滿慈及兼示阿難之文而言惑除者通指正答中萬法生續性相圓融轉難中何當復起何因有妄及兼示中頓棄因緣五重深惑皆除也心悟實相者按前文佛慈許說科中所謂真勝義性一乘寂滅場地真阿練若正修行處是則初句實相總名也次句實相果地也末句實相因地也法華以實相爲體一乘因果爲宗正乎斯義答中生續本空及性相無礙卽寂滅場地不隨分别及遠離憎愛卽正修行處而實相炳然昭著矣通前更論

有三處表顯實相一者十番示見之尾佛責聲聞不達實相則下談離三見妄及四科藏性卽皆顯實相也二者七大之前許令當來修大乘者通達實相則下談七大徧周及阿難承示開悟處皆顯實相也三者卽此處經家敘衆巳悟實相逆知說後二藏一大科中全以發揮實相如上所解也若揀差別則前二顯實相常徧後一顯實相圓融矣又當知就心性謂之如來知見統萬法謂之一乘實相是可見法華渾標名字此經方以釋義我故曰斯經乃法華之堂奥也輕安定相也定慧互倚故躡慧成定頓銷麤重戲論得無分別迴光湛然渾一實相法華所謂其心安如海是也極慶其聞所未聞故曰得未曾有滿慈至此方到究竟無疑惑地而阿難亦從此史不復疑因緣自然矣(辛)二感謝又二(壬)一感謝之儀

重復悲淚頂禮佛足長跪合掌而白佛言

重復悲淚者以前悲淚雖多感悟猶淺此則所悟旣徹而悲感益深故標重復耳(壬)二感謝之言又爲二(癸)一稱讚善開

無上大悲清淨寶王善開我心

清淨卽智也讚佛爲證極悲智利樂無盡之寶王善開心者言我等惑妄重封權宗固閉佛善令其開通而豁然見諦也(癸)二詳申謝益

能以如是種種因緣方便提奬引諸沉冥出於苦海

首三句申上善開之意如是指上之詞種

種因緣者推妄發眞微細因緣非世間和合麤相也方便卽善巧也提謂提撕以警其迷執獎謂獎勸以振其疲怠末二句謝其深益引謂誘掖沉謂陷溺冥謂障蔽苦海謂憎愛二苦海也此固謝前而語意首標重復悲淚末望究竟出苦亦所以啟後修門矣自滿慈發問至此復爲一周名無生無礙周良以阿難於三卷末承佛破妄顯眞之示而開悟者但初悟所執之妄初見所遺之眞故方謝其銷我倒想隨請其更除細惑故四卷之初滿慈代舉生續圓融之二問而佛答初問則深窮萬法始於無明而本空無生答次問則圓彰性相是佛菩提知見而融徹無礙與夫三番轉難則審除細惑無餘而無生無礙之旨愈明矣故曰無生無礙周也奢摩他文齊此已盡又當知前周初明二執分別純屬悟境此周搜抉二執俱生兼啟修意良以細惑要因修所斷故又若結歸性定則前周中談空如來藏以直指自心本具妙定之體極顯其常住周徧此一周中談後二如來藏乃至圓融三藏以詳發自心本具妙定體用極顯其無礙圓融此卽十方如來得成菩提妙圓眞心不假修習如如本定三名中卽妙奢摩他而徹悟此者卽微密觀照也又此心此定一切衆生乃至權小悉不測知所以錯亂修習終無實果故於經題四實法中正屬如來密因也而舊註謂見道分者亦齊於此餘意在下周中說奢摩他令悟妙心本具圓定已竟(戊)二說三

摩提令依妙心一門深入此科次答阿難妙三摩提之請也蓋據經文於建立義門科下即親命名妙三摩提向後通一大科徧稱三摩提號或三摩地但梵音小異耳乃至二十五聖無不云然故今首判屬之然舊註科爲修道理雖不差義亦小濫按天台判圓住同於别地方謂真修而住前未全許爲修也今圓通根之初解始得人空正在信位蓋是似修而未入真修舊註判此爲修而判後爲證豈此無位而後無修耶況此中明以前之性定妙心喻爲華屋而圓通方喻入門足見升堂入室更在後修諸位也應知此科論修尚在修之初門論證不無證之初位以圓通功就亦信滿而入住也是則謂此科全該修位固不可而謂此科一無證位猶不可也是故今科按定屬三摩提而遵經標一門深入庶乎其離彼二過也不知具眼者以爲何如

分二(巳)一選根直入前已屢明此經所以異於權小者惟在用根而不用識故前顯真始於根性今談修證惟選本根證入圓通也又分三(庚)一阿難説喻求門證入又四(辛)一述領佛旨又二(壬)一領開心之旨

世尊我今雖承如是法音知如來藏妙覺明心徧十方界含育如來十方國土清淨寶嚴妙覺王刹

上言善開我心此方敘述心開之相亦總攝上科二周全分開示之力明心體圓融包含周徧今所述心徧十方即徧意含育寶刹即包意表其於此信解無疑成大開

悟矣㊀二領勸修之旨
如來復責多聞無功不逮修習
逮及也逑此乃見請修實爲順佛之旨也
㊉二正喻須門
我今猶如旅泊之人忽蒙天王賜與華屋雖
獲大宅要因門入
宿陸曰旅宿水曰泊春秋係王於天譯者
準用指人主也迷心如常棲旅泊開心如
忽賜華屋卽喻上徧界含剎之心屋必得
門可居心亦假門始入此方舉喻下科乃
合喻而求門也㊉三求佛指示二㊀一普
求入大之路
惟願如來不捨大悲示我在會諸蒙暗者捐
捨小乘畢獲如來無餘涅槃本發心路
蒙暗卽宮墻外望畢竟也乃究竟必欲得
之誓不中止也無餘涅槃者以小乘止斷
四住見思尚餘五住如來權許有餘涅槃
猶如化城今欲進趨五住究盡之寶所故
求導師舊由之路也合前華屋正欲得門
而入之矣㊀二別求有學總持
令有學者從何攝伏疇昔攀緣得陀羅尼入
佛知見
別爲有學而更請者正求初心方便要使
具足五住無明者亦得入門也向下圓通
先得人空道場方許一果蓋可見矣疇昔
攀緣卽無始來我法二執分別承前開示
已悟知見而不能入者二執障之也故須
攝伏之陀羅尼解見二卷一念總持三藏
圓入之法也後文一念反聞不勞諸觀乃
至寂滅現前知見卽入矣㊉四拜懇候教

作是語已五體投地在會一心佇佛慈旨

(庚)二如來教示一門深入分四(辛)一分門以定二義又二(壬)一欲開修路又二(癸)一標所爲之機又分二(子)一令在會者安心

爾時世尊哀愍會中緣覺聲聞於菩提心未自在者

佛慈雖云普爲而二乘猶爲當機故特舉之意兼有學非獨無學也回小向大卽二乘發菩提心未自在者卽不得其門而入者也(子)二令當來者發心

及爲當來佛滅度後末法衆生發菩提心

此衆生不獨凡外亦兼小乘與上科互影畧也(癸)二明所說之法

開無上乘妙修行路

無上乘卽一佛乘然理實一乘同教猶爲有上而一乘别教方爲無上妙修行路卽下耳根圓通欲開修路已竟(壬)二建立義門分三(癸)一標示又爲二(子)一本其發心勤求

宣示阿難及諸大衆汝等決定發菩提心於佛如來妙三摩提不生疲倦

小乘原於五百由旬中路疲倦而戀止化城今如已滅化城決定進趨寶所故不復疲倦妙三摩提卽趨寶所之路也(子)二教其究心義門

應當先明發覺初心二決定

卽從本覺而發始覺也初心卽最初起修之正念也決定者卽定見定依無猶豫也

(癸)二徵起

云何初心二義決定

(癸)三分判又分爲二(子)一決定以因同果澄濁頓入涅槃義以因同果四字便是第一決定之宗澄濁等便是此宗之趣也葢言所以必欲因果相同者以因果不同則不能澄濁取涅槃也經文顯然可見然此一義文短而義長義長者葢直至如來斷果究竟極證也又此雖因果雙舉而意在畧明果證之遠非比小教化城之果僅齊圓之七信亦非比始教曝腮之果僅止圓之二行也由彼皆以生滅識心爲本修因而因果不同故不能遠趨佛之常果是故先須說此第一決定也此旨妙甚分三(丑)一正令審觀又分二(寅)一令剋體審觀剋體直就因果而加研窮也又三(卯)一標本回心

阿難第一義者汝等若欲捐捨聲聞修菩薩乘入佛知見

菩薩乘者非墮一乘乃一乘之圓頓也佛知見詳現三藏科中(卯)二令審同異

應當審觀因地發心與果地覺爲同爲異

(卯)三反決必同

阿難若於因地以生滅心爲本修因而求佛乘不生不滅無有是處

不生不滅卽涅槃妙德四德中舉常爲要明生滅因不可以成眞常果也(寅)二令閱世倒觀閱世者旁觀萬法以倒推也分二

(卯)一令閱世

以是義故汝當照明諸器世間

以因也是義者卽因果須同之義也此句躡上起下照明世間者徧觀常無常品於

中審察也此句畧標下科方以詳教觀法也㊀二令例觀又分爲二㊁一觀有作必壞

可作之法皆從變滅阿難汝觀世間可作之法誰爲不壞

首句促舉諸有爲法次句佛先斷定盡屬無常品類所謂如夢幻泡影也阿難下教令詳觀驗其是否也㊁二觀無作不壞

然終不聞爛壞虛空何以故空非可作由是始終無壞滅故

首二句借例虛空發明常品次二句更以徵釋無作爲因末二句斷定畢竟不壞也此但借虛空爲例意明欲求不壞因心須取無作之性不應復用生滅心也生滅卽指識心無作妙性卽根中圓湛不生滅性也正令審觀已竟

大佛頂首楞嚴經正脉疏卷第十九

音釋

躭都含切音酖　劬其俱切音衢　劾胡得切恆入聲　疇陳留切音酬

大佛頂首楞嚴經正脈疏卷第二十

明京都西湖沙門交光眞鑑述

(丑)二明所欲除科名正顯經文來意此須徵問上文所以必取無生滅性爲因心者果何故耶良以衆生心海現爲五濁昏擾無時清明今欲澄之以取涅槃妙德非圓湛不生滅性以爲因心必不能也故此科先明所除之濁而下文乃示能除之性教其去取之法此經文之脈絡也分爲二(寅)一總示五濁孤山曰今文五濁永異餘經餘經見以五利爲體煩惱以五鈍爲體利鈍共十使也衆生但擧見慢果報立此假名命以連持一期色心爲體摧年促壽故曰命濁刼無別體但以四濁聚在其時故名刼濁今文不然葢約五陰妄想爲五濁也故下文色陰有堅固妄想受陰有虛明妄想等○此說今濁猶約後文而推尚非懇切今據本文但是於圓湛見等水中投以空大等土而分亂見等不圓不湛便是濁體也又分二(卯)一剋示濁體夫心海湛然而渾濁於其中者諸大即其實體也然外五大與內四大雖均之爲濁體而逼切生死障絶涅槃者惟內四大爲尤甚故下科多論身中者此也又三(辰)一釋身中四大

則汝身中堅相爲地潤濕爲水煖觸爲火動搖爲風

堅相即骨肉之類潤等可知心海中本無此物妄自結暗爲色乃至想相爲身遂被此物渾濁久不能復湛也(辰)二示分隔圓

明

由此四纏分汝湛圓妙覺明心爲視爲聽爲覺爲察

本無渾濁曰湛本無分隔曰圓下覺之與心名體雙舉也覺者心之體由圓而不隔則本有互融之妙故曰妙覺心者覺之名由湛而不渾則本有徹照之明故曰明心具此湛明圓妙是本然性一爲四大所分則本然俱失但爲目之視乃至意之察渾濁分隔無復湛圓之體矣覺攝鼻舌身三總六根也(辰)三結成濁標數

從始入終五疊渾濁

始終者按下文始於劫濁終於命濁(卯)二喻明濁相

云何爲濁阿難譬如清水清潔本然即彼塵土灰沙之倫本質留礙二體法爾性不相循有世間人取彼土塵投於淨水土失留礙水亡清潔容貌汨然名之爲濁汝濁五重亦復如是

倫類也留礙謂有形塊也法爾本來一定之相也不相循猶言不相干土失留礙謂形塊開散也汨字從日從水謂如水中日影昏擾不定也總示五濁已竟(寅)二別示五濁此別即前總中之別而所示諸濁與前總中亦稍不同總中但約內四大方當別中第二見濁今餘四既兼外之五大而又併約法塵生死及六根也然法塵是四大之影象生死是四大之合離六根是四大之分隔故總中獨約四大六根意已畧盡別中亦外少而內多詳之分五(卯)一劫

濁

阿難汝見虚空徧十方界空見不分有空無體有見無覺相織妄成是第一重名爲刧濁

孤山曰此濁依於色陰○當知凡言濁者葢以本然見聞覺知如湛水而内四大外五大等俱如灰沙故此中外五大以濁四性而大之與性各有影畧性則舉見以影聞等大則舉空以影地等而所以獨舉見之與空者以見空各徧皆無自體而妄織之相易明也首二句即舉所依色陰葢空是對一顯色故也空見下就見空而正是濁體有空無體者以虚空可見而不可執捉無形塊也有見無覺者以見雖遍空而無冷煖等覺受也如見空中有火而見不覺熱是也相織者如經緯密織不可分也妄成者本無二相而成此交織之妄也末二句結成濁名所以名刧濁者正以此中並該四大山河等有成住壞空之刧也又表衆生無始自晦昧爲空時便入刧濁非如常途百歲以後也舊説不明影畧則性大各有所缺豈無體之空尚爲渾濁而地水等纔然反非濁乎且澄濁之後則所澄之性豈獨澄見而不澄聞等所沉之濁豈獨沉空而不沉地等乎請詳味之當信然也(卯)二見濁

汝身現摶四大爲體見聞覺知壅令留礙水火風土旋令覺知相織妄成是第二重名爲見濁

孤山曰此濁依於受陰○湛圓中本無内四大之身相今摶四大爲之故爲第二重

濁首二句即所依受陰摶即受也領納爲身境耳見聞下正示濁體壅者障隔也留礙者滞於形也謂四性本無留礙而爲四大所壅無留碍者於是而有留碍矣旋者攝爲自體也四大本無覺知而爲四性所旋無覺知者而有覺知矣相織妄成者一旋一壅如一經一緯密織而不可分矣亦是有知無知渾合無分便同相織耳末二句結成濁名見濁者以四大本無情之物由因妄織雖針鋒草刺咸有痛覺是以衆生堅起我見爲諸見之王六十二見咸統於此是謂見濁也（卯）三煩惱濁

又汝心中憶識誦習性發知見容現六塵離塵無相離覺無性相織妄成是第三重名煩惱濁

孤山曰此濁依於想陰○首二句即所依想陰長水曰憶過去境識現在塵誦未來境○性發下正示濁體葢想陰但是所依而能依濁體更是法塵孤山曰性發知見謂能取六想容現六塵謂所取六塵之相也○六想即六識妄覺也六塵即現在王塵過未法塵離塵無相者謂覺離六塵則覺無自相離覺無性者謂塵離妄覺則塵無自體二法更互相依離一泯二因未有離塵之覺亦未有離覺之塵也相織妄成者塵覺既不能離亦如經緯密織而不可分矣末二句結成濁名煩擾也惱勞也緣塵盈念無時而不勞擾故爲煩惱濁矣（卯）四衆生濁

又汝朝夕生滅不停知見每欲留於世間業

運每常遷於國土相織妄成是第四重名衆生濁

孤山曰此濁依於行陰○首二句即所依行陰指念念遷流而言知見下正示濁體然行陰亦但是所依而濁體更是生死益湛圓中本無生死以上三濁器界身心俱備故於遷器界續身心處遂有無邊生死知見欲留者生從順習而凡夫無不貪生也業運常遷者死從變流而凡夫無自由分也相織妄成者謂一留一遷亦如一經一緯密織而不可分矣末二句結成濁名由因此故流轉七趣變幻一切衆生之相故名衆生濁也(卯)五命濁

汝等見聞元無異性衆塵隔越無狀異生性中相知用中相背同異失準相織妄成是第五重名爲命濁

孤山曰此濁依於識陰○首二句亦指所依識陰然偏指第八不取前六以根中無分別之見聞正是第八見分今濁體中同異元約根言非識也問前見濁約身似巳該根豈不重復答彼約內四大爲身總相而顯我見爲見濁此約六根別相而顯乖背爲命濁總別各旨不爲重也問舊釋指於六識今不取彼豈六識於湛圓中獨不爲濁乎答煩惱濁中全約識之六想方成豈塵自能成於煩惱耶然此濁必欲約識則唯約前五以第六無隔越義分屬煩惱濁中亦似器通但據後佛伸一六之妄明約六根顯體知用背之旨似甚可憑況所依既是識陰而能依又復是識是自依自恐不通也智者酌之衆塵下正示濁體隔越生異者即四大結爲六根隔離見聞各不相通耳次二句躡成同異也性體相知似同而非異動用相背則又異而非同或同或異二不可定故曰失準也相織妄成者亦以一同一異如

一經一緯密織而不可分也末二句結成濁名所以爲命濁者只以六根結滯命托於中體用俱不自在便爲命濁或以根塵攬結則爲命存根塵離散則爲命謝亦通通上論之妙覺明心惟一湛圓尚無内外豈有諸濁今自晦昧爲空之後則外被五大器界所渾而爲刼濁稍内被四大身相所渾而爲見濁更内被六塵緣影所渾而爲煩惱濁由是斷續身心遷流國土復被生死所渾而爲衆生濁約此四相則内外通一渾濁而全失湛義又由是而衆塵結滯六根不復通融約此一相則全失圓義故欲復本湛圓須求澄濁之法是以下文方教澄濁也明所欲除已竟㊀三去取方除上科先示所除之濁此科次示能除之法除法在於決擇去取若決擇不明而去取顛倒則濁不能除湛圓終不可復也分四㊁一示欲頓證

阿難汝今欲令見聞覺知遠契如來常樂我淨

見聞覺知衆生現具六根中性即本覺也常樂我淨如來無餘涅槃即究竟覺也解現前圓具空藏科中蓋凡夫本覺湛圓雖與佛同以有衆生濁則遷流生死故失眞常以有煩惱濁則法塵勞擾故失眞樂以有刼濁則空界無情故失眞我以有見濁命濁則根身不淨故失眞淨此約别義若約通相則每於一濁俱失四德是以與佛果德逈爾懸殊今欲即以具五濁之四性而遠契如來四德以頓證極果誠爲最勝

之法門也（寅）二決定去取

應當先擇死生根本依不生滅圓湛性成

擇者揀去不用也死生根本即六處識心而經初七番破處顯發全非者也凡外權小悉取之而錯亂修習皆爲因不同果今決定擇去而不用此緣佛前判二種根本時即以此心爲生死根本故知然也不生滅圓湛性者即根中所具經初十番顯示二見剖瑩近具六根遠周萬法者也凡外權小悉昧之而日用不知今決取而依之茲葢緣佛自判此性爲菩提涅槃元清淨體故知然也若此則經文前後召應脉絡貫通極爲妙旨舊註不達於死生根本自呼爲五濁業用圓湛之性自立爲三止觀門全不取於經中本有此等非惟臆説無憑仍使前之開示悉成無用豈前之開示不與此修進相干哉詳之（寅）三取以伏斷分二（卯）一法又分二（辰）一伏成因地

以湛旋其虛妄滅生伏還元覺得元明覺無生滅性爲因地心

上科成字但是帶言正謂成此因地并下果地也以用也湛即取上不生滅圓湛性也約前即如來所示之見性約後即觀音所用之聞性其體本來湛然而不動按前文屈指飛光及後文擊鐘所驗不動不搖無生無滅之本性也虛妄滅生即前五濁總一生滅之妄法以湛旋之者如後文云若棄生滅守於眞常常光現前根塵識心應時銷落是也五濁不過根塵識而已伏還元明覺爲因地心者正表因中即本眞

常非同生滅爲因約下合喻似是十信滿心至合喻處再當明之(辰)二斷入果地然後圓成果地修證

此自初住以去至等覺爲果地之修妙覺爲果地之證問前云自五濁起已失四德何得復有此圓湛之性能成因果二地答五濁雖徧擾圓湛如空中花常自虛無圓湛雖被濁徧擾如太虛空不動自在人惟迷棄圓湛而反用五濁中生滅心爲因終不能澄諸濁以此說失豈眞失哉(卯)二喻又二(辰)一喻伏成因地

如澄濁水貯於靜器靜深不動沙土自沉清水現前名爲初伏客塵煩惱

五濁濁於見等圓湛性中徧成虛妄滅生之相如沙土濁於清水之內徧現渾濁之形故以湛旋妄如以靜器澄水靜器即根中性也理實後文反聞自性即靜深不動也漸獲二空即沙土自沉也末二句出名合喻也檇李曰客塵煩惱諸經論皆說爲煩惱障天台目爲界內見思○按小乘法初伏見思位在七賢方當圓之觀行似太早劣今詳經意惟以進斷根本無明方說爲斷見思塵沙雖斷亦只云伏故知初伏客塵應是信滿已斷二惑并伏無明者也佛語隨宜勿泥執焉且圓通文云生滅既滅寂滅現前與今所謂旋其虛妄滅生伏還元覺無生滅性語意何别乎(辰)二喻斷入果地

去泥純水名爲永斷根本無明

前之沙土方沉泥猶未去以喻無明伏而

未斷斯則去泥喻斷無明也前之清水現前以喻元覺澄而未純斯則純水喻究竟淨覺也末二句出名合喻檇李曰根本無明諸經論皆説爲所知障智障等天台目爲界外見思○此亦不分塵沙無明二相今詳經文既云永斷而又云根本明是初住以去所斷别惑乃至等覺生相悉盡無餘正是如來無餘涅槃其取果豈不遠哉

取以伏斷已竟(寅)四結証極果

明相精純一切變現不爲煩惱皆合涅槃清淨妙德

明相精純者如清涼所謂富有萬德蕩無纖塵孤山曰一切變現即隨機所感十界現形也○理實依舊變現器界身心乃至示居生死互融六根皆不爲濁皆成妙用無礙涅槃良以昔由迷心起執人法紛然故悉成濁礙今由迷盡執空唯心所現自在無礙故無非妙德亦如泥盡水純任攪不復渾也此科全顯因果若同取果究竟非如權教因果差異中止化城也涅槃妙德即常樂我淨攝盡萬德皆合云者順行逆行左右逢源之意決定以因同果澄濁頓入涅槃義已竟(子)二決定從根解結脱纏頓入圓通義從根解結者便是第二決定之宗脱纏等便是此宗之趣葢言所以必欲從根解結者以不從根則不能脱纏頓入圓通也經文亦顯然可見然此一義義短而文長義短者以所說圓通似惟始入住位較前涅槃義則短也文長者以一經要義下手工夫全在此科故不但本科

較前爲長次下釋二疑示倫次選本根皆所以足此科之義問一大因果何故前詳後畧如此答此有二意一者是初心方便故葢初學切要所當詳知者住前功夫也不得不詳假使詳談住後功夫殊非初學切用也二者是圓頓化儀故葢圓頓法門功夫惟在住前住後則一超直入後心此意本經後文亦甚顯著後再發明此科對前科前是顯果遠而究竟此是顯因巧而證速也以經於六根尚選圓根文云圓根與不圓根日劫相倍何况較之從識從塵而入者則豈止於日劫之倍哉故知此之法門最巧而至速矣夫果雖遠而入之遲鈍因雖速而證之淺近皆不足爲勝今證之既遠而入之又速此所以爲最勝法門也具眼者辨之分二丑一開示解結一周分三寅一標處指根明結又三卯一原其增上修心

第二義者汝等必欲發菩提心於菩薩乘生大勇猛決定棄捐諸有爲相

佛慈利生雖急而施教須待發心所謂不憤不啓也菩提心即直深大悲之三屬願亦是果體菩薩乘即一佛乘無有二三運至寳所圓滿六度屬行方是眞因按位則上句欲從初信希入初住下句欲從住後希至等覺不退轉也諸有爲相即權小舊修行也葢權小皆以生滅心爲本修因故彼所證無爲尚非眞正何况諸行後偈云眞性有爲空緣生故如幻無爲無起滅不實如空花是也今廻權小向於實大故皆

決定棄之(卯)二泛言當知結處泛言者不明指何法爲處也分二(辰)一法說又分二(巳)一王令審詳妄本

應當審詳煩惱根本此無始來發業潤生誰作誰受

煩惱者按唯識局於心所偏於惡法根隨二十六數而已此則不然應如起信竝該界内善惡無記及權小諸愚以其俱爲二死深源故均名煩惱根本暗指六根問生死根本與此何別答生死是苦果根本即是六識煩惱是苦因根本即是六根問根以起因識以起果各不相干耶答根所引生之煩惱意許總相即是六識如唯識根隨心所不過心王開出而合爲一體即是心王此可類知是則煩惱旣即六識當知六識爲生死根本六根復爲六識根本元是一貫豈不相干耶業謂現陰所造發與造不同造即煩惱成辦發謂煩惱來由生指中陰所潤即求父母時憎愛等無明也誰作誰受正令自審詳也吳興曰發業潤生者此指煩惱也誰作誰受者此推根本也意顯六根自作自受○然又當知根即八識八識引起六識全是煩惱而爲苦因六識招引生死而爲苦果麤論似惟六識作之而細推實是八識自作現識似富六識受之而六壞惟是八識自受故曰自作自受但不言八識而言六根者意使衆生現前易曉解也(巳)二反顯決當知處

阿難汝修菩提若不審觀煩惱根本則不能知虛妄根塵何處顚倒處尚不知云何降伏

取如來位

虛妄根塵攝法甚寬根即總指四大六根之肉身塵即總指徧虛空之無情器界一眞清淨之全心緣此二法總成結縛然根身器界雖極廣大而的實結處至爲簡要不繁決當知而後可解也詳下譬喻明白可了(辰)二喻明又分爲二(巳)一同喻正明

阿難汝觀世間解結之人不見所結云何知解

此如以繩作結雖諸股共成結體而的實所結之處惟在一股若不眞見而知之則終不能解(巳)二異喻番顯

不聞虛空被汝隳裂何以故空無相形無結解故

此喻顯所解六根非指根中無形性體乃指六精墮於勝浮二根之結體也以勝浮二根俱有相形能令無留礙之妙性妄成留礙也虛空無有相形是彼異喻故取以反顯根有相形有結必解也且以密顯結解惟有相形之二根即是結處矣問解結聖人豈皆灰滅二根耶答不然根雖全具而見聞十虛互融變現不被縛礙而已若此則豈惟根身不縛器界亦無留礙矣下文可了泛言當知結處已竟(卯)三確實指根是結上科註雖偷釋根義而經實未顯然說根此科方顯然指出矣分爲三(辰)一直指處體

則汝現前眼耳鼻舌及與身心

心意根也此葢直指六根乃是眞實結處之體(辰)二出其過患

六爲賊媒自劫家寶

賊媒者内人而引外賊者也如世外賊必賴家内奸人勾引指教方能成劫也媒喻六根無疑舊註賊喻六塵然塵雖在外而體本無情說賊非義亦於本經無據今據七徵之初佛云譬如發兵討賊要當知賊住處向下便徵心處是佛明以識心爲賊也問心說外賊其義何居答識是有情賊義勝塵體即塵影說外亦通自劫家寶者根引識起顛倒分别遂將如來藏中諸大家寶悉皆劫爲外之六塵乃至肉身皆不自在經云由汝認賊爲子迷惑無知故有輪轉祖師云損法財滅功德莫不由他心意識是也(辰)三顯爲結處

由此無始衆生世界生纏縛故於器世間不能超越

世界即世間别經云世間有二一者衆生世間即有情根身二者器世間即無情器界惟此二法盡一切法衆生於二徧成纏縛皆不自在總爲結體然的實結處不在器界唯在六根故迷者求出三界悟者但解六根今經言由根縛故不能超世反顯根解則不惟於身自在而於器亦超得大自在如後觀音三十二應等即超越之相也標處指根明結已竟(寅)二備顯六根數量上科大要方以指出根是結處而行人已知解結必從於根然根乃有六解惟從一不可不擇欲擇當須通達六根數量不知數量憑何選擇此科所以顯數量也分爲二(卯)一統論本所數量本所數量則無

優劣不可選擇然必先陳此科者有二意一者明數量緣起由於世界相涉二者顯原用本無優劣而優劣生於隨方之業力而已分爲五科㊅一躡前徵起

阿難云何名爲衆生世界

觀此徵詞當知所說世界但約根身非干器界至下再明㊅二正釋世界三㊁一釋名

世爲遷流界爲方位

世屬於時故以遷流不住爲義界屬於處故以方位定在爲義㊁二指體

汝今當知東西南北東南西南東北西北上下爲界過去未來現在爲世

此界世皆約身中而言問世無可議界似不通器界不動可說東西等定位身常轉移何有定方答此有二說一者假借謂借器界東西等以明身中東西等也此則在身惟左右前後等如温陵所解是矣二者就實謂身外可見轉移身中豈覺轉移如世界非眞不動當亦有轉動時雜華明世界游行往來過百千萬世界而世界中人但見不動不移豈能覺哉當知身中亦有定位界外亦見轉移何用情計乎㊁三結數

方位有十流數有三

正釋世界已竟㊅三明其相涉

一切衆生織妄相成身中貿遷世界相涉

首二句泛論諸法葢言理中本無衆生迷而後有一切衆生皆由諸妄交織而成下二句方以確指世界身中二字足顯惟屬

根身貿者有無交易也遷者彼此互到也如世行商貿遷諸貨也相涉者即交織不離之義下文自明言此世界相涉乃織妄相成中之一法耳夫織妄貿遷相涉皆同一意但上通而下局焉織妄舊局根塵非也(辰)四勸成數量分二(巳)一去留界數世數惟三而界數有十不將界數去留成四不能與世涉成十二也又分爲二(午)一去六留四

而此界性設雖十方定位可明世間只目東西南北

(午)二明其所以

上下無位中無定方

則師云上下無位者指著上下皆是四方之上下也除此別無上下故曰無位中無定方者謂四隅之中也隅以兩方交接而得名既一隅而屬兩方故曰無定方也○當結云因此所以界數惟四也(巳)二正勸涉數分二(午)一涉成本數

四數必明與世相涉三四四三宛轉十二

此爲疊數之本故曰本數(午)二疊成滿數

流變三疊一十百千

流者自一重流至三重也變者變少爲多也吳興曰一十百千者通舉增數之法耳謂增一爲十增十爲百等今且以方涉世明三疊者第一約四方各論三世共成十二也第二於東方三世變一爲十成三十南西北方亦復如是四方各三十成一百二十也第三於東方三十變十爲百成三百三方亦爾四方各三百成千二百也以

世涉方其例可解(辰)五總括始終
總括始終六根之中各各功德有千二百
此中德字義當活看乃是用字能字之意
葢六根中三世四方即唯識色心假分位
法名不相應行全依根中色心而立故六
根之功用功能皆於自體所具三世四方
無不圓滿自少增多顯其圓滿而已似不
必强配法相以傷穿鑿況古德言西天傳
來三疊註釋亦止增數而已如上岳師所
解也且此意但是欲令選根不得不明數
量非是正修行處而修行正意惟在耳根
圓通長水剋意深釋畫圖示人乃謂修行
意惟在此是雖別有理據而不知遮晦本
修正意智者不應惑之可也又此千二百
數但是統論凡夫所具未局此方故言各
滿非即真性勝用且如下言此方衆生耳
舌意現滿千二亦但比餘根稍圓而已豈
即徧周法界如佛所證耶故知稱真聖人
六根功德數當無量溫陵謂此但權依世
論六解一亡則何數量可及斯爲知言矣
統論本所數量已竟(卯)二揀別隨方數量
此科是獨就娑婆而揀若依上科則不可
揀別今因諸方互有優劣而娑婆三優三
劣仍可獨推一根最優故須揀別分爲二

(辰)一總令克定

阿難汝復於中克定優劣

(辰)二別示具缺具則千二缺則八百分六

(巳)一眼根缺

如眼觀見後暗前明前方全明後方全暗左
右旁觀三分之二統論所作功德不全三分

言功一分無德當知眼唯八百功德
則師云若一方三百前與左右合成九百義不通也當知四方各二百四隅四百今眼所見前及左右三方已成六百并前二隅二百共成八百惟後方二百及後二隅二百不見故云三分之二也㊁二耳根具
如耳周聽十方無遺動若邇遥靜無邊際當知耳根圓滿一千二百功德
有聲爲動若者相似非實之辭邇近也動若邇遥者如世人聞聲必知遠近也就實而論如前經云觀聽與聲俱無處所則邇遥亦屬情執非實故曰若也靜無邊際者如世人聞無聲之靜豈能度其遠近夫圓聽十方聞靜無際斯根所以最優也㊁三鼻根缺
如鼻齅聞通出入息有出有入而闕中交驗於鼻根三分闕一當知鼻惟八百功德
闕於中交者如調適之息出盡少停後乃方入於少停時所謂缺中交也冬月驗之可見息既有缺功豈能全溫陵曰出能取香入能聞香出入之中無能故闕中交長水曰出入中交共成三分一分四百闕於中交故惟八百而已矣㊁四舌根具
如舌宣揚盡諸世間出世間智言有方分理無窮盡當知舌根圓滿一千二百功德
孤山曰取能言說不論嘗味若取嘗味其功則劣以合中知故問宣揚二智智者能之愚者不能有能不能豈皆千二答愚者之言雖無出世之智而世間之智則有之況下文云言有方分者詞或局也理無窮

盡者義徧通也約此則世諦語言至麤淺者皆通至理如祖師聞婬詞而悟道出世智也孔子聽孺歌而警心世間智也若是則愚者之言亦具二智圓滿功德何所差别乎(巳)五身根缺

如身覺觸識於違順合時能覺離中不知離一合雙驗於身根三分闕一當知身惟八百功德

孤山曰離一合雙者離中不知是缺一分合時能覺有違有順故具二分(巳)六意根具

如意默容十方三世一切世間出世間法惟聖與凡無不包容盡其涯際當知意根圓滿一千二百功德

默容者異前宣揚也彼是能議此是能思問約通達一切法者則能包容盡際而未通達者無有此能何均千二答意根本具此能而愚者不能引發非意根之罪也譬如剛刄本能解斷而拙工不能磨礪非刄之罪也今但約其本具故說一切圓滿備顯六根數量竟(寅)三教其悟圓入一上二科先以指根爲結處備示優劣而已此科方以令其自悟最圓之根但從一門修證也故知此科更是下手切要處也分二(卯)一令驗六悟圓又分爲三(辰)一本其欲證無生

阿難汝今欲逆生死欲流返窮流根至不生滅

逆者不順其流也欲即五塵即名五欲雖意所獨緣者亦但五塵之影此葢六根流

逸奔塵而成無邊生死是謂順生死流旋根脫塵逆之而不順之也返窮流根者謂從淺至深務令生死源竭也其實六根旣爲煩惱根本即是生死深源至無生滅者妄窮眞現證極眞寂滅理也按後觀音圓通入流忘所等即逆生死流聞所聞盡等即返窮流根寂滅現前即至無生滅（辰）二令其驗六推詳

當驗此等六受用根誰合誰離誰深誰淺誰爲圓通誰不圓滿

領納塵境爲受發作功能爲用六根皆具此二故曰六受用根諸誰字正是令其推詳也合謂合中知離謂離中知近性爲深遠性爲淺通滿一意用具爲圓通用缺爲不圓滿也今詳六根眼耳爲離知鼻舌身三爲合知意雖多離而五俱意中鼻舌身三亦屬合知是則兼合而非純離也耳意所緣靜滅爲近性謂初旋耳根即捨動入靜靜絶喧亂故近性也纔旋意根則離生入滅滅無生起亦近性也眼鼻舌身所緣暗塞淡離爲遠性以暗則不明塞則不通淡則無味離則不覺皆於性靈遠不相似也圓缺經文顯然（辰）三顯示圓通勝進

若能於此悟圓通根逆彼無始織妄業流得循圓通與不圓根日劫相倍

此科結處雖顯勝進而初文實欲其自悟決擇一根而修也上科本令其於六義中推詳（謂離合淺深圓缺也）而今但云悟圓者語畧也葢選根取離深圓而捨合淺缺今以六義推驗則隱然惟耳根全當其選也良以眼

雖同爲離知而深圓不及也舌雖同其圓滿而離深不及也意雖同其深圓而純離不及也然則離知近性圓滿三義具全者惟耳根而已故此文義當補云若悟離深圓根云云乃至得循離深圓通與不離不深不圓之根日劫相倍其義方全但佛語影畧文雖省而意則具最宜知之後偈云初心入正定遲速不同倫即日劫相倍之意也織矣業流即塵欲交結流生死也㊇二令入一解六上科重一悟字義含信解此科重一入字文兼修證先須信解一最圓之根然後從一根修進證入所謂信解行證因果相應事畧周也分四㊈一舉前數量

我今備顯六湛圓明本所功德數量如是湛圓明即第一決定中圓湛不生滅性足顯前指根中之性無疑也本所二字明衆生現今本具箇箇皆同非由修行造作而然意實雙兼統論與揀别二科之意皆本所數量也㊈二令其擇修

隨汝詳擇其可入者吾當發明令汝增進

問悟擇何分答朗然無疑謂之悟決定取用謂之擇然但不與說破何根且先令其自悟自擇發明即與其說增進之漸次也增進者即漸次修行功夫矣故此科合下科屬修㊈三出擇一由又分二㊀一十方統論則無擇

十方如來於十八界一一修行皆得圓滿無上菩提於其中間亦無優劣

此即如偈云聖性無不通順逆皆方便也

雖說如來實談本修因時最初方便但因統論十方則隨方之機千差萬别故諸門皆可入證無優劣也然文雖局界而七大實亦兼該矣問後偈云十方薄伽梵一路涅槃門指耳根也此何通之答彼雖亦云十方蓋取觀音一類之機以觀音同機亦徧十方三界故也今此十方更是統論不局一類之機故有多門矣㊋二此方就機故須擇

但汝下劣未能於中圓自在慧故我宣揚令汝但於一門深入

下劣謂具足煩惱四住尚紆圓自在慧則備達法門頭頭可入無復遲速之殊者也此實深位方能非初心入正定者可能也故我下正以結明擇一之由矣問觀音豈亦下劣之類答約今現位雖是如來而本其初心亦從博地且最初方便雖諸佛亦皆各隨一方之機入一而已豈止觀音乎又阿難入一之後則一入一切入而圓自在慧當亦現前豈終於下劣哉出擇一由已竟㊉四一入六解

入一無妄彼六知根一時清淨

此科屬證令一門而入者即從一根而解也恐阿難疑其但解一根餘根尚縛故結示以一解一切解也按後圓通則當以聞所聞盡爲入一無妄然一根返元則六根解脱由是而見所見盡乃至知所知盡即六根一時同淨也夫上來六義推驗耳根既已密示且由悟而修由修而證則解結功夫大槩已畧周矣開示解結一周已竟

大佛頂首楞嚴經正脉卷第二十

音釋

絖古杏切音梗　纖息廉切音暹　貿莫候切音茂　括古活切音聒

大佛頂首楞嚴經正脉疏卷第二十一

明京都西湖沙門交光眞鑑述

(丑)二因問重申委悉此問不同後疑葢疑爲信之不及而辯定是非問爲解之不徹而請葢開示故佛下答但是足前示而更加詳明與之增解非與之斷疑也分二(寅)一阿難躡前發問

阿難白佛言世尊云何逆流深入一門能令六根一時清淨

此問但從悟圓入一科中而來且於悟圓科中但問前半如何是流如何逆之於入一科中但問後半如何惟令入一如何便能解六的明此之問意方了後之答文(寅)二如來就問重申重申者不出前義但以加詳之謂也又分四(卯)一申惑執尚深此科一則出其不能頓了之故二則明其欲流尚在決當逆之而方可至無生滅也又分二(辰)一直明我執未盡

佛告阿難汝今已得須陀洹果已滅三界衆生世間見所斷惑然猶未知根中積生無始虛習彼習要因修所斷得

須陀洹小乘初果也此云預流謂小乘從賢入聖至一果方預聖流也金剛經佛自釋云須陀洹名爲入流而實無所入以不入色聲香味觸法名須陀洹按此既出金言而復與此經孚合之甚宜惟取此良以不入六塵即逆生死欲流也三界衆生世間者以四住見思皆界內所斷非已出世間者所斷也孤山曰見諦所斷之惑即八十八使也修道所斷之惑即八十一思也

○見謂見道位中菴小乘初果屬見道位初果方斷我執分別而分別曰見故此亦名見惑即十使對三界四諦所疊八十八數此是阿難初果已滅者也根中虛習即是思惑所謂我執俱生也根即第八賴耶識以相宗呼此識爲根本依積生若釋爲多生則似與無始相重今釋積爲種子生爲現行虛習爲習氣即四使對三界九地所疊八十一數也又當知根亦即是六根但相宗唯目八法所成故屬無情色法此經直指根中六精心體故即賴耶是以後文觀音圓通根盡即當七信四果也要因修斷者屬小乘修道位中所斷也小乘以二三果屬修道位方斷思惑阿難未入修位故猶未知所斷也(辰)二況顯法執全在

何況此中生住異滅分劑頭數

此中仍指根中以離賴耶諸惑無依也孤山曰生住異滅即同體無明也分劑頭數謂初住以上至於妙覺四十二品也○同體無明總攝法執中分別俱生微細之惑所謂塵沙無明合爲一住天台目爲界外見思是也按起信論三細中之業相是生相三細之後二六麤之前二爲住相六麤之三四爲異相第五爲滅相而第六不與焉疏釋四相義以最初心動爲生以法執堅住爲住以內外人我爲異以周盡終極爲滅此約順流之相若約逆斷推人則十信覺於滅相二乘三賢覺於異相天台判圓七信齊於小乘極果此與三賢配之恐非圓教三賢而前言十信亦似別十信也再俟考之初地至九地覺於住相十方乃至如來

覺於生相理實如來方於生相現量親見而法雲地但是此相中發覺初心耳故知此之四相蓋取順流中從微至著逆斷時自淺之深通該五住以立非取一剎那所具四相也分劑頭數者明數量極多非二乘所測之境也良以麤分四十二品細分則應無量矣此科大意答前汝問如何是流即汝未斷之思惑及塵沙無明別惑是乃欲流尚在所當逆斷者矣申惑執尚深已竟（卯）二申一六由妄此答問中後二義如何惟令入一如何便能解六爲答此問故說此科又曲分爲六科（辰）一雙以徵起

今汝且觀現前六根爲一爲六

（辰）二別破二計二（巳）一破計一

阿難若言一者耳何不見目何不聞頭奚不履足奚無語

既言體一即當用通則計之爲定一者眞妄計非實也（巳）二破計六

若此六根決定成六如我今會與汝宣揚微妙法門汝之六根誰來領受阿難言我用耳聞佛言汝耳自聞何關身口口來問義身起欽承

若言體六即當用不相隨今既相隨則計之爲定六者亦妄計也（辰）三承明上義

是故應知非一終六非六終一終不汝根元一元六

非一二句開說非一終六則一不可定也非六終一則六不可定也且非一兩字斷定之辭終六者即用不相通之意此二字釋上非一之故言由用不相通所以決定

非一也非六兩字亦斷定之辭終一者即用乃相隨之意此二字釋上非六之故言由用乃相隨所以決定非六也末二句結定雙非以並遣一六之惑切不可更添雙亦以成矯亂之過也(辰)四推原由妄

阿難當知是根非一非六由無始來顛倒淪替故於圓湛一六義生

此根既非六而又非一衆生惑之爲六爲一者果何故哉推究而言根之本體元非一六由無始來云云顛倒即惑業當論中三細五麤淪替即苦果當論中第六麤也圓則用具而本非一湛則體一而本非六也一六義生者謂博地凡夫執之爲六淺解學者執之爲一而曾不達圓而非一湛而非六之本眞復何一六之可得哉(辰)五判示當機

汝須陀洹雖得六銷猶未亡一

約孤山所引金剛經不入色聲香味觸法此但六塵消歇然根以了塵爲用塵既不入則根之六用已即不行又此但說用之不行非即體盡四果方能體盡按後觀音圓通動靜不生即此六銷聞所聞盡方當體盡猶未忘一者約孤山釋爲執有涅槃不差然不止初果四果亦然以彼道成盡晦六用爲灰斷涅槃故也此正所謂淺解學者執之爲一也然所以說此者以凡夫執六人皆知之二乘執一人或未達故此判屬示之以見與凡夫執六者同一妄而非眞耳(辰)六更以喻明二(巳)一舉喻又三(午)一從一成六喻

如太虚空。恭合羣器。由器形異。名之異空。

虚空喻圓湛之性。羣器喻六根之相。器異者。方圓長短等也。然器異本無干於虚空。因恭合而遂謂虚空有異者。誠妄也。㊂二

除器觀空。說空爲一。

器未恭合之先。無故而豈說空一。今因除器而後說一。斯亦對待妄立。非本眞也。㊂三眞體無干喻

彼太虚空。云何爲汝成同不同。何况更名是一非一。

首二句破正計也。因恭器而說空爲不同。不同即異也。因除器而說空爲同。同即一也。此但徒有言說。而虚空豈爲汝之言說而眞成同與不同哉。此已將上一異雙遣也。末二句防轉計也。更略一層。葢上文因破異而復立爲一。故一異已並遣矣。今恐因破一而復立非一。故此復加何况更名。所以重將一與非一復並遣之。舉喻已竟。㊁二合法

則汝了知六受用根。亦復如是。

此須將喻中三科一一合之。初合從一成六喻。云彼圓湛性。結滯六根。由根六而遂謂性六殊。不知根六本無干於圓湛。因結滯而遂謂性六者。固妄計也。次合除六說一喻。云銷六根而立性爲一。殊不知根未結滯之先。無故而豈說性一。今因銷根而後立一。斯亦對待妄立。非本眞也。末合眞體無干喻。亦作兩節。先合破正計。云因結根而說性爲六。銷根而說性爲一。此亦徒

言説而圓湛豈爲汝之言説眞成一六之姝哉此巳將上一六並遣也末合防轉計云因銷六而立一一六固巳墮於俱妄矣何況因破一而更名非一則一與非一喻妄無巳也意恐破二乘涅槃之後而復有人計非涅槃故重遣也然此根性一六俱妄何姝虛空之與器形乎故曰亦復如是此科大意答前問云由此根性本無一六所以一解而六即消也申一六由妄巳竟

(卯)三申根結由塵此科仍同首科答如何是流之問而流相益加顯明也分爲二科

(辰)一别明又分爲六(巳)一攬色成眼

由明暗等二種相形於妙圓中粘湛發見見精映色結色成根根元目爲清淨四大因名眼體如蒲萄朶浮根四塵流逸奔色

首四句初成見精上二句單舉塵相相形者互顯也下二句正成見精妙圓指性妙亦湛也粘染着也粘湛發見且言湛性被粘而初發妄見根未結也中四句次成勝義根也上二句表成勝義見精承上而言即粘湛發見之見精所映之色即明暗等所成之根即內四大勝義根也根成則是顛倒從塵有見矣下二句檢異浮塵根元者表其爲浮塵根之本也目爲清淨四大者明其雖屬四大而其相最爲微細聖目天眼方能見之凡夫莫覩非浮根所能比也末四句後成浮塵根也上二句定名示相因名眼體者因有勝義根爲之本元方成眼體如蒲萄朶者麤相顯著凡夫共見也此二句或可屬上勝義既曰聖等可見非無相狀故表其如蒲萄今不見者知

也若是則體者謂能見之實體也下放此下二句檢異示流浮根者明其爲麤浮之根檢異勝義也四塵指其體也即色香味觸二根雖麤細有異要皆以能成地水火風所成色香味觸八法爲體今於勝義說四大浮塵說四塵者就名而互影也流逸奔色者是乃聚見於眼顛倒從塵發見循色流轉惟以色爲所緣之境二根分屬全依檇李而但變其文耳下五根大意準此類推之巳二攬聲成耳

由動靜等二種相擊於妙圓中粘湛發聽聽精映聲卷聲成根根元目爲清淨四大因名耳體如新卷葉浮根四塵流逸奔聲

相擊者互不相容也卷包攬也與結意同奔聲即循聲流轉也餘並準上巳三攬香成鼻

由通塞等二種相發於妙圓中粘湛發齅齅精映香納香成根根元目爲清淨四大因名鼻體如雙垂爪浮根四塵流逸奔香

相發者互相引起也納吸取也巳四攬味成舌

由恬變等二種相參於妙圓中粘湛發嘗嘗精映味絞味成根根元目爲清淨四大因名舌體如初偃月浮根四塵流逸奔味

恬即是淡無味之味也變即五味之總有味之味也以無味有味相對而成兩端耳參雜和也旋取曰絞巳五攬觸成身

由離合等二種相摩於妙圓中粘湛發覺覺精映觸摶觸成根根元目爲清淨四大因名身體如腰鼓顙浮根四塵流逸奔觸

摩際交也搏攬取也腰鼓俗名杖鼓顙腔也細腰而以革瞞其兩頭狀似人身（巳）六

攬法成意

由生滅等二種相續於妙圓中粘湛發知知精映法攬法成根根元目爲清淨四大因名意思如幽室見浮根四塵流逸奔法

不云意體而言意思者以意之浮根即肉團心孤山所引正法念經狀如蓮花開合是也然在於身中人不可見故用思字以明有思量處即意根所在也如幽室見者檢非日中所見以前五根對塵實體共見明了如日中之見意根對塵獨影自見隱暗如幽室見物也此亦但狀其知體非象其浮根也形擊結卷等字但是變文無大差殊不必過於分析別明已竟（辰）二總結

阿難如是六根由彼覺明有明明覺失彼精了粘妄發光

孤山曰由彼覺明真明也有明明覺妄明也迷彼真明故云失彼精了成此妄明故云粘妄發光○此雖推重無明再研經意惟重粘妄二字即染着於塵之謂也粘妄發光即先見精等初成然後攬塵以結諸根此染塵爲成根之本是以下科一忘塵而結自開也三申根結由塵已竟（卯）四申塵忘結盡此答問中第二意如何逆之斯正教以逆之之法所謂下手功夫也良以奔塵既即爲流而忘塵豈不是逆乎分二（辰）一正申解結以酧問又二（巳）一統論離

塵無結

是以汝今離暗離明無有見體離動離靜元

無聽質無通無塞齅性不生非變非恬嘗無所出不離不合覺觸本無無滅無生了知安寄

此猶泛論離十二塵元無六根結體非正教脫塵之功功在下科無有見體者無聚見於眼結滯爲根之妄體也非是幷其照用自在之常體而俱斷滅也餘五準此此處看得明白下文方知阿難爲謬解妄辯此若不了下文徒信佛語而阿難之難終不能解也(巳)二正教脫一盡五此中方是教以脫盡功夫分三(午)一離塵

汝但不循動靜合離恬變通塞生滅明暗如是十二諸有爲相

不循即是旋根不復奔塵功夫此以耳身舌鼻意眼爲序者佛言隨便自在無他意也有爲屬生滅法十二塵相皆生滅法故云諸有爲相也夫一大功夫惟在不循二字所謂簡則易能真圓頓上乘也但學者珍重而勿輕忽方能得其力矣(午)二脫一

隨拔一根脫粘内伏伏歸元真發本明耀

首句言非是教汝六根齊拔但當選一圓根旋倒逆流以拔之此與後觀音意同脫粘即是忘塵内伏即是盡根伏歸元真即是歸一精明發本明耀即是心光融洩矣(午)三盡五

耀性發明諸餘五粘應拔圓脫

此即一根若返元六根成解脫所以答前入一門而六根一時清淨之問也正伸解結以酧問已竟(辰)二兼成二妙以證驗前科已盡正答此復明其勝妙令其決定趨

進也伏問意云未審六根淨後有何利益故復答此然亦因如來初開義門元爲哀憫二乘於菩提心未得自在故此明解根之後當得大自在也又前科屬修門此科屬證門以二妙即所證圓通境界爾分二

㊁一情界脫纏成互用妙情界即正報根身衆生世界也前文佛云由此無始衆生世界生纏縛故故此先明情界脫纏也又二

㊅一先以示妙

不由前塵所起知見明不循根寄根明發由是六根互相爲用

首二句外不由塵也知見舉意眼而該餘四也由塵起見者如眼因空明而後見等今心光徧照則塞不能礙暗不能昏豈假外緣所謂不由前塵起知見也次二句內不循根也明不循根者照用徧周不用勝浮二根也寄者權假之意寄根明發者但權假二根示爲照明之相而實不全由也故佛菩薩之視不俯仰不迴轉葢由不全用根故也設隨世相亦權假表法非真也末二句結成互用妙也由是者因此外不由塵內不循根根塵雙脫之故方成此妙也互用者如眼能聽耳亦能見之類是也良以心光旣徧六用皆周故六門互通理之自然矣孤山所謂似如法華真如華嚴者當取於真葢此妙由於無漏性發非同法華尚假果報之力故也斯於衆生世界無復縛礙而內之根身旣巳得大自在矣

㊅二證不循根

阿難汝豈不知今此會中阿那律陀無目而

見跋難陀龍無耳而聽殑伽神女非鼻聞香驕梵鉢提異舌知味舜若多神無身覺觸如來光中映令暫現既爲風質其體元無諸滅盡定得寂聲聞如此會中摩訶迦葉久滅意根圓明了知不因心念

此恐凡小久執六用必循於根驟聞明不循根疑而不信故引此證之令其信極也

孤山曰殑伽河名此云天堂來以其自雪山頂無熱惱池流出故也溫陵曰驕梵受牛哃報故曰異舌舜若多神主空神也其質如風而能覺觸○空神多劫以無身爲苦如來放拔苦光映令暫現身觸則樂不可言然則纔空外道當知警矣溫陵曰修滅盡定得寂聲聞意根斯滅如大迦葉雖滅意根而能了知孤山曰那律等六人或是凡夫業報或是小聖修得斯皆妄力尚不依根何況圓脫豈無互用情界脫纏成互用妙已竟㊁二器界超越成純覺妙前文佛云於器世間不能超越故此後明器界超越也分二㊀一先以示妙

阿難今汝諸根若圓拔已內瑩發光如是浮塵及器世間諸變化相如湯銷冰應念化成無上知覺

言有次第理實諸根圓拔則二妙齊臻故此首二句重牒起也內瑩發光者心光融鎔洞徹表裏也浮塵畢竟虛法也器世間似有體法也諸變化相總該山河萬物染淨苦樂等相也前於奢摩他中但方了妄即真此則親證實到故無情滯相爲心光所鎔還本覺體所以如湯銷冰應念成覺

也夫山河大地既皆自心純覺之體則番苦作樂變穢爲珍乃至大小互融一多不礙無所不可如後觀音三十二應等得大自在也是知六根未解非惟器界不得自在雖根身亦不得自在六根既解非惟根身得大自在雖器界亦得自在矣此學者但當解根無勞出界也㊅二驗不藉緣此恐凡小過慮圓妙未發先銷根塵萬一根塵既已雙失而圓妙又或不發豈不落空故此驗以示之令其進銷勿畏也然由不循根爲根身自在之本故前證不循根由不藉緣是器界自在之本故今驗不藉緣又分爲二㊆一即事以驗即目前之事驗之令易省解也又三㊇一用肉眼局量阿難如彼世人聚見於眼

聚見於眼者謂見性本周法界顛倒故但聚於眼離眼別無也㊇二令合成暗相若令急合暗相現前六根黯然頭足相類此中依吳興下文作合眼者循繞他人之體則此六根二句即當指合眼者所對之他人方通然譯文闕略仍當補云正合眼時設復有人當其前立則六根莫辯手足何分乎㊇三驗暗中知覺彼人以手循體外繞彼雖不見頭足一辯知覺是同

吳興曰彼人即指合眼之人循體謂繞他人之體知覺是同言暗中知覺與明中所見不殊即事以驗竟㊆二明不籍緣緣見因明暗成無見不明自發則諸暗相永不能昏

緣見因明者緣塵之見尋常必因於明也暗成無見者即合成暗相科也不明自發者即暗中知覺科也末二句斷定滅緣決不礙見也㊀三決成圓通

根塵既銷云何覺明不成圓妙

根塵銷落諸緣滅盡也承上滅緣既不礙見則根塵銷而豈不決發圓通乎圓妙即圓通乃根身器界大自在之境也通前開示重申二科則解根下手功夫略已發盡但未說出一門的指何根而已學者宜當反覆潛玩則圓通修證思過半矣又通前二義論之前一義爲略示因果全功令懸知究竟極果後一義爲詳示初心方便令切曉下手功夫爾分門以定二義已竟㊀二證驗以釋二疑前二義正與說示修門

此下諸科皆因辯問而與之除疑增解本科正當除疑而疑則有二就分爲二㊀一驗釋根性斷滅疑此疑從前第二義門統論離塵無結科中而來又分二㊁一阿難錯解佛語以謬難佛謂離塵無有結體阿難誤謂離塵全滅性體故謬起斯難也又分爲三科㊂一因果相違三㊃一按定如來教旨

阿難白佛言世尊如佛說言因地覺心欲求常住要與果位名目相應

第一義門反決必同科中文云若於因地以生滅心爲本修因而求佛乘不生不滅無有是處阿難所按蓋按斯文也名目相應者要因果二地覺心同一常住然後可爾㊃二引果較量今因又二㊄一引果明

常又二(卯)一備引七果

世尊如果位中菩提涅槃眞如佛性菴摩羅識空如來藏大圓鏡智

七果皆取如來究竟證極不取在纏理具者也菩提取萬德莊嚴號無上者涅槃取五住淨盡號無餘者與夫究竟眞如證得佛性離垢白識出纏空藏轉識鏡智皆果位所有非因位能共者也菴摩羅此云無垢與大圓鏡智皆轉第八所成皆同照萬法故規矩云大圓無垢同時發普照十方塵剎中但圓照萬法而無分別處名鏡智分別一切而無染着處名淨識故楞伽經云分別是識無分別是智此因二名對舉暫以分屬如此非謂是智皆無分別是識皆有分別良以識有無記爲性者智有分別爲體者也問此二何異前之智果答彼乃一切種智三諦圓照此二多照俗諦是其差別也(卯)二總結眞常

是七種名稱謂雖別清淨圓滿體性堅凝如金剛王常住不壞

斷盡無明曰清淨具足性德曰圓滿不可破曰堅不可動曰凝金剛王即帝釋寶而金剛經釋有堅利二義今獨取堅義以合常住不壞益七果皆一成永成無復變也

(寅)二說因爲斷又二(卯)一疑因斷滅

若此見聽離於明暗動靜通塞畢竟無體

根惟略舉前二塵乃略舉前六以該其餘總言根之離塵無體也領前統論離塵無結科而謬疑爾(卯)二疑同妄心

猶如念心離於前塵本無所有

念心即六處識心領前最初三番破心中第三名其無體意也言佛前破識心離塵無體今此六根亦離塵無體豈不同於彼心乎㊀二謬疑因果相違

云何將此畢竟斷滅以爲修因欲獲如來七常住果

言既離塵無體則是畢竟斷滅之法然佛既言生滅爲因不可獲常住之果以其不相應也今何以斷滅因而修七常住果乎因果相違已竟㊀二後先異說即自語相違也分三㊀一據今現說斷滅又三㊁一躡根同識

世尊若離明暗見畢竟空如無前塵念自性滅

此單舉眼根例該餘五然此科亦但牒前說因爲斷中文首二句迭疑因斷滅科也次二句迭疑同妄心科也言此根性與前佛所破之識心何所差別乎㊁二正疑斷滅

進退循環微細推求本無我心及我心所

進退者前後反覆也循環者周而復始也微細者檢異麤心也無我心者無心體也無我心所者無心處也同前最初破心無體破心無處矣心所非謂相應法也據此科意全將根性疑同識心無體亦無處也㊁三懼難尅果

將誰立因求無上覺

眞因方可尅果今因尚斷滅其誰成果乎此亦全領最初破心文中佛言塵非常住若變滅時則汝法身應同斷滅其誰修證

無生法忍大抵旣惑根性全同識心則全將前破識之意而轉以破根矣據今現說斷滅已竟(丑)二考前多許真常

如來先說湛精圓常

上科據如來今說根性是其斷滅此科考如來先說根性多許其湛精圓常若作四義澄清不動曰湛靈明不昧曰精充滿法界曰圓體恒不滅曰常或以湛精即指六精則但以圓常爲二義亦可此科總取前十番示見義故曰如先說也示見十義圓常二字收之殆盡不動不滅不失不還皆常義也不雜不礙不分乃至不偏因緣自然皆圓義也(丑)三謬疑自語相違

違越誠言終成戲論云何如來真實語者

先說根性圓常後說根性斷滅故曰違言成戲也戲論如矯亂之語也云何二句明其不得爲聖語稱理曰真不虛曰實(子)三更求開示

惟垂大慈開我蒙悋

蒙謂根暗而不了佛言悋謂疑滯而不果進領也阿難錯解佛語以謬難已竟(癸)二如來即事驗常以釋疑即目前之事驗根性果常以釋之分四(子)一許以除疑又二(丑)一責徒聞未識

佛告阿難汝學多聞未盡諸漏心中徒知顛倒所因真倒現前實未能識

首二句以其務多聞而不暇盡漏見多聞功專也非責其不盡漏也顛倒即錯誤之惑也徒知顛倒所因者徒知顛倒爲諸妄所因也真倒未識者葢多聞之人徒記顛

倒名字亦知諸妄皆因顛倒而實不知何爲眞實顛倒亦如說藥人而實未見眞藥者也及至眞倒現前實未能識亦如眞藥現前實未能辯也(丑)二許即事除疑

恐汝誠心猶未信伏吾今試將塵俗諸事當除汝疑

首二句言我若不設方便直說根性爲常恐汝云云末三句正許設爲方便而與之除疑蓋擊鐘引夢皆塵俗易曉之事故也(子)二擊鐘驗常分四(丑)一兩番問答又二(寅)一問聞答聞謂問聞之有無即以聞之有無爲答也又二(卯)一三次致審就分三(辰)一先審有聞

即時如來勅羅睺羅擊鐘一聲問阿難言汝今聞不阿難大衆俱言我聞

今我俱作有字方妙(辰)二次審無聞

鐘歇無聲佛又問言汝今聞不阿難大衆俱言不聞

今仍作有不聞宜作無聞(辰)三復審有聞

時羅睺羅又擊一聲佛又問言汝今聞不阿難大衆又言俱聞

今字同前俱亦作有夫審有審無似乎兩次足矣何用第三復審蓋此復審甚有關要至下申正義處必用此三臨文再爲指出(卯)二重與確定

佛問阿難汝云何聞云何不聞阿難大衆俱白佛言鐘聲若擊則我得聞擊久聲銷音響雙絕則名無聞

不仍作無音即本聲響乃虛谷應聲之影也此之確定要令衆等親口自言或有或

無但惟是聲無關於聞也問聞答聞已竟
(寅)二問聲答聲謂問聲有無即以聲之有無爲答也分二(卯)一三次致審就分爲三
(辰)一先審有聲
如來又勅羅睺擊鐘問阿難言汝今聲不阿難大衆俱言有聲
汝今二字不如今有二字爲妙(辰)二次審無聲
少選聲銷佛又問言爾今聲不阿難大衆答言無聲
此與下科爾今俱應作今有讀之(辰)三復審有聲
有頃羅睺更來撞鐘佛又問言爾今聲不阿難大衆俱言有聲
少選有頃皆言少時也關要同前(卯)二重與確定
佛問阿難汝云何聲云何無聲阿難大衆俱白佛言鐘聲若擊則名有聲擊久聲銷音響雙絕則名無聲
首句不如只言云何有聲此與上文數字譯文傷巧故皆換字代讀義自顯現葢變文圖巧不如顯義爲高也兩番問答已竟
(丑)二責其矯亂分二(寅)一直責矯亂
佛語阿難及諸大衆汝今云何自語矯亂
(寅)二因問勘定
大衆阿難俱時問佛我今云何名爲矯亂佛言我問汝聞汝則言聞又問汝聲汝則言聲惟聞與聲報答無定如是云何不名矯亂
聲聞報答無定即眞矯亂而凡小素無智眼混濫無分隨口而應殊不自覺故激責

令問因問與説也葢聲聞雖以雙審有無只歸一邊今乃二俱隨應眞混濫矯亂之答也理實只當答聲有無豈可混答聞之有無哉㊉三破申正義聲有生滅聞乃常存是其正義審之不悟故與申明而破其誤執之深惑也分二㊊一先破滅無之見又二㊋一取更擊以驗未滅

阿難聲銷無響汝説無聞若實無聞聞性已滅同于枯木鐘聲更擊汝云何知

此中方顯若無第二聲之擊並無第三次之審則此破何所施乎故曰第三之審甚爲關要也鐘聲更擊汝云何知者言聞既隨聲已滅更擊應當不聞今更擊仍聞豈云隨滅而遂言無聞乎知字即第三次所審知有之知也㊋二取知無以驗不無

知有知無自是聲塵或無或有豈彼聞性爲汝有無聞實云無誰知無者

首句迭表生滅惟聲也言知有知無者謂所知之有及與所知之無也故惟重有無二字不重知字次三句迭表有無不關於聞性也豈彼聞性爲汝有無者言豈是聞性因聲之有無而亦爲汝成有成無哉此皆迭申正義而破意全在末二句聞實云無者縱詞也言若果隨於聲盡即無也誰知無者奪詞也言我第二次審汝復將何性知其爲無聲乎此科之破恐彼承前破而轉辯之曰初擊既久揣知聲滅而聞亦隨滅及其再擊不妨聲生而聞亦隨生故即用此科末二句義以破之云若實聲滅而聞亦隨滅即應聲無而不知無聲然則

汝當次審是誰知其無聲乎先破滅無之見已竟㊪二後申眞常正義

是故阿難聲於聞中自有生滅非爲汝聞聲生聲滅令汝聞性爲有爲無

此方剖決斷定生滅與不生滅者文似重前而此實更有交互之意不同前文首二句聲於聞中實有生滅也末四句聞於聲中實不隨生滅也非爲汝當另讀聞字連下句讀之言非爲汝聞聲之生滅即令汝聞性亦或有而或無也破申正義已竟㊁四責迷戒謬

汝尚顚倒惑聲爲聞何怪昏迷以常爲斷終不應言離諸動靜閉塞開通說聞無性

首四句責迷也意謂斷常縱使難定根塵宜當易分今惑聲爲聞尚於易分者而不能分何怪以根中之常性而惑爲斷滅此固於難定者益不能定也理實凡小不能決定信根性爲常住者病根在於根塵混濫而麤心未能斟別故佛擊鐘詳審發其混濫然後與申明之最爲妙示也末四句戒其止謬辯也加閉塞開通者似明浮塵根亦與聞性無干也擊鐘驗常已竟㊈二引夢驗常前阿難領佛離動離靜元無聽質之旨而起根性斷滅之疑今擊鐘之示有聲驗之於動無聲驗之於靜而實未及動靜雙離以驗之故此再引睡中雙離動靜時以驗也分爲二㊁一驗夢不昧分四㊪一夢外實境

如重睡人眠熟牀枕其家有人於彼睡時擣練舂米

輕睡者有聲即醒不成斯喻故惟取於重睡眠熟者睡濃時也搗練砧聲也舂米碓聲也或二事並作亦可耳(寅)二夢中誤認

其人夢中聞舂搗聲别作他物或爲擊鼓或爲撞鐘

睡中昏識境多顛倒聞外聲而誤作别音此其常事或鐘或鼓二俱雙取亦可以後文互影故也(寅)三分别不昧

即於夢時自怪其鐘爲木石響

此但取聞聲即爲根性不昧不論其誤與不誤也夢中分明見其撞鐘其聲實是杵音故於夢中怪此鐘聲響同乎木石矣(寅)四寤時述誤

於時忽寤遄知杵音自告家人我正夢時惑此舂音將爲鼓響

夢中怪鐘醒時説鼓互影略也驗夢不昧已竟(丑)二決定性常承此決定根性爲常住也二(寅)一即離塵不昧

阿難是人夢中豈憶靜摇開閉通塞其形雖寐聞性不昏

摇即動也靜摇即動靜二塵也復加開閉通塞者兼肉耳也言此夢中豈惟動靜雙離兼亦根塵並捨其實睡中之人舉身皆忘豈猶記肉耳之開閉通塞汝疑動靜雙離根性斷滅即當此之睡人動靜根塵俱忘之時全應無覺也今乃猶能分别杵音則聞性離塵不滅宛有明驗矣復何疑哉(寅)二知形銷不昧

縱汝形銷命光遷謝此性云何爲汝銷滅

此猶更進一步令知非惟睡中不昧即當

因此井信死後亦不昧也云何爲汝銷滅者言豈爲汝形之銷滅而聞性亦與之俱滅乎此處阿難仍當更有一問問云旣此根性動靜無關生死不礙如來何言離動離靜元無聽質乎如來應答云我言離塵無聽質者爲無聚聞於耳結滯爲根之聽質也此質若忘則徧周法界之聞性方以全彰豈令番成斷滅乎此方明出元無聽質之故顯其自是阿難謬解非佛自語相違也不然則佛前言離塵無質後言離塵有體終無以解自語相違之難矣故此問答理應有之而經文欠者秪由阿難承擊鐘引夢之巧示親覺根性常住自悟前難爲謬不復重徵以致後之學者多不知元無聽質者指於何質也此意從來人所未覺補明甚有關係智者詳之吳興曰前阿難通疑六根離塵無體如來所以別顯聞性爲常誠欲發耳根圓通之機也○故後偈云聲無亦無滅聲有亦非生乃至縱令在夢想不爲不思無皆取於此也引夢驗常已竟(子)四申迷教守前但發明正解此科警勸專修分二(丑)一普申迷常故墮無常又二(寅)一明逐妄迷真

以諸衆生從無始來循諸色聲逐念流轉會不開悟性淨妙常

循諸二句逐妄也統言循塵流轉略舉色聲以該攝餘一切塵也末二句迷真也不悟根中之性淨而不染妙而不縛常住而無生滅也(寅)二結無常流轉

不循所常逐諸生滅由是生生雜染流轉

上科逐念流轉而不開悟但屬於惑此中不循所常者即不守根中所具常性逐諸生滅者流逸奔塵造諸塵業也生生流轉者乃指六趣遷流苦果無盡也而惑業苦三具足無鈌矣迷常故墮無常竟(丑)二教令守常必成正覺上警無邊生死但因迷常不知所循此故勸以守常必成究竟也守即循也分爲三(寅)一正教守常

若棄生滅守於真常

上句不逐妄也即不奔諸塵下句惟守真也即旋根反照所謂脫粘内伏也理實即後圓通入流忘所功夫耳(寅)二六解一忘又分爲二(卯)一常光現而六解

常光現前根塵識心應時銷落

首句即伏歸元真發本明曜也末二句正六解之相據文則十八界俱已並銷理實盡根而餘自盡矣即前所謂耀性發明諸餘五粘應拔圓脫矣按後圓通應齊聞所聞盡(卯)二緣影盡而一忘

想相爲塵識情爲垢二俱遠離則汝法眼應時清明

此中塵垢非指麤者良以上科根塵識心悉以銷盡故也今言到銷落之後心中純想湛一之體即所想湛一之相更是一種最細難除之塵識情亦非麤識即對此湛一爲能想之心亦名法愛以其不捨湛一之境也即此法愛情念更是一種貼體難刮之垢若能於此二俱遠離則法眼當下清明以麤細塵垢淨盡無餘故也按後圓通此科應齊盡聞不住乃至寂滅現前至

此則湛一亦忘何六根之可結哉(寅)二決成正覺

云何不成無上知覺

上法眼清明似方至於初住今即許以究竟極果良以因地眞正則果無紆屈而從初發心必成正覺矣驗釋根性斷滅疑已竟

大佛頂首楞嚴經正脉疏卷第二十一

音釋

劑才詣切　粘尼占切音黏　顙蘇朗切桑上聲　驟鉏救切音縐　搗覩老切同擣

大佛頂首楞嚴經正脉疏卷第二十二

明京都西湖沙門交光眞鑑述

㊀二證釋別有結元疑證釋者照現諸佛同證以釋也舊註謂此牒前不見所結云何知解而重問若是則無味之甚良以上文明說六爲賊媒自劫家寶具詳示根結之由解根之法又擊鐘驗過何阿難忽又不知六根是結而又勞佛重答甚無謂也當知阿難已領六根是結而今更請之結元即下諸佛所說俱生無明生死結根也不知六根當體即是離此別無故佛下答汝欲識知俱生無明生死結根惟汝六根更無他物是也分二㊁一阿難別求結元又三㊂一就喻索元

阿難白佛言世尊如來雖說第二義門今觀世間解結之人若不知其所結之元我信是人終不能解

所結之元意謂離此六根向上別有深根以爲結之本元也此特何難妄生擬意必有此元而謂不知者必不能解耳㊂二引人合喻又爲二㊃一先與合定

世尊我及會中有學聲聞亦復如是

㊃二詳開合文又三㊄一遠敘妄纏

從無始際與諸無明俱滅俱生雖得如是多聞善根名爲出家猶隔日瘧

此敘皆爲不知結元終不能解也諸無明即五住地也俱滅生者常淪生死也阿難正以此俱生無明方爲生死結根所謂結元也豈知六根即是哉得善根名出家者謂所得有學小果也隔日瘧者謂得果時

暫似解脱而入生死時依舊被縛也理實不止有學雖彼無學羅漢不涉生死則巳涉則成縛正由不達結處不關識心雖伏斷之終不得脱（寅）二願佛慜示

惟願大慈哀慜淪溺今日身心云何是結從何名解

云何是結者云何是結之本元也從何名解者言作何法以解之也經文語畧故人多未明耳（寅）三兼被未來

亦令未來苦難衆生得免輪廻不落三有

（子）三哀求指示

作是語巳普及大衆五體投地雨淚翹誠佇佛如來無上開示

翹者如鳥張翼而望哺也阿難别求結元巳竟（癸）二如來証無他物大約明六根外更無物爲結元也分三（子）一諸佛同証蓋不離六根即是妙性此爲難信難解之法阿難自經初至此重重蒙示猶不委信深解而捨易求難故佛恐自言不能令其確信而照現諸佛同以証信也分四（丑）一慜衆摩頂又爲三（寅）一慜念現在

爾時世尊憐慜阿難及諸會中諸有學者

此或上示無學巳解斯但有學所疑故偏憐之（寅）二慜念未來

亦爲未來一切衆生爲出世因作將來眼

未來去聖愈遠信解愈難故普慜念之爲出世因者修証有賴也作將來眼者信解不迷也（寅）三摩當機頂

以閻浮檀紫金光手摩阿難頂

摩頂惟作哀憫攝受之意慜衆摩頂巳竟

㊀二動十方界

即時十方普佛世界六種震動

表六根將必解除也㊀三感諸佛瑞分二

㊁一各放頂光

微塵如來住世界者各有寶光從其頂出

表此根中妙性乃尊而無上密而無見之

法也㊁二來灌佛頂

其光同時於彼世界來祇陀林灌如來頂

示同証此性無别性也㊁三大衆喜慶

是諸大衆得未曾有

固是見瑞希有然亦表衆生同具致感同

喜也㊀四聞諸佛言分二㊁一標普聞同

音

於是阿難及諸大衆俱聞十方微塵如來異

口同音告阿難言

異口同音者示諸佛同宣斯教非一佛獨

説之言足可深信彌陁經云汝等當信受

我語及諸佛所説即此意也亦即蓮經法

説諸佛道同此經光中親令見聞尤當信

受㊁二述諸佛教言又二㊂一告結無他

物

善哉阿難汝欲識知俱生無明使汝輪轉生

死結根惟汝六根更無他物

俱生無明即同體别惑最爲生死深源而

稱其爲結根者結表固而不開根表續而

不斷更無他物言此根性即是俱生無明

之元首固結生死之深根離此六根更無

結元也㊂二告解無他物

汝復欲知無上菩提令汝速證安樂解脱寂

靜妙常亦汝六根更非他物

此復言其不但只是妄元仍是眞元蓋罪之魁而功之首也無上菩提屬智果即能証如如智也安樂等屬四德斷果即所証如如理也安樂即樂德解脱即我德我以自在爲義故也寂靜即淨德妙常即常德更非他物者言離此根性無別眞元矣良以根性本即菩提涅槃元清淨體經初佛早判爲眞本彼處人多不識我曾引此釋之諸佛同証已竟(子)二如來解釋分爲二

(丑)一阿難未悟而述問

阿難雖聞如是法音心猶未明稽首白佛云何令我生死輪迴安樂妙常同是六根更非他物

意疑如來常説法相最要畧者亦有十八界等今何惟是六根而六塵六識皆不與耶(丑)二如來詳釋以除疑分爲二(寅)一長行分三(卯)一直以標檢又分爲二(辰)一標處一體

佛告阿難根塵同源縛脱無二

科言處者謂經之根塵攝十二處也阿難意中疑云若惟六根豈不遺乎六塵故此首句標告之云根之與塵執相而觀則根爲内身而屬有情塵爲外器而屬無情似永異也而不知本惟一心妄分情器迴流窮源仍惟一體豈眞有十二處之各體耶斯即唯識宗相見皆依自証起矣次承上言由此根塵同源之故舉根而即以攝塵是以縛爲凡流而受淪固此六根以爲結縛之本脱爲聖侶而自在亦此六根以爲解脱之源豈有二物哉(辰)二檢識虛妄

識性虛妄猶如空華

阿難意中當復疑云根塵同源故舉根即以攝塵而六識何以不言故此復檢云識乃前塵虛妄相想猶若空華了無實體既非縛結之本又非解脫之要故結解惟根而竝不係於識也此處仍總結云六塵既無別體六識又極虛無故諸佛同言結解惟是六根也理實只此標檢之科所以釋諸佛之言者義盡無餘下文重釋重頌令其增明而已(卯)二重以釋成理本玄微而標文隱畧恐未徹了故重以釋明然此中但釋所標而不釋所檢者以既檢去不用故也分二(辰)一重釋根塵同源

阿難由塵發知因根有相相見無性同於交蘆

由塵發知者即由六塵而後發六根之知也此句見六根要須托六塵而後立因根有相者即因六根而後有六塵之相也此句見六塵要須托六根而後有相見無性者言塵離根而固無獨立之自性根離塵而亦無獨立之自性也交蘆別是一種麤大過於常蘆生必二莖交抱而立二根盤結而連單則撲地不能自立又其體外實內空今言猶如交蘆者據長行似惟取於交倚不能自立亦如根塵各無自性同源一體所以引下文縛脫惟根而已據偈頌則仍取外實內空以喻根塵空有俱非也故今長行雖未顯章空有之義亦應暗含雙非之旨庶見下文立知無見甚有來歷矣(辰)二重釋縛脫無二

是故汝今知見立知即無明本知見無見斯即涅槃無漏眞淨

是故二字雖顯承上言根塵既無兩體是以縛脫但惟在根然亦暗承空有俱非而來更有意味知見即該六根之性立知者立空有二知也凡夫迷六根之性爲有二乘晦六根之性爲空俱不達空有俱非之旨也即無明本者凡夫即具足五住而長淪分段皆迷有以爲之本也二乘即尚餘第五而未出變易皆晦空以爲之本也無見者無空有二見也凡夫於根性除執有之見二乘於根性除偏空之見也涅槃即番上二種生死無漏眞淨即離上五住無明斯即云者葢凡夫除前四住先得有餘涅槃無漏眞淨所謂此根初解先得人空也二乘除第五住究竟無餘涅槃無漏眞淨也因此經凡小當機故作是說若本來大根不必分約二人矣舊註二解俱非前偈中空有俱非之語後解立眞排妄不顧偈中妄眞同妄之言夫重頌不遠居然抗違猶云竝符佛旨註疏豈易能哉學者宜愼重之問此之知見與法華知見及此經圓彰三藏之後所說知見同耶異耶答更無別法但說示泛切不同耳法華標名未及釋義解家隨情於經無証泛之甚也斯經全口自釋圓彰三藏即佛知見亦取衆生藏心本具非取修証所成然於衆生現前未曾指其具於何處是猶未的切也今此處於衆生現具六根中性指出如來知見方甚爲的切而非泛也葢以知即內之意根見即外之五根而此根性既周徧常住爲菩提涅槃元清淨體而三藏圓具非如來知見而何單傳直指亦密指於此而已而顧謂之教外者欲其離文字廻光親見耳若即隨言作教外想是痴人前不得說夢也珍重之　重以釋成已竟㊃三總以結歸

云何是中更容他物

此即結歸諸佛本語也是中即結中與解

中也意言結中惟是根結而更無他物能爲結元解中惟是根解而亦無他物能爲解元此諸佛所以同言更無他物也長行竟㊂二偈頌分二㊃一標頌

爾時世尊欲重宣此意而説偈言

㊃二偈文分二科㊄一祇夜頌前二㊅一頌直以標檢二㊆一超頌檢識虗妄法相宗五位唯識前四有爲第五無爲今偈文顯然雙破故知乃是超頌識性虗妄猶如空華蓋佛頌長行多變文顛倒不次頌之天台解法華以超頌追頌科之是也前人不達超頌識性强作根塵同源等釋之文甚不類義豈得通不能闕疑故也今請別釋智者辯之又復分二㊇一揀有爲

眞性有爲空緣生故如幻

掌珍論偈義意全同全破唯識故與經同文辭小異上二句云眞性有爲空如幻緣生故第一句與經全同清涼謂其語倒應云有爲眞性空蓋言有爲之識有爲無爲經意別指前六有漏無漏無眞自性故云空也此説極是至於次句若按比量則論偈仍倒謂因喻顛倒也經偈乃正蓋上句是所立決定之宗下句緣生故三字推上立宗之因也蓋言因其皆托緣生所以決定空無性也如幻二字是同喻彼鈔立量云有爲是有法定空無性是宗法因云從緣生故同喻云如幻良以幻法從緣生幻法空無性有爲從緣生有爲空無性㊇二揀無爲

無爲無起滅不實如空華

論偈云無爲無有實不起如空華此則經偈不順比量謂宗因顛倒也論偈乃順蓋經之上句無爲合下句不實即論之無爲無有實

也是所立決定之宗經之無起滅即論之不起是推上立宗之因也蓋言因其對起滅而立無起滅所以決定不實也當知即起滅而本無起滅則二義齊銷圓實義也對起滅而立無起滅則二皆非實權小義也以小則相外取空權則真須離妄故耳故彼鈔立量云無爲是有法不實是宗法因云不起故同喻如空花頁以空花無有起空花無有實無爲無有起無爲亦無實論又云若有有爲法則有無爲法既無有有爲何得有無爲耶末當結云識之有爲與識之無爲二皆非實我故曰識性虛妄猶如空華也問佛破識心何以知其並無爲而亦破耶答經初佛破識心破至深處一則曰縱滅見聞覺知猶爲分別影事二則曰非色非空昧爲冥諦離諸法緣無分別性三則曰現前雖成九次第定不得漏盡皆由執此妄想誤爲眞實誰謂但破有爲而不破無爲乎(午)二追頌標處一體又二(未)一頌根塵同源又曲分二(申)一先以況顯

言妄顯諸眞妄眞同二妄猶非眞非眞云何見所見

此以眞妄尚無二體況顯根塵豈有異源言妄顯諸眞者泛言凡對妄所顯諸眞也妄眞同二妄者言二俱成妄畢竟非眞也以妄居眞外則妄實有體反乃不成妄義如影有實體影義不成也眞居妄外則理不攝事反乃不成眞義如鏡不現影鏡義不成也二義不成故二俱同妄矣猶非眞非眞者以猶非二字雙貫下眞與非眞即雙非眞與妄也蓋非眞非妄正明眞妄尚無二體矣云何見所見者見即根也舉眼根以攝餘五也所見即塵也舉色塵以攝餘五也正以況能見之根與所見之塵豈有異源乎決定非二體矣由是下科遂結定之(申)二後以結定

中間無實性是故若交蘆

是故二字意當在中間上承前況顯意云所以根塵相倚而立中間無有各自實性但如交蘆有二相而無二體矣(未)二頌縛脱無二

結解同所因聖凡無二路

結解約法聖凡約人結解即縛脱也同所因者同因六根也無二路者離根性更別無路也此亦承上而言根塵既無二體所以縛脱惟是六根離六根豈復別有結元哉頌直以標檢已竟(巳)二頌重以釋成又分二(午)一頌重釋根塵同源

汝觀交中性空有二俱非

此須法喩雙釋喩中交蘆適言其有其中元空適言其空則其外元實法中根塵適言其有則其體空廓自在無繫適言其空則其用圓融周遍法界故曰空有二俱非也此長行缺畧而偈頌詳具者耳(午)二頌重釋縛脱無二

迷晦即無明發明便解脱

首句頌知見立知即無明本也言凡夫迷六根爲有則失其自在無繫之體二乘晦六根爲空則失其遍現互融之用故俱墮無明生死即五住二死解現長行次句頌知見無見等三句也發謂番迷發悟不復著有也明謂轉晦成明不復沉空也解脱謂遠離五住二死合前長行觀之義無不盡矣祇夜頌前已竟(辰)二伽陀開後分二

(巳)一正以開後

解結因次第六解一亦亡根選擇圓通入流成正覺

首二句開後綰巾示倫科也解結因次第者如後文云此根初解乃至俱空不生是也此因解字在上故作是說據後文理實結之與解俱有次第依彼即應結字在上矣詳之六解一亦亡者如後文云若總解除尚不名一六云何成是也末二句開後眞授選根科也根選擇圓通者即後文徧選諸聖偏擇耳根是也入流成正覺者即入流亡所乃至寂滅現前等文是也(巳)二別彰五勝此備五種殊勝即是五章皆依根性發揮意顯此經正因其爲根性法門以致五章俱勝豈可不委信之而別求結元乎此以體宗名用教相爲序就分爲五(午)一體性精密

陀那微細識習氣成暴流眞非眞恐迷我常不開演

首句明其即妄而眞陀那此云執持第八識受轉之別名佛前判二種根本時即呼根性爲識精明元今復呼爲陀那則根性爲八識無疑然此經以如來藏性爲體而八識即是藏性所以舉此以彰體勝也又權小欽仰陀那而忽慢六根不知根性即陀那體故示之令信重根性也深隱而非淺顯曰微精妙而非麤浮曰細當知經初十番所示即曲盡其微細矣次句明其即眞而妄習氣即陀那所持種子也深密經云阿陀那識甚微細一切種子成暴流以此習種能引生諸趣根身器界流轉無停故如暴流當知經初所說二種顛倒見妄爲輪迴本者即此習氣矣末二句雙承上二句而言由其即是陀那細識故眞由其

帶持瀑流習氣故非眞恐迷者言我若說其爲眞其奈帶持種子妄習不除衆生將迷妄爲眞未免瀑流漂轉也我若說其爲非眞其奈體即細識離此無眞衆生將棄眞爲妄未免向外馳求也我常不開演者言由此眞與非眞二俱難言是故非時非機寧常密之而不言不令衆生墮彼二種之迷也經又云我於凡愚不開演恐彼分別執爲我謂恐其執爲眞我也此但偏恐迷眞而遺非眞之迷不如本經義全矣問時機若對何以不迷答自然知其即眞而不外覓又知其帶妄而不廢修何迷之有是知此法秘密時乃說之非輕易常說之法珍重珍重(午)二宗趣簡要

自心取自心非幻成幻法不取無非幻非幻尚不生幻法云何立

承上科眞與非眞二俱易迷如此故此科憫其迷而示以出迷之要也即是宗趣首二句言起妄本無多法也意言迷雖易迷悟亦甚要原其最初但因不悟見相二分惟一自心而乃誤以能見之心妄取所見之境由是從無人無法非幻境中（即無明業識中）攬塵結根（即見精映色結色成根等）幻生法相人相所謂從非幻而成幻法也末三句言苟能了此則破妄亦甚簡要也不取二字便是最簡最要處言前既妄見攬塵横生幻法今乃旋根脫塵不復取著而已當知即是後圓通中入流亡所等功夫也無非幻者言此不取工夫極則必至人法俱空非幻之境亦迥然脫矣末二句以深況淺之詞言

人法俱空之境（理實即是無明業識中也）尚亦不生而法相人相豈能存立乎若圖明白當云不取無俱空俱空尚不生人法云何立妙不可言是則以不取爲宗以了幻爲趣而簡要無以加矣此皆具取佛意非胸臆别說也(午)三名稱尊勝

是名妙蓮華金剛王寶覺

妙蓮花者即妙法蓮華法喻雙舉也然妙法即指根中藏性衆生現具如蓮之方華即果也又根性即佛知見即實相體故知此經爲法華堂奧也金剛王寶覺亦喻法雙舉也金剛王即最堅最利之至寶寶覺雙含實相觀照二種般若所謂如如智如如理也喻以金剛王顯其照法無有不空也故知此經爲甚深般若也然前名詮顯一眞本有後名詮顯萬妄本空而此根性法門亦即法華金剛二經之體是故名稱兼備二經之尊勝爲諸經王(午)四力用超越

如幻三摩提彈指超無學

三摩提此云等持謂定慧平等任持黙指圓通中入流即照理之慧忘所即息妄之定等也而言如幻者圓人知眞本有達妄本空無修而修無斷而斷故云如幻非如權小染實之修也又已悟本性一心遠離能所而方便建立能聞所聞直至生滅既滅寂滅現前方將三重能所如幻之修次第脫盡所謂諸幻既消非幻不滅也彈指明最速也超無學者由其如幻故一修一切修一斷一切斷而此根初解先得人空

已與無學齊力空性圓明成法解脫即超無學遠矣何況俱空不生乃至於無上知覺乎㊄五教相究竟

此阿毘達摩十方薄伽梵一路涅槃門

阿毘達摩此云無比法即稱此根性教法非他教法可比雖云十方亦該三世薄伽梵於十號中與世尊互換出没具足六義謂自在熾盛端嚴名稱吉祥尊貴多義故不番也一路者三世十方諸佛共由之達道也涅槃獨取萬德周圓五住永寂爲義所謂無餘大涅槃究竟極樂之果地也然須以根中圓湛不生滅性爲因地門户故即以爲入涅槃之門也夫既爲無比教法而又與涅槃爲門户足顯斯經以無上醍醐爲教相非酥酪之可及矣如來解釋已竟㊅三大衆開悟

於是阿難及諸大衆聞佛如來無上慈誨祇夜伽陀雜糅精瑩妙理清徹心目開明歎未曾有

吳興曰祇夜此云應頌又云重頌即頌上長行也伽陀此云諷頌亦暑曰偈不因長行但諷美而頌之二頌合明故云雜糅精瑩此指能詮也妙理清徹此謂所詮也〇精者其詞微妙瑩者其語明透妙理如説根性即是藏性乃至菩提涅槃喻以蓮花金剛可謂理窮妙極矣絶無纎塵曰清盡其底源曰徹心目開明者謂心眼洞開徹見根性即如來藏頓息馳求無復狐疑矣阿難自此方以委信根性爲修証之門不復致疑向下但請倫次及擇一門而已非

是更疑也驗証以釋二疑已竟(辛)三綰巾以示倫次前偈云解結因次第六解一亦亡正開此科故此承彼而來然佛以六結而喻六根前人見其結數偶同於根數遂謂六結即喻眼耳等六以致喻中六結實有次第法中六根本無次第宛有法喻不齊之過却又不敢以過歸佛而強教後人不可以喻難法是何言歟佛號一切智人而說法先以帶過其何以折伏魔外而垂範人天哉決不然也蓋佛說六結本非即喻眼等橫列之六元是竪推其由真起妄從細向麤展轉六層而後根相備著及其反妄歸真從麤向細亦展轉六層而後根相解除且經文中結之次第與解之次第皆叮嚀具載但不拘六層而文辭含攝不甚開顯至後觀音圓通逆次解之六結宛然取彼釋此何有法喻不齊之過智者詳之分三(壬)一阿難敘請又分三(癸)一敘已領

阿難合掌頂禮白佛我今聞佛無遮大悲性淨妙常真實法句

無遮有二一人無遮不擇下劣同施上法二法無遮不慳秘密闡露無餘皆以大悲愍念爲本故能如此也性即根性此一字屬體下三字皆體中所具義相在染無染曰淨居縛不縛曰妙隨流不變曰常此句屬所詮了義曰真無虛曰實法句即前偈頌此句屬能詮已皆領悟故敘謝之(癸)二敘未明

心猶未達六解一亡舒結倫次

此作兩節而問故佛下亦作兩節答之六解一亡者六結既解一亦不存也舒結倫次者謂舒之與結皆有倫次也㊂三請垂示

惟垂大慈再愍斯會及與將來施以法音洗滌沉垢

沉垢者即二執與俱空諸細惑也㊁二如來巧示此中取喻非是但憑言說而綰巾示結言相竝彰令人易省誠至巧也分二㊂一巧立喻本又二㊂一元依一巾

即時如來於師子座整涅槃僧斂僧伽梨攬七寶几引手於几取劫波羅天所奉華巾

温陵曰涅槃僧裏衣也僧伽梨大衣也劫波羅此云時分即夜摩天㊂二綰成六結又二㊀一歷問以顯次第

於大衆前綰成一結示阿難言此名何等阿難大衆俱白佛言此名爲結於是如來綰疊華巾又成一結重問阿難此名何等阿難大衆又白佛言此亦名結如是倫次綰疊華巾總成六結一一結成皆取手中所成之結持問阿難此名何等阿難大衆亦復如是次第酬佛此名爲結

疊華西天之帛價直無量今天獻尤爲貴重可知一一問答而結即示結時元有倫次顯然不是橫喻眼耳等六以彼根結元非先眼後耳等也㊀二故問以示結同

佛告阿難我初綰巾汝名爲結此疊華巾先實一條第二第三云何汝曹復名爲結阿難白佛言世尊此寶疊華緝績成巾雖本一體如我思惟如來一綰得一結名若百綰成終

名百結何況此巾秪有六結終不至七亦不停五云何如來只許初時第二第三不名爲結

首五句經文稍以倒亂此疊華巾先實一條當爲首二句下接我初綰巾等則文理不倒而意不隔矣此譯寫之誤也此科辯定文長似乎淡無情謂細詳實有關要按後圓通所解六重結相一動二靜三聞四覺五空六滅由前而後則疎親有異由後而前則細麤不同若不與之顯示結同則初心者或忽於疎而始無入門中途者或住於細而終無究竟故示一六結同正欲始終解盡矣誠哉須信佛語深也然不直說而乃故意反問以激阿難自說者將使因喻以詳法矣巧立喻本已竟(癸)二分答二問就分二(子)一答六解一亡又二(丑)一示從至同而遂成至異此即先示從一成六也蓋言未結之先一相不立六相何有所謂至同也既結之後六相定別一相奚存所謂至異也又二(寅)一就喻辯定又四(卯)一按定同異

佛告阿難此寶華巾汝知此巾元止一條我六綰時名有六結汝審觀察巾體是同因結有異

(卯)二強異爲同

於意云何初綰結成名爲第一如是乃至第六結生吾今欲將第六結名成第一不

此亦故問反激令其自辯可否也前五句猶是牒成一定次第吾今下方是故問可否也(卯)三阿難不許

不也世尊六結若存斯第六名終非第一縱我歷生盡其明辯如何令是六結亂名

㊉四如來印定

佛言如是六結不同循顧本因一巾所造令其雜亂終不得成

意言六雖本於一成六在而序尚不可少亂一相豈能復見哉一相尚不可見豈復望其忘一哉就喻辯定已竟㊄二以法合喻

則汝六根亦復如是畢竟同中生畢竟異

蓋言眞心本體一相尚不可得六結豈可得哉所謂畢竟同也及其從眞起妄而六結已成則其序尚不可亂而其六豈能暫忘哉所謂成畢竟異也示從至同而遂成至異一科已竟㊀二示除至異而仍成至同此即正示六解一亡也番轉上科其意可省分二㊄一就喻辯定

佛告阿難汝必嫌此六結不成願樂一成復云何得阿難言此結若存是非鋒起於中自生此結非彼彼結非此如來今日若總解除結若不生則無彼此尚不名一六云何成

嫌六不成者嫌之而不欲其成六結也願樂一成者惟願其還成一巾也鋒起者諍論紛然如兵戈競鬬也尚不名一者蓋言既不對於六結亦不起乎一想也六云何成者言一想尚無六相安在哉㊄二以法合喻

佛言六解一亡亦復如是

法中六固同名六結一乃轉名一眞然一亡亦非竝其眞體俱失但是既不對乎六

結自不立乎一眞而已答六解一亡竟㊇二答舒結倫次分二㊀一結之倫次又三㊁一順次成結
由汝無始心性狂亂知見妄發發妄不息勞見發塵
心性即所依妙明本覺依此横起無明爲狂本經以演若狂性喻於無明故也無明所生三細爲亂本經以如是擾亂指於三細故也此即第一結成圓通中當於滅結知見妄發即見法實有乃法執位即二三結成圓通中當於空覺二結二乘涅槃彷佛在茲勞見發塵即見我及我所乃人執位餘三結成圓通中勞見即當根結發塵即當静動二結三界生死寧能外此此固從眞起妄自細向麤結之倫次歷然可見矣㊁二更以喻明
如勞目精則有狂華於湛精明無因亂起
湛精明即淨眼界也目睛與湛精明皆喻上之心性勞喻無明業識狂華喻法我二執境界即涅槃與生死也於湛精明無因亂起者喻於無法無人淨心中横生諸結也㊁三逆次合喻
一切世間山河大地生死涅槃皆即狂勞顛倒華相
上之法喻皆從細漸麤以成諸結故名順次今此合文從麤向細故爲逆次首二句即六塵境界正當動静二結生死須依根身正當根之一結以上攝於人執涅槃全是法執正當覺空二結末二句攝歸無明業識而指同前喻也狂勞顛倒即無明業

識正當滅結也華相雖合前喻然亦非說眼中空華乃言無明業識所發華相即指生死涅槃之妄境耳同前所謂菩提瞪發勞相但前顯依眞此顯依妄張拙謂涅槃生死等空華者此也此雖逆於生起倫次而實順於解結倫次到下舒之倫次其義自明(丑)二舒之倫次分二(寅)一阿難求解倫次

阿難言此勞同結云何解除

夫勞兼山河大地生死涅槃阿難乃謂此勞同結足知六結不即指於眼耳等六明矣此則不惟顯舊註分明錯誤亦可驗我所分析之六結非鑿也(寅)二如來因問發明分二(卯)一先授舒之方法又分四(辰)一就喻巧示又三(巳)一引悟二邊不解

如來以手將所結巾偏掣其左問阿難言如是解不不也世尊旋復以手偏牽右邊又問阿難如是解不不也世尊

左掣譬觀六根爲有則同凡夫之滯有而長淪生死豈能解根乎右牽譬觀六根爲空則同二乘之斷空而永晦涅槃安得圓通乎所謂空有二俱非也當知上科生死涅槃正爲此空有二非張本矣(巳)二引悟中道方解

佛告阿難吾今以手左右各牽竟不能解汝設方便云何解成阿難白佛言世尊當於結心解即分散

(巳)三印定必用中道

佛告阿難如是如是若欲除結當於結心

結心雖譬中道然非兼彼空有合成中道

亦非離彼空有別立中道乃是悟此根性體自在而無繫本不屬有不迷爲有而已更不勞於觀空破有也達此根性用徧現而互融本不屬空不晦爲空而已更不勞於觀有破空也如後耳根圓通既不執有亦不觀空惟一反聞忘塵頓入由是而二空漸証妙體現而有自破也俱空不生大用起而空自離也是則反聞自性即是結心雙超空有之中道也前人不達強以別安三觀其說支離真爲蛇添足也又二邊不解合前知見立知即無明本中道方解合前知見無見斯即涅槃以此雙非空有之中道故即無見之謂也問雙非而不雙即恐非極中答佛既但言空有俱非固當惟奉佛語且體既非有何嘗不即空用既非空何嘗不即有乎就諭巧示已竟(辰)二明法精微

阿難我說佛法從因緣生非取世間和合麤相

佛說入道因緣隨機淺深麤細不出二種一者頓見本心但離妄緣同光性地不假識心緣慮諸境自然雙融體用迥超有空由此而登妙覺所謂微細因緣也二者未獲本心依托意識生心立境互破有空假三昧力取証非真終無實果皆所謂世間心境和合麤因緣也以權小權許出世而圓乘律之仍屬世間故也今此解根法門正教不托識心而旋根即是同光忘塵即是離緣由是乃至寂滅現前濬發大用真微細因緣也(辰)三示說不謬此科所以勸

莫疑也分爲二(巳)一統知染淨因緣

如來發明世出世法知其本因隨所緣出

孤山曰世謂六凡出世謂四聖○六凡爲染四聖番染俱淨然六凡以善惡不動業爲因以趣生時各所見憎愛境界爲緣四聖以多生積薰諸乘教理爲因以新遇善知識聞法觸境爲緣但權小比現二量多惟得其總相知之未盡如來現量一一別知其詳也(巳)二懸知極遠極細

如是乃至恒沙界外一滴之雨亦知頭數現前種種松直棘曲鵠白烏玄皆了元由

懸知有二一地遠懸知如界外雨滴二時遠懸知如松等元由元由指多劫遠由問無情何有多劫感招答無情勝劣皆有情共業罪福所感如佛對松棘必知此方衆生從無始來爲有何等業感生此直松曲棘也餘可類知(辰)四勸修必証

是故阿難隨汝心中選擇六根根結若除塵相自滅諸妄銷亡不眞何待

是故承上言佛智如此則所說解法決無差謬所許証取決不賺誤是故汝當確信選根也諸妄銷亡者即想相爲塵識情爲垢二俱遠離也先授舒結方法已竟(卯)二後示舒之倫次舒法既得則結必將舒不明示以舒之倫次則何以驗其淺深而抵於成功耶故此方示以倫次矣分三(辰)一如來反問引悟

阿難吾今問汝此劫波羅巾六結現前同時解縈得同除不

此以無次第故問令自辯也(辰)二阿難悟

踰次第

不也世尊是結本以次第綰生今日當須次第而解六結同體結不同時則結解時云何同除

六結同體者如云雖同一巾所造也觀此問答則似如來惟恐衆生迷誤成無次第故激其朗然陳說令知決有次第後人何得仍以一根返源六根解脫之証而抗其決無次第耶大抵秖因錯謂六結橫踰六根而不達竪推之義故差謬亦至於此耳

㊁三如來乘悟合明分三㊀一總與合定

佛言六根解除亦復如是

㊀二別開合文又三㊄一先除我執

此根初解先得人空

按後圓通逆斷之次則此層中含攝三結謂一動二靜三聞也入流忘所是初忘動塵爲除第一結動靜不生是次忘靜塵除第二結此當須陁還果斷於我執分別即見惑也次盡聞根除第三結此當後三果斷於我執俱生即思惑也所謂此根初解先得人空也以圓教菩薩常途則當七信此即解前勞見發塵盡世間山河生死也

㊄二次除法執

空性圓明成法解脫

按後圓通則此層中含攝二結覺所覺空先捨智愛即斷法執分別爲除第四結空所空滅次捨理愛即斷法執俱生爲除第五結所謂空性圓明成法解脫位也葢空人而不空法但得空性之少分而非圓明故法解脫位方得圓明且法執麤細有異

執諸法心外實有麤法執也愛所修証勝法不能捨離細法執也今菩薩任運雙斷於忘所時麤執已盡而此二位盡其細執而已以圓教菩薩常途則當八九信此即解前知見妄發盡出世間涅槃也㊄三後除空執

解脫法已俱空不生

按圓通此惟當於一結謂生滅既滅寂滅現前即脫俱空之境爲除第六結也蓋解脫法已即生滅既滅俱空不生即寂滅現前夫寂滅不是空境乃本有一眞心體即理法界眞如實相所謂山河大地應念化爲無上知覺時也此若現前萬用齊發豈尚滯於空耶良以生滅既滅雖離前空相而滅相猶存若眞寂滅不現前時則住俱空境永爲滅相所覆名頂墮位故知寂滅現前方得俱空不生俱空不生方得寂滅現前更互資發如此此即解前心性狂亂盡狂勞顛倒過菩薩乾慧境也問前言空有俱非又言當用中道今何人法二空以破有俱空不生以破空耶答此藥病不分混濫之問難也譬如有人本因元氣受傷標現寒熱二病愚者或服熱藥或服寒藥皆不能愈智者不用熱藥亦不用寒藥但用直扶元氣之藥則此病初愈先退熱病熱病平復寒病亦除寒熱除已調理亦忘法中根性被縛如元氣受傷也有空二執俱結如標現寒熱二病也凡小用空有二邊皆不能解如愚人服寒熱二藥皆不能愈也今經令不著空有如不用寒熱二藥也惟令旋根脫塵如惟用直扶元氣之藥也此根初解先得人空如此病初愈先除熱症也空性圓明成法解脫如熱病平復寒病亦除也解脫法已俱空不生如寒熱除已調理亦忘也是喻中雖得寒熱二病俱除而智者初未嘗用寒熱二藥而所用者惟直扶元氣之藥也法中雖得有空俱破而行者初未嘗用有空之觀而所用者惟旋根脫塵之法也今乃因其所破之執而錯責所用之法誣其著於空有何異因其所愈之病而錯怪所用之藥誣其用於寒熱乎且

人法二執圓教獨不當空乎豈可見偏人之証二空而遂責其偏空乎此固因果未別藥病不分之濫而舊註紛紛之辯皆此過矣別開合文已竟(巳)

三出名顯證

是名菩薩從三摩地得無生忍

三摩地即如幻三摩提此屬妙因無生忍者華嚴第三忍言菩薩住此忍中不見有少法生不見有少法滅今經示見不分文云菩薩於其自住三摩地中見與見緣并所想相如虛空華本無所有此見及緣元是菩提妙淨明體此雖正示因地實與無生果地一如此屬妙果攝位雖寬今且目於初住位中如來巧示已竟(壬)三大衆悟明

阿難及諸大衆蒙佛開示慧覺圓通得無疑惑

慧即始覺乃照根性了倫次之妙智所謂道眼也覺即本覺乃根中圓湛之性所謂妙明心也圓通即六根互用周徧圓融之果初住向去分眞之位也今雖未依次而解豁然而証實亦決定分明了無疑惑矣綰巾以示倫次竟

大佛頂首楞嚴經正脉疏卷第二十二

音釋

綰烏版切音指　斂力冉切音鎌收也作歛非　鋒敷容切音丰　掣勑列切音徹

大佛頂首楞嚴經正脉疏卷第二十三

明京都西湖沙門交光眞鑑述

(辛)四冥授以選本根前三大科皆惟教其決定從根解結且示以根結之由解根之法亦言當從一門而入但未分明指示何根可入故阿難至此方以求佛指明也分三(壬)一阿難請示本根又三(癸)一領前拜謝

一時合掌頂禮雙足而白佛言我等今日身心皎然快得無礙

身心皎然者即心目開明也快得無碍者即暢達而無所障隔也(癸)二正請開示分爲四(子)一自述迷悟以請

雖復悟知一六亡義然猶未達圓通本根

一六亡義即六解一亡之義是其所已悟也未達者即尚迷而未悟者也本根即此方對機之根也唯此科末二句是請中要語以後但是哀懇之辭(子)二慶幸遭遇如來

世尊我輩飄零積劫孤露何心何慮預佛天倫如失乳兒忽遇慈母

飄零即諸趣流轉出無聖眷之濟拔曰孤入無涅槃之退藏曰露何心何慮蓋當孤露之時慶其出於望外也預在也父子兄弟以天合者曰天倫君臣朋友以義合者曰人倫今爲佛堂弟故在佛天倫中也於流轉時久無霑於法乳故如失乳兒蒙佛法乳無量故如忽遇慈母也(子)三反言不可無進

若復因此際會道成所得密言還同本悟則

與未聞無有差別

際會道成即師資道合也所得密言即前開示也還同本悟者反言惟守知解不加行證也末二句言徒聞無益也正表須加行證也(子)四正求垂示秘嚴

惟垂大悲惠我秘嚴成就如來最後開示

惠秘嚴者求其恩施行証從入之妙門也最後開示者究竟全分之慈誨也(癸)三請後拜懇

作是語已五體投地退藏密機冀佛冥授

末二句以阿難大權備曉諸聖各具妙門却不顯然請佛勑衆各說但求佛禮畢即起默聽故曰退藏密機然意中望佛不勞自說但勑諸聖各說則當機自可因言默契故曰冀佛冥授蓋上句不欲言請而下句乃以意請是則大權施設之宜師資簧鼓之意於茲備見之矣(壬)二佛勑諸聖各說此固順前意請然必令各說者一顯二十五門徧該諸法頭頭可入但取一門當此方機非謂聖性惟通一門也二取諸聖各皆親修現証非空談無驗之法也分三科(癸)一佛問諸聖爲二(子)一標所告之衆

爾時世尊普告衆中諸大菩薩及諸漏盡大阿羅漢

惟憑後文佛言彼等修行無優劣差別則此諸聖名位大小法門偏圓皆同一味圓實更不須疑何勞多辯若仍有大小偏圓則佛之後言乃成誑妄安有此理當知此經實在法華之後故經中直許二乘修於菩提而曾無驚怪若在法華之前則此經

已談實相及佛知見而聽衆各各自知心徧十方乃至獲心常住是其二執蕩然成佛無疑法華更何開顯縱令重說又何驚怪之甚哉且孤山謂教已開顯又云旣經發迹皆指法華佛所顯發而吳興謬辯其非似謂孤山說諸聖各自開顯寃哉斯言孤山之屈何所伸乎且吳興執拗強引不了義經橫分大小而優劣差別宛然不混是已公抗佛旨末却又引佛言并倡乃謂開權顯實之正文殊不知汝分優劣差別若是佛言則非佛言若是則汝分優劣差別則非豈得二俱成是乎是始而橫說人非終亦自無決定其言類多如此智者當察孤山之言元順佛旨本無過差也(子)二述告勑之言又分二(丑)一先按所成之果

汝等菩薩及阿羅漢生我法中得成無學

菩薩羅漢并稱無學者正以地上旣通羅漢之名菩薩豈避無學之號何況達眞了妄修即無修永嘉云絕學無爲閑道人不除妄想不求眞誌公云不起絲毫修學心無相光中常自在是菩薩無學之明証也

(丑)二後問入圓方便

吾今問汝最初發心悟十八界誰爲圓通從何方便入三摩地

顯然不問現今深果但問最初方便不言七大攝入十八界中六塵攝前五大根識攝後二大(癸)二衆說本因二(子)一衆聖畧說以其均是入圓方便故須徧說可以擴人圓融見解又以其不當此方根性故但畧說不欲行人亂修也分四(丑)一六塵圓

通相宗謂塵是賴耶相分斯經謂是如來藏心行人能於一塵發悟則藏性現前故即六塵圓通問此與宗門見色聞聲入道者同耶異耶答不盡同而亦不盡異也宗門人據現生悟處未必是彼修習法門如靈雲豈以桃花爲修門耶但是參究疑情逼拶功極忽於見色處瞥的透露而已今四諦不淨嘗藥觀法多是所修法門功久證入若此則未敢言同也然宗門人亦有差別因緣具眼師家能預知之如緣在聲處決不於色處悟乃至於人於經棒喝言句等皆各一定不得錯亂推其過去未必不是彼熟習使然也不然則師家何預知之若此則與諸聖亦未敢言異也惟香嚴跋陀等聞香覺觸等似一時忽然之事則與宗門現生之悟相似耳智者審之就分六㊍一陳那聲塵分三科㊎一作禮陳白

憍陳那五比丘即從座起頂禮佛足而白佛言

五比丘解現初卷㊎二陳白之言分三㊏一敘悟聲教

我在鹿苑及於雞園觀見如來最初成道於佛音聲悟明四諦

鹿苑雞園皆古帝王養畜之地五人棄佛於此自修佛成道日先尋度之故曰觀見如來最初成道也佛爲五人三轉四諦而陳那先悟成阿羅漢故曰於佛音聲悟明四諦也㊏二蒙印命名

佛問比丘我初稱解如來印我名阿若多

初稱解者最先解悟也阿若多此云解名

實相乎解悟第一者也然最先得度亦前因也(辰)三音圓得証

妙音密圓我於音聲得阿羅漢

妙音密圓者蓋佛以一音演說法衆生隨類各得解當說四諦時實行聲聞但領生滅之旨而妙音密圓徹於無作四諦達於如來藏心陳那密發深解証圓實理若大齊小借小果名位當七信以上蓋大証相似永不稱於信名借所齊小果爲名諸經皆然若名實全取則他經以十地爲羅漢而圓人住位全與別地齊平故圓通位亦即是大乘羅漢此說尤妙後皆放此(卯)三結答圓通

佛問圓通如我所證音聲爲上

音聲爲上者此方眞教體清淨在音聞是音聞二字皆爲教體聞根乃觀音所證今聲塵是陳那所証蓋於聲教得力發悟者也領佛四諦圓旨尋於名句開悟藏心者也蓋法華開顯之後人天大衆誰不知佛諸大弟子内秘外現皆大菩薩且楞嚴會上無數大人論量圓通豈有實行聲聞不自忖量妄以偏劣淺悟敢自濫齊於大乘圓通乎縱彼狂妄而如來何緣妄許其無有優劣差別乎由是觀之竝依大乘圓悟無疑而諸不了經旨不必泥也陳那聲塵已竟(寅)二優波色塵分三(卯)一作禮陳白

優波尼沙陀即從座起頂禮佛足而白佛言

(卯)二陳白之言又分爲三科(辰)一敘悟色性

我亦觀佛最初成道觀不淨相生大厭離悟

諸色性以從不淨白骨微塵歸於虛空空色

二無成無學道

觀不淨相生大厭離等者因多貪欲佛令作九想觀以對治之即五停心之一也蓋佛所設觀門有共不共此大小乘共用之法且根之利鈍與煩惱輕重錯落四句此屬根利而煩惱重者由以圓根而多貪色慾故觀不淨以對治時仍發圓悟即長水所謂因觀色塵本如來藏也以從下超畧九想觀耳空色二無者病愈藥除相無不盡也無學準前（辰）二蒙印命名

如來印我名尼沙陀

溫陵曰優波尼沙陀此翻近少亦云塵性謂微塵是色之少分也（辰）三色圓得果

塵色既盡妙色密圓我從色相得阿羅漢

前言空色二無但是相盡此言塵色既盡妙色密圓相盡性現也然仍稱妙色者則色仍不壞而普觀諸色皆即如來藏心周徧法界也羅漢準前可知（卯）三結答圓通

佛問圓通如我所證色因爲上

以觀色爲入圓之因也優波色塵已竟（寅）二香嚴香塵分三（卯）一作禮陳白

香嚴童子即從座起頂禮佛足而白佛言

（卯）二陳白之言分三（辰）一敘悟香塵又三（巳）一因觀有爲

我聞如來教我諦觀諸有爲相

諦觀者審實而觀也諸有爲相解現前偈謂根塵識等也（巳）二靜處聞香

我時辭佛宴晦清齋見諸比丘燒沉水香香氣寂然來入鼻中

檇李曰晏安息也晦冥寂也清淨之室謂之清齋○香乃有爲中一法寂然者無相也㊁三即香發明

我觀此氣非木非空非烟非火去無所著來無所從由是意銷發明無漏

吳興曰凡言性空必推四性今當以木爲自烟火爲他和合爲共空爲無因此似衍門觀幻有即空之相○此觀四性達香塵生體了不可得而香之相盡其義頗通準佛破法如云徒木無火不香故曰非木香氣不同空性故曰非空燒於別物不香故曰非煙非火也香體旣不可得故去無所著而來無所從由是意銷者入無分別也發明無漏者達熾然香體即如來藏心也

㊃二蒙印命名

如來印我得香嚴號

㊃三香圓得果

塵氣倏滅妙香密圓我從香嚴得阿羅漢

香嚴以妙香莊嚴法身也塵氣二句亦相盡性現也羅漢準上㊄三結答圓通

佛問圓通如我所證香嚴爲上

此與跋陀雖酷似宗門悟處而尚多假於分別以爲入處宗家未必若是多惟功夫極則觸處洞然而已然彼於悟後見諦雖同而証之淺深隨於宿根實不可定而此之諸聖洞見藏心亦無不同而初心証位定在七信以上通於初住是證亦同也不然則不可同語圓通位矣後皆放此香嚴香塵巳竟㊂四藥王味塵分二㊄一作禮陳白

藥王藥上二法王子并在會中五百梵天即從座起頂禮佛足而白佛言

五百梵天同行眷屬也(卯)二陳白之言又分三(辰)一敘悟味塵分三(巳)一宿因嘗藥

我無始劫爲世良醫口中嘗此娑婆世界草木金石名數凡有十萬八千

(巳)二備達藥性

如是悉知苦酢鹹淡甘辛等味并諸和合俱生變異是冷是熱有毒無毒悉能徧知

孤山曰衆味共成名和合直爾採用名俱生修錬炮炙名變異(巳)三即味開悟

承事如來了知味性非空非有非即身心非離身心分別味因從是開悟

舌與藥觸爍然味現故非空雖觸舌現實無形相故非有又味是不可見有對色以有對故非空以不見故非有也身即舌也心即舌識也諸藥不來則舌與識不自現於苦等故非即身心舌識不嘗諸藥豈能自現苦等故非離身心分別味因一一追究味因何有從是開悟者忽爾悟得爍然諸味元不從於諸藥及與身心本如來藏眞如性也(辰)二蒙印命名

蒙佛如來印我昆季藥王藥上二菩薩名今於會中爲法王子

蒙佛無别號者即指釋迦塵劫爲其導師也約初發悟時所證菩薩應亦七信以上通於初住也末二句明其今雖高證深位不改初名(辰)三覺味得果

因味覺明位登菩薩

覺明即藏心開悟也此仍結其最初方便

因味得果而已㊇三結答圓通

佛問圓通如我所證味因爲上

藥王味塵已竟㊅五跋陀觸塵分三㊇

作禮陳白

跋陀婆羅并其同伴十六開士即從座起頂

禮佛足而白佛言

孤山曰跋陀婆羅此云賢守亦云賢護自

守護賢德亦守護衆生○開士菩薩別名

自開悟而復能開悟衆生者之號也㊇二

陳白之言又三㊆一敘悟觸塵又三㊁一

宿因入室

我等先於威音王佛聞法出家於浴僧時隨

例入室

此即與常不輕同時增上慢之流也㊁二

即觸發悟

忽悟水因既不洗塵亦不洗體中間安然得

無所有

水因者即水爲導悟之因也此科當勿迷

於論觸蓋觸之爲塵以身根而合色塵中

間熾然覺其冷煖澁滑者是其相也今因

沐浴時以身觸水以水合身中間熾然冷

煖觸現由是追究此觸因何而有若言因

洗塵垢而有耶則塵本無情何能現觸故

經云既不洗塵者言既不因洗塵而現觸

也若言因洗勝義根之覺體而有耶則覺

知之體非洗可著故經云亦不洗體者言

亦不因洗體而現觸也中間者推塵推體

兩楹中間安然者即徹悟自在之相也得

無所有者達此觸塵杳無來處相盡性現

本如來藏妙眞如性也㊁三習留今証

宿習無忘乃至今時從佛出家令得無學

威音見諦是爲初心今從釋迦証於深位

辰二蒙印命名

彼佛名我跋陀婆羅

辰三觸明得果

妙觸宣明成佛子住

即觸塵而悟入藏性所謂妙觸宣明也佛子住即是證於初住位也

卯三結答圓通

佛問圓通如我所證觸因爲上

跋陀觸塵已竟

寅六迦葉法塵又分爲三

卯一作禮陳白

摩訶迦葉及紫金光比丘尼等即從座起頂禮佛足而白佛言

摩訶迦葉云大飲光檢三迦葉尼等自明

卯二陳白之言分三

辰一敘悟法塵又三

巳一宿因感報

我於往劫於此界中有佛出世名日月燈我得親近聞法修學佛滅度後供養舍利然燈續明以紫金光塗佛形像自爾以來世世生生身常圓滿紫金光聚

以然燈塗佛二種勝因故感歷劫紫金身光祖衣呑日

巳二兼同眷屬

此紫金光比丘尼等即我眷屬同時發心

尼兼身同餘惟果同

巳三觀法得果

我觀世間六塵變壞惟以空寂修於滅盡身心乃能度百千劫猶如彈指我以空法成阿羅漢

觀六塵者正觀法塵爲總前五爲別葢觀前五塵謝落影子兼總別而稱六也變壞者葢法塵托意識暫現即過刹那刹那念

念生滅厭此變壞加修空觀入滅盡定此定能滅意根空法塵也定深故能度劫甚久同暫溫陵謂今在雞足山待彌勒入此定也我以空法者觀破法塵相盡性現悟入藏心矣羅漢準前(辰)二蒙佛印可

世尊說我頭陀爲最

溫陵曰頭陀新云杜多此翻抖擻以能抖擻法塵爲號也(辰)三法明滅漏

妙法開明銷滅諸漏

法融藏心故妙開明藏心旣入永無漏落故言銷滅果之實也(卯)三結答圓通

佛問圓通如我所證法因爲上

六塵圓通已竟(丑)二五根圓通六根缺一者留耳根爲殿後所以當此方之機也叅詳五根四中俱有旋反字面以根性法門均是旋根脫塵之旨塵識不然細玩可見就分爲五科(寅)一那律眼根分三(卯)一作禮陳白

阿那律陀即從座起頂禮佛足而白佛言

長水曰那律即阿㝹樓馱此云無貧亦云如意乃白飯王子也過去世以一食施辟支感九十一劫受如意樂(卯)二陳白之言分四(辰)一因訶失目

我初出家常樂睡眠如來訶我爲畜生類我聞佛訶啼泣自責七日不眠失其雙目

孤山曰增一阿含云佛在給孤園爲衆說法那律於中眠睡佛說偈訶云咄咄何爲睡螺螄蚌蛤類一睡一千年不聞佛名字那律於是達曉不眠眼根便失(辰)二承示三昧

世尊示我樂見照明金剛三昧
樂見即旋見忘塵照明即發本明耀也準耳根圓通乃是反見見自性之功夫也謂之金剛三昧者表心眼現前如金剛堅固不可破壞非如肉眼易破壞也(辰)三遂得心眼

我不因眼觀見十方精真洞然如觀掌果
不因眼者不因肉眼也精真洞然者即如來藏心發本明耀心眼洞開也準耳門應云初於見中入流忘所所入既寂明暗二相了然不生此則位齊初果即應心光漸發如是漸增見所見盡此則位齊七信四果即應大發本明徹見十方也然既同於圓証則盡見不住乃至寂滅現前亦應齊等也舊註較量阿含諍分大小皆不必然以佛既開本均屬內秘凡所修證何法不圓(辰)四蒙佛印証

如來印我成阿羅漢
準前(卯)三結答圓通

佛問圓通如我所証旋見循元斯爲第一
旋見即反見見自性循元即証入圓通也那律眼根已竟(寅)二周利鼻根分三(卯)一作禮陳白

周利槃特迦即從座起頂禮佛足而白佛言
温陵曰槃特此云繼道長水曰特迦亦云蛇奴於路所生(卯)二陳白之言分四(辰)一因闕誦持

我闕誦持無多聞性最初值佛聞法出家憶持如來一句伽陀於一百日得前遺後得後遺前

長水曰過去爲大法師秘吝佛法不常教人後感愚鈍以宿善故遇佛出家五百比丘同教一偈經九十日不成○別經有言教誦條帚則得條忘帚得帚忘條(辰)二奉教調息

佛愍我愚教我安居調出入息我時觀息微細窮盡生住異滅諸行剎那

長水曰佛令數息攝心因而了悟○經雖云調即兼數意調者按天台止觀當離風氣喘等而幽綿自在也數則從一至十或至百而後逆數至一良以暗鈍遠因雜本愚痴近緣亦由雜亂故令數息攝住不雜餘緣然數出不數入雙數則病我時下觀息盡詳也得定則微細定深則窮盡四相出息入息皆具初起曰生不斷曰住漸微曰異已斷曰滅諸行即生等遷流剎那最短一念即具九十剎那言至微細也調息似六妙門數隨止餘似觀還淨在下科(辰)三開悟得果

其心豁然得大無礙乃至漏盡成阿羅漢

豁然無礙者即就鼻息窮盡處豁悟鼻根通於藏性所謂聖性無不通也然藏性澄清萬法朗鑑無復障隔豈有憶忘乎故曰得大無礙漏盡羅漢並以準前(辰)四蒙佛印證

住佛座下印成無學

準前(卯)三結答圓通

佛問圓通如我所證反息循空斯爲第一

反息循空者只是觀息反歸空滅即悟入藏性以成圓通果也問鼻以嗅爲用今於

旋根而不取反嗅乃取反息何也答嗅性正托於息所謂出息取香入息聞香也但此攝心何須反嗅及其發悟終因息盡故屬鼻根圓通周利鼻根已竟㊄三憍梵舌根分三㊅一作禮陳白

憍梵鉢提即從座起頂禮佛足而白佛言

温陵曰憍梵鉢提此云牛呞牛凡不食亦事虛哨此人口如牛之哨乃輕弄報也㊅二陳白之言又分四㊅一口業招報

我有口業於過去劫輕弄沙門世世生生有牛呞病

見老僧無齒而食笑之說其似牛故世世感生牛舌常如牛呞口業可畏如此㊅二奉教止觀

如來示我一味清淨心地法門我得滅心入三摩地觀味之知非體非物

此佛本欲教以舌根圓通乃先令其止散入寂後教其從寂起照觀察嘗性也故此首三句即先賜以數珠令其念佛也而謂之一味清淨心地法門者蓋念佛時止諸雜緣純一淨念故也次二句即止散入寂先成念佛三昧也末二句即後教其從寂起照觀察嘗味知性非從根體亦非從物味也良以外味不來根不自嘗故非體舌不觸知物不自味故非物也嘗知念佛非但遮謗而遮謗乃餘益耳㊅二超離得果

應念得超世間諸漏內脫身心外遺世界遠離三有如鳥出籠離垢銷塵法眼清淨成阿羅漢

了達嘗性既不從根又不從味豁然悟其

本是藏性然性現如日出漏盡如霜消故諸漏頓盡内脱身心即解根脱縛也外遺世界即超越器界也達三有本空方爲遠離更無依正纒縛故如鳥出籠此即齊於四果七信方同四卷末文所謂根塵識心應念銷落也今言離垢銷塵法眼清淨者即彼文所謂想相爲塵識情爲垢二俱遠離則汝法眼應時清明也文全相似請詳彼解自知此証非是小乘之果宛然信滿入住矣㊋四蒙佛印証

如來親印登無學道

準前㊍三結答圓通

佛問圓通如我所證還味旋知斯爲第一

還味旋知者即反觀嘗味知性悟入藏心也矯梵舌根已竟㊊四畢陵身根又分爲三㊍一作禮陳白

畢陵伽婆蹉即從座起頂禮佛足而白佛言

孤山曰名番餘習昔爲婆羅門故餘習多慢如罵河神爲婢非彼實心蓋習氣也㊍二陳白之言分五㊋一聞談苦諦

我初發心從佛入道數聞如來說諸世間不可樂事

發心即出家也世間不可樂事即四諦中苦諦也如三苦四苦八苦等也㊋二迮思傷足

乞食城中心思法門不覺路中毒刺傷足舉身疼痛

法門即苦諦也奉教思苦而適遇苦事實發悟之機也㊋三研窮身覺又二㊌一敘述二覺

我念有知知此深痛雖覺覺痛覺清淨心無痛痛覺

首二句敘知痛之妄覺即身識也次三句敘無痛之眞覺即身根覺性與見聞同等者也雖覺覺痛者言據上雖有能覺之心與所覺之痛而身根中無分別清淨覺心本無所覺之痛與能覺之痛覺也(巳)二研窮無二

我又思惟如是一身寧有雙覺

雙覺謂知痛之覺與覺清淨心也此起智轉思身既是一覺豈有二所謂一則眞二則妄也(辰)四入空得果

攝念未久身心忽空三七日中諸漏虛盡成阿羅漢

攝念者即惟隨順無痛清淨之眞覺而不復隨順知痛之妄覺也未久之間身心忽空者葢攝心之極眞純妄絕身心豁然同虛空矣諸漏虛盡者眞覺藏性現前而欲有無明了不可得焉羅漢同前(辰)五蒙佛印証

得親印記發明無學

無學準前(卯)三結答圓通

佛問圓通如我所證純覺遺身斯爲第一

純覺純一眞覺也遺身身心忽空也一遺一純亦含旋意矣畢陵身根已竟(寅)五空生意根分三(卯)一作禮陳白

須菩提即從座起頂禮佛足而白佛言

(卯)二陳白之言分三(辰)一宿命知空又二

(巳)一遠通宿命不忘

我曠劫來心得無礙自憶受生如恒河沙

心得無礙者即無隔陰之昏出胎之昧也

㊐二依正自他皆空

初在母胎即知空寂如是乃至十方成空亦令衆生證得空性

首二句正報空也在胎則能隨相受生知空則能達理不昧空寂者五蘊皆空生體了不可得也次二句依報空也自母身外洎山河大地悉同空寂也此即深心菩薩人法雙空境界以上總屬於自空末二句即出胎廣化衆生同悟空理空性且作人法二空眞如未是顯了藏性以下文方顯了故夫處胎不昧人法雙空自是二乘及初心菩薩皆所不能何況具足二利大乘深位復何疑乎約談初心方便且在十信滿心㊍二承教証入又爲二㊐一悟証自果

蒙如來發性覺眞空空性圓明得阿羅漢

發者與之發明也性覺眞空影性空眞覺即如來藏心清淨本然周徧法界空性圓明即色空無碍所謂全體圓融大用無限若此而阿羅漢之証於十地大人復何所歉科言自果對下佛知見言非對衆生也

㊐二同佛知見

頓入如來寶明空海同佛知見

此似超入後心故言頓入寶明空海即所謂一眞法界第一義空又曰畢竟空也此則寂同於佛矣佛知見即前圓彰三藏所謂大智慧光明義也此則照同於佛矣别經明須菩提乃過去青龍如來觀此則上句似同涅槃下句似同菩提此葢良由已

經如來開顯故自說深心無復隱秘耳顯文明證如此而舊云皆作小宗分別無咎殊不知解深爲淺抗佛誣聖烏得無罪幸戒之（辰）三蒙佛印許

印成無學解脱性空我爲無上

小乘証空空縛非眞解脱又是三昧非本性空斯則人法及與俱空一切解脱所証空理乃一眞本有眞空不空之性體也我爲無上者窮盡空理更無加尚也陳白之言竟（卯）三結答圓通

佛問圓通如我所證諸相入非非所非盡旋法歸無斯爲第一

諸相所謂我相人相衆生相壽者相及與法相也非空也諸相入非即人法雙空也非所非盡者即能非與所非俱盡也所非即上諸相能非即上諸非所謂非法相也是即空所空滅藥病雙除之意也旋法之法指一心法即意根中知性非謂法塵也旋法歸無者即旋知性歸於畢竟空也永嘉云有無俱遣不空空又云諸行無常一切空即是如來大圓覺此之謂也與耳根圓通較之此多顯體彼多顯用而宗家悟處雖於諸門徧有而主於此門者爲尤多良以或明或暗多惟取於知之一字故也

五根圓通巳竟（丑）三六識圓通 夫經初徵破識心呵爲生死根本衆生誤認枉入輪廻權小依修竟無實果何今復可入圓通乎蓋前於識大徧周中巳申斯辯今請重申夫識雖塵影虛妄之極而離一眞見分無別自體譬影之於水雖極虛妄而離水無別自體但迷執者認識忘眞而横成流轉譬痴人認影忘水而誤遭淪溺利害非細不得不呵也倘悟者即識見眞而識非眞外圓通何疑如智者觀影知水而影非水外尚可得水之用豈遭其淪溺乎故此六聖并後

彌勒皆能即識見眞故皆証於圓通而無碍也宗門云起滅紛紛是何物此之謂也問如來何不直令人即識見眞何必呵之而必教人依根以入乎答偈云聖性無不通順逆皆方便初心入正定遲速不同倫正以塵識皆遲而惟根最速故也譬呵二乘豈是終不成佛但劫經塵點遲鈍之極故呵初學勿發是心也

就分爲六科(寅)一鶖子眼識前五識有二種難辯一者與前五根混以其難分別而隨念麤畧頗似無分別之根性愚法聲聞罔不迷之故規矩云愚者難分識與根是也二者與五俱意識混以其雖麤畧而隨念分別頗似意識之計度故小教不知前五非意識而心法惟一也吴興說識率多混濫亦是此迷然則性宗學者當勿忽於法相可也今請畧明眼識之相餘四準知如眼照境時一念不動但如鏡中無別分析此眼根之見性也於中用目循歷黑白大小多少善惡等相歷然不混此不帶名言隨念麤畧分别即眼識也由是次第標指追究分析無量差别此徧執名言計度詳細分别即眼家俱意識也又名明了意識今但取於第二眼識而根性與俱意俱不得混濫之分三(卯)一作禮陳白

舍利弗即從座起頂禮佛足而白佛言

(卯)二陳白之言又分爲三科(辰)一眼識夙利

我曠劫來心見清淨如是受生如恒河沙世出世間種種變化一見則通獲無障礙

此亦敘多生眼識久利也心見即眼識清淨即無障礙世出世間即一切凡聖境界種種變化即差别幻妄如事業法門因果等相一見二句謂不勞多力惟眼識隨念

麤畧分別即表裏洞徹此正顯其是眼識利也(辰)二逢教增悟

我於路中逢迦葉波兄弟相逐宣說因緣悟心無際

此迦葉即兄弟三人者名現目連通中別經謂逢馬勝者但取則師所云宣非一人彼此互出是也因緣當依上乘圓義而解如佛偈云因緣所生法我說即是空亦名爲假名亦名中道義此四句依次即藏通別圓四教或每教俱該四句而鶖子所解決徹圓理故悟藏心周徧法界也(辰)三從佛高証

從佛出家見覺明圓得大無畏成阿羅漢爲佛長子從佛口生從法化生

見覺即眼識明圓即證極得大無畏即說法具四無所畏以見之徹故說之無歉耳羅漢準前身子智慧第一聲德居長故稱長子從是而知身子智慧皆眼識利也次二句即釋成長子亦檢別於羅睺聞佛說而悟法身故云從佛口生在教法中長養聖胎由是法身從微而著故曰從法化生別經言身子乃過去金龍如來則知七日達法半月証果皆示現而已總非眞實何必諍其從人聞法之殊(卯)三結答圓通

佛問圓通如我所證心見發光光極知見斯爲第一

心見發光即眼識證徹也同於靜極光通達光極知見同於寂照含虛空其朗鑑萬法之勝用可以知其源矣鶖子眼識巳竟

(寅)二普賢耳識分三(卯)一作禮陳白

普賢菩薩即從座起頂禮佛足而白佛言

檇李曰行彌法界曰普位隣極聖曰賢此非地前乃金剛喻定居衆伏頂名之爲賢○與文殊皆古佛影響大鈔中名位義多今但從要(卯)二陳白之言分三(辰)一輔化垂範

我已曾與恒沙如來爲法王子十方如來教其弟子菩薩根者修普賢行從我立名

紹佛家業故爲法王之子菩薩根者圓頓根也普賢行即十願王舉一色一香俱周法界者也沙界十方凡修普賢行者皆從立名可謂垂範之極矣(辰)二耳識鑒機

世尊我用心聞分別衆生所有知見

温陵曰心聞耳識也分別衆生知見者擇普賢行而成就之(巳)三普護行人

若於他方恒沙界外有一衆生心中發明普賢行者我於爾時乘六牙象分身百千皆至其處縱彼障深未得見我我於其人暗中摩頂擁護安慰令其成就

有一衆生者極言其不遺一人非謂止論一衆生也界以沙記則界中衆生益無量無數分身百千極言其多非局數也先於障輕者顯然加被次於縱彼下并言障重者冥中加被也末二句雙承冥顯二加言擁護令無魔障而速開發也安慰令無退墮而益精進也成就者淺位則普賢根成深位則等覺行成(卯)三結答圓通

佛問圓通我說本因心聞發明分別自在斯爲第一

雖古佛久証而亦有最初本因故表其元

從耳識而入也惟用耳識隨念分別普照群機得大自在也普賢耳識已竟(寅)三孫陀鼻識分三(卯)一作禮陳白

孫陀羅難陀即從座起頂禮佛足而白佛言

(卯)二陳白之言又分爲四科(辰)一出家心散

我初出家從佛入道雖具戒律於三摩地心常散動未獲無漏

定心不成難以破惑故未剋果(辰)二奉教觀鼻

世尊教我及拘絺羅觀鼻端白

拘絺羅共禀鼻識法門同行者也鼻端即鼻尖也白乃注目諦觀鼻尖微有白相也因其散亂心多不成三昧教其惟觀此白住心不散(辰)三從鼻悟証又二(巳)一初見息烟而悟徹

我初諦觀經三七日見鼻中氣出入如烟身心内明圓洞世界徧成虚淨猶如琉璃烟相漸銷鼻息成白

温陵曰息由風火而起鼓煩惱濁故其狀如烟昧者不覺惟諦觀能見六交見火燒息能爲黑烟紫焰皆煩惱所發也淨觀發明則煩惱漸消故内明外虚而烟消成白○身心下即定成之相上二句分言内外各明即内徹五臟外徹大千次二句總言明透而喻以琉璃末二句黑烟變白驗知煩惱銷也(巳)二次化息光而証果

心開漏盡諸出入息化爲光明照十方界得阿羅漢

首句即藏心顯現煩惱無餘已轉煩惱而

成菩提故息化爲光合心境而一如故照十方界㊠四蒙佛授記

世尊記我當得菩提

即當來成佛也㊃三結答圓通

佛問圓通我以銷息息久發明明圓滅漏斯爲第一

此亦不取嗅香時鼻識分別而但取觀息之意準前鼻根可知餘皆意在上文可了孫陀鼻識已竟㊟四滿慈舌識分三㊃一作禮陳白

富樓那彌多羅尼子即從座起頂禮佛足而白佛言

㊃二陳白之言分三㊠一宿辯說法此科先敘曠劫諸佛會下之事同法華經又二㊡一久弘權實

我曠刧來辯才無礙宣說苦空深達實相

辯才即四無礙苦空二乘權義實相一乘實義㊡二廣衍微妙

如是乃至恒沙如來秘密法門我於衆中微妙開示得無所畏

乃至者從一佛法藏乃至無量諸佛法藏秘密者盡其深玄也微妙者極其善巧也無畏者亦即四無所畏也㊠二承教得果此科下方敘本尊釋迦會中之事又分二㊡一承教音輪

世尊知我有大辯才以音聲輪教我發揚

知有大辯者即知前科曠刧大本也溫陵曰佛以身口意三輪應物無滯音聲即口輪也○佛因材而篤復授以如來音輪益以輔揚大教所謂矢上加尖也㊡二輔化

得果

我於佛前助佛轉輪因師子吼成阿羅漢

助輪則上輔佛教師吼則下化衆生皆顯利他而成阿羅漢亦顯其不失自利據前自敘及法華佛敘其大本莫測豈止十地今就敘述圓通其果位且同衆例㊁二蒙

佛印許

世尊印我說法無上

此惟證其說法第一如法華經所敘是也

㊀三結答圓通

佛問圓通我以法音降伏魔冤銷滅諸漏斯爲第一

魔冤應通內外內則心魔冤尤因說破而除滅外則天魔冤害因顯發而退藏銷漏即入圓通也問此何不取别味而獨取於說法乎答二俱舌識功能而說法爲勝故偏取之然說法似須意識深細分别而今獨用舌識亦見說法自在但用隨念不勞計度而發無不盡也滿慈舌識已竟

大佛頂首楞嚴經正脉疏卷第二十三

音釋

飄卑遥切音標　拗於巧切拗上聲　捘子未切逼也相排迫也　澁色入切音濇　螺盧戈切音騾　蚌步項切音棒　蛤葛合切音鴿蚌蛤也

大佛頂首楞嚴經正脉疏卷第二十四

明京都西湖沙門交光真鑑述

㊄五波離身識分三㊆一作禮陳白

優波離卽從座起頂禮佛足而白佛言

孤山曰優波離云上首以持律爲衆綱紀故或云近執佛爲太子彼爲親近執事臣故㊆二陳白之言分三㊇一親見成佛

我親隨佛逾城出家親觀如來六年勤苦親見如來降伏諸魔制諸外道解脫世間貪欲諸漏

先言貪欲者首舉欲漏也復言諸漏者撮畧有漏及無明漏等耳此但初敘來由尚未干於身識也㊇二秉戒得果

承佛教戒如是乃至三千威儀八萬微細性業遮業悉皆清淨身心寂滅成阿羅漢

承佛教戒卽授二百五十條聲聞戒也如是下卽菩薩戒人知波離位居聲聞但秉麤戒今自敘乃極至菩薩八萬微細戒品足知是大菩薩示現也溫陵曰行住坐卧律儀各二百五十對三聚成三千復以三千配身口七支成二萬一千復配四分煩惱成八萬四千〇三聚者謂攝善法攝律儀攝衆生也四分煩惱謂多貪多嗔多痴及等分也性業者謂所戒之法體性卽惡如殺盜淫等也遮業謂所戒之法體性非惡但能開諸惡門爲前方便故止絕以遮諸惡如酒等是也末二句雖言所証之果而單戒豈能剋果當知身心寂滅卽因戒所生之定成阿羅漢卽因定所生之慧約外現卽滅盡定與人空慧約内秘卽楞嚴

大定與圓通慧而羅漢亦準前矣㊅三蒙佛印許

我是如來衆中綱紀親印我心持戒修身衆推無上

此印與名相孚爲衆綱紀者實用稽察持犯功過也印心者印其持戒修身之清淨心也末句正明其爲衆上首也㊆三結答圓通

佛問圓通我以執身身得自在次第執心心得通達然後身心一切通利斯爲第一

初且執身者葢因身犯尚多不暇細究心品也自在者卽無毀犯也次第執心者葢因身已無犯不勞檢制然後細檢心品以至八萬也通達者當依圓師作所發之定慧無差以末二句卽當歸結身識圓通故通利二字卽是從身識而証入圓通之境也本文制身制心元無分於大小且不必辯至經後臨文再當辯之問此何不取覺觸之用而但取持戒功能答此亦以覺觸之用劣於持戒故爾也波離身識巳竟㊄六目連意識分三㊆一作禮陳白

大目犍連卽從座起頂禮佛足而白佛言

㊆二陳白之言又分爲三㊅一遇教發心

我初於路乞食逢遇優樓頻螺伽耶那提三迦葉波宣說如來因緣深義我頓發心得大通達

孤山曰優樓頻螺此云木瓜癃胷前有癃如木瓜故伽耶山名卽象頭山也亦云城近此山故兄弟三人故身子云逢迦葉波兄弟卽其人也溫陵曰因緣深義謂非

世間和合麤相○亦當準前身子圓通中卽彼圓義也發心卽意識圓通大通達卽至圓通境也問前言意識起滅無端今言圓通何以致然答了見意識起於藏心離藏心無別意識由是卽入藏心而圓證也

(辰)二蒙度証通

如來惠我袈裟著身鬚髮自落我遊十方得無罣礙神通發明推爲無上成阿羅漢

首三句度之爲僧下五句證之成果著身自落皆佛神力隨言成就也我遊二句神境通也次二句總言神通第一也上科已得意識圓通之體此四句大發意識圓通之用証果準上(辰)三諸佛印許

寧惟世尊十方如來歎我神力圓明清淨自在無畏

首句明不惟釋迦印其神通第一次四句明諸佛同許也全發性眞故圓明遠離依業故清淨無不如意故自在無能摧制故無畏(卯)三結答圓通

佛問圓通我以旋湛心光發宣如澄濁流久成清瑩斯爲第一

溫陵曰旋湛者旋意識而復妙湛也○卽轉意識而證如來藏心耳心光發宣卽發神通妙用也次二句復以喻明也清瑩者水澄而萬象影現也澄濁喻旋意識久清喻發神通問此何不取緣慮法塵之用答作意運通正緣法塵之妙用也六識圓通已竟(丑)四七大圓通前五大卽塵後二大卽識與根雖不出前根塵識三而特具用徧廣大之象故別得大名就分爲七(寅)一

烏芻火大分爲三科㊇一作禮陳白

烏芻瑟摩於如來前合掌頂禮佛之雙足而

白佛言

溫陵曰烏芻瑟摩此云火頭卽火頭金剛

㊇二陳白之言又三㊈一因欲得觀又二

㊂一宿生多欲

我常先憶久遠劫前性多貪欲

欲卽淫欲諸聖遠劫俱有在凡實因不可

作別端迴互而釋㊂二遇佛授觀

有佛出世名曰空王說多婬人成猛火聚教

我徧觀百骸四支諸冷煖氣

溫陵曰多婬之人本由煖觸迫發生爲欲

火死爲業火業力增熾故成猛火聚也○

教我下卽令觀身火大也末句冷字譯文

誤耳應云諸煖觸氣方順火大而且合結

文蓋多婬之人旣火大增熾而業火將起

故令徧觀百骸四支中火大先欲其知懼

而頓息淫心然後將錯就錯可成妙觀㊈

二觀成得名

神光內凝化多婬心成智慧火從是諸佛皆

呼召我名爲火頭

禪觀中徧見身中惟一火聚旣怖且厭而

遠離欲念然火雖熱惱而體具光明今婬

心息而無復熱惱惟見光明卽智慧火故

曰神光內凝等也末三句雖表得名亦顯

其爲諸佛同印許矣㊈三証果發心

我以火光三昧力故成阿羅漢心發大願諸

佛成道我爲力士親伏魔冤

住火光三昧者徧十方界惟一火光從此

三昧成阿羅漢者由此正受發如來藏性

火眞空性空眞火成因地心証七信以去入於住位也末三句發心護法者良以火光三昧雖是內境能現外相溫陵曰佛陀本傳云師入火光定其室如焚○近世亦有梵僧至京師住是三昧人於夜見火光滿寺遠近奔救足知威力能怖魔寃(卯)三結答圓通

佛問圓通我以諦觀身心暖觸無礙流通諸漏旣銷生大寶燄登無上覺斯爲第一

觀百骸四支中火大卽是觀身察其背由婬心熾盛所發卽是觀心煖觸總目火大也婬心已息而不成業火故無礙也神光智火融於藏心周徧法界故流通漏銷者以智慧火燒煩惱薪何所不盡生大寶燄者火大圓通之妙用摧魔護法無量威力也登無上覺則顯明大本齊佛而示居輔化之位矣大抵諸聖德位相伴而迹有權實言有隱顯學者當畧迹取本得意忘言不可妄分大小而岳師必待如此文明說方成半許何執泥之深乎且解中爲一冷字所誤平釋四大觸塵濫五圓通安有此理火大圓通已竟(寅)二持地地大分爲三科(卯)一作禮陳白

持地菩薩卽從座起頂禮佛足而白佛言

先平外地因了心地遂持本悟圓証藏心故名持地(卯)二陳白之言又三(辰)一積平地行此科全敘平外地也又分爲二(巳)一正取平地之行又三(午)一從古佛世

我念往昔普光如來出現於世

(午)二出家平地

我爲比丘常於一切要路津口田地險隘有不如法妨損車馬我皆平填或作橋梁或負沙土

要路指陸地言衆所必由之路也津口指水處言即渡頭也田地不取種植但重行路俯仰高深曰險左右迫狹曰隘不如法者不寬平也隘則必妨險則多損高則平之下則填之橋梁以利津口沙石以治要路(午)三經多佛世

如是勤苦經無量佛出現於世

正取平地之行一科已竟(巳)二兼敘効力之行又分三(午)一豐時全捨

或有衆生於闤闠處要人挈物我先爲挈至其所詣放物即行不取其直

闤市垣也闠市門也詣往也不取其直不受顧價蓋別希勝報不邪命活也(午)二饑年節取

毘舍浮佛現在世時世多饑荒我爲負人無問遠近惟取一錢

吳興曰毘舍浮此云徧一切自在○意以饑世乞食則難畧取存命不多貪也(午)三神力拔苦

或有車牛被於泥溺我有神力爲其推輪拔其苦惱

願行所在而助以積劫福報故感具神力遂其願行耳積平地行已竟(辰)二業平心

教夫平地之行志在普利效力之行不檢親疎其心亦久平矣何至此而方業平心之教乎蓋前屬事相平心未能悟理今令悟知內心外地本惟一體故惟務平心不

分情器則境隨心轉無有不平較前豈不天淵乎又分二(巳)一因平地待佛

時國大王延佛設齋我於爾時平地待佛

時即佛在世時平地者即修佛過之路也

(巳)二領平心之教

毘舍如來摩頂謂我當平心地則世界地一切皆平

摩頂者憫其事行久勞攝受加持令其歸理也平心地者通達有情無情俱爲一體正報依報無分自他乃至凡聖因果等一切皆如是也世界地平者外由內感物隨心變也天台云心分垢淨見兩土之升沉故知娑婆心險感陵谷之高深極樂心平致地平之如掌此其驗也故如來因其惟務平地而特教平心令知要也(辰)三權實雙證因其文中有迴心故知回權入實以漸而入蓋不定性中聲聞菩薩不定者也良由多劫願行便主利人非純求自利之輩分二(巳)一悟取權乘先取小果也又三

(午)一悟內外地同

我即心開見身微塵與造世界所有微塵等無差別

此之心開便與聲聞不同既達地大平等非惟不復執身爲我亦將達法唯心矣(午)二於諸觸自在

微塵自性不相觸摩乃至刀兵亦無所觸

此即分達法空知微塵自性空無所有則知能觸地大與所觸地大一切皆然故刀兵爲外地大身爲內地大以身觸刀如斬光截影了無所傷也肇法師云將身臨白

刃猶若斬春風彼但証性無傷六祖延頸刺客三揮利刃俱如斬影是也㊉三悟無生証果

我於法性悟無生忍成阿羅漢

此無生忍且取生空達蘊中畢竟無我也譬如打鐵麤垢先落耳以分達法空時尚悟地大了不可得況地大中我豈不速空乎此阿羅漢實証四果悟取權乘竟㊁二迴証知見

迴心今入菩薩位中聞諸如來宣妙蓮花佛知見地我先證明而爲上首

蓋雖暫取生空而利人習性惟樂菩薩願行是以速即迴心也言今入者蓋指賢劫爲今未必獨指釋迦會中蓋曠劫爲事行菩薩至莊嚴劫尾方斷見思成阿羅漢賢劫初即迴向眞乘諸如來意指賢劫四佛及十方現在如來也法華會上聞知見地者蓋法華知見即此經如來藏性悟此爲地所謂一乘寂滅傷地首先證明者由其從凡入聖自權向實皆持地大爲起行入理之門而今復聞此究竟性地機緣契合是以爲法華證明上首也㊈三結答圓通

佛問圓通我以諦觀身界二塵等無差別本如來藏虛妄發塵塵銷智圓成無上道斯爲第一

此備敘前悟而已二塵即內外二地大也虛妄發塵者蓋悟地大相妄而其性但是如來藏性循業妄現而已人知持地爲法華上首而不知如來知見契彼究竟地大此經方以顯其大本矣塵銷智圓者相盡

性現理智一如也成無上道者已入最上一乘之知見也持地地大已竟(寅)三月光水大分三(卯)一作禮陳白

月光童子即從座起頂禮佛足而白佛言

童子乃菩薩別名表童眞德也世人即作幼童之想如塑畫善財是也又儒者聞大權經說孔子爲定光童子則怒其卑小不知文殊爲釋迦九世師祖而亦稱童子何有卑小之意乎月爲水摩尼所成故號月光(卯)二陳白之言又三(辰)一古佛授觀

我憶往昔恒河沙劫有佛出世名爲水天教諸菩薩修習水觀入三摩地

水天者證水大徹於性天也或此佛亦從此大入圓或佛具萬德而但觀時機當從此入故示號與觀相應耳末三句總示所授觀法其詳在下修習中當自見之(辰)二依觀次修又二(巳)一習觀初後初身後界以漸而入觀之序也分二(午)一初觀身中

觀於身中水性無奪初從涕唾如是窮盡津液精血大小便利身中旋復水性一同

首二句總一畧標無奪二字作不相乖異釋之與下一同二字相爲叫應初從以下釋成無奪之意涕唾便利近外水相浸液精血涉內水相由外及內自內而外故曰身中旋復又涕唾津液水之清相精血便利水之濁相清濁雖異水性無別故曰水性一同即無奪之謂也然發解入觀必始身中者欲其深觀成時則我法二執俱空(午)二後合界外

見水身中與世界外浮幢王剎諸香水海等無差別

觀內既熟引伸外廣資中曰準華嚴經華藏海中有大蓮華其蓮華中有諸香水一一香水海爲諸佛刹世界之種華藏世界在香水中故云浮幢王刹華藏二十重累高如幢最爲高大故稱王今觀身水與彼海同故曰浮幢王刹諸香水海也○須更知華藏是總一大香水海其大蓮華是總蓮華其蓮華中有無量香水海一一海中各有一花上擎二十重刹種每重世界皆以刹塵増數紀之今觀水大惟論於海幢刹但帶言耳卽此觀境大不思議誠非凡小權乘可及然充擴至此者欲其深觀成時則了達性水眞空云云乃至周徧法界則我法二空不待言矣(巳)二觀成淺深上方領旨習觀此科乃觀成之相然先淺後深亦成之序也就分二(午)一初成未得忘身二(未)一標身未忘

我於是時初成此觀但見其水未得無身

是時卽初授習時成此觀者卽成身中水性一同之觀也但見其水者葢入定之時不見一物但見湛水徧十方界此句便是觀成之相末句正表初成尚淺未至空身也(未)二卽事以證證其尚爲身累也又三

(申)一定中現水

當爲比丘室中安禪我有弟子窺窗觀室惟見清水徧在室中了無所見

首句時也次句卽作水觀入正受也滿室現水資中謂爲定果色然此色係獨影境惟自見之而前之火觀今之水觀皆能令他人見之亦觀力殊勝不思議境也(申)二

投物心痛又二㊄一正敘痛由

童稚無知取一瓦礫投於水內激水作聲顧

眄而去我出定後頓覺心痛如舍利弗遭違

害鬼

舍利弗水邊入定由宿寃故被違害鬼一

掌出定頭痛今出定心痛故言同彼㊄二

無知起惑

我自思惟今我已得阿羅漢道久離病緣云

何今日忽生心痛將無退失

欲知羅漢有病無病當明子果二縛夫宿

種今種應召來果而尚未受身者謂之子

縛宿種所召今已受身卽身應受謂之果

縛若實行聲聞新証四果已將子縛斷盡

不受後有然現身尚未灰滅則果縛猶存

所有病苦卽身應受故舍利頭痛畢陵眼

痛皆斯類也問前言舍利古佛豈有果縛

答旣示同實行但依實行論耳若入滅後

悲願再來則二縛俱無更無實病苦矣今

此菩薩久証再來正同此類故起斯疑㊉

三除去如初如初謂無痛也分四㊄一童

子具陳

爾時童子捷來我前說如上事

捷速也㊄二教以除去

我則告言汝更見水可卽開門入此水中除

去瓦礫

㊄三復見依除

童子奉教後入定時還復見水瓦礫宛然開

門除出

㊄四出定無恙

我後出定身質如初

温陵曰漢州綿竹縣水觀和尚迹同月光㊀二後方亡身合界

逢無量佛如是至於山海自在通王如來方得亡身與十方界諸香水海性合眞空無二無別

逢無量佛則所經多劫可知住於淺定經時甚久而上敘久得羅漢則知羅漢果位雖具神通而受身不免身累且在定痴瘖進退遲鈍悉可見矣如是乃至下明深觀方成之時也亡身合界眞空無二者觀境極深且大性合眞空所謂性水眞空性空眞水周徧法界回視此身如巨海一漚豈不易忘而得自在乎夫論觀行位中淺觀深觀皆難定於果位今約前淺觀已言久證羅漢則斯深觀成時合是超過七信而

證於初住圓通之境大抵詳此菩薩亦是先權後實以漸次而入者也㊁三今證菩薩

今於如來得童眞名預菩薩會

如來指釋迦預在也菩薩會益是深位非前信住可局也㊂三結答圓通

佛問圓通我以水性一味流通得無生忍圓滿菩提斯爲第一

一味卽身中水性一同流通卽界外剎海無二得無生忍卽性合眞空是因地心圓滿菩提卽證徹法界是果地證也似與佛位齊矣月光水大已竟㊃四琉璃風大又分三㊂一作禮陳白

琉璃光法王子卽從座起頂禮佛足而白佛言

取後所悟洞徹得琉璃號(卯)二陳白之言

又三(辰)一古佛示觀又分為三(巳)一標遠劫佛名

我憶往昔經恒沙劫有佛出世名無量聲

聲乃臍輪風起鼓之而出此亦名合風大

(巳)二示能觀本智

開示菩薩本覺妙明

本覺妙明具含三德本覺即法身妙即解脫明即般若據此科但是本智望下科所觀故此作能觀為發照之源也(巳)三示所觀風力

觀此世界及衆生身皆是妄緣風力所轉

此科尚是佛所示觀總言依正皆屬風力所轉詳在下科別示妄緣二字發風之端人知世間有風不知妄心緣動所感所謂搖明風出是也(辰)二觀破羣動即從本覺妙明發照而觀故此為所觀之妄境也又三(巳)一歷觀動同

我於爾時觀界安立觀世動時觀身動止觀心動念諸動無二等無差別

吳興曰界為方位故安立世為遷流故動時○界之安立風輪執持時之遷流風氣宣使身之動靜風力所轉心之動念風起之源諸動總該界等無有差別原歸上文通一風力(巳)二了動虛妄

我時了覺此羣動性來無所從去無所至十方微塵顛倒衆生同一虛妄

首四句自覺妄也來無二句同空華也若實有從有至即非虛妄末三句覺他同妄也十方微塵者且舉廣多衆生同一妄也

(巳)三閱世喻狂

如是乃至三千大千一世界內所有衆生如一器中貯百蚊蚋啾啾亂鳴於分寸中鼓發狂閙

上科是法此科是喻如是乃至者擴充極盡之辭三千下盡一世界喻意有二一喻其小而非大二喻其妄而非真良由以本覺妙明爲體故空生大覺如海一漚極大成小也微塵國土漚滅本無諸有虛妄也觀心境同但偏風大耳觀破羣動已竟(辰)三頓證徹悟上科總是觀行此科是彼觀行所証也又三(巳)一逢佛速証

逢佛未幾得無生忍

逢佛卽逢無量聲如來也未幾明取証之速也既了來無所從去無所至萬法當體皆無生滅卽本覺體故速入無生忍位矣

(巳)二心開事佛

爾時心開乃見東方不動佛國爲法王子事十方佛

已悟無生故本覺心開見動中不動而親於東方不動如來爲法王子乃至徧事克肖諸佛(巳)三身心無礙

身心發光洞徹無礙

此得名之由也了妄身心皆屬風力見法身真心洞徹如淨琉璃也(卯)二結答圓通

佛問圓通我以觀察風力無依悟菩提心入三摩地合十方佛傳一妙心斯爲第一

觀察風力了妄也悟菩提心達真也入三摩地證圓通也合十方佛同佛果也傳一妙心化衆生也妙心卽性空真風性風真

空心也琉璃風大已竟(寅)五空藏空大分三(卯)一作禮陳白

虛空藏菩薩卽從座起頂禮佛足而白佛言

(卯)二陳白之言又三(辰)一標同佛証

我與如來定光佛所得無邊身

無邊身卽佛十身中虛空身也與法雖無異體而義相須別法身離一切相而徧融一切此虛空身帶目前空一顯色而徧融空大清涼云混虛空爲體性是也此科畧以標盡下乃詳明(辰)二詳明神力由後文總結云此大神力故取爲科名亦明所證無邊身相非同凡小所取頑斷沉寘無用之境也又二(巳)一空色無礙又爲二(午)一會色歸空

爾時手執四大寶珠照明十方微塵佛刹化成虛空

四大寶珠舊註誤因後文四大無依之句而斷四大二字作地水火風卽以此爲四珠不知四大是所觀之境須取能觀之智方有珠義按華嚴取海中有四寶珠能消海水喻菩薩有四智珠以消散善法愛等性海中波浪也今此約照空塵刹之智應是人空法空俱空眞空四珠也當以大寶二字連珠字讀之大者表其稱性洪廣寶者彰其利用可珍也手執者明授持有自也然前三破迷第四證體下十方塵刹方是統言四大成空也塵刹具足依正卽內外四大也虛空兼含遮表遮謂遮惑空無表謂表性空淨問所表眞性何亦言空答妄盡眞純成第一義空所謂彌滿清淨中

不容他非謂眞體亦斷滅也(午)二融空卽色

又於自心現大圓鏡內放十種微妙寶光流灌十方盡虛空際

此科於三大中次得相大証般若德如珠之光亦如將前淨金成諸妙相也大圓鏡卽大圓鏡智內放十光者從一鏡智而現十智同眞如華嚴三世智乃至知無邊諸佛智或卽十力亦可以十力元卽十智況經明言神力問與前四智何別答前屬趨體智此屬起用智而大圓鏡乃總智體也灌十方空者照十法界窮極空理悉成嚴妙所謂大智慧光明徧一切處矣(巳)二依正無礙此科於三大中後得用大証解脫德如珠之影亦如將前金相種種運用成妙莊嚴也問前言十智已屬起用與此何別答十智雙屬體用望上科眞空之體乃爲照用望此科運爲之用復爲照體又與此科並稱爲用亦無不可蓋彼是鑑照之用了因所成如燈照物也此是辦事之用緣因所成如燈下作爲也分二(午)一攝刹入身

諸幢王刹來入鏡內涉入我身身同虛空不相妨礙

首三句刹入身也圓鏡智卽稱法身智體故能攝諸刹海悉入其中由理攝故事亦能攝故下言涉入我身此身卽色身所謂菩薩於一毛孔中不可說刹次第入也末二句身包刹也所謂毛孔能受彼諸刹諸刹不能徧毛孔也一毛尚然況全身乎極

小同大優有餘地故不妨礙也總顯能包之用㊅二分身入刹
身能善入微塵國土廣行佛事得大隨順
上科雖有入有包而獨顯身之能包此科更顯身之能徧也所謂無刹不現身也於一一刹隨機普應現十法界身雲彌滿無盡也廣行佛事者於一一身上弘下化徧行無量諸利益事也得隨順意兼自他隨自卽如意神通得大自在隨他卽恒順衆生無量機緣也詳明神力已竟㊃三總由觀空
此大神力由我諦觀四大無依妄想生滅虛空無二佛國本同於同發明得無生忍
神力總收上會色融空攝刹分身四科也由我下出神力之本蓋凡外小乘執四大心外實有成大障礙此菩薩觀四大離自心性無體可得故曰無依妄想生滅者所謂諸法不牢固常在於念中念起似有念息全無也虛空無二者言四大旣同虛空虛空豈有差別佛國本同者益四大爲能成佛刹爲所成四大旣空無二相佛刹亦平等皆空所謂虛空爲同同卽空也於同發明者卽悟性覺眞空性空眞覺清淨本然周徧法界也末句卽寂滅現前入圓通境也㊂三結荅圓通
佛問圓通我以觀察虛空無邊入三摩地妙力圓明斯爲第一
我以三句卽空色無礙科妙力圓明卽依正無礙科圓通極境也空藏空大已竟㊀六彌勒識大分三㊂一作禮陳白

彌勒菩薩即從座起頂禮佛足而白佛言
温陵曰彌勒正云梅怛利曳那此翻慈氏
爲慈隆即世悲臻後刧愍物迷識故示迹
發明也(卯)二陳白之言分三(辰)一上古得
定分四(巳)一上古佛世
我憶往昔經微塵刧有佛出世名日月燈明
(巳)二出家求名
我從彼佛而得出家心重世名好遊族姓
此蓋敘古在凡夫地內輕外重身雖出家
心慕豪貴好遊族姓者喜親近國王大臣
也此遠因實事不必回互解爲貪着名相
等意且前之多婬復作何意回互之乎況
唯識正是名相豈不增病(巳)三教修惟識
爾時世尊教我修習惟心識定入三摩地
因其重世名族外求馳散故授以惟心識
定令其通達萬境惟我心識變現一如夢
幻生滅非實豈可不究明心識而反重其
所變之境乎由是但自觀察惟識止其外
慕馳散而定心成就所謂因病而藥者也
(巳)四久習忘名
歷刧以來以此三昧事恒沙佛求世名心歇
滅無有
惟識定深萬境如電外輕內重無復馳求
故求名心滅此先顯對治悉檀破惡益也
(辰)二中古定成分三(巳)一確指佛世
至然燈佛出現於世
(巳)二惟識極成
我乃得成無上妙圓識心三昧
積功雖歷多刧入理在一刹那葢前所習
者不離五位惟識尚屬權宗至此窮極識

理所謂性識明知覺明眞識妙覺湛然徧周法界融入如來藏性故曰無上妙圓此方顯第一義悉檀入理益也㊁三一切惟識上科方極惟識之體此科乃極惟識之用又爲二㊀一世界惟識

乃至盡空如來國土淨穢有無皆是我心變化所現

國土舉無情器界之總相有無卽成壞也此雖以唯識爲入門上科既曰無上妙圓則今所謂變化者亦非同相宗但由妄發乃達緣起卽是性起種種變化皆生於妙圓眞心矣㊀二諸佛惟識

世尊我了如是惟心識故識性流出無量如來

吳興曰流出如來者從法身識性流出報應佛身也○此說妙圓識性卽爲法身從法身而起應化其身無量雖理趣頗通然此但約自已不盡他佛似是無量身而非無量如來又須極果方能非是本具頓悟之境今解如來者有情根身之總相首句了卽悟也承上結定轉起下文言我悟達惟識至於窮界萬法如此由是不但秖見世界惟識乃見藏識海中三世十方無量諸佛皆從流出所謂衆生心內諸佛時時成道是也又如華嚴中菩薩証眞見佛無邊皆在身心出没末當云如來尚惟識性流出況餘九界衆生流出可知㊂三得補處記

今得授記次補佛處

夫窮極唯識圓證法界既見諸佛依正皆

是自心而自心豈不成佛故得授補處記即補釋迦佛位必當作佛也(卯)三結答圓通

佛問圓通我以諦觀十方惟識識心圓明入圓成實遠離依他及徧計執得無生忍斯爲第一

清涼引護法釋三性云一切心及心所由薰習力所變二分從緣生故皆依他起徧計依斯妄執定實有無一異俱不俱等此二方名遍計所執二空所顯圓滿成就諸法實性名圓成實貪中引喻圓成如麻依他如繩徧計如蛇○徧計有名無體依他有相無性惟圓成實是彼體性今言入後一者悟證眞實體性也遠離前二者不復爲名相所迷也此經圓成實性即如來藏心所以結入圓通彌勒識大已竟(寅)七勢至根大又復分爲三(卯)一作禮陳白

大勢至法王子與其同倫五十二菩薩即從座起頂禮佛足而白佛言

温陵曰觀經云以智慧光普照一切令離三塗得無上力名大勢至○又言此菩薩舉足下足皆動一切世界震蕩三途令成解脱凡入諸佛會中必先震動故得是名且悲華經言往昔因中彌陀作輪王時觀音爲長子勢至乃其次子今在極樂居於彌陀左右倫者類也(卯)二陳白之言分四

(辰)一古佛親授念佛

我憶往昔恒河沙劫有佛出世名無量光十二如來相繼一劫其最後佛名超日月光彼佛教我念佛三昧

大本彌陀自具十三號中有斯二名詳彌陀勢至同時發心所師佛號乃古如來非卽彌陀二號既同餘十佛名或亦多同十三佛號以師資一道不異古今如釋迦觀音之類念佛三昧據下文卽都攝六根淨念相繼也㊁二詳喻感應道交此取天台觀經疏科名以衆生對佛此感彼應不同解入相應生佛一體也分二㊀一先以二人爲喻又分二㊎一單憶無益

譬如有人一專爲憶一人專忘如是二人若逢不逢或見非見

一專爲憶喻佛念衆生也佛作菩薩時自果未圓尚於念念不捨衆生何況果後更無餘事惟念衆生豈非專憶之至乎一人專忘喻衆生不念佛者也以如來專念衆生之力故若逢或見如諸聖不違本願遊化娑婆故令衆生偶逢偶見之類是也以衆生無心念佛之力則雖逢不逢如佛在世時亦來此國住七日而衆生寘然不知良由不念業障佛亦無柰何矣是寘中或逢而顯中實不逢也雖見不見如見文殊者但覩老人貧婆之類是也是聖豈作意詐隱實由業覆而妄見劣相耳如薄福見寶爲蛇爲蛙豈彼無情之寶亦能變化詐隱其本相耶吳興引舍衛九億家証此畧而未詳嘗聞九億分三三億見佛聞法三億但聞名字三億名亦不聞不聞名者不與此例其但聞名字者卽逢而不逢者也以但逢佛在世與之同國而未遭遇形聲也其前三億若更分之當亦有見佛而不

聞法者卽是或見不見以徒見不蒙法利故也諸義皆通取要言之以如來專憶故或逢若見以衆生專忘故不逢不見不能成決定逢決定見正意示人不想念佛者決無見佛往生之益(午)二雙憶不離

二人相憶二憶念深如是乃至從生至生同於形影不相乖異

二人相憶喻生佛念同也意言衆生念佛能如佛念衆生非惟必成決定逢見且如形影常不相離正意示人想念佛者決定獲見佛往生之益矣(巳)二後以母子合喻

又二(午)一合單憶無益

十方如來憐念衆生如母憶子若子逃逝雖憶何爲

首三句合一人專憶也世間慈念最切者莫過於母然子若悖逆過甚者母念或衰佛念衆生更過於母逆惡愈甚者佛念愈深故佛大悲心相常照阿鼻衆生是以求往生者不可思惟巳惡而疑佛不來接引此乃不達佛心自生疑阻殊可憐也若子逃逝合一人專忘也雖憶何爲合若逢不逢雖見不見也(午)二合雙憶不離

子若憶母如母憶時母子歷生不相違遠

首二句合二憶念深末二句合從生至生等三句也詳喻感應道交巳竟(辰)三合喻顯示深益合喻謂兼合前二喻然但合雙憶不離不合單憶無益也深益卽往生成佛二大利益分二(巳)一必定見佛益

若衆生心憶佛念佛現前當來必定見佛

憶佛兼事相圓融二種觀門念佛兼事一

心及理一心二種三昧現前見佛謂不離現身於定中見或於夢中見也當來見佛謂報終陰壞見佛接引及彈指往生花開見佛也事相觀謂注心一方緣佛金身相好而已圓融觀謂以假空中三觀觀佛法報化三身舉一卽三言三卽一三一圓融也詳在觀經疏中事一心謂專心念佛無一毫雜緣而已理一心謂達法界一相舉一聲佛則全包法界圓住三身詳在彌陀畧解所見之佛亦隨觀念理事而不無勝劣矣問勢至敘古今何全取西方法門證釋答菩薩明說此界攝人歸於淨土而所示觀念豈非導人觀念極樂應不必疑也

(巳)二速得開心益上益雖具理觀理念皆可開心然且專說得見他佛未及正明自心開發顯露自佛果體故知上科但論見他佛此科乃說成自佛也分三(午)一近佛故開

去佛不遠不假方便自得心開

去佛不遠有二意一者未獲往生在觀念中須取理觀理念說其不遠以全住三身圓持法界與佛同身共命故曰不遠不假方便者不用别門方便但由悟達他佛三身而本覺果體豁然顯現二者已得往生常親近佛不假方便自然心開者以近佛聞法及加被威力故速令心開果體顯現也所謂但得見彌陀何愁不開悟也又解先見色身而覩相佛則將隣法身而眞佛不遠矣夫本覺顯現則顯是自佛彰明奚止於惟見他佛耶(午)二喻以香薰

如染香人身有香氣

喻中以近香故身亦成香法中以近佛故心亦成佛故知心開非同淺淺應即是本覺佛現也(午)三出三昧名

此則名曰香光莊嚴

三昧名亦法門名不離觀佛念佛以佛法身香光莊嚴自性佛也(辰)四述巳自利利他

我本因地以念佛心入無生忍今於此界攝念佛人歸於淨土

首三句自利也此之述巳念佛便非用分別識心所念乃攝根念也其法以一念不生六根湛寂不妨圓照三身洞徹四土遂至信滿入住證無生忍也由此反觀前之心開正相似覺發耳下三句利他也此界即娑婆界淨土即極樂界攝者以威力加持令不退念又臨終接引令其必獲往生(卯)三結答圓通

佛問圓通我無選擇都攝六根淨念相繼得三摩地斯爲第一

都攝六根者令六根不動也淨念相繼者即圓照三身四土也得三摩地即三昧成而証圓通境也若約現位迹在等覺或本已齊佛今追論初心一同衆之信滿入住矣夫各攝一根則屬六根圓通都攝六根則屬根大圓通舊註釋爲意根當濫須菩提所修矣通論二十五門尋常六塵皆始於色今始於聲而復留耳根在最後者正以諸門雖均是教體而不盡當此方之機偈云此方眞教體清淨在音聞故今始於

音而終於聞所以爲教體之綱領而獨當此方之機且權小入門多循音教圓實法要直反聞根故二聖示迹淺深不同也又七大本先始於地大而此中火大爲先以多婬召火合此經墮婬起教所以警多聞人先除欲漏也又七大終於識大而今終於根大者以勢至念佛圓通稍次觀音大本彌陀經云極樂清淨次於泥洹觀音所修乃諸佛一路涅槃之門正是泥洹極果令令不能修自心泥洹者其次莫若念佛求往生也此固經文不終彌勒而終於勢至之深意也諸聖畧説已竟

大佛頂首楞嚴經正脉疏卷第二十四

音釋

瑩 于營切音榮　骸 户皆切音諧　闤 胡關切音還　闠 胡對切音潰

大佛頂首楞嚴經正脉疏卷第二十五

明京都西湖沙門交光真鑑述

(子)二觀音廣陳以當此方之機故廣陳盡妙欲人專修於此也問娑婆豈無别門而入者耶答偈云自餘諸方便乃至淺深同説法備悉此意意以同途長修淺深共入惟取耳門而餘門不及間有别門入者亦仗威即事而已然此應云觀音耳根以對前總科彰其廣陳而意含耳根於觀音二字中矣分三(丑)一作禮陳白

爾時觀世音菩薩即從座起頂禮佛足而白佛言

觀世音名具彰二利之德而所觀不同法華中如來釋云苦惱衆生一心稱名菩薩即時觀其音聲皆得解脱以是名觀世音據此則所觀者即世間音聲蓋果門惟顯利他之盛德也今經菩薩自釋云由我觀聽十方圓明故觀音名徧十方界據此則所觀者即聽音根性蓋因門多彰自利之深源也是則二經互爲隱顯而名之圓妙見矣此意畧同孤山今正談修門故且依後義觀字隨俗雖作平聲理實應是去聲良以納聲爲聞達理爲觀特取達理故於音聲不言聞而言觀也又所達之理非音聲中理乃耳根中性理也然必托音聲方彰聞性故又不言觀耳根而惟稱觀世音也更須當知利他自利雖别而能利之法同彰耳根殊勝無二意矣(丑)二陳白之言分三(寅)一本師傳授反聞又三(卯)一古佛同名

世尊憶念我昔無數恒河沙劫於時有佛出現於世名觀世音

彼佛因中或亦由斯證入故其名號以因彰果或佛鑒時機應從此入故其名號與逗機之教乃相應耳(卯)二從佛發心

我於彼佛發菩提心

菩提心不越三心四願一者善心即煩惱無盡誓願斷法門無量誓願學二者悲心即衆生無邊誓願度三者直心即佛道無上誓願成按起信論第一直心謂正念真如第二善心謂廣修無量善法第三悲心謂度衆生無量然約三處迴向則真如佛道性修異旨而四願中佛道必兼真如故合之無差也此心最爲貴重初發即如王子處胎貴壓羣臣諸佛護念萬聖加持華嚴百喻未足以盡其威德又言不發此心所修諸行盡爲魔所攝持故欲修耳根圓通者先須發此大道心也(卯)三秉受法門

彼佛教我從聞思修入三摩地

既發大心須秉聖教凡修行者不秉聖教或恣已意或信邪師其過無量故此次明秉受自佛也彼佛即指觀世音佛此之三慧惟聞慧不同常途故思修亦別約常途聞即多聞謂聞經解意功夫其體即耳識及耳家俱意識所發勝解分別今此聞字即指耳根中聞性體即無分別如如智理而已思即不着空有一味反聞外脫聲塵内冥智理且約靜習在禪功夫也修謂達於萬行與此禪觀不相違背所謂咳唾掉背無不定時何況一切善行此約初心修

進便應具足若更入位料簡應以六即揀之聞慧應在名字思慧應通觀行相似修慧應入分證若更以見道修道揀之聞思俱在見道而修慧即修道位是則後二分別淺深天隔若就觀音本門三説聞字皆須惟指耳門以音聞雖皆教體而聞爲真教體也入三摩地者名通初後初但定成之號而更約後心即證入圓通之境寂滅現前也雙承動静無違方爲定成然此動静與下二塵不同此約静入禪定動涉萬行二時爲言若静合動違終不名爲大定成就也本師傳授反聞已竟㊢二次第解結修證此科方是正行一經至要理宜詳細敷陳故今所解稍爲完備不避繁文觀者幸勿厭多非同長水流變三疊殊無關要當知上之發心是願而此爲依願之行其願不虚也上之秉受是教此爲依教之修其教不負也然此中分科以三空六結分之者蓋三空是五卷中佛自所説長水亦知順此分科但未能發揮委悉至於六結乃爲以義推知非穿鑿也良以佛綰巾時特以詳彰結解俱有次第而説解次第但列三空似惟三重而意含六結前釋稍明今此正是解結正文豈不投前所説況細尋文理六節分明非强分也分三㊞一初解三結先得人空又三㊞一脱動塵

初於聞中入流亡所

初者發決定心起修下手之初也按如來立教常儀行人若有罪障及未具戒先須懺求瑞應誓斷四慾如後道場所明今約

無障具戒之人故徑談大定行人宜自諒之聞中二字即所見之性亦所趣之理今爲所入之門亦所照之境首宜分明不可墮於二種差誤前麤後細最當辯識一者不是肉耳之中以此聞性本帷藏識心海一體而具六用在眼爲見在耳爲聞乃至在意爲知今取第二故曰聞中於經最初取見爲例以例餘五委悉發揮如十番示後離二見妄乃爲妙淨見精結云清淨本心本覺常住今之聞中即彼見中以其體無二也又四科七大轉名如來藏心周徧十虚圓含萬法今此聞中即彼藏心中也又一真法界圓具三藏非一切法即一切法離即離非是即非即是名無上菩提如來知見今此聞中即彼三藏體中也良以見道分中極力發明者正於修時總持用之所謂躡解成行大陀羅尼也若别爲一法則前之開示俱成無用矣是知此之聞中乃平吞萬相盡空法界之中也二者不是耳識之中以此聞性雖有聲無聲明鑑了然絲毫不昧而曾無分别亦同見性但如鏡中無别分析且離念相者方等虚空亦常亦徧有念即偏局一處刹那生滅不徧不常此即緣聲之識若墮此中依舊是經初如來所破緣塵分别影事而七重破處等文全無用矣是知此之聞中乃一念不生圓照法界之中亦即一乘寂滅場地真阿練若正修行處若於經中未即了然可於静習坐中體認的當多於五更起坐夜氣清明萬籟初動之時一念不生覺此

聞性廓然而圓朗然而照山壁不隔晦暗不昏大小遠近音聲鑑徹無遺乃至微風動樹足履鳴堦亦所不昧假如東方數里之外洪鐘發響固歷歷分明西方同時數里之外鼉鼓喧聲亦琅琅不昧如是乃至南陌悲號北街笑語車輪馬足一一俱現圓聞之中如影現大圓鏡中毫髮無隱也至於寂然無聲時則聞靜愈無邊際然但借觀音聲彰能聞之體爲聞中不取所聞動靜之境爲聞中也到此始知妙性本具不是修成但是平日以亂心緣慮遮障孤負不自覺耳又當知此聞中內而所執定實身心外而所執定實器界了無蹤跡可得一片虛靈浩無邊際萬法森然唯心所具交徹互融之妙皆在其中非有非空即空即有妙極不容思議之境也亦即祖師正法眼藏涅槃妙心但彼不局一門或多示意根而言了知爲異耳珍重珍重此句先以決定所照之境下句方是工夫入者旋反也流有二意一流謂法流即聞性也入流者旋轉聞聲之聞反聞自性也二流者注也順聞奔聲外注謂之出流反聞照性內注謂之入流二釋俱通此亦須是一念不生回光反照專注以聞自性令前妙境湛然常明不得一息間斷即宗下所謂綿密功夫也問見聞覺知同一根性永嘉謂起知知於知此非無緣知如手自作拳非是不拳手今云反聞聞自性若准永嘉應云起聞聞於聞此非無緣聞如手自作拳非是不拳手二義何得不違答彼約根塵已銷妙性顯後不可更有二知今約初心起修方作亡塵方便故須暫假反聞以爲入門若到聞所聞盡亦是根塵已銷之後更不存於二聞也且此最初入流亡所同彼最初息念亡塵豈遠同

彼知滅對遺之後耶故欲會同佛祖之言須知前後次第則無違矣此二字即是合覺下二字乃是背塵亡者脫也所即聲塵也故上二字即旋聞下二字即與聲脫也約前四卷末第二決定義中詳明根結全由於塵故塵亡而結自盡今解耳根其所應亡當即是動靜二塵動謂有聲靜謂無聲今初先亡動塵仍有二種一者屈曲聲謂有意味者如言語歌曲之類是也二者徑直聲謂無意味者如風水鳥獸鐘皷等聲是也其最有力能牽心流轉者屈曲聲也先須斷此永不接緣然此屈曲復有二種一者世俗屈曲二者道理屈曲世俗復有二種一者無力二者有力無力謂評品古今文章事物他方昔日不干已事但恣散亂無增長煩惱之力故云無力也有力謂說諸欲境令心起貪說諸不平令心發怒背面譽毀當面稱譏一切切已利害之言令人不覺喜瞋陡發忘失正念是也此皆世俗曲屈也道理屈曲者如說內外邪正道理乃至法門宗說玄妙意趣令人不覺隨言生解擬議思量若許攀緣於此亦是尋聲流轉最障本聞所以宗門於佛祖言教如生寃家也問止絕世俗似無不可何於道理勝思亦杜絕之答躡解成行行起解絕解若不絕則無漏之行終不能成況真心實際動念則乖豈容留解而許尋道理屈曲聲乎故後偈云將聞持佛佛何不自聞聞是更偏忌道理屈曲也如新產家忌人往來觸犯則疎客親友二俱止絕方可無虞若但斷疎客而容親友往來則觸犯之害終不免也世俗屈曲如疎客道理屈曲如親友所以二者俱當止

絕也行人初心首先於此諸屈曲聲一切不緣惟以內向聞性湛然朗然安住不動則一切麤顯分別永息不起矣至於水流風動鐘鳴鼓響等一切徑直之聲更是難亡須使入流功夫細心專切久自亡盡問反聞功成豈一切諸聲如醉睡中皆昧然不覺耶答非也諸聲任有行人但惟圓照聞性不滲落流注於聲而已問不緣曲屈之聲止其分別易以稽考不緣徑直之聲止其取著難以考驗又此諸聲縱令心不取著其如諸聲亂發攪擾聞中何以驗其不隨聲轉耶答反聞自性專切者聞性常自分明如對清秋之月無一息之昏暗且不注一聲而諸聲普皆不昧若稍取著於聲當有二驗一者聞性先以遠昏不復分明二者偏注一聲餘聲悉昧更以喻明譬如人眩水不能自渡賴人牽之而過彼人教其仰面視天不得一息視水若一息忘教視水隨即運倒此亦如是反聞自性猶如視天不復尋聲如不視水更無流轉之患猶無溺水之患也是知聲不可除而但當反聞專切亦如水不可除而但當仰天專切也問此之衆聲畢竟不昧耶亦有寂滅之時耶答昧不同滅心昏爲昧聲銷爲滅反聞自性久益精明終無昧時外脫聲塵火漸銷落終有盡日良以性是本有聲是本空故也問聲今現有何爲本空答如人夢雷妄成震恐其雷本空而正在夢時亦似現有豈真有耶現前諸聲亦復如是問諸聲不實既如夢幻銷落之後畢竟一無所聞則道成者皆如聾人耶答不然此非真滅但以銷落聚聞之根近蔽之聲暫沉枯寂即同色陰區宇如有目人處大暗室也不久心

聞洞開徧滿虛空所謂發本明耀必將上聞有頂下聞無間乃至最近虫行蟻鬬素所不能聞者皆當聞之何況餘聲如聾之疑鄙劣甚矣問此之入流亡所但於靜坐時習之耶亦於涉事時習之耶答若但取於靜坐何用詳辯曲屈等聲正須動靜一如方成大定耳問靜坐易忘今即不問臨事實難今請問之假如有人涉事訪一故人於路用功但惟反聞自性而餘聲悉不取著正當聞性湛然忽於中途隔墻聞彼故人言語此聲不尋則廢其訪問之事若尋之豈不成流轉耶答此聲許尋而不妨不成流轉以偈云衆生迷本聞尋聲故流轉汝若於尋聲時不迷本聞此但尋聲豈即流轉問請分尋聲流轉與尋聲不流轉之相答汝正反聞自性時有當尋之聲現前一味尋之而聞性全成迷昧者此即流轉若當尋聲時而聞性分明依然不昧此但暫尋即還亦謂之得用即休何得同謂之流轉耶以此爲例凡涉諸事皆當准此思之大抵初心靜習時得力爲多靜定若成漸能涉事不昧若初學靜定未成而遽希涉事不昧者良難問涉事不昧既曰良難則初學反聞恐難理事兩全答世諦之人寧廢理以圖全事修行之人寧廢事以圖全理今初心修進誰要你依舊精研世事務求兩全耶當知反聞入手之人雖處世間惟求省事省言日用家常騰騰任運得靜且靜萬不得已一事一言用了即休且正當用時分毫不昧言差事差不顧不

悔惟圖反聞無間心便怡然問祖師何言這邊那邊都不缺用答此是大亡已久絶後再甦死中發活方能各臻其妙非謂初心便能如是也問此節舊解多補天台三止觀意謂爲修行妙宗今何不用答彼自別爲入門非此經旨且三觀初心不離六識思惟而入今經首廢六識不用將何入三觀耶斯經圓融妙理全是藏心本具詳在奢摩他中發揮而行人未修之時先成圓解及至修時行起解絶但一反聞極爲簡便不勞廣立止觀宗門所謂單刀直入是也且入流乃合覺照理即簡妙之觀忘所乃背塵息妄即簡妙之止久久定成則圓融客妙體用皆從本地流出所謂故發真如妙覺明性也問前綰巾時如來親喻當從中道解之今但反聞不明中道豈合結心之喻耶答詳佛左右偏掣之喻蓋指三界凡夫著有之修出世二乘沉空之証故偈云汝觀交中性空有二俱非今此未反聞時圓解已成正反聞時豈墮彼二既不墮於空有即是最簡易之中道允合結心之喻何必廣立止觀枉用贅瘤之中道真所謂爲蛇添足殊可笑也前綰巾中三空之下所助治病之喻正當此用詳玩之可也問初心進功節度及修中防犯境界可得聞乎答此功雖不專於靜坐而初心亦須靜習偏多所謂大忘人世大死一番惟知反聞自性而一切散善尚不爲之何況俗事宗教聖言尚如生寃家相似何況俗言縱有人來問道即端心反聞信手拈答一二句即休其餘拜佛燒香衣食賓客呼喚動轉皆極令聞性分明且當此際既以全提聞性而聞性即全法界則動轉咳唾一一俱周法界即是全身受用至於靜中恒令不昧夜則披衣端坐排遣昏散專注聞中惺寂雙流昏沉至極須臾假

寐即起經行直待聞性明利時依然靜坐如宗門云一念萬年萬年一念是也問設有夢中流轉時如何答初心夢中或有流轉醒來隨即收攝不必悔惜久當夢中亦如醒時反聞便是寤寐恒一好消息也但時時求佛菩薩加令心開如此用功時一切皆忘即如後文所說如有目人處大暗室所謂色陰區宇中也切不可嫌其迷悶蓋根塵俱泯自當如此功夫極到當自有發本明耀之時勿躁求也然心光逼極或見本師現身摩頂加被當依後道場所說默驗魔佛愈加專切或發善境如後陰魔中最初十種者勿作聖解但當加功反聞而已且於入流亡所之時正是心精通脗與十方諸聖共一鼻孔之時而功極動魔正當此際依後聖教悟則無咎切不可中途成狂也然此脫亡動塵功夫必至忽然萬籟俱消惟一聞性明耀日月狀如雨霽一天空風停海湛極爲寂靜當此之時豈惟一切聲消身心世界蕩然一空虛豁自在方是旋聞脫粘入手時節此境極爲虛豁自在寂靜輕安最忌過喜取着但惟一種平懷精進不輟則無量妙境將次漸開一一取着之隨得隨失永不可復矣記之記之

(辰)二脫動靜

所入既寂動靜二相了然不生

上科方離動結此科動靜二結兼除蓋動除靜現自然之理加功雙遣自然之勢故今言所者即忘所言入者即入流也所入既寂者謂亡所入流二俱成靜也蓋初雖忘所而所豈易亡初雖入流流豈易入雖云努力一念不生未免動靜間發心心收攝非寂靜也至此亡所而所無不亡入流而流無不入羣動俱息收攝情忘故云所入既寂也由是而知前之亡所且惟亡動今之既寂乃是動結已除靜結方顯也次二句方乃動靜雙除也是雖兼動雙言其實單遣既寂而惟除靜塵耳然言了然不生者蓋約既寂之後加功進力以至寂靜亦亡二塵俱不可得也問亡動即是亡聲而聲塵與聞性如黑白相違易於分辯故亡之則易至於靜塵與聞性相順聞性至

靜而靜塵亦靜俱無邊際俱無分別如風空莫辯水乳難分誠難剖析故亡之恐爲不易如何示之答但患聞性未能了見分明若了然自見聞性安有混淆之理良以聞性是心靜塵是境心則靈知不昧境則冥頑無知境自境心自心如爾爲爾我爲我有何難分譬如世俗凡夫入一深山無人之處皆能了別山中寂靜其實於已聞性絲毫不覺及來鬧市其靜全失以前靜境全是山靜故離山豈復有靜世人但取境靜者離境無有不失者也此猶外境甚麤又有行人未見自心但習攝念成定展轉深入憑彼定力覺無邊際亦靜塵境界定力盡時無有不失者也此爲内境比前更細若未能悟心不見聞性誠不識此二種俱爲靜塵非心靜也若能悟心了見聞性自覺此性本來至靜寂然無邊非由攝念所成亦非託外境界不知反聞者故全不覺若能一味反聞則性靜恒在居山居市其靜不易也入定出定其靜恒然也縱不發明未反聞前從無始來本自常靜何況了見反聞之後豈復有得失可言哉若是則聞性本與靜塵無干反聞專切者亡之甚易何難之有哉大抵亡動之後別無伎倆反聞功夫展轉深切聞性增明則動靜二塵迥然雙脫矣至此則亡塵極則功夫位當圓之初信於二乘則齊初果問何以知然答金剛經云名爲入流而實無所入又云以不入色聲香味觸法名須陀洹此亡聲塵時六塵俱亡故知然也惟入流

二字大小逈殊小乘入流但是攝心入深三昧彼謂法性實是三無爲境而已此經猶爲法塵分别影事豈同此之反聞自性乎故知證雖位齊而入理深淺大不同也

(辰)三脫聞根

如是漸增聞所聞盡

上科全以亡塵此科方以盡根如是者承上之辭漸增者加功進行之意下句不依舊註擧塵顯根之說蓋上聞字乃旋倒之聞機下聞字乃所聞之聞性以前因圖作亡塵方便故立能所二聞令其聞根而亡塵令塵相既盡故外無所對則根亦不存能聞之聞機與所聞之聞性二俱除滅故曰聞所聞盡也後文云塵既不緣根無所偶反流全一六用不行正此之謂也問既全以根性增明而方以雙亡動靜今復將根性亦亡豈不全成斷滅答但以盡根那云滅性問根與性爲二耶答非二亦非一也問當如何等答根如冰性如水冰水本無别體故非二然冰結而隔水融而通故非一矣今言根盡但如冰融豈如水涸哉問前言二塵亡後惟覺聞性極爲寂靜湛無邊際今盡内根復作何相以别於此答前作方便脫彼二塵故暫執聞性爲内二塵爲外背外向内宛然内根恒在細詳經云聞中又云入流中之與入顯根爲内彰彰矣及至二塵蕩亡已無外相既不對外内相漸消以至泯然豁然無復内外即根盡之相以是而知前言無邊際者非真無也以二塵爲限即是邊際今二塵既盡無

復限隔方是真無邊際若約三空考之到此即得人空前此以根對塵塵為他相根為我相排他立我背他向我我相宛然至是根塵俱泯能所兩亡無復自他惟一法性不分内外麤細四相應盡無遺定位當至七信齊於别之七住小乘四果阿羅漢位而見思惑盡當證我空真如即前如來所説此根初解先得人空矣又當知此是菩薩高證圓之七信但約斷見思證人空謂齊小之四果非真實同羅漢如世之進士初品暫同吏員極品豈真名位與之仝同乎當知六通十八變等皆應殊勝至下當更顯其不同亦如進士資格權位名分皆非吏員可仰視矣初解三結先得人空已竟(卯)二次解二結成法解脱前示倫次中除法執科已明法執麤者先於入流亡所時早已斷盡至此惟除細法執焉分一科(辰)一脱覺觀

盡聞不住覺所覺空

盡聞二字牒前聞所聞盡即二鬬雙泯之境不住謂加功進行透過斯境不鈍滯於此也以見盡聞若住增慢同倫化城永閉矣末句即新證也蓋盡聞之後根塵迥脱湛一無邊之境現前故今言覺者即照此境之智也所覺者即此湛一之境也盡聞若住則智境恒對能所仍存終為勝進之障即潙山所謂具足心境也今言覺所覺空者謂能覺之智與所覺之境二俱空寂泯然無復對待也此雖境智雙舉而能覺所覺二俱言覺覺心分也於智為多若悟

惜此心以爲般若真智而不能捨置者是爲妄生愛智之法愛也又此望後爲斷法執分別問法執分別應隨前麤法執斷之那於此中猶有分別答此俱生中微細流注分別非麤分別也其實但是覺觀不忘義説分別耳㊁二脱重空

空覺極圓空所空滅

空覺之空牒上覺所覺空之空而言空覺者顯是重空之智也極圓者謂增修滿其分量之意末句促舉空者即此重空之智所空者即前科智與境也空所空滅者蓋言重空之智并前智境一切滅盡無餘也良以重空之智初起未圓則能空所空二俱宛在今空覺極圓則非惟所空智境息滅而重空之智亦復隨滅如以木鑽木火出則二木俱盡矣此雖重空亦智而能空所空二俱言空空境屬也於理爲似若悞惜此境以爲實際理地是爲妄生愛理之法愛也又此望前爲斷法執俱生蓋能所二空已離前科微細分别而任運存此微礙緣影而已此影滅盡成法解脱而真光將露矣此之二結已超小乘而過之然定位於圓教即八之十信於別教即八之十住及十行十向二十三位而塵沙惑盡矣當知此諸菩薩比定性回小者大有不同以菩薩於麤法執先已斷伏而定性全法方以伏斷所以遲鈍也又此以菩薩所陳空覺極圓同前如來所説空性圓明故知此之空所空滅即前所謂法解脱矣次解二結成法解脱已竟㊄後解一結俱空不生

生滅既滅寂滅現前

生滅二字通前動靜根覺空滅六結全收麤細不同要之皆生滅心也初解動滅靜生次解塵滅根生理雖無生而有滅有存生滅宛然下皆放此三解根滅覺生四解覺滅空生五解空滅滅生到此若住最後滅相則當爲滅相所覆恒處俱空應是一種頂墮細障故猶名第六滅結也百尺竿頭更須進步祖師所謂向上猶有事在亦名末後着也然此不復更勞着力滅除即儒典所謂化不可爲而本經所謂無功用道也但無住着之心以俟一刹那頃本理現前則此之滅相即迥脫矣如末句是也然所謂寂者非對動之寂從無始來本自不動之寂也所謂滅者非對生之滅從無始來本無生之滅也此是本覺理體如來藏性真如實際清淨本然周徧法界亦名大寂滅海亦名大光明藏所謂寂照含空惟以畨上生滅且單言寂滅實乃真心全體而萬用皆具於中此理現前則山河大地應念化爲無上知覺根隔合開六根互相爲用而下之諸科一切勝用皆從此發焉約其所至之位應在初住雖分斷一分無明分證一分真理而一斷一切斷一證一切證四十二地功德隱然具足其與別教初地位雖言齊而歷別之與圓融實天地懸殊矣通前次第解結一科會於四卷末節入流即守於真常亡所即棄諸生滅盡聞即根塵識心應念消落二覺即識情爲垢二空即想相爲塵而前空後滅即二俱遠離寂滅現前即法眼清明而毫無差爽矣若會永嘉奢摩他文入流即息念亡所即亡塵亦應放其文云流非亡所而不入所非入流而不亡亡所則入流而亡入流則亡所而入此四句可齊於動靜不生又云亡所而入則入無能入入

流而亡則亡無所亡此二句根塵俱泯可齊於聞所聞盡又云亡無所亡則塵遺非對入無能入則念滅非知此二句無對無知可齊於覺所覺空又云知滅對遺一向寔寂此二句可齊於空所空滅又云闃爾無寄妙性天然此二句可齊於生滅既滅寂滅現前亦似脗合而無間矣但永嘉似乎都攝六根或專意根經乃專攝耳根爲異耳又永嘉方談最初銷顯向後更有修治斯經已談深證高位向後惟彰發用今與合會而觀節文宛似令知圓頓初後無有異心行者不可委於高位而視爲不切已也又永嘉歌云心是根法是塵兩種猶如鏡上痕痕垢盡時光始現心法雙忘性即真此令盡其微細法愛而正合後三細結其所謂心是根者即覺結也法是塵者即空結也其所謂心法雙忘者即生滅既滅正除最後滅結而所謂性即真者即寂滅現前佛祖一揆初無二道學者宜着眼焉

次第解結修證已竟㊫三詳演所獲殊勝上是圓通因行此乃圓通果用此中三科文廣累積篇章故云詳演而菩薩自語元標殊勝故作科名

問因行爲造修之要理宜詳演而文何甚畧果用待功成自顯似應且畧而文何甚詳答詳明果用激勸欣修固不應畧而因行示人修要尤當加詳今所述因行不過數語者良以此經如來與菩薩相同演一圓通因果前後互爲詳畧如來自四卷後半示二決定義乃至擊鐘驗常五卷前半證明別無結元至綰巾示結合有一卷經文詳說解根修習圓通至爲委悉豈止如今用之廣哉而所以說果用者秖云山河大地應念化爲無上知覺又云由是六根互相爲用辭甚畧也今菩薩說行若詳應重如來所示說用若畧則無補如來闕文二俱非妙故應因行畧而果用廣廣畧皆適其宜矣但如來泛說解根而密指耳根菩薩顯然專說文似有隱顯通局而意實無異旨也行人欲究圓通因行之詳當取

前經文與菩薩所説叅互看之不必局菩薩之數語矣分爲二(卯)一標列二本又二

(辰)一總標

忽然超越世出世間十方圓明獲二殊勝

忽然即解脱道一刹那頃也蓋証入真體在一刹那而稱體起用亦即在於一刹那也超越即解脱纏縛之意不爲界内有縛故超越世間不爲界外空纆故超越出世間十方圓明乃寂照含空之意不止大千按華嚴當分身百界圓明即明通彌滿於百界又十方亦可作十法界圓明即一一界備達十如是也二殊勝即下列二種妙用盡菩薩從初發心即達心佛衆生三無差别故證自心時而即與佛生同體用矣然皆謂之殊勝者顯超權乘也蓋上同下合皆二乘所不能者故云然也(辰)二别列又分二(巳)一上合慈力

一者上合十方諸佛本妙覺心與佛如來同一慈力

先合本妙覺心是與諸佛同體同佛慈力是與諸佛同用在因同果處染常淨故曰本妙覺心人人本具故纔證即上合也依與與力字作悲字蓋佛具與樂之慈必兼拔苦之悲理應然也(巳)二下合悲仰

二者下合十方一切六道衆生與諸衆生同一悲仰

六道衆生下亦應有本妙覺心四字譯文畧之耳以佛與衆生同具本心而菩薩證此心時上下俱合合則先同其體然後能同其慈力悲仰之二用也經家於衆生畧

之有二意一者佛下已明衆生不異故不重標二者諸佛妙心已證有力須顯其合方成勝用衆生妙心未證無力不須顯合合則無㝵勝用反不能同雖俱通而前義爲正矣悲者哀求拔苦仰者希望與樂意同㝵與所説標列二本已竟（卯）二承演三科承演者以下各科皆有承上子科故也就分爲三（辰）一三十二應又三（巳）一標承慈力

世尊由我供養觀音如來蒙彼如來授我如幻聞熏聞修金剛三昧與佛如來同慈力故令我身成三十二應入諸國土

由我下乃至同慈力故標承授受出三昧名以彰妙應體用洪源上聞字即指聞性本覺之體而言聞熏者即所謂本覺内熏也下聞字即旋倒聞機之聞始覺之智而言聞修者以此反聞進修圓通也然初稱如幻謂始覺權假暫用隨銷非同執實染修也終結金剛者謂本覺究顯永無銷壞而仍具摧堅之能非如權乗畢竟非實也又初假二聞故如幻終成一性故如金剛此上方明得體與佛二句乃明同用體用兼具方以成末三句之妙應耳菩薩隨機赴感爲應衆生希應者須竭妙感若無妙感固不可妄議慈應之不周矣游諸國土者即無刹不現身也温陵曰三十二應者現十法界身圓應羣機也開之有三十二合惟四聖六凡攝盡羣類（巳）二條列妙應又二（午）一應希求心希慈與樂各求稱心也又二（未）一應求聖乗即出世間四聖乗

也約能求人除佛惟三約所現身四聖皆具今能求人仍四者於緣覺而加獨覺耳就分四(申)一菩薩

世尊若諸菩薩入三摩地進修無漏勝解現圓我現佛身而爲說法令其解脫

既曰諸菩薩則各教皆有不局别圓但凡菩薩無不希成佛身故現佛身應其機也勝解者各隨所修法門因行已極而所起證悟之智也現圓圓字作滿字釋之言智證將滿之時也檇李曰勝解現圓者各約自乘理智將欲現前得此名也後皆放此孤山曰若入相似三摩地進修中道無漏則分真勝解現圓乃至若修金剛無漏則究竟勝解現圓大士皆現佛身爲說頓法令得分真究竟解脫問等覺菩薩豈假初住現佛說法耶答聞法得解何必求人復假勝身彌增内慧且天魔現爲佛像毬多尚乃致禮況初住菩薩妙理所現等覺雖尊孰敢不仰〇此說但約等覺決無於劣計我勝之慢習若約觀音初證似在初住而圓頓上根固有一生事辦所謂從初發心即成正覺漸起大用豈可定常局爲初住哉其爲等覺說法理無可疑不必更說元是古佛解脫亦即一刹那證入解脫道也(申)二獨覺

若諸有學寂靜妙明勝妙現圓我於彼前現獨覺身而爲說法令其解脫

此下三科皆稱有學者以各門在修習位者功極皆將證入無學之時也諸字但指一類多人而言下皆放此溫陵曰獨覺者

出無佛世觀物變易自覺無生故號獨覺樂獨善寂求自然慧故曰寂靜妙明○當知此非是天然外道盖是多生受佛小教熏習當歷七生方證無學終不至於八生今第七生出無佛世證期已至忽然觸境證入似不歷教而實教於多生矣(申)三緣覺

若諸有學斷十二緣緣斷勝性勝妙現圓我於彼前現緣覺身而爲說法令其解脫

温陵曰緣覺者禀佛之教觀緣悟道者也知迷勝性由十二緣於是斷之自無明滅至憂悲苦惱滅則緣斷而勝性現矣性因緣斷而顯故曰緣斷勝性○勝性即因緣無生之性也亦化城涅槃耳下科放此(申)四聲聞

若諸有學得四諦空修道入滅勝性現圓我於彼前現聲聞身而爲說法令其解脫

檇李曰三果以前賢位聖位俱屬有學見道一十六心斷四諦下惑證生空理故曰得四諦空初果後進斷三界八十一品俱生品品皆證一分擇滅無爲故云修道入滅應求聖乘已竟(未)二應求雜趣即六凡也分二(申)一諸天又分二(酉)一天主又分四(戌)一梵天王

若諸衆生欲心明悟不犯欲塵欲身清淨我於彼前現梵王身而爲說法令其解脫

欲心明悟謂深達婬欲爲招苦之本欲雖通於三五而婬爲上首本經單論此句深知下句痛戒也此解脫乃成就其決定捨欲生梵之事是雖捨求皆具而更重希求

即同下成就也且所修背捨亦名解脫孤山曰說法者如金光明云大梵天王說出欲論是也㊄二帝釋天

若諸衆生欲爲天主統領諸天我於彼前現帝釋身而爲說法令其成就

孤山曰帝釋即欲界第二天主彼天横有三十三天而帝釋統之說法謂十善也金光明云釋提桓因種種善論是也㊄三自在天

若諸衆生欲身自在遊行十方我於彼前現自在天身而爲說法令其成就

孤山曰自在天是欲界頂天具云婆舍䟦提此云他化自在天假他所作以成已樂即魔王也或云自六天上别有魔王居處亦自在天攝○欲身自在者顯其惟是正報如意耳下放此遊十方者六欲四洲之十方也或亦能至他界應不及色天之遠到耳再容總通㊄四大自在

若諸衆生欲身自在飛行虛空我於彼前現大自在天身而爲說法令其成就

孤山曰大自在即色頂摩醯首羅天大論云三目八臂騎白牛執白拂者是也○飛行虛空能至他界如法華言其能過五百萬億國推尋供佛是也初禪尚能何況色頂又統論諸天皆舉一以該其餘梵王似局初禪而實該四禪帝釋似局二欲而實該六欲二自在别舉魔天以二魔不在正天之屬故更舉之但闕四空或意含而文畧然此與法華俱缺之意者此論現身而四空不樂身相故不爲現縱有别者方便

以利益之當亦不入此現身之例矣天主已竟㊄二天臣分三㊃一上將

若諸衆生愛統鬼神救護國土我於彼前現天大將軍身而爲說法令其成就

此似四王主帥各有八將而韋馱爲上首是也各統所部鬼神即八部之屬救護國土者還指人間國土所以摧魔護生也㊃二四王

若諸衆生愛統世界保護衆生我於彼前現四天王身而爲說法令其成就

四王似應科入天主今文列於將後故屬臣類且四王自來係屬帝釋大臣分統四洲餘天上下木聞君臣之分如此也世界即須彌各面一切國土也㊃三太子

若諸衆生愛生天宮驅使鬼神我於彼前現四天王國太子身而爲說法令其成就

溫陵曰四天太子即那吒之類能驅鬼神○按統紀四天王各有太子九十一人驅使者即前諸將及八部也諸天已竟㊄二人趣分四㊄一世諦男子此未論秉佛教戒者也又爲二㊃一人主

若諸衆生樂爲人王我於彼前現人王身而爲說法令其成就

溫陵曰自金輪至粟散皆人王也粟散即邦國小王散於天下如粟之多○問世之平人有妄志帝王者耶又何須假帝王身與其說遂心之法耶答此必有德懷仁不忍世亂發願世世爲有道之王以理邦國菩薩爲其現所欣之身與說生貴之因及帝王德業以熏隔生之種而已如修十善

爲輪王因是也豈敎以簒奪之術哉後多放於此意推之㊄二臣民分四㊂一長者

若諸衆生愛主族姓世間推讓我於彼前現長者身而爲說法令其成就

温陵曰具十德爲長者姓貴位高大富威猛智深年耆行淨禮備上嘆下歸故爲族姓之主世間推讓也○以此觀之西天稱長者非止年高盖世臣大家而兼有德望者之稱然亦非現生可得之位也㊂二居士

若諸衆生愛談名言清淨自居我於彼前現居士身而爲說法令其成就

此有德無位或談道論德爲人師範或著書立言垂敎後世名言典章也如此方王通邵雍之類隱淪不仕者也㊂三宰官

若諸衆生愛治國土剖斷邦邑我於彼前現宰官身而爲說法令其成就

温陵曰三台輔相州牧縣長悉號宰官也

以上三科似此方儒敎所攝㊂四術士

若諸衆生愛諸數術攝衛自居我於彼前現婆羅門身而爲說法令其成就

温陵曰婆羅門此云淨行四姓之一也愛諸數術即和合占相推步盈虛也○此但釋數術而未明攝衛乃調護身壽即名醫輩耳此科似此方醫小雜伎所攝如郭璞華陀之類是也西天最貴重之有十八姓

世諦男子已竟

大佛頂首楞嚴經正脉疏卷第二十五

音釋

陡當口切音斗　贅朱芮切追去聲　瘤力求切音留　脗武粉切音吻

大佛頂首楞嚴經正脉疏卷第二十六

明京都西湖沙門交光眞鑑述

(酉)二奉敎男女謂奉戒者分二(戌)一出家二衆又二(亥)一比丘

若有男子好學出家持諸戒律我於彼前現比丘身而爲說法令其成就

諸律謂自十戒以至進具二百五十也(亥)二比丘尼

若有女人好學出家持諸禁戒我於彼前現比丘尼身而爲說法令其成就

諸戒亦自十戒進具五百也(戌)二在家二衆又爲二(亥)一優婆塞

若有男子樂持五戒我於彼前現優婆塞身而爲說法令其成就

孤山曰優婆塞此云近侍男以五戒自守堪任近侍出家比丘者也(亥)二優婆夷

若有女子五戒自居我於彼前現優婆夷身而爲說法令其成就

孤山曰優婆夷此云近侍女亦奉五戒堪任近侍比丘尼奉敎男女竟(酉)三世諦女人

若有女人內政立身以修家國我於彼前現女主身及國夫人命婦大家而爲說法令其成就

內政即泛言一切婦道儒書云有閨門之修而無境外之志故曰內政然閨門爲萬化之源故關於家國之治亂家通大夫以下國通諸侯以上孤山曰女主即天子之后國夫人如論語邦君之妻曰君夫人命婦謂妻因夫榮者大家如後漢扶風曹世

叔妻者同郡班彪之女名昭字惠姬和帝數召入宮令皇后貴人師事焉號曰大家〇家音姑(酉)四童眞男女又曲分爲二科(戌)一童男

若有衆生不壞男根我於彼前現童男身而爲說法令其成就

即有志一生不犯女色者也(戌)二童女

若有處女愛樂處身不求侵暴我於彼前現童女身而爲說法令其成就

處女亦名處子謂未出嫁之女也愛樂處身者願常爲處女終不出嫁也不求者不願隨從之意謂堅貞自守縱有强施侵暴亦誓所不從也應希求心已竟(午)二應厭離心前之希求是冀望勝事成就此之厭離是不樂本位思欲脫去也然多欲脫入人倫問餘趣則可天趣何反求人答人身易於修道出離裴公云可以整心慮趨菩提惟人道爲能是也分二(未)一八部衆孤山曰准普門品此闕迦樓羅即金翅鳥也乃譯文畧之今但十部就分爲七科(申)一天衆

若有諸天樂出天倫我現天身而爲說法令其成就

出與脫同成就者遂其脫離之願也後皆放此(申)二龍衆

若有諸龍樂出龍倫我現龍身而爲說法令其成就

自下七趣雖皆具神通福德威權均名惡趣各有苦惱是故多欲脫去爲人以希修進也問焉知不欲脫入聖流而必言求人

趣也答若求三乘聖果自入前希求中應求聖乘科不在此中矣(申)三藥义衆

若有藥义樂度本倫我於彼前現藥义身而爲說法令其成就

度亦脫也孤山曰藥义此云輕捷也(申)四乾闥婆

若乾闥婆樂脫其倫我於彼前現乾闥婆身而爲說法令其成就

孤山曰乾闥婆此云香陰新翻尋香行帝釋樂神也(申)五阿修羅

若阿修羅樂脫其倫我於彼前現阿修羅身而爲說法令其成就

孤山曰阿修羅云無端正以女美而男醜故從男彰名新翻非天以諂詐無天行故

(申)六緊那羅

若緊那羅樂脫其倫我於彼前現緊那羅身而爲說法令其成就

孤山曰緊那羅形似人而頭有角因呼爲疑神天帝絲竹樂神也小劣乾闥婆新翻歌神(申)七摩呼羅

若摩呼羅伽樂脫其倫我於彼前現摩呼羅伽身而爲說法令其成就

孤山曰摩呼羅伽什師云地龍也肇公云大蟒腹行者也八部衆巳竟(未)二人非人衆又分二(申)一人衆

若諸衆生樂人修人我現人身而爲說法令其成就

此是現在人中而求捨身之後復得人身蓋求不失人身世世修進者也(申)二非人衆

若諸非人有形無形有想無想樂度其倫我於彼前皆現其身而爲說法令其成就
長水曰有形如休咎精明等無形如空散銷沉等有想如神鬼精靈等無想如精神化爲土木金石等皆非人也條列妙應已竟㊁三結名出由

是名妙淨三十二應入國土身皆以三昧聞薰聞修無作妙力自在成就

是名下結名也皆以下出其由也心如海而諸身如海之印紋緣至而現則來無所從緣盡而沒則去無所止無礙無滯故稱妙淨之應也無作妙力者非如二乘作意之通菩薩所證大寂照海湛然不動緣對自現初無作爲所謂無記之通亦如涅槃所謂慈善根力實無去來也自在成就者言無所不可現也吳興曰三十二應比普門品雖互有出沒大體是同總而言之無越十界於十界中兩經俱無菩薩并地獄身者或曰聖言之略耳或云觀音已是菩薩何須更現地獄苦重不可度也智者依正法華具現菩薩界身又準釋論菩薩亦化地獄故知十界不可闕焉三十二應已竟㊂二十四無畏又復分三科㊁一標承悲仰

世尊我復以此聞熏聞修金剛三昧無作妙力與諸十方三世六道一切衆生同悲仰故令諸衆生於我身心獲十四種無畏功德

我復下至悲仰故標承三昧名字及悲仰爲無畏之本也名字解現前科然獨約方世六凡者良以上之希求未言在難是於

平坦時別求勝事故兼三聖六凡今此多言在患難中故且畧於三聖以叅頂聖乘者必皆上善多不與於惡難故也且上界之凡尚無諸難何況三乘聖賢問教言果縛若存雖羅漢不免如阿難婬難舍利弗鬼難是也何言無難答彼多示現非實縱實亦少今從多分惟凡故畧三乘也令諸下正成無畏於我身心者葢菩薩反聞證性時證全法界而與諸衆生冥同一心交叅互徹據吳興言菩薩所證圓通之理徧在衆生悲仰之中是言菩薩在衆生身心中也二言叅取乃知凡聖恒以冥合但待感而即應也無畏約衆生言葢遭難者正在怖畏之中而蒙救得脫即無畏也功德約菩薩言救生脫怖實菩薩最妙功德也

㊁二條列無畏分四㊀一八難無畏就分爲八㊆一苦惱難

一者由我不自觀音以觀觀者令彼十方苦惱衆生觀其音聲即得解脫

苦惱雖通分約身心亦可葢苦楚其身而惱亂其心也八難之中此一爲總下七爲別既以別列何用此總答別列不盡一切諸難皆攝此總科中矣首二句先出其由也溫陵曰不自觀音者不隨聲塵所起知見也以觀觀者謂旋倒聞機反照自性也苦惱衆生言觀聲者吳興直以衆生觀聲混同聞熏不思菩薩聞熏不聞聲而聞性衆生聞熏不聞性而聞聲是相反也於義全非良以法華楞嚴兩經互有詳畧故反顯圓通因行也悲救衆生果用也法華因

行畧而果用詳故缺叙反聞而却加云衆生一心稱名菩薩即時觀其音聲皆得解脱楞嚴因行詳而果用畧如首標不自觀音等辭條條詳備至説救苦乃缺稱名及菩薩觀彼稱名等意致使岳師責令衆生亦用聞熏其實衆生在急難中幾人慣習聞熏縱有一二何名普救又衆生自能聞熏何待菩薩救拔是義不然但當依法華衆生一心稱名菩薩即時觀聲令脱也其文但於苦惱衆生下缺畧蒙我二字試加讀之自見兩經同旨此以佛言證菩薩之言決無差爽後皆放此俱有稱名觀聲之意勿疑也(未)二火燒難

二者知見旋復令諸衆生設入大火火不能燒

溫陵曰内外四大常相交感見覺屬火故見業交則見猛火今知見旋復則無見業是以火不能燒○此亦稱名衆生火不能燒也問菩薩知見旋復何與衆生而即令衆生脱火答菩薩旋聞與聲脱時見亦旋而亦與色脱固火不能干然證極法界威神無量故令一心稱名者即爲大悲威光所攝不墮火難如入山陰暑不能侵也此葢自利餘力加以悲願故能如此無可疑矣檇李曰准天台釋火難有三種一果報火下從地獄上至初禪二惡業火通三界三煩惱火通三乘火難既爾他皆放此○若三火通收則三聖亦應蒙救前標文中攝在一切二字之内此則窮研盡理之説不可不知(未)三水溺難

三者觀聽旋復令諸衆生大水所漂水不能溺

大意同火㊟四鬼害難

四者斷滅妄想心無殺害令諸衆生入諸鬼國鬼不能害

鬼神以陰隱爲想因以殺害爲墮緣故菩薩於反聞時内滅妄想外除殺業全超鬼神心行以此全超威力能令稱名者免於鬼害矣㊟五刀兵難

五者熏聞成聞六根銷復同於聲聽能令衆生臨當被害刀段段壞使其兵戈猶如割水亦如吹光性無動搖

熏聞者當反聞時則本覺眞聞内熏妄聞也成聞者成純眞聞性也六根銷復者一根反源六根解脫也同於聲聽者聲與聞性皆無形法不畏刀割者今六根銷復全身泯於無形同彼聲聽能度兵戈如光水者三昧威力使然也如有神通者自能輕舉亦能輕舉他人之身是也刀壞身不壞如孫敬德身同光水刃過無傷如六祖但六祖自證之力耳㊟六鬼見難

六者聞熏精明明徧法界則諸幽暗性不能全能令衆生藥叉羅刹鳩槃茶鬼及毘舍遮富單那等雖近其傍目不能視

孤山曰藥叉如前肇師云有三種一在地二在虛空三在天羅刹云可畏鳩槃茶厭魅鬼毘舍遮噉精氣鬼富單那熱病鬼溫陵曰聞熏精明爍彼幽暗故不能視也○首二句言反聞功極發本明曜圓照法界也次二句言鬼神陰隱想習向暗背明反

不堪於光耀如梟鳥夜視晝盲羅剎向日不見是也威攝衆生意准前知下可類通
(未)七枷鎖難

七者音性圓銷觀聽返入離諸塵妄能令衆生禁繫枷鎖所不能著

首句塵泯也次句根泯也三句雙承普收離繫無羈也能令下准前知普門感應中前人持名脱枷鎖者非止一人也(未)八賊盜難

八者滅音圓聞徧生慈力能令衆生經過險路賊不能劫

滅音即脱聲塵圓聞即證極根性徧融一切也然滅塵則無復外敵圓性則咸使内融故徧生慈力者能令磣心毒人悉化慈悲眷屬矣法華云念彼觀音力咸即起慈心是也八難無畏已竟(午)二三毒無畏問八難現是苦境可說怖畏三毒隨自心行何畏之有答八難畏其現是苦果三毒畏其必成苦因然須約信因果知怕懼者而言非約肆行無信之人而說也法華云若人多於淫欲常念恭敬觀世音菩薩即得離慾乃至嗔癡亦然是皆約於知畏求離之人不然何發常念之心乎就分爲三(未)一貪毒

九者熏聞離塵色所不劫能令一切多婬衆生遠離貪欲

反聞離塵逈脱於色而色豈能劫於家寶乎能令准前(未)二嗔毒

十者純音無塵根境圓融無對所對能令一切忿恨衆生離諸瞋恚

音但詮於耳家所對之境未詮諸過塵則詮於染蔽二過故純音無塵謂音雖不壞而已離染蔽之過即心境一如也或音字是聞字之誤則其義可了根塵融爲一法故無能對之根亦無所對之塵無對所對而能令脫瞋者以瞋生於敵對違拒也今無對所對故瞋恚無由起矣(未)三痴毒

十一者銷塵旋明法界身心猶如琉璃朗徹無礙能令一切昏鈍性障諸阿顛迦永離痴暗

溫陵曰癡由妄塵所蔽無明所覆銷塵則無蔽旋明則無覆故外之法界內之身心凝瑩朗徹離痴暗矣○具足見惑爲昏具足思惑爲鈍具足無明爲性障阿顛迦此云無善心又痴之最重者也吳興曰惟天台釋三毒通界內外內謂見思外謂無明二乘以欣涅槃爲貪厭生死爲瞋迷中道爲痴菩薩廣求佛法訶惡二乘未了佛性皆是三毒○此等深意備知而已未必是此處本旨正意惟依初標所釋三毒無畏已竟(午)三二求無畏問求男女者有何所畏答畏其終不得也菩薩遂其所求即脫其不得之畏矣就分爲二(未)一求男

十二者融形復聞不動道場涉入世間不壞世界能徧十方供養微塵諸佛如來各各佛邊爲法王子能令法界無子衆生欲求男者誕生福德智慧之男

首二句銷妄入真而一真無際次二句稱體起用而萬用全彰真俗具足子道備矣能徧下詳其與佛爲子之事也檇李曰涉

入世間不壞世界即方便智方便屬權權能幹事故生於男也如淨名云方便以爲父即其義焉溫陵曰供佛足福稟法足慧而能紹繼法王有男之道故能應其求也○由福慧二足故能與福德智慧之男非無自而然也(未)二求女

十三者六根圓通明照無二含十方界立大圓鏡空如來藏承順十方微塵如來祕密法門受領無失能令法界無子衆生欲求女者誕生端正福德柔順衆人愛敬有相之女

圓通二字雙貫次二句而二句又貫下二句葢通有明義故明照圓有含義故含界明照故立鏡智含界故立空藏具此實智故能承順祕密葢承順即坤儀柔德受領即闔門能事故能應求女也此惟首三句與溫陵相反餘皆取彼意而省其文也檇李曰立大圓鏡空如來藏即屬實智實智詣理理能含育故生於女也如淨名云智度菩薩母即其義焉二求無畏已竟(午)四持名無畏問持名者何所畏而說無畏答持名者或恐其功德不勝而懷猶豫或遇持多名者而懼其不及皆畏相也今持菩薩名者逈脫此二畏矣又曲分爲四科(未)一合界菩薩功德

十四者此三千大千世界百億日月現住世間諸法王子有六十二億恒河沙數修法垂範教化衆生隨順衆生方便智慧各各不同

此字即獨指娑婆三千大千百億日月者初於四洲六欲覆以初禪一日一月爲一小世界如是千界覆以二禪名一小千其

中日月當各一千積數小千復至一千覆以三禪名曰中千其中日月亦各千千復數中千滿至一千覆以四禪名曰三千大千以其三次言千也其中日月故稱百億舉大數也世間不止人間亦兼天上言現住者隨類化身同居利物也六二恒沙聖人現量所知菩薩飾行度生有二種一者隨自實行二者隨他權行今修法二句即隨自所修實行也隨順二句即隨他所欲以利物權行也㊌二一巳圓通徧含由我所得圓通本根發妙耳門然後身心微妙含容周徧法界

前阿難求說文云雖復悟知一六亡義然由未達圓通本根今菩薩自言由我所得圓通本根可見耳門之修克順機宜應求與說何待選知耶然謂之本根者明一方本利之根謂之妙門者備乎離深圓之三妙也應化無方身之微妙含容也智悲無盡心之微妙含容也彌滿十界依正具足萬聖法門所謂周徧法界也㊌三一號功齊衆號

能令衆生持我名號與彼共持六十二億恒河沙諸法王子二人福德正等無異

㊌四更出同功之由

世尊我一名號與彼衆多名號無異由我修習得眞圓通

孤山曰法華亦有此之較量及觀今經方曉彼意蓋此方衆生耳根利故受道者多所以觀音化勝餘根鈍故受道者少所以諸聖化劣是知行位雖齊對機有異總彼

恒河沙數但敵觀音一人故使持名二福正等據此所說已自密簡圓通爲未曉者更俟文殊詳擇〇又其顯然自任惟我得真圓通可見餘聖所得非真文殊之簡不過重明此語而已條列無畏竟㊁三結名顯益

是名十四施無畏力福備衆生

施無畏力者據後文云十方微塵國土皆名我施無畏者是也備全也福備衆生者言其非但脱彼怖畏兼復全其福德矣良以前十一科秖脱怖畏後三科兼全福德故云然也十四無畏已竟㊂三四不思議分爲二科㊁一總承圓通

世尊我又獲是圓通修證無上道故又能善獲四不思議無作妙德

文中雖渾承圓通而意實總承上寂滅現前上同下合所謂心佛衆生三無差別之圓通也然上皆標從三昧尚約因心此則標從修證無上道故已涉果地似是等覺境界故溫陵多約等覺釋之後當總辯然謂之不思議者讃美德相以下所列德相至妙不可思惟至神不可擬議也謂之無作妙德者檢非有爲作意所成乃任運自在成就者也㊁二分條别列就分爲四㊅一同體形咒不思議謂一身之中現多頭多目多臂而於多頭能説多咒不離一身故曰同體形咒此誠不可思議者也又三㊄一由根不隔

一者由我初獲妙妙聞心心精遺聞見聞覺知不能分隔成一圓融清淨寶覺

初獲之初即初於聞中之初也妙妙聞心者良以反聞自性之時則反聞之聞即始覺自性之性即本覺始本合一二俱成妙故曰妙妙聞心也心精遺聞即聞所聞盡遺者脱也蓋反聞之久惟一心精脱盡根相故曰遺聞見聞二句即一根反源六根解脱不分隔者見聞等不各局於本根即六解一忘也末二句極言克復一眞法界本妙之體也交徹互用曰圓融無障無礙曰清淨萬用具足曰寶覺此固寂滅現前兼明圓用含攝之意(未)二一體多用

故我能現衆多妙容能説無邊祕密神咒

於一身而現衆多容於多容而説無邊咒是誠不思議矣(未)三偏詳現形溫陵曰首爲六用之總臂表提接之悲目表照了之智各以本數充之以至八萬四千者表依根本六用根本智悲而泛應塵勞得大自在此十一地等覺妙行也或曰八萬四千持表法耳一身何所施乎是特以有思惟心測度菩薩圓通境界也夫身含十虛毛端現刹彼空與刹又不啻如首臂而已彼八萬四千首臂猶人之八萬四千毛孔耳未足異也聖人之言即事即理既曰不思議德無以限意思之議之〇八萬四千既應塵勞之數亦應對治塵勞具足八萬四千陀羅尼門然此妙容初住即應能現或數之多少不等耳經謂帝釋亦能現千手眼而揆其本位當圓之三住意可類推分三(申)一備彰多相又爲三(酉)一多首

其中或現一首三首五首七首九首十一首

如是乃至一百八首千首萬首八萬四千爍迦羅首

溫陵曰爍迦羅云堅固不壞也(酉)二多臂

二臂四臂六臂八臂十臂十二臂十四十六十八二十至二十四如是乃至一百八臂千臂萬臂八萬四千母陀羅臂

溫陵曰母陀羅此云印各有妙印也(酉)三多目

二目三目四目九目如是乃至一百八目千目萬目八萬四千清淨寶目

猶云金剛眼睛照徹塵勞照明佛法用也

(申)二差別護生

或慈或威或定或慧救護衆生得大自在

慈歡喜相也威忿怒相也定澄歛相也慧開照相也首臂目皆具四種差別救護衆生者慈以護其善根威以救其惡性定以護其昏散慧以救其迷淪也得大自在者不勞作意施爲隨感而應曾無滯礙矣形能如此咒可例知亦應具此四種救護矣

(午)二異體形咒不思議異體者鑒機當現何形則以現之對機既多則所現之形無數各爲說咒不同前科但於一身現多相貌也問此與三十二應何別答三十二應或隨所求或應同類而與說法今此不拘類求但觀應以何形說咒救護即爲現之此其別也分二(未)一由聞脫塵

二者由我聞思脫出六塵如聲度垣不能爲礙

聞即聞性思即入忘功夫動靜二相了然不生即脫出六塵下喻可知(未)二令生脫

畏又爲三㊥一各形各咒

故我妙能現一一形誦一一咒

現一一形對各機而各現身也誦一一咒者於各身而說各咒也正見異體各現矣

㊥二雙顯護生

其形其咒能以無畏施諸衆生

或現身脫其怖或說咒脫其怖也問此與十四無畏何別答十四無畏但令衆生稱名自脫未論現形說咒豈混同哉㊥三結得名稱

是故十方微塵國土皆名我爲施無畏者

無畏施名徧聞塵刹者見救苦之功特勝也㊎三破慳感求不思議

三者由我修習本妙圓通清淨本根所遊世界皆令衆生捨身珍寶求我哀愍

温陵曰本根清淨則一切無著故令衆生捨諸慳著也求我哀愍者哀愍受之而爲施作佛事也○衆生慳心最爲難破捨心最爲難發求心不可强致今所過即感衆生破慳捨施哀求是誠不思議威神所使然也孰知其洪源但猶所習耳根清淨無著故能類感如此然則希感應者豈可他求哉㊎四供養佛生不思議分二㊍一由得究竟

四者我得佛心證於究竟

我得佛心者妙契諸佛淨圓眞心也證於究竟者已入妙莊嚴海無量佛法寶藏悉現在前矣㊍二故廣供養妙莊嚴海既入佛法寶藏既開具無量福慧手中能出無量珍寶身心能運無量神通故能生佛等

供財法無盡矣分爲二(申)一上供十方佛

能以珍寶種種供養十方如來

種種供佛如行願品衣鬘香燈擬妙高而同四海盡虛空而徧法界等也(申)二傍及六道品又復分三(酉)一總標及生

傍及法界六道衆生

問六道竝該三塗何亦言供答菩薩直觀衆生具有如來智慧德相悉皆生心如佛想也然則財施令其得樂無畏施令其離苦法施令其革凡成聖皆以等心至心悉作供養也(酉)二歷舉應求

求妻得妻求子得子求三昧得三昧求長壽得長壽

妻子長壽俱屬財施蓋國城妻子謂之外財長壽身命謂之內財三昧屬於法施且三昧所攝法廣羅漢菩薩一切境位皆是長壽不止人間壽考仙天長報皆能應其求而與之(酉)三超至究竟

如是乃至求大涅槃得大涅槃

乃至二字超上財法二施中不能備舉者皆在其中財施如官位金銀等法施如一果二果乃至三賢十聖等皆是也大涅槃是佛究竟極果亦舍況辭如云如來至尊極果尚與成就何況世財及與小果但辦誠求無不響應也通前論之夫圓人雖其發心究竟二無有別而前後德相神化又無優劣文中似可別焉寂滅現前上同下合似在初住三十二應親勞現身說法且所被之機皆知希求厭離上善易化之境似是三賢功能十四無畏但以名號威神

能救下凡苦難而一名力敵多名似是十地神用四不思議中前三似是等覺德相第四自稱佛心究竟彷佛妙覺證極矣請研斯文不無據焉問初住圓通何濫深位乃至妙覺答圓人一地具四十二地功德無遺矣但化境廣狹所謂具體而微耳初住既爾位位皆然又此三科文雖廣博大約不出三施三十二應法施也十四無畏無畏施也四不思議二施兼財施也所謂檀含萬行信然陳白之言已竟(丑)三結答圓通分三(寅)一正結圓通

佛問圓通我從耳門圓照三昧緣心自在因入流相得三摩地成就菩提斯爲第一

我從下全彰圓通體用圓照三昧者反聞功成解根得體即寂滅現前也緣心自在者依溫陵作隨緣應化心得自在即應等三科也因入下具述始終因果因入流相得三摩地者最初反聞住圓湛不生滅性爲因地心也成就菩提者然後圓成果地修證也末句結其殊勝也詳夫諸聖皆稱第一各尊所得耳非眞第一也斯則對機眞實文殊所謂圓通超餘者觀世音爲最是乃眞實第一也(寅)二兼明授記

世尊彼佛如來歎我善得圓通法門於大會中授記我爲觀世音號

彼佛如來即觀音如來夫歎善得而記同名者嘉其師資道合也且是因記而非果記應在初住始證之時若入地上乃至等覺當授果記而出佛名矣吳興曰按觀音三昧經及大悲經竝云此菩薩過去久已

成佛號正法明又悲華經說往昔寶藏如來授不瞬太子記名觀世音然則悲華與今經皆覆本垂跡之名耳今得圓通即太子後身也○既示在因位則亦不妨歷示次第修證矣(寅)三更述名稱

由我觀聽十方圓明故觀音名徧十方界

此之更述名稱者一表人法同名無有二號見名實恰相孚也二表圓通周徧故感名稱周徧顯法門殊勝也大衆各說已竟

(癸)三佛現瑞應蓋衆聖各述圓通則華屋諸門悉啟故佛復以瑞應之是諸聖以言顯而如來以相顯欲衆生承言玩相而發悟也分三(子)一彰圓通總相夫圓通之理自他交徹豈惟果中如是雖因中亦然故今以諸佛表果諸聖表因光明互相灌注顯自他因果交徹也然雖普應諸聖其實交徹等妙耳根獨顯誠能諦觀聞根圓妙誰不本來交徹信乎因果一如也又分爲二(丑)一以自徹他因果瑞

爾時世尊於師子座從其五體同放寶光遠灌十方微塵如來及法王子諸菩薩頂

五體同放寶光表全身吐露也灌諸佛者以自果徹他果也灌列聖者以自因徹他因也然惟灌頂者表此圓通之理最爲殊勝無上之法矣(丑)二以他徹自因果瑞

彼諸如來亦於五體同放寶光從微塵方來灌佛頂并灌會中諸大菩薩及阿羅漢

番他徹自其意可知也(子)二顯圓通別相分四(丑)一聲色微妙瑞

林木池沼皆演法音交光相羅如寶絲網

溫陵曰圓通既現前則一切聲是佛聲一切色是佛色無非悟入之處無非圓通之理也㊄二悟證相應瑞

是諸大衆得未曾有一切普獲金剛三昧

上二句歡喜即是悟意良以前既聞言今復見相言相互顯故極喜而徹悟也下二句即所証也無復生滅者可喻金剛今圓通之性現前即圓湛不生滅性猶如金剛不可破壞住持是性者故曰金剛三昧與所悟者相應不背也㊄三行智妙嚴瑞

即時天雨百寶蓮華青黄赤白間錯紛糅十方虛空成七寶色

花分品色所以表行寶具光明所以表智今首四句萬行紛敷之瑞也末二句諸智妙嚴之瑞也㊄四相性融一瑞

此娑婆界大地山河俱時不現唯見十方微塵國土合成一界

上三句表萬相俱融也下三句表一性究竟也㊂三示圓通法樂

梵唄詠歌自然敷奏

此科固表衆生必獲圓通法樂然須總躡上之別相葢初解聲色全心次方悟証因地次又真修行智末乃究竟果海故慶衆生必獲全益而梵唄敷奏極表法樂無窮也佛勑諸聖各說一科已竟㊁二佛勑文殊揀選特命文殊有二意一本寂場之大智諸會之法眼二與觀音同證故擇妙門有專囑焉然所以必擇者亦具二意一者佛前雖令一門深入而竟未説出何門况今諸門並陳理宜決定一門縱使前文微

露終非顯說今須決擇以分明指出耳根也二者列聖所以不對根智觀音所以曲合機宜非此一擇不能備彰無非欲令當機且擲諸門而獨取耳門分二(癸)一如來勑選又二(子)一先示諸說平等又三(丑)一令觀能說諸聖

於是如來告文殊師利法王子汝今觀此二十五無學諸大菩薩及阿羅漢

菩薩稱無學者以圓人修同無修說現於前先標數後分類耳(丑)二次示所說圓通

各說最初成道方便皆言修習眞實圓通

各宗所修所證均稱方便眞實耳(丑)三正明平等無別

彼等修行實無優劣前後差別

無優劣差別有二解一者若但約所至圓通無二則似所入之門不無巧拙遲速之不同但至處則齊耳是千逕九逵王城不二之意二者若詳佛語意既言彼等修行實無優劣等則似特表其所修之門亦各平等也依此則更有多意一者諸聖遠因散在十方各就方宜根隨方利何非妙門二者各有多生熟習順其種性何不易入三者各有多分煩惱對治所宜如藥投病自收捷效且因藥妙兼又登仙若復加佛威神即事捨於塵勞頭頭皆妙修矣所以諸聖之修實無差別也觀此佛尚不許修行有優劣豈許圓通有差別是則諸聖同一圓乘無疑矣而岳師不能忘其小跡橫生執着故前卷與此科所註不顧佛旨務成已說公抗佛言此非小失不思楞嚴會上正以斥抑權小洪樹圓乘若實二乘豈敢參預普賢觀音等同述圓通特以諸聖從佛示生跡嘗類小而法華顯後本跡已明何須堅執乎(子)二後出揀選本意

既云平等何須又揀然有深意此中出之
又爲三(丑)一欲契對當機
我今欲令阿難開悟二十五行誰當其根
當根即對機也證處固皆平等而從入之
門豈盡對此方之機耶豈盡可以常修學
耶然對機常修但取於一門而已故不可
不揀以令阿難專取也(丑)二欲垂範未來
兼我滅後此界衆生入菩薩乘求無上道
滅後衆生即我輩也菩薩乘眞因也無上
道極果也(丑)三問何門易成
何方便門得易成就
不對機則難對機則易故此結詰對機之
門也詰即令選擇之意(癸)二文殊偈對分
二(子)一叙儀標偈
文殊師利法王子奉佛慈旨即從座起頂禮
佛足承佛威神説偈對佛
此之頂禮固尊師命言之常儀然亦即求
加被故下明乘威神也是雖果後大人而
順儀彰軌如此足警我慢流也(子)二詳演
偈文分六(丑)一發源開選又三(寅)一雙示
二源又二(卯)一所依眞源
覺海性澄圓圓澄覺元妙
覺海性者以覺海二字彰性之體量也葢
性以知覺爲體以深廣爲量故云覺海性
也覺海二字有二釋一者作法喻雙彰顯
本覺深廣即吳興所謂眞覺之性譬如大
海是也二者直稱覺性爲海非是取喻水
海葢凡具深廣之量者皆稱爲海如華嚴
所謂刹海劫海等是也若必喻水海猶墮
不齊之過以覺海橫無邊而竪無底非若

水海尚有邊底也後說爲優澄圓二字直說覺海義相莫依吳興說海澄圓轉喻寂照殊不順暢澄即是寂謂澄停湛寂無諸起滅也圓即是照謂圓融洞鑑無諸偏蔽也次句首三字牒承上文末二字明本來圓通也元即本也妙即圓通妙用也圓滿而本無虧缺通融而本無乖背耳大抵覺海指體言彷佛標體大也澄圓指相言彷佛標相大也元妙指用言彷佛標用大也此三大爲諸妄所依故科云所依真源矣

(卯)二能依妄源

元明照生所所立照性亡

真際曰於彼元明性上妄生照用而形所相有相當情無相即隱故照性亡〇元明性上妄生照用者即經前所謂性覺必明妄爲明覺而形所相者即覺非所明因明立所也有相當情無相即隱者如雲起必障於日也首句似永嘉所謂倘顧還成能所末句似後知若生時前知早已滅也問所既妄立何不生汝妄能答凡經一重惑起有二功能一能隱覆二能生起今偈正表隱覆而前經乃明生起二義具有前後互影而互出耳然大意畧同永嘉以此推原無始雖不全同永嘉所說禪心而意旨遥契故可類通之亦以見祖意與修多羅合也又此二照字前生後滅俱屬於妄不可謂後照爲真亦如永嘉云二知既不並但得前知滅滅處爲知境能所俱非真也又此生滅依前真起爲萬法本故科妄源

(寅)二畧彰生滅此萬法麤生滅非前無明

細生滅也躡上眞妄和合遂談萬相森然具矣分二(卯)一萬法生起

迷妄有虛空依空立世界想澄成國土知覺乃衆生

首句即經前所謂晦昧爲空也親依無明虛空先現耳次句即空晦暗中結暗爲色也三句即溫陵所謂妄想凝結成無情國土也四句即彼謂妄識知覺成有情衆生也上二句空界顯彰下二句依正成就耳(卯)二萬法還滅問方彰生起何以遽談還滅答還滅即是歸元今選根深入正謀歸元之路故備彰生起之虛還滅之易以發其端分二(辰)一先彰劣妄

空生大覺中如海一漚發有漏微塵國皆依空所生

大而無外容盡塵刹而綽然有餘本非微劣而以大覺較之更大無量如海中一漚而虛空遂成至微劣矣有漏依正興兼於有情是也此更言有漏塵刹尚依空生不出空外益見其微劣而虛妄矣(辰)二後明頓滅

漚滅空本無況復諸三有

長水曰漚滅下如云一人發眞歸元十方虛空悉皆消殞等○此處用三有即塵刹之三界謂欲有色有無色有也妙理無端妄成三界如水結冰物而不化故稱爲有又取中九有更開二十五有依正興雙含情器是也空漚於大覺海中本無而妄有故滅而復歸於本無至於三有又依空同體安危事一故包界外之虛空尚歸本無

況空中之三有而豈不隨之頓滅耶意表由至虛故可速滅向使非虛豈能强滅乎

(寅)三正明須選上言萬法可以還滅已引歸元之路故此科出歸元當選之由也分二

(卯)一諸門平等

歸元性無二方便有多門聖性無不通順逆皆方便

首二句雙標一多初句明理惟是一次句明門乃多張如京畿是一入路多岐也末二句但出多門之由問理既是一門何故多答由聖性普融旁通萬法如天子宅中衢通萬國也故二十五門或順入或逆入無非入理方便如千逕九逵皆達帝京也孤山曰觀音耳根則順餘聖諸根則逆蓋對此方之機說也○此說順逆二字如云順此方之機爲順逆此方之機爲逆也予謂順塵識流宛轉達道曰順入即六塵六識火大乃至識大圓通也如順背京之路達遠方到者也逆根性之外流而旋反入性曰逆入即六根及根大圓通也如逆背京之路回身即到者也請觀諸根圓通俱有旋反字面可見矣(卯)二須選當根

初心入三昧遲速不同倫

初入即最初方便三昧即各門正定也遲速不同者依前孤山則觀音順速而餘聖逆遲依後說則順流者遲逆流者速經云圓根與不圓根日劫相倍則可見惟是耳根於諸根中又其最速者然此二句正見須選故最初應有難云既皆方便是即平等何必又選答其柰對此方之機有當不

當當則甚速不當甚遲豈可不選擇哉如趨京之路迂直千差豈皆捷徑亦不可不擇路而趨矣發源開選已竟

大佛頂首楞嚴經正脉疏卷第二十六

音釋

閨居爲切音邽　闥他達切音撻　爍式灼切音鑠　唄音敗　詰去吉切音蛣

大佛頂首楞嚴經正脉疏卷第二十七

明京都西湖沙門交光眞鑑述

(丑)二了揀諸門意在令捨也分四(寅)一揀六塵塵是無情於心最疎而又具障蔽染汚二義疎則難轉蔽則難圓染則難通故並揀去而不用也就分爲六(卯)一色塵不徹

色想結成塵精了不能徹如何不明徹於是獲圓通

首句言色憑妄想結爲障蔽之塵次句言此色若以心精了之終不透徹良以色體元本結暗所成初心豈能了之使徹末二句牒結初心決不依之得圓通也(卯)二聲塵言偏

音聲雜語言但伊名句味一非含一切云何獲圓通

音聲卽徑直聲語言卽屈曲聲次二句偏說屈曲良以陳如從四諦入偏取屈曲故也伊者彼也一字直目爲名詮自性也二字帶表爲句詮差別也味卽所含義理言音聲既落語言惟以取彼名句之味且此理圓言偏初心豈達一言徧該一切義理故依之恐其難取圓通矣(卯)三香塵不恒

香以合中知離則元無有不恒其所覺云何獲圓通

初心凡夫必待烟合於鼻方以覺香離則無復香相是香非常住不能令覺常恒覺不恒則香亦非恒豈能於香而得圓通哉

(卯)四味塵不一

味性非本然要以味時有其性不恒一云何

獲圓通

此與下之觸塵但變文耳而意皆同於香塵以三皆同屬合中知也本然即常然也次句言須待舌嘗味時方覺有味塵也末二句全同上科㊈五觸塵不定

觸以所觸明無所不明觸合離性非定云何獲圓通

觸無自相雙依能所內依身根爲能觸外依色塵爲所觸中間方顯觸相今言以觸明者要待所觸之塵合於身時而觸相方明也末二句同上科㊈六法塵不徧

法稱爲內塵憑塵必有所能所非徧涉云何獲圓通

法塵非外五塵之實質乃五塵影子惟意中獨緣屬獨影境故曰內塵必有所者言必專一處也葢意無有二起意緣時但專一境捨一緣一始終惟一能所皆局豈能徧涉不徧故初心難入圓通也揀六塵已竟㊆二揀五根留取耳根故惟揀五問根能旋反轉之即性何亦揀之答根雖總皆近性勝彼塵識然六中圓缺不齊前文云圓根與不圓根日劫相倍今正揀去合者淺者與不圓者耳意令惟取耳根而已就分五㊈一眼根不圓

見性雖洞然明前不明後四維虧一半云何獲圓通

洞然者明朗照了之意雖之一字縱許之辭次句奪其不圓也三句詳示不圓之數語畧而忽四維四隅也必兼四方而但言四維者語之畧也且千二功德四方八百

四維四百今止缺後方及兩隅之四百是缺三分之一耳而言虧一半者語之忽也若實一半當惟六百學者善會其意可也虧缺難圓意則易知矣(卯)二鼻根缺中

鼻息出入通現前無交氣支離匪涉入云何獲圓通

鼻之功德出息入息及與中間各分四百今缺中間四百而已交氣卽中間也支離者不相接續之意葢出息盡而不能卽入必少間斷而後方入入息亦然此卽支離處也良以出息取香入息聞香此支離處全無功能故非圓滿匪者不也涉者交也入卽鼻入也言若此間斷不交之入豈能速得圓通乎此與上科揀去不圓之根也

(卯)三舌根不常

舌非入無端因味生覺了味亡了無有云何獲圓通

吳興曰首句語倒應是舌入非無端耳溫陵曰舌不因味而卽能覺了乃爲無端○今者不然故曰非無端也末三句言其無離味之恒覺故難入圓通問耳離聲而聞靜說爲常性何不舌離味而嘗淡亦說爲常耶答耳爲離知恒常普徧離聲聞靜更比聲圓人所易曉經云動若邇遥靜無邊際是也今舌根覺味之知不過三寸合知尚劣而離知淡相更爲眇昧豈能同耳之常性彰顯乎故不例難也(卯)四身根不會

身與所觸同各非圓覺觀涯量不冥會云何獲圓通

首二句例前觸塵明其同是不圓之門也

此所觸二字直指前之觸塵而言意謂前之觸塵我已揀其不圓今此身根亦全與彼觸塵同也此句標定次句申其相同之故圓覺觀者以圓之一字雙貫覺觀二字圓覺者獨立之全體也圓觀者絶待之全智也此身根與前觸塵各非此二者良以合中之知根塵相待而顯故前之觸塵離此身根其相卽隱固無獨立之全體與夫絶待之全智也而此身根離前觸塵其知亦泯亦無獨立絶待全體全智也豈能圓覺觀乎大抵此二句總明須合而後有知也涯量猶言邊際也卽身邊際與觸邊際也冥暗也會知也不冥會者言不能於遠離之時暗中有知如彼耳之於聲也此句是言離中無知也末句結非圓通總承合有離無故明難獲圓通矣此與上科揀去合知而淺之根也(卯)五意根雜念

知根雜亂思湛了終無見想念不可脫云何獲圓通

此文易了大抵此約初心凡夫欲依此意根求圓通者而斷其難獲也亂思卽意識也諸識中惟意識最亂最爲剛强難於制伏恒雜意中故湛了者卽脫盡意識湛然了知之境也而言終無見者如非非想天入非非定研窮求其湛了終不可得報盡從墜是也末二句結非圓通蓋言圓通本是無分別定之勝果今想念不脫豈能得此果哉此科揀去非純離之根也揀五根已竟(寅)三揀六識此經首卽斥破六處識心是爲生死根本不可依之錯亂修習而

諸聖自陳仍備此六門者見聖性無不通也文殊復揀去者仍順此經遮止悞用也若初心用此以求圓通則不成無上菩提乃至别成聲聞魔外者極多如六聖得正圓通者極少所以須揀去也就分爲六㊃一眼識無定

識見雜三和詰本稱非相自體先無定云何獲圓通

樵李曰論云二和生識謂根境和合識生其中今言三和者能所合說也○識見二字亦似語倒應云見識卽眼識也乃眼家之眼根而中間詐現隨念麤畧分别是爲隨念分别外對無情之色塵内依無分别眼識能依自體并所依根塵故曰雜三和也温陵曰三者和合窮之本自無體故曰非相也○末二句躡上結歸無定亦無定實之自體而已㊃二耳識非初

心聞洞十方生於大因力初心不能入云何獲圓通

温陵曰普賢用心聞故能知他方沙界外事此由修法界行大因所生非初心能入也○由大因威力致耳識洞聞沙界非耳識自妙能順初心成此妙果故曰初心不能入也㊃三鼻識有住

鼻想本權機只令攝心住住成心所住云何獲圓通

温陵曰孫陀散亂佛欲攝住其心令觀鼻端此特權機而已葢眞心無住有住則妄矣○鼻想者於鼻端作觀白之想也本權機者本爲對治而權假設想非鼻識本有

也以鼻識分别香臭爲用非關端白故也次句明本意只爲攝住散亂而已三句明不圓之故住則偏局一處何由而圓乎(卯)四舌識有漏

説法弄音文開悟先成者名句非無漏云何獲圓通

首句言説法雖由舌識然不免雜以音聲文字故曰弄音文也而能開悟成自果但由先世所成曠久辯才之力故得如此非彼一時舌識所能且名句乃不相應行有爲所攝非無漏法豈以舌識叅雜於此而成圓通乎(卯)五身識不偏

持犯但束身非身無所束元非偏一切云何獲圓通

吳興曰問波離執身次第執心俱得通利今何但云束身而已答聲聞執心亦防六聚七支之非況今言身識在其中矣○此偈正揀身識其言束身正謂束於身識非謂身根而言識在其中者岳師之混淆多此類也且觀下元非偏一切之句則知但束之語非惟只表遺心葢表所遺者更多良以圓通之境當徧融身界萬法今但束身識局於身心無普融觀智豈得圓通乎(卯)六意識緣物

神通本宿因何關法分别念緣非離物云何獲圓通

吳興曰目連神通由宿習所得雖云旋湛心光發宣非關於法分别而現又小乘神通皆是作意緣物則有離物則無○法分别三字卽意識别名葢意識是法塵上分

別性故也此句已明目連神變圓通元與意識無干次句又言縱由意識亦是緣塵而非離塵普徧之法亦難獲圓通矣物卽塵也通觀揀識之文多明六聖所證各皆別有資藉非眞由彼識心能至圓通也揀六識已竟(寅)四揀七大七大之中前五同塵第六同識第七同根比前但加廣大之相而揀意大同前也就分爲七科(卯)一地大非通

若以地性觀堅礙非通達有爲非聖性云何獲圓通

温陵曰持地平塡尚涉有爲非實聖性○遇佛平心方歸聖性而初心全涉有爲故難獲圓通似爲易見(卯)二水大非眞

若以水性觀想念非眞實如如非覺觀云何獲圓通

温陵曰月光水觀未離想念難契如如蓋如如之理非覺觀之法故也○如如者卽圓通眞實之體乃離念不動之法凡起心分別覺觀皆不相應反顯旋聞不屬覺觀明矣而强安三觀者尚當尋繹於此可也

(卯)三火大非初

若以火性觀厭有非眞離非初心方便云何獲圓通

身心俱斷斷性亦無方爲眞離今存厭斷故非眞也又厭欲假說非眞實本有之法也三句言非初心一定方便以初心不皆多欲而少欲無欲衆生何用於此而入圓通乎(卯)四風大有對

若以風性觀動寂非無對對非無上覺云何

獲圓通

動寂有對則一動一寂便屬循還生滅無常之法故非無上覺體問反聞法門亦從動靜而入何殊於此答彼乃漸脫動靜二塵以取無動靜之聞性爲初心方便此即取有動寂之風性爲入門所以大不同也豈可以此難彼(卯)五空大非覺

若以空性觀昏鈍先非覺無覺異菩提云何獲圓通

温陵曰晦昧爲空故曰昏鈍〇此是窮源之解若就現相昏即冥也鈍即頑也虛空本以冥頑無所知覺爲相菩提乃覺性智體明靈爲相正與昏鈍相反就昏鈍處而取明靈之果如鑽冰取火固應難也世有尊太虛空爲本性者當悟此矣(卯)六識大虛妄

若以識性觀觀識非常住存心乃虛妄云何獲圓通

温陵曰彌勒惟修識觀而所觀之識念念生滅存心觀之已妄況獲圓通耶〇首句言發心即研窮識性以爲入門也次句言能觀之觀心與所觀之識性二俱念念遷流悉不能住也愚意初心縱猛必墮識無邊處等定而已三句研窮之極縱有存住之心如說二乘所住涅槃但是識陰境界猶如湛流望如恬靜而實不住故曰乃虛妄也初心豈能依之頓入圓通乎(卯)七根大殊感

諸行是無常念性元生滅因果今殊感云何獲圓通

首句言凡有運動遷流皆屬行陰皆墮無常令勢至雖曰都攝六根而主於靜念相繼既曰淨念終成有念既曰相繼難免生滅故曰念性元生滅也三句言以此爲因往生見佛則因果相應無有不可若以此生滅之因而求現證不生滅之圓通則因果不類決難得也通論二十四聖約其所證必等觀音而原其入門不從本根畧有四緣所以當揀一者不對方宜二者不便初心三者必有資籍四者非常修學反顯耳根對方宜便初心不勞資籍通常可修也意在後偈預此明之至文再詳了揀諸門已竟㊀三獨選耳根分二㊁一備彰門妙此中所具四科一三四中正以番前四緣中三緣惟非常修學更在後文至文更

指分四㊂一隨方定門

我今白世尊佛出娑婆界此方眞教體清淨在音聞欲取三摩提實以聞中入

此科顯其正對方宜番前不對方宜也葢諸教體如來必隨一方機宜而立若教不投機化應不勝也温陵曰聖人設教隨方不同或有佛土以佛光明而作佛事或有佛土以佛菩提樹而作佛事乃至或以園林臺觀或以虛空或以寂無說示如香積佛國無文字說但以衆香令諸天人得入律行而此方教體必籍音聞欲取正定必由聞入者各隨機緣故也此方二句意言此方衆生耳根偏利能由聞性徧達無量差別理事故佛對此一方機宜而以音聲施作佛事所以逗彼聞根之利也是則合

音與聞乃爲此方眞清淨教體矣是雖常途惟取音聲爲教似不兼聞而不知離彼聽者聞根則音聲泯然無托教體奚得而存耶末二句言教體旣在音聞而欲入正定者豈可捨教體而别取哉故應惟從耳根聞性而入也良以聲教但爲弄引聞性實爲妙心故領悟雖以雙托音聞而修定但宜單取聞性故曰實以聞中入也是則從説選根以來直至此處惟此一句方以決定分明指出耳根爲圓通本根至妙之法門矣又説音聞先卽不平意言常途但以音聲爲教體是隨相假體而非眞實教體不知此方眞實教體清淨本然周徧法界者不在於音而惟在聽音之聞性耳良以教詮藏性而聞性最近藏性故也末二句承之遂言以是義故大定惟從聞入似爲簡直而順且更見音聲但爲教體而聞性方爲眞教體智者詳之(卯)二讚人殊勝此科固是欲令欽人則必珍重其法亦是激勸美果人者勉從其因行也分爲二(辰)

一畧讚自利

離苦得解脱良哉觀世音

此科先讚能以聞性自利正嘆次第解結及標列二本科見利他之洪源若自利未勝安能利他離苦者離分段變易二種生死苦也卽解結中人法俱空力也得解脱者得離繫自在二種解脱樂也然離繫卽忽然超越世出世間自在卽所獲二種殊勝且言自備利他體用故判屬自利也良善也良哉者讚其善能究竟自利亦讚善

得圓通妙門獨超諸門矣㊁二廣讚利他分四㊀一總明常徧

於恒沙刦中入微塵佛國

刦數恒沙則時爲極長顯常也國數微塵則處爲極廣顯徧也此則方標常徧而利生之意尚在下科㊀二自在護生

得大自在力無畏施衆生

二句嘆盡三科文義該攝絕妙一者兩句分嘆前二科以上句嘆三十二應隨緣自在說法以下句嘆十四無畏循聲救苦衆生二者兩句總嘆後一科以四不思議中明言救護衆生得大自在則上句正以嘆之又復明言其形其咒無畏施生則下句正以嘆之又且連上三句貫成四句則見此等妙用皆極沙劫之常皆盡塵刹之徧誠爲巧妙若依舊註前兩句嘆首科不惟强添說法而又何獨徧常後兩句嘆後二科不惟偏缺徧常而又顛倒失次智者詳之㊀三音備衆美

妙音觀世音梵音海潮音

溫陵曰以說法不滯爲妙音尋聲救苦爲觀音音性無著爲梵音應不失時爲潮音○詳夫菩薩忘音塵而修聞性及至稱名嘆德乃獨取音而不取聞何也正表圓人不壞法相而初心忘塵但圖解根而已圓通之後一切妙用全在於音也豈如灰斷之果永壞無用也耶故今三十二應中之說法四不思議中之說咒皆妙音之力也十四無畏中之救八難四不思議中之施無畏皆觀世音之力也由法華以觀其音

聲皆得解脱釋觀世音名故偏屬救苦矣十四無畏中之除三毒四不思議中之破慳悋皆梵音之力也以彼科明言修習清淨本根故屬梵音矣三十二應中之赴偏求十四無畏中之赴二求四不思議中之赴廣求皆能應不失時潮音之力也然此獨缺法華中勝彼世間音故致十四無畏中持名一科無所收屬以彼一名獨當一切菩薩之名正屬勝彼世間音也然就今經文收入妙音中亦稍爲通以一名而頓含衆名功德亦甚爲妙也㊚四恩沾凡聖

救世悉安寧出世獲常住

上句恩沾於凡救世謂拔諸苦安寧謂與諸樂蓋旣言救世則且指世間凡夫衆盖也下句恩沾於聖出世則先以革凡常住則究竟成聖然功迹亦不出於應等三科其意易見不必分屬也讚人殊勝已竟㊚三示法眞實此科見耳根元自眞實決定速至圓通不勞資籍别因正番前别有資籍之緣耳分二㊛一標啟佛述說

我今啟如來如觀音所說

上句啟佛啟卽告也下句述說但述所說耳根而已非三眞實俱出觀音自說也良以下三科乃是文殊取四卷末六根數量幷擊鐘驗常等科中佛說語意而加發揮見耳門之本妙也㊛二列三種眞實就分三㊀一圓眞實

譬如人靜居十方俱擊鼓十處一時聞此則圓眞實

此科取六根隨方數量中如耳周聽十方

無遺之意而設言以發揮其圓也事出假設故言譬如而聞卽實法故非譬喻也靜居檢非多事牽擾心時若當擾時則聞雖常圓殊不覺知十方俱擊鼓者一時同擊也十處一時聞者聞無先後也此見耳根聞性人人本來自圓喻如最大圓珠懸於空中周輝普照諸聲如影亂映齊現絲毫不昧故曰圓眞實矣(巳)二通眞實此科是文殊更加自意以發揮其通也又二(午)一揀他非通

目非觀障外口鼻亦復然身以合方知心念紛無緒

孤山曰口鼻身俱合中知若將身以合方知句居口鼻上其義方順蓋語倒耳○斯言最是決倒無疑解者卽當順序依此而解之目非觀障外者如隔窓紙不見外事隔皮膚不見臟腑是近而薄者尚成障隔況遠厚乎身以合方知口鼻亦復然者言三根皆離尺寸了無覺知也心念紛無緒者明意根中常纏意識不能靜照也此歷言五根俱無現具靈通矣(午)二顯自爲通

隔垣聽音響遐邇俱可聞五根所不齊是則通眞實

此科隨言耳根現具靈通隔垣聽音響者如隔垣墻聞砧杵語言悉不隔礙而顛倒之人但謂聲能透入而不知乃是聞性湛然四通八達無所隔礙也墻壁尚不能隔況紙膚乎遐邇二皆得聞者皆顯離中有知也遐邇俱聞何况尺寸之離乎五根所不齊者隔垣聽響眼根所不能齊遐邇俱

聞則身口鼻所不能齊惟意不齊無文可據應是耳識易排以其力弱非強不障耳門之靜照非同意識之無緒故意根亦所不能齊也更當知同爲根者尚不能齊何況塵識諸大非根之類者豈能齊哉此見聞性人人本來自通喻如洪水普爲淹沒草舍竹籬悉皆通透一無隔礙故曰通眞實矣此喻與上珠喻可與靜察聞性之體相者助一發明矣問遐邇俱可聞恐非極成之語今現見人之聞量不能遐遠大聲不過百里小聲限於數步何況寰中界外決不及聞若是則但能聞邇那云遐邇俱聞耶荅但言遐不云極遐即是耳根現量可及之遐非謂越界極遐之聲也如汝所言百里數步豈非耳根現量中之遐邇乎經意正取於此數步百里之離知勝彼三根但能合覺而於離中雖尺寸亦不能知也然此亦但約於未解之前現具之通故不及於極遐若既解之後聚聞已開方能周聞界外所以須解若本通即周沙界何勞復解乎何況今耳但是聞動不及至遐而聞靜亦無邊際經云動若遐遙靜無邊際是也遐邇俱聞之語何可輒起疑難之哉(巳)三常眞實此中全取擊鐘驗常科中佛所說義也

分二(午)一對塵顯常對聲塵顯聞性常也

又二(未)一動靜無關

音聲性動靜聞中爲有無無聲號無聞非實聞無性

音聲是總相動靜是別相謂音聲正起爲動音聲滅盡爲靜惟一音聲雙含動靜故曰音聲性動靜也聞中爲有無者言動靜二相常於聞性湛然體中循還代謝動則音聲歷然現有靜則音聲寂然向無無聲號無聞者言世人顚倒於無聲而妄說無聞也末句言據理而論自是聲無非是聞性無也(未)二生滅雙離

聲無既無滅聲有亦非生生滅二圓離是則

常眞實

首句躡上科末句而牒聞性既不隨聲無而滅次句形對推知豈隨聲有而方生乎是則聞性湛然常住一任其中聲有則聞動聲無則聞靜而自體了無生滅之可見故曰生滅二圓離也末句結常眞實以見聞性人人本來自常喻如虛空恒無起滅此句結意應在後科之末方成總結今隨文便寄結於此耳

(午)二離思顯常

縱令在夢想不爲不思無覺觀出思惟身心不能及

夢想者以夢是第六獨頭意識所現故今言夢帶想正表夢是意識所爲也不爲不思無者言夢中雙以忘盡夢外動靜而了無所思似聞性暫成斷滅也今則尚聞杵音而惑杵爲鐘是可見不爲不思而遂成滅矣上覺卽聞性本體下觀指聞性照用寤寐恒一不假思惟出思惟外也所以前揀月光如如非覺觀者正爲彼是思惟覺觀故也可以反顯此出思惟之覺觀却是眞如如體矣末句全同五根所不齊也身兼外四根心是內之意根爾色香味不能通於夢中觸雖可通而離亦不能至於意之緣法又已忘盡是可見五根皆不能接夢外之五塵而有覺也惟獨耳根能覺夢外之聲所以聲塵得通夢中一呼便覺超彼身心皆不及也前經佛於引夢之後遂表形銷命謝聞性決無間斷豈非決其爲常眞實乎凡此三種眞實皆表人人現具未經解結修治已卽有圓通常之三相若

就此更以修證究竟圓通眞同爲高因於丘陵爲下因於川澤必至易而至速也示法眞實已竟㊇四顯行當根此科畨上不便初心明耳根最便於初心然既便於初心即可通常普修已該四義但文不甚顯故第四義屬下分三㊃一舉此方教體

今此娑婆國聲論得宣明

娑婆此云堪忍以此界衆苦難忍惟具忍力者堪住故又具足苦境堪可成就行人忍力故然此一句據文但是指處約意仍有含蓄謂含蓄此方衆生耳根偏利之意以此方衆生能從耳根了別世出世法深細之意次句得字方有來歷正言佛對此方偏利之根立諸聲名句文一切經論甚深法義以對機故方得宣暢發明也然此句據文亦但說聲論得明就中亦有含蓄謂含蓄所宣明者無非皆爲詮顯圓湛妙明之性而此妙性又秖在於能聞本根之中衆生當可由所聞聲論而反聞能聞之本根方爲得旨矣若是則下科失旨之意自有來歷矣㊃二明病在循聲又二㊇一泛論失旨

衆生迷本聞循聲故流轉

此衆生非是普指異生但指狂慧學者而言意言此方耳根既利而如來聲論又明宜乎凡被聲教者皆當免於流轉而間有不免者正因不能由教而開悟能聞之本聞是爲妙明心性而但循所聞聲教資益戲論故徒聞聲教而亦不免於流轉也㊇二剋指證驗

阿難縱强記不免落邪思

對前泛論剋指一人所以證驗迷本聞而但循聲教者必不免於流轉也强記即多聞憶持也邪思即爲物所轉逐邪境而被物牽去不自由也意言衆生若迷本聞非但少循聲教者不免流轉雖强記如阿難亦所不免也戒務多聞者甚不可迷本聞而但循聲教(辰)三顯應病與藥

豈非隨所淪旋流獲無妄

豈非二字承上決定之辭下八字病藥相當敵體對治也隨即循也所即聲塵淪即流轉也隨所淪者言循聲必流轉也旋流即返聞也無妄即眞實常住不流轉之性也旋流獲無妄者意言既知循聲順流而不免流轉當知反聞旋流而必至無妄其與此方機根藥病相投一切初心無不可用也故科顯行當根備彰門妙已竟(寅)二委示修巧法門空妙而修時不巧亦不足選也具簡要易速四義者爲巧簡則不煩要則該總易則無難速則不鈍下文具有此相至則指之分三(卯)一出名教以反聞三(辰)一囑專聽而出名

阿難汝諦聽我秉佛威力宣說金剛王如幻不思議佛母眞三昧

囑專聽而表秉威以見法非易說遭遇非常切宜鄭重金剛王同前五卷中五章殊勝文也彼有寶覺二字今含在三字中益聞根中不生滅性雙含理智是實相觀照二種般若同於金剛堅利體不可壞而能壞一切無明堅體故云爾也由圓乘方便

巧立能所無修之修故曰如幻不思議者速疾超乎世出世間之意以前偈云如幻三摩提彈指超無學故知然也佛母者以前後偈皆云是諸佛一路涅槃之門可見出生諸佛故稱佛母也眞三昧者言是自性正定非同引起諸三昧境故曰眞也卽此出名中簡等四義分明可見詳之㊁二抑多聞而顯過

汝聞微塵佛一切秘密門欲漏不先除畜聞成過誤

將以激其反聞先須出其不反聞之大錯也上二句顯其極爲多聞葢無數生中受持諸佛深法也欲漏不先除者葢惟務多聞不修無漏勝業故欲漏深重種習未盡其餘諸漏未盡可知畜聞成過誤者言徒積多聞殊不得力而竟成墮淫之過誤也㊁三決取捨而反聞

將聞持佛佛何不自聞聞

孤山曰謂將汝循聲之妄聞以持諸佛之言教何不反聞自性以求解脫乎上聞能聞之智下聞所觀之理○上佛字卽佛身下佛字卽佛法上聞字卽聞根下聞字卽聞性而將聞之聞亦卽指於具妙性之聞根也正言衆生不達本聞卽是妙性無勞外求却乃日用不知反將本聞貪教不返惟希小利譬如以金盌乞食不知盌自可富於食也故敵體以警之曰汝將本聞妙性不自覺知但務受持諸佛佛法何不識取本聞而旋倒聞根以聞聞性乎良以佛教本欲人之修性今遺性而獨馳於教亦

非教之本意故也此科方是教導反聞之正文也觀此但聞一聞性便勝無量多聞亦見其至簡而最要矣(卯)二法喻詳明修證上方舉妙門之勝名述不修之大錯以警其當修反聞而已而尚未言如何修如何證故此科詳之分三(辰)一法說又爲二(巳)一歷示次第超越四卷末云由此無始衆生世界生纏縛故於器世界不能超越故下分科文義出彼而科名亦取彼也超越卽解脫之意爾就分爲二科(午)一情界脫纏又二(未)一脫塵盡根

聞非自然生因聲有名字旋聞與聲脫能脫欲誰名

此聞字正指所結之根非自然生者言其非是無故而有此結相也因聲有名字者言其正因聲塵當情而迷中以聞性攬塵斯結遂成根相卽聽精映聲卷聲成根也從無始來遂有此耳根之名卽根元目爲清淨四大因名耳體也聚聞結滯無復解脫之相矣旋聞與聲脫者卽入流亡所乃至動靜不生也葢言旣因攬聲而結須待脫聲而解故首須旋倒聞根反聞自性以求與聲脫也能脫卽聞根也元因旋根而塵自脫故能脫卽指聞根而已欲誰名者言塵已脫而根隨盡遂失前耳根之名惟一妙性而已然此二句卽當如是漸增聞所聞盡也四句喻如水本因寒而結冰故冰須脫寒而還水矣(未)二入一解六

根旣返源六根成解脫

此恐人疑但解一根餘根尚結不知根相

雖六性體惟一本以一性而頓結六根所謂一結一切結也故解一根性而餘隨性脫所謂一解一切解也譬如片錦六花花雖各別而底線相連故拆一花而餘花皆壞花喻六根底線喻性其意可知此約橫喻故六根同一成壞不同巾之竪喻每約一根結則從性至塵由細漸麤解則從塵至性由麤漸細皆有次第六重如巾結解也然每一結成六根同成一結乃至六結皆然至解時每一結解六根同解一結以至六解皆然故解者從一根入一根之結盡六根之結齊盡當亦與花喻相成而不相背也智者詳之是則一根返源豈不至簡耶六根齊脫豈不至要耶夫至六根皆脫則衆生世界已自不能纏縛矣(午)二器界超越此中不是情器根塵平言蓋言塵界全倚情根而立固未有情根脫復而塵界獨存者也故上科旣已脫復情根而此科歸重超越器界而已分二(未)一塵銷覺淨

見聞如幻翳三界若空華聞復翳根除塵銷覺圓淨

首二句喻明塵界全依情根而立幻翳者猶言虛翳也蓋空華但是目翳之影今情根旣如翳而塵界但若空華則可見有則俱有無則俱無也次二句遂言今旣一返六解而聞等已復於無卽如翳根已除也而塵界應念隨銷便若空花湛然滅盡豈可復得哉由是情塵俱寂之後本覺之體圓滿清淨所謂迥脫根塵靈光獨耀矣此

中但取瞖花爲喻不用幻喻夫根身解而器界隨銷其亦至易而甚速矣乎㊅二淨極越界

淨極光通達寂照含虚空却來觀世間猶如夢中事

上言覺淨似初淨今言淨極則淨相轉深以至極淨亦可上言翳根初盡塵銷覺顯且約理體圓淨今旣淨極則當覺徧塵刹矣光通達者心眼圓明眞俗畢照夫淨極卽寂光通卽照而言含虚空者大覺海中空漚至小何況世界乎末二句言以含空之寂照觀察世間悉皆如夢了無罣礙甚言超越世界得大自在而無復拘滯矣問前言界如空華滅盡今何又見耶答圓乘銷塵非至灰斷但滅法執所執定實心外之界而唯心如夢境界宛在無礙但隨心出没無定實矣㳄第超越已竟㊁二因顯昔妄難干

摩登伽在夢誰能留汝形

此亦激阿難發奮進求脱根超界以雪前之悔恨也又見昔之所以被邪術所制無自由分者正由不能解根超界得大解脱也亦由不知根中圓湛妙心寂照含空無可拘制而但取緣塵影事爲心妄認身中是以受制莫脱故如來首先徵破所執妄心而於根中指以所迷眞心令其旋根取證也今偈意言汝若早識根中妙心而解根越界乃至寂照含空登伽在汝覺海夢中如漚如塵豈能留滯於汝哉極勵之也法説已竟㊃二擧喻

如世巧幻師幻作諸男女雖見諸根動要以一機抽息機歸寂然諸幻成無性

吳興曰幻師譬眞如幻作譬隨緣眞妄和合變成六根如諸男女○詳前法說既有情器雙超之旨則喻中亦應具之故一機但指幻咒抽牽也牽之令動也言男女諸根動雖不一而牽抽令動但一咒力故下息機卽謂止咒也歸寂然者男女諸根皆不動也諸幻成無性者所依幻處亦泯於無也蓋凡幻人非無幻處如化城喻云重門高樓閣男女皆充滿上句幻處下句幻人也法中一機卽一精明故喻之所謂雖見諸根動者喻六根之用雖殊也要以一機抽者喻惟一精明之體於中隨門異用也息機喻但旋一根精明之體令其還源也歸寂然者六根俱解脫也諸幻成無性者器界亦超越也一精明不合幻師但合幻咒至下發明(辰)三法合

元根亦如是元依一精明分成六和合一處成休復六用皆不成塵垢應念銷成圓明淨妙

一精明卽眞如與無明和合所成識精明元爲六精之總體理實卽是第八賴耶識亦卽本經稱陀那細識也六根卽是能依一精明卽是所依故曰元依一精明也分成六和合者分攬六塵各成根相而精名亦別如在眼名見精在耳名聞精等名雖各別而體則仍是一精明故一精明合喻中一機六和合合喻中諸男女也當補二句云雖見六用殊惟一精明轉合喻中雖

見二句方全一處成休復合喻中息機六用皆不成合喻中歸寂然然一處休復卽從耳根解結其意可知齊此喻明情界脫纒巳竟末二句合諸幻成無性塵垢卽指器世間六塵所成垢染世界應念銷者如前經云山河大地應念化成無上知覺是也無情器之分曰圓無無明之蔽曰明無根塵之汚曰淨無結縛之礙而互用變現曰妙故曰成圓明等此更喻明器界超越法喻詳明修證巳竟(卯)三結示因果究竟

餘塵尚諸學明極卽如來

此科尤見易而速也餘塵者斷無明未盡謂之有餘極而言之雖等覺亦爾故諸學指等覺以前諸有學菩薩也問前文稱菩薩一例無學今何又言有學答前位離佛遠顯超二乘故稱無學今鄰近如來對佛究竟無學故等覺亦是有學如臨至尊不敢稱尊也明極謂無明巳盡而本明證極卽如來無上菩提矣夫法門旣妙而修證又巧乃至成佛無難所以惟當選於此門也獨選耳根巳竟(丑)四普勸修持佛勅文殊惟選一門教衆深入故文殊上來選定耳門卽以勸衆普修順佛意也然上文何不自聞之語但是激其決定取捨非勸修正文分爲三(寅)一正普勸結通

大衆及阿難旋汝倒聞機反聞聞自性性成無上道圓通實如是

首句呼之警勸也次二句正以勸修可知性成無上道擧果以欣動修心也葢言聞性本卽是圓湛不生滅性亦卽菩提涅槃元清淨體乃成佛眞因與果一如故判決此性定成無上道卽極果也末句結答圓

通以本意元爲勑選圓通故結言欲知眞實圓通者而圓通實理但修如是聞性而已矣㊂二明諸佛共由上科直言勸此科與下科是證信勸也又爲二㊃一總標諸佛

此是微塵佛一路涅槃門

前佛偈亦云十方薄伽梵一路涅槃門其意無殊但前尚泛此則確指耳根爲異言是趨眞實所共由之路也㊃二别列三世

過去諸如來斯門已成就現在諸菩薩今各入圓明未來修學人當依如是法

斯門圓明如是法皆指耳根圓通也夫三世共由如此我獨何人而不由此常修之法門乎葢由信佛而必信法也現未聖賢非佛而必成佛故總標中微塵佛數㊂三示已身親證

我亦從中證非惟觀世音

葢自不修而惟勸人修人或不從身先入而率人同入人皆樂與故文殊明已亦從耳根修證所以啟人之必信從也普勸修證已竟㊀五結答請加分二㊂一正以結答夫文殊承佛尊命檢選勸修上文選勸事竟當回復尊命故此結答乃回告於佛之言又二㊃一觀音最合聖言

誠如佛世尊詢我諸方便以救諸末劫求出世間人成就涅槃心觀世音爲最

誠者信允之辭猶言誠然也如者遵從之意猶言如命也誠如佛世尊者言誠然如佛所命首表信從佛旨也次四句全以述前佛旨詢我諸方便者卽前第一云二十

五行誰當阿難之根也以救諸末劫者即前第二云兼我滅後此界衆生也求出世間人者即前第三云入菩薩乘也成就涅槃心者即前第四云求無上道也觀世音爲最者言能於佛之前旨四義全順者惟觀音耳門最爲第一也葢耳根圓通即多聞者之聞根故能獨當阿難之根即順第一旨也人人現具淺深均修故能普救末刼即順第二旨也先得人空次脫法執故能應求出世即順第三旨也生滅既滅寂滅現前故能成就涅槃即順第四旨也又前二顯契機後二顯契理機理雙契聖旨全乎此觀音之門所以獨超諸門矣(卯)二諸門未乎佛旨

自餘諸方便皆是佛威神即事捨塵勞非是常修學淺深同說法

即就也捨脫也佛威即事者佛以威神就其所遇之事加被之令脫塵勞也非是二字亦貫下句若是常修學則不必就其遇習之事但選妙性通常可修也諸門如那律失明畢陵觸刺等人不皆然故非是常修學矣若是同說法不分深淺二心同可宣說也諸門如普賢之大因滿慈之宿辯等但局深心沙陀之貪淫周利之闕誦等但局淺心非是同說法矣反顯通常可修淺深俱入仍是觀音耳門而已自觀音之外其餘二十四門姑且捨之不必雜取極欲其專修耳門也(寅)二請求加被求加有二意一者謙已推佛二者法深機淺信解須乘他力也分爲二(卯)一禮讚求加

頂禮如來藏無漏不思議願加被未來於此門無惑

初句敬禮尊法也如來藏卽目聞熏妙性屬黎耶識故論言佛說如來藏卽是阿黎耶惡慧不能知本經卽陀那微細識一體異名隨位稱也且云眞非眞恐迷我常不開演足見信解者少也頂禮恭敬顯斯法最尊重也然是稱法禮佛顯三寶一體耳次句深讚其難信解也由其體卽菩提涅槃元清淨體染而不染難可測知故曰無漏不思議也法旣甚深如此若非佛以威神加被信解良難故下惑之一字當有兩解一者惑謂疑惑無惑葢欲加被衆生於此法門必信從而無疑惑也二者惑謂迷惑無惑葢欲加被衆生於此法門必解悟而無迷惑也信解定而修證端有望矣卯二出其二故又二辰一偏對機宜

方便易成就堪以教阿難及末劫沉淪

此科與下科又出其所以但求加被此一門之故也方便者言其現先自具圓通之相從此加修最爲善巧眞初心方便也易成就者旣未修之先本來現具圓通之相由是加修一反聞之間彈指可超無學乃至入住成佛不勞多劫豈不容易成就哉末二句言自當機以至末劫羣生無不可教見其收機無遺亦是顯然囘復如來四㫖中前二㫖矣辰二一超一切

但以此根修圓通超餘者

首句但修一門次句便超一切門也連上科說以有此二義故獨請加被此之一門

而不求加被別門也㊀六總結義盡真實心如是

溫陵曰真實心要如是而已長水曰真實心者文殊指已選圓通之心也二義雖皆可通而環師說勝經偈元以如是結尾而已二字得其義盡無餘之意如來教示一門深入科已竟

大佛頂首楞嚴經正脉疏卷第二十七

音釋

脿莫佩切音妹 砧知杯切音斟 盌烏管切音晼 詢須倫切音荀

大佛頂首楞嚴經正脉疏卷第二十八

明京都西湖沙門交光眞鑑述

㊝三大衆承示開悟證入分二㊄一阿難一類開悟此一類約修證種生但得頓悟未即頓證者也位多在於大乘觀行小乘方便若有名字人緣此新入五品是即微證然悟强證弱故但顯悟而已阿難示在初心初果又示多聞無力故與此一類權同未證此其宜也且圓頓教旨惟重徹悟不愁不證又既知其示現則雖不証亦何所屈况經文本無證意何必强與爭其有證乎必執有證敢定何位愼勿鑿也又二

㊀一正明開悟

於是阿難及諸大衆身心了然得大開示

此之身心了然與前五卷偈後身心皎然不同彼明身心結之次第與解之次第爾尚未知所入一門是爲何門當如何修故此了然是的知從入之門獨在耳根兼亦備悉修法又明得耳解而六處之根齊解是身了然以根即身也明得聞復而六處之性齊復是心了然以性即心也此由與二十五聖并文殊委悉説盡故曰得大開示㊀二復以喻明

觀佛菩提及大涅槃猶如有人因事遠遊未得歸還明了其家所歸道路

菩提涅槃是究竟智理極果前多詳解即喻中之家而喻中歸家道路即耳根圓通所謂因地心也於道路而言明了是猶行客方知歸路而尚未知起行之相故不强説進證長水謂其未證非過㊄二登伽一

類證入此一類約修證種熟隨悟頓證者然圓頓乘悟卽徹底證分淺深登伽顯咒不思議力所加持故頓能進證故與此等作一類也凡經敘證多從深至淺此中三科但約圓位一初住二七信三初信也就分三（壬）一得法眼淨

普會大衆天龍八部有學二乘及諸一切新發心菩薩其數凡有十恒河沙皆得本心遠塵離垢獲法眼淨

普會至恒沙舉能證人首句總舉次句人天三句小乘有學四五句大乘初心七八句總紀數也然小乘意含無學以齊七信故末三句判所證位初句所證眞次句所斷妄末句所證果名也此得本心與三卷末阿難等獲本妙心同一心相但彼悟得此證得也良以圓人初後二心不別故初住卽證得本覺眞心矣中句卽四卷末想相爲塵識情爲垢二俱遠離也覺所覺空則塵遠空所空滅則垢離矣得法眼淨者資中曰莊嚴論解法眼淨初地見道也若依圓敎卽十住初心也○蓋生滅旣滅寂滅現前卽法眼淨矣此位是證徹圓通因地心成果地初步四卷末云則汝法眼應時清明是也（壬）二成阿羅漢

性比丘尼聞說偈已成阿羅漢

摩登伽今已出家故從尼稱而性字卽登伽之華言阿羅漢卽圓之七信借小聖名稱大凡位問安知非小答若聞圓乘而證小果譬如食純甘而得苦味無斯理也縱有小種先以取證以今法力不成定性增

慢之流斷我伏法何非菩薩按圓通即此根初解先得人空而文齊於聞所聞盡同證斯位理合比上加多以登伽最劣舉劣況勝多證可知矣(壬)三發菩提心

無量衆生皆發無等等阿耨多羅三藐三菩提心

十恒河沙尚爲有量今稱無量者愈不可名狀其多也吳興曰按天台釋法華分別功德品發菩提心初入十信也故仁王般若云十善菩薩發大心長別三界苦輪海○據此位在初信已發直深大悲之三心按圓通當至動靜不生問阿難所證初果應齊圓之初信今聞經之衆昔未證而尚成新證何阿難先已證者反不列斯位耶答論斷見惑舊證非新何須列此若兼論發菩提心則阿難既示證小亦示緣生三心未顯故亦未列斯位中也選根直入一大科已竟(巳)二道場加行此科爲圓根近下者說也然上科爲初方便此科更爲最初方便亦助前圓通而已分二(庚)一初請略說又二(辛)一阿難請又二(壬)一禮謝自悟

阿難整衣服於大衆中合掌頂禮心迹圓明悲欣交集

心謂本有眞心迹謂修證事迹不違本有之心則積行胼胝徒勞無益不違修證之事則塵埋寶藏莫救貧窮今性修畢達故曰心迹圓明悲謂悲曠劫之雙迷欣謂欣一時之圓悟由此而取證有期故感激之深如此也(壬)二拜請度他分二(癸)一標意

禮稱

欲益未來諸衆生故稽首白佛大悲世尊

(癸)二求請之言又二(子)一述已請意又二(丑)一先明自悟

我今已悟成佛法門是中修行得無疑惑

經初原求得成菩提最初方便上二句表已悟此也下二句表已但於前門中修不勞道場也(丑)二後表爲他顯道場專爲他請也又二(寅)一引證佛言

常聞如來說如是言自未得度先度人者菩薩發心自覺已圓能覺他者如來應世

菩薩無明未盡猶非得度然雙明因人果人皆以利他爲事而菩薩更顯速急吳興曰菩薩四誓以度人爲先如來十號以應世爲本也(寅)二願同菩薩

我雖未度願度末劫一切衆生

(子)二正請道場又二(丑)一明聖遠邪與

世尊此諸衆生去佛漸遠邪師說法如恒河沙

欲佛說與定式邪說不得亂真也(丑)二求遠離魔事

欲攝其心入三摩地云何令其安立道場遠諸魔事於菩提心得無退屈

魔事擾動定心不成修正覺心必至退屈故求遠魔也尋常一往便指耳門爲最初方便今詳此請則耳門尚爲初心方便道場方爲最初方便也(辛)二如來說分三(壬)一如來讚許

爾時世尊於大衆中稱讚阿難善哉善哉如汝所問安立道場救護衆生末劫沉溺汝今

諦聽當爲汝說

善哉有二意一善其發利他心得菩薩正行二善其請道場意得利他法要也餘意可知㊀二會衆欽承

阿難大衆唯然奉教

㊀三正與說示分二㊁一總舉三學又二

㊀一引律標意

佛告阿難汝常聞我毗柰耶中宣說修行三決定義

標義數也溫陵曰三藏之中毘柰耶律藏也此大小戒通稱也決定者決定修證依於此中義也㊀二指實定名

所謂攝心爲戒因戒生定因定發慧是則名爲三無漏學

前標決定正謂決定依此三序無相踰越戒取攝心檢異權小麤從事相多約身口也今取一念不生目之爲戒但番對諸惡以分各念其實念惟是一爾二持之中亦惟止持以此皆從微細心念卽訶禁之故也因戒生定者緣攝心動少漸向於定如止風而波漸息也因定發慧者緣心靜極本明漸顯兼照萬法如波停水湛自體發光照涵絲髮也此若泛言通途皆爾今此所修仍是耳根圓通但爲最初近下之根特加戒律道場持咒之三事故大科云加行也至於因戒所生之定慧仍是忘塵盡根妙定及彼定所得三空慧耳觀經文但惟詳戒而略於定慧可見也問前門何不用此答中根煩惱輕微無自起淫等四念且彼於忘塵時防護有力世俗曲屈巳不

容入安有自起四念何況道理徑直等聲一併止絶哉至於阿難初果已能不入色聲等六塵但加反聞尚不多費忘塵之力安有自起淫等之念耶故知斯門特爲塵勞素重不待聲引而頻舉自發淫等四念乃至身口亦所未免者加四戒以爲反聞之前方便加道場持咒以爲正反聞時之助行也舊解全不知此杳無一字豈自此後别爲一法門哉此非小失故特爲警示學人珍重結名三無漏學者戒中已自不容一念漏於諸非何況定慧然此非但不漏落於三有而已以注心反聞兼不漏落空有二邊所以爲眞無漏而非小乘比也

㊇二别列三學分二㊀一歷明預先嚴戒預先者未入道場之先也正以戒爲定慧道場前方便故又二㊀一正教持戒又分三㊁一躡前徵起

阿難云何攝心我名爲戒

㊁二開釋四重律中所犯罪分輕重而婬殺盜妄最爲重者也分四㊂一斷婬溫陵曰諸經戒殺居首謂設化以慈悲爲先此經婬戒居首爲眞修以離欲爲本葢欲氣麤濁染汚妙明欲習狂迷易失正受續生死喪眞常莫甚於此故須首戒而爲清淨第一明誨也觀阿難起教示遭邪染而厭初發心先厭欲濁至於三漸次中一一首懲然後身心妙圓獲大安隱十信初心由欲愛乾枯而慧性圓明遂階等妙諸世間人由心不流逸澄瑩生明漸乎六天是故眞修內攝必先離欲也又分爲二科㊃一

曲分損益之相又三㊁一首陳持犯利害

又二㊄一持則必出生死

若諸世界六道衆生其心不婬則不隨其生死相續

其心不婬則是於諸婬欲非但不動身口亦不生一念思想之心方爲不犯方與攝心爲戒相應餘三放此溫陵曰衆生皆因婬欲而正性命故纒生死若欲愛枯乾則殘質不續矣㊄二犯則必落魔道又三㊅

一必不出塵

汝修三昧本出塵勞婬心不除塵不可出

三昧卽耳根圓通塵勞卽界內見思菩薩雖不實出三界亦須於見思自在不爲生死所縳方爲出塵勞矣今婬欲爲塵勞上首故不除必不出矣㊅二必墮魔類

縱有多智禪定現前如不斷婬必落魔道上品魔王中品魔民下品魔女

多智謂慧能通達演說諸法禪定現前謂善入住出發妙境界也不斷婬者於禪定時不決定捨絕婬念縱其思惟也必落魔道者以境隨心名心逐境遷必互相引今所念旣在欲境而欲境莫勝於魔如水就濕安有不墮於中者哉如陰魔中行空禪者却留塵勞廣化寳媛是也此葢定慧心靈觸境流住方有斯墮若無定慧徒有婬習則直墮地獄安有魔宫之報乎上中下隨福厚薄以爲階降耳㊅三兼成增慢

彼等諸魔亦有徒衆各各自謂成無上道

未證謂證未得謂得七慢中增上慢也亦是非果計果㊁二預辯魔佛教儀欲人辯

識勿爲魔所惑也分二(午)一貪婬化世卽魔教又三(未)一預記末法

我滅度後末法之中

(未)二魔盛宣婬

多此魔民熾盛世間廣行貪婬爲善知識

此之魔民卽先世帶婬修禪之輩來爲教師神通智慧密教行婬以爲佛事遞相傳授故曰廣行此盛行婬非止心念師徒皆當直墮阿鼻矣(未)三陷人壞道

令諸衆生落愛見坑失菩提路

愛卽思惑見卽見惑婬愛爲教思惑偏重然以婬爲道故亦見惑中大顛倒分別矣

(午)二教人斷婬卽佛誨

汝教世人修三摩地先斷心婬是名如來先佛世尊第一決定清淨明誨

此中雖勅阿難而後人不必親待阿難凡遇知識憑經指誨絕婬念修圓通者卽如阿難并釋迦及先佛親來至心依從之凡言婬欲無礙卽魔王親來速當驚避矣廣如陰魔中辯(巳)三確定菩提成否衆生初心希菩提者宿因教熏善根及本覺內熏之力而難捨婬等者乃俱生曠劫深重習氣故多理欲交戰胸中正此兩難之際忽遇魔師密傳不礙菩提鮮不欣然從之故上科示以被繫落魔所以力止莫從也猶慮有習氣最重者自心姑息謂帶婬修禪雖不速得菩提久當得之故此與之決定不斷畢竟不成斷之方可希望也分二(午)一喻不斷無成又三(未)一舉帶婬修禪

是故阿難若不斷婬修禪定者

㊅二喻沙不成飯

如蒸沙石欲其成飯經百千劫只名熱沙何以故此非飯本沙石成故

㊅三合婬不成道

汝以婬身求佛妙果縱得妙悟皆是婬根根本成婬輪轉三途必不能出如來涅槃何路修證

首二句合蒸沙作飯次五句合經劫熱沙也婬褌妙悟卽沙之暫熱相也以帶婬之念爲根本而發妙悟故曰皆婬根也暫生魔宮恣造巨惡三途備歷求出無期末二句言婬非涅槃之本如沙非飯本故故無修證路也㊃二勸深斷方成

必使婬機身心俱斷斷性亦無於佛菩提斯可希冀

此科正是令戒除心切至之言機者發動之由如弩牙也謂身之婬機由心使作心之婬機由念弛放一念不生方得身心俱斷斷性亦無者此更究深而論斷性若存終與欲對則欲之緣影未忘非竭絕也如病藥俱除方爲無病人也㊁二判決邪正之說

如我此說名爲佛說不如此說卽波旬說

令人切辯務從佛說而絕魔說也斷婬已竟㊃二斷殺科意及文大意皆準前知一二不同者釋之而已此中所斷之殺非但人畜下至蠅虱蛇蝎等皆勿殺也亦非但親殺雖食肉服身亦所不許又非但只禁身口雖心念亦止絕矣分二㊁一曲分損益之相又三㊁一首陳持犯利害又二㊃

一持則必出生死

阿難又諸世界六道衆生其心不殺則不隨其生死相續

負命索償爲生死緣故不殺則不續也(午)二犯則必落神道又分三(未)一必不出塵

汝修三昧本出塵勞殺心不除塵不可出

(未)二必墮鬼神

縱有多智禪定現前如不斷殺必落神道上品之人爲大力鬼中品則爲飛行夜叉諸鬼帥等下品當爲地行羅刹

鬼神雖分勝劣而均是惡趣故從人而入者謂之墮落也然惟識中有九品此三品葢是上品內三品也中下多以慳悋爲墮因而此上三品皆有力明神如川嶽等神通力洞無畏富樂一同人天斯則修禪不斷殺生爲墮因也世世之邪人固有積福求成神道而不知墮惡趣鄰地獄易墜難昇也然須以定慧帶殺心者方墮斯類非是徒殺者所能墮也大力鬼卽天行羅刹今人間尊奉稱帝稱天者多是此類也(未)三兼成增慢

彼諸鬼神亦有徒衆各各自謂成無上道

(巳)二預辯鬼佛教儀又二(午)一食肉化世

卽鬼教前斷殺生今言食肉者以因食肉而殺生者多故雖不親殺而財使轉殺傷生業同故經云爲利殺衆生以財網諸肉二俱是惡業死墮號叫獄故食肉卽殺生也世故有能捨食肉而不禁殺生往往見修行人不恕蠅虱等橫殺無數甚爲非理又有能禁殺生而不捨肉二皆非理有志

圓通者痛宜戒之又分三(未)一預記末法

我滅度後末法之中

(未)二鬼化食肉又二(申)一述鬼化儀

多此鬼神熾盛世間自言食肉得菩提路

倡言食肉不碍成佛(申)二廢權防難又三

(酉)一明現在權化

阿難我令比丘食五淨肉此肉皆我神力化生本無命根

佛於藏通律中聽彼教聲聞菩薩除人蛇等二十種外許食三淨肉今言是佛在時神力所爲則滅後豈可復食乎孤山曰五淨肉者律明三淨不見爲我殺不聞爲我殺不疑爲我殺今言五者加自死鳥殘二也(酉)二出權化之由

汝婆羅門地多蒸濕加以沙石草菜不生我以大悲神力所加因大慈悲假名爲肉汝得其味

(酉)三明滅後非教

奈何如來滅度之後食衆生肉名爲釋子

此可見凡佛許食肉者皆佛在權變漸引慈化耳及滅後卽實奪命之肉可更食哉而深經廢權不許者皆將滅示實極護末法之誤墮也有志者務從實而不可引權自欺矣(未)三陷苦增纒又爲二(申)一必陷苦海

汝等當知是食肉人縱得心開似三摩地皆大羅刹報終必沉生死苦海非佛弟子

心開者禪定中得力受用境界現前也然食肉障深似而非實皆大羅刹者以現行先同來報必墮故以果目因也必沉苦海

者以羅刹增上轉惡必至極苦處矣(申)二
必不出纏
如是之人相殺相吞相食未已云何是人得
出三界
以命債不了解脫無期何由出世哉(午)二
教人斷殺即佛誨
汝教世人修三摩地次斷殺生是名如來先
佛世尊第二決定清淨明誨
鬼佛化儀已竟(巳)三確定解脫得否又二
(午)一喻不斷難脫又分二(未)一正喻
是故阿難若不斷殺修禪定者譬如有人自
塞其耳高聲大叫求人不聞此等名爲欲隱
彌露
温陵曰修禪避罪反乃行殺塞耳避人反
乃高聲是欲隱彌露也○避罪二字宜改
出世二字方好(未)二況顯
清淨比丘及諸菩薩於岐路行不蹋生草況
以手拔云何大悲取諸衆生血肉充食
温陵曰不故蹋不故拔仁慈之至猶及草
木況食衆生肉耶(午)二勸深斷方脫二(未)
一舉能斷賞讃又二(申)一正以舉讃
若諸比丘不服東方絲綿絹帛及是此土靴
履裘毳乳酪醍醐如是比丘於世眞脫酬還
宿債不遊三界
毳即褐衣也温陵曰東方不無裘毳西土
不無絲綿各以多分言也酬還宿債不遊
三界者上句當在下譯人語倒也(申)二徵
起喻釋
何以故服其身分皆爲彼緣如人食其地中
百穀足不離地

溫陵曰足不離地者劫初之人體有飛光足若躡雲由乎食地肥㗨香稻故其體堅重而足不離地也○身分言絲等雖非身之血肉未必皆奪命然亦是彼身之一分用之則與彼成不離之緣矣㊍二正勸斷許脫

必使身心於諸衆生若身身分身心二途不服不食我說是人真解脫者

溫陵曰身血肉骨髓也身分裘毳乳酪也身服食心貪求二途須併斷也㊏二判决邪正之說

如我此說名爲佛說不如此說卽波旬說

斷殺已竟㊎三斷盜此之偷盜非只竊人之物但言行詐異誑惑恐動乃至一念希取利養者皆是也分二㊏一曲分損益之相又三㊐一首陳持犯利害又二㊌一持則必出生死

阿難又復世界六道衆生其心不偷則不隨其生死相續

心不偷忘其利欲貪得之心一念不起也㊌二犯則必落邪道又三㊍一必不出塵

汝修三昧本出塵勞偷心不除塵不可出

厭塵者方可以出塵貪世者豈能以越世㊍二必墮妖邪

縱有多智禪定現前如不斷偷必落邪道上品精靈中品妖魅下品邪人諸魅所著

委曲取利其心回邪言行不正故墮邪類精靈者如山精水怪具諸神通似仙非仙似神非神妖魅者出沒世間每每著人或奪精氣或盜財物邪人卽被著之人以其

被著言行妖異惑亂於人(未)三兼成增慢

彼等群邪亦有徒衆各各自謂成無上道

(巳)二預辯妖佛教儀二科(午)一潛匿詃惑即妖教又三(未)一預記末法(未)二多妖偷化

我滅度後末法之中多此妖邪熾盛世間潛匿奸欺稱善知識各自謂已得上人法詃惑無識恐令失心所過之處其家耗散

潛匿奸欺等者主於取財而妖言妖行或現妖通自言自任詐稱得道知識愚者不測傾家奉之(未)三誤人墮獄又爲三(申)一先以已教相形

我教比丘循方乞食令其捨貪成菩提道諸比丘等不自熟食寄於殘生旅泊三界示一往還去已無返

方處也隨所到之處以清淨乞食即循方乞也首四句直標捨貪謂不積聚不自作也諸比丘下釋出捨貪之故陸宿曰旅水宿曰泊如過客也但依佛自釋本意不須多列(申)二顯是違教倒說

云何賊人假我衣服裨販如來造種種業皆言佛法却非出家具戒比丘爲小乘道

首句言其內心本即是賊二句言外貌假借僧儀志惟竊利以如來爲取利之媒故曰裨販如來如言斯人雖如來亦被所賣也造種種業皆言佛法者言無量莊飾皆爲取利皆爲墜墮業因而詐稱佛法若以前乞食眞教相形較之豈是佛法本意特彼顛倒非法說法而已末三句破其謗正惑人之言此等奸人若以前乞食正教責

之彼必自稱已爲菩薩行反毀遵正教者爲小乘道此又法說非法之顛倒也㊥三正示疑誤深害
由是疑誤無量衆生墮無間獄
聽彼法說非法之言皆疑正教爲小乘道而從妄謗聽彼非法說法之言皆誤以業因爲眞佛法而遵妄行悉墮阿鼻㴱匿該惑即妖教已竟㊅二教人斷偷即佛誨分二㊈一先出自已誨又四㊥一教以捨身微因
若我滅後其有比丘發心決定修三摩提能於如來形像之前身然一燈燒一指節及於身上爇一香炷
三摩提即耳根圓通如幻三摩提也此句下義含慮有宿生盜業爲障勝修乃修如是微因大凡燒然須爲消宿障修大定方成妙因若爲財利名譽仍獲大罪矣㊥二許其畢債出世
我說是人無始宿債一時酬畢長揖世間永脫諸漏
長揖謂永辭也孤山曰盜者取他依報資於已身今損正報以供上聖故能翻破無始盜業㊥三抑揚明其近道
雖未即明無上覺路是人於法已決定心
覺路即菩提路正謂圓通以方懺悔秉戒未臻定慧故曰未明已決定心者決定信其宿業必消覺路得明也溫陵曰一切難捨無過已身難捨能捨則自餘貪愛決能棄捨故曰是人於法已決定心○若徒慕捨身勉强毀形現前盜業又復新作根心

貪愛居然不改尚不免於業苦豈能決定明覺路哉㊥四親證違此須償

若不爲此捨身微因縱成無爲必還生人酬其宿債如我馬麥正等無異

成無爲者証出世果也若不還生人間償其宿債有礙勝進及度生故須償也溫陵曰佛爲宿詬比丘可食馬麥故果成於毘蘭邑食之示宿債必酬也(未)二轉教先佛誨

汝教世人修三摩地後斷偷盜是名如來先佛世尊第三決定清淨明誨

預辯妖佛教儀已竟(巳)三確定三昧得否分二(午)一喻其不斷難得

是故阿難若不斷偷修禪定者譬如有人水灌漏巵欲求其滿縱經塵劫終無平復

(午)二勸其深斷方得分爲二科(未)一惟依了義捨施又分三㊥一身捨貪悋

若諸比丘衣鉢之餘分寸不畜乞食餘分施餓衆生

上餘謂衣鉢之外止持不貪也下餘謂自食已足之外作持能施亦不悋也㊥二心捨慢嗔

於大集會合掌禮衆有人捶詈同於稱讚

上二句敬人能捨憍慢必觀佛性同體見人是佛也下二句忍已能捨嗔恨必觀眞如平等知毀同譽也㊥三身心捨盡

必使身心二俱捐捨身肉骨血與衆生共

首二句雙承上身心無間而力行檀度是必達四念處無復人執也末二句令盡其分量蕃捨至身肉骨血則身心寧復有遺

餘哉葢必觀察苦空無我無常不淨之物施作佛事耳問此前方便將次入道場以修定慧柰何遽捨身命答此謂不恪身分非捨身命以非出假大捨時節也凡此皆爲成就無偷之心如云比丘觀智身心尚須并捨豈可復留偷心曲取奉身利養哉

㊄二不引權乘欺誑

不將如來不了義說迴爲巳解以誤初學

不了義中聽畜百一所需但禁餘二或許不入大會避辱不受又布施多不及於身分今但依上了義教不依不了義教也末二句如因自巳不能奉前三戒或遇初學疑問却乃不認巳過曲引權乘以明無碍初學蒙昧亦信行之是內以自欺外以誑人莫大之罪也認過實言罪猶輕耳㊄二

印其得眞三昧

佛印是人得眞三昧

印即許也許其必證圓通也觀此深斷一科令人慚愧墮淚可見末法祖師立爲叢林亦因時慈悲曲就利生非得巳也處此者時時每愧不能取證不萌一毫念利養之心僅免罪戾或遇人引斯經爲難實言愧謝末法未能切不可巧言無礙又或有傑士達此經即能奉了義戒誓取圓通者當愧服推仰莫曲引他過以飾巳非至於主賓互競惟利是急當愧死矣曲分損益之相巳竟㊁二判決邪正之說

如我所說名爲佛說不如此說即波旬說

斷偷巳竟㊇四斷妄妄語有二發言不實爲小妄語妄稱證果爲大妄語此中所斷

大妄語也此須出口非同舉心分二(辰)一曲示戒勸之意又分四(巳)一首陳妄語大損又爲三(午)一蹶標妄語成魔

阿難如是世界六道衆生雖則身心無殺盜婬三行已圓若大妄語卽三摩地不得清淨成愛見魔失如來種

如是蹶前顯三行縱圓猶懼此罪何況三行未圓者乎大妄語且標名字下科自釋

溫陵曰貪其供養求已尊勝名愛魔妄起邪見謂已齊聖名見魔(午)二指實述其言意

所謂未得謂得未證言證或求世間尊勝第一謂前人言我今已得須陀洹果斯陀含果阿那含果阿羅漢道辟支佛乘十地地前諸位菩薩求彼禮懺貪其供養

得謂得道指理言也證謂證果指位言也須陀洹等卽果阿羅漢卽道蓋小乘理至羅漢而極故言道也乘同道位同果也求世尊勝要恭敬也求彼禮懺希供養也人於果人前懺悔必盛陳供養故(午)三記其損善墮落

是一顛迦消滅佛種如人以刀斷多羅木佛記是人永殞善根無復知見沉三苦海不成三昧

溫陵曰一顛迦卽一闡提貝多羅樹以刀斷則不復活喻大妄永絕善根三苦海三途也(巳)二表已禁勅顯僞佛有禁勅諸聖決不敢違若違泄者足知非聖分二(午)一詳示眞人必密又三(未)一勅二聖冥化又爲三(申)一標隨類度生

我滅度後勅諸菩薩及阿羅漢應身生彼末法之中作種種形度諸輪轉

眞身如空應物現形故曰應身又二聖於上二土中別有法性妙身此於同居應緣而現也乃分得隨類化身耳亦或普現色身三昧所成也㊥二詳順逆二相

或作沙門白衣居士人王宰官童男童女如是乃至婬女寡婦奸偷屠販

或作下順相也以此類迹多清淨故如是下逆相也以此類迹全染汚故所謂示衆有三毒又現邪見相也衆生應以此身得度者即應現之無準矣㊥三約佛事則同

與其同事稱讚佛乘令其身心入三摩地

首句四攝之一也雙承淨染二事皆與之同若同其類而不同其事則矯拂其心不相順從故假與同事意在得其歡心而遂稱讚佛乘以化之也此三摩地不定耳根㊍二明秘言無泄

終不自言我眞菩薩眞阿羅漢泄佛密因輕言末學

輕言末學者輕易泄言於晚學之人也㊍三許臨終陰付

惟除命終陰有遺付

既示現受生亦示現捨命陰晴也遺言付法欲警其必行然泄亦婉轉如杜順清涼之事故曰陰付㊦二因顯泄言必僞

云何是人惑亂衆生成大妄語

住則不泄泄則不住此一定執則如豐乾等三聖是也若泄言仍住顯是邪人要求利養愼莫信之㊁三轉教先佛明誨

汝教世人修三摩地後復斷除諸大妄語是名如來先佛世尊第四決定清淨明誨

意不異前㊁四確定菩提成否分二㊅一詳喻不斷無成又三㊄一舉刻糞喻又二

㊉一先以喻明不得

是故阿難若不斷其大妄語者如刻人糞爲旃檀形欲求香氣無有是處

㊉二後以形顯違教

我教比丘直心道塲於四威儀一切行中尚無虛假云何自稱得上人法

溫陵曰淨明云直心爲道塲無虛假故四儀行住坐卧也○自稱者妄稱也上人法諸果人法也㊄二舉妄號喻又爲二㊉一先以喻明取罪

譬如窮人妄號帝王自取誅滅

㊉二後以況顯罪深

況復法王如何妄竊

諸果皆法王位也㊄二舉噬臍喻又爲二

㊉一先示因果虛僞

因地不真果招迂曲

以大妄語爲因故不真求進反退求昇反墜故曰果迂曲㊉二後喻菩提不成

求佛菩提如噬臍人欲誰成就

溫陵曰左傳噬臍謂終莫能及也○以妄語而求正覺如以自口而噬自臍豈可及哉㊅二深許能斷必成

若諸比丘心如直絃一切真實入三摩地永無魔事我印是人成就菩薩無上知覺

溫陵曰向以迂曲故終莫成就此能絃直故印其成就也○菩薩無上知覺卽圓通

真因地心然以因定果亦是無上菩提矣

㊀二判決邪正之說

如我此說名爲佛說不如此說卽波旬說

開釋四重大科已竟

大佛頂首楞嚴經正脉疏卷第二十八

音釋

媛于眷切音院美女也　詃古泫切音畎誘也詐也　詬許候切吼去聲罵也

大佛頂首楞嚴經正脉疏卷第二十九

明京都西湖沙門交光眞鑑述

上卷開釋四重已竟（寅）三總結遠魔分三

（卯）一酧問重訂嚴戒

阿難汝問攝心我今先說入三摩地修學妙門求菩薩道要先持此四種律儀皎如氷霜

初問道場便說云何攝心入三摩地故佛結酧前問也妙門即耳門也末句言持之潔白無點汚也（卯）二拔本必不滋末

自不能生一切枝葉心三口四生必無因

四重爲諸罪根本餘爲枝葉心三謂貪瞋癡口四即小妄綺語兩舌惡口良以旣經細絕麤必不生也問婬殺盜是極麤身業何反謂其細於心三大妄語是極重口業何反謂其細於口四答婬殺盜若約身犯極麤今從心念絕之令一念不生故細於心三大妄獲罪雖重而約稱因果不實則比惡口等似未同其麤鄙故猶細於四口矣（卯）三絕塵決定遠魔

阿難如是四事若不遺失心尚不緣色香味觸一切魔事云何發生

不遺失即不漏落一念於四重中也於六塵而但舉四塵語之畧也蓋塵依念住念絕而塵何所依魔托塵入塵忘而魔何所托故能遠魔也正教持戒竟（丑）二助以呪力分爲二科（寅）一正以勸持讃勝又分爲三科（卯）一戒不能除

若有宿習不能滅除

宿習謂過去惑業種子也溫陵曰現業易制自行可違宿習難除必假神力今夫行

人好正而固邪欲潔而偏染隱然若有驅策而不能已宿習之使也(卯)二轉教咒遣

汝教是人一心誦我佛頂光明摩訶薩怛多般怛囉無上神咒

佛頂光詳現初救阿難時溫陵曰摩訶薩怛多般怛囉此云大白傘蓋即藏心也量廓沙界曰大體絕妄染曰白用覆一切曰傘蓋○顯咒全是真心體用秘密章句威力無量能除宿昔惑業習種其實苦報亦能除之今四重正屬惑業故云然也(卯)三讚咒最勝

斯是如來無見頂相無為心佛從頂發輝坐寶蓮華所說心咒

溫陵曰無見頂者華嚴九地知識自說為佛乳母初生親捧持諦觀不見頂示頂法不可以見見也○佛已入定便表無為光中化佛顯是無為心佛此首二句表本覺究竟二妙果也頂者理極無上之相蓮者稱真軌行之相此經令行人先明本具極理實相知見是為從頂發輝此屬密因然後稱真修證是為坐寶蓮華此屬顯因即修證了義故此中二句表密顯二妙因也末句總結如來現相見咒中具詮如是極為殊勝當深信持之必令戒成也(寅)二況顯除習無難又二(卯)一促舉無修尚證又三(辰)一舉愛習甚深

且汝宿世與摩登伽歷劫因緣恩愛習氣非是一生及與一劫

(辰)二示蒙宣脫證

我一宣揚愛心永脫成阿羅漢

吳興曰愛心永脱指初聞咒得阿那含也成阿羅漢指前文殊簡圓通後也○四果雖由聞法推其拔脱之力仍當歸功於咒非咒拔脱何由而得聞法以至証羅漢哉

(辰)三表無修速資

彼尚婬女無心修行神力冥資速證無學

但依如來歸功咒力(卯)二況顯發心必除分二(辰)一明發無上心

云何汝等在會聲聞求最上乘決定成佛

本以學人不同本以婬女也發無上心不同無心修行也(辰)二喻除之最易

譬如以塵揚于順風有何艱險

吳興曰塵譬宿習風如神咒順風揚塵散之則易誦咒除習脱之匪難○咒力雖如風而復助無上心人故更是順風宿習雖如塵而有學宿習更是微塵反顯婬女乃爲多塵而無心修行猶如逆風也歷明預先嚴戒已竟(子)二畧示場中定慧溫陵謂初標三學而終止四戒者定慧已備前文似亦知定慧屬前圓通然亦不於場中說定慧處表彰耳門遂令行人不知道場中所修復是何門豈前語亦大畧言之而非見徹之論乎且此初請畧說文中但詳於戒而生定生慧無處表彰豈標徒具三而釋之惟一乎以定慧既不越前即不如説戒之詳而已豈全無耶是故今科畧示場中定慧也又分爲二科(丑)一因戒生定分三(寅)一牒戒擇師又三(卯)一牒前持戒

若有末世欲坐道場先持比丘清淨禁戒

前雖科爲預先嚴戒理實但以詳明四戒

當嚴所以此科方是於未入道場之前實起持戒之行是以下科方教擇師也從心止絶前之四事故曰清淨不可更添别戒

㊀二正教擇師

要當選擇戒清淨者第一沙門以爲其師

㊀三不遇難成

若其不遇眞清淨僧汝戒律儀必不成就

㊁二誦咒結界

戒成已後著新淨衣然香閑居誦此心佛所說神咒一百八徧然後結界建立道場

眞際曰誦咒百八表滅百八煩惱也○道場詳在後請上二科方是因戒意耳㊁三定中求佛

求於十方現住國土無上如來放大悲光來灌其頂

此科方是所生之定良以衆生心水淨諸佛影現中若非定中必無求現之理故知此已在定求也然定即反聞自性入流忘所但加求佛灌頂之念而已因戒生定竟

㊀二因定發慧又二㊁一約戒願久定前不兼後後必兼前前科但牒戒而生定此雖總標因定而文中雙牒戒定爲因又加發願類求灌頂也又爲三㊀一歷舉行人

阿難如是末世清淨比丘若比丘尼白衣檀越

白衣兼優婆塞優婆夷雖不擇僧俗而男女決定各從其類必非男女混同一場也

㊀二牒戒明願

心滅貪婬持佛淨戒於道場中發菩薩願

首句畧舉淫戒次句總該後三戒菩薩願

不出四洪亦所以爲感佛機也(卯)三尅期久定

出入澡浴六時行道如是不寐經三七日

凡出道場而復入則必澡浴外潔其身也六時行道即專注反聞經行排遣内攝其心也晝夜十二時六時行道六時靜坐均調昏散矣如子時行道丑時靜坐寅時行道卯時坐等是也然行中坐中所習皆反聞自性入流亡所而已末二句結成尅期久定不寐有二意一除昏睡不覺二戒忘失反聞此科正牒定而明因定二字下科乃生慧也(寅)二許顯加發慧

我自現身至其人前摩頂安慰令其開悟

定心爲生慧之親因摩頂安慰佛之威力爲助緣所謂啐啄同時朗然大悟也然開悟渾含淺深諸相不可一定若得動靜不生發須陀洹見道之慧若得聞所聞盡發阿羅漢人空慧若得空所空滅成法空慧若得寂滅現前發圓通無上知覺慧也孤山曰若見此像當觀空寂是佛顯然是魔則滅初請畧説一科已竟(庚)二重請詳示分二(辛)一重請説道場前雖言入道場而未説道場如何建設故重請説之又分爲二科(壬)一阿難重請又分爲二科(癸)一述已開悟

阿難白佛言世尊我蒙如來無上悲誨心已開悟自知修證無學道成

自揣但習反聞不須道場可成無學即聞所聞盡等三空諸果位也(癸)二代請軌則

末法修行建立道場云何結界合佛世尊清

淨軌則

(壬)二世尊重說分三(癸)一道場建設此中表法理所不無然亦聖心所知之境本難盡測姑就古人舊說存之以備觀覽實非修行正要學者亦不必過泥而反誤耳門正修之旨趣矣詳之又分五(子)一所建壇式又二科(丑)一塗壇地又二(寅)一正用牛糞和香

佛告阿難若末世人願立道場先取雪山大力白牛食其山中肥膩香草此牛惟飲雪山清水其糞微細可取其糞和合旃檀以泥其地

温陵曰法王法言即事即理法不孤起事不唐設如華嚴一字法門海墨書而不盡五位行相即世諦以彰明凡所設施必有取像則此壇場用度無非表法也山爲高土雪山純淨上信也大力白牛純淨大根也香草清水妙善淨智也茹退充實遺餘也上旃檀爲十香之首十度之總萬行之冠也長水曰雪山牛乳純是醍醐所有茹退最爲香潔○茹者食也退即糞也十度謂施戒忍進定慧方便願力智也(寅)二揀用黃土合香又四(卯)一揀不堪用

若非雪山其牛臭穢不堪塗地

畧一糞字(卯)二別用黃土

別於平原穿去地皮五尺已下取其黃土

温陵曰原爲平土中信也地皮未淨也五數之中黃色之中取中中淨信也(卯)三合十種香

和上旃檀沉水蘇合熏陸鬱金白膠青木零

陵甘松及雞舌香

溫陵曰十香十波羅蜜法香也㊀四細羅

塗地

以此十種細羅爲粉合土成泥以塗場地

溫陵曰細羅爲粉推之以爲微妙萬行也夫欲取如來寂滅場地必本於廣大信心而資乎淨智妙善以養成純一大根充實遺餘猶足以合法香冠十度故可嚴成寂滅場地也上信大根有不可得則求其次焉故取中中信心雖未能冠乎十度萬行而能具之者亦可以嚴成㊀二定壇相

方圓丈六爲八角壇

長水謂壇乃除地之墠似是若壘土爲之經當明言層級今竝無之顯是平地塗爲八角也溫陵曰壇寂滅坦實之體也體具八正故爲八角爲攝八邪故方丈六㊁二

所設莊嚴分四㊀一壇心花鉢

壇心置一金銀銅木所造蓮華華中安鉢鉢中先盛八月露水水中隨安所有華葉

溫陵曰壇心蓮華中道妙行也蓮之爲物華實同體染淨同源表妙行大致也用金銀銅木所造者表妙行云爲也金銀百鍊愈精而不變銅剛而能同義之像也木能上草以覆其下仁之像也夫依體起行精而不變剛而能同或以義制或以仁覆無過不及凡皆會于中道乃所以爲妙行也鉢爲應器表隨量應物也露爲陰澤以秋降八月秋之中也水中華葉即仁覆之行隨澤所施此又隨量應物陰利潛化之表也㊀二鉢外列鏡

取八圓鏡各安其方圍繞華鉢
溫陵曰圓鏡大圓鏡智也各安八方圍繞華鉢者智行相依隨方圓應也㊀三鏡外花爐
鏡外建立十六蓮華十六香爐間華鋪設莊嚴香爐
溫陵曰鏡外蓮華香爐各十六而間設者華表妙行香表妙德鏡外即正智之外方便建立使邪正相攝德行相熏庶久而俱化兩忘邪正也㊀四爐焚沉水
純燒沉水無令見火
溫陵曰純燒沉水無令見火者反德藏用滅伏覺觀然後能契寂滅場地也㊆三所獻供養分爲二㊀一八味陳供
取白牛乳置十六器乳爲煎餅并諸沙糖油餅乳糜蘇合蜜薑純酥純蜜於蓮華外各各十六圍繞華外以奉諸佛及大菩薩
溫陵曰表以法喜禪悦獻二尊也權教開許乳酪實教遮禁而復取以享奉者意在融權實同邪正故八味亦各十六圍繞華外表融權攝邪之法喜隨行施設也㊀二兩時致享
每以食時若在中夜取蜜半升用酥三合壇前別安一小火爐以兜樓婆香煎取香水沐浴其炭然令猛熾投是酥蜜於炎爐内燒令煙盡享佛菩薩
溫陵曰佛以日中受食故每以日中致享中夜例日中也蜜成於華表和融法行也酥成於乳表和融法味也半爲中數三爲成數小香爐方寸覺心也以香沐炭發覺

之法也藥王然身先服兜樓婆香意取發餤故取沐炭然令猛熾投酥蜜於炎爐燒令煙盡者行法旣成不可終滯當於覺心勇猛煆煉使習氣併鑠緣影俱亡豁然如所謂紅爐點雪者然後爲佛所享㊀子四所奉尊像又復分爲三科㊀丑一四外旛華

令其四外徧懸旛華

溫陵曰四外旛華外行嚴飾也㊀丑二四壁內聖又二㊀寅一總標

於壇室中四壁敷設十方如來及諸菩薩所有形像

㊀寅二別列分二㊀卯一當陽五如來

應於當陽張盧舍那釋迦彌勒阿閦彌陀

溫陵曰當陽正位盧舍那等寂場眞主也彌勒當來眞主也阿閦居東彌陀居西智悲眞主也㊀卯二左右二菩薩

諸大變化觀音形像兼金剛藏安其左右

溫陵曰諸大變化觀音形像上同下合眞主也金剛藏常領金剛護持咒人伏魔斷障眞主也㊀丑三門側外護

帝釋梵王烏芻瑟摩并藍地迦諸軍茶利與毘俱胝四天王等頻那夜迦張於門側左右安置

溫陵曰門側左右釋梵等衆有力外護也末法修行凡賴於此一有闕焉必不成就烏芻火頭金剛藍地迦靑面金剛軍荼利金剛異號也毘俱胝三目持鬘髻是也頻那夜迦即猪頭象鼻二使者㊀子五所取照映

又取八鏡覆懸虛空與壇場中所安之鏡方

面相對使其形影重重相涉

温陵曰壇中之鏡混物有依行人之智也空中之鏡離物無依諸佛之智也混物有依者方能照物未能照已必得乎離物無依住智交相爲用然後物我互照心境雙融諸佛衆生身土相入不勞動步不待擬心法法徧周事事無礙舉目千聖齊現觸處萬像昭然一花一香徧供塵刹一行一相充擴無窮不假神通不涉情謂寂場法法本如是也道場建設竟（癸）二修證節次分二（子）一三七初成定慧又分爲二科（丑）一三七功夫就分爲三科（寅）初一七禮誦行道

於初七中至誠頂禮十方如來諸大菩薩阿羅漢號恒於六時誦咒圍壇至心行道一時常行一百八徧

温陵曰凡所斳向以歸依三寶爲最初方便故初七日至誠頂禮如來菩薩羅漢名號所以假其不思議力發行助道也○他力也（寅）次二七專心發願

第二七中一向專心發菩薩願心無間斷我毘柰耶先有願教

若圖總畧不出四洪温陵曰依毘尼教專心發願也行願堅強則得大勇猛吳興曰先有願教者如梵網經十大願等是也（寅）後三七一向持咒

第三七中於十二時一向持佛般怛囉咒

温陵曰時無間歇咒無徧限一向誦持遂能以精誠感格進力克功也（丑）二末日定慧分三（寅）一佛現摩頂

至第七日十方如來一時出現鏡交光處承
佛摩頂
此可見前三七中亦具麤畧定心但兼禮
念願咒非不攝心反聞也若心水不淨佛
何由而現乎溫陵曰鏡交光處則生佛智
照感應道交也㊠二定心成就
即於道場修三摩地
此方專習反聞不令一念緣彼聲塵專注
前解聞中妙境所謂入流亡所也此應坐
習爲多時或經行排遣但一味反聞無間
㊠三慧心成就
能令如是末世修學身心明淨猶如琉璃
首句顯定心爲親因道場持咒等爲助緣
因緣力故所以能令也末二句發慧妙境
也身心意兼眞妄約明字但是眞身眞心
大智慧光明顯現之相而淨字雖亦說眞
兼顯妄身妄心了不可得爲眞淨之所以
也末句雙喻明淨且眞身眞心即是聞性
聲塵忘而六塵俱捐故極明淨此在定中
發慧暫得與寂滅現前境界相應也三七
初成定慧已竟㊀二百日頓証聖果分三
㊟一先防不成由不清淨
阿難若此比丘本受戒師及同會中十比丘
等其中有一不清淨者如是道場多不成就
不成就者但是不能剋期取証警擇師友
不可濫取非人㊟二正示期滿有証初果
從三七後端坐安居經一百日有利根者不
起于座得須陀洹
利根謂惑障俱輕慧性明悟者也孤山曰
陀洹按位即圓初信若依涅槃乃是初入

別圓地住也○依初解則當齊於動靜不生斷八十八使亦但位齊小乘見道非眞取小果也依後解則當徹至寂滅現前位齊別教初地圓教初住二釋俱通涅槃借小乘四果名位以次當大乘住行向地矣(丑)三後開未成亦見佛性

縱其身心聖果未成決定自知成佛不謬

若依圓師前解則位在五觀依後解則位在十信次於所證必然之理即是了了見於佛性自信本來尊貴亦不患於不証所謂已到不疑之地矣修証節次已竟(癸)三結答酧請

汝問道場建立如是

吳興曰壇法行相此土末世行之惟艱然所誦咒下文亦許不入道場故使有緣隨器受益重請說道場已竟(辛)二重請說神咒分三(壬)一會衆重請又分二(癸)一述已自請又爲三(子)一述遭術遇救又三(丑)一述多聞未証

阿難頂禮佛足而白佛言自我出家恃佛憍愛求多聞故未證無爲

恃愛前已釋過小乘以四果爲無爲(丑)二述被邪咒禁

遭彼梵天邪術所禁心雖明了力不自由

初果力弱故也(丑)三述賴咒轉救

賴遇文殊令我解脫

須補文殊將咒往護(子)二叙蒙咒未聞

雖蒙如來佛頂神咒冥獲其力尚未親聞

天如曰昔阿難密承咒力得解婬難故曰冥獲未聞(子)三請重宣廣利

惟願大慈重爲宣説悲救此會諸修行輩末及當來在輪迴者承佛密音身意解脱

身解脱者謂消業離苦也意解脱者謂破惑證眞也(癸)二同衆普請

于時會中一切大衆普皆作禮佇聞如來秘密章句

(壬)二如來重説分二(癸)一正説神咒又三(子)一咒前光相又四(丑)一如來放頂光

爾時世尊從肉髻中涌百寶光

斯光所表具足多義今畧分釋之此科與次科表顯中之密以自如來當身所現也肉髻即無見頂表法身理從頂放光表依理起智光具百寶表智含萬用(丑)二光中現如來

光中涌出千葉寶蓮有化如來坐寶華中

光中涌蓮表依智發行化佛坐蓮表行嚴妙果(丑)三化佛放頂光

頂放十道百寶光明

此科與次科表密中之密以又從化佛重現也斯即所謂從佛頂中之佛頂放寶光中之寶光表斯咒尊中之尊妙中之妙也十光亦表十力深智具足萬用無求不應見攝受之慈(丑)四光中現金剛

一一光明皆徧示現十恒河沙金剛密跡擎山持杵徧虛空界

表無量秘密神用降伏魔外無惡不摧見折伏之威(子)二大衆欽聽

大衆仰觀畏愛兼抱求佛哀祐一心聽佛無見頂相放光如來宣説神咒

畏謂畏其威愛謂愛其慈抱懷也衆生以

此二懷承順如來而神化無所留滯矣咒
中密具此諸妙理故表彰之(子)三神咒章
句
南無薩怛他蘇伽多耶阿羅訶帝三藐三菩
陀寫一薩怛他佛陀俱知瑟尼釤二南無薩
婆勃陀勃地薩跢鞞弊三毗迦切南無薩多南三
藐三菩陀俱知南四娑舍囉婆迦僧伽喃五
南無盧雞阿羅漢跢喃六南無蘇盧多波那
喃七南無娑羯唎陀伽彌喃八南無盧雞三
藐伽跢喃九三藐伽波囉底波多那喃十南
無提婆離瑟赧十一南無悉陀耶毘地耶陀囉
離瑟赧十二舍波奴揭囉訶娑訶娑囉摩他喃
十三南無跋囉訶摩泥十四南無因陀囉耶十五南
無婆伽婆帝十六嚧陀囉耶十七烏摩般帝十八娑
醯夜耶十九南無婆伽婆帝二十那囉野拏耶二十

一槃遮摩訶三慕陀囉二十二南無悉羯唎多
耶二十三南無婆伽婆帝二十四摩訶迦羅耶二十
五地唎般剌那伽囉二十六毘陀囉波拏迦囉
耶二十七阿地目帝二十八尸摩舍那泥婆悉泥
二十九摩怛唎伽拏三十南無悉羯唎多耶三十一
南無婆伽婆帝三十二多他伽跢俱囉耶三十三
南無般頭摩俱囉耶三十四南無跋闍囉俱囉
耶三十五南無摩尼俱囉耶三十六南無伽闍俱
囉耶三十七南無婆伽婆帝三十八帝唎茶輸囉
西那三十九波囉訶囉拏囉闍耶四十跢他伽多
耶四十一南無婆伽婆帝四十二南無阿彌多婆
耶四十三跢他伽多耶四十四阿囉訶帝四十五三
藐三菩陀耶四十六南無婆伽婆帝四十七阿芻
鞞耶四十八跢他伽多耶四十九阿囉訶帝五十三
藐三菩陀耶五十一南無婆伽婆帝五十二鞞沙

闍耶俱嚧吠柱唎耶五十三般囉婆囉闍耶五十
四跢他伽多耶五十五南無婆伽婆帝五十六三
補師毖多五十七薩憐捺囉剌闍耶五十八跢他
伽多耶五十九阿囉訶帝六十三藐三菩陀耶六十
一南無婆伽婆帝六十二舍雞野母那曳六十三
路他伽多耶六十四阿囉訶帝六十五三藐三菩
陀耶六十六南無婆伽婆帝六十七剌怛那雞都
囉闍耶六十八跢他伽多耶六十九阿囉訶帝七十
三藐三菩陀耶七十一帝瓢南無薩羯唎多七十
二翳曇婆伽婆多七十三薩怛他伽都瑟尼釤
七十四薩怛多般怛嚂七十五南無阿婆囉視耽
七十六般囉帝揚岐囉七十七薩囉婆部多揭囉
訶七十八尼羯囉訶揭迦囉訶尼七十九跋囉毖
地耶叱陁你八十阿迦囉密唎柱八十一般唎怛
囉耶儜揭唎八十二薩囉婆槃陀那目乂尼八十

三薩囉婆突瑟吒八十四突悉乏般那你伐囉
尼八十五赭都囉失帝南八十六羯囉訶婆訶薩
囉若闍八十七毘多崩娑那羯唎八十八阿瑟吒
冰舍帝南八十九那乂刹怛囉若闍九十波囉薩
陀那羯唎九十一阿瑟吒南九十二摩訶揭囉訶
若闍九十三毘多崩薩那羯唎九十四薩婆舍都
嚧你婆囉若闍九十五呼藍突悉乏難遮那舍
尼九十六毖沙舍悉怛囉九十七阿吉尼烏陁迦
囉若闍九十八阿般囉視多具囉九十九摩訶般
囉戰持一百摩訶疊多一百一摩訶帝闍一百二摩
訶稅多闍婆囉三摩訶跋囉槃陀囉婆悉你
四阿唎耶多囉五毘唎俱知六誓婆毘闍耶
七跋闍囉摩禮底八毘舍嚧多九勃騰罔迦
十跋闍囉制喝那阿遮一百一十一摩囉制婆般
囉質多十二跋闍囉擅持十三毘舍囉遮十四扇多

舍鞞提婆補視多十五蘇摩嚧波十六摩訶稅多
十七阿唎耶多囉十八摩訶婆囉阿般囉十九跋闍
囉商羯囉制婆二十跋闍囉俱摩唎一百二十一俱
藍陀唎二十二跋闍囉喝薩多遮二十三毘地耶
乾遮那摩唎迦二十四啒蘇母婆羯囉跢那二十
五鞞嚧遮那俱唎耶二十六夜囉菟瑟尼釤二十
七毘折藍婆摩尼遮二十八跋闍囉迦那迦波
囉婆二十九嚧闍那跋闍囉頓稚遮三十稅多遮
迦摩囉三十一剎奢尸波囉婆三十二翳帝夷帝
三十三母陀囉羯拏三十四沙鞞囉懺三十五掘梵
都三十六印兔那麼麼寫三十七誦者至此句稱弟子某受持烏
吽三十八唎瑟揭拏三十九般剌舍悉多四十薩怛
他伽都瑟尼釤四十一虎吽四十二都嚧雍四十三
瞻婆那四十四虎吽四十五都嚧雍四十六悉耽婆
那四十七虎吽四十八都嚧雍四十九波羅瑟地耶

三般义拏羯囉五十虎吽五十一都嚧雍五十二薩
婆藥义喝囉刹娑五十三揭囉訶若闍五十四毘
騰崩薩那羯囉五十五虎吽五十六都嚧雍五十七
者都囉尸底南五十八揭囉訶娑訶薩囉南五十
九毘騰崩薩那囉六十虎吽六十一都嚧雍六十二
囉义六十三婆伽梵六十四薩怛他伽都瑟尼釤
六十五波囉點闍吉唎六十六摩訶娑訶薩囉六十
七勃樹娑訶薩囉室唎沙六十八俱知娑訶薩
泥帝嘯六十九阿弊提視婆唎多七十吒吒罌迦
七十一摩訶跋闍嚧陀囉七十二帝唎菩婆那七十
三皋茶囉七十四烏吽七十五莎悉帝薄婆都七十
六麼麼七十七印兔那麼麼寫七十八至此句準前稱名若俗
人稱弟安某甲囉闍婆夜七十九主囉跋夜八十阿祇尼
婆夜八十一烏陀迦婆夜八十二毘沙婆夜八十三
舍薩多囉婆夜八十四婆囉斫羯囉婆夜八十五

突毖义娑夜八十六阿舍你娑夜八十七阿迦囉
密唎柱娑夜八十八陀囉尼部彌劒娑伽波陀
娑夜八十九烏囉迦婆多婆夜九十剌闍檀茶婆
夜九十一那伽婆夜九十二毘條怛婆夜九十三蘇
波囉拏娑夜九十四藥义揭囉訶九十五囉义私
揭囉訶九十六畢唎多揭囉訶九十七毘舍遮揭
囉訶九十八部多揭囉訶九十九鳩槃茶揭囉訶
一百補丹那揭囉訶一百一迦吒補丹那揭囉訶
一百二悉乾度揭囉訶三阿播悉摩囉揭囉訶
四烏檀摩陀揭囉訶五車夜揭囉訶六醯唎
婆帝揭囉訶七社多訶唎南八揭婆訶唎南
九嚧地囉訶唎南十忙娑訶唎南十一謎陀訶
唎南十二摩闍訶唎南十三闍多訶唎女十四視比
多訶唎南十五毘多訶唎南十六婆多訶唎南十七
阿輸遮訶唎女十八質多訶唎女十九帝釤薩鞞

釤二十薩婆揭囉訶南二十一毘陀耶闍瞋陀夜
彌二十二雞囉夜彌二十三波唎跋囉者迦訖唎
檐二十四毘陀夜闍瞋陀夜彌二十五雞囉夜彌
二十六茶演尼訖唎檐二十七毘陀夜闍瞋陀夜
彌二十八雞囉夜彌二十九摩訶般輸般怛夜三十
嚧陀囉訖唎檐三十一毘陀夜闍瞋陀夜彌三十
二雞囉夜彌三十三那囉夜拏訖唎檐三十四毘
陀夜闍瞋陀夜彌三十五雞囉夜彌三十六怛埵
伽嚧茶西訖唎檐三十七毘陀夜闍瞋陀夜彌
三十八雞囉夜彌三十九摩訶迦囉摩怛唎伽拏
訖唎檐四十毘陀夜闍瞋陀夜彌四十一雞囉夜
彌四十二迦波唎迦訖唎檐四十三毘陀夜闍瞋
陀夜彌四十四雞囉夜彌四十五闍耶羯囉摩度
羯囉四十六薩婆囉他娑達那訖唎檐四十七毘
陀夜闍瞋陀夜彌四十八雞囉夜彌四十九赭咄

囉婆耆你訖唎擔五十毘陀夜闍瞋陀夜彌五十
一雞囉夜彌五十二毘唎羊訖唎知五十三難陀
雞沙囉伽拏般帝五十四索醯夜訖唎擔五十五
毘陀夜闍瞋陀夜彌五十六雞囉夜彌五十七那
揭那舍囉婆拏訖唎擔五十八毘陀夜闍瞋陀
夜彌五十九雞囉夜彌六十阿羅漢訖唎擔毘陀
夜闍瞋陀夜彌六十一雞囉夜彌六十二毘多囉
伽訖唎擔六十三毘陀夜闍瞋陀夜彌六十四雞
囉夜彌跋闍囉波彌六十五具醯夜具醯夜六十
六迦地般帝訖唎擔六十七毘陀夜闍瞋陀夜
彌六十八雞囉夜彌六十九囉义囨七十婆伽梵七十
一印兔那麼麼寫七十二至此依前稱弟子名婆伽梵七十
三薩怛多般怛囉七十四南無粹都帝七十五阿
悉多那囉剌迦七十六波囉婆悉普吒七十七毘
迦薩怛多鉢帝唎七十八什佛囉什佛囉七十九

陀囉陀囉八十頻陀囉頻陀囉瞋陀瞋陀八十一
虎吽八十二虎吽八十三泮吒八十四泮吒泮吒泮
吒泮吒八十五娑訶八十六醯醯泮八十七阿牟迦
耶泮八十八阿波囉提訶多泮八十九婆囉波囉
陀泮九十阿素囉毘陀囉波迦泮九十一薩婆提
鞞弊泮九十二薩婆那伽弊泮九十三薩婆藥义
弊泮九十四薩婆乾闥婆弊泮九十五薩婆補丹
那弊泮九十六迦吒補丹那弊泮九十七薩婆突
狼枳帝弊泮九十八薩婆突澀比犂訖瑟帝弊
泮九十九薩婆什婆犂弊泮三百薩婆阿播悉摩
犂弊泮三百一薩婆舍囉婆拏弊泮二薩婆地
帝雞弊泮三薩婆怛摩陀繼弊泮四薩婆毘
陀耶囉誓遮犂弊泮五闍夜羯囉摩度羯囉
六薩婆囉他娑陀雞弊泮七毘地夜遮唎弊
泮八者都囉縛耆你弊泮九跋闍囉俱摩唎

十毘陀夜囉誓弊泮十一摩訶波囉丁羊乂耆
唎弊泮十二跋闍囉商羯囉夜十三波囉丈耆囉
闍耶泮十四摩訶迦囉夜十五摩訶末怛唎迦拏
十六南無娑羯唎多夜泮十七毖瑟拏婢曳泮十八
勃囉訶牟尼曳泮十九阿耆尼曳泮二十摩訶羯
唎曳泮二十一羯囉檀持曳泮二十二蔑怛唎曳
泮二十三嘮怛唎曳泮二十四遮文茶曳泮二十五
羯邏囉怛唎曳泮二十六迦般唎曳泮二十七阿
地目質多迦尸摩舍那二十八婆私你曳泮一十
九演吉質三十薩埵婆寫三十一
麼寫三十二至此依前稱弟子名突瑟吒質多三十三阿末
怛唎質多三十四烏闍訶囉三十五伽婆訶囉三十
六嚧地囉訶囉三十七婆娑訶囉三十八摩闍訶
囉三十九闍多訶囉四十視毖多訶囉四十一跋畧
夜訶囉四十二乾陀訶囉四十三布史波訶囉四十

四頻囉訶囉四十五婆寫訶囉四十六般波質多
四十七突瑟吒質多四十八嘮陀囉質多四十九藥
乂揭囉訶五十囉剎娑揭囉訶五十一閉㘑多揭
囉訶五十二部多揭囉訶五十三毘舍遮揭囉訶
五十四鳩槃茶揭囉訶五十五悉乾陀揭囉訶五十
六烏怛摩陀揭囉訶五十七車夜揭囉訶五十八
阿播薩摩囉揭囉訶五十九宅祛革茶耆尼揭
囉訶六十唎佛帝揭囉訶六十一闍彌迦揭囉訶
六十二舍俱尼揭囉訶六十三姥陀囉難地迦揭
囉訶六十四阿藍婆揭囉訶六十五乾陀波尼揭
囉訶六十六什伐囉堙迦醯迦六十七墜帝藥迦
六十八怛㘑帝藥迦六十九者突託迦七十昵提什
伐囉毖釤摩什伐囉七十一薄底迦七十二鼻底
迦七十三室隸瑟密迦七十四娑你般帝迦七十五
薩婆什伐囉七十六室嚧吉帝七十七末陀鞞達

嚧制㘑七十八阿綺嚧鉗七十九目佉嚧鉗八十羯唎突嚧鉗八十一揭囉訶揭藍八十二羯拏輸藍八十三憚多輸藍八十四迄唎夜輸藍八十五末麽輸藍八十六跋唎室婆輸藍八十七毖栗瑟吒輸藍八十八鄔陀囉輸藍八十九羯知輸藍九十跋悉帝輸藍九十一鄔嚧輸藍九十二常伽輸藍九十三喝悉多輸藍九十四跋陀輸藍九十五娑房盎伽般囉丈伽輸藍九十六部多毖路茶九十七茶耆你什婆囉九十八陀突嚧迦建咄嚧吉知婆路多毘九十九薩般嚧訶淩伽四百輸沙怛囉娑那羯囉四百一毘沙喻迦二阿耆尼烏陀迦三末囉鞞囉建路囉四阿迦囉密唎咄怛斂部迦五地唎剌吒六毖唎瑟質迦七薩婆那俱囉八肆引伽弊揭囉唎藥义怛囉芻九末囉視吠帝釤娑鞞釤十悉怛多鉢怛囉十一摩訶跋闍嚧瑟尼釤十二摩訶般賴丈耆藍十三夜波突陀舍喻闍那十四辮怛隸拏十五毘陀耶槃曇迦嚧彌十六帝殊槃曇迦嚧彌十七般囉毘陀槃曇迦嚧彌十八跢姪他十九唵二十阿那隸二十一毘舍提二十二鞞囉跋闍囉陀唎二十三槃陀槃陀你二十四跋闍囉謗尼泮二十五虎𤙖都嚧甕泮二十六娑婆訶二十七

孤山曰諸經神咒例皆不番五不番中即秘密不番於四例中即番字不番音天台會之不出四悉天如曰孤山所引天台四悉檀悉徧也檀施也諸聖以四法徧施衆生也初世界悉檀者隨方異說令生歡喜益也二爲人悉檀者生善益也三對治悉檀者破惡益也四第一義悉檀者入理益也〇秘咒非但只是梵語仍是一切聖賢

秘密之言葢梵語此方不曉而天竺之人日用共所曉解者也至於秘咒非但天竺常人不知理應下位聖賢不達上位之咒大端聖賢弘化例有顯密二教如醫療病率有二途一者授方則顯說病源藥性及炮治之法如佛顯教二者授藥則都不顯說但惟與藥令服愈病而已不必求知何藥何治如佛密教故令秘咒正同授藥不必求解若解生則咒喪矣衆生但當信持之自蒙諸益也又秘咒雖不可作解亦有少分應知三義畧盡一者理法力謂以一字含無邊妙理而稱爲陀羅尼謂總一切法持無量義斯之威力全具所詮之理如此方元亨利貞亦可避凶致祥矣二者威德力謂諸佛菩薩一切權實聖賢威德深重具大勢力稱其名號隨願如意如今世間有勢力人亦可假其名聲伏惡脫難也三者實語力佛菩薩一切聖賢起大悲心愍衆生故出誠實語咒願衆生離苦得樂華凡成聖故誦之可以隨言成益如世之實修行人尚可咒願吉凶隨言成就何況證理入位聖賢眞慈誓願安可測度此與咒詛義相當也畧述由此三義故持之得不測神功然須確信專持功滿方收成効若猶豫間斷中輟或壇戒不能如法而謗咒無功者招大罪苦良以世俗咒禁蛇蠍瘡瘧者尚有明驗而况聖眞威靈所寓安有虛詞切宜戒之世人有謂咒之不番隱其鄙俚之言恐人輕笑此眞無知妄謗少有智者當亦不惑於斯言也至於四悉利

物者不止秘咒凡佛放光現通説法諸設施第一便欲人人悟入佛之知見所謂惟爲一大事因緣即入理益也其人未能悟入者則且與第二斷除煩惱種習即破惡益也久之障盡後當悟入矣其人又未能破惡者則且與第三令其興起善心建立善行善力漸強惡習自退矣其人又未能興善則且與第四令生歡喜即歡喜益也亦是與其且種輕少善根爲上三作遠因緣耳其人或又不能生於歡喜反成憎謗者則佛早已鑑機黙然無爲也若約一大時教華嚴正惟入理而畧兼後三小乘教正惟破惡而畧兼後二人天教正惟生善而畧兼後一諸雜趣正惟歡喜謂且救護拔苦令其生喜亦可漸向上三矣今獨論秘咒四悉諸師所列皆從劣向勝爲序一世界歡喜者謂隨方利物如持之以脱難求財等而天台所謂誦神王名部落驚懼者但脱鬼難一途而已二爲人生善者如未得戒者令其得戒未精進者令其精進等而天台比於軍號相應無所訶禁者亦明生善無礙而已三對治破惡者如令婬心頓歇等而天台譬彼貧人詐瞋聞偈頓息者亦以喻明誦咒之人不自知其惡破之由也四第一義入理者如入無生忍等是也而天台喻以智臣解語餘人不知者亦但喻其咒力發悟之由人所不測也大端明秘密四悉利益非如顯教可知其故若可測知何貴秘密行人但當確信堅持無勞思議也正説神咒已竟㊈二説咒利

益分二(子)一諸佛要用可見非但衆生離此咒而無賴諸佛離此而亦缺用多矣又分爲二(丑)一指示全名

阿難是佛頂光聚悉怛多般怛囉秘密伽陀微妙章句

頂光聚三字據實元於頂光化佛說之仍各有表頂表尊勝光表威靈聚表神用伽陀明其咒中有頌大段曰章如分五會是也細分曰句微妙者明其隱微奥妙不可測也(丑)二備彰諸用又三(寅)一總標因果

出生十方一切諸佛十方如來因此咒心得成無上正徧知覺

出生二字明作密因得成二字表助極果見佛初心究竟皆不能離誠要用總相也(寅)二別列要用又復分爲六科(卯)一降魔制外用

十方如來執此咒心降伏諸魔制諸外道

以咒威力令無惑亂也(卯)二現身說法用

十方如來乘此咒心坐寶蓮華應微塵國十方如來含此咒心於微塵國轉大法輪

乘者依憑之意咒心者但依吳興通指全咒爲咒心即心咒之謂也葢秘密藏中精要之法故稱咒心若是則心字是喻類如般若心經之心非指悉怛等六字爲心也彼是咒名耳又詳跢姪他乃即說咒曰則唵字以下方是正咒不過八句三十四字前皆三寶并諸外護威名及實語助咒之類若不能全持者可從唵字持之亦如準提九聖字之例是也坐蓮普應者現佛身成道相也含者内秘爲本之意謂本此密

理以演顯教也㊉三自他授記用

十方如來持此咒心能於十方摩頂授記自果未成亦於十方蒙佛授記

摩授者謂以咒加持令必成佛此可喻於螺嬴咒螟蛉也自業授記者可見有持此咒者佛知必成佛道故授記也㊉四救苦救難用

十方如來依此咒心能於十方拔濟羣苦所謂地獄餓鬼畜生盲聾瘖瘂寃憎會苦愛别離苦求不得苦五陰熾盛大小諸横同時解脱賊難兵難王難獄難風火水難饑渴貧窮應念銷散

此中所具八苦八難亦與常途别異尋常以生老病死配寃憎等後四爲八苦今以三途及根缺配之爲八也而又贅以大小諸横盡其餘苦耳如藥師諸横是也八難亦與諸經不同今以賊兵王獄風水火饑爲八也饑渴即是饑饉又贅以貧窮亦盡其餘難耳㊉五事師嗣法用

十方如來隨此咒心能於十方事善知識四威儀中供養如意恒沙如來會中推爲大法王子

咒力能令四事具足及得他心故成事師之用又能開心通達法要故成嗣法之用

㊉六攝親轉小用

十方如來行此咒心能於十方攝受親因令諸小乘聞秘密藏不生驚怖

親因即歷劫親緣也攝受如提奬阿難是也秘密實乘必廢三立一小乘聞多驚疑咒力能令决了不疑也㊊三總結始終

十方如來誦此咒心成無上覺坐菩提樹入
大涅槃十方如來傳此咒心於滅度後付佛
法事究竟住持嚴淨戒律悉得清淨
前節從初成道以至入涅槃次節自正法
以至末法皆憑咒力可謂始終全用不能
離也㊀三更明無盡
若我說是佛頂光聚般怛囉咒從旦至暮音
聲相聯字句中間亦不重疊經恒沙劫終不
能盡
此無盡方約諸佛要用已自無盡非並衆
生用也諸佛要用已竟㊂二衆生利賴此
衆生理該九界文多分二㊀一別指勝名
亦說此咒名如來頂
比上全名此爲畧目獨稱佛頂特顯尊勝
欲衆生至敬奉持勿慢易也㊀二備彰威
力分三㊃一首示行人必賴以勸持又二
㊄一正示誦方遠魔
汝等有學未盡輪廻發心至誠取阿羅漢不
持此咒而坐道場令其身心遠諸魔事無有
是處
夫小乘三果以前未出分段故云未盡輪
廻此即如前欲入道場尅期取証者也不
持必定招魔故前道場中教專持也今文
不持下反言激勸必當持也由是而知一
切行人誰不當持哉今世現見山中靜修
叢林多廢持咒往往發風發顛縱不成顛
亦多見於怖人媚人境界皆此弊也聖言
豈有虛乎問何無菩薩答此有三義不缺
菩薩一者佛用已該如自果未成蒙佛授
記事善知識推法王子是也二者借名該

大如七信前借小聖名十地去爲大羅漢故知圓通道場取羅漢者決菩薩根性及已回心而非定性也三者生有深位如決定菩提了知沙劫悟無生忍何非菩薩(卯)二開許不誦書帶

阿難若諸世界隨所國土所有衆生隨國所生樺皮貝葉紙素白氎書寫此咒貯於香囊是人心昏未能誦憶或帶身上或書宅中當知是人盡其生年一切諸毒所不能害

白氎天竺之物紙類也有價直無量者此土無之(寅)二詳伸護生助道以出由所以必勸持帶者正由力能護助故曰出由又前勸持中畧說助道護生故此言詳伸也

又二(卯)一總標二意

阿難我今爲汝更說此咒救護世間得大無畏成就衆生出世間智

末四句二句護生二句助道也(卯)二別列多功分二(辰)一約衆生以顯各益又三(巳)一救護災難又爲二(午)一紀時指人

若我滅後末世衆生有能自誦若教他誦

(午)二正明救難分二(未)一惡緣不能成害

當知如是誦持衆生火不能燒水不能溺大毒小毒所不能害

(未)二惡生不能加害分二(申)一不能加害又三(酉)一加咒不著

如是乃至龍天鬼神精祇魔魅所有惡咒皆不能著

(酉)二加毒即化

心得正受一切咒詛厭蠱毒藥金毒銀毒草木蟲蛇萬物毒氣入此人口成甘露味

温陵曰金銀入藥或能發毒○心得正受咒力持成三昧也問上却惡咒何不須於正受答惡咒非形魄之物可以正咒遮令不得加身何須自身三昧今有形之毒已入身中非自身三昧安能化爲甘露故須正受㊄三起惡不得

一切惡星并諸鬼神磣心毒人於如是人不能起惡

㊅二仍加守護

頻那夜迦諸惡鬼王并其眷屬皆領深恩常加守護

温陵曰以誦咒利彼故諸惡鬼王皆領深恩救護災難已竟

大佛頂首楞嚴經正脉疏卷第二十九

音釋

揣楚委切量也 縻靡爲切音靡 𧝞胡拄切音華

大佛頂首楞嚴經正脉疏卷第三十

明京都西湖沙門交光真鑑述

㊇二助成道業分六㊄一資發通明爲下諸科張本不先發通明則隔陰多昏豈能長劫脱惡生勝以至證果乎又分三㊎一明聖眷護呪

阿難當知是呪常有八萬四千那由他恒河沙俱胝金剛藏王菩薩種族一一皆有諸金剛衆而爲眷屬晝夜隨侍

約果德皆深位菩薩約現身則力士奮威之相蓋護災鬼神可以與力助道非菩薩不可是以首明菩薩陰侍㊎二舉散心亦從

設有衆生於散亂心非三摩地心憶口持是金剛王常隨從彼諸善男子

此約悠悠修行之人未決定常住三摩地者但常持呪故亦隨從非放逸穢惡之輩㊎三况菩提心人又分三㊊一先以標人何况決定菩提心者

此須常住三摩中而又持呪希求速得圓滿菩提是也本經所宗即耳根圓通爲妙三摩提㊊二冥加開發

此諸金剛菩薩藏王精心陰速發彼神識

菩薩能以神力加被令人心開陰暗速催也良以菩薩心精與行人心精通胞一體無二而菩薩心力兼彼呪力故能暗催行人令其開心矣㊊三圓證通明

是人應時心能記憶八萬四千恒河沙劫周徧了知得無疑惑

温陵曰即所謂成就衆生出世間智也○

記憶雖但似於宿命然河沙紀劫而又云周徧决洞三世且了知無疑似涉三明何况沙劫逈超小乘八萬當知仍是菩薩殊勝六通三明矣㊅二遠離雜趣生雜趣中或染惡習或墮重苦深妨道業修心人皆發願不生雜趣故此科在助道業中分一㊄一標時至果

從第一劫乃至後身

第一劫初發决定菩提心時後身即因滿降生成佛之身可見全為中間修行時得無妨礙也㊄二不生神鬼

生生不生藥叉羅刹及富單那迦吒富單那鳩槃茶毗舍遮等并諸餓鬼有形無形有想無想如是惡處

藥义羅刹等現觀音圓通富單那加云迦吒者亦眷屬類也㊄三不生貧賤

是善男子若讀若誦若書若寫若帶若藏諸色供養劫劫不生貧窮下賤不可樂處

背念曰誦圖印曰寫密佩曰藏貧則困苦賤則役苦皆妨道業離不可樂定生可樂也長水曰以持尊勝也㊅三常生佛前常隨佛學修證必速分三㊄一共佛功德

此諸衆生縱其自身不作福業十方如來所有功德悉與此人

此科尚是生佛界之由以多福德因緣方生今持呪能感諸佛惠錫功德故得定生彌陀經謂念佛即是多福當由惠錫㊄二共佛生處

由是得於恒河沙阿僧祇不可說不可說劫常與諸佛同生一處

由是者由前佛錫功德故得常共佛生也

㊌三共佛熏修

無量功德如惡叉聚同處熏修永無分散

此方生後功德旣常隨佛凡佛功德一一

有分故得生必際會親炙薰染長刧而不

離也㊍四衆行成就又分爲五㊌一成具

戒律

是故能令破戒之人戒根清淨未得戒者令

其得戒

㊌二成精進行

未精進者令得精進

㊌三成智慧行

無智慧者令得智慧

㊌四成清淨行

不清淨者速得清淨

㊌五成齋戒行

不持齋戒自成齋戒

人有宿障屢欲齋戒不得成就呪能成之

或業礙地礙及無師無壇不得齋戒許但

持呪同於齋戒㊍五諸罪消滅分爲四㊌

一破戒罪滅又分二㊊一輕重齊銷

阿難是善男子持此呪時設犯禁戒於未受

時持呪之後衆破戒罪無問輕重一時消滅

溫陵曰未受時者未持呪時也可見持呪

之後不可更造也㊊二食噉並宥

縱經飲酒食噉五辛種種不淨一切諸佛菩

薩金剛天仙鬼神不將爲過

此有三說酌量觀經之一字似未持之前

經過之事持呪之後悉皆宥之非持呪之

人縱恣無度也又或持呪人有不得已偶

經此事竝可宥之亦非縱恣也或眞慈開許不能具齋戒者亦聽持之旋可消罪如水投湯之喻顯呪殊勝而已準前未受之語前二說理長若叅四律三漸之文則眞修希證之人清淨持之爲上也㊄二違式罪滅分二㊥一不淨即淨

設著不淨破弊衣服一行一住悉同清淨

此亦行頭陀行清貧不備令持之勿疑非富饒故意爲此㊥二不壇即壇

縱不作壇不入道場亦不行道誦持此呪還同入壇行道功德無有異也

前之壇法極難全備此許無壇持呪勿疑功德差別也況若更能常住大定是眞寂滅場地當亦愈於徒有壇相而不具定心者矣㊄三極重罪滅

若造五逆無間重罪及諸比丘比丘尼四棄八棄誦此呪已如是重業猶如猛風吹散沙聚悉皆滅除更無毫髮

此未發心持呪之前所犯可仗呪力滅盡不可更疑不盡決非令持呪無畏肆犯此惡也孤山曰比丘四棄即殺盜婬妄四根本重罪梵語波羅夷此云棄謂犯此者永棄佛法邊外猶如死屍大海不受也比丘尼復加四棄曰觸八覆隨即第五不得染心男身相觸第六不得染心男捉手捉衣入屛處屛處共立共語共行身相倚相期等八事第七不得覆他重罪第八不得隨舉大僧供給衣食即爲僧所舉未作共住法者不得隨彼也通上故名八棄僧所舉者即舉訐之義也㊄四極遠罪滅又分爲

二科㊀一積罪未懺

阿難若有衆生從無量無數劫來所有一切輕重罪障從前世來未及懺悔

㊀二以呪滅盡

若能讀誦書寫此呪身上帶持若安住處莊宅園館如是積業猶湯消雪

解讀誦者不書亦可不解誦者書帶安置兼之尤妙㊄六速悟無生

不久皆得悟無生忍

圓實初住便證此忍别教當在地上詳前發通乃是定心成就所發今悟無生乃是慧心成就所發前但了知不昧未必實証萬法無生應知後位深於前位况得此忍之後罪福皆空聖凡情盡可以魔佛一如方能徧涉苦惡諸趣而無礙無擇故知此科超前諸科而為助道之成功矣又所謂出世間智者發通成始而無生成終也按六科前四即為人生善悉檀第五對治破惡第六第一義入理也而前之救難後之應求乃世界歡喜悉檀也餘可類知助成道業已竟㊁三稱遂願求前救難屬悲拔苦此應求屬慈與樂分二㊄一生前願求分四㊅一求男女

復次阿難若有女人未生男女欲求孕者若能至心憶念斯呪或能身上帶此悉怛多般怛囉者便生福德智慧男女

㊅二求長命

求長命者即得長命

㊅三求果報

欲求果報速圓滿者速得圓滿

此中福利果報及修行果報似皆渾含若修行果報通上三悉大端助道業中已有修行果報此應多是福利果報㊍四求身色

身命色力亦復如是

此是長命復兼聰明不衰百體康健者也

㊎二命終往生

命終之後隨願往生十方國土必定不生邊地下賤何況雜形

此約稱願故別於助道也約衆生以顯各利已竟㊌二約國土以顯普益前明各人誦帶各得其益此惟書寫安置以普益合國合邑等此正世界悉檀也分三㊋一諸難消除又分三㊎一先舉難處

阿難若諸國土州縣聚落饑荒疫癘或復刀兵賊難鬬諍兼餘一切厄難之地

㊎二安城迎供又分為二科㊍一教以安呪

寫此神呪安城四門并諸支提或脱闍上

温陵曰支提此云可供養處即淨刹之通稱也脱闍云幢㊍二供佩身家

令其國土所有衆生奉迎斯呪禮拜恭敬一心供養令其人民各各身佩或各各安所居宅地

㊎三結難消除

一切災厄悉皆消滅

㊋二兆民豐樂

阿難在在處處國土衆生隨有此呪天龍歡喜風雨順時五穀豐殷兆庶安樂

此須約舉國咸知信敬或君臣守令悉遇

知音教民敬重方獲靈通譬持呪者多从方靈暫時豈能速効此亦如是至敬方靈若也呪雖徧有束之高閣曽無敬禮或更置於猥褻之地塵穢不收而責呪無驗者亦惑之甚也餘皆放此思之(巳)三惡星不現分爲二(午)一畧標

亦復能鎮一切惡星隨方變恠災障不起人無横夭杻械枷鎖不著其身晝夜安眠常無惡夢

(午)二詳釋又分爲二科(未)一釋諸星現災

阿難是娑婆界有八萬四千災變惡星二十八大惡星而爲上首復有八大惡星以爲其主作種種形出現世時能生衆生種種災異

温陵曰八萬四千應衆生煩惱業也二十八則四方之紀八則五行之經及羅計字也順則福應逆則災應所謂惠廸吉從逆凶也能生災異者亦應其逆而已如彗孛飛流應同分非星之爲也(未)二釋鎮銷方量

有此呪地悉皆消滅十二由旬成結界地諸惡災祥永不能入

温陵曰以呪力叶乎百順故惡變悉滅於天災祥不入其境祥吉凶之先兆也二詳伸護生助道以出由巳竟(寅)三承明行人必證以結勸初科勸持是舉初修劫魔以示勸此科結勸明言決定開心是舉終證以欣勸也分二(卯)一承明故說保安承明佛說本意多爲保安行人爾又分二(辰)一保護安隱

是故如來宣示此呪於未來世保護初學諸

修行者入三摩地身心泰然得大安隱

㊅二遠離魔寃

更無一切諸魔鬼神及無始來寃横宿殃舊業陳債來相惱害

㊃二正示無過必証又三㊅一舉現未之人

汝及衆中諸有學人及未來世諸修行者

㊅二明不犯四過

依我壇場如法持戒所受戒主逢清淨僧持此呪心不生疑悔

四過謂一壇差二戒缺三師穢四疑悔犯一則難現生取證遠因而已故知前之開許非許眞修之輩也㊅三决必得心通

是善男子於此父母所生之身不得心通十方如來便爲妄語

父毋生身言不待後身方証也吳興曰心通者據前所説不出三義一者證果即端坐百日有利根者不起于座得須陀洹也二者發解謂縱其身心聖果未成决定自知成佛不謬三者宿命是人應時心能記憶八萬四千恒河沙劫周徧了知得無疑惑矣如來重説巳竟㊄三會衆願護問呪自有力何勞人護荅唵字後方爲正呪前皆歸請三寶威力或各心呪以諸聖護生願同故也又有八部神王名號固亦有本願而兼遵佛勅且以護生功德嚴自果也至於凡類小神雷呪妙力脱苦得樂所謂皆領深恩守護也是以行人持呪自力又兼外護他力由是持帶功德巍巍不可測知矣問眞慈之於行人無不可護何必令

其持咒方護答咒有神功令其先生自力又假呼請爲緣且咒如天子之勅故領勅者尊勝幹國諸王臣無不護之否則卑劣無幹莫之護也又持咒如讀書人必爲世用王臣無不作養薦拔之不讀無用則養薦何施又行人如戰士咒如利刃甲冑諸聖如助戰之人故甲兵具者可以助其必勝不具則助何益哉畧述少義足明咒護須兼持者可勿疑矣分二(癸)一外衆護持以具世間之相未標菩薩之號故云外也然其權實不定若權現則皆内秘菩薩外乃假名若實凡夫則外乃實號也又分五

(子)一金剛力士衆

說是語已會中無量百千金剛一時佛前合掌頂禮而白佛言如佛所說我當誠心保護如是修菩提者

此現具執金剛身不同後之菩薩也修菩提者以持咒修耳根圓通爲上後皆放此

(子)二兩天統尊衆

爾時梵王并天帝釋四天大王亦於佛前同時頂禮而白佛言審有如是修學善人我當盡心至誠保護令其一生所作如願

審猶果也一生如願謂令現生取證及心通也此入理悉檀若作事事如願即餘三悉矣(子)三八部統尊衆

復有無量藥叉大將諸羅刹王富單那王鳩槃茶王毗舍遮王頻那夜迦諸大鬼王及諸鬼帥亦於佛前合掌頂禮我亦誓願護持是人令菩提心速得圓滿

誓常護令大果速成就也(子)四照臨主宰

衆

復有無量日月天子風師雨師雲師雷師幷電伯等年歲巡官諸星眷屬亦於會中頂禮佛足而白佛言我亦保護是修行人安立道場得無所畏

師伯亦主宰統尊之稱年歲巡官即四直功曹之類特護道場者是於尅期取證之人倍護令不畏魔非全不護隨便修衆也

（子）五地祇天神衆

復有無量山神海神一切土地水陸空行萬物精祇幷風神王無色界天於如來前同時稽首而白佛言我亦保護是修行人得成菩提永無魔事

山海神川嶽主也土地地祇類也水陸空行舉三居以該多衆也萬物精祇如主樹木苗稼等神以上皆有形之類下該無形風神王似舜若多主空神也經云其形如風無色界天無業果色皆無形類也而同言稽首者或仗佛威光暫能現身也溫陵謂補全三界四大亦通但缺火神外衆護持已竟（癸）二內聖護持本跡雙彰故標內教之聖分三科（子）一指人叙儀

爾時八萬四千那由他恒河沙俱胝金剛藏王菩薩在大會中即從座起頂禮佛足而白佛言

證究竟堅固之理故稱金剛秘跡護持故稱藏慈威尊勝折攝並行故稱王菩薩是其常儀降魔則現持杵忿怒金剛之相故云爾（子）二顯本久護

世尊如我等輩所修功業久成菩提不取涅

槃常隨此呪救護末世修三摩地正修行者功業久成即歷位斷證已極不取涅槃但不偏取寂滅而實圓住三秘密藏常隨下表其不捨衆生帶果行因以酧護生本願皆自顯其本㊂三正明護持分爲四㊀一定散俱護

世尊如是修心求正定人若在道場及餘經行乃至散心遊戲聚落我等徒衆常當隨從侍衛此人

道場經行俱攝心正定之時即反聞自性入流亡所等時也乃至下亦是發心起修之後但初心間斷有時散心菩薩亦不以其散心而不護也由是而觀持呪修行之人亦當自知尊重不應作破戒穢行以仰愧於菩薩也㊀二魔魅盡袪分爲二㊁一正明盡袪

縱令魔王大自在天求其方便終不可得諸小鬼神去此善人十由旬外

大自在亦色界魔天㊁二開除發心

除彼發心樂修禪者

彼指諸小鬼神發心好禪彼亦自護行人故不袪除許令親近㊀三違越必滅

世尊如是惡魔若魔眷屬欲來侵擾是善人者我以寶杵殞碎其首猶如微塵

殞壞也寶杵擬之即碎不待觸擊孤山曰以上羣靈皆獲本心住首楞嚴能建大義示現菩薩諸天鬼神等像護持行人耳而言以寶杵碎首者若涅槃殺闡提仙預誅淨行皆由住無緣慈得一子地乃能如是㊀四常令如意

恒令此人所作如願

如願準前自初逾華屋請修以至此文當爲巧修正助周夫二修雖皆最初方便而耳門深入是爲正修而道場持咒皆爲助行是知方便修人自分利鈍二根根稍利者固不必道場等助而自可解耳根以入圓通如阿難是也根稍鈍而不能促入者方用後門助之問此既一周何無證悟之人答證悟在正行之末此但助行故無證悟其於經題四實法中正屬修証了義耳說三摩提令依妙心一門深入一大科已竟(戊)三說禪那令住圓定歷位修證此答阿難妙禪那之請也然與上科皆不離前性定華屋前如得門而入此如陞堂入室之次第但兼前緣了二因定慧雙融爲勝耳分二(巳)一阿難謝教請位又三(庚)一具儀陳白

阿難即從座起頂禮佛足而白佛言

(庚)二謝教之言又分爲二(辛)一述過謝益此與上科亦可總屬上謝修之尾奈文理連下今作謝前請後之科又二(壬)一述多聞未修

我輩愚鈍好爲多聞於諸漏心未求出離

諸漏心謂微細煩惱住地深惑不止四住愚則難明鈍則難斷況躭強記而未專求故久未出離也(壬)二謝蒙教獲益

蒙佛慈誨得正薰修身心快然獲大饒益

慈誨即前選根加行二門開示也正助分明進修無惑故快然饒益也(辛)二正以請位又分二(壬)一確指果前

世尊如是修證佛三摩地未到涅槃

(壬)二歷請諸位

云何名爲乾慧之地四十四心至何漸次得修行目詣何方所名入地中云何名爲等覺菩薩

乾慧信前一位也長水曰信住行向及加行名四十四心也○前是舉其中位下乃原始要終故所謂漸次者即最初乾慧之前三漸次也當云其始也用何漸次發足修行其終也詣何方所深入地上末二句易知窮極因位也深研此文當有錯簡至何二句當在三摩地下則始終順序不費曲釋今作先舉中位而後要始終乃將錯就錯終不順也試詳之此問中所顯五十九位以彼欲明修因故但問因位加妙覺成六十位矣(庚)三拜同衆仰

作是語已五體投地大衆一心佇佛慈音瞪瞢瞻仰

(巳)二如來對示緣起緣起謂染淨二緣皆依心起衆生依本覺而起不覺即染緣起而遂成十二類生無邊生死諸聖依不覺而起始覺即淨緣起而遂成六十聖位無邊果海分爲三科(庚)一如來讚許

爾時世尊讚阿難言善哉善哉汝等乃能普爲大衆及諸末世一切衆生修三摩地求大乘者從於凡夫終大涅槃懸示無上正修行路汝今諦聽當爲汝說

懸者遠也先也懸示者言未及深証預先懸遠而談所歷諸位乃至極證寶所亦無不委示也無上正修者顯此中所示皆了義修證非同不了義也(庚)二大衆誠聽

阿難大衆合掌刳心默然受教

刳者刳剔也刳心謂虚淨其心絶無疑質辯難但惟一心渴仰承聽之也㊎三正以說示又二㊍一總以畧標復分爲二科㊏一所依眞如

佛言阿難當知妙性圓明離諸名相本來無有世界衆生

妙性即眞如在生滅門即本覺圓明謂純是無上知覺名言未彰義相未涉故離諸名相凡言世界衆生且兼依正名相是假法依正是實法又首句是圓成實性爲能所離也次句是徧計執性末句是依他起性爲所離也㊏二所起生滅依眞如而有生滅分二㊀一畧示染緣起

因妄有生因生有滅生滅名妄

因妄有生者即依無明而展轉遂至無情發生有情受生也滅即無情之壞而有情之死此對待必然也㊀二畧示淨緣起

滅妄名眞是稱如來無上菩提及大涅槃二轉依號

發眞歸元則世界衆生一皆消殞由是生滅已復眞常故曰滅妄名眞此是實果下但稱出果名而已約名眞二字稱菩提以菩提即眞智也約滅妄二字稱涅槃以涅槃即無生滅也然菩提轉煩惱而涅槃轉生死故曰二轉依號也㊍二各以詳示分爲二科㊏一詳示染緣起則徧成輪迴又二㊀一勸識顛倒須識顛倒染果後可番取淨果此所以未談聖位而先叙輪迴之故也又三㊁一按定問意

阿難汝今欲修眞三摩地直詣如來大涅槃者

眞三摩地但宗耳門圓通直詣二字即具舍果前諸位涅槃即極果也㊀二勸先識倒

先當識此衆生世界二顛倒因

凡言衆生世界則世界即情世間惟正非依吳興曰世界顛倒蓋指正報即十二類生也答阿難所入地位位由悟入悟必由迷迷之爲凡悟之爲聖皆正報之事非器界之謂也○此蓋於一正報分約因果成二倒耳至後自見矣㊀三結歸所問

顛倒不生斯則如來眞三摩地

阿難原問佛三摩地中位次今云不顛倒即正定所謂位由悟入也㊅二徵釋二倒

又二㊀一徵釋衆生顛倒又分爲三㊀一徵起

阿難云何名爲衆生顛倒

㊀二正釋分三㊁一順流成有順之一字即任運所起俱生之惑窮源而論雖遠依無明雙兼二執而近約分段親依仍多界内之思惑耳成有者蓋從本無生死中順流而起生死之業也分三㊂一推叙從無而有

阿難由性明心性明圓故因明發性性妄見生從畢竟無成究竟有

溫陵曰性明心指眞如體也性明圓言不守自性也由其不守自性故因妄明而發妄性因妄性而生妄見於是從無相眞成有相妄○明圓即能流動之意故不守自

性乃隨緣義也妄明即無明妄性即業識性妄見即二執俱生以上竝屬於惑下之從無成有者即業成必招果報之相此有字即十二因緣中有支乃任運趣生之業也然究竟二字即展轉取著造作成就之意故此有且勿作身相會之下世界内分段二字方是身相也(卯)二曉示雖有恒無

此有所有非因所因住所住相了無根本

上有字即能有之惑下所有即業也次句總明無因蓋明此業非眞能因此惑非眞所因也住者相續之謂也方生曰有相續不斷曰住蓋有爲能住惑爲所住末句總言二相悉皆無本可據也既無因無本所以雖有恒無也(卯)三判决依無妄立

本此無住建立世界及諸衆生

矣與曰本此無住者住即依也推本至末了無所依也○無住即了無根本之惑業也此世界在衆生之上而又加一及字即所兼帶之依報山河大地等也如云此無住本不但爲衆生之本而山河大地及與衆生皆依之而建立也若是生先界後方是說情世間舊註不達界生先後之辨有依有正輒分總别不顧與上徵辭矛盾欠研究耳又眞心亦有無住之義如無住處涅槃乃不滯一法之謂非今經意也順流成有已竟(寅)二邪復成非邪之一字即欣厭所起分别之惑若窮源而論仍同上科遠依無明及兼法執若近約分段親依亦多界内之見惑也成非者蓋因久流生死疲厭求復不知出要展轉邪修也分爲三

(卯)一本無可復

迷本圓明是生虛妄妄性無體非有所依

妄業不能虧曰本圓妄惑不能蔽曰本明此本圓明即不變之性體衆生特爲迷此不變之性故生虛妄惑業而追窮妄性了無實體亦無依據總言眞不變而妄本空也然妄既本空則妄無可離眞既不變則眞無可復矣(卯)二諸復皆非既無可離可復則凡求復者皆非眞也又二科(辰)一先以況顯又二(巳)一先明正復猶非

將欲復眞欲眞已非眞眞如性

此舉內教小乘及大乘權漸順正理而復眞者尚皆非眞得於眞如之性亦以其於無可離者而強離於無可復者而強復故也此可見惟圓頓人不離之離不復之復方爲得矣(巳)二況顯邪復益非

非眞求復宛成非相

此指一切外道不見正理種種邪修盡是非眞求復也宛成非相者言顯然墮於邪妄因果展轉支離違遠圓通背涅槃城同後陰魔之黨矣(辰)二後以詳陳

非生非住非心非法展轉發生

此竝屬惑即是見惑下科方結爲業至後世界方以說身即果故舊釋身受非是今非生即非因計因謂妄計邪修爲生果之因也非住即非果計果謂妄計諸無常處爲常住之果也非心即邪智也總攝一切邪妄見解標樹宗旨各各自謂明本來心也非法即邪境也總攝一切邪妄修證建立法門各各自謂得無上法也末句總結

謂邪因邪果邪智邪境互相引發故展轉發生諸復皆非已竟(卯)三結惑成業

生力發明熏以成業

生力即邪惑之力發明即依惑造作薰習也蓋初薰始稱發明薰久習定所謂業已成矣不可改移也亦是薰成業種必招邪果之隨眠也(寅)三總明招感

同業相感因有感業相滅相生

總承前二科俱生分別二種惑業明招感互滅互生之果報也良以衆生所以受分段生死者必親依見思二惑造業招感然見思互有輕重或等分且窮其初起必思先而見後故經中前後歷叙之其於俱生惑業畧而顯妄多以任運簡易而妄源不可不首彰也於分別則顯妄少而惑業詳以邪計多端而妄源不勞於重叙也至此科乃雙承總明招感也同業者以業同必同聚也相感者以聚久不無順逆二事互相感動其心也因有感業者亦成業種之意如以順事相感動者則成恩愛不捨之業種以逆事相感動者則成冤恨不捨之業種末句畧彰隔生之酬報以見惑業所以爲生緣也以冤恨聚者則相滅以恩愛聚者則相生此亦約現業以定來果非正談果報在下世界顛倒科中正釋已竟(丑)三結成

由是故有衆生顛倒

由是者即由此二惑二業之故也故知衆生乃約因而說也徵釋衆生顛倒一科已竟(子)二徵釋世界顛倒分三(丑)一徵起

阿難云何名爲世界顛倒

㊀二正釋分二㊁一釋成世界名數又二

㊂一釋成名字

是有所有分段妄生因此界立非因所因無住所住遷流不住因此世成

此科釋成世界二字前之惑業爲能有今之正報爲所有因果成就由是分段生死之身從無生而妄生約此分段根身建立有情之界而界之名字由此而得也又此妄生本非能因所因本無能住所住自是念念遷流不住之法因此三世相續而成而世之名字由此而得也㊂二釋成數量

三世四方和合相涉變化衆生成十二類

身之四方即左右前後此約世界本數交涉三四四三宛轉十二皆應數而成變化

㊁二推由六想成輪問既曰推由豈不是因答此取受生時循聲逐色而取著成輪所謂潤生而非潤業故屬果不屬因也分爲三㊂一示吸塵次第

是故世界因動有聲因聲有色因色有香因香有觸因觸有味因味知法

吳興曰最後知法者知即意根法即法塵以後例前則有聞聲見色等義況云六亂妄想是知見聞覺知皆歸妄想○夫受生雖由外塵引心而最初先由自心發動方乃聞聲等也故曰因動有聲且塵來應心聲必先至亦以聲最通遠而耳又偏利故聲居六亂之先循聲必至覓色故次曰因聲見色近色則必至聞香聞香則必至覺觸覺觸則必至嘗味嘗味則必至知法知

法謂緣想不捨也蓋是由疎轉親漸成逼近取著之相一切衆生顛倒趣生皆由此也㊅二明成業輪轉

六亂妄想成業性故十二區分由此輪轉

業者習也性者不可改轉之意所謂習以性成也莫作業因會之塵雖惟六而一因一有迭至六句則成十二故感十二區分輪轉且因有二字即根塵故亦合乎十二數矣㊅三結循塵旋復

是故世間聲香味觸窮十二變爲一旋復

畧舉四塵仍攝十二故曰窮十二變旋復者周而復始之義也正釋一科已竟㊀三結成此之結成世界文甚詳而多者要顯染緣起而徧成之輪廻故番成淨緣亦有多位矣分爲三㊂一總以結成

乘此輪轉顛倒相故是有世界卵生胎生濕生化生有色無色有想無想若非有色若非無色若非有想若非無想

乘此輪倒者即乘上之根塵旋復此猶迭上潤生無明起下文所成之界是有下方詳所成世界每四生各爲一聚後八生不出色想分别迷眞成妄色心二字盡之矣此方列名至下經文自釋㊂二别以詳列二㊅一别列類生夫輪廻顛倒和合亂想諸類雖可通具而各以偏勝故有差别又三㊁一卵胎濕化四生㒵興曰依㲉而起曰卵生含藏而出曰胎生假潤而興曰濕生無而忽有曰化生如是四生由内心思業爲因外㲉胎藏濕潤爲緣藉緣多少而成次第卵生具四所以先説胎生具三濕

生具二化生惟一謂思業也此依瑜伽分爲四科㊁一卵生

阿難由因世界虛妄輪迴動顛倒故和合氣成八萬四千飛沉亂想如是故有卵羯邏藍流轉國土魚鳥龜蛇其類充塞

温陵曰卵惟想生虛妄即想也想體輕舉名動顛倒卵以氣交名和合氣成想多升沉名飛沉亂想故感魚鳥飛沉之類也十二類各八萬四千者各由八萬四千煩惱感變也羯邏藍云凝滑入胎初位胎卵未分之相也○羯邏藍等在胎之位隨取成文非各局一也㊁二胎生

由因世界雜染輪迴欲顛倒故和合滋成八萬四千橫竪亂想如是故有胎遏蒲曇流轉國土人畜龍仙其類充塞

温陵曰胎因情有雜染即情也情生於愛名欲顛倒胎以精交名和合滋成情有偏正名橫竪亂想故感人畜橫竪之類遏蒲曇云皰即胎卵漸分之相也○偏正者按後情想均等生於人間正也情多想少流入旁生偏也世教言人得五常之全畜得五常之偏環師意多在後說也㊁三濕生

由因世界執著輪迴趣顛倒故和合煖成八萬四千翻覆亂想如是故有濕相蔽尸流轉國土含蠢蝡動其類充塞

温陵曰濕以合感執著即合也合由愛滯觸境趣附名趣顛倒濕以陽生名和合煖成所趣無定名翻覆亂想故感蠢蝡翻覆之類也蔽尸云軟肉濕生初相也既不入胎故無前二位矣○濕生染香應改聞香

趣附(巳)四化生

由因世界變易輪廻假顛倒故和合觸成八萬四千新故亂想如是故有化相羯南流轉國土轉蛻飛行其類充塞

溫陵曰化以離應變易即離也離此託彼名假顛倒觸類而變名和合觸成轉故趣新名新故亂想故感報亦爾蛻脫故趣新也如虫爲蝶轉行爲飛如雀爲蛤蛻飛爲潛凡以不同形而相禪皆轉蛻也羯南云硬肉蛻即成體無軟相也自下皆稱羯南者諸類通稱止此若第五鉢羅奢佉曰成形則各隨狀貌非通稱也吳興曰無而忽有理合在茲天如曰若論天獄鬼等皆有化相則岳師無而忽有之說亦有理焉宜備取之○化生染處名和合觸成經云地獄及諸天一一皆化生轉托業化即宜收盡以天染處地獄聞腥故也但速疾無難而已是皆轉托業化非無而忽有意生妙化也(辰)二色想有無四生分四(巳)一有色

由因世界留礙輪廻障顛倒故和合著成八萬四千精耀亂想如是故有色相羯南流轉國土休咎精明其類充塞

資中曰事日月水火和合光明堅執不捨名爲留礙障隔不通名障顛倒精明顯著因此受生故名色相星辰日月吉者爲休凶者爲咎至于燐火蚌珠皆是此類溫陵曰一切精明神物皆精耀也其想已結成精耀故但有色而已涅槃云八十神皆因留礙想元成此精耀此雖至精至神亦未離乎乘彼輪轉顛倒相也(巳)二無色

由因世界銷散輪廻惑顛倒故和合暗成八萬四千陰隱亂想如是故有無色羯南流轉國土空散銷沉其類充塞

温陵曰厭有著空滅身歸無名銷散輪廻迷漏無聞名惑顛倒厭有歸無則依晦昧空故和合暗成而名陰隱亂想即無色界外道類也此有想無色而不成業體故亦稱羯南又有惑業昏重形色銷磨體合空昧識附陰隱亦空散銷沉類也〇此之二類前類即無色界天不止外道亦兼凡夫聖人聖即鈍根那含惟無業果色而有定果也更應别屬空散謂散心即空無色相也後類即主空神方純外道二色俱無更應别屬銷沉謂惡取空昧銷磨沉没也又解中謂有想無色而又不成業體憑何亦稱羯南仍當云雖無業體不妨業繫有生故亦稱羯南取義而稱也㊁三有想

由因世界罔象輪廻影顛倒故和合憶成八萬四千潛結亂想如是故有想相羯南流轉國土神鬼精靈其類充塞

温陵曰虛妄失眞邪著影像無所託陰從憶想生於罔象中潛結狀貌其神不明而幽爲鬼精不全而散爲靈無有實色但有想相〇罔相者似無不無之意蓋神鬼精靈相不可見而實暗中有相故曰陰隱潛結衆生邪慕靈通逐影憶想時或怳忽見之久當生墮其類矣㊁四無想

由因世界愚鈍輪廻癡顛倒故和合頑成八萬四千枯槁亂想如是故有無想羯南流轉國土精神化爲草木金石其類充塞

資中曰外道計無情有命金石堅牢或習定灰凝思專枯槁心隨境變遇物成形如華表生精黄頭化石之類是也温陵曰不了諦理固守愚癡癡鈍之極則頑冥無知而精神化爲土木金石也㉁三有無俱非四生此之四生妄之甚誠如温陵所謂迷情愈妄化理轉乖也分四㉂一非有色

由因世界相待輪迴僞顛倒故和合染成八萬四千因依亂想如是故有非有色相成色羯南流轉國土諸水母等以鰕爲目其類充塞

温陵曰水母之類以水沫爲體以鰕爲目本非有色待物成色不能自用待物有用迷失天眞綿著浮僞彼此異質染緣相合故曰因依資中曰和合巧僞屈已從他或假託因依遞爲形勢資身養命業果相循不從自類受身故名非有色相等有情身内八萬户蟲竝是此類○此生若約水母亦有身形體如豆粉狀類裀褥人取食之故不屬無色特以待他形用不能自全色力而言非有色也資中取類户蟲亦似矣㉂二非無色

由因世界相引輪迴性顛倒故和合咒成八萬四千呼召亂想由是故有非無色相無色羯南流轉國土咒詛厭生其類充塞

温陵曰邪業相引使性情顛倒而乘咒託識不由生理妄隨呼召即世間邪術咒詛精魅厭物因而有生者也○資中引蝦蟆以聲附卵收類似寬不切咒詛現見世間有咒樟柳木人令其說報吉凶故温陵之

解爲是此若推論因果必是生生好爲咒詛害物傷生因果相酧等流相似故受此生也㊁三非有想

由因世界合妄輪廻罔顛倒故和合異成八萬四千回互亂想如是故有非有想相成想羯南流轉國土彼蒲盧等異質相成其類充塞

温陵曰二妄相合性情罔昧異質相成生理回互如彼蒲盧本爲桑蟲非有蜂想而成蜂想吳興曰以異質故非有想相以相成故成想羯南〇資中有解因果似倒此必因中好爲誣罔取他納爲已有故果中亦被他物取爲已有㊁四非無想

由因世界怨害輪廻殺顛倒故和合恠成八萬四千食父母想如是故有非無想相無想

羯南流轉國土如土梟等附塊爲兒及破鏡鳥以毒樹果抱爲其子子成父母皆遭其食其類充塞

若推論此生原爲懷寃圖報而來故曰非無想也而輪廻顛倒皆以寃殺爲名且以父母生養至恩至愛而被吞食之苦以子蒙至恩至愛而返逆吞食若有快於雪恨者此誠不忍聞見而恠之甚也故曰恠成食父母想此若推論因果必是蒙人至恩至愛而反以負恩讐害世間現見此事亦甚多也而被寃對來酧此恨故成斯生舊註獨此生推原不甚明爽故别解之孤山曰土梟破鏡按史記孝武本紀云祠黄帝用一梟鏡孟康曰梟鳥名也食母破鏡獸名也食父黄帝欲絶其類使百祠皆用之

破鏡如貙而虎眼今云鳥者恐譯人誤或鳥字合是等字後人妄改耳別列類生已竟(卯)三勒成名數

是名衆生十二種類

大佛頂首楞嚴經正脉疏卷第三十

音釋

疫越逼切音役 癘力制切音例 瞪除庚切直視也 迭杜結切音絰更迭也 蛻輸芮切音稅 愰户廣切音晄 梟音驍不孝鳥也 貙椿俱切音踰

大佛頂首楞嚴經正脉疏卷第三十一

明京都西湖沙門交光真鑑述

別以詳列已竟(寅)三申結互妄又二(卯)一

正申互具喻明

阿難如是衆生一一類中亦各各具十二顛倒猶如揑目亂華發生

孤山曰各具即互具也以一一類心妄種皆具一則現起名事造餘則冥伏名理具○揑華喻其虛妄也亂發喻其互具也(卯)

二推結倒真成妄

顛倒妙圓真淨明心具足如斯虛妄亂想

上喻虛妄此推即真但由顛倒本真故即具足衆妄也具足者言摠括種現互具當成一百四十四生是雖生死無邊畢竟顛倒非實而淨明真體固自若也番染成淨而進階聖位復何難哉此固對示二緣起之本意也詳示染緣起則徧成輪迴已竟(壬)二詳示淨緣起則歷成諸位以真如有不變之體故能隨緣不定前既隨染緣而徧成衆生今豈不隨淨緣而徧成聖位乎分四(癸)一正答因果諸位此之因果有縱有奪若縱之則前前皆爲後後之因後後俱爲前前之果若奪之則惟佛爲果而等覺以前皆因也故知舊註於此判證而不言修非爲確論矣問約奪則因有諸位果惟一位何以通言因果諸位乎答圓融果相從初發心即自具足何妨說諸但有性具修成之別而已分爲十科(子)一漸次三位前問至何漸次得修行目斯言修習等正修行目也此中應知乾慧以前三漸次

位則圓家五品十信盡攝於中乾慧以後所立十信乃是初住開出十心經文顯然葢圓家住前不取證故不列位所以此經與華嚴皆於信位不分十也至文再指分二㊀一敎立位番染又分二㊁一法說

汝今修證佛三摩地於是本因元所亂想立二漸次方得除滅

觀此立位之初便以修證平言豈可分判前爲修而此爲證乎三摩地即經耳門三昧舊註不達經文一貫此處全不知是重敘圓通以爲諸位最初方便往往別判致令經文脉絡永不通也本因亂想即前飛沉等各八萬四千也三漸除滅即敎其番染成淨也㊁二喻說

如淨器中除去毒蜜以諸湯水幷雜灰香洗滌其器後貯甘露

旣貯毒蜜何言淨器葢須取於本來元淨而又毒所不能染者如金玉之器是也用比根中不生滅性本來元淨而又具不變之體也毒蜜喻五辛婬殺等湯灰喻忘塵盡根甘露喻所安立聖位也三漸次法喻可了㊀二示所立之位又二㊁一徵起列名

云何名爲三種漸次一者修習除其助因二者真修刳其正性三者增進違其現業

首二句徵起一者下六句列名每各二句皆上句明修下句明斷修指研真謂入三摩地漸取耳根圓通也斷指斷妄謂除五辛戒四重及消十二處也今初第一修習者初於聞中入流亡所時也葢始以習學

收拾循聲散心數數反聞自性而有間斷未成一片故曰修習位也如其不然則斷除五辛言除足矣而說修習者修習何事耶下二放此除其助因者寄此位以明五辛之當斷葢五辛非惟但助婬恚展轉力能引魔則何惡不至實乃四重之助因也故應於此初修即首除之第二真修者即所入既寂動靜不生時也葢忘動功夫入手已成一片乃至靜塵亦將漸忘故曰真修葢自來持戒不足以當真修之名而真三摩地始克當耳刳其正性者寄此位刮剔淨絕四種根本重罪乃諸惡之正性故應此位刳之良以帶四心而修禪皆似而非真必落魔鬼等道故也第三增進者即如是漸增聞所聞盡時也此與前之圓通增修字同愈無可疑且前漸次修斷異體而猶未顯明此則修斷一相更何疑異哉良以此中所修者固聞性而所斷者即根塵故違其現業者以流根奔塵即名現業忘塵盡根即名爲違問此中方以忘塵盡根前二位何以遽說忘塵返聞耶答前二位漸以修學此位收功根塵圓泯非前漸習豈能遽至是哉(寅)二條分別釋就分三

(卯)一除其助因又爲三(辰)一徵起

云何助因

此惟徵助因而不徵修習者以修習在前圓通中說明而列名處但表當此位以除助因而已故至此止惟徵釋助因不復重徵修習亦如道場中惟詳說戒之例也下放此(辰)二詳釋又三(巳)一標依食住

阿難如是世界十二類生不能自全依四食住所謂段食觸食思食識食是故佛説一切衆生皆依食住

既言十二類生即局界内不能自全者不能如法性身人無庸於食也然標必依食住者見界内衆生身命慧命安危所係修習者不可不知所檢擇而戒斷也溫陵曰四食者人間段食謂所飡必有分段鬼神觸食但歆觸而飽禪天思食食至或但思之而飽識天識食既無形色但以識想○歆觸謂但觸其氣也禪天無飲食法宜但取於思之而飽仍恐但以禪悅爲思非思食物識想何異思食殆是惟以識定續命義言以識爲食此約勝者而言劣如地獄餓鬼歷劫但以業識不能斷命是亦識食思食類也俟更考之(巳)二敎斷辛毒

阿難一切衆生食甘故生食毒故死是諸衆生求三摩地當斷世間五種辛菜

無毒曰甘非局甜味也首三句舉身命安危係於食之甘毒引明慧命所係尤宜愼擇也求三摩地足見當於修習圓通時也五種辛菜正危慧命之大毒故應絕之孤山曰五辛者楞伽經云葱蒜韭薤興渠也應法師云興渠梵音訛也正云興宜慈愍三藏云根如蘿蔔出土辛臭慈愍冬至彼土不見其苗則此方無故不翻也(巳)三深明其過又四(午)一發婬增恚過

是五種辛熟食發婬生啖增恚

熟食必壯相火故發婬生啖必動肝氣故增恚佛智所鑑不爽毫釐物性必然宜敬

信而戒之(午)二天遠鬼近過

如是世界食辛之人縱能宣說十二部經十方天仙嫌其臭穢咸皆遠離諸餓鬼等因彼食次䑛其唇吻常與鬼住福德日消長無利益

今以世人具齋戒者尚於食辛之人多畏避之何況天僊餓鬼歆於不淨故常親近天遠故福日消鬼近故長無利益嘗見天時疫厲世人咸謂辛能避瘟由經觀之斯蓋招瘟之端而世人業力所使顛倒滋禍如此不可不知所警也(午)三無護遭魔過

是食辛人修三摩地菩薩天僊十方善神不來守護大力魔王得其方便現作佛身來爲說法非毀禁戒讚婬怒癡

上天仙不聽經此聖善不護定上招餓鬼此引魔王見過轉深也非禁戒繫縛爲小乘讚三毒無礙爲大道則四重等無惡不造是誠助諸惡之因痛宜戒之○四成魔墮獄過

命終自爲魔王眷屬受魔福盡墮無間獄

上皆現在惡因此屬當來苦果是則世人緣一臭惡之味引致阿鼻極苦有何難捨而不勇斷之哉(辰)三結成

阿難修菩提者永斷五辛是則名爲第一增進修行漸次

觀此首標修菩提者而後言斷辛足見第一漸次必兼修習圓通若徒斷五辛何以遽謂之增進修行乎而又何以目爲修菩提乎(卯)二刳其正性正性謂婬殺盜妄等上之五辛但能助發於此而已今此正彼

本惡之體也分爲三(辰)一徵起
云何正性
(辰)二詳釋又二(巳)一敎令持戒又三(午)一
首示定因戒生
阿難如是衆生入三摩地要先嚴持清淨戒
律
反聞功夫入手方爲入三摩地所謂眞修
之位見其深於前文修習言求也然要先
云者承前位功夫間斷不能入手故示特
加嚴戒而後能功夫入手得三摩地所謂
因戒生定也(午)二次示先斷婬殺又三(未)
一正敎永斷
永斷婬心不飡酒肉以火淨食無啖生氣
婬殺爲諸惡上首故令先斷而後可從諸
律婬須從心止絶不飲酒預遮昏亂毀犯
不飡肉即是斷殺六卷四重律中皆以食
肉屬於殺生以火淨食又戒殺之至也凡
生鮮之物不經火者皆不敢食示無情生
長者尚不忍損況有情生活者豈忍殺害
乎問至此方斷豈前位猶許食酒肉乎答
此爲根利而自來未秉齋戒者故作如是
漸斷耳若先具齋戒者不在此例又西天
權小未斷者多故令廻心漸斷此方純秉
大乘凡修行者無不先斷故無俟後斷也
(未)二反言決定
阿難是修行人若不斷婬及與殺生出三界
者無有是處
相生相殺未已故也(未)三特敎觀婬
當觀婬欲猶如毒蛇如見怨賊
婬爲生殺之深源且根心慣習最難頓捨

故偏令觀之溫陵曰婬如毒蛇怨賊者能害法身殺慧命故也(午)三後教漸進戒品先持聲聞四棄八棄執身不動後行菩薩清淨律儀執心不起

此處方全該四重四棄即婬殺盜妄而尼加觸八覆隨亦多妨婬也執身謂禁七支猶麤下進菩薩律儀方細準前道場中說菩薩亦但於四重律從心止絕一念不生為細非三千八萬也(巳)二戒成利益分二科(午)一生死解脫又二(未)一斷婬殺所脫

禁戒成就則於世間永無相生相殺之業

斷婬則不相生斷殺則不相殺蓋無生殺業因則無生殺果報也(未)二斷偷劫所脫

偷劫不行無相負累亦於世間不還宿債

偷謂竊取劫謂強取無負累者無負債之業累也據經文似惟說盜吳興補大妄語及判觀行似有理據其略曰不妄故不還宿債以大妄語貪其供養故約位言之此應在圓家觀行之中即別十信而小士賢也(午)二業報清淨

是清淨人修三摩地父母肉身不須天眼自然觀見十方世界覩佛聞法親奉聖旨得大神通遊十方界宿命清淨得無艱險

清淨人躡前持戒三摩提次表大定然定是正行戒但助行耳肉眼觀見十方即色陰盡相後文云十方洞開無復幽暗是也按位當在初信齊小初果舊判觀行於後違經至陰魔中詳辨今並別判勿泥舊聞次四句受陰盡相後文云去住自由無復留礙又云得意生身隨往無礙今言覩佛

聞法又言親奉則須親到非遥見聞而下更言得通游界則愈與後文合也按位當在二三兩信齊小二果末二句想陰盡相後文云於覺明心如去塵垢一倫生死首尾圓照今言宿命清淨則明是去塵垢而照生死也又言得無艱險者既以徹通宿命除已願力永不誤入惡趣所謂離諸生死險難惡道也按位當在四五兩信對小三果此之業報略假戒爲助行全本耳門妙定修發通該十信前五備顯六根清淨觀見十方則眼根清淨聞法親奉則耳根清淨得通游界則鼻舌身根清淨以三皆合知相依遠到也宿命無艱則意根清淨

(辰)三結成

是則名爲第二增進修行漸次

此中前半以諸戒助成正定即觀行位後半業報即齊五信并小三果在圓通中方至動靜不生

(卯)三違其現業分三(辰)一徵起

云何現業

(辰)二詳釋分爲三科(巳)一根塵雙泯又爲二(午)一牒前持戒離塵

阿難如是清淨持禁戒人心無貪婬於外六塵不多流逸

前文屢牒三摩地而此不牒者以前初心全假戒扶則戒相顯著而定相隱微恐人忘定故屢牒之此中全彰旋根妙定故不勞牒定但惟牒戒爲後定因以見因戒生定之妙旨也故首舉清淨持戒之人即牒前半所持諸戒而特申無貪婬者固因其爲四重之首壞定之魁以警人必除之意然亦自此句下正牒後半果報中五信三

果諸人以印許其力量所至也蓋五信三果則欲界九品思惑已盡豈留婬心故許其心必無貪婬也仍是忘塵極功故復許其六塵不多流逸然許其不多而不許其絶無者以根未盡而相待仍存故但以無漏而薰有漏從多漸少而已非全無漏故不全許耳全分無漏在下科中(午)二進獲

塵忘根盡

因不流逸旋元自歸塵既不緣根無所偶返流全一六用不行

首句躡上忘塵功夫也蓋心無貪婬猶是戒相而塵不流逸即顯定成但淺而非深今復躡之以進銷根性故深於前即圓通漸增位也應是六信次下表彰反聞契性也中二句正明因忘塵而必至盡根以根全倚塵而立故也末二句結成入一忘六所謂但得六銷猶未忘一小乘涅槃正當此際準圓通即聞所聞盡時也按位當在第七信位齊小之四果(巳)三妙性圓彰此中三子科即應是圓通中覺空滅之三結而前二科語不相類者以菩薩所談是解結功夫此中表彰即彼功夫所證境界惟第三科語意全同足驗前二亦不謬矣分三(午)一依報明淨

十方國土皎然清淨譬如琉璃内懸明月

此即盡聞不住所證境界首二句即山河大地應念化爲無上知覺正由不住内自覺境法執蕩然故融及世界無復情器之分皎然洞開之貌下喻但表明徹蓋明月在有礙物中不能透徹便如二乘但明内

境不與外法融通也今菩薩覺所覺空表裏洞徹故如月在琉璃豈有不透徹者乎此當八信相似色自在也(午)二正報妙圓

身心快然妙圓平等獲大安隱

此即空覺極圓所證境界前方空智此復空空既不爲智所勞亦不爲空所縛故身心快然極爲脱灑蓋是法身蕩然眞心廓爾之意妙圓者無縛故妙無礙故圓平等有三一身量心量俱周法界二有情無情同體不分三自心生佛脗無高下此當九信相似心自在也以身心一如身亦心也

(午)三諸佛理現

一切如來密圓淨妙皆現其中

此則顯然全同寂滅現前但彼約自心此約佛理二義平等也密謂秘密深固幽遠無人能到之境也圓謂圓融交徹互攝重重無盡之境也淨謂清淨明相精純纖塵不立之境也妙謂神妙一切變現皆不爲礙之境也此四佛境現菩薩依正之中此當十信相似慈雲覆涅槃海也蓋圓頓理融故令似位全似地上耳(巳)三許速證位

是人即獲無生法忍從是漸修隨所發行安立聖位

此之結尾是預許後之諸位故言從是漸修即者速也即獲者猶言不久當證也無生法忍即初住所證聖位通指徹於等覺也溫陵曰華嚴十忍第三曰無生法忍謂不見有少法生不見有少法滅離諸情垢無作無願安住是道名之曰忍吳興曰此中別指初住以上名爲聖位若下文云以

三增進故能成五十五位眞菩提路(辰)三結成

是則名爲第三增進修行漸次

漸次三位已竟(子)二乾慧一位此位分明束前漸次中所舍十信總成一位而孤山說合十信爲乾慧理在不疑但亦有圓滿成就之意舊註非之者秖因彼見通教乾慧名同務欲簡之不知此名若同通教餘名當同別教今餘位既皆借別名圓此位亦應借通名圓何得名實皆同於通教乎當知通教乾慧在於信前但對五品此圓乾慧乃在信後圓收十信豈惟於文爲順而實於理大通也分三(丑)一不受後有

阿難是善男子欲愛乾枯根境不偶現前殘質不復續生

此科束前七信而顯其圓滿成就也由前心無貪婬故至此而欲愛乾枯蓋前位但得身心俱斷此則復將斷性亦無故曰乾枯是欲界生緣迥不相及也由前六用不行故至此而根境不偶蓋前位但得六塵初泯此則復至心境絕待故曰不偶蓋根塵雙絕種現俱銷是三界生緣迥不相及也末二句正明不受後有也現前殘質果縛僅存也不復續生子縛永絕也蓋續生以根境爲因欲愛爲緣乾枯不偶則因緣雙絕果報無托不受後有復何疑哉此顯實分段身已盡無界內繫縛也問菩薩不取涅槃何言不受後有答此言不受業縛之後有非如羅漢詐無悲願自在之妙身也問此與前永無相生相殺等何異答大不同也彼但且免生殺酧償惡報而已善淨生緣尚未絕也觀下淨報猶云父母肉身蓋可驗矣此則二十五有無復生緣無復業牽之身但隨悲願自在去住自在受生而已舊註強以抑同五品故不得不以彼而濫此耳況在根境不偶之後顯是七信頓乃執言名義雖同麤細有異豈有名義全同而猶分麤細者乎甚非的確之論也(丑)二定名乾慧

執心虛明純是智慧慧性明圓鑒十方界乾有其慧名乾慧地

此科束後三信而顯其圓滿成就也執心岳師謂即人法二執之心是也若爾豈合在十信前耶由前身心快然等故至此則二執惑盡雙空智純也由前國土皎然等故至此則慧體圓明而照用偏界也由前佛理全現故至此則成就慧身不由他悟也末二句遂以結成乾慧之名釋義在下

科中㊀三出其所以

欲習初乾未與如來法流水接

現種習三習氣最細今言欲習初乾者謂欲愛最細習氣即斷性也初得乾枯也而未得如來真如法流之水以潤之故曰乾有其慧也入初住分眞則與真如法流水接矣

又說結名元承多義而釋義單約欲言似偏缺也或可欲作欲愛習作二執習氣乾即盡也詳之此位分明相似等覺金剛心中初乾慧地而名亦相同益可見也通論三漸次位第一位名字位中初向觀行第二位合五品及前五信第三位後五信耳然此信等諸位皆依天台圓位非取别教又經文但分三漸本不曾分信等今因有三了簡故須指明一者顯後非信以經文於此位後别有十信名借常途義開初住却將常途十信暗含三漸次中若不分明釋出鮮有不將後信濫於常途如舊註所云也二者顯牒圓通此三漸位但是重束圓通助正始末以爲後位初心方便然圓通歷證三空實居十信若不此處指明人

見經文後有十信將屈圓通墮於觀行因茲所以一一指明也舊註錯亂惟孤山說乾慧合十信爲是然亦不說三漸中已含十信乾慧合之前别後總成四位耳乾慧一位已竟㊂三信位十位此中論名全與常途信名不差一字論義則與常途信義逈不相同況後初住明言發此十心又云十用涉入圓成一心故孤山說爲初住開出理無可疑且於中六位皆標住字更是可憑舊註非之不當其引金剛十八住而云何必住位方受住名即應五十五位通名爲住何獨於住前十位特特以加之乎其爲住位開出愈無疑矣故今立科名從十信而義惟遵經銷歸初住耳就分十㊇一信心

即以此心中中流入圓妙開敷從眞妙圓重發眞妙妙信常住一切妄想滅盡無餘中道純眞名信心住

此心者躡前乾慧心中中流入者按修圓通初心雖直觀聞性不着空有是亦絶待靈心之中道而麤垢先落人法雙消未免任運趨於圓明之空性非中道純眞也至此位俱空不生前之中道於斯益純故曰中中流入蓋言中而復中順法流水而深入也六根互用曰圓情器雙超曰妙開敷者如花始開也次二句明乘此心開益增進也從眞妙圓者言此非同前位似妙似圓乃眞妙眞圓也重發眞妙者畧一圓字耳葢使眞妙者益進於妙眞圓者益進於圓應是根塵互周身土重重漸廣如花正

開也妙信者親見心佛衆生三無差別非同比量之信常住者堅固不動非同前位輕若鴻毛也妄想滅盡者固是我想法想及非法想俱時蕩盡亦是聖凡見息因果情忘耳末二句總攝前意結成信心蓋純中道非同前位兼帶趣空也親見此理深忍樂欲故名信心乃成就之相住即常住不退也後皆放此此即五根中之信根又此位既攝前乾慧所成而乾慧合前三漸所含十信故知此位乃究竟前之十信而抵於成就所以獨標信住若作常途十信初心豈能當此圓妙常住無餘等義乎㊀

二念心

眞信明了一切圓通陰處界三不能爲礙如是乃至過去未來無數劫中捨身受身一切習氣皆現在前是善男子皆能憶念得無遺忘名念心住

初二句全躡前位眞表非似明了由親見也圓通即前圓妙以根根塵塵無不交徹故稱一切圓通下文方成本位念心由前一切圓通故陰不覆處不局界不隔也因此遂能遠憶過未至無數劫習氣者業力所熏隨眠種習也按唯識不出三種謂名言我執有支也今言捨受多是有支即異熟識也然一切之言亦兼餘二又在我執位中即是種子若在法執位中乃種子所遺微細習影如畢陵之慢身子之嗔是也今過去多我位麤者未來多法位細者且捨受與習氣二事若未來習氣已盡而獨憶捨受若悲願習氣出三種外亦盡未來

問入住菩薩何有捨受之事答圓頓人不取變易常於分段得大自在故也此屬宿命漏盡二通五根中念根故結念住常途二信圓通尚遠今斯位即云一切圓通豈是常途在住位無疑矣又前位是深信本有佛性此位是憶念近習種性此二位所以別也(丑)三精進心

妙圓純眞眞精發化無始習氣通一精明惟以精明進趣眞淨名精進心

首四句躡前二位以成就一精字初二句躡信心初句正躡解在本位次句明其積久而能化也眞精者言妙圓純眞之觀力漸久精明也發化者觀智強而能起鎔妄之力用也葢由精故化至化益精耳次二句躡念心上句正躡解在本位下句明其并前習影鎔盡無餘而皆成智慧也故曰通一精明葢前位本有近習未融爲一至此盡鎔爲一精明智體矣次二句躡前精字加以進字而雙以成就精進二義葢精明即菩提體亦如如智體眞淨即涅槃體亦如如理體今言以精明而進趣眞淨葢純以如如智契如如理矣問理智一如何言進趣答體雖無二而方便隨順不無趣相所謂不趣之趣性不礙修之旨也末句結名精進五根中進根也(丑)四慧心

心精現前純以智慧名慧心住

溫陵曰妄習既盡故心精現前○前位雙兼智理而成此位別約智成上位方言轉惑習而成智慧此惑破故眞心顯現心現故菩提之體無復妄雜矣末句結名(丑)五

定心

執持智明周徧寂湛寂妙常凝名定心住

此位別約理成以寂照分屬寂定屬理故耳首句躡前位也前位以見心朗徹故智慧純明而此智明若無定力以執持之則妄念起而偏局不徧正念失而間斷不常所謂無寂之照如風中之燈矣故第二句明徧寂第三句明常寂皆大定之相也末句結名五根之中定根也以上屬五根如果木之種初揷根於地也㊀六不退心

定光發明明性深入惟進無退名不退心

自此以下屬五力如果木結根既久有不可拔之力用也此科進力也首二句復雙躡定慧葢定慧偏枯多遭退失首句定以發慧心不動而理畢現也次句慧以入定鑑旣徹而定愈深也定慧互資交發無盡故有進無退末句結名㊀七護法心

心進安然保持不失十方如來氣分交接名護法心

此定力也首句躡前進力而言心進者明非麤行事相可見者乃自心寂照雙流之精進也而又安然者申前位雖云不退而勤勇無間尚覺涉於功夫此不覺用力故曰安然保持同前執持顯屬定門葢進安已成定力故恒保持無所漏落如來氣分即法身氣分不出妙覺眞精此亦由定境眞周故能與諸佛心精通脗末句結名護法者有二義若約保持爲護則是內護心法若約定力伏魔亦能外護佛之法輪也

㊀八廻向心

覺明保持能以妙力回佛慈光向佛安住猶如雙鏡光明相對其中妙影重重相入名迴向心

此慧力也首句躡前定力所持覺體妙力即慧力也次二句蓋言前位如來氣分初接已即蒙佛慈光攝受而尚有自他之分此則久與融一他佛慈光即已心佛慈光然不妨自他歷然故復廻此慈光仍向他佛智境朗然安住而亦實無二體然約不妨歷然故如二鏡相寫傳耀無盡蓋惟兩鏡對照影中含影即已重重不必多鏡故惟喻自他二佛而諸佛在於言外可知亦不必加末句結名回向亦有二義若向他佛是向佛道若向自佛是向真如前位二義與此位二義皆以前一義爲正而後乃餘義亦所必有也㊀九戒心

心光密廻獲佛常凝無上妙淨安住無爲得無遺失名戒心住

此信力也首句躡前位明自心與佛光脗合得佛不動之體次二句明得理次二句明不動常凝即佛大定屬心無上妙淨即大寂滅海屬境得佛此理心境恒一如也安住無爲者遠離有爲功用住持無功用道無遺失者毫髮不漏落於有爲之境總是不動之意末句結名戒心者以不犯遺失之過故名爲戒然此以一念有爲即名破戒可謂甚深戒乎又奉戒依於篤信故五力中屬信力㊀十願心

住戒自在能遊十方所去隨願名願心住

此念力也首句躡前戒心而言自在者以

前位尚局不動之體至此漸發自在之用也中二句即隨願往生淨土無所留難乃得大自在之意耳結名願心屬念力者願即心念而生淨土者全憑想念故也前位住佛法身此位叅佛色身又通論十心前六修自心後四合佛德矣信位十位已竟

(子)四住位十位住有二意一者堅固常住意對前漸次中所含諸信雖不同別教輕如鴻毛然亦未同斯位行念皆不退也二者生住佛家意以今現文全顯生法王家也亦是安住華屋非同三摩提三漸次中方得入門故大科名令住圓定實自斯位始矣就分爲十(丑)一發心住

阿難是善男子以眞方便發此十心心精發輝十用涉入圓成一心名發心住

以眞下二句總躡前十位之言也眞即眞如心也蓋眞如心中本來具足十心妙用不以方便發之終不顯現故今即依本眞如心方便發起十種妙心然謂之眞方便者亦顯非比常途十信相似方便而已次句心精發輝者即十種心光顯現也十用涉入圓成一心者蓋初從一心而發十用後攝十用圓成一心則十心一心安有二體且斯位元因發此十心名發心住則知離前十心無此住體又知此位合十爲一便知前位開一爲十何言非開出乎此當即如中陰攬先業而初成陰體也(丑)二治地住

心中發明如淨琉璃内現精金以前妙心履以成地名治地住

初句躡前所發之心而言心中發明者葢心爲能發明之智理爲所發明之境下琉璃喻智精金喻理而言以前妙心者即以前十用所成初住之心履以成地者智契於理令理精明結名治地住也此如中陰乘彼業力結爲境界於中妄成依止處也

㊀三修行住

心地涉知俱得明了遊履十方得無留礙名修行住

首句躡前心地而言涉知者葢心與地互相涉知也以心即智亦即始覺地即理亦即本覺同一覺體故曰俱得明了遊履無礙者以見之明而行之到也此如中陰見遠如在目前所去速疾山壁不礙也末句結名㊀四生貴住

行與佛同受佛氣分如中陰身自求父母陰信冥通入如來種名生貴住

首句躡前修行也言與佛同者以依理起行行不越理本始同一正覺故也此如中陰與父母業同故相會合矣孤山曰分眞智與究竟智等名行與佛同分證理與究竟理等名受佛氣分如中陰下以喻明之究竟權智如父實智如母任運相合名自求父母密齊果德如陰信冥通斯即秉佛遺體初託聖胎也㊀五具足住

既遊道胎親奉覺胤如胎已成人相不缺名方便具足住

首句躡前入胎而言遊者如永嘉云潛幽靈於法界又云常獨行常獨步達者同遊涅槃路此正遊道胎時節也如有福中陰

處母胎見華林殿堂親奉覺胤者謂攬佛權實二智凝結聖胎也如中陰攬父母赤白二陰而結凝滑等也形成不缺者謂見聞等圓通妙用具足一切方便善巧克肖於佛無所乏少如中陰六根成就克肖父母也末句結名華嚴釋名言此菩薩多諸方便善巧也(丑)六正心住

容貌如佛心相亦同名正心住

孤山曰容貌喻應用心相喻理智○首句躡前外貌同佛而加以內心亦同以成此正心之位然圓師所謂理智固指真中二理權實二智而法界無障礙之理智亦應分同(丑)七不退住

身心合成日益增長名不退住

首句躡前外貌內心而言合成者謂表裏如一成佛身心也日益增長謂深以擴充漸成熟也末句結名前第六信定慧不退此相性不退也(丑)八童真住

十身靈相一時具足名童真住

雙躡前外身內心增長至此皆已具足以十身中除菩提法智屬於內心餘皆屬於外身故也溫陵曰十身者菩提身願身化身力身莊嚴身威勢身意生身福身法身智身也資中曰十身靈相即盧舍那也聲聞身緣覺身菩薩身如來身法身智身國土身業報身衆生身虛空身則師云溫陵所解菩提身等即是資中所解如來身中之所開出者也(丑)九王子住

形成出胎親爲佛子名法王子住

形成二字躡前十身具足也而言出胎者

以前位十身初成未大顯著至此赫奕熾盛故說出胎親爲佛子者按華嚴此位菩薩習學法王十種親密之事自善巧以至讚歎故云爾也末句結名是知凡稱法王子者皆須九住後也㊉十灌頂住

表以成人如國大王以諸國事分委太子彼剎利王世子長成陳列灌頂名灌頂住

首句躡前出胎之後又以長成也孤山曰表以成人堪行佛事也太子世子異其文耳春秋曰會太子於首止禮云文王世子皆天子之子也陳列灌頂者華嚴云轉輪聖王所生太子母是正后身相具足坐白象寶妙金之座張大網縵奏諸音樂取四大海水置金瓶内王執此瓶灌太子頂是時即名受王職位菩薩受職亦復如是諸佛智水灌其頂故名爲受大智職菩薩彼第十法雲地名灌頂菩薩今此十住亦分得也然圓教分真以來悉有應用論智力不無優劣故初住百佛世界現十界相利祐衆生位位竪入倍倍增勝經中所明各就一義若論一位具諸位功德則十義俱徧十住既爾下去皆然○約位至此統界實多華嚴此位世界衆生皆稱無數而斯經文如分委之喻似亦可分統藏海之剎種也其所謂智水灌頂者按華嚴此位菩薩其已成就及當習學共二十種智故云爾也又若對權敎此齊十地而彼妙覺密齊二行於四禪天諸佛智光悉灌其頂今此位鄰近而加以圓人智强故即灌頂矣溫陵曰自發心至生貴名入聖胎自方便

具足至童真名長養聖胎至王子住名出胎○至此乃名灌頂王子再通上喻之十信前六心如人回心初造善業後四心如人加以念佛造往生淨業初住如以一生十種善淨之業圓成報終往生之中陰二三住如往生陰無繫縛也四住如中陰求佛接引入蓮胎也五住至八住如華中長養也九住如華開見佛十住如親蒙授記也以喻詳法歷然可見住位十位已竟

大佛頂首楞嚴經正脉疏卷第三十一

音釋

揑乃結切音涅　歆許今切音廞　蔥麤叢切音聰　薤下戒切音械

大佛頂首楞嚴經正脉疏卷第三十二

明京都西湖沙門交光真鑑述

(子)五行位十位前十住方生佛家乃至領佛家業此十行乃攝行佛事也又大乘初心固即二利兼行而信住位中利他未勝故此經前二十四位中竝無顯標度生事業今十行中利他之事漸彰顯矣以華嚴對校明是六度而後五度乃開智度爲五亦不與常途十度同也就分十(丑)一歡喜行

阿難是善男子成佛子已具足無量如來妙德十方隨順名歡喜行

此施度也華嚴首標此菩薩爲大施主也成佛子已躡上出胎灌頂也具足諸佛妙德者按華嚴此菩薩學習諸佛本所修行乃至演說諸佛本所修行如是十句皆言諸佛本所修行是也十方隨順者即廣行布施也華嚴云隨諸方土有貧乏處以願力故往生於彼豪貴大富財寶無盡行財施乃至身肉不悋行法施則與說三世平等乃至菩提涅槃是爲十方隨順也結名歡喜者華嚴云衆生乞求菩薩倍復歡喜曰此衆是我福田是我善友等也亦云令諸衆生歡喜滿足是也而餘文亦有體達三空不著相意無煩備引矣(丑)二饒益行

善能利益一切衆生名饒益行

此戒度也華嚴此行首標護持淨戒而以不着色聲等五欲爲本乃至不生一念欲想何況從事善能利益衆生者華嚴云令一切衆生住無上戒乃至菩提涅槃又自

得度令他得度乃至自快樂令他快樂凡有十句皆雙標二利故結名饒益以戒德而饒益也(丑)三無嗔行

自覺覺他得無違拒名無嗔恨行

此忍度也華嚴首標此菩薩常修忍法彼名無違逆行即無違拒也凡有辱來違拒不受即是不忍今無違拒當即是忍華嚴謂無量駡辱打辱皆能歡喜忍辱是也今言自覺覺他得無違拒者亦如華嚴云菩薩思惟自身與苦樂皆無所有即自覺也又云我當解了廣爲人説即覺他也又總結云自得覺悟令他覺悟與今經文全同皆謂覺悟毀辱虛妄應無違拒也結名無嗔行者如金剛云若有我相人相等於支解時應生嗔恨是知無嗔恨方爲眞忍也

(丑)四無盡行

種類出生窮未來際三世平等十方通達名無盡行

此進度也華嚴首標此菩薩修諸精進且自第一精進乃至普徧精進共十種精進種類出生華嚴謂阿鼻盡出皆得成佛皆入無餘涅槃然後自果方成夫衆生極至阿鼻成佛則盡其種類即如金剛所謂十二類生皆入無餘涅槃而滅度之謂也出生即出生諸佛也盡未來際者謂海滴刹塵盡劫苦行終無一念悔恨是也三世平等者文云但爲知三世平等性故而行精進是也十方通達者文云但爲知一切法界而行精進是也以十方即十法界故耳夫種類出生即第一心盡未來際即常心

三世平等即不顛倒心十方通達即廣大心四皆無盡故結名無盡之行然華嚴無屈撓行直表精進而已此申四種無盡見精進之殊勝也(丑)五離癡亂行

一切合同種種法門得無差誤名離癡亂行

此禪度也華嚴首言此菩薩心無散亂堅固不動等是也一切合同種種法門即以一念定心持一切法也華嚴云能持出世諸法言說乃至能持建立受想行識自性言說又云善入一切諸禪定門知諸三昧同一體性是也得無差誤者如云菩薩聞無量法經無量劫不忘不失是也結名無癡亂者良以定中不能持諸法門是爲癡定於諸法門不免差誤仍是亂心今持種種法而又無差誤是癡與亂俱離也又梵語禪那此云靜慮令離癡是慮離亂是靜故屬禪度無疑(丑)六善現行

則於同中顯現羣異一一異相各各見同名善現行

此智度也此下五行與華嚴名雖多同而義實不類亦與常途後五度迥殊細詳乃是總一智度而開之爲五種甚深般若例如六根本惑而開見爲五也所以融前五度中萬行皆令成至德矣今此一行乃理事無礙智亦二諦融通智也同中現異者即理不礙事亦眞融通於俗也異相見同者即事不碍理亦以俗融通於眞也而結名善現行者明此菩薩於一一行事理雙顯眞俗竝融矣(丑)七無着行

如是乃至十方虛空滿足微塵一一塵中現

十方界現塵現界不相留礙名無著行

此事事無礙智即十玄門中廣狹無礙自在門也然亦畧舉一門而此菩薩應亦十玄竝融也十方微塵現十方界者如經云華藏世界無數塵一一塵中見法界是也溫陵曰此由善現行充擴圓融也塵中現刹名現界不壞塵相名現塵〇不相留礙者界入塵而界不小是小不留碍於大也塵含界而塵不大是大不留碍於小也結名無著行者明此一有執著安能小大竝融如此三祖云極大同小永無邊表極小同大忘絕境界永無與忘絕即無著也(丑)

八尊重行

種種現前咸是第一波羅蜜多名尊重行

此究竟彼岸智也種種現前等躡前二無礙智而明其取證究竟自利之極果也梵語波羅蜜多此云到彼岸葢生死為此岸涅槃為彼岸今言第一即佛無餘大涅槃也又種種咸是者如四卷云種種變現皆合如來涅槃妙德是也然全屬般若者以前五度若無般若皆墮事相惟招果報不達涅槃今五度萬行皆以法界無障碍智融之所以皆達彼岸莫非第一波羅蜜也結名尊重行者以大涅槃是佛極果亦即如來頂相故也華嚴名難得行者行行皆到彼岸誠不易得矣(丑)九善法行

如是圓融能成十方諸佛軌則名善法行

此軌物生解智也華嚴此行專名說法無礙如是圓融等亦躡前二無礙智而明其建立究竟利他之教法也而諸佛軌則者

即開示衆生無量法門然既躡二無礙之圓融則惟取六相十玄等所謂一字法門海墨書而不盡者也末句結名可知(丑)十眞實行

一一皆是清淨無漏一眞無爲性本然故名眞實行

此不違實相智亦會緣入實智也一一者固躡二無礙自利利他諸行而實總前九度俱該也清淨無漏謂非貪染於凡外欲有無明一眞無爲謂非劬勞於權小肯綮修證性本然故者作二句之由意明從性起修不妨全修即性所以清淨不屬諸漏本然不墮有爲也又解清淨無漏揀異三界有漏一眞無爲揀異二乘有爲性本然故揀異權漸修成亦通結名眞實者由無漏則非雜妄修究竟成眞因也故名眞行由無爲則非所作性畢竟有實果也故名實行又通論智度所開五行前二是般若之體以二法界無障礙智乃甚深般若故也次二是般若之用謂波羅蜜乃趣果自利之用佛執則乃說法利他之用故也末一攝前體用并前五度萬行總以銷歸自性會性歸元也行位十位竟(子)六回向十位準華嚴回向即是發願圭峯謂不過三處即衆生佛道眞如也華嚴文極浩汗意多徧兼三處今經文簡各有隱顯如衆生顯餘二則隱佛道眞如顯隱亦然顯者正當發揮而隱者亦以意會非全無也故此經與華嚴文雖不類而旨無不合也又華嚴位位多明菩薩修證德業故文義汪洋

此經多推得名所以故文詞省約也此二經差別之意就分爲十㊀一離相回向阿難是善男子滿足神通成佛事已純潔精真遠諸留患當度衆生滅除度相回無爲心向涅槃路名救護一切衆生離衆生相回向此與次位皆回向衆生也是善男子指已修十行人也滿足神通總攝前八行也蓋從初行以至第八現塵現界神通已極無少欠缺成佛事已躡第九行也蓋成佛軌則即成佛事純潔精真躡第十行也蓋清淨無漏即純潔一真無爲即精真遠諸留患總攝十行而結定也蓋十行備成則界內不爲諸有留患界外不爲滯空留患即雙超世出世間也此上皆躡前文向下方屬本位華嚴首標六波羅蜜全同今經躡上十行之意當者正也蓋言正度衆生之時即滅度相表非前後也度即滅度之度然此二句全同金剛經云我皆令入無餘涅槃而滅度之實無衆生得滅度者次二句乃釋成回向二字專承滅除度相而來夫既度盡衆生不取度相則回有爲行入無爲心是回入真因也背生死途向涅槃路是趨向真果也二句各說同成一趣真之意非以上句成就下句若作成下之意當云回入無爲以趨向涅槃良以常處有爲而不回入無爲終不能達涅槃之路故也此之十位理應圓滿中道以從賢向聖故方言度生而隨滅度相彰中道也舊註謂回真智而向俗悲既不順其文而亦不得其意也十向之後更當詳申結名救護

衆生者如華嚴始於救離三塗而極至住佛所住當亦是破五住離二死方爲畢竟救護也末句同於滅除度相華嚴亦謂不著衆生相以至想見不顛倒是也二經旨同斯經取要言之耳㊀二不壞回向

壞其可壞遠離諸離名不壞回向

壞即上文滅除也可壞即上文度相也諸離即上文離衆生相也蓋離衆生相時則於衆生之四相五蘊皆離故曰諸離應即是我法二空相也今復遠離於此者蓋不畢竟取著於我法二空相也如云雖滅除度相而超乎愛見之境亦不取著二空而壞乎度生之悲華嚴云雖知一切法空寂而不於空起心念是也結名不壞者即不壞度生事業也華嚴此位依舊廣興布施是也合上位論之上位言雖度生而不著生相此位言雖不著相而不妨度生正悲智雙運自他二利之中道也㊀三等佛回向

本覺湛然覺齊佛覺名等一切佛回向

此下四位皆回向佛道也此位先明智同佛智蓋即本覺智同佛究竟覺智也本覺湛然者心佛顯現覺海澄停如華嚴謂廣大清淨是也覺齊佛覺者謂與一切如來心精通脗稱合妙覺法身圓滿無二結名等一切佛者謂與諸佛法身平等所謂我與如來寶覺眞心無二圓滿也㊀四至處回向

精眞發明地如佛地名至一切處回向

此位次明境同佛境蓋即因地境界同佛

果地境界也精真即本覺體發明即發揮妙用地如佛地者正表發揮自已因地心中所含無邊境界全同諸佛果地理上所現無量刹土也結名至一切處者即盡佛境界之意華嚴此位說菩薩廣修供養徧至佛處而後言三業普入一切世界以作佛事乃至於一毛孔中普入一切世界等是也(丑)五無盡回向

世界如來互相涉入得無罣礙名無盡功德藏回向

此躡前二位而成互融也世界即所至之處如來即所等之佛前二位中猶分自他故說自覺佛覺自地佛地今此融一不分故但言世界如來即自他渾具也互涉之意如云以世界而涉如來則一一毛孔中有無量寶刹莊嚴微妙以如來而涉世界則一一微塵內有無量如來轉大法輪得無罣碍者言世界正涉如來時不碍如來即入世界如來正涉世界時不碍世界即入如來問前二位中元以智境分釋似以性相爲對今既雙承何又變爲依正互涉之對耶答佛於智同之位結名處即言等一切佛已即取於證智人身故此位但承二結名語以言如來身與世界涉也若取智性與境相對言則一無形一有形說涉不便況依正之相非智性不融故說互融時智性在其中矣結名無盡功德藏者以佛身佛界各具無量莊嚴備表無盡功德故云爾矣華嚴明此菩薩以普賢大願行爲根本以華藏無邊世界莊嚴顯功德故

其文如雲如林此經乃復言簡而盡義富而妙矣乎(丑)六平等回向

於同佛地地中各各生清淨因依因發揮取涅槃道名隨順平等善根回向

此佛地即躡前功德之藏菩薩証此即同如來果地則是因前已先具足佛果荅圓頓上乘先以頓同如來果地法應爾也地中各各者以此藏中功德無盡如六度萬行萬德莊嚴皆共本有故言各各爾生清淨因者依彼本有一一隨緣各起無修之修譬如依金造器器器皆金豈不純一清淨故云生清淨因依因發揮取涅槃道者荅前則從果生因此復乘因剋果實乃因果互徹性修雙即之旨也涅槃是佛究竟極果故此地與前住位所履之地不同彼是自心理地此是如來果地結言隨順平等者順自心與佛心平等也足見不違自心與佛果地全同不是從果修因者皆非順性之修言善根者表此方是成佛真因必生實果矣華嚴名堅固善根文與斯經稍不類多言布施身命回向衆生而已(丑)七等觀回向

真根既成十方衆生皆我本性性圓成就不失衆生名隨順等觀一切衆生回向

此位文似回向衆生而實是回向佛道首句躡上清淨因及平等善根即真根也此根全修即性而此性攝盡衆生故曰皆我本性然我根既成衆生齊成故曰性圓成就荅成就真根即成就佛道也不失衆生者以若觀見生非心外一成皆成則無生

可度失大悲心不可也菩薩雖見自他圓成不妨仍度苦惱衆生是以華嚴此位依舊廣行二施結言隨順等觀者順自心與生心平等也足知不見一成一切皆成不於成就而仍行悲度者皆非隨順自性也然謂之等觀衆生者觀其自他同根而仍以見智悲無碍而已合前位則心佛衆生三無差別之理彰矣㊣八眞如回向

即一切法離一切相惟即與離二無所著名眞如相回向

此下三位皆回向眞如也即一切法者如華嚴初文不過世出世間諸法所謂世界衆生法門業行等也離一切相者即後文云不著世間不取衆生知一切法無有自性皆悉寂滅等也即離無著者如後文又廣陳譬如眞如一百七十相細詳其意但以此經不即不離似便該盡足見斯經以約收博之妙葢不著即超有也不著離超空也乃雙超空有之中道也華嚴於眞如相後說十平等即中也結名眞如相者眞如以無著爲相故也若準前相躡而解則前之度生成佛攝盡萬法即一切法也離衆生相同本來佛離一切相也下方是本位於此即離二無所著方契眞如相矣足見入理轉深之意㊣九解脱回向

眞得所如十方無礙名無縛解脱回向

首句躡二無著已得與眞如一相也十方即十法界也無礙即法界無障礙大解脱葢前位理無礙此位則理事事事二無礙也華嚴以六十二番無着無縛解脱心修

普賢行彌滿法界且得一百五十六種甚微細智其餘法界安往而不自在乎結名無縛解脱者即入法界不可思議解脱良以前位方得離繫解脱此位轉得自在解脱故結名㊀十無量回向

性德圓成法界量滅名法界無量回向

首句躡前二位而來葢無著獲性德之全體無礙獲性德之大用體用備具故言性德圓成若依孤山所謂三德妙性圓成亦躡前合後則無著即般若無礙即解脱無量即法身矣法界量滅者良由體無不徧而用無不周是以一塵一毛皆等法界無復限量是則量滅者即無量也華嚴此位專以法施善根莊嚴一切佛刹徧法界無量自在身乃至徧法界無量利生善根共二十句皆言法界無量復有住法界無量及安住法界無量共三十六句皆法界量滅之意結名可知問八結眞如九十不結何以俱言回向眞如答九之無礙十之無量皆眞如相故三同一處也三處雖以區分而實位位圓滿中道一悲不礙智二智不壞悲三本妙合覺四因果同地五依正互融六性修雙即七自他同根八即離雙超九眞俗自在十體用圓極所以華嚴説位至此動地雨花諸天供養歌讚也又此名位在別教稱爲外凡而此圓實位中自初住已即齊彼地上至此更超彼佛一十八位大非別教所仰視也回向十位已竟㊀七加行四位構李曰據瓔珞等經皆不別列四加行位若唯識等論則以地前

四十心爲外凡資糧位十回向後別明煖等爲内凡加行位焉吳興謂借別名圓者名意畧同而實不同也唯識謂加行者加功用行以近初地見道從凡入聖是大關節須加功行此即名意畧同之處問此經佛判六十聖位何同唯識復分凡聖答與奪同別二俱無碍若約圓初頓悟本佛故與其同是聖位若斟別淺深則信解之視眞修不妨有凡聖之別但此圓凡已超別聖遠矣分爲二（丑）一結前起後

阿難是善男子盡是清淨四十一心次成四種妙圓加行

温陵曰四十一心者乾慧一信住行向各十小乘通教皆有四加而非妙非圓故此特標妙圓加行○以先悟本成而後起無修証之修証故曰清淨然特謂之妙圓者以從初位至於住滿雖皆純用中道而文中未嘗顯言利生之事是則趣眞之智居多十行位中始以明言度生是則出俗之悲最勝十回向文中顯然眞俗互融悲智等運位位願願圓滿中道故今躡十向而談加行最爲妙圓謂於諦理非三非一曰妙即一即三曰圓問華嚴位位俱有度生何無眞俗中之次第答二皆佛言各有所主當互發明前不云乎華嚴演功業故詞泛廣而渾同楞嚴原立名故詞切要而區別相資而不相礙也問既由純中而趍眞出俗又由眞俗而圓滿純中即應極証此位何以復加而十地何以復修乎答十信似修而實但滿其信心三賢似修而實但

極其解心皆非眞修也今信解滿極將入眞修故說加行矣是則尚非眞修豈可輙言証極乎問信前豈無信解修耶答皆似信似解而已縱有修相亦但發似信似解之功夫耳尚非似修豈濫眞修又未入五品與既入之位復有散定二心之别然則進修次第思過半矣夫歷六十而均稱聖位者尊其頓悟也列十科而區分諸位不廢修成也達性修之無礙者斯可與議道哉㊀二别明四位此異唯識位位各有能發定所發觀及所觀法今詳經文但以心佛二字對辨四句而成四位蓋是以心攝衆生以佛攝眞如即是總躡前三處也不止第十開出就分四㊁一煖地位

即以佛覺用爲已心若出未出猶如鑽火欲然其木名爲煖地

據相攝之義固十向總躡據顯然之文仍有别躡之處此位似躡覺齊佛覺而來則師云前之佛覺雖曰能齊未能正証今將趨聖果故即用佛覺爲已因心復加功行以求正証初入因位未即得果故譬鑽火方得煖相○前但發願希求此則實用進取又前佛見未忘未能泯爲已心此方泯佛見而但惟一心猶云佛即心也因位即指本位果則指初地也（唯識此位入明得定發下尋思觀創觀名義自性差别皆空而已）㊁二頂地位

又以已心成佛所履若依非依如登高山身入虛空下有微礙名爲頂地

此位似躡地如佛地而來以所履即地相也吳興曰依煖地心修佛果智智觀於心

故如足履地心相垂盡故若依非依高山喻當位之心虛空喻所依之理○心相未盡故下微礙礙至於微明心相無多也蓋前位佛見雖泯心見猶存至此則復泯心相而但惟一覺猶云心即佛也唯識此位入明增定發上尋思觀重觀名等四法皆惟心變也

寅三忍地位

心佛二同善得中道如忍事人非懷非出名為忍地

此位但以總承前二位雙存心佛故曰二同猶云即心即佛也因果交徹故曰善得中道溫陵謂因果兩忘乃濫下位矣其以將証未証配非懷非出不差於忍事而言非懷非出者蓋既能容忍非如常人之懷恨故曰非懷然尚存忍受非如至人之頓忘故曰非出其於所忍之事將忘未忘比於忍地菩薩將證未證恰相似也唯識此位入印順定發下如實觀印前四法是空

寅四世第一位

數量銷滅迷覺中道二無所目名世第一地

首句標此亦總承前三位而雙泯心佛故曰數量銷滅蓋有心有佛因果位別皆是數量此則方是因果兩忘猶云非心非佛也次二句釋數銷也以迷覺二字雙貫下之中道然迷中道者非謂迷了中道蓋迷即未覺位也故迷中道者即未覺位中因人所修之中道耳覺中道者亦非謂覺了中道蓋覺即大覺位也故覺中道者即大覺位中果所證之中道也是則迷中道仍是菩薩因心覺中道仍是佛之果智於此二無所目者蓋下不見自心上不見佛智而心佛兩忘不存數量於世間法中最為

第一是顯登地方爲出世成佛方爲出世
第一也唯識此位入無間定發上如實觀印二取空伏除二障俱生分別也
夫初位佛即是心次位心即是佛三位即
心即佛四位非心非佛故不離心佛二字
而四位章章矣然此中特引唯識者有三意一令人就明唯識以彼名既同此安可不察其義二顯彼不同此蓋既違彼義便見名同義別三明此深彼淺蓋彼初地方齊此之初住故彼地前四加即此住前十心所以四定四觀畧似十心中定慧根力而實偏圓異言況此四加已超彼佛一十八位之上豈可同年語哉
又孤山謂此十向開出義亦無差理猶未
盡蓋凡進證一位必有入住出之三心今
四加在向地兩楹之際應是十向出心而
初地入心倘不另開合前合後無不可者
後之等覺金剛放此推之加行四位已竟
(子)八地上十位温陵曰十地者蘊積前法
至於成實一切佛法依此發生故謂之地

也○約此則有二義一者成實義蓋地以
堅實爲體故也二者發生義蓋地以發生
爲用故也據前四卷末如來但立因果二
地文云得元明覺無生滅性爲因地心然
後圓成果地修證則是但以初住圓通本
心爲因地而以佛究竟妙覺爲果地中間
皆圓成果地之位也今考禪那聖位本文
二住即名治地而以前妙心履以成地又
回向第四云精眞發明地如佛地至四加
位位位稱地此皆因地也蓋地亦訓階良
以十地方是眞因而地前說地乃此眞因
之階地也今此十地應亦果地攝也雖佛
地方是眞果而此十地乃進証眞果之階
地也又以修証而言則十地既稱眞修影
顯地前皆是似修佛位既是眞証則十地

但惟似證是則初心究竟理雖頓同而歷位淺深序仍不濫圓融行布二無礙矣就分爲十科㊣一歡喜地

阿難是善男子於大菩提善得通達覺通如來盡佛境界名歡喜地

大菩提者五菩提中應是無上菩提據本經四卷佛自結名無上菩提者乃以非一切即一切及雙離雙即三如來藏爲全體以一多相即大小無礙乃至徧包融攝爲大用是也此位方以通達而未證極仍是明心菩提見道位也前云三有衆生出世二乘以所知心不能測度今則惟許此位菩薩不惟通達而且善通達也然此二句似方標定次二句乃釋此也覺通如來者即自心本覺與佛心妙覺圓融無二所謂惟妙覺明圓照法界即覺通也盡佛境界者亦以三藏四義四相全體大用攝盡佛之妙境此二句表其正由覺通如來盡佛境界所以通達無上菩提然通之一字乃實証親見非同文字比知又當知覺通二句乃躡前四加中即心即佛彼方將証未証此則實証又彼縱覺通而未盡境此則不但通而且盡所以增勝而爲聖位矣華嚴說此菩薩善知諸地障與對治等十句皆言善知亦似通達末後結以轉入佛地方似盡境然通達地上修因之事恐未合此無上菩提二經之旨似稍別也智者詳之結名歡喜者於所希望初得通達故也金光明云初證得出世之心昔所未得而今始得於大事用如其所願悉皆成就生

極喜樂也㊀二離垢地

異性入同同性亦滅名離垢地

躡前位則覺通如來即九界異性入一佛境名異性入同始證必不忘於佛境而佛境當情即此便爲清淨本然中之微垢也是須將此同性亦復滅除方所謂離垢清淨又若躡前四加中非心非佛彼方加功此亦實証也又彼非心非佛數量銷滅方是異性入同此復將此同性亦滅進證離垢亦見增勝而成二地聖位矣華嚴金光皆表離諸破戒之垢旨似頗異不必強同若以墮異墮同即名破戒此固甚深而亦似強合矣㊀三發光地

淨極明生名發光地

淨極二字全躡離垢而言前位方以離垢未至離離今復將離垢之離亦復遠離是爲淨極眞覺顯露是爲明生譬如古鏡離垢之後更加拂拭則淨而生明自然之理葢生佛異同情垢細障既淨無餘則本有照用顯洩而不容遏密所謂淨極光通達也華嚴明此菩薩大發眞淨六種神通意相似也結名發光即生明也㊀四焰慧地

明極覺滿名焰慧地

明極躡前明生葢前位如火始然光明始生未至明滿此位則如火熾然成大猛聚唯識與金光皆言燒煩惱薪此雖理深亦必有微細惑障爲其所爍絶也而言覺滿者葢明稱性故言覺滿所謂寂照含虛空也華嚴此位全修助道三十七品所謂菩提分法似正燒薪之意然文中乃表生法

王家似同此經四住不可不詳細玩此諸地上文多約其所證理之淺深以立位次不同彼經多陳修斷來哲無黨但究義而較分劑不可秪觀文之廣畧而分勝劣也結名焰慧者表如錟之慧有爍絶之勝用而已㊄五難勝地

一切同異所不能至名難勝地

首二句以初地覺通如來異性滅而惟一佛境二地同性滅而佛境亦忘初復清淨本然了無罣礙自此復經兩地由淨而明由明而滿則前之異同遠離之久故至此杳不相及葢理極圓融無復同異之可見結名難勝者一切世出世間逈不能齊沉能過勝乎唯識謂此地眞俗兩智行相相違合令相應極難勝故是彼眞俗似類同異然彼合之最勝此則逈脱難齊權實偏圓旨趣有殊但相似而已㊅六現前地

無爲眞如性淨明露名現前地

夫自地前加功用行由賢希聖乃至入地銷異滅同明生覺滿由是逈超同異而有爲功用最勝勝極無能勝者然而極盡有爲則無爲眞如性方顯現故以現前名地良以圓頓人發心即頓悟眞如妙性忘情佛境然而五住未破心垢未除其於眞如尚屬比知豈即親証今由似修而歷眞修極盡有爲功行將至無功用行故於斯地眞如方始顯現初得親証然而眞如全體大用當在八九兩地而八地眞無功用此地方到無爲始顯眞如而已又此但約性顯而名現前華嚴金光多明功行顯現似

亦殊旨故不煩引也(丑)七遠行地

盡眞如際名遠行地

前位眞如方得顯現尚未全彰況能行盡此則盡其實際莫不徹至溫陵曰同異不至則眞如淨性明露現前矣眞如現前分證則局盡際乃遠迥超極造故名遠行吳興曰盡眞如際者斯是無際之際理既無際行豈近乎○此經從五地同異不至則有爲功用即已畢竟六地無爲眞理即巳現前至此則眞際全彰華嚴此地方明功用極至且但言功用殊勝而總不言本理顯現似亦殊旨智者詳之(丑)八不動地

一眞如心名不動地

溫陵曰既盡其際乃全得其體一眞凝常故名不動○六地眞如方以顯現七地方以全彰而實未即用爲已心今言一眞如心者已心佛心二俱圓泯惟一眞如本心即一眞如法界而已名以不動者動即變也而如理精眞一無變異故云爾也菩薩當住此地根身器界一塵一毛悉是眞如自心所謂徹法底源無動無壞故以不動名之蓋自初心領悟者至此而親證不謬矣華嚴此地方明十身互作又於此地而列十地別名亦有童眞之號至偈明乎八住頗似同此經八住合前四住生貴之意推度不可不甄別也更俟後文以通伸詳辯(丑)九善慧地又二(寅)一正明本地

發眞如用名善慧地

前位是得眞如全體此位是發眞如大用稱體起用自然之理華嚴金光多指功行

而此經似說本眞自體自用前位如一塵一毛皆清淨本然周徧法界此位則一一互攝互入即徧即包等十玄業用皆眞如用也結名善慧應即法界無障礙智也問七行之塵界互現五向之依正互涉與斯何異答七行方有是行五向方有是願未說親証本眞自體自用法爾本具者顯現發揮此眞修位中相似親証故大不同詳此十聖行相與華嚴多所不同故推聖言以求至理非敢妄生去取若華嚴唯識金光皆言此地具四無礙辯爲大法師最善說法然華嚴發明說法境界亦大不思議謂其能令有情無情徧演法音等資中曰華嚴名此菩薩具四無礙智作大法師演說無量阿僧祇句義無有窮盡故名發眞如用○子謂說法固亦可以說爲發用然方是大用中一用耳故明用不遺說法而說法豈盡大用耶餘地皆不盡同此何必同乎故須具足十玄方爲稱眞之用然亦豈遺說法(寅)二結釋通名

阿難是諸菩薩從此已往修習畢功功德圓滿亦目此地名修習位

諸之一字非但只指九地已往者乃通指上位或惟四加以至九地以佛於四加前總結過四十一心顯彼是修位前諸方便心也此復總結故宜但從四加顯修位耳修習下二句以自初心頓悟妙眞如性由是歷位修斷以至於此眞如全體大用親造實到無欠無餘故云爾也又若二句別以分屬自四加至六地修習畢功以次位

即入無爲故也自七地至九地功德圓滿謂眞如本具性功德畢顯又後位但惟取證故也末二句明標自此地以前通名修習而實彰顯後三位修意少而証意多也此亦不違相宗但以十地總修習位也(丑)

十法雲地

慈陰妙雲覆涅槃海名法雲地

舊解多種似各偏缺而名義亦不相顧吳興以上句屬於慈而次句以衆生本寂滅相爲涅槃海是但利生也温陵亦以上句總屬於慈而但標爲自已果德却以下句爲如來果海謂兩相稱合是乃人分自他而法惟目果也又法雲二字唯識謂大法智雲含衆德水充滿法身金光明謂法身如虛空智慧如大雲皆能徧滿覆一切故華嚴謂受大智職增長無量智慧功德名爲住法雲地是皆似以法爲法身雲爲智雲總是理智孚契之意今別解之上八字爲義末四字結名義中慈妙是法慈目利他之悲妙指自利之智陰雲是喻陰取庇潤之相雲取充滿之體悲如陰而智如雲二者俱有蔭覆之意故下句覆者稱合圓徧也良以悲智陰雲是十地圓滿因德涅槃海是十地將證未證之果德涅槃畧取圓寂爲義眞無不圓而妄無不寂之謂海者喻此果德之量横亘竪窮廣無邊而深無底菩薩悲智圓滿切隣斯果故於斯地方以稱合而無少欠闕也故知前非無智無悲但至此而稱合涅槃爲勝耳然亦不說稱合佛德恐濫等覺結名法雲地者以名召義則法之一字雙含悲智雲之一字該攝於陰而攝用歸體以此二字之名召上八字之義可謂名義相孚矣通上經論考之經固佛言論亦佛意豈敢妄生敬慢輕起抑揚但旨寓於文而聖語錯綜實無定相固不可私於所習而失其公評亦不應避嫌而隱佛實義夫唯識金光文

義皆同雖華嚴事用洪廣語意亦無大殊
獨此經文辭簡而義迥殊了無符同之相
且華嚴四地方說生法王家而此經四住
明言譬如中陰自求父母陰信冥通入如
来種似全同彼生法王家至於四地但言
明極覺滿了無生貴之意又華嚴八地方
說十身相作而異名中亦言是童真住此
經八住已云十身靈相一時具足名童真
住至八地但云一真如心了無十身童真
之語又華嚴九地明言法王子住而此經
獨於九住受法王子名至九地但云發真
如用沓無王子之稱又華嚴十地顯言灌
頂受職而斯經十住明言如國大王分委
太子陳列灌頂等至十地但云慈陰妙雲
覆涅槃海了無灌頂之相是華嚴四八九
十地位皆同斯經住位餘地亦但名字多
同義亦不類至於兩經住位亦但名字多
同而義各差殊凡若此者豈可謾不加察
哉異興遽以地住十身之同而抑華嚴爲
別圓大不可以二經皆但借名別教以誘
彼而已而義實皆天淵也嘗見責之固當
然但高推華嚴亦不詳訂異同之由似亦
未盡理也今有比度試與智者商之非敢
執爲定說也斯經具二無礙法界各一分
意旨頗同華嚴但辭有廣畧耳然亦未有
更比華嚴超越之理問今何現以十住同
華嚴之十地耶答佛語自在應有兩途一
者融攝意蓋圓旨一攝一切則初住即應
攝初行初向初地如是乃至十住即應攝
十行十向十地若此則應十十各同何止
住地四位之同耶二者開合意蓋佛語無
定或問前而合後或合前而開後今楞嚴
恐或合華嚴住行向爲十信亦如天台合
別家二十三位爲後三信是也請言其相
答以五根初植爲住義以進定二力收定
散諸行以第八慧力明言回向九戒十願
皆向意也由此十信合彼三十故得以此
經十住遂對華嚴十地問若是則住後諸
位復是何位答俱應是等覺開出耳問等
覺一位安得有此多義答華嚴十定十通
十忍與斯後位法數正均但建立異耳楞
嚴分取同他謂每於十位皆分取定通忍
三而同他權教立行向加地之名亦所以
誘引於彼也請明其相答如十行中前四
度是忍皆須勤勇無間故也禪度是定後
五智度是通神通與智互相資發故也十
向則初二是忍蓋十忍中無生最勝二向
無生可以意得也中五是通一總四別總
意可知至一切處不過十方三世乃眼耳
宿命三通也次三向神境漏盡他心如次
三通也後三真如皆自性定可以意得加
地則三別一總四加全作於忍勤勇無間
意也初地至四地是通蓋通達盡境則眼
耳神境宿命他心皆極增盛離垢可當滿
盡明生明極仍是最勝三明五地至九地
是定前一引起後四皆自性增勝定也十
地是三之總慈悲無緣忍也智慧無障礙
通也稱合涅槃定也此之開合但因二經
住地之位既同恐須如是開合理或然矣
又華嚴等覺一位含攝甚多恐是楞嚴行

等諸位然上聖境界惟証乃知終不執定姑存之以供智者玩適取捨隨心亦不必深諳也地上十位巳竟

大佛頂首楞嚴經正脉疏卷第三十二

音釋

脗武粉切音吻合也　遏阿葛切音閼止絶也　劑才詣切音薺去聲分劑也

大佛頂首楞嚴經正脉疏卷第三十三

明京都西湖沙門交光真鑑述

㊀九等覺一位起信等諸經論中亦有於十地後不開此位者乃合入十地耳或目爲果合入妙覺然而因有多分果惟一位合入十地爲正總不若今經另開問行向地等既即定通忍應即等覺憑何又開答等覺義長攝廣前義不攝覺際入交何妨另開分爲二科㊁一正明本位

如來逆流如是菩薩順行而至覺際入交名爲等覺

此位將明菩薩始覺等於如來妙覺故先舉如來而言逆流者蓋謂如來已先證入妙覺果海無復進取但惟不捨衆生倒駕慈航逆流而出而此菩薩乃言順行而至者謂其進取未竟方趣果海順流而入也覺際入交者菩薩始覺與佛妙覺分劑正齊但有順逆之不同耳譬如入海採寶者前商已得諸寶逆流而出到於海門後商方以進取順流而入亦到海門是二船恰齊但前商船頭向外後商船頭向内爲不同耳吳興曰瓔珞經云等覺照寂妙覺寂照即其義焉溫陵曰十地菩薩混俗度生與如來同但所趨逆順與如來異葢如來逆流出同萬物菩薩順流入趨妙覺已至覺際故名入交與佛無間故名等覺即解脫道前無間道也㊁二出所得慧

阿難從乾慧心至等覺已是覺始獲金剛心中初乾慧地

首二句通前總躡見始終同名乾慧而實

名同義別耳言從乾慧至等覺者中間所攝五十四位并能攝二位共五十六總以結盡是覺即指等覺金剛心者解脱道前無間極力至堅至利能斷無明生相微細惑體故云爾也然連此以稱乾慧者顯是究竟乾慧揀異前之初心乾慧也溫陵曰前名乾慧以未與如來法流水接此名乾慧以未與如來妙莊嚴海接吴興曰以障妙覺無明初乾未與究竟如來法流水接故也○初乾即是始獲蓋表前位皆未能得此慧至此始得初乾矣諸師於此或但合入等覺或更別開一位愚謂詳玩是覺始獲四字則合於等覺固無不可然更玩至已二字斷是等之後心則別開亦通今但取五十五位則合之爲是取單複十二及六十聖位則開之乃宜以佛語自在類多開合無定不應執於一也㊀十妙覺一位

如是重重單複十二方盡妙覺成無上道

初八字結上因位盡也一字但局一位爲單一字總包十位爲複十二者或單或複共成十二也當依溫陵取一乾二信三住四行五向六煖七頂八忍九世十地十一等十二金也於中乾煖頂忍世等金七位爲單信住行向地五位爲複也末八字正明究竟果位總前位皆趨此果至此方收成功獲無上正真之實果也盡妙覺者謂因位初心圓人始覺雖漸次而深以本始未一能所未忘皆未盡妙乃至等覺亦但能齊而尚未能一今於最後一剎那間證

入斯位但惟本覺無別始覺能所淨盡寂照一如萬事萬理劃然一體故稱爲妙也究實其體不越前四卷中三如來藏其用不越彼四義四相所謂十玄德相十玄業用一時具足而窮玄極妙不可思議矣無上道者以圓頓初心雖與如來同一覺道而圓融不礙行布位位皆以前前爲下後後爲上則知因中諸位莫不有上斯位則証極而無復加上故云無上道也所謂無上菩提無上涅槃等皆其異號正答因果諸位一大科已竟(癸)二總揀非實非染

是種種地皆以金剛觀察如幻十種深喻奢摩他中用諸如來毘婆舍那清淨修證漸次深入

種種地即指上因地與果地也果地雖一因地重重故言種種金剛者即前所謂金剛王寶覺蓋自初住圓通之位已即分證位位轉深至等覺則究竟金剛心也故知金剛乃甚深般若之名是即實相之觀照所謂如珠有光還照珠體前劣後勝一體而已觀察者即以金剛寶覺照之也溫陵曰種種地單複十二位也十喻者幻人陽燄水月空華谷響乾城夢影像化也〇深喻者喻此金剛所照之修皆如幻等所謂如幻三摩提無一實體終不着相永明云修習空華梵行等是也總表無修之修正以揀彼凡小執於事相之實修也奢摩他前文考佛答處已作自性本具圓定而以照見於此爲微密觀照至於毘婆舍那前文門答皆無是名按深密經佛以無分別

觀爲奢摩他以差別觀爲毘婆舍那似分照真俗之意今詳味斯經語脉似不全同彼意良以無分別之語固不違於性定而差別云者仍可參詳今言奢摩他中顯是於自性定中又言用諸如來毘婆舍那而下復贅以清淨修證顯是從性起修則毘婆舍那全歸修意蓋是不離自性定中雙用即定之慧與夫即慧之定而定慧圓融之意也然更須知仍是合性修兼定慧雙收前二以結歸禪那而已末言漸次深入者蓋是圓融不礙行布而務臻究竟實所終不化城中止矣㊇三歸重初心勸進

阿難如是皆以三增進故善能成就五十五位真菩提路

此之歸重初心以勸進欲人由下學以上達也良以圓人頓悟雖窮盡因果而發足進取須重初心故今此經談位既始於三種漸次而學者豈可不從此以策力哉故此節深意誠在此耳吳興曰三增進者即漸次也前三文下皆結示云是名增進修行漸次又云從是漸修隨所發行安立聖位五十五位者除前乾慧由信至等覺是也問何故除乾慧而又不取妙覺答既言真菩提路則顯乾慧非真妙覺非路㊇四判決邪正令辨

作是觀者名爲正觀若他觀者名爲邪觀

欲人捨邪而歸正也吳興曰須知圓教之外三乘所修皆屬邪觀○此對勝揀劣爲邪非叛道之邪也孤山曰圓教地位以六即配則十信爲相似即初住以後爲分真

即妙覺爲究竟即○此天台所判圓教所獨漸教有六無即頓教有即無六今行布不礙圓融故六而常即所以六位皆佛圓融不礙行布故即而常六所以六位不濫至於諸位所斷無明所證真如隨佛自在分合而爲多少何敢定數華嚴百界倍增但可準知未必定依其數也良以斯經位次不定依彼故耳一正說經一大科已竟㊜二說經名夫義者名之實而名者義之表是故因義以定名由名以表義名義常相須也今正宗委談三分所詮經義略備而能詮經名不彰則何以辯義而成總持耶故即說經名焉溫陵曰正宗未終而遽結經名由初示密因次開修証而卒乎極果則經之正範畢矣結經後文尚屬正宗舊名助道分者特助道而已故後別列乃正助之辯也分二㊖一文殊請名又二㊒一具禮陳白

爾時文殊師利法王子在大衆中即從座起頂禮佛足而白佛言

初以阿難當機者欲進多聞人於大定也而終以文殊爲請名表總持全經非根本大智不可也㊒二請名問持

當何名是經我及衆生云何奉持

凡問經名必兼請持法而答名之後多不詳答奉持略結而已良由名以略文總攝多義得其名即得其總持之要矣故不別答受持之法也㊖二如來備說分五㊒一從境智爲名

佛告文殊師利是經名大佛頂悉怛多般怛

羅無上寶印十方如來清淨海眼
首句標告及是經二字文局第一義通五題下不重標詳玩五題皆顯密雙彰而義則互通以顯密無二但廣略持解力用異宜而已今第一名初十三字彰密楞嚴也分雖各屬而釋則合用下皆放此密題全當科之境字境即諦也爲智所對文用三重喻表一佛頂二白傘三寶印雖亦是喻而直以稱法非待法合此之謂表法也首三字表理體屬眞諦前總題中通表蓋是因題立意此對下文但表理體也大之一字貫下白傘仍作稱讚之詞佛頂具二義一無上而最尊二無見而最妙正以表一眞法界故以大稱悉等六字此云白傘蓋七卷中元有摩訶二字故亦應有大意今因上大字貫下故不重標傘蓋雖亦可作二物今以舍覆用同故但爲一此對佛頂當表事用俗諦若連摩訶即當體大而以白傘當相用二大今緣佛頂表體大已代摩訶故得六字皆但屬於相用白衆色之本今表萬用清淨乃即眞之俗非同染着之用也傘蓋正表萬德張施慈悲普覆爲佛果要用作衆生依怙也末句總攝上體用眞俗而爲第一義諦以圓融絶待更無法能過之故云無上也寶印者即海印心印也華嚴云二諦融通三昧印又云海印三昧威神力法句經云森羅及萬相一法之所印即諸佛祖以心印心相傳之心印也末八字顯題也十方如來明諸佛同証也清淨者離分别絶能所之意海即心海

眼即智也謂照心海之智眼也上密題中所詮表之三諦是即心海全體大用以智圓照此之心海名曰海眼然須離諸分別一念不生方以黙契又如珠之有光還照珠體體即照而照即體始爲清淨海眼㔾二從機益爲名

亦名救護親因度脫阿難及此會中性比丘尼得菩提心入徧知海

諸題顯密分明獨此題似乎惟顯無密然準四推之當亦意具良以救度慶喜性尼皆憑呪力故此題前十八字當是稱秘呪之功能也而阿難登伽正以舉此經之當機也故凡務多聞而未全定力者皆準阿難凡欲惑熾然不思出要者皆準登伽末八字表利益也菩提心即前三諦圓融之心徧知海即前徧照三諦之海眼也此蓋但於前題中加當機獲益勸人欣此入此也問前總題中不許立諦只言三藏今何說諦而不說藏答前爲斥絕三觀故並諦不許今爲明境用諦而三諦仍即三藏而已㔾三從性修爲名

亦名如來密因修證了義

亦名下上四字爲密下四字爲顯總題中分屬明白以如來密因爲性具者蓋諸佛須見自心果性本有依此起修方成眞因權小皆所不知故曰密因修證了義者言雖知本有不墮無修無證不妨有修有證然依無修證而起修證故曰了義非同染實之修不了義也又盡理顯談非就機覆相也廣如總題中解蓋密因仍是前之境

智但加修証而已恐悟人具見自心理智天然而不加修証亦終不能究竟所以勸人不可徒欣仍當修此証此也㊁四從要妙爲名

亦名大方廣妙蓮花王十方佛母陀羅尼咒

亦名下上七字爲顯爲最妙大方廣取起信釋乃一心所具三義華嚴作所証之法三字以次爲體相用之三大此乃三字並列不同總題之讃詞也此大乃直目性體横亘竪窮無邊無底相乃義相德相具足恒沙性功德故大方二字即性相對也廣指用言以上性相皆屬於體稱體之用無盡無量無障無礙如十玄妙用是也盖以見斯經旨同華嚴矣蓮華取義甚多且略取於方華即果處染常淨二義亦即表於一心三大之法因果交徹本具而非修生染淨不二融即而非擇滅王以自在爲義因果染淨俱得自在故稱爲王盖見斯經旨同法華矣然則性相體用交徹圓融至妙無以加焉末八字爲密爲最要佛母表其有出生義陀羅尼此云總持明其具含攝意七卷說咒利益中亦稱其能出生一切諸佛顯文中亦言十方薄伽梵一路涅槃門俱佛母意也陀羅尼既總一切法持無量義合於上佛母一表出生多佛一表含攝多義豈非至道要術哉此葢復於有志希修証者具示以最妙最要之處信乎可以彈指超無學也㊁五依因果爲名

亦名灌頂章句諸菩薩萬行首楞嚴汝當奉持

亦名下四字爲密餘皆顯也吳興曰此經從天竺灌頂部中流出葢約密言名灌頂章句有誦持者則如來智水灌其心頂亦如剎利之受職也〇此中所取因果有二一者密題爲果以灌頂受佛職故職即果也下皆屬於因行以諸菩薩萬行爲別行如前四度首楞嚴三字爲大定之名乃定慧雙融後二度也前之四度皆依此而運方成第一波羅蜜故爲總行若準起信論中五行則此之萬行即彼前四行此之首楞嚴即彼第五止觀雙融行也合此總別因行方以感彼佛職之果欲欣果者務修行也二者密題中旣曰智水灌頂即屬文殊大智菩薩萬行即屬普賢大行智行總之爲因首楞嚴即毘盧萬德圓融究竟堅固之大果也良以佛說斯經無非欲衆生修大因而證大果故此末題終歸因果也如華嚴法華二題可類見矣汝當奉持文局於此而義總結五題以上五中境智機益性修要妙因果皆當信奉受持葢必以智照境隨機受益從性起修盡其要妙滿其因果方爲能奉持也夫旣說全經而又備陳經目則如來所以應求而說者可謂悉委悉盡矣故如來委說一大科已竟㈹三阿難悟證阿難示現多聞遲鈍初以一果聞經中間但表開悟並無敘証今至經終方明進證無非大權引物耳分二㈸一敘所聞又三㈺一結標時衆

說是語已即時阿難及諸大衆

㈺二聞經義理

得蒙如來開示密印般怛羅義
此舉密稱顯見顯密同義也密印者秘密心印也如偈云眞非眞恐迷我常不開演正秘密意也奢摩他中三如來藏三摩提中圓妙耳門解巾示結皆所以傳心印也大白傘葢本以名咒今言示彼之義即指顯文並文所詮莫非無外之心清淨之體普覆之用是大白傘三字可以收盡全經所以但舉於此義而敘所聞經也㊃三聞經名目
兼聞此經了義名目
前之五名皆詮盡理直指之了義非就機覆相之名目也葢名標總相義演別相得其別相可以開悟得其總相可以奉持葢開悟宜詳而奉持宜簡然總別互收利益齊等故雙述顯益也㊂二敘悟證分二㊃一同悟禪那
頓悟禪那修進聖位增上妙理心慮虛凝
前標時衆非止阿難故知此悟乃大衆同悟也首句標悟禪那者按經從初歷談但言奢摩他及三摩提而未言禪那直至此處始一稱之下連修進聖位足顯談聖位處乃是說禪那耳葢即全性而修三一圓融妙極難思之定慧也然其實體即前三如來藏之正因略兼了緣二因而已其曰修進聖位足見諸位多行位也增上殊勝也葢迥超權漸乃圓頓之極則焉心慮虛凝者全經朗徹萬象一心海印森羅言思不及之境也㊃二別證二果
斷除三界修心六品微細煩惱

悟雖同衆證則各别故此二果别就阿難非大衆皆但證二果也溫陵曰修道所斷之惑小乘於三界九地地各九品斷欲界前六品而證二果斷後三品而證三果斷上界各九品而証無學○思惑於修道位中斷之故曰修心然全分即通三界故言三界修心所謂言通也六品仍在欲界斷之所謂意别也微細揀非見惑之麤耳阿難備聞全經而但進二果既由示表多聞之劣不勞曲會強增華嶽之高矣請位至此名圓位因果周經中具示妙定始終已竟(乙)二經後别詳初心緊要此後諸文仍是正宗問正宗未盡何遽結經答順序而談無所隔間義窮言盡故應結成如由悟而入由入修證從因至果性定歸元言義俱周豈不應結乎然而正談三分速欲知其始終故文中雖亦略言諸趣諸魔不暇詳敘恐葛藤滋蔓而支離間隔於本文也其柰義有關要理應委知故於經後詳發是則既不隔間於正文又以不失於要義也其關要深故待於各科首發明之分爲二(丙)一談七趣勸離以警淹留修楞嚴者於人仙天趣不應躭戀其果於修羅三塗不應誤犯其因然後能迥超有漏而速階聖位也故自經初每曰輪轉曰諸趣曰輪迴曰淪溺乃至十二類生皆以謂此而不及詳言故此委談勸離所以警淹留也又分二(丁)一阿難請問又爲二(戊)一述謝前益

即從座起頂禮佛足合掌恭敬而白佛言大

威德世尊慈音無遮善開衆生微細沉惑令我今日身心快然得大饒益

問此既謝前得益何不分屬上文答此之禮拜雙具二意一則謝前一爲請後若屬前文則請後無拜禮有缺也故屬下可兼二意經中凡訶斥處皆屬折伏之威凡示勸處皆屬攝受之德慈音無遮者至教無悋惜下愚不檢擇也巧示曰善開微細惑開謝破妄也身心快然謝顯真也其實進修取證皆所以終破妄顯真之功耳故二意謝盡全經(戊)二更請後談分二(己)一總問諸趣又分三(庚)一領惟心真實又二(辛)一心體本真

世尊若此妙明真淨妙心本來徧圓

此先直就心體以領徧圓所謂彌滿清淨中不容他也(辛)二萬法惟心

如是乃至大地草木蝡動含靈本元真如即是如來成佛真體

此方就萬法以會徧圓即是如來四字應在本元之上下言本如即性具之理佛體即修成之實所謂物物闡遮那之形名播如來之號(庚)二問何有諸趣

佛體真實云何復有地獄餓鬼畜生修羅人天等道

首句躡上萬法惟心無障無礙云何下敵體番之以問如何却有障礙違心之七趣以有等字該僊藎約方聞未證之時觀之現見違礙自心不得自在故言云何復有等也(庚)三質自然因緣

世尊此道爲復本來自有爲是衆生妄習生

起

本來自有者疑是無因本具也因緣可知

（己）二別詳地獄七趣雖皆障礙而地獄猶劇苦處更當謹戒是以復詳問之分爲三

（庚）一略舉墮人淫怒痴爲三毒惡習招獄之最重者故略舉之以該其餘也分三（辛）一貪婬墮者

世尊如寶蓮香比丘尼持菩薩戒私行婬欲妄言行婬非殺非偷無有業報發是語巳先於女根生大猛火後於節節猛火燒然墮無間獄

此犯有三一犯婬二謗戒三誤人漸至極重故墮阿鼻報則有二一現報謂身火燒然二生報即墮無間獄也（辛）二怒痴墮者

琉璃大王善星比丘琉璃爲誅瞿曇族姓善星妄說一切法空生身陷入阿鼻地獄

此二合說琉璃屬怒善星邪見屬痴溫陵曰琉璃匿王太子廢父自立挾宿嫌誅釋種佛記其七日當入地獄王泛海以避水中自然燒滅○宿嫌舊恨也有遠近二因緣遠謂琉璃多劫前曾爲大魚釋種前身共食之此爲遠因近謂琉璃今世爲釋種之甥因禮來賓強坐佛座釋種罵之懷恨誓殺此是近緣善星亦佛堂弟撥無因果經文甚明生陷者謂連肉身陷下具足現生二報以業力強勝故耳（庚）二雙質同別

此諸地獄爲有定處爲復自然彼彼發業各各私受

吳興曰問意有二謂別業同報別業別報初問婬殺妄三即別業也爲有定處即同

報也爲復自然下次問別業別報據下答意皆是別業同報耳㊇三求示護戒

惟垂大慈開發童蒙令諸一切持戒衆生聞決定義歡喜頂戴謹潔無犯

發開童蒙者以此屬人天乘事故言開發幼童蒙昧也令諸下明其嚴戒正此更詳地獄之本意然於三摩提中道場之始所以嚴戒四重者豈不大有助乎㊅二如來詳答分二㊆一讚許

佛告阿難快哉此問令諸衆生不入邪見汝今諦聽當爲汝說

快哉者合意而喜之讚辭也下二句明其所以葢犯婬無報法空無果皆顯然邪見琉璃爲嗔心所蔽不復知有惡報亦隱然有邪見爲主宰也凡墮阿鼻多由邪巧之見至於修羅乃至仙與人天凡有躭戀而視之爲樂爲脫殊不知其爲苦爲縛者皆邪見攝況皆障首楞嚴故佛云耳㊆二說示分三㊁一備明諸趣又二㊇一略示升墜根由又爲三㊈一約積習分判情想又爲二㊉一依眞妄分内外

阿難一切衆生實本眞淨因彼妄見有妄習生因此分開内分外分

本眞淨者葢言妄染招報之因皆依無妄無染之眞心中起也妄見即惑妄習即業此二爲因故分内外下自釋之㊉二釋成墜升所以衆生但見六趣升墜而不知正因故與釋之分二㊊一釋墜所以墜謂三塗分三㊋一略釋其名

阿難内分即是衆生分内

但言貪戀本趣而不求出離者俱爲內分則不勞辯難益凡在升墜不定之時若但戀於本位而不求增進者必至於墜事事皆然復何疑乎(子)二轉愛屬水人間水惟趣下而情皆化水足知從墜無疑矣又二(丑)一正明愛水

因諸愛染發起妄情情積不休能生愛水

愛有總別二意總謂諸情皆屬於愛愛即情也別如世說喜怒哀樂愛惡欲爲七情愛居其一而已今總意也良以七情中怒惡似與愛反而實由人之損我所愛方怒方惡縱曰性情之正是亦惑境爲實皆愛情爲本故總屬愛也最初對境起着爲愛染深貪極戀堅執不捨爲妄情情積不休者慣習深厚潛滋貪業也能生愛水者墜業已成下墮所不免也(丑)二歷舉驗證

是故衆生心憶珍羞口中水出心憶前人或憐或恨目中淚盈貪求財寶心發愛涎舉體光潤心著行婬男女二根自然流液

此但舉事以驗情必化水而已恨雖恨彼害已實亦憐已受害之苦而發悲是即七情中怒惡貪財光潤者曾聞有人忽拾大銀一錠舉身流汗是也餘皆易知(子)三結墜原名

阿難諸愛雖別流結是同潤濕不升自然從墜此名內分

流即流水結謂受縛上皆從墜所以末句原其因此立名內分也墜之所以竟(寅)二釋升所以分三(子)一略釋其名

阿難外分即是衆生分外

明非本趣也(子)二轉想屬飛飛必上升而
想必飛騰故也分二(丑)一正明想飛
因諸渴仰發明虛想想積不休能生勝氣
初聞勝境發心希望爲渴仰想極神馳意
常遠越爲虛想想積不休者想久觀成也
能生勝氣者必成超舉之妙因也(丑)二歷
舉驗證
是故衆生心持禁戒舉身輕清心持咒印顧
眄雄毅心欲生天夢想飛舉心存佛國聖境
冥現事善知識自輕身命
亦舉事以驗想必成飛而已然此外分雖
但局在界內至於引事乃是廣取豈皆局
哉持戒漸離業累故輕清雄毅者亦有高
舉無畏之狀以乘咒神力故也輕身命亦
視如鴻毛無復重累故亦屬於超脫餘皆
可知(子)三結昇原名
阿難諸想雖別輕舉是同飛動不沉自然超
越此名外分
約積習分判情想已竟(辛)二約臨終別示
升墜分二(壬)一約臨終相現
阿難一切世間生死相續生從順習死從變
流臨命終時未捨煖觸一生善惡俱時頓現
死逆生順二習相交
孤山曰生從順習死從變流者以一切衆
生皆愛生而惡死也是故生則順其習死
則逆其習此文辭互略應云生從存住故
順習死從變流故逆習也未捨煖觸謂現
陰之末中後陰之初也溫陵曰逆順相交
謂方死方生之間也一切善惡之業即於
是時隨其情想輕重而感變焉○末二句

似乎當在煖觸之下爲順恐是謄譯之訛
耳(壬)二判墜升分量又三(癸)一升而不墜又二(子)一先示純想極升又二(丑)一無兼止於天上

純想即飛必生天上

論生天應從四王以上益生於天上而卜居於天不同游者又按下純情惟局極重阿鼻此之純想乃統三界諸天故知純情報狹而純想報寬也(丑)二有兼往生佛國

若飛心中兼福兼慧及與淨願自然心開見十方佛一切淨土隨願往生

兼謂除善禪之外而有兼行六度願見諸佛者也(子)二後示雜想差別又二(丑)一正論雜想

情少想多輕舉非遠即爲飛仙大力鬼王飛行夜义地行羅刹遊於四天所去無礙

輕舉非遠者謂竪不越四天横不出輪圍游者暫到而已不同生者得常居住喻如羣臣至天子宫闕暫時非久去往也真際曰情少想多此通舉也理宜等降四類分之一情九想即爲飛仙二情八想爲大力鬼王三情七想爲飛行夜义四情六想爲地行羅刹(丑)二兼論護教

其中若有善願善心護持我法或護禁戒隨持戒人或護神咒隨持咒者或護禪定保綏法忍是等親住如來座下

綏安也法忍如無生法忍之類住佛座下者即温陵所謂八部之類是也(癸)二不升不墜

情想均等不飛不墜生於人間想明斯聰情

幽斯鈍
均等即五情五想孤山曰由昔情想感今
聰鈍是知言均等者總報之業也言幽明
者别報之業也由所習情想各在強弱致
有聰鈍之異○圓師所説聰鈍葢於人中
分於二類意謂想明即是想強情弱所以
世間有聰明者情幽即是情強想弱所以
世間有暗鈍者此説似通但恐違於均等
然予别有説焉但於總報大槩俱有一分
聰處如覺觀知解推度事理勝彼下趣故
佛表其由具五想想體明達所以有此聰
利也俱有一分鈍處如不具神通不能飛
舉劣彼上趣故佛表其由具五情情體幽
閉所以有此暗鈍也㊀三墜而不升分爲
二㊀一先示雜情差别又分三㊀一墜畜

生
情多想少流入横生重爲毛羣輕爲羽族
情多想少者眞際謂六情四想是也溫陵
曰横生者情多故淪墜帶想故飛舉而業
重不能但爲毛羣耳㊀二墜餓鬼
七情三想沉下水輪生於火際受氣猛火身
爲餓鬼常被焚燒水能害已無食無飲經百
千劫
眞際曰七情三想墜爲餓鬼溫陵曰俱舍
説大地最下有金水風輪有八寒八熱地
獄在三輪之上此文説沉下水火風輪又
似地獄在三輪之下疑此所指非地下三
輪乃地獄三輪也言水輪火際即寒獄第
八也受氣猛火謂受火氣以成身故常被
火燒或得水飲亦化爲火故曰水害已也

㊀三墜地獄

九情一想下洞火輪身入風火二交過地輕生有間重生無間二種地獄

眞際曰八情二想生有間獄九情一想生無間獄○經文缺八情二想意中必有節師補之是也然諸師皆謂八獄前七爲有間第八爲無間今詳後文另有極重阿鼻獨爲一獄則知前八俱稱無間但較之後一或苦稍輕或時少短其有間獄當如後文十八等獄方通也溫陵曰下洞火輪即八熱獄也身入風火二交過地謂超寒獄入熱獄也㊁二後示純情極墜分二㊀一無兼止於阿鼻

純情即沉入阿鼻獄

溫陵曰阿鼻此云無間謂受罪苦具身量劫數壽命五者皆無遮間名五無間此惟情業最重者墜入至劫壞乃出㊀二有兼更生十方

若沉心中有謗大乘毀佛禁戒誑妄說法虛貪信施濫膺恭敬五逆十重更生十方阿鼻地獄

溫陵曰若兼謗大乘等則此劫雖壞更入十方阿鼻無有出期以謗令無窮人墮邪見故㊃三結有處以顯別同

循造惡業雖則自招衆同分中兼有元地

前問此諸地獄爲有定處爲各私受此答造雖各私報有定處乃是别造同受也元地即答定處耳一略示升墜根由已竟

大佛頂首楞嚴經正脉疏卷第三十三

音釋

贅朱芮切音最猶綴也蠉而竟切音蠉物動也謄徒登切音騰移書傳鈔也

大佛頂首楞嚴經正脉疏卷第三十四

明京都西湖沙門交光眞鑑述

(庚)二詳示墜升因果上科示情想爲升墜因由淸濁雖殊要之皆爲繫縛三界之覊鎖非解脫世間之法故總屬於惑此科所言因果應卽是業與苦也諸天雖樂而亦壞行二苦所攝故不出三道也分爲七大科(辛)一地獄趣此雖諸趣並列而本科兼答別詳地獄分二(壬)一發明因習果交又分三(癸)一躡前標後

阿難此等皆是彼諸衆生自業所感造十習因受六交報

此文分明連結上科似非別起然上科情想意足下更無文且向下相連七趣俱有詳文故知別爲詳示但前論情想自勝向劣今詳因果自劣向勝二劣相接語勢就便躡之以起非仍屬上也感字非同凡小但是招意此乃化意謂地獄本無自心業力之所化作悟之卽空故華嚴偈云應觀法界性一切唯心造能破地獄經中所謂一一皆了元因信哉下文因果中一切苦具皆顯心之化作其旨深矣(癸)二開因示果又分二(子)一列十習因以明感招十習謂一婬二貪三慢四嗔五詐六誑七寃八見九枉十訟旣云爲習卽當屬業而貪等仍帶惑名則分屬亦兼惑業今以根隨分之貪瞋慢見四根本也婬卽貪業之首寃卽隨瞋之恨詐卽隨貪之諂誑亦貪分之隨枉訟卽隨瞋之害又約成業以十惡收之婬正身三之一而瞋寃攝殺詐誑攝盜

詐誑又攝妄言綺語兩舌之三枉訟又攝妄言兩舌惡口之三貪嗔卽意三之二見卽攝於痴分則身三口四意三無不周備矣雖亦有果但是帶言說因爲多故單言十因也就分十(丑)一婬習溫陵曰惡業起於情惑而婬爲情惑之最故前後皆首明之分四(寅)一正明感招

云何十因阿難一者婬習交接發於相磨研磨不休如是故有大猛火光於中發動

首四字總徵十科凡言交者結搆之始發者臨時之動後皆倣此接者染心會合磨者貪求觸樂感火之故下喻自明舒王云婬習研磨不休自耗其精則火界熾然於其生也尚有痟渴內熱等疾則其死也見大猛火宜矣(寅)二卽喻驗知

如人以手自相磨觸煖相見前

(寅)三所感苦事

二習相然故有鐵床銅柱諸事

二習現行種子也所謂業習種習之二益業習所以薰種種習所以辦果下皆倣此相然謂成焚燒之事也鐵床等卽火床火柱准別經中皆言化王女引罪人抱之卽燒也(寅)四引聖示戒

是故十方一切如來色目行婬同名欲火菩薩見欲如避火坑

色目者命名呼召之意猶言名色名目也欲火者隨因示果令知驚懼也菩薩避婬非是勉强忍愛乃是惟見其爲火坑而驚避之無毫髮之愛也以菩薩了見過去淫火劇苦如在目前故也此葢欲人敬畏佛

戒而勉學菩薩耳後皆倣此(丑)二貪習貪乃吸取諸欲之總名而婬爲上首旣以別開則財食等餘欲皆此習收之分四(寅)一正明感招

二者貪習交計發於相吸吸攬不止如是故有積寒堅冰於中凍冽

計執也謂執我我所故起貪也吸者攬取爲巳有也貪之感水如人思食口則水出而吸之感寒下喻自明矣(寅)二卽喻驗知

如人以口吸縮風氣有冷觸生

(寅)三所感苦事

二習相陵故有吒吒波波羅羅青赤白蓮寒冰等事

陵侵也奪也業習起貪主於侵取種習起苦竟以奪欲吒吒等忍寒聲也蓮冰色也

(寅)四引聖示戒

是故十方一切如來色目多求同名貪水菩薩見貪如避瘴海

瘴者癘氣也能令人輒病或復致死海巳當避何況更有瘴癘之氣甚言可驚避也餘意準上(丑)三慢習分四(寅)一正明感召

三者慢習交陵發於相恃馳流不息如是故有騰逸奔流積波爲水

陵欺也虐也恃倚也如倚財倚勢等也馳流逆上奔流也慢情本屬於水而性高舉如水逆奔故曰馳流不息如是下方明其感召於水也(寅)二卽喻驗知

如人口舌自相綿味因而水發

綿味卽舌自絞嗽也(寅)三所感苦事

二習相鼓故有血河灰河熱沙毒海融銅灌

吞諸事

鼓如風之鼓物皆上騰之意也(寅)四引聖示戒

是故十方一切如來色目我慢名飮癡水菩薩見慢如避巨溺

見慢謂見自心之慢非謂見他慢也後皆倣此孤山曰癡水者或云西土有水飮之則癡如此方之貪泉也○溺者以水兼泥易陷難拔之處巨溺益可畏矣(丑)四瞋習分四(寅)一正明感召

四者瞋習交衝發於相忤忤結不息心熱發火鑄氣爲金如是故有刀山鐵橛劒樹劒輪斧鉞鎗鋸

交衝卽彼此抵突也忤欺陵也結而不息積义轉盛也温陵曰心屬火氣屬金瞋者由心作氣而反動其心加之衝擊抵忤則心火轉盛氣金轉剛故云爾也○肺屬金而主氣亦兵理相應之謂橛卽棍也此亦方明感招如修羅之雨等也(寅)二卽喻驗知

如人銜寃殺氣飛動

望氣者能見其相(寅)三所感苦事

二習相擊故有宮割斬斫剉刺槌擊諸事

擊觸也亦發也截根曰宮刖殘曰割斫則斷首剉乃碎尸耳(寅)四引聖示戒

是故十方一切如來色目瞋恚名利刀劒菩薩見瞋如避誅戮

名利刀劒直以果召因也(丑)五詐習亦分爲四(寅)一正明感召

五者詐習交誘發於相調引起不住如是故

有繩木絞校

誘哄誘也調以諂言勾引也如是下亦方明感召諂言引誘如繩牽匣於人故感繩絞木校也孤山曰校枷也易云屨校滅趾荷校滅耳（寅）二卽喻驗知

如水浸田草木生長

行諂詐者必浸漬之乆而後能繫縛於人不能動脫故如水浸田草木滋蔓也（寅）三所感苦事

二習相延故有杻械枷鎖鞭杖檛棒諸事

鎖者繩類餘皆木也（寅）四引聖示戒

是故十方一切如來色目奸僞同名讒賊菩薩見詐如畏豺狼

惟此卽因定名温陵曰讒賊奸詐敗正者也（丑）六誑習上習主於浸引斯習主於眩惑此詐誑之分也亦分四（寅）一正明感召

六者誑習交欺發於相罔誣罔不止飛心造奸如是故有塵土屎尿穢汙不淨

欺瞞也罔誣也誣虛爲實誣有爲無等也飛心運心也造奸設智也神出鬼没令人迷惑墮其計中温陵曰誑者以狂言欺人其志誣罔其心飛揚者是也（寅）二卽喻驗知

如塵隨風各無所見

温陵曰如風鼓塵使人無見也（寅）三所感苦事

二習相加故有没溺騰擲飛墜漂淪諸事

誑能陷害於人故受没溺誑須飛心鼓揚故受騰擧拋擲也飛墜自騰而溺漂淪自溺而騰也（寅）四引聖示戒

是故十方一切如來色目欺誑同名劫殺菩薩見誑如踐蛇虺

此坐以至重至毒之名乃所以深戒之也

㊀七寃習亦分爲四㊁一正明感召

七者寃習交嫌發於銜恨如是故有飛石投礰匣貯車檻甕盛囊撲

嫌惽也投卽墜也礰亦石也常思以毒中人之所感也匣貯等皆暗藏寃害所感也孤山曰囊撲囊貯而撲殺之史記始皇以囊撲兩弟㊁二卽喻驗知

如陰毒人懷抱畜惡

上句喻能感之心下句喻所感之相畜積也㊁三所感苦事

二習相吞故有投擲擒捉擊射抛撮諸事

吞亦滅没之意不出上二所感惟撮屬藏害餘皆毒中之感耳㊁四引聖示戒

是故十方一切如來色目寃家名違害鬼菩薩見寃如飲酖酒

違害鬼違背正理暗中害人鬼之最惡者也酖鳥最毒毛羽瀝酒令腸寸斷㊀八見習五利惡見執邪謗正令無量人墮大陷坑所以罪莫大焉分四㊁一正明感召

八者見習交明如薩迦耶見戒禁取邪悟諸業發於違拒出生相反如是故有王使主吏證執文籍

明妄分別也違拒相反諍論也溫陵曰見習有五一薩迦耶此云身見謂執身有我種種計著二邊見於一切法執斷執常三邪見邪悟錯解撥無因果四見取非果計果如以無想爲涅槃之類五戒禁取非因

計因如持牛狗戒爲生天因之類此五總名惡見順邪反正故云發於違拒出生相反由其違反故感王吏證執之境權詐鞫推之報○經缺邊見該在諸業之中又見戒禁取巧收二見謂見取見與戒禁取見卽五利使也(寅)二卽喻驗知

如行路人來往相見

温陵曰路人相見一往一回喻所見違反也○邪見不特與正違反亦自互相違反如斷常互違等此猶違他亦復違自如自語相違自教相違等是也(寅)三所感苦事

二習相交故有勘問權詐考訊推鞫察訪披究照明善惡童子手執文簿辭辯諸事

交對待也邪見無不對待此皆邪妄分別謗正所招諸苦事耳(寅)四引聖示戒

是故十方一切如來色目惡見同名見坑菩薩見諸虛妄偏執如臨毒壑

温陵曰是五惡見能陷法身故名見坑能致業苦故如毒壑行人當疾滅之(丑)九枉習以本無之事誣賴於人爲枉亦分四(寅)一正明感召

九者枉習交加發於誣謗如是故有合山合石碾磑耕磨

加謂加罪於人也合山謂見兩山來合罪人無逃避處也合石謂二石夾之也餘皆可知温陵所謂逼壓於人感報如之是也

(寅)二卽喻驗知

如讒賊人逼枉良善

上句喻能感惡因下句喻所感惡境蓋讒賊逼枉良善如惡業必招惡境且感應相

似也(寅)三所感苦事

二習相排故有押捺槌按蹙漉衡度諸事

排擠挫也相排者業習排人種習排已押捺壓伏槌按打撲也蹙漉榨淋出血衡度以迫窄孔中衡度其身如拔絲之狀也(寅)四引聖示戒

是故十方一切如來色目怨謗同名讒虎菩薩見枉如遭霹靂

温陵曰讒能傷人故名讒虎以可驚怖故名霹靂(丑)十訟習上習誣人本無此習詰人所覆然以奏於君告于官爲大訟而私下表揚於衆亦訟之類而已舊說反言非訟于官豈彼官訟反非地獄之業哉分四

(寅)一正明感召

十者訟習交諠發於藏覆如是故有鑑見照燭

諠諍也藏覆者人陰私隱暗惡事也鑑等即所謂業鏡臺前蓋好發人之隱惡而感召陰府乃照出已私正感應之妙也(寅)二即喻驗知

如於日中不能藏影

我發人覆如好立於日中神照我私如不能藏身影也今現見攻人之惡者人亦攻其惡此必然之理也(寅)三所感苦事

二習相陳故有惡友業鏡火珠披露宿業對驗諸事

陳獻白也業習中獻白人事種習中獻白已事故曰二習交陳惡友冤家執對也火珠照同業鏡(寅)四引聖示戒

是故十方一切如來色目覆藏同名陰賊菩

薩觀覆如戴高山履於巨海
惟此習示戒不同諸文皆戒本習此文本
是訟習訟乃發人之覆也今不戒訟而戒
覆意欲拔惹訟之根本故自在變共文耳
温陵曰陰賊發則自害覆罪適足以自壓
自墜故如戴山履海也○問總標十習而
文中各言二習環師釋爲能所一向宗之
今言業習與種習雖亦稍明似未極顯請
更詳之答諸文首三句即業習所爲之實
事是招果之因也第二句不休不止等積
熏成種也如是下即命終之初種習所發
之境是引果之緣也如人下取喻令驗其
妄理相應耳二習下方言果中所受實事
故皆結以諸事良以業習具因種習發緣
衆生平日既以恣造業因而不知能招後
苦命終復以領著境緣而不達妄發由是
因緣具足豈不成辦地獄種種苦事所以
文中至此皆承上而言二習相然相陵等
以顯由因緣而後事辦耳故知下品往生
者雖具苦因而火車相現急急念佛是但
不領種習所發之境緣遂壞苦事不成獄
果此所謂有因無緣即不生也但彼仗憑
佛力非已智分則夫悟心之人不但地獄
一切繫縛事業平日固當努力突絕其因
更記臨終勿領其緣有轉身處則陰境現
前不隨他去方於生死少分得其自在切
須自忖若也道力未充未能作主則念佛
往生更仗他力萬無一失矣生死要關故
此詳敘智者宜究心焉列十習因以明感
召科已竟(子)二列六交果以明報應分二

（丑）一徵標

云何六報阿難一切衆生六識造業所招惡報從六根出

吳興曰造業招報根識必俱今以識爲業而報從根者葢業並由心報多約色故也所名六交報者璿師云因與果交今則不爾但是果時六根於惡報互徧也（丑）二徵列惡報從六根出者是上標中所釋故復徵也分六（寅）一見報又三（卯）一臨終見墜

云何惡報從六根出一者見報招引惡果此見業交則臨終時先見猛火滿十方界亡者神識飛墜乘烟入無間獄

首二句亦是總徵六報之義寄居此耳次句仍是總標見報此見下方是釋本科文斯固眼根所出果報然由果推因是乃因中眼識及眼家俱意識造業偏多故惡報所出偏以眼根爲主如世因貪美色而造罪者是也溫陵曰見覺屬火故感猛火六交皆直入無間者就重言耳成論云極善極惡皆無中陰所以直入（卯）二本根發相

發明二相一者明見則能徧見種種惡物生無量畏二者暗見寂然不見生無量恐

此已入獄最初所發非同上科先見等方是引果之緣然每報俱有二相多是前文所說十二塵相溫陵曰畏見於境恐藏于心（卯）三王詳交報

如是見火燒聽能爲鑊湯洋銅燒息能爲黑烟紫燄燒味能爲焦丸鐵糜燒觸能爲熱灰爐炭燒心能生星火迸灑煽鼓空界

此決由於造業之時雖眼識爲主而諸識

必互助之如貪美色者雖由眼識所取而耳取婬聲身著婬觸等何所不全而今互報固其宜矣譬如世之罪人分正佐耳岳師引體知用背爲釋不必然矣此無本根燒見但是闕文不必曲爲之說溫陵曰聞聽屬水故燒聽能爲鑊湯洋銅鼻嗅主氣故燒息能爲黑烟紫燄舌主味丸糜味類也身主觸灰炭觸類也心正屬火燒之轉熾故迸灑煽鼓(寅)二聞報分三(卯)一臨終見墜

二者聞報招引惡果此聞業交則臨終時先見波濤沒溺天地亡者神識降注乘流入無間獄

溫陵曰聞聽屬水故觀聽旋復則水不能溺依之造業則能感波濤(卯)二本根發相

發明二相一者開聽聽種種鬧精神愁亂二者閉聽寂無所聞幽魄沉沒

文變開閉二聽意仍動靜二塵(卯)三正詳交報

如是聞波注聞則能爲責爲詰注見則能爲雷爲吼爲惡毒氣注息則能爲雨爲霧灑諸毒蟲周滿身體注味則能爲膿爲血種種雜穢注觸則能爲畜爲鬼爲糞爲尿注意則能爲電爲雹摧碎心魄

溫陵曰注聞發聲故爲責罪詰情之事注見能爲雷吼者聞波屬陰見火爲陽陰陽相薄成雷故也注息爲雨霧水隨氣變也注味爲膿血水隨味變也注觸爲畜鬼水隨形變也注意爲電雹意出於心水火交感也一切物理莫不因五行乘陰陽以變

化故此隨根轉變之事皆不出此○岳師引易經離爲目爲火坎爲耳爲水亦此意也大抵萬物不出陰陽五行世智所知非窮源見萬化不出自心六根見聞等所變乃世智之所不知而世尊窮源之論意在明此諸師引之釋文就末明本則無不可而結歸皆不出此相符世間顛倒本末則大不可甚哉世智之迷人也義學者著眼辨之㊄三齅報亦分爲三㊆一臨終見隆三者齅報招引惡果此齅業交則臨終時先見毒氣充塞遠近亡者神識從地涌出入無間獄

貪中曰鼻根造業貪齅諸香故招毒氣以受其報㊆二本根發相

發明二相一者通聞被諸惡氣熏極心擾二

者塞聞氣掩不通悶絶於地

二塵顯然㊆三正詳交報

如是齅氣衝息則能爲質爲履衝見則能爲火爲炬衝聽則能爲没爲溺爲洋爲沸衝味則能爲餒爲爽衝觸則能爲綻爲爛爲大肉山有百千眼無量咂食衝思則能爲灰爲瘴爲飛沙礰擊碎身體

温陵曰質礙也履通也嗅業所依不離通塞故衝息爲能質履也衝見爲火炬衝聽爲没溺洋沸則見覺屬火聞聽屬水明矣餧餒乖爽由味隨氣變也綻拆爛壞由體隨氣變也衝思爲灰沙氣依土感也㊄四味報亦分爲三㊆一臨終見墜

四者味報招引惡果此味業交則臨終時先見鐵網猛䶨熾烈周覆世界亡者神識下透

挂網倒懸其頭入無間獄

孤山曰準眼耳鼻云見聞齅此應云嘗報言味報者從所嘗為名也貪味則網捕燒野以取禽獸故見鐵網猛燄之相○反逆弄兵火攻陷陣更是首惡皆應墮此言透網倒懸足顛墜時皆頭向下耳(卯)二本根發相

發明二相一者吸氣結成寒氷凍冽身肉二者吐氣飛為猛火焦爛骨髓

不取嘗苦嘗淡而取吸氣吐氣亦自在變用而已吸氣必寒吐氣必熱故以發明二種苦相耳(卯)三正詳交報

如是嘗味歷嘗則能為承為忍歷見則能為然金石歷聽則能為利兵刃歷息則能為大鐵籠彌覆國土歷觸則能為弓為箭為弩為射歷思則能為飛熱鐵從空而下

孤山曰為承為忍謂發言承領忍聲甘受也温陵曰舌噉生命使彼承忍故歷嘗發苦使已承忍依見貪味故能為然金石依聽發惡故能為利兵刃依嗅恣貪籠取羣味故能為大鐵籠觸味傷物故感弓箭以自傷緣味思物故感飛鐵以充味(寅)五觸報又分三(卯)一臨終見墜

五者觸報招引惡果此觸業交則臨終時先見大山四面來合無復出路亡者神識見大鐵城火蛇火狗虎狼獅子牛頭獄卒馬頭羅剎手執鎗矟驅入城門向無間獄

獨此見相偏惡偏多者以婬者染合貪觸積罪如山敗化傷倫起殺起盜無所不至

孤山曰合山刀劒並由貪著男女身分而

感也(卯)二本根發相

發明二相一者合觸合山逼體骨肉血潰二者離觸刀劒觸身心肝屠裂

二塵顯然觸身卽分身屠裂卽剖析皆離相也(卯)三正詳交報

如是合觸歷觸則能爲道爲觀爲廳爲按歷見則能爲燒爲爇歷聽則能爲撞爲擊爲剚爲射歷息則能爲括爲袋爲考爲縛歷嘗則能爲耕爲鉗爲斬爲截歷思則能爲墜爲飛爲煎爲炙

溫陵曰道趣獄路也觀獄王門闕兩觀也廳按皆治罪之處皆身觸所依也括袋所以收氣也思業飄蕩故感飛墜之事剚插刃於肉也剚射考縛則相因旁舉也(寅)六思報分三(卯)一臨終見墜

六者思報招引惡果此思業交則臨終時先見惡風吹壞國土亡者神識被吹上空旋落乘風墮無間獄

溫陵曰思屬土而飄蕩故先見惡風吹壞國土之事(卯)二本根發相

發明二相一者不覺迷極則荒奔走不息二者不迷覺知則苦無量煎燒痛深難忍

此當生滅二塵今改爲迷覺而又皆反言於迷而說不覺於覺而說不迷耳溫陵曰思業所依不出迷覺荒奔迷思也知苦覺思也(卯)三正詳交報

如是邪思結思則能爲方爲所結見則能爲鑑爲證結聽則能爲大合石爲冰爲霜爲土爲霧結息則能爲大火車火船火檻結嘗則能爲大叫喚爲悔爲泣結觸則能爲大爲小

爲一日中萬生萬死爲偃爲仰
温陵曰思必有所故結思則爲受罪方所
見能鑑證故結見則爲証罪人事結聽則
爲大合石等水土交感也車船檻乃息氣
乘亂思所變也嘗卽舌根聲所自發也大
小以下皆言其身乃觸業乘亂思所變也
開因示果已竟(癸)三總結妄造
阿難是名地獄十因六果皆是衆生迷妄所
造
迷妄所造者言其但是自心循業妄發如
夢如幻更無外境非如諸經且就實談也
地獄如是餘趣皆然經云一一皆了元因
信不誣矣行人倘能悟徹尚當習住無生
法忍努力莫循其業斯境了不可得不然
違妄雖明仍以玩習而循其業則自心地

獄忽然現前則極力擺脫亦難矣可不懼
哉發明因習果交一大科已竟(壬)二分析
因殊果別上科但明地獄因以習成果以
交報已知大分因果俱是如此然地獄數
有多少苦有重輕各各差別未審何等因
入何等獄故與畧分析之令人觸類而知
也然大約因以圓兼者爲重單獨者爲輕
果以因重者獄少因輕者獄多也分二(癸)
一約惡業根境以分重輕於圓造者渾言
惡業於別造者分說根境根卽六根境卽
十習盖泛論根所對境惟云六塵今別約
墮獄之因乃取十習中所具六塵爲境舉
能該所故云境卽十習也分二(子)一依圓
別以判非各非兼爲圓有各有兼爲別也
又爲二(丑)一極圓極重無間

若諸衆生惡業圓造入阿鼻獄受無量苦經
無量劫
資中日六根十因具足同造入阿鼻獄大
無間也○經無量劫極長時也於五無間
偏舉劫數及壽命耳因中更説於一切時
無不圓造方與下異時有別又詳此文則
極重無間分明獨爲一獄不在下八之中
故譯人不翻阿鼻意在別下文耳何必旁
引曲釋刱爲下八之一耶(丑)二稍別稍輕
無間
六根各造及彼所作兼境兼根是人則入八
無間獄
首句明根因全而但不同時及彼下又有
根境同時但缺而不具各兼根兼境境卽
因也吳興日此亦六根具造十因但前後
異時故云各耳若加二三等則名兼境兼
根不經多劫故知此罪次重於前(子)二依
具缺以判兼三爲具不兼爲缺分爲三(丑)
一具三入重獄
身口意三作殺盜婬是人則入十八地獄
此除上無間以下之獄而別論三品以分
乎重輕若望上無間惟當是輕也身口意
兼三根也殺盜婬兼三境也故云具造問
此與上兼根兼境何異答有二不同一者
註加二三更等四五此則惟三二者彼約
一時兼二三等若論一生具犯六根十習
此則一生惟兼三者而已故不同也十八
獄者吳與引泥犁經云火獄有八寒獄有
十數旣符合證之何礙卽謂十八鬲子意
亦無差也(丑)二缺一入中獄

三業不兼中間或爲一殺一盜是人則入三十六地獄

一殺一盜謂具殺盜之二而缺一婬也然或字表有影畧之文更當具云或爲一殺一婬或爲一婬一盜又據下文旣雙論根境之缺此亦應然若錯落具陳應有九句一身口犯殺盜二身口犯殺婬三身口犯婬盜四身意犯殺盜五身意犯殺婬六身意犯婬盜七口意犯殺盜八口意犯殺婬九口意犯婬盜方盡根境各皆具二缺一之數也至於此與下科地獄名目旣無考據闕之可耳(丑)三缺二入輕獄

見見一根單犯一業是人則入一百八地獄

見見者依吳興作能見所見此指人偏見偏好之一事但一根境各缺於二此不難見亦有九句葢以身殺身盜身婬爲三句而口意亦然故成九句岳師謂各有根本方便不同劫數長短差別等此意應有觀彼獄數之多或亦緣此別別處之故也又此亦但論於根業同缺尚未論及根業互以具缺相對更有十二句如以身口意犯二惡則有三句復以殺盜婬對二根亦有三句皆上具而下缺可以意得又以身口意犯一惡則有三句復以殺盜婬對一根亦有三句皆可以意得也約惡業根境以分重輕科已竟(癸)二結別造同受以明妄發

由是衆生別作別造於世界中入同分地妄想發生非本來有

吳興曰上文五節惡業不同卽別作別造

也所感獄報各從其類卽入同分地也妄想發生並酬阿難疑問○阿難前疑爲有定處爲各私受今結答入同分地非私受也又疑爲本自有爲生妄習今結答妄生非本有也夫知生之由巳應悟滅亦由巳滅之何如絕其惡業而巳學人愼勿聞其虛幻遂忽畧而不絕其業當知虛幻不但地獄卽今目前苦事亦是虛幻由前業力宛然堅實卒難得脫卒難堪忍豈可不自忖乎是知佛慧不可不領而佛戒亦不可不遵矣地獄巳竟

大佛頂首楞嚴經正脉疏卷第三十四

音釋

絞吉巧切音狡縊也繞也　嗽所救切音瘦與漱同又欬嗽也　梱苦本切音閫門橛也　檛陟瓜切音撾箠也　榨音詐打油具也

大佛頂首楞嚴經正脉疏卷第三十五

明京都西湖沙門交光真鑑述

㊣二諸鬼趣此與諸趣竝列爲七世俗及淺學皆不揀別故合中陰與地獄一槩悉謂之鬼今與揀明有二不同一者與中陰不同蓋人之初死罪福皆劣者未即受生倏然有身名中陰身此屬無而忽有之化生也類多躶形三尺自覺六根皆利去來迅疾無所㝵礙他觀如影而已七日死而復生長壽者不過七七短者於二三七即受生矣俗謂鬼魂非鬼也二者與地獄不同世俗咸謂地獄中即皆是鬼若然二趣應合爲一何得分爲二趣應知多種不同今且論其受生之異論明地獄純是化生而鬼具胎卵濕化間有父母兄弟等眷屬但其勝者稱神劣者名鬼世俗却不知神即福德之鬼然斯趣勝少劣多論分九品惟上上品謂之多財即諸名神上中以下即皆不堪若從上趣墮者多在上上今從地獄出必㮣中下應非上上也分爲三㊀一躡前起後

復次阿難是諸衆生非破律儀犯菩薩戒毀佛涅槃諸餘雜業歷劫燒然後還罪畢受諸鬼形

非破下直至燒然躡前也初三句畧舉重罪非謗也破犯也不惟犯一切戒且謗一切戒爲妄立或言無罪無福自陷陷人故罪重也次句惟犯無謗又菩薩律儀該於輕細不盡麤重故稍輕也第三句屬於謗法涅槃至理尚毀謗之餘法可知此即斷

滅佛種故罪非輕若三句各自單犯畧分輕重若一人全犯乃是戒乘雙絶其罪莫過此者良以佛用戒乘二事拔濟世間互爲緩急尚且不可何況雙滅絶之塞斷衆生出苦之路故罪至重焉四句該餘輕重諸罪也以上畧舉地獄惡因第五句畧結地獄惡報末二句起後鬼趣可知(壬)二詳列諸鬼夫地獄既以十習爲因今出爲鬼離前餘習當以何爲種性乎環師謂其不必局配是厭於推詳也若隨情釋之其不至於遺背佛旨者幾希今皆推詳配之非鑿也懼遺背也但佛語自在稍不次焉分十(癸)一怪鬼

若於本因貪物爲罪是人罪畢遇物成形名爲怪鬼

此貪之餘習也環師謂吝著不釋故附物爲怪是也如金銀鏡劒等又依石附木者是也此習分明是貪攝(癸)二魃鬼

貪色爲罪是人罪畢遇風成形名爲魃鬼

此婬之餘習也原因貪美色而造罪不正求和傷正和氣餘習爲風魃鬼能令亢旱無雨況婬多致殺殺尤召旱也(癸)三魅鬼

貪惑爲罪是人罪畢遇畜成形名爲魅鬼

此誑之餘習也惑即誑惑也誑者改形變幻迷惑於人故爲鬼附於妖獸怪禽如棖鬼附虎及雞鼠成精等是也(癸)四蠱毒鬼

貪恨爲罪是人罪畢遇蟲成形名蠱毒鬼

此瞋之餘習也瞋毒餘習故附毒蟲蠱害於人南方有妖術令人成蠱病皆此鬼主之也(癸)五癘鬼

貪憶爲罪是人罪畢遇衰成形名爲癘鬼此宪之餘習也宪者追想宿恨不忘伺衰求報故爲疫癘之鬼散瘟行瘧等類是也

(癸)六餓鬼

貪傲爲罪是人罪畢遇氣成形名爲餓鬼此慢之餘習也環師所謂傲者虛驕恃氣故乘饑虛氣爲餓鬼是也予謂婬之召旱慢之感饑皆增上報也雖非等流亦非無因以彼惑之深重轉致之力也如婬重轉致於殺殺以召旱即其因也論謂餘習爲人種田仍感風雹增上報也故知慢重轉致於慳慳以感饑即其因也良以慢之隨惑即是於驕儒典謂驕吝互相資生今觀驕慢者於已財法無不慳悋蓋護已所長欲以驕人之短故也問餓鬼爲一趣總名何於慢者獨受其稱又餓乃苦報也經言腹大咽小歷劫不聞漿水常被焚燒今詳十習地獄苦均何至爲鬼慢獨苦重耶答唯識論說鬼之全趣分九品上之勝者神通可移河嶽富樂亦如人天下之劣者具受小咽炬口之苦究其從來有四不同一勝趣貶墜二修帶瞋殺此二多居上品三獄前花報四獄後餘殃而聖人示現者不與焉然獄前多居下品獄後多居中品故知此之慢感餓鬼罪畢從輕非下品之極苦仍是苦均十種者也彼九種者亦各有苦但慢感與餓相應故受總中別名非獨苦也況餓爲一趣總名乃從多受稱以此趣上中與下皆不免饑虛但輕重之間耳問此並論七趣應取全分何得只取從獄

出者答佛急欲人之厭苦故從地獄順序而談一期之論也然惟鬼趣偏取從獄出者畜人偏取從鬼從畜而全分則以意中該之餘趣不然不應爲例斯就總名故辯

貪罔爲罪是人罪畢遇幽爲形名爲魘鬼

㊇七魘鬼

此枉之餘習也罔即誣枉逼壓良善而爲鬼魘覆於人令不能動固其餘習分明也

㊇八魍魎鬼

貪明爲罪是人罪畢遇精爲形名魍魎鬼

此見之餘習也明爲私作聰明而無正慧精如十卷説諸年老成精是也求邪見尊邪師所謂貪明也故餘習惟附精靈爲魍魎鬼焉㊇九役使鬼

貪成爲罪是人罪畢遇明爲形名役使鬼

此詐之餘習也諂詐誘人貪成巳私所謂貪成爲罪也明呪也此因中專以詐術牽制驅使於人故爲鬼專被人呪術役使不得自在而番以成就人之呪願也㊇十傳送鬼

貪黨爲罪是人罪畢遇人爲形名傳送鬼

此訟之餘習也訟者結黨朋証所謂貪黨也故遇人成形即環師謂附巫祝而傳吉凶是也良以因中結黨以傳遞人隱暗之事而訐露之今爲鬼亦附人發洩傳説吉凶正合其餘習也詳列諸鬼巳竟㊂三結妄推無

阿難是人皆以純情墜落業火燒乾上出爲鬼此等皆是自妄想業之所招引若悟菩提則妙圓明本無所有

按前文獨阿鼻爲純情除阿鼻外八情二想生有間九情一想生無間今言皆純情者一者舉重該輕二者顯情獨爲墜落根本業火燒乾者以情屬水情罪報盡故曰燒乾總表地獄因窮果盡下句方明升於斯趣此等下結妄也若悟下推無也悟菩提者如從夢醒何法可得妙則不受業縛圓則不容他物明則了無幽暗諸趣皆空何況鬼趣故曰本無有也諸鬼趣已竟(辛)三畜生趣畜生亦有上趣貶墜及修帶瞋殺者如龍王迦樓羅王等今亦順序而談惟取從鬼來者餘以意該之分四(壬)一躡前起後

復次阿難鬼業既盡則情與想二俱成空方於世間與元負人冤對相值身爲畜生酧其宿債

鬼業下躡前岳師謂情即地獄之純情想即鬼趣之妄想非前文外分之想此意詳之非是上言七情三想爲鬼何得無想但以純情乾得三分便作三分之想非新起勝想也今言二空亦但是舊業餘習已盡方於下起後償債之意耳夫情想俱空當以何者潤生畜趣正取前造惡因時冤對無量今爲酧錢酧命了此二種宿債故受畜生之身耳(壬)二詳列諸畜亦分十(癸)一梟類

物怪之鬼物銷報盡生於世間多爲梟類

物銷者所著之物毁壞也報盡者彼鬼隨亦壽終而死也梟不孝惡鳥也生食父母及其養雛亦遭雛之食噉此鬼生爲梟類

者謂死而轉生梟中世俗不知鬼死方趣生也後皆倣此然所以爲梟之由固如環師所謂土梟附塊即邪著餘習也以此鳥不卵但取汚穢之土塊孚之成雛此惟取其有似於怪鬼之著物而已其彼餘習之惡餘報之苦豈無深故况佛總標酧債此酧何債耶當知怪鬼既由貪習而貪習重者多相傾奪互爲坑殺乃是酧斯債耳又環師謂各言多者約業習多分言之未必盡然斯言是矣後皆倣此由是而知貪習之輕者未必盡爲梟類也(癸)二咎徵

風魃之鬼風銷報盡生於世間多爲咎徵

環師謂咎徵乃凶事前驗如鵩鼠呼人商羊舞水之類是也夫旱魃爲災而變畜仍以兆災固其餘習也(癸)三狐類

一切異類畜魅之鬼畜死報盡生於世間多爲狐類

一切異類如止觀所說十二時中察彼子鼠丑牛等一切畜鬼是也然魅鬼原於誑惑之習而轉爲妖惑之狐固宜(癸)四毒類

蠱毒之鬼蠱滅報盡生於世間多爲毒類

毒類蛇蝎等也(癸)五蛔類

衰癘之鬼衰窮報盡生於世間多爲蛔類

癘鬼原由寃習作疫癘入人身中爲病今乃因閉人身中與之銷食同其安危習使然也(癸)六食類

受氣之鬼氣銷報盡生於世間多爲食類

慢習驕吝負欠必多作鬼受饑爲畜充食償負欠也(癸)七服類

綿幽之鬼幽銷報盡生於世間多爲服類

綿著也幽暗也暗中魘著於人之鬼也服類環師謂蚕蟲牛馬二意也蚕蟲能成衣服則服類者衣服之類也牛馬可以服乘則服類者服乘之類也枉魘之習作鬼魘人爲畜乃被人衣之乘之者酧其逼壓於人之債也(癸)八應類

和精之鬼和銷報盡生於世間多爲應類

明見之習作鬼和諸精靈故爲應類之畜環師謂能知節序即社燕塞鴻之類是也

(癸)九休徵

明靈之鬼明滅報盡生於世間多爲休徵

明靈者於明咒呈靈驗也滅者咒力盡也蓋咒以持力發靈力盡無驗鬼亦報終而轉生休徵之畜環師謂嘉鳳祥麟之類問此習此鬼何幸爲此吉善美慶之畜耶答此鬼由業力故雖被咒所驅使而或遇三寶咒力資薰稍稍銷其惡習罪苦故得叅預禎祥善類也若遇邪驅殺盜等咒未必盡爲休徵也問如來總標酧債此等蕭散之物酧何債耶答或被網羅售賣籠繫玩好或利益人或遞相呑噉如斯等類何者非酧債處耶(癸)十循類

一切諸類依人之鬼人亡報盡生於世間多爲循類

首二句明附巫之鬼亦多種也所附巫死而鬼亦報終爲循類者如猫犬等依順人者是也詳列諸畜已竟(壬)三結妄推無

阿難是等皆以業火乾枯酬其宿債旁爲畜生此等亦皆自虛妄業之所招引若悟菩提則此妄緣本無所有

是等下蹋獄鬼二趣旁者横行也故亦名旁生然旁寛畜狹以畜者養也明其無力自活待人畜養不該有力自養者故狹也此等下方是結妄推無以亦皆之言準上可知(壬)四通前結答

如汝所言寶蓮香等及瑠璃王善星比丘如是惡業本自發明非從天降亦非地出亦非人與自妄所招還自來受菩提心中皆爲浮虛妄想凝結

三塗已畢將人善趣故此總申結之意欲塞斷三塗之路耳如汝下牒前所問墮獄之人如是惡業四字是例上三人并該一切墮落三塗之惡業也蓋阿難偏詳地獄如來并結三塗明其同一罪罰之苦趣故也本自發明者良以衆生自心如來藏中無所不具倘自循於何等之業即自發明何者之報譬如米中諸味皆具成糖成醋成酒隨其造時即自發明不從外得非從下乃至來受正明不從外也此意學人還更著眼不同世間所說自惹官刑之意蓋世間雖知禍是自招而猶執官刑乃是外境今表三塗皆是自心變化妄境全如夢中并無外物故云菩提心中虛妄凝結彼韓歐等謂佛自私造恐嚇於人何曾夢見斯旨耶由是應悟不但三塗現今目前所對世間山河大地苦事樂事皆是虛想凝結住此悟境則萬法本空豈待造作但須時中不昧而已祖云放過即不可欽哉至訓也畜生趣已竟(辛)四人趣此趣來處除聖人示現諸趣皆通以人趣爲修進通途

諸趣皆願爲之求轉身之速也故諸佛但於人中成佛裴公序圓覺勉勸詳矣且勝劣無量差別富貴慈善者似天聰明者似僊剛暴似修羅貧賤者似鬼愚痴者似畜因繫者似獄夫相似既多則知來處必多今此亦由順序而談故偏取從畜來者餘并意中該之耳分三(壬)一躡前警起夫此一科頗似前趣餘文再四研之當是警起人趣之文也良以獄後諸趣皆以復次發端今談畜畢而以復次起之至下列人科頭別無復次之語意可知也且夫地獄苦盡鬼趣習終而畜又債畢今起爲人將何爲潤生之由乎故此文中徵剩索命二意乃諸畜所以潤生而爲人也然則斯段經文非畜起爲人之端乎而科言警起者用表佛意欲人警悟於諸畜生存心而不可過其力止殺而不可賤其命也分二(癸)一負債反復徵償又分爲三(子)一明本償先債

復次阿難從是畜生酬償先債

鬼之爲畜元以酬債爲潤生之端故前趣起結皆有酬債之言既云酬債債滿即住則兩無干矣(子)二因越分反徵

若彼酧者分越所酧此等衆生還復爲人反徵其剩

分越者所償過於本債也徵剩者索還所過之數也即乘此因緣還復爲人矣問酧滿壽終或轉別生則可無越若酧滿而彼自不死不轉則凡心何以知其當止乎答喂養不到非禮苦役鞭策過度則必分越

於此切宜存心至於死轉必有冥主之者不足慮也㊀三隨勝劣償直分爲二㊁一有力人償

如彼有力兼有福德則於人中不捨人身酧還彼力

有力謂有保持人身之力也兼有福德者則不但不失人身且爲富貴之人也有力而遇反徵必遭彼之負奪福德而遇反徵但惟濫叨過償之類而已㊁二無力畜償

若無福者還爲畜生償彼餘直

無福當是無力若有力而但無福仍以人償已現上科還爲畜生者是人轉爲畜也償彼餘直者酧還彼畜生餘剩之債也負債反覆徵償已竟㊂二負命吞殺不已又分三㊀一先明剩債易償

阿難當知若用錢物或役其力償足自停

此科乃是說反償餘直者元所欠也若用錢物如馱脚售錢之類或役其力如自供使用之類蓋言於此二端分越所酧則止欠彼之錢力而不欠彼命或以人償或變畜償償足自停言無難也㊀二正明負命難解

如於中間殺彼身命或食其肉如是乃至經微塵劫相食相誅猶如轉輪互爲高下無有休息

此科方言若不但過用錢力而又於中殺命食肉則生生相讐相殺無了期也高下即強弱也強則能食能誅弱則被食被誅互換強弱遞相食誅也㊀三惟許法佛能止

除奢摩他及佛出世不可停寢

奢摩他是法乃返妄契真之正定明自力得道也佛出世則與之釋冤明他力解救也惟二事方得停止若除此二事之外必不能止甚言當警戒之不宜恣殺食也躡前警起科已竟(壬)二正列人類亦分為十

(癸)一頑類

汝今應知彼梟倫者酬足復形生人道中參合頑類

頑謂惡而且愚不可化為一毫之善者也則師謂梟以附塊相食故餘習頑嚚不義是也言參合者雜廁於其中也蓋人之每類亦有勝劣十畜但以類習相似者參雜於中非彼頑之一類皆梟所化也且如頑嚚亦有富貴等者必非梟化以彼初自三塗而出必尠福力是知十類參合皆取近貧賤者是也(癸)二異類

彼咎徵者酬足復形生人道中參合異類

則師謂咎徵本於妖婬餘習復為妖異者是也然即旱時所生頂上口眼等小兒及一切身根返常怪異者皆是也魃鬼無形此已人形出必兆災仍咎徵之餘孽也(癸)三庸類

彼狐倫者酬足復形生人道中參於庸類

庸者鄙也則師所謂庸鄙無識是也惑人之報理必感愚今此類原因誑惑之習墮為妖惑之狐初得為人豈不庸鄙無識哉

(癸)四很類

彼毒倫者酬足復形生人道中參合很類

害物無慈曰很此類易知(癸)五微類

彼蜩倫者酧足復形生人道中悉合微類

則師謂蜩以衰氣附物故衰微不兹是也如鄙賤寒苦百事不利者是也(癸)六柔類

彼食倫者酧足復形生人道中悉合柔類

則師所謂食倫出於餓瞰故柔怯不勇也

(癸)七勞類

彼服倫者酧足復形生人道中悉合勞類

則師謂勞役不息者是也然既云酧足非復酧債秖爲自勞耳又觀此服悉勞類足知前取牛馬服乘之義居多也(癸)八文類

彼應倫者酧足復形生人道中悉於文類

悉文類者通字義解陰陽流落不偶人也

(癸)九明類

彼休徵者酧足復形生人道中悉合明類

由乘明咒之力故附世智辯聰之類效人小用無大智焉(癸)十達類

彼諸循倫酬足復形生人道中悉於達類

達者諳練世故曉解人情者也循畜久久依人故爲人附於斯類則師云是等皆非正報乃餘習所偶故云悉合後三皆便巧雜伎世智辯聰者非賢達文明之事也正列人類已竟(壬)總結可憐

阿難是等皆以宿債畢酧復形人道皆無始來業計顛倒相生相殺不遇如來不聞正法於塵勞中法爾輪轉此輩名爲可憐愍者

宿債畢酬者齊爲畜時償債已滿少有不滿不得爲人足知十類復形多取徵剩一分非論全趣故此等凶多吉少苦多樂少是以動佛哀愍耳業計顛倒者不忘債與命也爲徵債而相生爲索命而相殺皆非

好緣聚會遇如來方與解釋修正法方得解脫不逢此二則生殺無休所以可憐憫也觀此結處與前警起全合足知彼科乃人趣正文也人趣已竟(辛)五諸仙趣前三塗順序而談不出十習爲業種人趣雖善以躡諸畜酬足復形是以偏取一類初得人身下劣衆生故皆猶帶十習餘氣今惟從此仙趣以上方與十習無干矣夫僊道起於衆生厭懼無當想身常住妄設多途無非志於長生不死不知此身乃眞心中顛倒錯認與依草附木者勝劣雖殊而剋論顛倒一等無異今因怖死而又妄修長生是錯之又錯展轉支離迷不知返可勝惜哉然西竺上古外道宗摩醯首羅天爲主及佛出世號一切智人隨機權立尚列人乘豈無僊道亦聞觀音爲仙乘教主也顧此方大乘機純小乘猶不傳習豈務雜乘故藏教未聞其至也此方仙道與儒同源而老莊皆儒之太上清淨者也學仙者附會之及詳味於張馬丘劉等方術皆畧祖老氏而盛宗太極乾坤坎離之說淵源於易然亦志在於長生不死而已分三(壬)

一躡前標後

阿難復有從人不依正覺修三摩地別修妄念存想固形遊於山林人不及處有十種僊

從人者但從人身修即人身證非局前十類之人正覺即本覺眞心三摩地即首楞正定不如是正覺正修而邪悟五蘊身中有性命可修養之使長不死所謂存想固形十類修法不同而存想固形乃總妄念

也山林人不及處即名山洞府神仙隱跡之鄉經中謂七金山中有一山乃神仙所居道家謂崑崙倒景應即此山非須彌也夫人既不及純是仙居即同分總報長水謂無别總報非是㊀二正列諸仙此但約其固形之術不同而分之也未及論其持戒積德之事至下練心處明之分十㊇一地行仙

阿難彼諸衆生堅固服餌而不休息食道圓成名地行仙

前五行字作平聲讀之從地至天皆約步履重輕近遠高下分勝劣也應是從劣至勝爲序以見漸至遺世高蹈之意然此科與下科分重與輕也且二俱是藥而此言餌者蓋炮煉和合爲九作餅之意於此服食而得功効故曰食道圓成地行仙者但百體康壯壽年延永而未得輕飛止於地上行者也㊇二飛行仙

堅固草木而不休息藥道圓成名飛行仙

草木如紫芝黄精菖蒲松栢之類然此且作久服身輕行步如飛乃至升高越壑之意以飛空尚在後文故也此言藥而異前餌者熟與生之别也又此對下科近遠之分耳㊇三遊行仙

堅固金石而不休息化道圓成名遊行仙

堅固金石如烹煎鉛汞煉養丹砂號九轉大還者是也化道遊行者化銷凡骨而成輕妙之身瞬息萬里周行不怠者也㊇四空行仙

堅固動止而不休息氣精圓成名空行仙

堅固動止者如撫摩搬弄運氣調身動靜以時起居必慎者也氣精圓成者所謂煉精還氣煉氣還神煉神還虛也空行者方是羽化飛昇虛空遊行也然與下科仍有高下之分以空非天上故也(癸)五天行仙

堅固津液而不休息潤德圓成名天行仙

此是吐故納新如環師所謂鼓天池嚥玉液是也能令水升火降而結内丹故曰潤德圓成此復超空行而能至天上故號天行也(癸)六通行仙

堅固精色而不休息吸粹圓成名通行仙

此下五行字方作去聲讀之功行之謂也堅固精色名通行者如環師所謂服虹飲霧粹氣潛通是也予亦曾見仙書言朝閉目以向東方而採日精飲之夜採月華乃至服五星等是謂精色而言通行者亦以精神流貫而與造化交通也(癸)七道行仙

堅固咒禁而不休息術法圓成名道行仙

此專持咒自成仙道内教持准提等亦許成仙道是也兼以咒棗書符以愈瘡病禁毒驅魅以利羣生等有濟世道心故名道行也(癸)八照行仙

堅固思念而不休息思憶圓成名照行仙

環師所謂澄凝精思久而照應或存想頂門而出神或繫心臍輪而煉丹皆思憶圓成也此文似失次應以或存二句釋堅固思念思憶圓成後以澄凝二句釋照行方爲順序予又見仙書初繫心臍下透尾閭升夾脊乃至達泥洹方以衝頂出神皆思憶所爲也(癸)九精行仙

堅固交遘而不休息感應圓成名精行仙

環師謂內以坎男離女匹配夫妻是也所謂嬰兒姹女即坎離交遘而取坎填離以結仙胎之謂也至於用女子爲鼎器而採助婬穢內教固闢爲魔論而仙道亦鄙爲下品此爲投人之欲狂迷者多惑之正人君子絕口遠之可也嘗謂道教末流順人之欲故人易從內教本來奪人之欲故人難奉今夫財色長壽人之大欲也道者以鉛汞泥水二種金丹投其財色之欲又以精氣內丹順其戀生之心誰不樂從至於內教檀度梵行逆其財色之心而又令觀身如毒蛇棄身如涕唾苟不達其深故誰不難之曾不知存三爲生死之根棄三爲解脫之要茲欲窮其深故更待後文詳之

(癸)十絕行仙

堅固變化而不休息覺悟圓成名絕行仙

此悟通化理能大幻化如劉根左慈之類甚至移山倒水妙絕一世者故稱絕行仙也此中覺悟如莊子觀化譚子達化之悟非正覺中眞悟正列諸仙已竟(壬)三判同輪迴

阿難是等皆於人中煉心不修正覺別得生理壽千萬歲休止深山或大海島絕於人境斯亦輪迴妄想流轉不修三昧報盡還來散入諸趣

上之十種乃修門各別此之煉心乃操行總同如持戒積德救濟累功而言不修正覺者以不達本心眞常萬形自體又不了死因生妄生死二非顧乃怖死留生長生

爲號豈覺言長僅以勝短說生終以待滅詎識無生之至理本常之妙體哉故云不修正覺也别得生理者謂於正覺外别得延生妄理壽千萬歲者妄修功滿妄理相應也問世無不貪生爲樂惡死爲苦今羅漢菩薩動經累刧方成縱一生得歸淨土者亦不免於現死忽聞仙道現世壽千萬歲志見不定者多興苟就之心何以示之答妙哉問也誰不爲斯言所誤哉葢彼言現世長生者亦約多生功滿至末後一生方見其現得也若推彼前身其苦修不得而死者不知其幾世也豈人人初修而即現得哉若但觀其果之現成而不推其因之久積則佛惟六年成道而佛會聞法者立談之間證果入位不可勝數豈獨神仙現世可成哉問初修何知必不現得答初修者前生已成短壽定業因種或數世仙業未圓則無生成仙骨故不現得必宿世仙道染心生生苦積功力乃成長壽定業因種方得生有仙骨自然現求現得矣是知末後成仙必不易形方得長生縱令尸解亦是隱形而去非真死也吳興謂其命終轉生非是休止下明其不離人居亦非天上宛然自爲同分耳斯亦下方是正判輪迴是知神仙千萬歲滿但是後死非真不死譬如松栢但是後凋非真不凋弟以過人之壽人不見其死而已矣妄想流轉者以身中本無性命主宰而迷執爲有生死俱如夢幻而妄生愛憎非妄想而何不修三昧者不習住楞嚴定也報盡受輪者

以仙劣於天天尚不出輪廻況於僊乎夫初修不能現得得之不出輪廻何如念佛求生西方一生即得金身浩劫永出輪廻而無緣不信者痛哉痛哉問修仙者妄謂釋教修性不修命萬劫陰靈難入聖惑此言者甚多請此附辯以覺深迷答彼所說性命二俱非眞蓋指身中神魂爲性身中氣結命根爲命故說單修性者但得陰魂鬼仙無長生身形兼修命者方得輕妙長生之身而誇形神俱妙安知佛所說性是人人本有眞如性海乃無量天地無量萬物之本體證此性者豈惟但能現無量妙身兼能現無量天地萬物其所現者豈惟但能令住百千萬歲雖塵沙浩劫亦可令住且欲收即收一塵不立欲現即現萬法全彰得大自在得大受用方謂眞如佛性斯言信不及者請細閱前文顯性處自然悟彼無知而妄謗矣諸仙趣已竟（辛）六諸天趣天趣與仙趣迥然不同世人仙天不分而學仙者濫附於天且謂諸天皆彼祖仙今畧辯之仙以人身而戀長生最怕捨身受身諸天皆捨前身而受天身豈其類哉又仙處海山如蓬萊崑崙皆非天上四王忉利尚無卜居況上界乎況色界乎是知天趣最爲界內尊勝之流迥非仙與鬼神之類也分二（壬）一正列諸天又分爲三（癸）一六欲此乃自須彌腰頂二天以至空居四天共有六重皆有飲食婬欲睡眠具足三欲故號欲天其男女嫁娶妻妾亦如人間又二（子）一分欲重輕就分六（丑）一四

王天

阿難諸世間人不求常住未能捨諸妻妾恩愛於邪婬中心不流逸澄瑩生明命終之後隣於日月如是一類名四天王天

六欲天福固總由十善而致今惟約欲以分者因名究實也以此六總名欲天而婬為上首故約婬之重輕以分下上次第至於十善乃三界總因不待言也不求常住四字亦三界總因以不求出世間修本常理但希世間有盡樂果諸天皆然況於仙乎當知此句又局於此而義通最後也巳色為婬非巳之色為邪婬此人妻妾皆具而但於非巳之色不外流逸必言心者言其不但身不敢犯而心亦無一念也澄瑩生明者以欲念有節意多收斂皎潔不汙心地光明然須更兼十善精研方能如是後皆放此言命終之後顯是捨前身而方受天身非同仙道問轉生何反勝於長生答長生如補漸舊衣終無殊勝諸天轉生如脫弊垢而換珍御勝劣天淵特愚人扭於戀身鄙習顛倒謂長生為勝耳況天身化生妍妙豈同胎生苦穢誠非彼所夢見也此天住須彌腰正齊日月故隣之也名四王者以山腰四面有持國等四王各據一面而居之矣(丑)二忉利天

於巳妻房婬愛微薄於淨居時不得全味命終之後超日月明居人間頂如是一類名忉利天

此人但有一妻仍於妻之婬愛減少疎淡而不頻數濃厚淨味不全者間有婬念起

時然亦勝前多矣超日月明者前天倢齊此高一倍故也在須彌山頂以非空居故猶爲人間之頂又首二句勝前次二句劣後孤山曰忉利此云三十三帝釋統焉㊅三燄摩天

逢欲暫交去無思憶於人間世動少靜多命終之後於虛空中朗然安住日月光明上照不及是諸人等自有光明如是一類名須燄摩天

此人不逢欲境婬念必不自起逢時未交之前亦自起念暫交者但了一時之念無留戀之情去即釋然不復追想此於靜中必有全味漸向定心故言動少靜多齊此能感空居朗住也問空居者宮殿池樹皆何所踞答七寶琉璃大地無異但欲下時

即虛豁無礙例如人間大地聖賢天鬼皆能上下虛豁無礙當知萬法虛妄業力使然故虛實竝現味者誠未達也此天較須彌更高一倍故日月不及而身殿自光徧周互照須燄摩此云時分環師謂以蓮華開合分晝夜是也又當知此人不逢無念勝前天也逢之暫念劣後天也㊅四兜率天

一切時靜有應觸來未能違戾命終之後上昇精微不接下界諸人天境乃至劫壞三災不及如是一類名兜率陀天

此人比前人一切時中自已全無婬念但應彼婬境迫觸不能拒絕準下詳此必於交時不能無味精微即内院妙境精而非麤微而難見麤心衆生所不能窺外院尚

不知處何況餘天故言不接等也三災不及者即法華所謂我此土不毀而衆見燒盡之意也問此論七趣輪轉之事似與外天相應何乃單舉内院而反遺外天以致餘天不倫嘗聞三菩薩修兠率内院尚未全昇當必別有修門豈此少欲即能昇耶答按後文諸天中聖凡偹悉如五那含等是也豈此處肯不言内院耶但疑梵本或先言外天而後兼内院譯者過於省文而分析欠詳以致宛似全遺外院而實不全遺今私意推度首三句似正外天之因而缺其果命終下似正内院之果而缺其因因果互影畧耳不知是否不然此天何幸以少欲劣功而遽獲超三禪之勝報哉或者曰佛自省文以勝該劣而外天但令人意得之亦通(丑)五變化天

我無欲心應汝行事於横陳時味如嚼蠟命終之後生越化地如是一類名樂變化天

此人無念應境皆同前人但交時無味勝前人耳横陳者即現前淫境迫拶力不自由也彼則畢竟無心故全無味如嚼蠟然越化者能超越下天能變化樂具樂其自所變化故名樂變化此以心拘自化因果俱劣後天(丑)六他化天

無世間心同世行事於行事交了然超越命終之後徧能超出化無化境如是一類名他化自在天

無世間心者心希上界不樂世間但隨世間權同妻室至於交時不但無味而且神遊外境了不干涉也溫陵曰化即第五天

無化即下天也諸欲樂境不勞自化皆由他化而自在受用名他化自在○是因之心超勝前心拘果之他化勝前自化分欲重輕已竟(子)二判屬欲界

阿難如是六天形雖出動心迹尚交自此以還名爲欲界

動字單約欲躁動爲言世人於此無節制者其動最亂莫可羈勒若瀑流若逸火若奔馬無可爲喻昏狂累墜常溺三塗故此六欲諸天以漸節制而向於靜故曰出動蓋初天且止外動二天內動亦減三天遇境方動四天境迫不違五天交中無味六天形合心超皆是以漸出離欲中亂動心迹尚交者謂前四天尚兼心交以有味故後二天但是迹交以無味故也自此以還者齊此天以下直至阿鼻皆欲界攝也以三欲事同男女相具也岳師引天台言十善外前三天各兼功行後三天各兼禪定不但只輕婬欲希生天者不可不知其引俱舍六天受欲重輕乃果中事非今經修因之旨也俱舍頌云六受欲交抱執手笑視婬彼解異予所聞曾聞教中有偈云四王忉利同一道談摩執手兜率笑化樂相視他暫視此是六天眞快樂--道應即交抱而分形交勾抱亦可且統紀謂形交無液非同人間也夫婬欲乃墜縛根本六欲以輕而漸升四禪以絕而高舉是則不捨欲心上界猶不可希況望出三界修三摩地耶此所以阿難必緣是而起教也緣縛習重卒不能斷者亦須慚厭發願或往生求畢竟離慎勿附會華嚴等上聖境界以自欺自陷於魔說也此間別有欲界魔天欲境威權皆出諸天之上此經攝於第六故不別說六欲已竟

大佛頂首楞嚴經正脉疏卷第三十五

音釋

棖直耕切音橙門楔也　魍魎上文紡切音罔下良獎切音兩水石之怪　鼯五乎切音吾鼯鼠飛生　蛔胡隈切音回腹中虫　汞胡孔切音澒水銀也

大佛頂首楞嚴經正脉疏卷第三十六

明京都西湖沙門交光眞鑑述

㊂二四禪溫陵曰自此而上明十八天雖離欲染尚有色質故通名色界又通名梵世爲已離欲染也通號四禪爲已離散動也欲天但十善感生此天兼禪定感生然特有漏禪觀六事行耳六行者厭欲界是苦是麤是障欣色界是淨是妙是離此則凡夫伏惑超欲界道也○前天亦間有禪定而此界方名禪者以前結云形雖出動心迹尚交足知自此以上絕無女人心迹俱離無所交接兼無食眠三欲俱忘稍涉饑倦即入禪定出定則飽滿精明是但以禪悅爲食爲息稍離麤重身心矣畧分四重各有本定故云四禪詳分十八重但疑亦有同處而區分勝劣爲類者未必十八皆以上下爲次也至文再詳分二㊀一正分四禪就分四㊁一初禪三天此三天雖入禪侶而戒德偏勝雖顯戒偏勝而後二天畧顯定慧至文自見又二㊂一示三天別相又三㊃一梵衆天

何難世間一切所修心人不假禪那無有智慧但能執身不行婬欲若行若坐想念俱無愛染不生無留欲界是人應念身爲梵侶如是一類名梵衆天

首言世間顯非出世而亦言修心者以凡迷冥修誰不自謂眞正修心魔鬼尚謂得無上道何況禪天然諸經皆謂禪天靜慮等持靜即是定深於六欲慮即是慧揀於四空故權教之佛寄此而成今言不假禪

那無正智慧者顯彼惟有漏靜慮伏欲六行而已非無漏真三摩地妙圓通矣此義亦應通後向下方是本天別文此天且獨顯戒德而未彰定慧先言執身者表異六欲縱强忘情不免身犯此身全遠梵行方成若行下表非不攝心身心俱潔故下無卜居而上界同侶矣衆即梵世之庶民也

(卯)二梵輔天

欲習既除離欲心現於諸律儀愛樂隨順是人應時能行梵德如是一類名梵輔天

環師言此天戒與定共首二句表上天但初離欲清淨心相未至顯現此則離欲清淨心相顯發著明前天如病初愈未至康壯此天如已康强光澤諸律即梵行戒品愛樂則悅豫隨順則輕安即與定共之相也行梵德者不但清淨身心亦且弘揚德化亦以內心外儀無間故生天既輔化即天臣矣(卯)三大梵天

身心妙圓威儀不缺清淨禁戒加以明悟是人應時能統梵衆爲大梵王如是一類名大梵天

此天乃顯戒與慧俱初天執身次天心現此天雙攝故言妙圓又初天由執身而攝心次天由心現而行德此之身心得一如無二之妙滿足分量之圓威儀不缺者行住坐卧皆妙圓也次二句正戒與慧俱之相明悟亦即六行之智等增明而已前天之德能輔王化臣道也此天之德能統梵衆猶體仁足以長人君道也亦慧愈前天故勝耳示三天別相已竟(寅)二結苦離漏

上

阿難此三勝流一切苦惱所不能逼雖非正修眞三摩地淸淨心中諸漏不動名爲初禪

溫陵曰已離欲界八苦故曰苦惱不逼已離散動欲心故曰諸漏不動俱舍論云此名離生喜樂地謂離欲界雜惡趣生得淸淨樂也孤山曰禪有四類一有漏禪即今四禪也二無漏禪謂九想八背等三亦有漏亦無漏禪謂六妙通明等四非有漏非無漏禪即今經首楞嚴王中道理定今云雖非正修眞三摩地此以第一簡非第四耳○自此以上皆稱勝流表勝欲界諸趣此三天頗疑恐非竪分夫天民天臣天王各居一層何成一統且臣民尚許衆多而天王何至滿天獨居一層彼此皆王何所使令但恐如四王臣於忉利上下居之然忉利別有臣民同居却非全取於四王或者大梵天子諒亦非多彼之一天廣列正居惟以同其眷屬而下之臣民供役者暫升寄居無事退居本天若是則仍是上下竪分然未有的據尚俟叅考初禪三天已竟(丑)二二禪三天前天定力尚假戒扶此則不假戒扶而自不動定勝發光以光之勝劣爲次吳興曰地持論目第二禪名喜俱禪此定生時與喜俱發分二(寅)一示三天別相就分三(卯)一少光天

阿難其次梵天統攝梵人圓滿梵行澄心不動寂湛生光如是一類名少光天

統攝二句元似大梵所爲故此天疑從彼天中修來益躡前行而但加圓滿則升此

天環師亦謂躡大梵之行升進者是也澄心下方是此天勝處澄湛生光如水澄成暎而靜極發照用也問此與菩薩寂照何殊答人法二執毫髮未動但以離欲得定定深生照而已此其別也下皆放此(卯)二無量光天

光光相然照耀無盡暎十方界徧成琉璃如是一類名無量光天

溫陵曰定力轉明妙光迭發境隨光發徧成琉璃真際曰暎十方界者約其定光隨所受用東西南北等言之非徧十方世界也○按此天雖不能暎諸大千而於本界亦覆小千當滿一千箇四天下何無十方界乎(卯)三光音天

吸持圓光成就教體發化清淨應用無盡如是一類名光音天

此以光明代其言音以宣彼梵行教化如世間以文字代其言音而亦以宣諸教化與用光明作佛事者同也發化二句明其闡揚梵教其妙無窮也沇師緣此遂謂二禪以上俱無語言恐未必然如世紙墨文字雖代言教豈盡廢其言語哉示三天別相已竟(寅)二結憂離漏伏

阿難此三勝流一切憂懸所不能逼雖非正修真三摩地清淨心中麤漏已伏名爲二禪

懸不安也前天言苦惱乃麤重切於身心此憂懸輕細但涉於心念而已今亦不逼喜樂可知溫陵曰二禪離憂得極喜樂故云憂懸不逼初禪方得漏心不動而未能伏此天已伏麤漏俱舍云此名定生喜樂

地謂有定水潤業憂懸不逼也吳興曰懸或作愁字之誤也二禪三天已竟(丑)三三禪三天吳興曰地持論目第三禪爲樂俱禪此定功德與徧身樂俱發故前二禪雖有樂支爲喜支所障今滅喜純樂故得其名分二(寅)一示三天別相分三(卯)一少淨天

阿難如是天人圓光成音披音露妙發成精行通寂滅樂如是一類名少淨天

溫陵曰由上圓光敎體披露妙理發成精行離前喜動而生靜樂恬泊寂靜名寂滅樂能通而已尚未能成以猶劣故名少淨也○精行亦與披露妙理相應之淨行也寂滅樂亦定深心安所發不可濫於本性寂體葢名同而體異耳下文云久必壞生其意葢可見矣(卯)二無量淨天

淨空現前引發無際身心輕安成寂滅樂如是一類名無量淨天

首句言前但得淨此更發空漸以虛豁至無邊際前通寂滅但樂內心此加身心內外安樂積中發外廓然廣大故稱無量淨也(卯)三徧淨天

世界身心一切圓淨淨德成就勝託現前歸寂滅樂如是一類名徧淨天

前但身心此加世界通成虛寂故曰圓淨此但定力所使所謂境隨定變而已非唯心觀力所使也淨德二句躡上而言既世界身心圓淨豈非淨德成就勝託二句將謂真實安身立命清淨極樂之家鄉矣前雖發外仍是身心虛曠之境未融世界今

竝融之故稱徧淨示三天別相已竟㊊二結安隱喜具

阿難此三勝流具大隨順身心安隱得無量樂雖非正得眞三摩地安隱心中歡喜畢具名爲三禪

具大隨順者異初禪隨順律儀非大隨順此隨順淨樂至無量周徧故具大隨順安隱即自在受用也無量樂即樂之至極故界內以三禪爲極樂處也此地名離喜妙樂而仍言歡喜畢具者以有安隱心中四字揀之故也良以喜是動心所發樂是靜心所融若在飛動心縱說樂而仍是喜支若在安隱心縱說喜而仍是樂支岳師謂名同體異是矣又言不以辭害義者不達已有安隱心中爲揀別也三禪三天已竟

㊁四四禪九天溫陵曰自此而下明四禪凡有九天然四禪報境但有三天第四無想乃第三廣果別開是外道報境此四之上有五不還天乃聖賢別修靜慮與凡夫不同分二㊊一四勝流天因佛總結此四勝流故作是科不揀第四外道以同是捨俱禪耳故佛同判又當知四禪取捨不出三受前天捨苦受而住樂受此天二受雙捨而住捨受耳又二㊈一示四天別相又爲三㊉一示前二天前三天雖爲一聚而第三與無想分岐故此兩兩爲科也二㊋一福生天

阿難復次天人不逼身心苦因已盡樂非常住久必壞生苦樂二心俱時頓捨麤重相滅淨福性生如是一類名福生天

不逼二句結前二禪明苦已離蓋初禪苦惱離二禪憂懸盡皆不逼也欲是苦因諸欲杜絶故苦因盡樂非二句結後一天明樂亦不當受之意則可了苦樂下乃躡此樂之有壞故起雙捨之心正是本天功行蓋既已離苦亦不受樂樂既不受壞亦不生麤重相滅者苦壞雙超也淨福性生者有樂不受福自積漸生也命名可知㊁二

福愛天

捨心圓融勝解清淨福無遮中得妙隨順窮未來際如是一類名福愛天

前天初專於捨未免偏空此既純熟漸不礙有故曰圓融勝解清淨者解此清淨比前最勝前以離欲離苦爲清淨此則苦樂雙離復不礙有故也蓋空即捨定有即福德遮限也妙隨順者大自在也蓋大福者有所願求無有遮限得大自在也窮未來際者如岳師所謂福資一路非止當天是也更望上二天中受報無窮之意非真常住之謂也名福愛者言此天福德於有爲界中亦可愛樂也又此天所積福德别有愛求即希上二岐路也㊂二判二岐路

阿難從是天中有二岐路

是天即福愛天從是天而入岐路者心念行業各别也下科自見其意溫陵曰一直往道趣廣果一迂僻道趣無想〇又嘗因此詳味之語上升則循序者多頓趣者少如世升官類也語下墮則直墮者多循序者少如世謫官類也今經所明似皆從下一天修之升上一天皆單約循序之意便

於演說而已餘可以意得之(辰)三示後二天即二岐路就分二(巳)一廣果天

若於先心無量淨光福德圓明修證而住如是一類名廣果天

先心即福愛天中妙隨順心能令所求如意然此心以定福相圓融爲體令無量淨光即捨俱禪定深而發光也於此光中滋令福德增盛圓明剋取修證資中曰以四無量心薰禪福德離下地染廣果所感名廣果天也(巳)二無想天

若於先心雙厭苦樂精研捨心相續不斷圓窮捨道身心俱滅心慮灰凝經五百劫是人既以生滅爲因不能發明不生滅性初半劫滅後半劫生如是一類名無想天

先心同前但廣果天令福德增盛此天乃令捨定增盛正因妄謂依此可得涅槃此兩天分岐之故也首二句躡前心也精研下三句加功修因也精研者深搜細絕也相續者勤勇無間也圓窮者必求究竟也身心三句定成剋果也言在定中渾成晦昧冥然一空雖只言身心必兼滅界正彼妄取爲涅槃果也經五百劫大劫也自初生以至壽終得此長時而已是人下四句出其無常之故正由向二種根本錯亂修習耳初句明其錯依六識生死根本爲本修因强令灰凝次句明其反迷識精明元圓湛不生滅性而全不知用故也末二句明始終皆墮無常初半劫滅者初生習定半劫始滅想也後半劫生者報盡定銷半劫復生想也問身界俱空何異四空答出

定則有故不同也然亦但有身界非竝起於雜想耳四天別相已竟〔卯〕二結不動純熟

阿難此四勝流一切世間諸苦樂境所不能動雖非無爲眞不動地有所得心功用純熟名爲四禪

同修雙捨故二境莫動溫陵曰四禪不爲三災所動名不動地然彼器非眞常情俱生滅雖非無爲眞境而有爲功用至此已純熟矣○問不爲三災所動何言器非眞常答他經明此天天人生時宮殿園林隨之而生死時隨之而滅但無總壞相耳又通論四禪初禪共戒戒德增上二禪喜俱光明增上三禪樂俱淨樂增上四禪捨俱而於中前三天福德增上後一天捨定增上此其別也四勝流天已竟〔寅〕二五那含天溫陵曰第三果人斷欲界九品修惑盡即生此天不復欲界受生資中曰俱舍云雜修靜慮有五品不同故生五淨居天雜修者以有漏無漏間雜而修也靜慮者定慧均等之謂也五品者下中上上勝上極也○五品五天既皆從劣向勝則五天按品分之似亦無差又既有勝劣豈不約斷惑之淺深而分居之若是則前四天似以次而斷本界四地之惑第五天既名色究竟似斷上無色界四地之惑比量判之以俟叅考既非決定縱有小差非過也分三

〔卯〕一標聖果寄居

阿難此中復有五不還天於下界中九品習氣俱時滅盡苦樂雙忘下無卜居故於捨心

衆同分中安立居處
温陵曰不復欲界受生故曰不還亦名五淨居謂離欲淨身所居也習氣思惑也與現行皆滅故曰俱盡○齊此以上是表聖人斷惑之事明其有異四禪也葢凡夫伏惑而不能斷此聖凡之分下界即欲界也習氣即思惑種子思惑謂貪嗔癡慢是任運而起輕細之惑非同分別中麤惑也分八十一品斷之葢於三界九地地各九品今此九品乃欲界五趣雜居地之九品於上中下復各分三天上人間經於七生往返斷之而言俱時滅盡約最後一刹那斷盡證三果也齊此以下乃是表五天寄居此地之由明其有同四禪處也伏問云何故上下懸絶偏居此地荅云由彼欲界惑盡麤苦已除三禪淨樂又復不受其所入定復是苦樂雙忘捨俱禪耳夫苦忘則五趣雜居地無卜居處樂忘則三禪三地無卜居處以非其同分也然既捨俱禪定與此捨念清淨地獨爲同分所以獨於此地卜安處也住此以斷七十二品最細貪痴慢希成阿羅漢矣(卯)二示五天別相就分五(辰)一無煩天

阿難苦樂兩滅鬬心不交如是一類名無煩天

按五品此天似在下品亦似應斷離生喜樂地中九品思惑也鬬心即欣厭二心葢苦樂未忘時則厭苦欣樂交戰胸中故曰鬬心今已兩忘故曰不交盛熱曰煩亦狀其內心鬱陶熱中之象有鬬心者所不能

免此方不交初得清涼故名無煩㊁二無熱天

機括獨行研交無地如是一類名無熱天

此天似當中品似應斷除定生喜樂地九品思惑也機即弩牙狀念之放也括即囊括狀念之收也放收亦起止也獨行言其惟一捨念或放起或收止更無餘念雜於其間到此全不見欣厭研交之地意表前此雖不研交猶見交地耳微煩曰熱并熱亦無者捨念清淨既加勝則意地清涼了無熱惱矣㊁三善見天

十方世界妙見圓澄更無塵象一切沉垢如是一類名善見天

此天似當上品似應斷除離喜妙樂地九品思惑也十方世界即一大千之量也妙見即天眼也既與四禪同分天眼亦應同四禪見大千總相圓即滿大千也澄清徹也塵象約境言明其更無障隔之境也沉垢約心言明其更無留滯之念也若作思惑而復言一切豈思惑至此天而即盡耶名善見者表此天定體澄清善於鑑照矣

㊁四善現天

精言現前陶鑄無礙如是一類名善現天

此天似當上勝品似應斷除捨念清淨地九品思惑也前天定體圓而定用未勝此天體用兼勝故首躡前天之妙體次句發此天之勝用陶鑄無礙者亦同摩醯首羅隨心造化一切萬物如陶之燒瓦鑄之鎔金得其自在問聖人豈亦同魔所爲答既與同分亦當同具此能而已豈竝同其貪

權妄宰耶名善現者表具變現之用耳(辰)

五色究竟天

究竟羣幾窮色性性入無邊際如是一類名

色究竟天

此天似當上極品似應斷四空四地中三十六品思惑問憑何度量此偏多斷答旣名色究竟便以盡色爲義而四空皆究竟離色故知然也況準前皆重惑獨斷輕惑共斷今度末後最輕一天可共斷也吳興曰究竟研窮之謂也幾者動之微也研窮多念至於一念故曰究竟羣幾以雜修五品初用多念無漏薰多念有漏乃至最後用一念無漏薰一念有漏名上極品故俱舍云成由一念雜是也問此豈不與子所說前少後多相違耶答此約能斷之智前繁後簡我約所斷之惑前重後輕如多念有漏豈非重惑故一天惟斷九品後乃漸少豈不末後最輕況輕惑復分多品所以一天可獨斷之也窮色性性者即岳師所謂心旣薰多至少色亦窮麤至微是也言性性者以凡外謂極微爲色性猶言微而復微也入無邊際者入四空邊際也色究竟者色至此而淨盡無餘也示五天別相已竟(卯)三結四天不見

阿難此不還天彼諸四禪四位天王獨有欽聞不能知見如今世間曠野深山聖道場地皆阿羅漢所住持故世間麤人所不能見

唯識謂二禪以上不分王臣此言四王者或推尊上首畧似於王餘亦不必如下界之臣故亦可言有王無臣也有聞無知見

者斷惑與伏惑無漏與有漏聖人與凡夫麤細懸殊故但仰嘉名不知其受用不見其依正也如今下取例人間也皇道場地如天台竹林等是也雖言羅漢亦兼菩薩如五臺峨眉亦但欽聞不知見也因此疑五天似但居廣果方如聖寄人間欽聞不見若上下懸絶何必云此况佛初只言此中而未言此上猶可見也正分四禪已竟

㊀二結屬色界

阿難是十八天獨行無交未盡形累自此已還名爲色界

孤山曰獨行無交俱無情欲故未盡形累尚有色質故○又上句明所離下句明所住自此以還者自色究竟天以下直至梵衆同一色界矣四禪已竟㊇三四空温陵曰自此而上明無色界四天也無色者無業果色有定果色依正皆然乃滅身歸無捨厭天人雜處其類不一皆無色蘊也四天皆依偏空修進初厭色依空二厭空依識三色空識三都滅而依識性四依識性以滅窮研而不得眞滅是皆有爲增上善果未出輪廻不成聖道者也○此中盡色趣空凡夫是其正居定性聲聞寄居而異計外道雜處也分五科㊀一標岐除聖

復次阿難從是有頂色邊際中其間復有二種岐路若於捨心發明智慧慧光圓通便出塵界成阿羅漢入菩薩乘如是一類名爲回心大阿羅漢

温陵曰色竟天居有色頂與無色隣名色邊際四禪皆依捨念修定此言捨心指有

頂因心也吳興曰色究竟天第三果人根有利鈍故分二路其利根者發無漏智斷盡修惑即出三界其鈍根者復由定心欣上厭下生無色界○智慧即人空智思惑盡而空智滿名慧光圓通成阿羅漢即出三界入菩薩乘則復離單空下結回心有二意一約回心羅漢則回其欣上厭下之心而頓出三界二約回心菩薩則回其捨大取小之心而速入大乘然此之一類元是不定性人而又根利者也反顯定性而又鈍根者方入四空耳此亦順序而談故就便直約色究竟人說其入四空天其實凡夫廣果外道無想俱與空隣俱可上入四天請觀後出墜聖凡其意可見㊀二正列四天分四㊁一空無邊處天

若在捨心捨厭成就覺身爲礙銷礙入空如是一類名爲空處

首二句躡前天次二句明本天溫陵曰厭已形碍堅修空觀滅身歸無即厭色依空者也名空處定故報生空處也長水曰捨心有二一者若於有頂用無漏道斷惑入空即樂定那含也二者若於廣果用有漏道伏惑入空即凡夫外道也㊁二識無邊處天

諸礙旣銷無礙無滅其中惟留阿賴耶識全於末那半分微細如是一類名爲識處

首句躡前天果相次句以下即本天功行果相溫陵曰諸礙旣銷而無則不依於色無礙之無亦滅則不依於空惟留阿賴末那即厭空依識者也名識處定故報生識

處賴耶第八識末那第七識也而末那所緣色空識三此位厭色空而依識則色空麤緣已無故惟全半分微細也○問按唯識末那不緣外境但內執八識見分爲我環師何謂亦緣色空答七緣色空固無此理但既內執賴耶爲我亦任運外執色爲他所以色空若在全分末那俱在今色空既盡故惟半分末那入微細也問末那賴耶羅漢未了凡外那舍何以知之答此自如來明眼了見與之作名非許彼知也在彼固自以爲離色空即性真也迷同無想法華云衆生住於諸地惟有如來如實知之是也(丑)三無所有處天

空色既亡識心都滅十方寂然迥無攸往如是一類無所有處

首句躡前天果次句下本天因果識心即前末那賴耶而言都滅者憑深定力二識現行俱伏不行例如無想伏六現耳彼伏五百劫此伏六萬劫問現行何狀滅之何如答七緣第八能所歷然名爲現行即是前天更進深定能所緣息暫名都滅即是此天故知此滅非如羅漢種現俱斷之謂也寂無攸往者滅識定中所証境界廓然冥然不復能前進矣此外道昧爲冥諦之處也末句命名謂色空識三者皆無所有也(丑)四非非想處天

識性不動以滅窮研於無盡中發宣盡性如存不存若盡非盡如是一類名爲非想非非想處

環師見此言識性不動故說前天方亡識

心未亡識性不審心性何分至此又釋識性爲幽本亦不審何爲幽本若以識心爲現行識性爲種子則似理通而種子眠伏藏識誠爲幽本不動者以凡外未秉佛斷種法門那舍未盡思惑故皆覺其堅確不可動搖以滅窮研者强憑滅定之力窮之欲盡研之欲透也下二句判決其卒不可盡有二意若約賴耶本體即是藏性則凡聖皆無可盡之理若約種子則凡外既無斷法終不可盡那舍復是鈍根亦非盡時而於此天初心皆强以發宣欲盡其性不可得也以上皆是生此天之因即所用功力也次下二句方是住此天之果蓋於二識如殘燈然半滅半明而已良以滅定所逼故如存不存似燈半滅也種體莫動故若盡非盡似燈半明也末後環師承如存不存以結非想承若盡非盡以結非非想得其語脉矣蓋非想即非有想非非想即非無想耳正列四天已竟(子)三聖凡出墜

此等窮空不盡空理從不還天聖道窮者如是一類名不迴心鈍阿羅漢若從無想諸外道天窮空不歸迷漏無聞便入輪轉

此科專明住無想者八萬劫滿聖類即出三界凡類即墜輪迴各有終相而已舊註全不達此撥羅漢仍作那舍說後半但遮無想了無關要無謂之甚也請詳今解首二句通判無色渾包聖凡此即無想等即前三窮空者初天窮色令銷二天窮空令無三天窮識令滅四天窮性令盡蓋前二窮境後二窮心欲令心境俱空故總謂窮

空不盡空理者凡外未了人空之理小聖不達法空之理何況圓頓之旨心境本空豈待銷滅故總斷其不了耳向下方分言聖凡出墜不同言彼住非想者若元從五天修習聖道而來此之一類八萬劫滿思惑斷盡即出三界成阿羅漢而言不同心者亦有二意若追過去乃責其不於色頂早同欣厭之心速成羅漢若按未來乃明其必且不回趣空之心向菩薩乘以彼是定性聲聞非前不定性矣又言其鈍者以彼備歷四天比前利根者多修二十萬劫故也問前於色頂已判思惑斷盡不審斯人在四空中何所修斷答前約利根鈍豈能同鈍根在五天時前四斷惑同於利根至第五天不回欣厭之心但加功銷礙求

生四空後半之惑期於彼天斷之則四空四地應於每地各斷九品故至非想劫滿方盡也準此則上極一品當連色頂通該五天比度應然再俟叅考此明聖出已竟向下方明凡墜言彼住非想者若元從無想廣果諸天但惟修習有漏禪定窮空而來者則八萬劫滿無所歸托即當下墜入輪廻矣問後經謂無想妄執涅槃而臨終謗佛墮獄今何許至非想答岳師正因此惑而謂不來不知後經所云但時間或有之而根性萬殊豈箇箇皆然耶問佛云諸外道天何知亦該廣果答尋常對佛天乘爲内教則無想獨爲外道今對佛小乘爲内教故竝呼諸天皆外道也云不歸者言其一味窮空更不同心歸順聖乘至此力

竭途窮無所歸托只得下墜又言迷漏無聞者出其由過以警後人也言彼特因迷有漏因作無爲解闕於多聞但勤小行之過所以至此無歸而直墜也由是而知上言不回心鈍羅漢者亦出過以示警也言彼特因不早回心以致遲鈍經久方成此意詳味之(子)四通分凡聖

阿難是諸天上各各天人則是凡夫業果酬答答盡入輪彼之天王即是菩薩遊三摩地漸次增進回向聖倫所修行路

前科但判非想聖凡終盡之事此則通判三界現住天人孰凡孰聖合是諸天總結宜居下科之後通前總結科中誤居此耳天人謂臣民也業果酬答者十善八定爲實功業而六欲四禪之果所以酬答之也答盡入輪者即永嘉所謂勢力盡箭還墜也問上界無惡何亦有直墮三塗者答藏識雜種遠劫不忘次第而熟不能逾越今天福報終隨彼熟種任運而墮豈揀三塗此如來所以苦勸念佛以横出也漸增回聖寄修進也然以菩薩位配諸天王諸經約教不同名位參差不敢詳定環師引華嚴三地方配天王亦大畧而已寻記天台配詳再容考定(子)五結屬無色

阿難是四空天身心滅盡定性現前無業果色從此逮終名無色界

初二天全無身境故曰身滅後二天七八現行俱伏不行故曰心滅盡也定性現前者約在定時有定果色即則師引顯揚論説爲定自在所生色葢隨化依正自在受

用矣無業果色者約出定時身心俱寂依正皆空聖眼觀之三尺識神似中有也從此逮終者從初天至四天也結名無色者但憑定力二十萬劫暫無依正非真蘊空永絕業果正列諸天已竟㊀二通前總結

此皆不了妙覺明心積妄發生妄有三界中間妄隨七趣沉溺補特伽羅各從其類

此自六欲以至非想通結之也妙覺明心即近具根中遠包萬法者也本無生死識心曰妙本無冥頑色空曰覺本無無明惑障曰明現具而不自見故曰不了積妄二句言長劫執著取捨故三界永成實有長眠大夢也中間二句以此為結諸天故言諸天雖浪施功力特未明心故終不免同溺生死同名七趣甚憐惜之以示警也末二句明分類之由補特伽羅此云數取趣即中有也以能數數受生取於諸趣故命斯名益言諸天中有身各隨已業同類受生各為一聚故文中每言如是一類也諸天趣已竟㊂七修羅趣按佛序談七趣皆從劣向勝此趣具有勝劣四趣分攝故居於此按本經所判同分但空水天處而已岳師引阿含謂南洲金剛山中有修羅宮治六千由旬欄楯行樹等然一日一夜三時受苦苦具自來入其宮中于亦藏中屢見之恐是乘通入空者亦同旦遊虛空暮歸此宿耳不然應與下劣同類散處地上者也尚當闕之以俟考証分二㊀一總標名數

復次阿難是三界中復有四種阿修羅類

以是俱攝故渾標三界實但居於欲界環師以非天譯名謂其多瞋有天福而無天行亦云無端正以夫醜婦美從男受稱亦云無酒以嗔無和氣任釀不成四類下文自分之㊣二別釋趣攝分四㊧一卵生鬼攝

若於鬼道以護法力乘通入空此阿修羅從卵而生鬼趣所攝

鬼道是此類前因言彼元從鬼趣發心護經咒禪戒等皆名護法所生福力升此趣中乘神通入空界居之似與三夜义天爲隣卵生飛空因果類鬼故屬鬼攝也㊧二胎生人攝

若於天中降德貶墜其所卜居隣於日月此阿修羅從胎而出人趣所攝

天中是其前身也降德是因言在天中或有損德之過或天福已盡俱是降德貶墜是果即沉此趣胎生類人故人趣攝㊧三化生天攝

有修羅王執持世界力洞無畏能與梵王及天帝釋四天爭權此阿修羅因變化有天趣所攝

執持世界者亦能驅役鬼神禍福人間如孔雀經亦云修羅所罰其意可見但其專權不及諸天故每怒而爭之洞通也徹也力洞無畏者言其威力通徹諸天無所恐怖也經稱化身十六萬八千由旬手撼須彌諸天震恐帝釋四天常與戰鬭今言梵王亦爭者帝釋或不勝時則梵天以下俱助力也荊溪謂法華四類是此一類無疑

矣化生福力俱等於天故天趣攝也此趣獨不言其住處旣勝前趣似應更居於上然終未聞修羅隣於忉利恐與前趣同居此或是修羅王而前乃修羅衆耳再俟考

定(癸)四濕生畜攝

阿難別有一分下劣修羅生大海心沉水穴口旦遊虛空暮歸水宿此阿修羅因濕氣有畜生趣攝

海心水口者孑閱起世經言須彌入水八萬四千由旬修羅分四級居即此類也生居劣下故以畜攝餘意可知備明諸趣已竟(巳)二結妄勸離所以備明諸趣者意正在此分三(庚)一藥病雙舉七趣皆病而此經大定是藥如來所以深明病態者意在激其速進藥也又三(辛)一總舉妄病

阿難如是地獄餓鬼畜生人及神仙天洎修羅精研七趣皆是昏沉諸有爲相妄想受生妄想隨業於妙圓明無作本心皆如空華元無所著但一虛妄更無根緒

精謂詳熟研謂窮究盖升沉往復百千萬廻不知出要故也皆是下出其病態昏沉惑也有爲業也受生隨業果也所謂惑業苦三如惡叉聚也於妙下總明其妄先舉眞心以反顯之業果不縛曰妙空有不墮曰圓惑障不覆曰明不由取捨修証曰無作此即人人本有妙心七趣在此心中如空華在太虛中豈有毫末住著豈有根蔕頭緒之可得哉(辛)二指病深根

阿難此等衆生不識本心受此輪廻經無量劫不得眞淨皆由隨順殺盜婬故反此三種

又則出生無殺盜婬有名鬼倫無名天趣有無相傾起輪廻性

溫陵曰前問妙心徧圓何有獄鬼人天等道故此結示由殺盜婬三爲根本也○上言無根緒而此又指病根者葢妄雖無體起固無因而妄理相應續非無故故復指也不識下先迭三道之相續本心即上科妙心不識即惑道也受此下即永爲業果二道所輪不得眞淨者言欲界固不淨而上界離欲離色自謂已淨矣而無奈墮眠畢竟非眞淨也皆由下正指病根言隨順即成三惡反之則成三善正皆是三道相緒之病根也問三善何爲病根答因同向三有同障出要也有名四句正表其同是繫三界之根本也有之而成三惡固是鬼倫攝三塗也無之而成三善亦但天趣同人仙也修羅隨攝分之傾即奪也奪有成無從下升上奪無成有從上墜下互奪不已善惡俱無出期故曰起輪廻性也(辛)三定藥能除

若得妙發三摩提者則妙常寂有無二無無二亦滅尚無不殺不偷不婬云何更隨殺盜婬事

當知詳敘七趣揭露病根全爲此科勸修大定也妙三摩提者剋體對機即耳根圓通也妙常寂者聞性三德相也妙即圓通二眞實常即常眞實寂即自性本定也又妙則本無七趣繫縛常則本無七趣生滅寂則本無七趣流轉故能反聞常住此性者則有無云云有即三惡無即三善二俱遠

離曰有無二無此先得人空出三界也無二即小乘涅槃此更復滅成法解脫越二乘也所謂忽然超出世出世間圓師亦謂雙超生死涅槃末二句猶言輕病尚無何況重病圓師復補云尚無無二云何隨二亦好大抵深激其修大定也藥病雙舉已竟(庚)二同別俱妄

阿難不斷三業各各有私因各各私衆私同分非無定處自妄發生生妄無因無可尋究

温陵曰前問地獄爲有定處爲復自然彼彼發業各各私受故此牒答三業即殺盜婬也據此是通結七趣不斷二字應兼有無前問處但是疑受果報時同受耶私受耶同受則同分之地共居之私受反此今佛結首二句明造業各私也次二句明受報有同分地也末三句總結其徹底虛妄而言自妄發生者不從心外也生妄無因者亦無初相也無可尋究者畢竟無體也(庚)三正勸須除三(辛)一欲修須除

汝勗修行欲得菩提要除三惑

勗勉也奮力之意三惡三善總皆是業而由不達此三爲繫縛之本障智之端故呼爲三惑除者不但只除有三而無三亦除之也(辛)二不除必墮

不盡三惑縱得神通皆是世間有爲功用習氣不滅落於魔道

除世惡而不除世善則對待不盡縱得神通者仙天之類也伏現行而不除種子遇緣復起則終落魔道(辛)三增僞自取

雖欲除妄倍加虛僞如來說爲可哀憐者汝

妄自造非菩提咎

倍加虛僞者如各自謂得無上道實皆假世智以妄研乘神通而造業違遠圓通背涅槃城枉費功力番成惡因故如來深憫之也此結似但勸界內而後文二乘亦未出五魔當亦兼勸之也復言汝妄自造非菩提咎者歸初問也阿難初問佛體真實云何復有諸趣故明咎因自造非佛體咎佛體即菩提也所以敎其惟止自造莫咎菩提也結妄勸離已竟㊁二判決邪正

作是說者名爲正說若他說者即魔王說

此雖欲其總不謬於七趣全文而尤重結妄勸離惟許必結妄而必勸離者乃真佛說如讚殺盜婬而言無礙勸住三有而謂真實即皆魔語耳深警其著眼辨識而亦應速捨以修三摩提矣談七趣勸離以警淹留大科已竟

大佛頂首楞嚴經正脉疏卷第三十六

音釋

迭徒結切音經更也　沇音兖與兖同　楯食閏切音順闌檻也　蔕都計切音帝草木綴實也

大佛頂首楞嚴經正脈疏卷第三十七

明京都西湖沙門　交光眞鑑述

(丙)二談五魔令辨以護墮落上科於結妄處助其悟勸離處助其入此於辨魔處助其修不退處助其證也分二(丁)一無問自說五陰魔境當機但知請定而定中所發微細魔境非其智力所及故無問佛旣開導大定而魔軍勝敗實大定成壞所關利害非細故動深慈不待問而自說也(戊)一普告魔境當識又三(己)一將罷迴告

即時如來將罷法座於師子床覽七寶几迴紫金山再來凭倚普告大衆及阿難言

將罷法座表最後開示回身再來顯不盡眞慈(己)二陳所欲言又分爲二(庚)一先明已說

汝等有學緣覺聲聞今日迴心趣大菩提無上妙覺吾今已說眞修行法

無學四陰已破但餘第五天魔鬼神等麤外魔境皆已不至故此全談五陰魔曲爲有學是以特舉眞修行法即反聞也(庚)二後示未說即魔事也又二(辛)一總標魔害

汝猶未識修奢摩他毘婆舍那微細魔事魔境現前汝不能識洗心非正落於邪見

尚不知問何況能識奢摩等雙舉性修二定合言乃大定全體此中所發魔事最爲細微不識則以邪爲正墮於邪見而不自覺矣夫力能引邪邪排正盡此魔之大害故此先標(辛)二畧陳魔相又爲二(壬)一畧示前三內外魔相

或汝陰魔或復天魔或著鬼神或遭魑魅心

中不明認賊爲子
或汝陰魔者色陰中十種方是初心自現尚無外魔故言汝陰魔也受中十種已召外魔然且潛入身中而魔未現身想中十種方有天魔鬼神魑魅若不聞知則認賊爲子在所不免或自任爲聖或認魔爲聖皆名認賊爲子(壬)二畧示後二心見魔相
又復於中得少爲足如第四禪無聞比丘妄言證聖天報已畢衰相現前謗阿羅漢身遭後有墮阿鼻獄
行陰所發十種心魔識陰所發十種見魔皆無外境但是自心邪見得少爲足四禪等者舉一以例餘也無聞者因其但修無想不務多聞故自誤不覺阿羅漢遭後有者環師謂謗佛妄說羅漢不受後有因此墜墮也據見魔中有無學羅漢但其魔事輕微故召告單舉有學以並攝之也(己)三勑聽許說
汝應諦聽吾今爲汝子細分別
不但分別而更許子細者一以魔相幽微難見一以魔害酷烈難堪故勞眞慈如此也普告魔境當識已竟(戊)二會衆頂禮欽承
阿難起立并其會中同有學者歡喜頂禮伏聽慈誨
聞害悚動承慈感激見許歡喜故起拜領
(戊)三正以詳陳魔事分三(己)一標示動成之由謂動魔之由及成害之由又二(庚)一驚動諸魔由定二(辛)一推眞妄生滅相關若無相關則眞定不驚妄魔矣又四(壬)一

先明本覺同佛
佛告阿難及諸大衆汝等當知有漏世界十二類生本覺妙明覺圓心體與十方佛無二無别
本有之覺圓故同佛徧在諸佛心中如千燈共室不同則不圓不圓則不同也温陵曰覺圓心體所謂眞元是也㊀二次示妄生空界又二㊇一迷妄有虛空
由汝妄想迷理為咎癡愛發生生發徧迷故有空性
妄想通舉本末無明迷理爲咎即根本無明所謂迷眞也癡即業相愛即轉相所謂執似也末二句言境界相發先將全法界俱迷爲頑空也㊇二依空立世界
化迷不息有世界生則此十方微塵國土非無漏者皆是迷頑妄想安立
首二句即空晦暗中結暗爲色則此下總明其依妄立也非無漏者明簡方便實報偏取同居爲其動魔也故岳師並推振裂者不必然也妄想總體迷頑二功能也迷則能生有情晃分頑則能生無情相分故皆彼立也㊀三比況空界微茫
當知虛空生汝心内猶如片雲點太清裏况諸世界在虛空耶
温陵曰空生大覺中如海一漚發又喻片雲以明世界虛幻微茫易以消殞矣㊀四歸元必壞空界
汝等一人發眞歸元此十方空皆悉銷殞云何空中所有國土而不振裂
發眞歸元者言住大定入圓通者眞顯妄

破歸前無二本心也空銷殞者應念將化無上知覺也國土振裂者内動外感凡事皆然況大定乎問凡聖各皆萬法一心彼此無干故諸佛成道生界依然今一人歸元何干衆界而振裂耶既能振裂何不俱銷願請決疑答凡聖同一法界非自非他非離非即譬如千燈共室正同處時雖各有照而滿室之光誰能分其彼此耶若忽一燈出室雖與諸燈無干正當出時諸光豈不悉成揺動既出之後諸燈依舊無干詳之可了推眞妄生滅相關已竟（辛）二示大定致魔之相分四（壬）一定合聖流

汝輩修禪飾三魔地十方菩薩及諸無漏大阿羅漢心精通脗當處湛然

飾嚴護也行人於行住坐卧中或反聞或休歇住此理中不昧不斷毫髮無滲漏處下言諸聖心通脗者以聖凡元一法界特凡迷馳擾别成邪聚不隔而隔今一旦悟後歸元故不離當處一念不生與諸聖心泯同一際湛然虛明無别無二（壬）二諸有壞動

一切魔王及與鬼神諸凡夫天見其宮殿無故崩裂大地振坼水陸飛騰無不驚慴

魔王攝臣民故言一切凡天當兼外道大地水陸飛騰當兼人畜凡在三界自天以及諸畜不求出要耽戀諸有者盡屬魔所攝持故安危事同無不驚慴（壬）三諸魔不容叉爲二（癸）一先除凡愚訛謬

凡夫昏暗不覺遷訛

此凡夫單指人言昏暗者謂不具五通也

不覺者謂不能覺知是行人入定將証之故還詭者言彼見大地動揺房屋崩壞或詭言陰陽失度或謬傳神鰲動目等也㊇二後示魔通必知

彼等咸得五種神通惟除漏盡戀此塵勞如何令汝摧裂其處

惟除漏盡者六通中但未証乎漏盡一通也夫五通既具必知是汝定力所爲既戀塵勞必護所居之處故決定不容也㊄四是故鬼神及諸天魔魍魎妖精於三昧時僉故來惱亂

來惱汝

僉同也動雖徧界獨魔偏重故惟彼衆同來惱亂意欲破其禪定彼始安也驚動諸魔由定科已竟㊈二成就破亂由迷分爲三㊁一分客主而推破亂又二㊄一示喻客不成害

然彼諸魔雖有大怒彼塵勞內汝妙覺中如風吹光如刀斷水了不相觸汝如沸湯彼如堅冰暖氣漸隣不日消殞徒恃神力但爲其客

彼在塵勞縱有神通殊爲渺小此居妙覺則湛然空廓周徧十方故如風三句喻彼無傷於汝也汝如四句喻汝反消於彼也葢魔之擾定遠望分明近反不見故遠處發瞋近漸恐怖所以如暖消冰也末二句出其深故良由彼雖憑仗神通而實勞擾無停暫留不住故但爲客㊄二正推迷亂由主

成就破亂由汝心中五陰主人主人若迷客

得其便

五陰主人則飾定者當人自巳不可定其眞妄雖離眞無體而尚在五陰亦非即眞也大抵魔擾行人如賊刼主若主人深居不動賊乃莫測愈近愈恐俗云强賊怕弱主以是退散者多若或主人自守不定驚慌出走爲賊所執方得其便此意若以法一一對喻思之足知患在主也㊃二約悟迷而示勝敗分二㊀一悟則必能超勝又爲三㊂一直斷無奈

當處禪那覺悟無惑則彼魔事無奈汝何

禪那指人言即上五陰主人在禪定者也覺悟無惑者了知如上所云彼無傷我我能銷彼又達我主彼客彼怖我安由是一心不動於彼善惡境界不欣不怖不愛不憎但惟照理一切不顧所謂山鬼伎倆有盡我之不倸無窮則彼魔事眞無可奈何矣㊂二示其所由

陰消入明則彼羣邪咸受幽氣明能破暗近自消殞

此表其無奈之故由以明而消暗也毘盧遮那此云光明徧一切處衆生本亦同此但爲五陰重重覆之全成暗昧若陰未消時與魔同分在幽暗中故魔可見可擾今禪定得力陰漸消而明漸發諸魔受幽氣者漸與光明隔别如梟入曉羅义向陽尚不可見豈能肆擾故必至於消殞矣㊂三總結必祛

如何敢留擾亂禪定

言其必喪魄而去矣㊀二迷則必成敗墮

若不明悟被陰所迷則汝阿難必爲魔子成就魔人

不明悟者不能如上覺悟也被陰所迷者於彼虛幻境界欣怖憎愛亡失照理正念墮爲彼類無疑矣所以深警之也約迷悟而示勝敗已竟(辛)三舉前墮而較淺深前墮者最初墮婬室也分二(壬)一示墮婬害淺

如摩登伽殊爲眇劣彼惟咒汝破佛律儀八萬行中只毀一戒心清淨故尚未淪溺

孤山曰以婬女比天魔人眇劣也以一戒比全身事眇劣也舉劣況勝勗彼深防初果道共戒力自然無犯故曰心清淨等也

(壬)二示墮魔害深

此乃隳汝寶覺全身如宰臣家忽逢籍没宛轉零落無可哀救

隳壞也壞全身者不但壞盡道果亦且入無間獄豈不與宰臣貴隣天子遭籍没則不但喪盡官位而且不免刑律者事相類哉是宜警懼而慎察識矣孤山曰籍没漢書除其屬籍是也標示動成二由科已竟(巳)二詳分五魔境相夫上科知動魔由於定切則於魔之發端不驚而預防無患知成亂由於主迷則於魔之究竟不動而自守惟堅然而所現境相多端不詳剖析未必其不迷也故今詳與分辯之就分爲五(庚)一色陰魔相謂當色陰將破未破之際有此等境應當了知又分三(辛)一具示始終色陰未開爲始既開爲終各有境相今先令其識此兩頭境相而次方詳列中間

也又二(壬)一始修未破區宇又爲三(癸)一
銷念工夫

阿難當知汝坐道場銷落諸念其念若盡則
諸離念一切精明動靜不移憶忘如一

坐道場有二一兼事道場即七卷中土壇鏡像等端坐於中以習反聞正定是也二惟理道場則不假壇等不局身坐但取前詳釋聞中境界爲道場以一切時中四威儀內反聞專注爲坐道場銷落諸念不同徑直止念此但專務反聞而萬念自銷也功淺未必念盡功深自然念盡耳則諸離念者即起信所謂心體離念等虛空界也一切精明者得常不昧念頭入手之意非發光之謂也又銷念即寂寂精明即惺惺耳注聞本不注境故境之動靜安能移之聞性無干意識故識之憶忘安能變之且識忽起而爲憶也如影現鏡中曾不障於鏡也識忽滅而爲忘也如影滅鏡內而鏡體愈如故也此正禪家打成一片時節矣

當住此處入三摩地如明目人處大幽暗

(癸)二在定相狀

此處者即銷念精明惺寂雙流境中也三摩地即耳門圓照三昧定成之號也由上功夫入手故三昧現前名爲入也如明下狀其在定境界也散心但對目前現境惟覺一區光明曾不覺知餘處皆暗譬如黑夜對一室燈光而室外無邊昏黑也今一旦不顧目前現境專注聞中無邊法界此定成就則現境都失方覺十方悉皆黑暗譬如吹滅室燈室也沒了通天徹地渾成

黑暗故曰如明目人處大幽暗也龍潭吹燈發明德山正令入此三昧耳問尋常説本心現有照體明踰日月何得有此黑暗答照體固自不滅黑暗亦自非無例如經初所云此但無明見何虧損問此暗何緣而有耶答衆生本性與遮那無二光明徧一切處猶如醒人無不明了從本以來具足有五陰無明蓋覆之盡法界俱成暗相如醒人被昏沉壓覆故全成昏昧至於目前朗見山河等境乃無明幻出能見所見皆無明所爲如二卷所明顛倒見妄也譬如醒人被昏沉逼壓起種種夢自謂所見分明而實居黑暗之中若但取目前所見山河分明不昧遂謂眞實光明何得聚見於眼開眼則明合眼則暗見不脱於根塵光全居於黑暗執之爲實何有悟期何以故以尚不覺全在陰覆之中何緣而有開時耶如夢中人不知是夢但見目前明朗謂爲實明了無迷悶全不覺在昏沉黑暗之中豈有醒夢之時耶故今入三摩地者要須頓捨目前幻身幻境絲毫不緣努力反聞當在此中方覺無邊黑暗故如明目人處大幽暗也即同夢中人覺知是夢捨彼夢境不復更緣努力求醒方覺昏沉黑暗覆壓迷悶也以法對夢一一可了（癸）三

結成區宇

精性妙淨心未發光此則名爲色陰區宇

離念自體精而不雜曰精性逈脱根塵中道自在曰妙雙超空有不染二邊曰淨心未發光者色陰未開心光未洩無邊幽暗

虛靜而已問既曰脫根塵超空有何又幽暗而未發光乎答此但解空了性循中入定初心定力所使非是開證之境故正在幽暗之中然定境虛融亦在妙處行人不識取著無進禪家謂之墮一色邊彷彿在玆也末二句言正在色陰之內如暗室區覆墻宇局滯也達此豈肯生住著哉(壬)二

終破顯露妄源

若目明朗十方洞開無復幽暗名色陰盡是人則能超越劫濁觀其所由堅固妄想以爲其本

首二句言心光發越不用肉眼十方洞照而前之黑暗如風約雲開內徹五臟百骸外徹山河大地天上人間悉如指掌雖未至三千圓鑑亦應洞達一界或至小千等以佛未的實格量不敢定耳名色陰盡者如五重衣服初脫最上一重也問諸色尚見何以言盡答圓融中道豈盡色成空耶但盡陰不蓋覆而已良由眞心元能隨緣現色而色不異心本自明徹如珠有光還照珠體但緣無始迷已爲物徧成障隔又認物爲已而聚見於眼是以永沉黒暗盡失其徧界之明豈惟不知本明兼亦不覺現暗今緣奢摩他中開示四科七大元一藏心各各自知心徧十方彼時有學者尚屬比量而知方以覺得現暗未能現量而見豈即親証本明到此躡解成行入三摩地於幽暗中忍住一番功夫到日忽爾色陰雲開親証本明一切堅頑暗昧根塵皆如琉璃內外瑩徹且不聚見於眼而心體

周徧無復遠近皆如目前是之謂色陰盡豈壞色成空者可比其萬一哉常途劫濁以人壽百歲時運入劫濁總統五濁名爲惡世今此自晦昧爲空結暗爲色即入劫濁無量劫來長眠黑暗生死之中然此濁體全依色陰幽暗爲之離彼色陰畢竟無體故今色陰盡時晦昧即開故曰超劫濁也觀其所由如伐樹者去其覆土方以見根今劫濁既開觀見色陰之由自然之理也堅固妄想者堅執固結妄情癡想也於外四人堅執爲心外實有於内四大堅執爲心所住處由是固結不解成此色陰黑暗之體也佛後自釋惟約身言者且圖自身親切容易覺知而已其實十一色法俱是色陰皆屬堅固妄想前偈云想澄成國土知覺乃衆生足可證之然佛雖就身發明尚欲其察近而悟遠觸類而引伸不然若但色陰惟局一身則色陰盡時應只說言身中朗徹何言十方洞開乎準此餘四陰體皆有言近指遠之意方顯一一徧周乎前七大也此雖談魔而修進下手之旨存故詳釋之幸勿厭繁也具示始終已竟

㊁二中間十境中間者即色陰將破未破中間所謂交互之處也良以藏心統含四土不離當處不越毫端秖因色陰所覆豈惟不見上三而於同居一土現前朗見能幾乎哉兙論現見特塵剎中一剎一剎中一界一界中一洲一洲中一國一國中一邑即於一邑之中亦但於所住所到之處一區之明而已一區之外悉皆不見既皆

不見悉是黑暗之境然此黑暗中一國一刹乃至塵刹四土無不包含今入定者既復捨彼一區之明而全處無邊之暗當色陰未開之際反聞逼拶之深心光所流或近徹身境或遠照十方或淺射同居或深臻三土所謂忽遠忽近乍淺乍深皆色陰將開之前兆暫爾非常有此十相行人於此作證不作證間魔佛異路可不戒慎而加察哉就分十㊀一身能出礙

阿難當在此中精研妙明四大不織少選之間身能出礙此名精明流溢前境斯但功用暫得如是非爲聖証不作聖心名善境界若作聖解即受羣邪

此中者即前惺寂雙流境心不㩳之中亦即幽暗之中後凡言此中皆即此中妙明即指聞性精研即反聞時著力深窮也如禪家所謂著些精彩挨排將去也四大不止說身內外俱該以此說流溢前境非談內徹也不織者境界虛融如雲如影不復密織堅實也少選者不多時也身能出礙者偶爾透過墻壁豁然無礙也然上句言少選者正說此境但暫時如此非常能也此名下判其名令詳其義精明指心光而言流溢者融溢之意前境即目前堅礙之境也蓋真心虛融光寂少有發洩於境即得虛豁無礙斯但下斷其故而明其不久功用暫得者明其特因精研功夫逼拶之極偶令心光洩露暫得前境虛融隨即失之非爲聖證者非同聖人證果一得永得也不作聖心者言行人遇此知是功用偶

然畧不掛意如近世悟人云上得泰公嶺望見四部洲從他四部洲依然顧話頭是也名善境界言此亦足驗功夫得力心妙非虛可增信心可誘精進亦是過去宿習善根發相未來入位開心先兆誠是善祥境界本無過咎也若作聖解者言行人若無見識及缺涵養遇此一境輙起證聖之解即受羣邪者言魔得其便將進欺誑漸成大害至不可救矣從斯但下數句之意後皆放此說之㊣二內徹拾虫

阿難復以此心精研妙明其身內徹是人忽然於其身內拾出蟯蛔身相宛然亦無傷毁此名精明流溢形體斯但精行暫得如是非爲聖證不作聖心名善境界若作聖解即受羣邪

首二句同前內徹者心光忽照身內五臟開明如揭蓋覆親見蟯蛔以手拾出身無傷毁流溢同前但內融形體爲異斯但下意皆同前㊣三聞空說法

又以此心內外精研其時魂魄意志精神除執受身餘皆涉入互爲賓主忽於空中聞說法音或聞十方同敷密義此名精魄遞相離合成就善種暫得如是非爲聖證不作聖心名善境界若作聖解即受羣邪

首二句環師所謂前之精研初能外虛次能內徹此復內外精研俱虛徹是也醫經謂魂藏於肝魄藏於肺意藏於脾志藏於膽或曰左腎再俟考証精藏於腎神藏於心除執受身者除彼身形安然不遷改也餘皆涉入者即環師所謂魂魄等皆失故

常遍互相涉是也互爲賓主者岳師所謂餘五入魂則魂爲主餘爲賓乃至入神則神爲主而餘亦爲賓是也聞空中說法者賓聞主說也聞十方同敷者主聞賓說也遍相離合者岳師謂精離本位而合於魂或魂離本位而合於精等是也蓋離即失本位合即入他位成就善種者即環師所謂夙昔聞熏自能發揮而有所聞也今夫刻意凝神討論之極則竒文麗藻未嘗經意徃徃煥然得於夢寐則精神激發神者偶現類可知也愚謂五臟內境也空中十方外境也由功夫內外精研故內外合一而說聽交互周匝徧滿也餘皆同上可知此上三科皆近徹身境也(壬)四境變佛現

又以此心澄露皎徹內光發明十方徧作閻浮檀色一切種類化爲如來於時忽見毗盧遮那踞天光臺千佛圍繞百億國土及與蓮華俱時出現此名心魂靈悟所染心光研明照諸世界暫得如是非爲聖證不作聖心名善境界若作聖解即受羣邪

此當反聞功威雖始本一如然澄露皎徹似始覺之智定光融透也內光發明似本覺心光發溅也無情徧成金界有情盡作如來又見毗盧乃至蓮現此即華嚴所明文義全似而言心光靈悟所染者似曾於維摩華嚴等經聞熏成種今於反聞妙定之中心光被研發明照灼於此實報莊嚴諸殊勝界尊特身也問既言徧作化爲恐非實界實佛何言即是報土答四土除後一而餘三皆同幻化何妨說化特於光流

灼見之時穢土忽滅淨土忽現而說徧作化爲耳若此即言非實則前之五臟後之暗室皆非實耶又何彼徧實而此徧虛耶問實報深位所居豈此初心遽能親見答圓融心海本無障礙復加圓人勝解本具勤勇無前尚當不久超證何妨定中暫一先見之耶固知此爲報土無疑矣況文亦言照諸世界豈皆言化爲耶㊄五空羅寶色

又以此心精研妙明觀察不停抑按降伏制止超越於時忽然十方虛空成七寶色或百寶色同時徧滿不相留礙青黃赤白各各純現此名抑按功力逾分暫得如是非爲聖證不作聖心名善境界若作聖解即受羣邪

此中說功夫勇勝處倍過諸科所見妙境非同淺淺觀察不停者反聞功切照理綿密無絲毫間斷也制即忍也止即定也抑按降伏制止超越者以圓人見解入反聞妙門於時圓伏五住深忍深定超越二乘及菩薩境彷彿切近寂光妙土故非身非土但見十方無量寶色而已然同時徧滿不相留礙者多分不礙同滿也青黃赤白各各純現者交雜不礙各純也此名抑按功力逾分者重言圓伏之力絕勝所發故有過分之境蓋此非身非土彷彿寂光之境非初心分所宜見特定力逼發暫一見耳即環師所謂妙明逼極煥散而現也問寂光非身非土宜無色之可見今既見色能所宛然豈敢目爲寂光答明言切近非謂全即但此已越一切妙身妙土惟餘虛

空寶色故言切近寂光耳況準天台亦言寂光尚有金寶奚止寶色所謂因滅是色獲得常色等當知常寂光土不可定執同灰斷境問此何異於四禪中青黄赤白等定耶答彼禪定中有心而取此反闢内無心而現又彼但各現而已豈如此之分不礙滿雜不礙純耶斯固難思妙境寂光前兆故言超越逾分若反同於界内事定則何超越逾分之有哉此上四五兩科所謂深臻後三土矣㊀六暗中見物

又以此心研究澄徹精光不亂忽於夜半在暗室内見種種物不殊白晝而暗室物亦不除滅此名心細密澄其見所視洞幽暫得如是非爲聖證不作聖心名善境界若作聖解即受羣邪

研究者挨搜也澄徹者靜極光通也精光不亂者心光凝定不爲明暗境移也忽於下正明暗中見物也先言種種物者非室内所有之物乃暗中出現之異物也蓋鬼神精魅恒雜人居互不相見今爲心光密澄幽隱發露之時故種種出現也曾聞有人在靜室中忽見一人自地而出一人從壁中來對語良久各没原處又有見三五躶形人高一二尺竊室中米傍若無人類難盡舉後言暗室中物亦不除滅者方是説室中原有之物亦朗然不昧不遷變也心細密澄所視洞幽者惺寂綿密無絲毫滲漏故靜明之極而心光徹照矣㊀七身同草木

又以此心圓入虚融四肢忽然同於草木火

燒刀斫曽無所覺又則火光不能燒爇縱割其肉猶如削木此名塵併排四大性一向入純暫得如是非爲聖證不作聖心名善境界若作聖解即受羣邪

圓入等者反聞功切虛融之極忘身如遺故燒斫皆不覺也又則下文雖重亦稍不同上燒不覺皮肉未必無傷此不能燒皮肉畧無傷毀上言斫而未削此言削去如泥是其別也塵併下三句出其不覺無傷之由即環師所謂五塵併消四大排遣純覺遺身故無傷觸也此上六七二科約當土境身最近之事也㊄八覩界覩佛

又以此心成就清淨淨心功極忽見大地十方山河皆成佛國具足七寶光明徧滿又見恒沙諸佛如來徧滿空界樓殿華麗下見地獄上觀天宮得無障礙此名欣厭凝想日深想久化成非爲聖證不作聖心名善境界若作聖解即受羣邪

清淨者純理無雜之謂也功極忽見亦淨極光通也然忽見下見同居諸淨土也又見下見淨土現在諸佛也下見三句見同居諸穢土也畧佛不言可知又佛淨穢無殊故不另說穢土佛也欣厭凝想非今定中作是覺觀蓋是未入定前諸經教中聞說淨土穢土隨起欣淨厭穢之念熏習成種今於定中反聞逼極心光所灼故悉發現雖說化成亦非虛境雖是實境仍同幻化耳㊄九遥見遥聞

又以此心研究深遠忽於中夜遥見遠方市井街巷親族眷屬或聞其語此名迫心逼極

飛出故多隅見非爲聖證不作聖心名善境界若作聖解即受羣邪

研究深遠者窮極反聞廓然周徧也言中夜者偏取心境俱靜時也但多在此時未必局定也此則顯然是爲實境予亦親見河南常僧在潞偶然靜坐忽見鄉閭市井宛然見其兄於路被官責打此是白晝計其時日不久鄉人至潞問之乃分毫不爽此必宿習禪定善根故偶遇如此惜其僧不知自重也此名下出其原由也飛出者即心光飛出也此上八九二科不離同居而見遠境耳總上九科不出四土身境一二三六七共五科同居近相也四五兩科後二土相也八九兩科同居遠相也方便土相未特顯著或可該攝於同居淨土之中智者研審之㊀十見善知識

又以此心研究精極見善知識形體變移少選無端種種遷改此名邪心含受魑魅或遭天魔入其心腹無端說法通達妙義非爲聖證不作聖心魔事消歇若作聖解即受羣邪

上之九科皆初心反聞入三摩地定心逼極所發善境非魔所爲要須作證方成招魔之端今此第十之科是大定中不爲上之九境所遷竭力窮研到至精至極之地正是與諸聖心精通脗時節而色陰將破振裂動搖魔心荒越萃於斯時故魔擾於是而發端也然不出兩端或發其妄見或發其狂慧皆能令行人自疑證聖然後得其便而乘間以入也故今皆與示其相而明其故令先覺焉但其文先後顛倒稍難

分辨試與分之見善下發其妄見也首四句先以示其相也見善知識等者即行人靜中自見也形體變遷等者即變現佛菩薩天龍男女諸像也次二句後以明其故也邪心含魅者言其但是行人防心不密領受妄境故鬼物眩惑現此虛影非眞實見聖也或遭下發其狂慧也首二句先以明其故也天魔入心者魔入行人身中持其心神也次二句後以示其相也說法達妙即指行人自說皆魔力持之使然非眞實心開也此方與下非爲聖證等語脈投合舊說善知識即作實人如後飛精所附說法亦即指彼所說非爲聖證等復亦指彼通乖前之諸文決無此理當知行人用功自淺而深魔魅肆擾由微而著故此節與下受陰十境皆且暗中人心令自發亂直至想陰中方以飛附旁人顯然誑惑豈有發端之初即遣實人來惑亂哉不作下言若依此先覺魔自消歇反此則大發魔事不待言也中間十境已竟㊂三結害囑護分三㊀一示因交互

阿難如是十種禪那現境皆是色陰用心交互故現斯事

交即岳師所謂禪觀與各陰妄想交戰是也互謂互爲勝負如色中每一善境界發即是觀力暫勝妄想故得心光洩露然但暫開隨閉即是妄想復勝觀力依然不能動也故前十境皆當此時而現後皆放此

㊀二迷則成害

衆生頑迷不自忖量逢此因緣迷不自識謂

言登聖大妄語成墮無間獄

頑謂無知迷謂倒想不自忖量者謂不度已功力未久迷不自識者又不察暫開復閉何有聖證固乃妄言登聖安得不墮哉後皆放此詳前十境皆是深定所逼决是位在觀行非名字所能也㊀三囑令保護

汝等當依如來滅後於末法中宣示斯義無令天魔得其方便保持覆護成無上道

當依如來者奉行其宜示覆護之意也宣示謂結集流通及現身説法令其自明覆護謂冥加神力令不至惑也後皆放此色

陰魔相已竟

大佛頂首楞嚴經正脈疏卷第三十七

音釋

鼇（五勞切音敖魚名）僉（千廉切音籤咸也）眩（熒絹切音衒惑也亂也）

大佛頂首楞嚴經正脉疏卷第三十八

明京都西湖沙門交光眞鑑述

(庚)二受陰魔相亦分爲三科(辛)一具示始終又分二(壬)一始初未破區宇分二(癸)一躡前色陰盡相

阿難彼善男子修三摩提奢摩他中色陰盡者見諸佛心如明鏡中顯現其像

修三二句止觀雙修也耳門即入流之觀亡所之止色陰盡者言於上之十境或備經或不備經或相類而更多大抵俱要明識不爲所惑功夫到日色陰忽有盡時後皆放此說之即前如明目人處大暗室者到此徧成光明即色盡相也前於十方洞開下已詳釋之見諸二句環師謂諸佛心即我妙覺明心是也洞開無暗是其心相衆生向外馳思擬度佛心終不能見今於自心開處見之本不在外豈不親切明白故喻如鏡中現像也准八卷第二漸次所定此位已入初信不依舊判猶在觀行以此明言親見佛心如鏡現相豈非正信已發況佛心即阿耨菩提之心諸師判位皆以發菩提心爲初信此何非初信耶更有防難待後六十聖位下再當辯之(癸)二狀示受陰區宇

若有所得而未能用猶如魘人手足宛然見聞不惑心觸客邪而不能動此則名爲受陰區宇

若有所得者旣是自心而復親見豈不即若實得其體而未能用者未能稱體發自在用也下科即見用處下以喻明睡中被

魘之人明見醒中之境而不能動正如色陰已開受陰覆人之狀也手足二句喻若有所得也心觸二句喻不能用也客邪者以魘字從鬼似亦外感鬼物之所覆壓而然故魘鬼正以喻受陰也(壬)二終破顯露妄原

若魘咎歇其心離身反觀其面去住自由無復留礙名受陰盡是人則能超越見濁觀其所由虛明妄想以爲其本

首句即受陰盡其心下即能發自在用也心本不局身中無始迷執非局而局生局現陰死局中陰無時不局於身安有離身自由之分要皆受陰以爲結縛之本故受纔盡便離身觀面去住自曰也當知此不同坐脫而不能復來者彼但於前幽暗位中憑定力以坐脫耳所以九峯不許泰首座也此則色受俱開體用俱稱去來無滯洞山法慶等是其人矣身見謂諸見之本受盡離身身見解脫故能超越見濁方以現見親証心本不在身中但受陰妄爲領納虛以發明而已依前判其位當二三兩信待後想陰之初六十聖位下再當辯之具示始終已竟(辛)二中間十相此十相中分五對十隻釋之就分十(壬)一抑已悲生此與下科抑揚生佛對也故此抑已者抑責自已也悲生者悲愍衆生也又三(癸)一發端現相

阿難彼善男子當在此中得大光耀其心發明內抑過分忽於其處發無窮悲如是乃至觀見蚊蝱猶如赤子心生憐愍不覺流淚

此中即色陰已開受陰未破之中也得大光耀即十方洞開也其心發明者謂悟得一切衆生皆同具此光明妙理枉受淪溺內抑過分者却乃自責已之執迷不早悟度生此悲心所由發也究而論之固同體之悲本亦非咎但內抑觀見等展轉過甚則招致魔附之端也㉁二指名教悟

此名功用抑摧過越悟則無咎非爲聖證覺了不迷久自消歇

功用抑摧過越者本欲與悲策進以破受陰但由自抑自責太過失於慈柔故成過悲若能悟此本因不作聖證之想漸悟漸止復還正念故曰久則消歇也㉁三示迷必墜

若作聖解則有悲魔入其心腑見人則悲啼泣無限失於正受當從淪墜

作聖解者自謂已同諸佛大悲或謂與菩薩二殊勝中同一悲仰自以爲是悲愍不止則魔以類入心失定以起無量顛倒邪念故必墜也已入位而不防淪墜其深故在想陰中貪求善巧科下詳辯㊀二揚已齊佛揚已者高舉已靈也齊佛者頓同至聖也又分三㉁一發端現相

阿難又彼定中諸善男子見色陰消受陰明白勝相現前感激過分忽於其中生無限勇其心猛利志齊諸佛謂三僧祇一念能越

色開受明者如脱外衣明見內衣也勝相如見佛心鏡中現相等也感激過分者謂一向雖聞心佛無二未能親見今因色開親證實見故感激而發大勇猛也志齊諸

佛者言現見心佛無二一念謂可速超何待三祇問頓教不立階級一超直入於此何殊答彼爲高推聖境自限蹭蹬者施應病之藥耳非一向以圓融而礙行布也請詳宗門信位人位之旨則頓教人未必全廢於位也(癸)二指名教悟

此名功用陵率過越悟則無咎非爲聖證覺了不迷久自消歇

陵率過越者言本爲進破受陰而忽高舉齊佛之念妄謂三祇不歷一念能超故爲陵節麤率過分越禮悟而上之可復消磨於無過矣(癸)三示迷必墜

若作聖解則有狂魔入其心腑見人則誇我慢無比其心乃至上不見佛下不見人失於正受當從淪墜

若自謂同於諸聖勇猛妄任不已則魔亦以類附之我慢失定必墜何疑(壬)三定偏多憶此與下科定慧憶狂對也分三(癸)一發端現相

又彼定中諸善男子見色陰消受陰明白前無新證歸失故居智力衰微入中隳地迥無所見心中忽然生大枯渴於一切時沉憶不散將此以爲勤精進相

前無新證受陰未破也歸失故居色陰已盡也當此之際但應定慧等持入流亡所久可剋功顧乃智力衰微莫能照見於受體本空不記塵忘根盡迷悶無所趣進故曰入中隳而無見也忽然下方表其偏用定心枯渴沉憶以爲破受精進之功也(癸)二指名教悟

此名修心無慧自失悟則無咎非爲聖證

此名修心者即偏用定力以修治其心也無慧自失者無照見塵亡根盡受體本空之智自失其方便也悟謂省解其慧少定多而還復等持庶無過咎而已何有於聖證哉(癸)三示迷必墜

若作聖解則有憶魔入其心腑旦夕撮心懸在一處失於正受當從淪墜

作聖解者以此心沉憶之定妄謂証聖當然故憶魔以類附之撮即攝也攝心高懸失其本定也問古人謂置心一處無事不辦何以異此答彼爲與散亂世緣者一期應病而已非一向懸心爲精進也或復以偏法界爲一處則圓偏境界與此大不同矣(壬)四慧偏多狂又分三(癸)一發端現相

又彼定中諸善男子見色陰消受陰明白慧力過定失於猛利以諸勝性懷於心中自心已疑是盧舍那得少爲足

慧力二句以見自性殊勝令其慧心增勝蓋是過於尊重已靈所謂太尊貴生也故言勝性懷心自疑盧舍也當知此異前來齊佛之科前但謂佛可速成念越多劫修之無難此見自性即是不假修証其過比前更甚矣問宗門皆言本來是佛不待修證何不爲過答祖師爲人惟執修成孤負已靈故抑揚之耳然亦有時令人大死一番竿頭進步極盡今時如是一類之語不可勝紀何嘗偏重已靈全撥修證哉(癸)二指名教悟

此名用心亡失恒審溺於知見悟則無咎非

爲聖證

亡失恒審者謂不能恒常審試自德與佛德爲有差別爲無差別溺於知見者蓋過信過恃身中自有如來知見以性礙修故至於此若能省解審知五陰尚未全空妄能齊佛德用可還無過矣(癸)三示迷必墜

若作聖解則有下劣易知足魔入其心腑見人自言我得無上第一義諦失於正受當從淪墜

作聖解即自任舍那執迷不返則類魔相附大發狂顛當知言我言得具足人法二執第一義諦豈有是哉(壬)五覺險多憂此與下科險安憂喜對也又分三(癸)一發端現相

又彼定中諸善男子見色陰消受陰明白新證未獲故心已亡歷覽二際自生艱險於心忽然生無盡憂如坐鐵床如飲毒藥心不欲活常求於人令害其令早取解脫

上半與定偏科同歷覽二際者觀察色受二邊際也自生險憂者慮恐遭退失也過憂不止展轉成顛故發如坐下諸妄事也

(癸)二指名教悟

此名修行失於方便悟則無咎非為聖證

言其本是勤修警懼心中不覺太甚無復解慰方便故至於此祖師云大道迂濶忙作甚麽又云黙黙自知田地穩騰騰誰放肚皮憨又云放四大莫把捉等無量方便皆可忘憂還復正念矣豈可以多憂爲聖哉(癸)三示迷必墜

若作聖解則有一分常憂愁魔入其心腑手

執刀劍自割其肉欣其捨壽或常憂愁走入山林不耐見人失於正受當從淪墜

若以多憂爲聖心宜然憂之不止則魔類附而發執刀等大風顛矣(壬)六覺安多喜分三(癸)一發端現相

又彼定中諸善男子見色陰消受陰明白處清淨中心安隱後忽然自有無限喜生心中歡悅不能自止

此因色開受現境界亦甚可樂於此生喜本亦非過若躭著恣情展轉不止必致過生祖云設有悟証快須吐却即此之謂也

(癸)二指名教悟

此名輕安無慧自禁悟則無咎非爲聖證

悟證境中妙樂即輕安也若有慧照察此方淺證何須深樂喜風自止今無斯慧故不能禁也(癸)三示迷必墜

若作聖解則有一分好喜樂魔入其心腑見人則笑於衢路傍自歌自舞自謂已得無礙解脫失於正受當從淪墜

若謂樂道乃聖心宜然由是放浪縱喜不止則魔附發顛不復覺也(壬)七見勝慢他

此與下科見慧自他對也分二(癸)一發端現相

又彼定中諸善男子見色陰消受陰明白自謂已足忽有無端大我慢起如是乃至慢與過慢及慢過慢或增上慢或卑劣慢一時俱發心中尚輕十方如來何況下位聲聞緣覺

自謂者不求師印惟憑已見妄憶也已足者即自滿自高之意發慢之由也無端即無故亦無量也大我慢雖七慢之一似諸

慢之總七慢者開蒙云單過慢增邪我卑也彼釋云於劣計已勝於等計已等爲單慢於勝計已等於等計已勝爲過慢於勝計已勝爲慢過慢未得謂得計劣已多爲增上慢自全無德謂已有德爲邪慢對多勝者自甘劣少不敬不求爲卑劣慢也今經惟缺邪慢總别合論具彼六慢心中下雖諸慢心併力所使然高推已靈下視諸聖剋體而言慢過慢也當知此復此前慧偏多狂之過爲更甚焉彼但謂本來同佛而已此則更謂超越諸佛故也問祖師門下呵佛罵祖何以異此答祖師極欲人悟一性平等心外無佛剿絶佛見而已豈眞增長髙慢反失平等哉

（癸）二指名教悟

此名見勝無慧自救悟則無咎非爲聖證

見勝者因見殊勝之性勝氣所使若有省察之慧既悟平等之性便不見一衆生可慢何況惑未祛而行未滿安敢慢諸聖哉

（癸）三示迷必墜

若作聖解則有一分大我慢魔入其心腑不禮塔廟摧毁經像謂檀越言此是金銅或是土木經是樹葉或是疊華肉身眞常不自恭敬却崇土木實爲顛倒其深信者從其毁碎埋棄地中疑誤衆生入無間獄失於正受當從淪墜

若終執迷無復省過魔附發顛誤已誤人不可救矣近世此輩徧於天下毁佛相爲金銅土木以自身爲活佛毁佛經爲紙墨文字以自言爲眞經眞是魔說宛是魔民以今經證之當入阿鼻猶如射箭豈不甚

可憐憫倘有微緣聞經速當改悔實大幸
矣(壬)八慧安自足又分三(癸)一發端現相
又彼定中諸善男子見色陰消受陰明白於
精明中圓悟精理得大隨順其心忽生無量
輕安已言成聖得大自在
精明即佛初示識精明元後稱耳門聞性
元從此中入三摩地今即於此中色開受
現見諸佛心如鏡現像故曰圓悟至精之
理也得大隨順者言欲見即見無復隔礙
也輕安者即身心離諸麤重豁悟自在之
意遂自以爲滿足成聖得大解脫矣此比
上科其過似輕以但自足不進非更慢他
也(癸)二指名教悟
此名因慧獲諸輕清悟則無咎非爲聖證
當知前見此慧體相各別見是分別心路
慧是開悟境界因慧獲輕清者因色開時
覺得身心如雲如影離重濁而獲輕清此
但一時豁悟快足之境豈有聖證何足自
滿哉行人逢此當依如是悟也(癸)三示迷
必墜
若作聖解則有一分好輕清魔入其心腑自
謂滿足更不求進此等多作無聞比丘疑誤
衆生墮阿鼻獄失於正受當從淪墜
迷而不悟魔附自晝展轉如無想比丘不
但自誤兼誤多人加以悔恨謗佛遂成大
墜落矣(壬)九著空毀戒此與下科空有毀
恣對也又分三(癸)一發端現相
又彼定中諸善男子見色陰消受陰明白於
明悟中得虛明性其中忽然歸向永滅撥無
因果一向入空空心現前乃至心生長斷滅

解

明悟中即十方洞開豁然明朗寂爾無法可得故著空淨而沉永滅也見得無作無受故撥因果以納於斷空邪種皆由取著虛明遂至於此㊂二指名教悟

悟則無咎非爲聖證

若悟沉空滯寂非究竟法則可無過㊂三示迷必墜

若作聖解則有空魔入其心腑乃謗持戒名爲小乘菩薩悟空有何持犯其人常於信心檀越飲酒噉肉廣行婬穢因魔力故攝其前人不生疑謗鬼心久入或食屎尿與酒肉等一種俱空破佛律儀誤入人罪失於正受當從淪墜

既爲魔附展轉不覺失盡本心誤陷多人

其過無量究其根本但因著空近世有等白衣專説大虛空爲本性一切佛事皆謗著相一切俗事却言無礙亦有一二破齋戒者共讚之曰汝何徹悟至此若不聞經悔悟則婬穢屎尿之顛將來必漸恣矣此中雖亦有婬而偏破諸戒故以毀戒爲科名誤入人罪者令人誤入罪咎之事也㊀十著有恣婬經言生愛即著有也分三㊂一發端現相

又彼定中諸善男子見色陰消受陰明白味其虛明深入心骨其心忽有無限愛生愛極發狂便爲貪欲

此與上科雖皆從虛明而來上於虛明之理明悟空見此於虛明之味躭著愛樂愛極發狂縱成婬欲故上是慧病此是定過

也蓋禪定中發於妙觸自在受用不可爲喻有言過於婬樂者即引婬欲之端也止觀中詳誡不可躭味正恐發狂成此咎耳又當知上科見惑所攝此科思惑所攝矣

(癸)二指名教悟

此名定境安順入心無慧自持誤入諸欲悟則無咎非爲聖證

定境安順入心明其是定中妙觸受用也此當用慧觀察一切不受方爲正受豈可於此躭著受用由是捨置透過即無過矣

(癸)三示迷必墜

若作聖解則有欲魔入其心腑一向説欲爲菩提道化諸白衣平等行欲其行婬者名持法子神鬼力故於末世中攝其凡愚其數至百如是乃至一百二百或五六百多滿千萬魔心生厭離其身體威德即無陷於王難疑誤衆生入無間獄失於正受當從淪墜

此魔附恣婬陷墜自他之事文皆易解然近世尚未見此僻陋之處稍聞有似此者未必如是之盛佛言不妄當來末法之深將必有矣中間十境已竟(辛)三結害囑護分三(壬)一示因交互

阿難如是十種禪那現境皆是受陰用心交互故現斯事

言其受陰未開時防此過生交互意同前科而指文小異如得光耀乃至得虛明性觀力勝妄想也發無窮悲乃至無限愛生妄想勝觀力也是亦交戰互勝之意(壬)二迷則成害

衆生頑迷不自忖量逢此因緣迷不自識謂

言登聖大妄語成墮無間獄
迷不自識者即不能諳其名字不覺是過
謂言登聖即作聖解也末二句示大害而
警覺其驚悟也(壬)三囑令保護
汝等亦當將如來語於我滅後傳示末法徧
令衆生開悟斯義無令天魔得其方便保持
覆護成無上道
全同色陰結意然此十種魔事已成非但
如前方爲引發之端然亦但言魔以類至
而不歷言天魔飛精又魔即暗入本行人
心令其不覺自顛亦不同於後十待至後
文自見受陰魔相已竟(庚)三想陰魔相諸
陰體相解現二卷分四(辛)一具示始終就
分爲二(壬)一始初未破區宇又分二(癸)一
躡前受陰盡相

阿難彼善男子修三摩地受陰盡者雖未漏
盡心離其形如鳥出籠已能成就從是凡身
上歷菩薩六十聖位得意生身隨往無礙
按前判當在信之二三故言漏未盡也以
七信不受後有方爲漏盡心離其身者以
眞心周徧本不局身無始迷執非局而局
前此任其比解徧周無奈見聞但隨身轉
何有暫時解脱之分縱前色盡聞見徧周
亦無離身自在之用如迷方者縱有人分
明説與亦卒然難轉此皆受陰覆之之故
也是以受盡方得離身如鳥脱籠之自在
也已成就下四句判其決定能以凡身歷
聖位也蓋別教皆實取證故經生累劫證
得一分方到一位豈能以凡身而頓歷諸
位哉此圓頓最利之根不實取證即以凡

身速疾上歷諸位故任前多不列位任後有位亦超亦但顯其圓融不礙行布而已非如別教鈍修實証故言以凡身而歷六十位也六十位者於五十五位却前加乾慧後加妙覺爲五十七若幷前三漸恰滿六十但第一漸次方斷五辛似未可當於聖位況第二漸次清淨業報中顯然方入常途信位故應前除初漸後開金剛爲六十位問佛旣從受盡方言歷位則孤山謂受盡方入信位似順佛言今何以色盡便入初信耶答佛語自在特緣受盡妙用顯彰因表其必能歷盡聖位未必聖位便始於此也以前位十方洞開佛心如鏡當是妙體披露正信現前豈不爲初信而亦何非聖位乎請合二漸淨報之文再詳玩之

孤山曰其間有賢有聖皆是三世諸佛所歷之位故通稱聖位意生身喻如意去速疾無礙而有三種一入三昧樂意生身謂心寂不動即相似初信至七信入空位也二覺法自性意生身謂普入佛刹以法爲自性即相似八信出假位也三種類俱生無作意生身謂了佛所證法即九信十信修中位也嘗笑學仙者以出陽神爲勝事不知釋宗淺位三意生身妙超無比何況深位之十身乎而顧妄謂陰神眞無知之言也㊂二狀示想陰區宇

譬如有人熟寐寱言是人雖則無別所知其言已成音韻倫次令不寐者咸悟其語此則名爲想陰區宇

前於受覆喻魘不動表見聞雖周而全無

用故受開諭發寐言雖似明其比前有用而實表其尚爲想覆蓋寐說夢事非是醒言故也無别所知者即未能圓照生死也言已成次者即能於聖位次第上歷也不寐悟語者如二漸中言其得通游界覲佛聞法親奉聖旨則諸佛誰不親知而見非同般若但是冥中知見而已（壬）二終破顯露妄源

若動念盡浮想消除於覺明心　如去塵垢一倫生死首尾圓照名想陰盡是人則能超煩惱濁觀其所由融通妄想以爲其本

大意如圓師所謂覺明如鏡浮想如塵想盡心明是也倫類也一倫生死即三界異生雖區分十二而生死大同故言一類圓師謂首尾即始終蓋生死各有始終如生任異滅也圓照謂洞見分明正如明鏡當臺一塵不度矣想雖居於五陰中間而前二後二皆依妄想而麤細不同耳何況一切根隨煩惱離想陰畢竟無依此所以想盡超煩惱濁也溫陵曰想能融變使心隨境使境隨心如想酢梅能通質礙故曰融通妄想也具示始終已竟（辛）二中間十相就分爲十（壬）一貪求善巧頗似神變然意在取人信服以行教化故言善巧也又曲分七（癸）一定發愛求

阿難彼善男子受陰虛妙不遭邪慮圓定發明三摩地中心愛圓明銳其精思貪求善巧

虛謂見聞徧周妙謂離身作用不遭邪慮謂中間不爲十境所惑圓定發明即發明受陰已盡境界後皆倣此心愛下三句即

新起愛求愛圓明者蓋起心喜愛圓滿發明一切妙用故勇鋭精思貪其善巧其意將以悚動人心以行其教化也㊂二魔遣邪附

爾時天魔候得其便飛精附人口說經法

前雖總結天魔而未歷言今節節言見受盡定深天魔經意也亦不親來但遣魔黨而已故飛即速遣之意如軍門飛檄官府飛票之類精即魔黨諸精魅也然亦各以類至下文佛自各出名字附人者另附他人素受邪惑者也蓋受盡者不能入其心腑故假旁人惑之轉令自亂耳後皆放此

㊂三客邪投攝

其人不覺是其魔著自言謂得無上涅槃來彼求巧善男子處敷座說法其形斯須或作比丘令彼人見或爲帝釋或爲婦女或比丘尼或寢暗室身有光明

其人即所附之人不覺者即此人不自覺也蓋魔入心人豈能自覺來彼下方到行人之所故知上之自言非對行人之言良由彼既不覺魔著自怪無端善說經法疑謂已成佛道然後任運來惑行人皆魔黙附使之然也後放此變形放光正善巧動人之事也此方是遣實人來變化相惑故知前見善知識但是靜中虛影不同此也

㊂四主人惑亂

是人愚迷惑爲菩薩信其教化搖蕩其心破佛律儀潛行貪欲

蓋緣投其心所愛求不得不迷惑也向使無所愛求何至惑亂行人但宜安心息愛

求也末二句是魔惑行人徹底主意蓋行人三學無缺策進如飛魔宮震恐而魔之設謀擾亂惟期破戒導婬則定慧俱納於邪身爲魔子魔乃晏安若智强者於此反爲驗魔之要任其神變莫測但察毀戒誘婬即知是魔何至迷惑後文種種婬事及毀戒事皆放此意(癸)五按其言狀

口中好言災祥變異或言如來某處出世或言劫火或說刀兵恐怖於人令其家資無故耗散

災即咎徵祥即休徵變異怪誕非常也或言下近世閭閻蒙昧之人多有斯言令人棄家逃散及至臨期了無其事(癸)六出名示害

此名怪鬼年老成魔惱亂是人厭足心生去彼人體弟子與師俱陷王難

怪鬼即遇物成形者也多年乃得爲魔使者故曰年老成魔然此鬼即天魔所飛遣之精靈佛至此方出其名字令人辯識而已非前是天魔至此又換作鬼神蓋舊註以未達飛精即是遣鬼故作兩節說之致令文理謬戾不通後皆放此魔有威福故去後方禍具與曰弟子與師即求巧之子說法之師下皆例此(癸)七教悟戒迷

汝當先覺不入輪迴迷惑不知墮無間獄

先覺即按經察辯識其是魔也故免墮落迷而不悟歸依順從故必墮獄圓師謂受聞以後應無墮義正當此處辯之彼特領佛上歷聖位一語似應不退而遂違佛二十八位俱墮無間之明言且自意比度豈

敢遽抗於聖言量乎宜虛心求不可輙臆
斷也或曰教中聖位俱無墮義圓師柰據
非臆斷也殊不知權漸中經劫歷位剋定
取證故證聖即無墮義如走者登山匍匐
梯層節節歇息遲則遲鈍有升無墜圓頓
不歷僧祇一超直入中間更不取證直以
初住爲第二峯頭方言不退故佛旣言從
是凡身足見不取聖果又曰上歷聖位足
見但是速以歷過而已豈一一取証哉如
飛者升山舉翼即過無數梯層中間更無
息處速即速疾升墜不定或驚疑於上或
摔愛於下緩翼之間已落千巖之下故知
識陰未開未入圓通以來不妨有墮義也
或曰若是則圓頓反劣於漸教矣曰是何
言歟圓頓歷時無幾而彼教聖前往復紆
廻何止如圓頓之升墜乎且圓頓以悟爲
要如飛者恃翼墜固易墜升無難升如經
文云悟則無咎即將墜而復升也況秉圓
頓上根者多能愛求念絕凡聖情忘自無
招魔僭聖之愆而佛慈曲爲囑護以誡備
不虞而已固非必無墮義而亦非多有沉
淪者也智者當深研之(壬)二貪求經歷分

七(癸)一定發愛求

阿難又善男子受陰虛妙不遭邪慮圓定發
明三摩地中心愛遊蕩飛其精思貪求經歷

此飛奮起之意經歷即如今人心好遊方
之類但此志大欲如諸佛遊剎土也(癸)二
魔遣邪附

爾時天魔候得其便飛精附人口說經法

(癸)三客邪投擾

其人亦不覺知魔著亦言自得無上涅槃來
彼求遊善男子處敷座說法自形無變其聽
法者忽自見身坐寶蓮華全體化成紫金光
聚一衆聽人各各如是得未曾有
　番前自變乃變他成佛然身既成佛則遊
　蕩之心何愁不遂亦所以投其欲也(癸)四
　主人惑亂
是人愚迷惑爲菩薩婬逸其心破佛律儀潛
行貪欲
　婬逸其心者自恃遇聖放蕩無畏也(癸)五
　按其言狀
口中好言諸佛應世某處某人當是某佛化
身來此某人即是某菩薩等來化人間其人
見故心生傾渴邪見密興種智消滅
　言佛菩薩來某處應化即游行世間之事
　亦投其所好故渴慕之漸以生邪背正也
　(癸)六出名示害
此名魃鬼年老成魔惱亂是人厭足心生去
彼人體弟子與師俱陷王難
　魃鬼即遇風成形者也(癸)七教悟戒迷
汝當先覺不入輪廻迷惑不知墮無間獄
　此諸餘意並準前科(癸)三貪求契合分七
　(癸)一定發愛求
又善男子受陰虛妙不遭邪慮圓定發明三
摩地中心愛綿㴸澄其精思貪求契合
　愛綿㴸者環師所謂欲密契於妙理是也
　澄靜深不動也契合者不假形聲默然開
　悟也(癸)二魔遣邪附
爾時天魔候得其便飛精附人口說經法
　(癸)三客邪投擾

其人實不覺知魔著亦言自得無上涅槃來彼求合善男子處敷座說法其形及彼聽法之人外無遷變令其聽者未聞法前心自開悟念念移易或得宿命或有他心或見地獄或知人間好惡諸事或口說偈或自誦經各各歡娛得未曾有

番前外變以現内開温陵曰自開悟下皆容契之事也㊇四主人惑亂

是人愚迷惑爲菩薩綿愛其心破佛律儀潛行貪欲

綿愛者纏綿生愛欲以遂其所求也㊇五口中好言佛有大小某佛先佛某佛後佛其中亦有眞佛假佛男佛女佛菩薩亦然其人見故洗滌本心易入邪悟

按其言狀

見者見其容默開心之勝事遂弁其妖言總信受也㊇六出名示害

此名魅鬼年老成魔惱亂是人厭足心生去彼人體弟子與師俱陷王難

魅鬼即遇畜成形者也㊇七教悟戒迷

汝當先覺不入輪迴迷惑不知墮無間獄

㊄四貪求辯析分七㊇一定發愛求

又善男子受陰虛妙不遭邪慮圓定發明三摩地中心愛根本窮覽物化性之始終精爽其心貪求辯析

心愛根本即環師所謂愛窮萬化之本是也窮覽二句即如佛言現前松直棘屈等皆了元因也此佛智邊事初心希求眞妄想也精爽其心猶言奮精神竭心力也求辯析者欲現前一一分明也㊇二魔遣邪

附

爾時天魔候得其便飛精附人口說經法

(癸)三客邪投擾

其人先不覺知魔著亦言自得無上涅槃來彼求元善男子處敷座說法身有威神摧伏求者令其座下雖未聞法自然心伏是諸人等將佛涅槃菩提法身即是現前我肉身上父父子子遞代相生即是法身常住不絕都指現在即爲佛國無別淨居及金色相

威神即魔力也諸人即領魔法旨遞相轉化者也將佛下即轉化之言涅槃菩提法身三常住果也此中推世法而謬濫佛法及撥無淨土金相近時滿耳皆此魔言即魔使者聞者速掩耳避之(癸)四主人惑亂

其人信受亡失先心身命歸依得未曾有是等愚迷惑爲菩薩推究其心破佛律儀潛行貪欲

亡失先心者以先心本欲辯析萬法深本今因魔摧伏反以肉身相生最鄙淺事爲化理元而謂佛三常住果亦不出此乃至撥無佛境但執目前是則初求妙智終淪至愚豈非大失其辯析之初心甚顛倒也

(癸)五按其言狀

口中好言眼耳鼻舌皆爲淨土男女二根即是菩提涅槃眞處彼無知者信是穢言

大意無非誘人恣婬破戒壞大定爾(癸)六出名示害

此名蠱毒魘勝惡鬼年老成魔惱亂是人厭足心生去彼人體弟子與師俱陷王難

蠱鬼即遇蠱成形者也(癸)七教悟戒迷

汝當先覺不入輪迴迷惑不知墮無間獄

(壬)五貪求冥感分七(癸)一定發愛求

又善男子受陰虛妙不遭邪慮圓定發明三摩地中心愛懸應周流精研貪求冥感

懸應即多生有緣諸聖來應化也周流者求之不止也精研者竭誠求之也冥感者即希感動於本善知識也(癸)二魔遣邪附

爾時天魔候得其便飛精附人口說經法

(癸)三客邪投攝

其人元不覺知魔著亦言自得無上涅槃來彼求應善男子處敷座說法能令聽衆暫見其身如百千歲心生愛染不能捨離身爲奴僕四事供養不覺疲勞各各令其座下人心知是先師本善知識別生法愛粘如膠漆得未曾有

正詐現於冥感懸應之魔事也(癸)四主人惑亂

是人愚迷惑爲菩薩親近其心破佛律儀潛行貪欲

(癸)五按其言狀

口中好言我於前世於其生中先度其人當時是我妻妾兄弟今來相度與汝相隨歸其世界供養其佛或言別有大光明天佛於中住一切如來所休居地彼無知者信是虛誑遺失本心

此詐陳於冥感懸應之言皆投其愛求之欲也(癸)六出名示害

此名癘鬼年老成魔惱亂是人厭足心生去彼人體弟子與師俱陷王難

癘鬼即遇衰成形者也(癸)七教悟戒迷

汝當先覺不入輪廻迷惑不知墮無間獄

(壬)六貪求靜謐此科似是貪求宿命以詳玩魔事皆宿命通恐與下科顛倒差誤又與上科皆爲宿命但上多示知過去此多示知未來分爲五(癸)一定發愛求

又善男子受陰虛妙不遭邪慮圓定發明三摩地中心愛深入尅己辛勤樂處陰寂貪求靜謐

深入即窮極定境也陰寂靜謐皆禪定極境法華所謂深固幽遠無人能到之處也初心不應躁欲求之然且不但只求寂靜意欲靜極發通備知幽隱之事此所以招感魔事也(癸)二魔遣邪附

爾時天魔候得其便飛精附人口說經法

(癸)三邪惑事言又三(子)一邪附人至

其人本不覺知魔著亦言自得無上涅槃來彼求陰善男子處敷座說法

(子)二現邪惑事

令其聽人各知本業或於其處語一人言汝今未死已作畜生勑使一人於後蹋尾頓令其人起不能得於是一衆傾心欽伏有人起心已知其肇佛律儀外重加精苦誹謗比丘罵詈徒衆訐露人事不避譏嫌

温陵曰邪定能具五通本業即宿業也畜生後報也此二宿命通也知肇他心通訐露眼耳通也○彼雖實具五通誑惑豈肯盡實如先世妻妾預變畜生皆憑威力詐現非實特以他心眼耳前知等通不虛故弃其誑惑詐現亦不敢不信也重加精苦如斷五味祼四肢等謗訐雖似言語猶是

狀其行事惑人之態也㊀三說邪惑言

口中好言未然禍福及至其時毫髮無失

據此乃知此中雖備四種通而未來宿命

通偏多也㊂四出名示害

此大力鬼年老成魔惱亂是人厭足心生去

彼人體弟子與師俱陷王難

大力鬼即上上品神通力大之鬼也㊂五

教悟戒迷

汝當先覺不入輪迴迷惑不知墮無間獄

㊁七貪求宿命詳玩魔事酷似靜謐之事

蓋寶藏符讖皆陰寂隱微之類且不似上

科了然顯於宿通也我故疑恐譯人一時

誤相倒換理或有之再詳分五㊂一定發

愛求

又善男子受陰虛妙不遭邪慮圓定發明三

摩地中心愛知見勤苦研尋貪求宿命

愛知見者即欲通達宿命㊂二魔遣邪附

爾時天魔候得其便飛精附人口說經法

㊂三邪惑事言又三㊀一邪附人至

其人殊不覺知魔著亦言自得無上涅槃來

彼求知善男子處敷座說法

㊀二現邪惑事

是人無端於說法處得大寶珠其魔或時化

為畜生口銜其珠及雜珍寶簡策符牘諸奇

異物先授彼人後著其體或誘聽人藏於地

下有明月珠照耀其處是諸聽者得未曾有

多食藥草不飡嘉饌或時日飡一麻一麥其

形肥充魔力持故誹謗比丘罵詈徒衆不避

譏嫌

是人皆指貪求本人而言聽法得珠令其

心惑也魔化衒寶蓋未附人時先現此而後方附之也彼人却指被附邪人誘聽人而藏珠者先以暗埋後對衆出之誘人驚信也食藥食少而能肥充皆惑人之事也

(子)三邪惑之言

口中好言他方寶藏十方聖賢潛匿之處隨其後者往往見有奇異之人

詳其言意皆但陰隱之事不似宿命宜味之(癸)四出名示害

此名山林土地城隍川嶽鬼神年老成魔或有宣婬破佛戒律與承事者潛行五欲或有精進純食草木無定行事惱亂是人厭足心生去彼人體弟子與師俱陷王難

(癸)五教悟戒迷

汝當先覺不入輪廻迷惑不知墮無間獄

(壬)八貪求神力亦分爲五(癸)一定發愛求

又善男子受陰虛妙不遭邪慮圓定發明三摩地中心愛神通種種變化研究化元貪取神力

雖言神通實多神變異前多取諸通温陵曰化元萬化之本也欲乘之以發神變耳

(癸)二魔遣邪附

爾時天魔候得其便飛精附人口說經法

(癸)三邪惑事言分三(子)一邪附人至

其人誠不覺知魔著亦言自得無上涅槃來彼求通善男子處敷座說法

(子)二邪惑之事

是人或復手執火光手撮其光分於所聽四衆頭上是諸聽人頂上火光皆長數尺亦無熱性曾不焚燒或水上行如履平地或於空

中安坐不動或入絣内或處囊中越牖透垣曾無障礙惟於刀兵不得自在自言是佛身著白衣受比丘禮誹謗禪律罵詈徒衆訐露人事不避譏嫌

種種皆神變惑人之事而不堪刀兵顯是邪魅身著下皆引誘壞教之意㊂三說邪惑言

口中常說神通自在或復令人旁見佛土鬼力惑人非有真實讚歎行婬不毀麤行將諸猥媟以爲傳法

㊇四出名示害

此名天地大力山精海精風精河精土精一切草木積劫精魅或復龍魅或壽終僊再活爲魅或僊期終計年應死其形不化他怪所附年老成魔惱亂是人厭足心生去彼人體

弟子與師俱陷王難

㊇五教悟戒迷

汝當先覺不入輪迴迷惑不知墮無間獄

㊀九貪求深空分五㊇一定發愛求

又善男子受陰虛妙不遭邪慮圓定發明三摩地中心愛入滅研究化性貪求深空

入滅非涅槃但欲空身存没自在㊇一魔遣邪附

爾時天魔候得其便飛精附人口說經法

㊇三邪惑事言又三㊂一邪附人至

其人終不覺知魔著亦言自得無上涅槃來彼求空善男子處敷座說法

㊂二現邪惑事

於大衆内其形忽空衆無所見還從虛空突然而出存没自在或現其身洞如琉璃或垂

手足作栴檀氣或大小便如厚石蜜誹毀戒
律輕賤出家
温陵曰欲入滅定以趣空寂也從空出没
等因其好空故依詃惑○厚味濃也夫身
淨肢香而又便容真可以駭俗惑人却乃
毀戒律而賤出家故愚人不敢不遵依不
知毀戒等即可以驗其爲魔而神怪何足
畏乎(子)三説邪惑言
口中常説無因無果一死永滅無復後身及
諸凡聖雖得空寂潛行貪欲受其欲者亦得
空心撥無因果
撥無貪欲違佛背經顯是魔而惑之者真
由主人自心狂迷而已宜悟之(癸)四出名
示害
此名日月薄蝕精氣金玉芝草麟鳳龜鶴經
千萬年不死爲靈出生國土年老成魔惱亂
是人厭足心生去彼人體弟子與師多陷王
難
金玉等雖無情物而精怪依附遂成類生
無想之屬即草木精魅久成魔黨也(癸)五
教悟戒迷
汝當先覺不入輪迴迷惑不知墮無間獄
(壬)十貪求永歲分五(癸)一定發愛求
又善男子受陰虛妙不遭邪慮圓定發明三
摩地中心愛長壽辛苦研幾貪求永歲棄分
段生頓希變易細相常住
此中所希羅漢境界行開之後自然得之
今此躁求故招魔事孤山曰變易者斷見
思盡生法性土故受變易今頓欲變麤身
爲細質易短壽爲長齡從此分斷延入彼

土也㊆二魔遣邪附

爾時天魔候得其便飛精附人口説經法

㊆三邪惑事言又爲三㊅一邪附人至

其人竟不覺知魔著亦言自得無上涅槃來

彼求生善男子處敷座説法

㊅二現邪惑事

好言他方往還無滯或經萬里瞬息再來皆

於彼方取得其物或於一處在一宅中數步

之間令其從東詣至西壁是人急行累年不

到因此心信疑佛現前

瞬息萬里五通中神境通也今乃自現神

境至遠成近令他數步至近成遠故淺智

寡聞驚異其爲佛也㊅三説邪惑言

口中常説十方衆生皆是吾子我生諸佛我

出世界我是元佛出世自然不因修得

夫衆生諸佛等皆由他生即是無始元佛

其長壽豈有紀極亦所以投其愛求之本

念也㊆四出名示害

此名住世自在天魔使其眷屬如遮文茶及

四天王毗舍童子未發心者利其虚明食彼

精氣或不因師其修行人親自觀見稱執金

剛與汝長命現美女身盛行貪欲未逾年歲

肝腦枯竭口兼獨言聽若妖魅前人未詳多

陷王難未及遇刑先已乾死惱亂彼人以至

殂殞

孤山曰自在天即欲界第六天上别有魔

王居處亦他化自在天攝温陵曰陀羅尼

經有遮文茶毗舍童子即毗舍遮鬼隷四

天王已發心則護人未發心則害人以彼

定力虚明爲利故食其精氣或不因師者

不因魔附之師而親見魔現也○獨言即被惑行人言也既自見魔現與之行欲他人不見謂彼獨言彼實與魔言也若妖魅者即此行人亦即似妖魅矣前人彼人皆指被惑行人而言未詳者未能審察其是魔非聖也㊂五教悟戒迷

汝當先覺不入輪迴迷惑不知墮無間獄

中間十境已竟㊁三示勸末世分二㊀一預示魔事又分三㊂一妄稱極果

阿難當知是十種魔於末世時在我法中出家修道或附人體或自現形皆言已成正徧知覺

言出家修道者或附比丘或自現比丘等

按前十種惟第十有自現金剛美女餘皆附人行人當知凡現通稱佛必魔無疑以聖必不洩也㊂二以婬成化

讚歎婬欲破佛律儀先惡魔師與魔弟子婬婬相傳如是邪精魅其心腑近則九生多逾百世令真修行總爲魔眷

魔師魔子且指前十婬婬下明其害延後世多壞行人也温陵曰涅槃經云末世魔眷屬現比丘羅漢等像混壞正法非毀戒律其意同此也㊂三陷魔墮獄

命終之後必爲魔民失正徧知墮無間獄

㊀二深勸悲救又二㊂一正申勸詞

汝今未須先取寂滅縱得無學留願入彼末法之中起大慈悲救度正心深信衆生令不著魔得正知見

觀佛遺囑足知阿難四分入滅亦假示現而依佛留願在世冥救也必矣即今法教

弘通孰非尊者悲救之力哉正心謂見諦眞正深信謂樂欲無厭正知見謂慧眼圓明洞照魔奸也(癸)二轉激報恩

我今度汝已出生死汝遵佛語名報佛恩

欽聞斯囑而不痛心淚下者木石人也(辛)四結害囑護又分爲三(壬)一示因交互

阿難如是十種禪那現境皆是想陰用心交互故現斯事

(壬)二迷則成害

衆生頑迷不自忖量逢此因緣迷不自識謂言登聖大妄語成墮無間獄

謂言登聖者言其不惟惑魔爲聖兼亦自任聖流也(壬)三囑令保護

汝等必須將如來語於我滅後傳示末法徧令衆生開悟斯義無令天魔得其方便保持覆護成無上道

阿難所以結集流通令普聞經即其事也

想陰魔相已竟

大佛頂首楞嚴經正脉疏卷第三十八

音釋

魘 么琰切音黶夢驚也 誇 枯瓜切音夸大言也 隳 許規切音隓又與毀通

疊 丁協切音牒累也 寐寱 上密二切音媚不明也下魚際切音藝眠言也

滑 呼骨切音忽又合也 蠱 果五切音古 癘 力制切音例鬼名也 謐 彌必切音密靜語也 媟 私列切音洩

大佛頂首楞嚴經正脉疏卷第三十九

明京都西湖沙門交光眞鑑述

想陰魔相已竟(庚)四行陰魔相此陰前於二卷五陰科中彼約迷位故取其麤譬如瀑流此約修位故取其細喻同野馬以前三巳空而所餘行陰最爲深細分三(辛)一具示始終又二(壬)一始初未破區宇又二(癸)一躡前想陰盡相

阿難彼善男子修三摩地想陰盡者是人平常夢想消滅寤寐恒一覺明虛靜猶如晴空無復麤重前塵影事觀諸世間大地山河如鏡鑑明來無所粘過無蹤迹虛受照應了罔陳習惟一精眞

前來十種若具透過或始終不起愛求或魔來便能先覺如是久久想陰自有盡時故此科示想盡之相寐即睡也寤即惺也寐中有夢寤中有想然夢乃寐中之想想乃寤中之夢皆獨頭意識所爲想陰之體相也故想陰盡者夢想皆滅由寐無夢而寤無想故寤寐恒常一念不生自是性覺妙明之體豈不恒常虛而無窒礙靜而無喧雜如雲散空澄且麤重塵影即是法塵全依想陰爲體想盡塵自無依故言無復麤塵等此以上約心之自體妙觀諸下約心之照境妙也又上獨影先虛也以下性境亦虛也如鏡鑑明者蓋言心照山河等如鏡現影無罣礙也過者離境之後也無迹者如鏡還空無留滯也虛受照應者收束上文言心之觸境但虛受照應而已明心境皆虛融也末二句總言想盡眞純以

結之也罔無也宿積深厚曰陳習即習氣也蓋浮想擾心誠宿積難除之習氣今乃一旦滅盡故言了罔謂了不可得也惟一精眞者純一虛靜覺明之體也(癸)二狀示行陰區宇

生滅根元從此披露見諸十方十二衆生畢殫其類雖未通其各命由緒見同生基猶如野馬熠熠清擾爲浮根塵究竟樞穴此則名爲行陰區宇

生滅指分段生死而言三界衆生所以生滅無停根元皆是行陰所遷前三陰未破則此根元終不可見今前三盡除第四自現殫盡也十二類生該盡天上人間四空不出行苦正謂此耳故曰畢殫其類也環師謂由緒爲識陰而生基爲行陰見二陰深淺之殊圓師謂各命爲別相同分爲總相定二陰細麤之別皆宜深玩之也莊子註中已辯野馬但是陽焰非是塵埃且熠字從火既表光明閃爍足顯與焰爲順乃田間地氣春晴伏地可見狀如水而光如焰也清擾言動之細微也焰喻正表隱微難見若通前後俱用水喻則想陰尚如大浪行陰乃如細浪識陰則如無浪流水眞覺性體當如湛然不動之水故行陰爲分段根元識陰爲變易根元前後較量麤細妄眞歷然指掌故知惟一精眞亦縱許也浮根塵即浮根四塵謂肉身也究竟樞穴謂遷謝老死之深本全在於此矣末結行陰區宇蓋獨取熠熠清擾爲其相也(壬)二終破顯露妄源

若此清擾熠熠元性性入元澄一澄元習如波瀾滅化爲澄水名行陰盡是人則能超衆生濁觀其所由幽隱妄想以爲其本首舉行陰而稱元性明其爲生滅之根元性體也水浪停息曰澄元澄即識陰也性入元澄者蓋細浪之行水收歸無浪之識海元習即行陰種子一澄元習者永絶行陰之種習更不起也下喻可明全孚前之水喻溫陵曰生滅不停業運常遷名衆生濁故行陰盡則超之行陰密移曾無覺悟故曰幽隱妄想具示始終已竟(辛)二中間十計變境言計者顯此但是自緣定中所見而生種種邪計非有外境魔事之擾也就分十(壬)一二種無因又爲三(癸)一標由示墜

阿難當知是得正知奢摩他中諸善男子凝明正心十類天魔不得其便方得精研窮生類本於本類中生元露者觀彼幽清圓擾動元於圓元中起計度者是人墜入二無因論

此下十計既當想陰已破行陰未破中間所起故此科牒叙想破行現以爲發端是得正知者即不遭邪慮也奢摩他中者即圓定發明也凝不動也即始終不起愛求明不迷也即魔來先覺不惑正心即雙承不動不迷而頭正尾正也如是則上來十類天魔畢竟不得方便方得精研者始能力破想陰也窮生類本者初得徹至行陰也此上方以歷述想破行現竟於本下卻說正因行現而遂起十種邪計良以想破之後天魔無可柰何不復更至惟是自心

邪解作孽所謂心魔也本類即十二類生元即行陰也露顯現也圓者徧十二類也幽清擾動即微細動相圓元勒成行名二無因論乃先世外道修心邪解所立違理背正之惡見耳今行現之解適與之同故即墜彼論中如後車蹈前車之覆轍故即同墮二坑塹也後文諸論皆放此意(癸)二分條詳釋又二(子)一本無因此約過去不得遠因而立又分三(丑)一據已見量

一者是人見本無因何以故是人既得生機全破乘于眼根八百功德見八萬劫所有衆生業流灣環死此生彼只見衆生輪迴其處八萬劫外冥無所觀

前二句標定下徵釋之生機發動之本即指行陰破乃顯意非盡也見屬于眼故乘眼功德八百八萬其數相應而已不必分約過未數反不合蓋乘眼根全分功德合乎定力能徹見於過去諸類業流即宿命通也問此何不爲别相答亦多總見類生展轉生死無停而已非一一各詳也若能各詳則不成自然之執待下執自然處再當明之其處者八萬劫以内也蓋其通力分量止於此數故數外冥無所見矣(丑)二謬成邪計

便作是解此等世間十方衆生八萬劫來無因自有

以不見處而起無因之計約此則名無因外道岳師謂即冥諦是也蓋衆生三道展轉相因窮極無始惟佛眼能徹菩薩尚有分限何況凡小故凡小極其通力但此而

止岳師責其不知因識非是縱知因識亦豈能窮乎

(丑)三失眞墮外

由此計度亡正徧知墮落外道惑菩提性

邪計故非正知不了業道無始故非徧知末言巳墮邪覺終迷正覺矣

(子)二末無因

此約未來無後因果分三

(丑)一據巳見量

二者是人見末無因何以故是人於生既見其根知人生人悟鳥生鳥烏從來黑鵠從來白人天本竪畜生本横白非洗成黑非染造從八萬劫無復改移

標徵同前據釋詞乃是詳推過去例定未來生即劫內類生根即劫外無因蓋即以無因爲類生元本知人下詳明皆本無因自然而然也故此轉計名爲自然外道然此驗知但是總相見於多分衆生長時不變輙起斯計如人總觀鬧市但見人行不見坐立若能一一別察則少分坐立者亦應知之良以十二類生惟人類易轉而餘皆長時難變今由總見不能別觀故約多分而成自然之計是以末二句結成無變岳師註此意同但引鷲子觀鴿之事應不盡同彼能別相而見如來故擇常不變者令其別觀欲勉其進也且四果羅漢行開識現便能別見各命由緒終不執於自然

(丑)二謬成邪計

今盡此形亦復如是而我本來不見菩提云何更有成菩提事當知今日一切物象皆本無因

上科全是詳推過去此科方以例定未來盡形者盡未來也亦如是者決定其皆不

改移也下釋成之本來不見菩提者言八萬劫前元不見其從菩提性起也云何下言例知八萬劫後亦終不成也當知下遂以判决執成邪計矣岳師謂本字合是末字是也末無因者言八萬劫盡終成斷滅無復因果而已蓋以從無因而起者還復無因返於冥初之意但是推前而知不言觀後而見疑恐行陰未破不能前後劫同不然何用種種推前再詳(丑)三失真墮外

由此計度亡正徧知墮落外道惑菩提性

準上可知(癸)二結成外論

是則名爲第一外道立無因論

二種無因已竟(壬)二四種徧常分三(癸)一標由示墜

阿難是三摩中諸善男子凝明正心魔不得便窮生類本觀彼幽清常擾動元於圓常中起計度者是人墜入四徧常論

大意但因窮至行陰尚猶被覆而未見其幽隱遷流遂於未徧未常者早計徧常是謂常見外道然四種雖皆不離行陰起計而前三皆兼窮他法且以法之廣狹而分劫之多少惟第四則無所兼而亦不言劫量此其別也長水曰行陰生滅相續不失故名常所計四種徧一切法故名圓温陵曰徧即圓也故此標名徧常後結名圓常

(癸)二分條詳釋分四(子)一心境計常

一者是人窮心境性二處無因修習能知二萬劫中十方衆生所有生滅咸皆循環不曾散失計以爲常

首二句言是人想破行現乘此心開遂以

窮研内心外境本元自何而起然窮之不遠但見二萬劫前無因自有良以所窮之法麤畧而狹故其見量止此而已修習者即窮心境之修習能知下蓋言二萬劫外固㝠無知見而二萬劫内親見衆生生滅不斷故不計劫外斷滅惟計劫内相續爲徧常以是異前後三準此(子)二四大計常

二者是人窮四大元四性常住修習能知四萬劫中十方衆生所有生滅咸皆體恒不會散失計以爲常

此亦乘心開而窮化元見萬法皆從四大和合而成故作意窮之見其體性常住洞照衆生生死劫量至於四萬比上所窮之法稍爲詳廣故其照劫數倍於前然計常之故亦準前人但據劫内而已(子)三八識計常

三者是人窮盡六根末那執受心意識中本元由處性常恒故修習能知八萬劫中一切衆生循環不失本來常住窮不失性計以爲常

根字决是識字之訛不必能所曲釋蓋末那執受既是七八前是六識無疑况下復以心意識逆次收束八七六識猶可驗知舊註諸師疑此處行陰未開豈能窮徹八識殊不知八識但是此人乘開心後所用進修法門徹固未徹窮乃許窮例如聲聞窮四諦法但盡生滅豈能徹無作底至於本元由處岳師謂別指行陰是也以彼尚爲行覆故所徹性元但止行陰而妄謂眞常耳特以所窮八識法門深廣詳切倍前

四大故所知劫數亦倍前人而遠窮八萬也至於劫内觀生計常不殊前計矣㊀四

想盡計常

四者是人既盡想元生理更無流止運轉生滅想心今已永滅理中自然成不生滅因心所度計以爲常

斯人於想盡行現之後無復窮研之力便計爲常此之第一尚爲淺劣何況二三故不復立能知之劫量度其所知必不遠於二萬劫矣以是推知前文本無因中所以照八萬劫者亦應乘眼功德更加窮研之力方始能之非想盡即能也温陵曰想元想陰也生理行陰也妄謂流轉生滅皆屬想心今已永滅則不生滅理自然屬行不知行陰即生滅元也㊂三結成外論

由此計常亡正徧知墮落外道惑菩提性是則名爲第二外道立圓常論

非徧圓而計徧圓非眞常而計眞常故墮邪覺而失正覺矣此中不必取舊註强分屬於五陰而言前廣後狹反顛亂於本文矣四種徧常已竟㊁三四種顛倒合前二計觀之二無因似觀劫外斷處而計無常四徧常似觀劫内續處而計常各皆單計而已今此乃是雙計常與無常也分三㊂

一標由示墜

又三摩中諸善男子堅凝正心魔不得便窮生類本觀彼幽清常擾動元於自他中起計度者是人墜入四顛倒見一分無常一分常論

此於想盡行現之後窮研自他而起邪妄

分別更是或單或雙不離自他而已非一一雙兼也首楞定中須了一切事究竟堅固方爲正覺今乃常與無常等分計之故成顛倒見(癸)二分條詳釋分四(子)一雙約自他

一者是人觀妙明心徧十方界湛然以爲究竟神我從是則計我徧十方凝明不動一切衆生於我心中自生自死則我心性名之爲常彼生滅者眞無常性

吳興曰觀妙下重舉觀行湛然下正明起計亦由不了行陰生滅妄謂此處心性湛然以爲神我言神我者外道名主諦謂一切法皆是我所悉以此神而爲其主○此蓋二十五諦中末後諦也二卷說有眞我徧滿十方亦即此耳當知自心無生滅即計自是常衆生於我心中生死即計他是無常故爲雙計(子)二約他國土

二者是人不觀其心徧觀十方恒沙國土見劫壞處名爲究竟無常種性劫不壞處名究竟常

既曰不觀其心顯是單觀他法即惟觀國土也吳興曰三禪以下終爲三災所壞名無常種性四禪以上災不能壞名究竟常

(子)三約自身心

三者是人別觀我心精細微密猶如微塵流轉十方性無移改能令此身即生即滅其不壞性名我性常一切死生從我流出名無常性

身心皆自而別觀心能細轉不變爲常令身生死變壞爲無常然外道所計我相有

三一微細我二廣大我三大小我此微細我也精言非雜細言非麤微言非著容言非顯如微塵言細小難見知也流轉二句即計其自心常不生滅能令下即計其自身無常生滅也末四句牒定常與無常上二句牒心下二句牒身豈非單約自而成計耶㊀四雙非他自

四者是人知想陰盡見行陰流行陰常流計爲常性色受想等今已滅盡名爲無常

此觀前四陰而起計以自他不純故言雙非計行則非他以行是自心故計三陰則非純自心以色有外六塵故若約自多他少以少從多亦可科云約自四陰今圖四義不缺不重故作是科其分常與無常文易可了㊁三結成外論

由此計度一分無常一分常故墮落外道惑菩提性是則名爲第三外道一分常論

此蓋所約自他雖單雙不定而所計常與無常皆同雙計也四種顛倒已竟㊂四四種有邊文中雖雙計有邊無邊理實但是邪計邊見而已非眞得於無邊理體故以正教判之但名有邊詳其立意殆以有邊爲有限際非勝法也以無邊爲無限際是殊勝法例如雙計常與無常而惟取常爲勝也分三㊁一標由示墜

又三摩中諸善男子堅凝正心魔不得便窮生類本觀彼幽清常擾動元於分位中生計度者是人墜入四有邊論

温陵曰分位有四謂三際分位見聞分位彼我分位生滅分位㊁二分條詳釋分四

㊀一約三際
一者是人心計生元流用不息計過未者名爲有邊計相續心名爲無邊
温陵曰生元流用行陰也因遷流計三際以過者已滅來者未見故名有邊現在相續故名無邊○既取現心續處爲無限際則必以過未斷處爲有限際然現心無限際者以當念觀心浩渺無涯岸之謂也㊀
二約見聞
二者是人觀八萬劫則見衆生八萬劫前寂無聞見無聞見處名爲無邊有衆生處名爲有邊
此與前計相反岳師所謂回互倒計是也前計過未爲有邊似計無見聞處也計現在爲無邊似計有見聞處也今却計劫内有見聞處爲有邊以其限於八萬之數也計劫外無見聞處爲無邊以其無窮極而不可測知也呉興曰後八萬劫亦合如前今恐存畧㊀三約彼我
三者是人計我徧知得無邊性彼一切人現我知中我曾不知彼之知性名彼不得無邊之心但有邊性
首三句自任無邊之性下言彼人現我知中者謂彼性但在我性之中也我曾不知彼性者謂我於自性之中不見别有彼之知性也亦明彼性不能外於我性之意未二句遂判彼爲有邊性也㊀四約生滅
四者是人窮行陰空以其所見心路籌度一切衆生一身之中計其咸皆半生半滅明其世界一切所有一半有邊一半無邊

窮行陰空者蓋斯人窮至行陰不了區宇未空而遂謂眞空寂滅之性故下半生半滅乃據見妄度衆生身中自想陰以前半屬於生自行陰以後半屬於滅更判生爲有邊滅爲無邊而意取行陰空寂爲無限際之勝性也(癸)三結成外論

由此計度有邊無邊墮落外道惑菩提性是則名爲第四外道立有邊論

四種有邊已竟(壬)五四種矯亂分三(癸)一

標由示墜

又三摩中諸善男子堅凝正心魔不得便窮生類本觀彼幽清常擾動元於知見中生計度者是人墜入四種顚倒不死矯亂徧計虛論

知見生計者據彼定中所知所見而倒計也溫陵曰以邪倒故於知見中狂解不決遂矯亂其語也今之邪人妄謂得道而中無主正矯惑於人者多類此四資中曰準婆沙論釋外道計天常住名爲不死計不亂答得生彼天若實不知而輒答者恐成矯亂故有問時答言秘密言辭不應皆說或不定答佛法訶云此眞矯亂故名不死矯亂虛論也(癸)二分條詳釋又爲四(子)一

八亦矯亂

一者是人觀變化元見遷流處名之爲變見相續處名之爲恒見所見處名之爲生不見見處名之爲滅相續之因性不斷處名之爲增正相續中中所離處名之爲滅各各生處名之爲有互互亡處名之爲無以理都觀用心別見有求法人來問其義答言我今亦生

亦滅亦有亦無亦增亦滅於一切時皆亂其語令彼前人遺失章句

長水曰於一生滅行陰分爲八義別見謂變恒生滅增減有無也答中畧舉六義以不能定其道理但兩楹而答故云亦生亦滅等○八義雖皆依行而起而實約行陰中所見萬象以別計也故言相續之因性不斷者此是由象推性方成增計所以別於恒也增者多餘也正相續中所離者蓋凡言相續必是前後相續故中間亦必有缺之之處如出入二息相續則必缺於中交是也缺少即滅也互互亡處即各各滅處也前人即問義之人也失章句有二意一謂答者既自矯亂聞者自難憶持故隨聞隨失也二謂言既兩持是非不決能令聞者沓疑平日舊習經論猶言喪其所守也

(子)二惟無矯亂

二者是人諦觀其心互互無處因無得證有人來問惟答一字但言其無除無之餘無所言說

岳師釋得証謂悟一切法皆無也蓋執拗而不順於理爲矯心無主正爲亂令詳第一第四言皆兩可亂意爲多而終非順理亦兼於矯也第二第三言惟一偏矯意爲多而終非主正同歸於亂故總名矯亂勿疑一字爲非亂也

(子)三惟是矯亂

三者是人諦觀其心各各有處因有得證有人來問惟答一字但言其是除是之餘無所言說

不言有而言是以所見既偏於法法皆有

則隨所問莫不皆是故作如是荅也(子)四
有無矯亂
四者是人有無俱見其境枝故其心亦亂有
人來問荅言亦有即是亦無亦無之中不是
亦有一切矯亂無容窮詰
枝者如木一本而分二枝即空有岐二兩
楹不定之意吳興曰從二至四於前八中
有無分出也二三單計第四兩亦有即是
無如氷是水也無不是有如水非氷也四
句之中但涉三句未見雙非其計猶麤(癸)
三結成外論
由此計度矯亂虛無墮落外道惑菩提性是
則名爲第五外道四顛倒性不死矯亂徧計
虛論
虛無謂虛妄非實也顛倒性明其見非真

正未判屬於徧計執性見其執繩爲蛇妄
之至也四種矯亂已竟(丑)六十六有相分
爲三(癸)一標由示墜
又三摩中諸善男子堅凝正心魔不得便窮
生類本觀彼幽清常擾動元於無盡流生計
度者是人墜入死後有相發心顛倒
資中曰無盡流即行陰也由見無盡故言
死後有相○真悟無生了知初生本即有
滅是知生前尚空洞而無相何況死後豈
可妄計有相耶(癸)二詳釋其相又二(子)一
正成本計又二(丑)一分條例顯
或自固身云色是我或見我圓含徧國土云
我有色或彼前緣隨我迴復云色屬我或復
我依行中相續云我在色
此即外道六十二見中四計也初自固身

者堅持護養也云色是我者同彼即色是我也二我含國土云我有色者同彼我大色小色在我中也三前緣隨我云色屬我者同彼離色是我也前緣沇師謂即目前之色是也迴復即運用也既云屬我顯是我所與我爲二非即我矣四我依行中云我在色者同彼色大我小我在色中也沇師謂行相續相即色故我行中即色中也

(丑)二總勒名數

皆計度言死後有相如是循環有十六相

環師謂於色作此四於受想行亦然故成十六相我故科上名例顯也敏師謂不言識陰者所計之我即識陰也岳師非之乃謂行陰未破識不當情故不言之耳(子)二更成轉計

從此或計畢竟煩惱畢竟菩提兩性竝驅各不相觸

上因見行無盡遂計前三已滅之陰仍復無盡而同成有相此更轉計一切染淨諸法無不皆然故言煩惱攝盡染法言菩提攝盡淨法皆無盡而恒有竝驅即竝行也各不相觸猶言各不相礙也(癸)三結成外論

由此計度死後有故墮落外道惑菩提性是則名爲第六外道立五陰中死後有相心顛倒論

吳興曰言五陰者通結五陰正在前四又雖在前四義惟行陰耳十六有相已竟(壬)七八種無相又三(癸)一標由示墜

又三摩中諸善男子堅凝正心魔不得便窮

生類本觀彼幽清常擾動元於先除滅色受想中生計度者是人墜入死後無相發心顛倒

此與上計敵體相番故變有成無蓋上觀未滅之行陰見其無盡而因計前三并萬法皆當無盡此觀已滅之前三見其無相而因計行陰并萬法皆當無相也㊂二詳釋其相分二㊀一正成本計又爲二㊁一分條例顯

見其色滅形無所因觀其想滅心無所繫知其受滅無復連綴陰性消散縱有生理而無受想與草木同

上總標無相此分條一一明之色爲形想爲心而受則雙以連持色心今因皆滅故形無因心無繫而受無連綴也下乃例顯

行陰亦應同滅成無相也温陵曰陰性消散謂色受想滅也生理即行謂無受想則行亦滅也㊁二總勸名數

此質現前猶不可得死後云何更有諸相因之勘校死後相無如是循環有八無相

此質即指現陰色心不可得者言今在定現見四陰皆無相之可得因決死後豈有相邪問此與前解中初生有滅等意何以别乎答彼約即有而空本自無生前後一際是佛正教此約昔有今無今滅後無全是生滅顛倒邪計何殊天壤哉勘校即計度也每陰各計現未二無四陰故成八無相矣㊀二更成轉計

從此或計涅槃因果一切皆空徒有名字究竟斷滅

上由前三而推行陰同滅爲無此更轉計諸法皆然同歸斷滅涅槃以轉生死爲因故生死即涅槃之因涅槃即生死之果且生死攝世間法涅槃攝出世間法一切死後皆無故曰徒有等也吳興曰涅槃因果依現陰而修後陰而證陰既叵測修證何有邪(癸)三結成外論

由此計度死後無故墮落外道惑菩提性是則名爲第七外道立五陰中死後無相心顛倒論

八種無相已竟(壬)八八種俱非分三(癸)一標由示墜

又三摩中諸善男子堅凝正心魔不得便窮生類本觀彼幽清常擾動元於行存中兼受想滅雙計有無自體相破是人墜入死後俱非起顛倒論

於行存中者見行陰未滅區宇宛在也兼受想滅者見前三已滅體相全空也雙計有無者於存計有於滅計無也自體相破者以行陰之有破前三之無以前三之無破行陰之有也末言墜俱非者以破無則成非無破有則成非有也(癸)二詳釋其相又二(子)一正成本計又二(丑)一分條例顯

色受想中見有非有行遷流內觀無不無

此科全是自體相破色受想中者前正滅境之中也見有非有者言三在滅境時雖見行有亦即同滅而非有矣如暗夜中看皎潔之物亦同暗而非皎潔矣行遷流內者行陰擾動之內也觀無不無者言正在擾動處雖觀前三已無亦即同動而非無

矣如動水中看靜定之影亦同動而非靜定矣互破以成雙非正自體相破也(丑)二

總勸名數

如是循環窮盡陰界八俱非相隨得一緣皆言死後有相無相

首三句標定八非循環窮陰者歷四陰而徧計之也八俱非者正以勸成名數末三句釋成上八非之由也隨得一緣者言每於一陰也皆言有相無相乃出雙非之因所以成立上雙非之宗如云因有相故非無因無相故非有每於一陰計此二非歷四陰而成八非也故知首科但言受想滅語之畧也舊註不達以因立宗之旨而釋爲雙亦雙非應成十六何名八非邪(子)二

更成轉計

又計諸行性遷訛故心發通悟有無俱非虛實失措

此諸行乃指萬法非謂行陰如諸行無常亦指萬法也上但雙觀已滅未滅之四陰而正計八非此則更以例成轉計而謂一切法無不皆然性遷訛者例皆死後有無交相破奪也心發通悟者增廣邪見解也末二句結成一切雙非虛實亦有無也失措不定也(癸)三結成外論

由此計度死後俱非後際昏瞢無可道故墮落外道惑菩提性是則名爲第八外道立五陰中死後俱非心顛倒論

後際即死後盡未來際也昏瞢猶言杳冥即一切皆非也道言也以有無俱不可定故無可言也八俱非相已竟(壬)九七際斷

滅此之斷滅雖似第七無相而起計不同彼由前三此由行陰又彼推過去以定死後此觀未來念念成滅故計處處有斷滅處也分三（癸）一標由示墜

又三摩中諸善男子堅凝正心魔不得便窮生類本觀彼幽清常擾動元於後後無生計度者是人墜入七斷滅論

溫陵曰見行陰念念滅處名後後無由是妄計設生人天七處後皆斷滅（癸）二具顯其相又二（子）一分條詳釋

或計身滅或欲盡滅或苦盡滅或極樂滅或極捨滅

此計陰性如無源之水有流近而竭者有流遠而竭者今至近如人間即滅至遠如有頂方滅也（子）二總勒名數

如是循環窮盡七際現前消滅滅已無復

七際謂四洲六欲初禪二禪三禪四禪四空共七處也消滅謂生理永無無復謂更不復有也此方儒宗末流惡聞輪轉亦計似此然但許人間即滅仍不許有餘六處也（癸）三結成外論

由此計度死後斷滅墮落外道惑菩提性是則名爲第九外道立五陰中死後斷滅心顛倒論

觀此亦總結於五陰則知所謂消滅者後陰全無也七際斷滅已竟（壬）十五現涅槃

此計與第五有相甚大不同彼計死後有相此計現所生處即常住極果舊言從彼流出甚無謂也分三（癸）一標由示墜

又三摩中諸善男子堅凝正心魔不得便窮

生類本觀彼幽清常擾動元於後後有生計度者是人墜入五涅槃論

後後有亦應準前相沓前於行陰念念滅處起計此却於行陰念念生處起計後後有者蓋觀見行陰念念相續新新成有故解其當有實果必不滅無也而曰現涅槃者不待灰斷即於現所生處即是此果也具數有五下別列之(癸)二具顯其相分二

(子)一分條詳釋

或以欲界爲正轉依觀見圓明生愛慕故或以初禪性無憂故或以二禪心無苦故或以三禪極悅隨故或以四禪苦樂二亡不受輪迴生滅性故

或者不定之辭顯非一人徧計五處各隨所見或計一處而已欲界指六欲天上也爲正轉依者妄計爲真涅槃境也以涅槃爲佛轉依之果而環師所謂轉生死依涅槃也此如仙家計六欲天上無生死耳以彼所計玉皇橫統三十三天仍不知其即六欲之帝釋也此句應通後四每於中間皆當有之而經家省文更不重標令準上也觀見圓明者以初得天眼普觀天光清淨明麗迥離人間之濁穢而已準下四皆對本天勝境爲言非指性也生愛慕故者正出妄計之由謂彼圓明即涅槃真境也下四故字皆準此說按前色界天中初禪苦惱不逼二禪憂懸不逼以苦重憂輕序之宜也今初禪無憂二禪無苦決譯人誤顛倒也三禪極悅隨者前云歡喜畢具具大隨順是也四禪苦樂雙亡顯同前文雙

捨不受輪迴生滅者由彼定中見此處三災不壞故起斯計也㊇二總勒名數迷有漏天作無爲解五處安隱爲勝淨依如是循環五處究竟

作無爲解即妄計爲離繫自在之果此誤濫涅槃之眞我也五處安隱者以稍離下界之不安而誤濫涅槃之眞樂也爲勝淨依者以稍離下界之濁穢而誤濫涅槃之眞淨也結言究竟者以稍離下界之短壽而誤濫涅槃之眞常也此總判五處皆然若分五處別判初於六欲乍離人間之塵穢而妄謂眞淨次於初禪二禪乍離下界之憂苦而妄謂眞樂又於三禪乍得隨順自在而妄謂眞我後於四禪暫得三災不壞而妄謂眞常不生滅也此正於無常苦空無我不淨中而妄計常樂我淨所謂前四顚倒耳㊇三結成外論

由此計度五現涅槃墮落外道惑菩提性是則名爲第十外道立五陰中五現涅槃心顚倒論

中間十計已竟㊅三結害囑護分三㊄一示因交互

阿難如是十種禪那狂解皆是行陰用心交互故現斯悟

溫陵曰前云禪那現境乃天魔候得其便此云禪那狂解乃心魔自起深孽凡見道不眞多岐妄計皆即狂解是謂心魔最宜深防也○交互準前悟即邪解也然通論十種邪解不出斷常空有四字而已且前五屬斷常後五屬空有第一斷見第二常

見第三雙亦第四第五皆充廣雙亦也問何無雙非答斷常皆過若雙非則爲離過正見非外道也第六執有第七執空第八雙非問此何不爲離過正見答有空不定屬過偏始過生且此雙非蓋指後陰昏瞢不定有無非是雙遮之中道故非正見第九推廣畢竟斷空第十推廣畢竟滯有若更以空有攝入斷常仍惟斷常二見而已

(壬)二迷則成害

衆生頑迷不自忖量逢此現前以迷爲解自言登聖大妄語成墮無間獄

痴暗曰頑正悟難發也惑亂曰迷邪解易生也不自忖量者大端由於不揣已之修證至何地位輙敢自專判決立論且僭稱聖位成大妄語故墮極重之獄矣(壬)三囑令保護又分二(癸)一囑作摧邪知識

汝等必須將如來語於我滅後傳示末法徧令衆生覺了斯義無令心魔自起深孽保持覆護消息邪見

覺了斯義謂迷解分明不顛倒也下復令其冥顯加持之也孽者禍之萌也心魔自起者言天魔不至自心禍生也猶曰天作孽猶可違自作孽不可活也然此二句蓋令未起者勿起末二句是已起者令息也

(癸)二囑作趣眞導師

敎其身心開覺眞義於無上道不遭枝岐勿令心祈得少爲足作大覺王清淨標指

眞義者眞心實義也逈然不屬於斷常空有即前離即離非是即非即一念不生中中流入木旁出曰枝路旁出曰岐夫遭枝

岐即墮外道祈求也求少足則流二乘此二皆爲極果中途之險阻心目洞開方不爲所惑故須教示之力也末二句囑其作成佛指南一邪不染故稱清淨耳行陰魔相已竟(庚)五識陰魔相分三(辛)一具示始終又二(壬)一始初未破區宇又爲二(癸)一躡前行陰盡相

阿難彼善男子修三摩地行陰盡者諸世間性幽清擾動同分生機倏然隳裂沉細綱紐補特伽羅酬業深脉感應懸絶

諸世間性者十二類生遷流體性也同分生機者即同生基也基表生之根機明動之始其意一也同分仍目總相以上躡前行陰向下明盡相也倏然猶忽然也隳裂解散也連下四字讀之沉細極表深微綱紐狀明總要然即生機綱紐結縛之深根也由前大定堅凝正心十計不墮功夫徹至故能於此綱紐忽然解散矣末三句復明此處於三界分段生死即應解脱然亦約一類聖性習種純熟者言之餘不盡然補特伽羅此云數取趣即中有也衆生由此能數數取於諸趣而受生也且受生所以酬答宿業而酬業深潛脉絡即此行陰所爲感應即因果也而言懸絶者以行陰既盡則深脉已斷故分段生死因亡果喪不復受生是謂懸絶問證同則事同此何别取於聖性熟者而餘又不然耶答按下佛言各以所愛先習迷心而自休息今言界内因果斷絶顯是十執後二聲聞緣覺所能他豈能哉(癸)二狀示識陰區宇

於涅槃天將大明悟如雞後鳴瞻顧東方已有精色六根虛靜無復馳逸內外湛明入無所入深達十方十二種類受命元由觀由執元諸類不召於十方界已獲其同精色不沉發現幽秘此則名爲識陰區宇

温陵曰涅槃性天爲五陰所覆昏如長夜前三陰盡如雞初鳴雖爲曙兆猶沉二陰精色未分此行陰盡如雞後鳴惟餘一陰故將大明悟也○六根虛靜無復馳逸者按圓通此當聞所聞盡已得六銷之時亦即漸次中塵既不緣根無所偶反流全一六用不行之時也內外湛明者言根塵化爲一味湛明之境入無所入者謂初心亡所故言入流既盡根塵更何所入受命元由環師謂即識陰然亦即是類生別相所謂各命由緒顯異前之總相而見故曰深達也觀由執元諸類不召者承上言既以觀見受命由緒必能執守受生元本令不流逸則盡十二類皆不能牽引受生矣於十方界已獲其同者界指情界同有二解一謂同者一也言其銷六和合復一精明也二謂同者空也言其根塵既盡惟一空性也此即已得六銷猶未亡一小乘涅槃正齊於此精色不沉者如曉天可辯色也發現幽秘言其具見暗中之物也即是行除識現如脫盡外衣方見最內貼體汗衫故即結爲識陰區宇(壬)二終破顯露妄原

若於羣召已獲同中消磨六門合開成就見聞通隣互用清淨十方世界及與身心如吠琉璃內外明徹名識陰盡是人則能超越命

濁觀其所由罔象虛無顛倒妄想以爲其本首三句猶躡未破區宇羣召即指類生十二皆能牽引受生故言羣召同中即識陰區宇之中所謂受命元由空靜湛一故稱爲同然自行陰盡後已入此境故曰已獲同中消磨六門者解其結而泯其異也合開成就者歸於一而融爲空也成就猶言功成此猶躡上以牒銷六成一所以起下文亡一而用六也故下方明圓通之用不惟情界脱纏而亦以情器交徹也見聞者畧舉六根之二通隣者其結已解其體不隔也互用者體既無隔用可互通也謂眼家能作耳家佛事等以其迥脱浮塵勝義二種根結無障無礙故曰清淨此即情界脱纏下文情器交徹文易可知即前所謂山河大地應念化爲無上知覺是也名識陰盡一句結定故知行盡無過者在七信位齊小羅漢識盡乃十信滿心住位初心方以證入圓通是知凡言羅漢獲圓通者皆指初住以圓住齊於別地是大乘羅漢也末復結其所起所觀温陵曰性本一眞由塵隔越性用之間同異失準名爲命濁故識盡則超之識乃妄覺影明元無自體由顛倒起故名罔象虛無顛倒妄想具示始終已竟(辛)二中間十執變計而言執依經本文以經文一一皆名爲執故耳就分爲十(壬)一因所因執又分三(癸)一兩極之間

阿難當知是善男子窮諸行空於識還元已滅生滅而於寂滅精妙未圓

夫行陰即是前極識陰即是後極而十執起處正當此二之中故十執皆以此科冠之窮諸下三句明已破行陰也窮諸行空照見行蘊空也於識還元者明行窮而識現則前之行相泯然没入識海之中葢元從識海騰躍轉生者返本還元矣已滅生滅者仍結行破也以初滅行之清擾也未二句明未破識陰也所言寂滅者即圓通中次第解結末後之寂滅也不帶纖毫生滅曰精惟餘一味寂常曰妙始是純眞性體此而未圓正明識陰未破尚爲所覆似一似常未精未妙也若連上句讀之宛是已得圓通中生滅既滅而尚猶未得寂滅現前耳後放此(癸)二邪解執背

能令已身根隔合開亦與十方諸類通覺覺知通㴑能入圓元若於所歸立眞常因生勝解者是人則墮因所因執娑毗迦羅所歸冥諦成其伴侶迷佛菩提亡失知見

能令下先舉起執之由大凡起執必覩大定中殊勝之象以發端耳首二句躡前銷六入一之境次三句明此境爲羣心統同混一之區如千燈共室光通無二也圓元即識陰也而圓表諸類徧含元彰萬化托始其言能入此者意明四陰蕩盡歸宿於斯如諸浪已停銷落於海正識陰區宇也若於下方是所起之計所歸即此圓元因者依也因所因執者本非可依而妄計能依之心所依之境也良以識乃無明幻影罔象虚無畢竟非實故也如人夢見依歸得托之地妄生慶幸豈有眞實哉下明所

墮同類即黃髮外道所立冥諦有二十五第一冥初生覺遂計終亦還歸冥諦前文云非色非空拘舍黎等昧爲冥諦是也然計此者非止一人前後異出耳伴侶即同類也迷菩提昧正果也亡知見失眞因也放此(癸)三結名異種

是名第一立所得心成所歸果違遠圓通背涅槃城生外道種

溫陵曰以心有所得果有所歸即因即果皆墮所妄所以違遠圓通背涅槃也○內教究竟歸無所得今有得有歸如人夢見拾得金寶歸於家中所得所歸皆非眞也違圓通則失因地心背涅槃則亡果地諸後皆放此因所因執巳竟(壬)二能非能執分三(癸)一兩楹之間

阿難又善男子窮諸行空已滅生滅而於寂滅精妙未圓

準前(癸)二邪解執背

若於所歸覽爲自體盡虛空界十二類內所有衆生皆我身中一類流出生勝解者是人則墮能非能執摩醯首羅現無邊身成其伴侶迷佛菩提亡失知見

上科巳將識陰作所歸果故今所歸二字仍躡前識陰也前但計爲歸托之性今復覽爲自體是其差別也溫陵曰執識元爲自體而謂一切衆生自此流出遂執我能生彼而實不能故曰能非能執摩醯首羅即色頂魔王也妄計我能現起無邊衆生亦能非能類也(癸)三結名異種

是名第二立能爲心成能事果違遠圓通背

涅槃城生大慢天我徧圓種

能爲心者能造化之心也能事果者能成辦所造化之事以爲實果也溫陵曰大慢天即摩醯也不能謂能故名大慢也徧圓者計我體圓徧空界也○問此計識爲自心流出一切何異內教萬法唯識答內教萬法唯識表如夢幻生即無生此計實生安得一轍又唯識正明無他心外之法此計能生他法宛是顛倒奚疑乎能非能執已竟(壬)三常非常執分三(癸)一兩楹之間

又善男子窮諸行空已滅生滅而於寂滅精妙未圓

(癸)二邪解執背

若於所歸有所歸依自疑身心從彼流出十方虛空咸其生起即於都起所宣流地作眞常身無生滅解在生滅中早計常住既惑不生亦迷生滅安住沉迷生勝解者是人則墮常非常執計自在天成其伴侶迷佛菩提亡失知見

此與上執皆從識起而所計不同上謂識即是我能生萬物此謂我從識出彼是眞常是其差別也溫陵曰以識元爲所歸依故疑彼能生我及一切法遂計生起流出之處爲眞常無生之體此則在生滅中妄計常住既惑眞不生性又迷現生滅法以非常爲常故名常非常執既計彼能生我即與計自在天能生一切者同矣(癸)三結名異種

是名第三立因依心成妄計果違遠圓通背涅槃城生倒圓種

温陵曰由依識元妄計常住故曰立因依心成妄記果前計我圓生物此計彼圓生我名倒圓常非常執已竟(壬)四知無知執分三(癸)一兩楹之間

又善男子窮諸行空已滅生滅而於寂滅精妙未圓

(癸)二邪解執背

若於所知知徧圓故因知立解十方草木皆稱有情與人無異草木爲人人死還成十方草樹無擇徧知生勝解者是人則墮知無知執婆吒霰尼執一切覺成其伴侶迷佛菩提亡失知見

温陵曰所知即所觀識陰也謂識有知而一切法由知變起因計知體圓徧諸法遂立異解謂無情徧皆有知○草木下三句承上無異言既與有情相同則當互輪轉馬無擇者不分有情與無情而徧皆有知也是其謬計無情有知而實本無知故言知無知執也環師謂婆吒霰尼乃二外道覺即知也亦計徧知之類(癸)三結名異種

是名第四計圓知心成虚謬果違遠圓通背涅槃城生倒知種

温陵曰此謬計圓知以爲因心則果終虚謬矣以無知爲知是倒知也○問此與内教山河化爲知覺無情作佛之旨何所簡別答孤山亦有此辯意是而辭欠明了今詳内教明見相二分本惟一心迷之爲二故妄見無情不通知覺大悟復歸一心則通一知覺更無外物非謂各各有知同他心量也今計各各有知互相輪轉誠爲虚

謬是知内教明訓銷歸一心此執謬討成無數心豈濫同哉問今何草木爲妖亦有知乎答此非草木有知是彼依草附木之精靈有知斯則仍是有情之知非彼無情之草木能知也知無知執巳竟

大佛頂首楞嚴經正脉疏卷第三十九

音釋

熠 域及切音煜盛光也 拗 於交切音坳相違也 紐 女九切音忸結束也 曙 常恕切音署東方明也 涽 音吻合也

大佛頂首楞嚴經正脉疏卷第四十

明京都西湖沙門交光真鑑述

(壬)五生無生執分爲三(癸)一兩楹之間

又善男子窮諸行空已滅生滅而於寂滅精妙未圓

(癸)二邪解執背

若於圓融根互用中已得隨順便於圓化一切發生求火光明樂水清淨愛風周流觀塵成就各各崇事以此羣塵發作本因立常住解是人則墮生無生執諸迦葉波并婆羅門勤心役身事火崇水求出生死成其伴侶迷佛菩提亡失知見

環師謂識陰盡者消磨六門諸根互用今此未盡則纔得隨順而已此解極是然觀中之一字足見互用之妙含之未發也且言已得隨順者已能顯發隨心順意神通變化也如身上出水身下出火十八變等是也岳師謂圓化乃觀中所見圓融變化唯識之境固無不是然詳便於二字亦應即是隨順中圓化又云一切發生即四大之相然亦即是覩圓化之四大而種種起著也下列四種求樂愛觀是矣三大可知塵即地大而言成就者即環師謂能成器界是也大凡有形塊者皆塵所爲耳崇尊尚也事供養也而言各各者或有尊供於火者乃至或有尊供於地者各隨所見而偏執也岳師謂羣塵總指四大是也然發者出生也作者辦造也本因者根元也邪計四大爲出生一切辦造一切之根元也立常住解者目爲常司造化之眞宰也生

無生執者妄計能生萬法而實不能生也迦葉波別姓也婆羅門總姓也總有十八迦葉其一也求出生死者以四大既爲出生辦造之根元則出因辦果靡不由之如果上依正清淨光明等皆彼四大爲之故事之以求眞常果也

(癸)三結名異種

是名第五計著崇事迷心從物立妄求因求妄冀果違遠圓通背涅槃城生顛化種

計著邪惑也崇事邪業也迷心謂迷已一眞靈覺之心從物謂從彼四大無知之物妄求因者非因計因也妄冀果者無果望果也反將無情之物以爲生物之原誠如環師所謂因果皆妄顛倒化理故名顛化種也生無生執已竟

(壬)六歸無歸執分三

(癸)一兩楹之間

又善男子窮諸行空已滅生滅而於寂滅精妙未圓

(癸)二邪解執背

若於圓明計明中虛非滅羣化以永滅依爲所歸依生勝解者是人則墮歸無歸執無想天中諸舜若多成其伴侶迷佛菩提亡失知見

圓明即識陰區宇計明中虛者於此境中初見前四陰盡諸有皆空即以虛無爲究竟性非毀也非滅羣化者便欲灰身滅土纖塵不立也以永下復願常處虛空永爲依托也歸無歸者蓋謬計斷空爲休歸處不知幻滅虛境亦等空花非實歸處也無想天畧舉非非想以該四空非取四禪無想也諸舜若多總舉趣空天衆爲同類也

(癸)三結名異種

是名第六圓虚無心成空亡果違遠圓通背涅槃城生斷滅種

圓虚無心者以取空之心爲因也成空亡果者以斷滅之境爲果也問此與後二乘何別答棄有取空見解志願皆同但先心各別此凡外種伏惑取空彼聖性種斷惑取空歸無歸執已竟(壬)七貪非貪執分三

(癸)一兩楹之間

又善男子窮諸行空已滅生滅而於寂滅精妙未圓

(癸)二邪解執背

若於圓常固身常住同於精圓長不傾逝生勝解者是人則墮貪非貪執諸阿斯陀求長命者成其伴侶迷佛菩提亡失知見

圓常亦識陰區宇歷觀上來於此一境稱圓元圓融圓明圓常義各有表元表諸法統歸融表萬化含蓄明表徹體虚朗常表究竟堅牢各與本文關涉細尋可見然同是識海周徧故皆稱圓且均是識陰似一似常之相行人不達似而非眞故各隨所見而起異執耳今觀圓常而欲身常住者蓋因見性常而幷欲命常即仙家性命雙修之見而又言同於精圓長不傾逝者精即性也如見性轉稱見精之例傾逝即死也即欲身命與性同圓長生不死也貪非貪執者言其妄起貪留而不知生滅無停本非可貪留也良以所托之性但唯識陰已是似常而非眞常何況所兼之命全是生滅虚幻縱經多劫終落空亡豈眞實常

住哉阿斯陀此云無比古仙名也(癸)三結
名異種
是名第七執著命元立固妄因趣長勞果違
遠圓通背涅槃城生妄延種
執著命元以識陰爲長命之元立固妄因
者以因中功夫惟求堅固妄性妄命也趣
長勞果者言所趣之果徒以長勞終非常
住也㽔師謂勞應作牢爲聲之誤者似爲
最順妄延者妄求身命延長也貪非貪執
已竟(壬)八眞無眞執分三(癸)一兩楹之間
又善男子窮諸行空已滅生滅而於寂滅精
妙未圓
(癸)二邪解執背
觀命互通却留塵勞恐其銷盡便於此際坐
蓮花宮廣化七珍多增寶媛恣縱其心生勝
解者是人則墮眞無眞執吒枳迦羅成其伴
侶迷佛菩提亡失知見
此命異前身命以天魔不用前身故也應
如環師所謂以識爲命元也要之亦住世
壽者之相且命以連持色心爲名今互通
即連持之意而塵勞不出運心役色諸欲
叢擾也今言觀命留塵者以見命元既與
塵勞連持則存與俱存亡與俱亡故懼塵
勞盡而元命必斷由是妄起留塵之計不
令銷盡且行盡識現者圓化隨心得大自
在故恣意化諸欲境七珍美女於中放逸
矣眞無眞執者妄執命元爲已眞宰而實
非眞也溫陵曰吒枳迦羅即欲頂自在天
類也(癸)三結名異種
是名第八發邪思因立熾塵果違遠圓通背

涅槃城生天魔種

熾塵果者熾然恣縱塵勞妄謂果中受用也墜入欲頂天魔者生以類聚也眞非眞執已竟(壬)九定性聲聞分爲三(癸)一兩極之間

又善男子窮諸行空已滅生滅而於寂滅精妙未圓

(癸)二邪解執背

於命明中分別精麤疏決眞僞因果相酬惟求感應背清淨道所謂見苦斷集證滅修道居滅已休更不前進生勝解者是人則墮定性聲聞諸無聞僧增上慢者成其伴侶迷佛菩提亡失知見

命明者環師所謂因窮識陰深明衆生受命元由是也分別精麤者了達界外聖法爲精界內凡定爲麤疏決眞僞者揀擇內教因緣爲眞外道斷常爲僞因果相酬者雙明世出世間二種因果感即是修應即是証惟求感應者惟求實修實証速出三界而已背清淨道者不順無修之修無証之証了義如幻之大道也所謂下躡上確實指陳也苦集是世間果因滅道是出世果因即因果相酬也知之與斷是於世間則厭果除因慕之與修是於出世則欣果從因即惟求感應也居滅下是化城止息不趣實所也定性聲聞不迴心鈍羅漢也諸無聞下言此一類多由愚法無聞未証謂証未得謂得者也(癸)三結名異種

是名第九圓精應心成趣寂果違遠圓通背涅槃城生纏空種

圓滿也專求曰精滿其專求取証之因心成其偏趣冥寂之斷果也爲空所縛曰纏空種良以有餘涅槃位僅齊於七信識陰所覆尚不達圓通之因地安能至無餘之果地哉故均之違圓通而背涅槃也下科辟支放此定性聲聞已竟㊀十定性辟支分三㊂一兩楹之間

又善男子窮諸行空已滅生滅而於寂滅精妙未圓

㊂二邪解執背

若於圓融清淨覺明發研深妙即立涅槃而不前進生勝解者是人則墮定性辟支諸緣獨倫不迴心者成其伴侶迷佛菩提亡失知見

銷六入一爲圓融破有歸空爲清淨了見命元爲覺明發研深妙有二獨覺觀物遷變緣覺推審因緣皆發深妙之悟即以所悟之境爲涅槃歸息之地諸緣獨倫者即緣覺獨覺之同倫也餘可準前例知㊂三結名異種

是名第十圓覺湣心成湛明果違遠圓通背涅槃城生覺圓明不化圓種

圓即圓融覺即覺明湣心即清淨湛明果即以悟境爲涅槃也不化圓種者不能融化透過所悟所執空淨圓影祖家所謂隱人胸次自成情也住此則障眞寂滅礙圓通用終不達於實所矣問聲聞辟支爲內教正乘號出世小聖今何亦列魔數答以魔羅害正之稱今此經大定以順圓通向涅槃爲益以違圓通背涅槃爲損而二乘

宛然違背墮之者則枝岐鈍滯害正事均非魔而何然以定性簡之是但取於不回心者而能回心固不墮斯數也中間十執已竟(辛)三結害囑護分三(壬)一示因交互

阿難如是十種禪那中途成狂因依迷惑於未足中生滿足證皆是識陰用心交互故生斯位

文雖是總結而亦可畧分中途一句前八意多蓋前八魔外中途各起狂解或所歸果及熾塵果等於末二句後二意多蓋後二小乘得少爲足不復前進因依一句意兼前後蓋十執無非因迷而起依迷而住皆是下方總判交互現前色陰文中(壬)二迷則成害又曲爲二(癸)一總標迷妄

衆生頑迷不自忖量逢此現前各以所愛先習迷心而自休息將爲畢竟所歸寧地自言滿足無上菩提大妄語成

頑迷不忖解現前文所愛先習者各以積劫薰習偏愛邪種也今於定中各境界相適與先心相似者投彼病根發其痼疾即以欣取依止妄謂究竟極證末句結爲墮因下科方判也(癸)二分害重輕

外道邪魔所感業終墮無間獄聲聞緣覺不成增進

岳師謂七是外道八是邪魔是也夫魔外既由先心而各墮其類是業已成矣及享其修禪福盡墮獄何疑圓人住前墮義解現想陰中貪求善巧科矣此害之至重者也聲聞下明其若於先心原有二乘種習見其境界有相似處即證小果然二乘已

能斷惑取證必無墮義但惟永閉化城不達寶所此害之稍輕者也永嘉所謂一愚痴一小騃是也(壬)三囑令保護

汝等存心秉如來道將此法門於我滅後傳示末世普令衆生覺了斯義無令見魔自作沉孽保綏哀救消息邪緣令其身心入佛知見從始成就不遭岐路

存心者存如來大悲之心秉道者秉如來二利覺道此法門即辯魔法門也分別曰見見魔即顛倒分別也依岳師七純是見八具見愛以留塵勞生勝解故也至於二乘界内見愛雖盡而界外見愛仍存如其於涅槃則迷眞執似於諦理則厭有着空不達法空惟求自利等皆顛倒分別也沉亦深也綏安也邪緣即前倒見全障正眞知見能消磨息滅則障盡理現於佛知見自證入矣成就即至終也魔外二乘皆違圓通背涅槃故皆岐路也詳分五魔境相一大科已竟(巳)三結示超證護持分二(庚)一先示超證謂從識破超入後心果地也又三(辛)一諸佛先證

如是法門先過去世恒沙劫中微塵如來乘此心開得無上道

此法門亦應總指五陰中辯魔法門諸佛乘此心開者每於一陰未開之時要須依此法門以辯別之不爲十種魔境所惑方得一陰破除從色至識無不皆然故云爾也成無上道者言乘此陰破入住可以超證極果矣(辛)二識盡所超分三(壬)一識盡根融

識陰若盡則汝現前諸根互用

此之單舉識盡者將齊此以明超證也互用解現識陰終破科中蓋體固圓融而用亦不隔每一根中皆兼具五根之用此正初住圓通之位舊註乃判七信不思經文明言聲聞緣覺位在識陰交互未開列於魔數正齊七信何乃識開仍是七信理不通也(壬)二頓齊等覺分二(癸)一法說

從互用中能入菩薩金剛乾慧圓明精心於中發化

從互用中者即從初住位也能入金剛乾慧者即一超直入等覺後心也此蓋促舉始終也金剛乾慧解現八卷等覺位中圓明二句又以畧表中間廓周法界曰圓寂照無邊曰明此即知見菩提之實相偈曰現在諸菩薩今各入圓明是也而言精心者揀異相似位中無明初伏之麤心也於中者於初住等覺兩極之中也發化者以清淨禪那歷超於諸位也(癸)二喻說

如淨琉璃內含寶月

琉璃譬圓明精心含月譬於中發化之諸位也(壬)三示超諸位

如是乃超十信十住十行十回向四加行心菩薩所行金剛十地等覺圓明

此即於中發化一切諸位而確指列名也蓋識陰破後信滿入住之初一超直過以至後心然既當信滿而復超十信者全顯此經十信乃初住十心也於地而特言所行者意表入地乃真修聖位耳皆以金剛利智修斷故言金剛十地於等覺而復言

圓明者見始終惟此一心但至等覺則發化之極也按天台言圓教有利根者一生超登十地清涼言解行在躬一生圓曠劫之果皆從初住超之蓋初住名發心住以是義言從初發心即成正覺故舊註謂從七信超之未敢聞命大抵詳究圓家只有二位一斷前通惑從滿觀行一超直入初住中間更不取證二斷後别惑從入初住一超直至等覺中間亦不取證而佛於圓家仍列多位者有二意一者引爲漸機令欣從圓頓也二者見佛眼明極能於至迅速者能見能析也譬飛隼上山雖至迅疾然亦自下歷上但眼鈍者終不能徹見而分析之故須佛眼也㊆三圓證極果

入於如來妙莊嚴海圓滿菩提歸無所得

孤山曰金剛乾慧是妙覺無間道轉入解脫道即妙覺也故云入於如來等也妙莊嚴海是福究竟圓滿菩提是智究竟歸無所得是理究竟福即解脫智即般若理即法身不縱不横三德秘藏於兹具顯○妙莊嚴海者具足萬德莊嚴之果海也圓滿菩提者究復一切種智也歸無所得者一一契合性真本有而不從外得也上二句顯修成末句顯性具蓋從性起修者而修還契性離性真外無片法可得矣先示超證已竟㊄二後示護持又分三㊆一首明導古辯析

此是過去先佛世尊奢摩他中毗婆舍那覺明分析微細魔事

止觀性修說現前文覺明二句言此乃諸

佛因中始覺智明詳分魔事也㊅二正令諳識護持分二㊀一先令自已諳識又三

㊇一諳識魔邪

魔境現前汝能諳識心垢洗除不落邪見

成害雖似由魔致魔實因心垢前云各以所愛先習迷心即心垢也今能諳識魔境豈但不墮魔奸兼亦洗除心垢不陷邪宗

㊇二諸魔不現

陰魔銷滅天魔摧碎大力鬼神褫魄逃逝魑魅魍魎無復出生

陰魔即心見兩魔也發雖在於最後今由即屬心垢故首先言其銷滅有以深況淺之意如云汝能依此明誨識魔除垢陰魔早已銷滅絕根何況外魔焉敢留難是以天魔及鬼神精魅悉摧心喪魄以兆遯矣

㊇三二果無障

直至菩提無諸少乏下劣增進於大涅槃心不迷悶

首二句言自初因以至無上智果中間畧無缺乏於辯魔之法要後三句作一氣讀大涅槃是佛究竟無餘斷果所謂五百由旬之外真實寶所前行識中二十種魔外小乘皆下劣得少爲足或迷馳險路或悶閉化城不成增進今惟諳識魔境則諸下劣皆增進於實所無迷悶矣是此法門後二尚賴如此何況前三陰中利賴可知㊀二轉令呪護衆生分爲三㊇一正教勸持

若諸末世愚鈍衆生未識禪那不知說法樂修三昧汝恐同邪一心勸令持我佛頂陀羅尼呪

未識禪那者不能明悟於諸魔境也不知說法者鈌多聞性也樂修三昧者好獨領簡便之法而樂於靜修如直修反聞之定是也㉇二兼通寫帶

若未能誦寫於禪堂或帶身上

㉇三總結魔伏

一切諸魔所不能動

此全顯呪力極勸行人當持也㉎三叮囑欽古教範

汝當恭欽十方如來究竟修進最後垂範

論自利之智則究竟之修進非中路化城之止息也論利他之悲則最後之垂範非始教不了之權義也可不敬承以利已利他哉無問自說五陰魔境已竟㉀二因請重明五陰起滅分二㉃一躡前請問又三

㉅一領前請後

阿難即從座起聞佛示誨頂禮欽奉憶持無失於大衆中重復白佛

憶持無失者於巳諸法不漏落乎毫髮也

㉅二具陳三問就分三㉆一問生起妄想

如佛所言五陰相中五種虛妄爲本想心我等平常未蒙如來微細開示

指前每於終破妄原各有所觀妄想以爲根本今總舉之以重問也我等下申罕聞以求細示也葢聞之熟者可一舉而便見今由曾未蒙示故乍聞未得其詳也㉆二問滅除頓漸

又此五陰爲併銷除爲次第盡

併銷者五陰齊除也次第者五陰漸破也

㉆三問陰界淺深

如是五重詣何爲界

淺深即各陰邊際也後文自見(巳)三願利現未

惟願如來發宣大慈爲此大衆清明心目以爲末世一切衆生作將來眼

發宣大慈者於三問一一詳示大慈無倦也下求開現未道眼可知(戊)二酬請具答分二(巳)一具答三問就分三(庚)一答生起妄想又三(辛)一標說妄想之由又三(壬)一推原生起元虛又三(癸)一明眞本無陰

佛告阿難精眞妙明本覺圓淨非留死生及諸塵垢乃至虛空

精眞者純眞全體也妙明者惟有寂照雙融也名之以本覺者揀非修成也而特言其圓淨者即彌滿清淨也非留下即表中不容他也亦即心經空中無色等義死生即界內分段也塵垢即界外涅槃也所謂想相爲塵識情爲垢也乃至者超多之詞如正報依報皆在其中極於虛空盡色邊際矣取要言之但是本覺中元無五陰而已蓋界內分段即受想行之三陰界外涅槃即識陰依正等乃至虛空即色陰也(癸)二表陰皆妄生

皆因妄想之所生起

皆字總躡上死生塵垢乃至虛空應以伏難起之如云既本覺中元無生死涅槃乃至虛空等五陰實法奈何即令衆生宛然現有耶答此等皆但因於五種妄想次第生起而已豈性眞本有耶當知此句正乃確答妄想生起(癸)三喻妄生非實

斯元本覺妙明精眞妄以發生諸器世間如演若多迷頭認影

元字似是緣字之訛作元頗無情味若強釋之元者總統也蓋總統前之眞妄以爲法說起下喻說而已言眞本有而妄迷如失如演若頭本在而妄驚其失也妄本空而誤迷爲有如演若影非實而錯認爲眞也意表五陰從本虛妄不實矣(壬)二判決倒計非是又二(癸)一直示二計俱妄

妄元無因於妄想中立因緣性迷因緣者稱爲自然彼虛空性猶實幻生因緣自然皆是衆生妄心計度

此中所以必斥二計者良以五陰始從妄想而生雖有恒無終依倒計而住雖無恒有所謂從畢竟無成畢竟有是故二計不忘則五陰牢不可破矣所以如來欲拙妄想之原先斥所依之計也初五句先以雙舉二計妄元無因者惟此一句是其實義也於妄二句明其迷無因而方立因緣也迷因二句又明其迷因緣而方說自然也彼虛空下例明二計皆妄也蓋虛空宛似不動不壞猶是虛幻非眞何況二計本出衆生顚倒分別豈有眞實義哉(癸)二縱奪況顯必妄

阿難知妄所起說妄因緣若妄元無說妄因緣元無所有何況不知推自然者

上科直斷其妄此顯其所以爲妄而縱奪況顯之間仍見二計之妄有淺有深首二句縱許因緣也言汝果能知妄起處則許汝說因緣也次三句斥奪因緣非眞也若

妄元無者言妄若本無起處可得則說因說緣本非實有而爲不了義矣以上先以縱奪因緣非眞何況下方是況顯自然愈妄之甚也何況不知者何況竝因緣而亦未通達也推自然者復更違因緣而謬說自然可謂迷執中之迷執矣(壬)三結歸故說妄想

是故如來與汝發明五陰本因同是妄想

承明我所以說五陰同是妄想者一欲衆生了見五陰眞正本因而破除無難二欲衆生捐捨五陰徧執情計而達妄無惑矣若約三性分之則精眞妙明圓成本實也皆因妄起依他已虛也二計俱非徧計愈妄也標說妄想之由已竟(辛)二詳示五重妄想就分爲五(壬)一色陰妄想分二(癸)一示體因想

汝體先因父母想生汝心非想則不能來想中傳命

色陰雖兼五根六塵今圖易顯其與想相應故且單就內身而言先因父母想生者以父母俱動染愛之想而後有赤白二陰也汝心非想則不能來者言汝之父母染想雖具而汝之中陰不作愛憎之想亦不能來入胎中是則全乘父母竝已三想成就而後結胎中命根故曰想中傳命也(癸)二引喻詳釋又二(子)一雙引二想

如我先言心想酢味口中涎生心想登高足心酸起

先言者二卷想陰中言也口涎足酸全顯虛想能感通實體也(子)二辯顯虛妄

懸崖不有酢物未來汝體必非虛妄通倫口水如何因談酢出

首二句言二物但是空談非是實有汝體下反言以顯體乃妄倫也言汝之身體若不與虛妄通爲一類空談酢崖而口水足酸何爲妄出耶㊂二結妄想名

是故當知汝現色身名爲堅固第一妄想

堅固妄想者言此想之體取著有力固結而不可解也如父母交遘染心并已憎愛深心其交固有力不待言矣問内根固然若兼外器何關三想答如前世界相續中言堅明立礙及與堅覺寶成等亦堅固妄想也㊀二受陰妄想分二㊂一轉想成受

即此所說臨高想心能令汝形真受酸澀

首二句躡前想陰亦即躡前喻中臨高虛想次二句但取受酸澀處以爲受陰所謂轉想成受也而言真受者意明想雖無實高險而形乃受真酸澀諸受皆可例知其妄㊂二推廣結名

由因受生能動色體汝今現前順益違損二現驅馳名爲虛明第二妄想

首二句牒前妄受動體例下諸受皆是妄動㝵與曰汝今現前下正示受想也順益即樂受違損即苦受合有非違非順即不苦不樂受但是文畧耳温陵曰臨高空想而酸澀真發違順皆妄而損益現馳則受陰無體虛有所明故名虛明妄想㊀三想陰妄想分爲二㊂一身念相應

由汝念慮使汝色身身非念倫汝身何因隨念所使種種取像心生形取與念相應

此科全舉想陰之虛能使色陰之實而虛實相應以見想陰之妄也溫陵曰念慮虛情也色身實質也虛實不倫而能相使者由想融之也心生虛想形取實物心形異用而能相應者由想通之也(癸)二推廣結名

寤即想心寐爲諸夢則汝想念摇動妄情名爲融通第三妄想

寤想寐夢皆獨頭意識爲體故即想陰而言摇動妄情者顯其皆非寂靜真心也溫陵曰寤寐摇變使心隨境使境隨心皆融通妄想也(壬)四行陰妄想分三(癸)一體遷不覺

化理不住運運密移甲長髮生氣消容皺日夜相代曾無覺悟

此亦例前明虛妄行陰能遷實體也首二句舉行陰也化理猶言變化之性即指行陰以遷流爲相故曰不住運運猶言念念也密移者表其動之隱微也莊子喻以夜壑負舟正此密移之意但彼謂造化此言行陰也次二句正表能遷實體也蓋遷少至長遷壯成老也日夜相代即刹那刹那不得停住也曾無覺悟言不能念念了知正以見遷移之密也(癸)二雙詰是非

阿難此若非汝云何體遷如必是真汝何無覺

此字即指行陰此若非汝者言此遷流之行陰若果非汝心耶云何體遷者詰其何能遷變汝之實體耶以見不非汝也如必是真者言此遷流之行陰若果真汝心也

汝何不覺者詰其何不念念覺知耶以見不即汝也非汝是汝二不可定足知虛妄而非真矣(癸)三推廣結名

則汝諸行念念不停名爲幽隱第四妄想

幽隱者固以遷流難知是非莫定爲義亦以前三覆藏非修莫見爲相也大抵受想行之三陰雖皆屬心而文中皆要顯與色身通貫受則能令色身領境想則能驅使於身行則能遷變乎體又雖說三陰通貫色身而實要顯身爲念倫非真實有也(壬)五識陰妄想分四(癸)一縱奪真妄又二(子)一約性縱真

又汝精明湛不搖處名恒常者於身不出見聞覺知若實精真不容習妄

迷位識陰雖通收八識而修斷位中前四陰盡無復麤浮遷動更何論於前七應知此惟目於第八也故此首三句先用縱詞牒定恒常精明不搖即指第八識也純一不雜而橫竪洞照曰精明所謂似一也浮想已盡而還擾俱停曰湛不搖所謂似常也名恒常者正是牒定之詞言若即以此精明不搖之識爲真常不變之性耶於身下縱其應不習妄也於身不出見聞覺知者益顯經前所示根中之性即是第八實體無疑矣但前帶妄顯真此則研真斷妄也若實精真不容習妄者如云若實精金不應混沙也習妄之事下科方以見之也

(子)二驗憶奪妄

何因汝等曾於昔年覩一奇物經歷年歲憶忘俱無於後忽然覆覩前異記憶宛然曾不

遺失則此精了湛不揺中念念受熏有何籌算

此但約記持多年不忘舊見爲八識習妄之過蓋最初熏習雖由前六而憶持不忘非前六所能前六如聚斂之臣第八以庫藏之吏第七同出納之官故知此論收執不忘惟約第八也理實此識尚能憶持多劫無量種習次第成熟豈止現生之多年乎舊註不達濫收前七失旨甚矣湛不揺中念念受熏者言見物之後雖似忘情置過而實念念熏持無有剎那間歇如其不然於後覆覩豈能宛然現前耶有何籌算者言此方是驗一物之不忘而實持種之無量積習以無邊故云爾也㉀二正申喻示

阿難當知此湛非眞如急流水望如恬靜流急不見非是無流若非想元寧受妄習

急流水須取無波平流之急水望如恬靜者以其無波浪之參差無飛湍之上下也次二句明其正因流急故不可見非眞無流也嘗對此水閑驗其流拋一草葉於其水面草葉迅疾而去方覺其流之最急非無流也故佛前驗其記物如拋草葉也末二句判定仍想元也蓋前想陰之盡但盡麤想其實此陰仍是細想所以仍受此妄習也大抵究本惟一妄想但麤而著者極於色陰細而微者極於識陰也㉀三的指滅時

非汝六根互用合開此之妄想無時得滅

此言識陰既非確實精眞猶屬妄習然則

此妄何時而方滅耶要須六根互用之時根隔合開之後此之妄想方以滅除也但經用反言以顯故云若非根解入圓此妄終無滅時也蓋互用合開正當寂滅現前獲二殊勝十信滿心十住初心之際也(癸)四推廣結名

故汝現在見聞覺知中串習幾則湛了內罔象虛無第五顛倒細微精想

現在見聞覺知者即就阿難現前六根中性一念不生之體如佛前十番開顯不動不滅等識精明元也而言中串習幾者即覩物不忘念念受熏也湛了內即精明湛然不搖之中也罔象虛無者謂其本是無明幻翳似實而虛似有而無也顛倒者迷眞執似也細微者陀那細識也精想者識精明元也簡異前想陰中瀑流麤想耳詳示五重妄想已竟(辛)三總結妄想所成

阿難是五受陰五妄想成

溫陵曰五受陰亦曰五取蘊由一念迷妄受此取此以自蔽藏也○承上總言由是觀之五陰雖淺深麤細不同而要之皆妄想所成悉非眞心本有也答生起妄想已竟(庚)二答陰界淺深

汝今欲知因界淺深惟色與空是色邊際惟觸及離是受邊際惟記與忘是想邊際惟滅與生是行邊際湛入合湛歸識邊際

阿難前第三問云如是五重詣何爲界佛今於第二答中答此問也因界者舊註以空色相因等義釋之頗無情謂今考古訓十八界乃云界者因義謂出生諸法如地

生物而地爲物因也今五陰即界之開合故名因界但是陰之別名而已淺深即邊際之淺深歷五陰而各有也如色陰中有相爲色無相爲空若離諸色相而棲心空淨祖家謂之一色邊唯識謂爲空一顯色是知盡色而不盡空皆未出乎色陰邊際而一切空忍皆非究竟也受陰中取着曰觸厭捨曰離斷諸取著而不忘厭捨是猶住捨受之中故佛於離幻之後復教離離是知盡觸而不盡離亦未出乎受陰邊際而一切背捨皆非究竟也想陰中有念爲記無念爲忘除諸念而不忘無念是仍住於靜念之中故佛言有念無念同歸迷悶祖云莫謂無心是道無心猶隔一關是知盡記而不盡忘亦未出乎想陰邊際而一切無想皆非究竟也行陰中以迷位散心麤行爲生相如二卷喻如瀑流者是也以修位定心細行爲滅相如此卷喻如野馬者是也然此細行似滅非滅仍是清擾細遷如定中人不免爪生髮長足以驗之是知盡生而不盡滅亦未出乎行陰邊際而一切滅定皆非究竟也識陰中以有入爲湛入蓋湛行流而没歸識海經云性入元澄一澄元習如波瀾滅化爲澄水是也以無入爲合湛經云内外湛明入無所入是也蓋合字有不動之意即流急不見其流也然此合湛境界分劑非淺良以始言湛入特表行陰方消識海初入按位已當七信齊於四果而圓通正在聞所聞盡終言合湛更名識海久停湛明淨極區宇漸啟

將通未通按位可當八九十信而圓通應在後三結中雖視湛入有加居然仍在識境咸不免於最細四相所遷是知盡湛入而不盡合湛終未出乎識陰邊際所謂清光照眼猶似迷家而一切明白法身俱未究竟也問識陰盡時畢竟何位答入初住證圓通也經云非汝六根互用合開此之妄想無時得滅是其明徵也問此之識陰既惟第八即是業識而别經論皆謂無明生相等覺後心方盡今言初住即盡而後位依何住持耶答彼是漸教所談初住等覺尚隔天淵豈遽説盡此是圓頓之旨經文明言從互用中頓超諸位能入金剛乾慧非等覺後心而何應知勝義中眞勝義性大不思議不應以漸而難圓也然以此

總較因界之淺深者若但知色爲色而不知空亦是色者知色界之淺者也知空色之皆色者知色界之深者也如是乃至但知湛入爲識而不知合湛亦識者知識界之淺者也知湛入合湛皆識者知識界之深者也是則發揮五重妄想可謂極盡其境界矣㊁三答滅除頓漸阿難前第二問云又此五陰爲倂消除爲次第盡故如來今於第三答中答此問也分爲三㊂一生滅次第

此五陰元重疊生起生因識有滅從色除

此五陰生滅次第即六根結解次第將明五陰雖頓悟而須漸修故先陳五陰生起滅除本有兩重次第豈得倂消除哉元本也重疊生起言本由積壘非頓成也孤山

曰約生則由内造外從細至麤如著衣也故迷理有識乃至有色約滅則由外至内從麤至細如脱衣也故悟理色盡至識盡

(辛)二頓漸始終

理則頓悟乘悟併消事非頓除因次第盡

上科雙舉生滅二種次第此則單陳滅除次第而仍兼始悟則無次第而終修須次第也其言理則頓悟者理謂妄理頓悟謂了達五陰惟一妄想妄則本空一念悟徹焉有次第乘悟併消者即銷其億劫顛倒之想也如暗夜驚杌爲鬼奔馳荒越一旦被人説破鬼想全消事非頓除者事謂破除修斷之事不頓除者言不能一時俱除也因次第盡者要須歷五陰次第而漸除之也如鬼想雖以全消馳迯豈能遽返要須歷返前迯方歸舊處矣總是頓悟漸修之意而已(辛)三責忘前教

我已示汝劫波巾結何所不明再此詢問

已示巾結者即五卷佛取劫波羅天所獻華巾綰結以示倫次之文何所不明者言前法喻昭然無不明了汝當即彼悟此方爲善領佛誨何乃忽畧於彼而再問於此哉研究斯責則的知前觀音解六結而入圓通全同此處破五陰而入初住但法數前六此五開合參差難以細對畧作兩節麤分攝之從色空乃至湛入攝前三結惟合湛二字攝後三結舊解誤以六根爲六結而不達一根分具六結今解既已不從故此處舊註中横竪之辯皆無用矣具答三問已竟(巳)二結勸傳示

汝應將此妄想根元心得開通傳示將來末法之中諸修行者令識虛妄深厭自生知有涅槃不戀三界

開通者於一一陰皆了達其根元全是妄想非性實有矣此教其自利也傳示下勸其利他也令識虛妄者令其達陰妄本空如巳無二也深厭自生者自之一字有二意一者自然意謂既達全妄則深切厭離之至自然生發矣二者自巳意謂既悟五陰元無便發深心厭此皆由自巳妄生還須自力滅除末二句言便知自性本有無蓋覆無集聚常樂我淨之果性不復更戀三界生死有漏因果矣蓋厭戀相反既厭而豈復戀哉自談七趣以至於此名超有出魔周正宗分一大科巳竟（甲）三流通分此於法華既爲一轍法華較顯經功流通勸讚之文品品有之至後流通大分仍延數品而斯經流通之文何甚少耶答此與法華同一轍者義理分劑同也至於流通多少畧以二義推之一者疑信差別故法華廢立之初疑深信淺故洗蕩疑情爲詳而發揮理行爲畧如知見實相等但標名字而巳而顧重重較讚勸通者意在決了滯疑且令信受也此經開顯之久疑消信定故發揮理行爲詳而洗蕩不信爲畧如知見實相等詳確搜揚竭盡不巳而不多勸通者知其領受易也二者以約該博故蓋流通之文雖比法華爲約實以約辭而收博義非眞缺畧由佛語微妙故也該博入文自見分爲二（乙）一極顯經功又分二

(丙)一開二利而況顯福報蓋舉少示以況顯廣示也又二(丁)一舉利他況顯又二科(戊)一舉多功較定又二(巳)一如來舉功今較

阿難若復有人徧滿十方所有虛空盈滿七寶持以奉上微塵諸佛承事供養心無虛度於意云何是人以此施佛因緣得福多不

此中據佛所舉財田各極其盛蓋十方虛空本無邊量滿空七寶豈有量耶若是則一閻浮徧世界皆不足論凡稱財勝者縱重疊其詞終不能過於斯矣法界微塵本自無盡塵數諸佛豈有盡耶若此則三四五佛百千萬億皆未可比凡稱揚田勝者縱增崇其語終不加於是矣承事供養者即以盈空之寶承供也心無虛過者即於微塵諸佛一一無遺也是人下令其較量也然較量且從獲福以滅罪尚未及言故也(巳)二阿難較定無量

阿難答言虛空無盡珍寶無邊昔有衆生施佛七錢捨身猶獲轉輪王位況復現前虛空既窮佛土充徧皆施珍寶窮劫思議尚不能及是福云何更有邊際

首二句單以牒言財勝昔有下雙以況顯財田俱勝蓋以七錢而施一佛財田俱劣也而猶得轉輪勝報況顯徧空佛土即田勝也皆施珍寶即財勝也窮劫下決其獲福不思議而無邊際也(戊)二況顯經功超越當知況顯之意全在言外分爲三(巳)一示誡言起信

佛告阿難諸佛如來語無虛妄

此因向下弘經之功至少而滅罪獲福至多恐難信及故此先明佛無不實不真之語令當諦信之也(巳)二明滅罪往生又三

(庚)一極言惡因惡果

若復有人身具四重十波羅夷瞬息即經此方他方阿鼻地獄乃至窮盡十方無間靡不經歷

若復有人者設言有此一人也四重即殺盜婬妄十波羅夷或即十惡未見的據然波羅夷五篇第一義當極惡集云三意釋之一退沒二不止住三墮落亦譯名棄五刑如斬按下惡報極重則此四重十惡應必集至無邊此上惡因向下惡果瞬息即經者言臨墮至近也阿鼻即五無間獄之至重也窮盡十方皆經歷者獄之至多也

(庚)二畧舉暫爾弘經

能以一念將此法門於末劫中開示末學

能念之人即前臨墮獄者一念者暫時發心也此法門須確指大定圓通超出深入之一門也末劫者聖遠魔强之日也末學者難進易退之人也須知弘經既惟一念經必非多所謂四句偈等人必非衆所謂竊爲一人等也(庚)三因之離苦得樂

是人罪障應念消滅變其所受地獄苦因成安樂國

罪障即上最重最多之惡報應念即應弘經之一念銷滅者如星火之爇積草無有不灰燼者矣變其下更言不但只消罪業仍以轉見樂邦而往生其中夫一念微功而能離極苦以生極樂者良以應觀法界

一切惟心實華嚴破獄之偈而斯經圓彰法界極顯惟心一念持此是以能令無量阿鼻隨處滅盡難思樂土當處發生然須自信方以剋功自信不及深孤妙利痛哉

㊁三明獲福勝前

得福超越前之施人百倍千倍千萬億倍如是乃至算數譬喻所不能及

言不但離苦得樂仍當獲福無量超勝無比而言超前施人者即超前以虗空剎寶供塵數諸佛之人也其超越之數不但一倍二倍蓋百千萬億倍乃至算喻不及也正以斯經開如來秘密之寶藏獲本然周徧之家珍成塵剎互融之佛果故非財施之多執相之供有爲之果所能及矣問全經雖有是功一念豈能盡義遽滅多愆而頓膺廣福胡不爲濫賞乎答圓融不思議境智剎塵齊量而念劫相收豈以大小短長情量而測之哉宜深忍樂佛言勿自疑阻於本眞之妙利也又復應知言外況顯之意此處當明蓋極重罪人一念弘經之能滅罪獲福如此何況輕罪無罪乃至有福多福之人弘經果報殊勝可知一念尚能如此何況久弘乃至盡形一句一偈尚能如此何況一卷半部乃至全經竊謂一人尚能如此何況多人乃至在大衆中廣爲人說其果報殊勝益可知矣舉利他況顯已竟㊀二舉自利況顯

阿難若有衆生能誦此經能持此咒如我廣說窮劫不盡

誦經持顯文也持咒誦密經也如我廣說

者謂以佛八音四辯稱揚斯人滅如上罪獲如上福窮盡劫數尚不能盡應知此中亦具有言外況顯之意良以誦經持咒方得聞慧其功其報已至佛說不盡何況進於思修如解義習定作觀反聞自性乃至達於六度萬行其功其報益不可盡說之矣問廣如上說而更加窮劫不盡豈自利反勝於利他耶答互影畧耳前詳較量超越要之由經勝妙故使二利均之超勝無比均之演說不盡矣開二利而況顯勝報已竟(丙)二合二利而深許極果

依我教言如教行道直成菩提無復魔業

此科雙承上二利而合言之依教行道即謂遵佛以此法門自利利他方爲如教行道良由斯經元以具足二利而況無上菩提必須二利圓滿方爲證極故也直成菩提者從初發心以至成佛中間更無諸委曲相如水赴壑似箭穿空更無留難固非如小乘化城之中止亦非如漸教歷證之遲延所謂不歷僧祇一超直入者也末句畧出其由蓋中間凡有退屈紆迴皆因魔業肆擾斯經顯密加持永無魔障所以直成菩提更無留滯也是則此之流通據文無幾而研究辭旨雖重篇累帙亦不能過豈非以約收博無所遺餘所謂我爲法王於法自在信不誣矣極顯經功已竟(乙)二

結衆法喜

佛說此經已比丘比丘尼優婆塞優婆夷一切世間天人阿修羅及諸他方菩薩二乘聖仙童子并初發心大力鬼神皆大歡喜作禮

而去

此科與序分相爲首尾皆經家所設首句竝結正宗流通以二皆佛説故也比丘下先列歡喜之衆然此與序分列衆各有所兼故分二分前兼嘆德時會故爲序分列衆此兼歡喜禮散故爲流通列衆且序分列衆雖詳而缺此科列衆雖畧而全請別詳畧缺全之相如此科首列四衆而序分但列比丘是缺三衆也次畧陳八部辭雖畧而具顯八部之相序分則盡缺焉次標菩薩次標二乘皆總畧而未如序分之別而詳也後加聖仙力神二衆非但序分缺之諸經未多見也然於仙而特加聖童者明其雖居仙趣而修行内教三乘聖道以希童眞妙果所以揀餘仙衆也於鬼神特加發心大力者表其建志護法而具大神通力洞無畏所以揀暴惡及羸劣者也此之二衆皆能弘護流通八部收之未盡故增列之末二句正結法喜謝辭大歡喜者既聞正宗而獲本妙圓心復聞流通而知究竟弘益近無墮惡之憂遠有證眞之望非同人天三乘微利得大饒益故慶非常大歡喜也去者歸也各離隨相法會各歸自心不動道場或修習或弘通非如世人離法會而遂成散亂也

大佛頂首楞嚴經正脉疏卷第四十

音釋

綏蘇回切音雖安也　隼聳允切音笋　褫池爾切音豸奪衣也　遯本遁字隱也　串古患切即貫串也　壘魯水切音壨重也　湍他耑切音端急流日湍

刋楞嚴正脉後跋

予寓上黨制斯疏時妙峯澄印輩數子清磬振於寰宇著作流於海内心祈稿成得一證明足驗乎不乖聖意但慮其值之不偶稿將半妙峯忽至潞巳甚異之將往拜師巳及門一見即傾倒肺腑如三生好咨其來意曰鑄萬固塔頂耳予曰茲有佛頂當呈似君即出其稿再拜請證師亦拜受讀未竟驚曰當代僧英指摘舊解若易梁柱然茲如草故鼎新大畨昔按非細事也巳領其槩未盡其詳乞携歸旅寓一研味之予唯唯別去次日往荅拜師乃稽首謝曰昨披妙註抵暮徹曉不能釋手新意疊現聞所未聞楞嚴本旨如日初出非諸聖冥加決不至此願師專志速成恐時不逮刋刻之事其甲效勞予承斯證許亦稽首謝之私念此或聖心允若何遇之奇而獲證之早耶別日師復諄諄予感時光不逮之警日夕孜孜復三載而稿完歲逼除師又忽至慶慰無量請稿如潚予謂非躬理之不可容緩圖之元日後復別去仲春予遂有五頂飯僧之行轉至蘆芽華嚴寺過夏寺亦師所建也冬寓於汾次春復應臺山之請說觀經疏鈔夏游雲中留西巖寺講楞嚴值妙師應宣城之招過西巖促予歸蒲事亦甚奇予乃繼行仲冬始達萬固承師厚遇種種次年二月一日命工就刋王公大人莫不與力師復吹噓於隣郡及上谷乃至自鬻所乘以足之是以周歲而畢夫經疏科釋過四十萬言而速成如此固不無然相之者而師之法眼道力所願成就尤不可測其亦多生有大因

緣於是經而鑑蒙翊助非茲一世也否則安能不期而至而緣之輳際如是乎因紀顛末以見法有所證功有所歸焉時萬曆庚子八月望日沙門眞鑑謹跋

不肖梃育斯叔世宿性庸愚雖嗜道眞恨乏指授此生何幸值我王兄殿下研精貝典洞燭玄微深荷磨礱僅通一綫稔聞交光尊師潞陽掛錫改註楞嚴梃數數神交願祈親炙戊戌歲妙峯師約師過萬固刻楞嚴新疏梃謁之領誨無量次春師講華嚴懸談梃侍坐與聞不啻撥雲覩日出井觀天頓覺身心擴周法界踰年新疏工竣倚師頒示焚香披閱始知識心爲無量障源根性即眞心實體反聞乃無功用道捨障源則妄盡見實體則心安用無功則頓入華嚴固無盡寶藏斯經其入華嚴之捷逕矣乎法乳汪洋粉軀莫報無言謬贅敢告同心時萬曆庚子中秋日持菩薩戒門下弟子體玄子朱俊梃和南謹跋